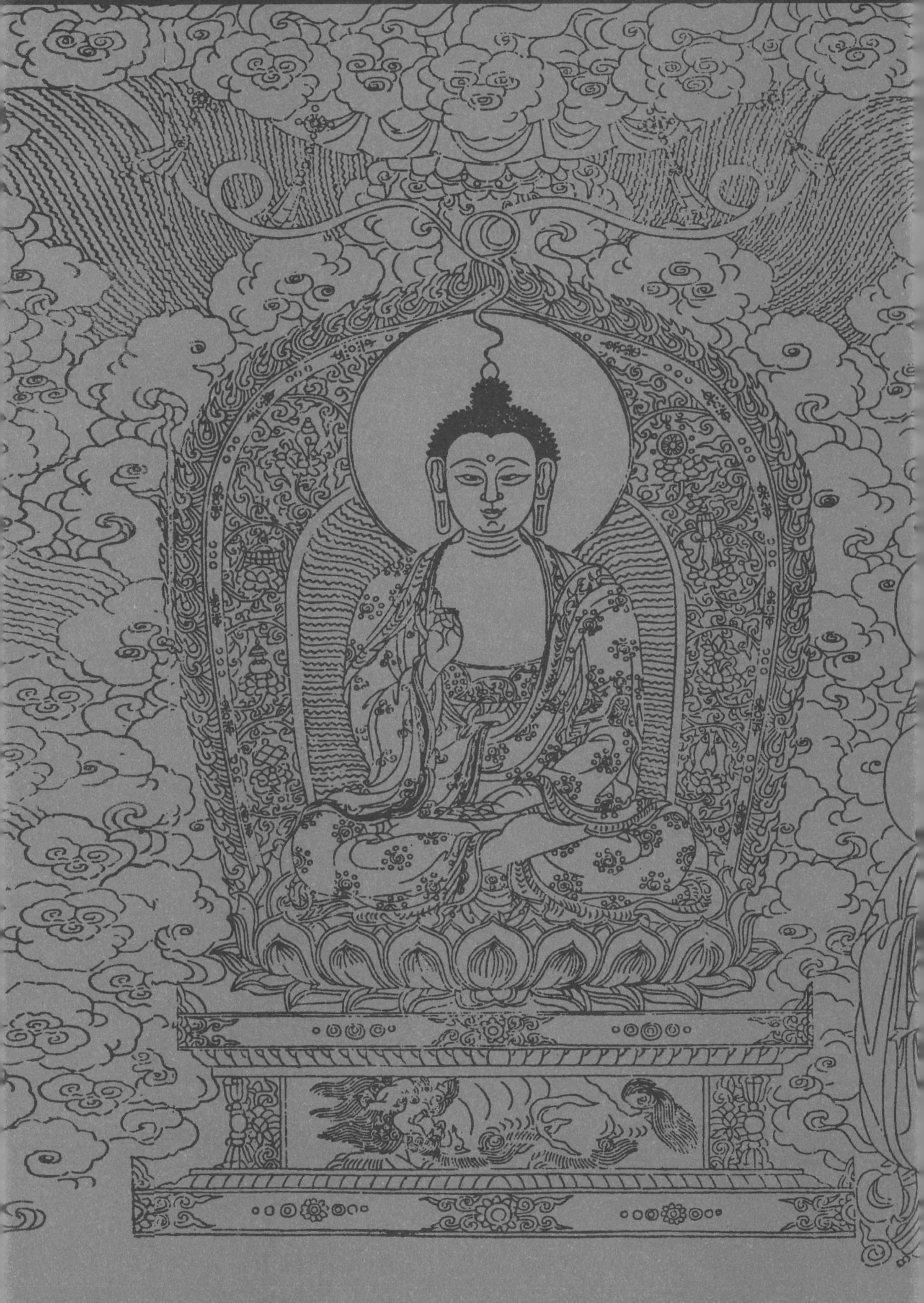

御製

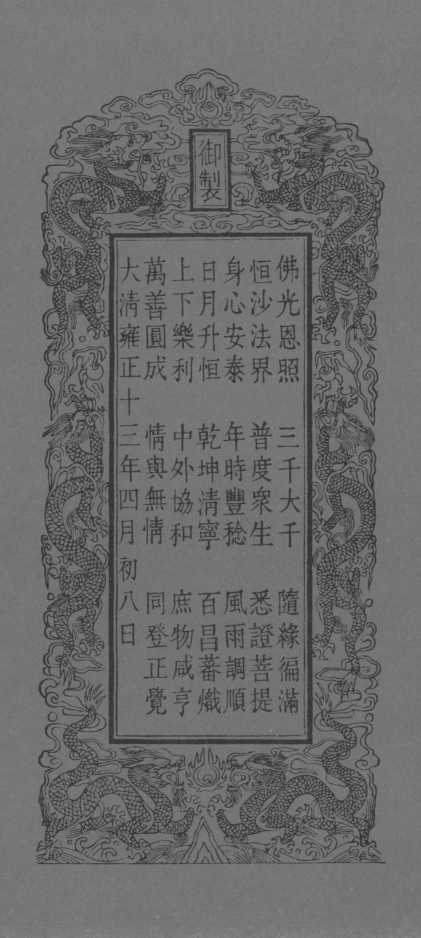

佛光恩照　三千大千　隨緣徧滿
恒沙法界　普度衆生　悉證菩提
身心安泰　年時豐稔　風雨調順
日月升恒　乾坤清寧　百昌蕃熾
上下樂利　中外協和　庶物咸亨
萬善圓成　情與無情　同登正覺
大清雍正十三年四月初八日

第二八冊 大乘經 華嚴部（五）

佛華嚴入如來德智不思議境界經 一卷 隋天竺三藏法師闍那崛多譯……一
佛說如來興顯經 四卷 西晋三藏法師竺法護譯……二三
大方廣入如來智德不思議經 一卷 唐于闐三藏法師實叉難陀譯……九一
大方廣佛華嚴經修慈分 一卷 唐于闐三藏法師提雲般若等奉制譯……一〇五
顯無邊佛土功德經 一卷 與華嚴經壽量品同 唐三藏法師玄奘奉詔譯……一一三
大方廣佛華嚴經不思議佛境界分 一卷 唐于闐三藏法師提雲般若譯……一一七
大方廣如來不思議境界經 一卷 唐于闐三藏法師實叉難陀譯……一三一
大方廣普賢所說經 一卷 唐于闐三藏法師實叉難陀譯……一四三
莊嚴菩提心經 一卷 姚秦三藏法師鳩摩羅什譯……一四九
佛說菩薩本業經 一卷 與華嚴經净行品同 吳月支優婆塞支謙譯……一五七
大方廣佛華嚴經續入法界品 一卷 唐中天竺三藏地婆訶羅奉制譯……一七一
佛說兜沙經 一卷 後漢月支三藏法師支婁迦讖譯……一八一
大方廣菩薩十地經 一卷 元魏三藏吉迦夜共曇曜譯……一八七
度世品經 六卷 與華嚴離世間品同 西晋三藏法師竺法護譯……一九七
十住經 六卷 姚秦三藏法師鳩摩羅什共佛陀耶舍譯……三一三
佛說羅摩伽經 四卷 乞伏秦沙門釋聖堅譯……四一三

諸菩薩求佛本業經 一卷 與菩薩本業經同本异出 西晋清信士聶道真譯……四八五
菩薩十住行道品經 一卷 與華嚴十住品同本异出 西晋三藏法師竺法護譯……四九七
佛説菩薩十住經 一卷 與華嚴十住品同本异出 東晋西域三藏祇多蜜譯……五〇七
漸備一切智德經 五卷 西晋三藏法師竺法護譯……五一三
等目菩薩所問三昧經 三卷 亦名：普賢菩薩定意經 同右……六二一
文殊師利問菩薩署經 一卷 後漢月支國沙門支婁迦讖譯……六七三

佛華嚴入如來德智不思議境界經

隋天竺三藏法師闍那崛多譯

清刻龍藏佛說法變相圖

佛華嚴入如來德智不思議境界經

隋天竺三藏法師闍那崛多譯

如是我聞一時婆伽婆遊摩伽陀國法阿蘭拏處菩提場上普光堂中大福聚集妙喜所生普無毀處功德無量蓮華藏師子座中坐平等證覺一善淨覺者二無有二行三遊佛所遊四得至諸佛平等五到無障礙六不退轉法七無遮行處八不捨無邊諸佛所作九住不思處十向無相法十一三世平等所生十二其身遍諸世界十三諸法智中無有疑惑十四於諸所行具足覺慧十五諸法智中不爲慮難十六無分別身十七受諸菩薩智十八得至無二佛行最勝彼岸十九盡到無差別如來解脫智二十順到無邊無中佛地平等二十一法界最極二十二虛空界究竟二十三無後際盡二十四於諸劫數

常轉法輪身不休息二十五共六十二百千比丘彼謂奢利弗多羅此云鶖鴿子舊名舍利弗者一摩訶毛伽利耶夜那舊名大目揵連者二摩訶迦葉皺三阿泥留馱四修浮帝此云善實舊名須菩提者五迦底耶夜那舊名迦旃延者六摩訶劫譬那舊名劫賓那者七黎婆多八難陀九那提迦葉皺十伽耶迦葉皺十一富羅拏迷低黎夜尼弗多囉此云滿慈子舊名富樓那者十二伽傍皺帝此云牛主舊名憍梵波提者十三周稚般他迦此云髻道舊名周利槃陀者十四達羅弊夜摩羅弗多囉此云物力士子舊名沓婆摩羅子者十五佉馱羅婆那迦十六專陀十七摩訶俱絺羅十八羅睺羅十九阿難陀二十如是為首有六十二百千比丘皆遊一法等入境界皆入諸法自性行皆無所住虛空境界皆遊無所依處皆已離諸煩惱障蓋所起皆已入諸如來法界光明行皆平等入一法皆向普智皆於普智道無有休息皆說普智智無有退意皆已得至別智智觀最勝彼岸皆從方便境界行處所生復共六十百千比丘尼摩訶鉢羅闍皺帝比丘尼耶輸陀囉比丘尼為首皆善集白法皆近普智智皆入普智光明行皆於明法如是善通諸法無相如是不入諸法實際如是順到諸法不生不滅無有助對如是信解皆安住不思解脫三摩地皆隨化度衆生如無功用無分別色身形類威儀示現復與大菩薩衆有千佛土不可說俱致那由多百千微塵等菩薩摩訶薩彼謂普賢菩薩摩訶薩普目菩薩普化菩薩普智菩薩普眼菩薩普光菩薩普明菩薩普照菩薩普幢菩薩普意菩薩摩訶薩大速行菩薩大速持菩薩大遊戲菩薩大遊戲王菩薩大精進勇步

菩薩大勇步健菩薩大頻申菩薩大頻申力菩薩大衆主菩薩平等光明月菩薩法無垢月菩薩顯赫月菩薩震聲月菩薩放光月菩薩摩訶薩梵音菩薩梵王雷音菩薩地鳴音菩薩諸音分勝音菩薩摩訶薩普孕菩薩普無垢孕菩薩功德孕菩薩顯赫孕菩薩寶孕菩薩月孕菩薩日孕菩薩熾然孕菩薩蓮華孕菩薩摩訶薩意菩薩大意菩薩勝意菩薩震聲意菩薩上意菩薩妙意菩薩增長意菩薩無邊意菩薩廣意菩薩覺意菩薩無盡意菩薩海意菩薩摩訶薩迷留燈菩薩法炬燈菩薩諸方徧燈菩薩普燈菩薩滅諸闇燈菩薩諸趣明燈菩薩一向照燈菩薩月燈菩薩日燈菩薩摩訶薩曼殊尸利童子菩薩觀世音菩薩大勢至菩薩金剛孕菩薩功德孕菩薩捨惡道菩薩藥王菩薩藥上菩薩支帝神廟雷音菩薩蓮華手菩薩日光菩薩離塵勇步菩薩金剛意菩薩閉塞諸蓋菩薩降伏摩囉菩薩寶髻菩薩十百光明火熾然菩薩大降伏摩羅菩薩難出現菩薩難降伏菩薩入度菩薩難稱事意菩薩乾竭惡趣菩薩慈者菩薩摩訶薩如是爲首十佛土不可說俱致那由多百千微塵等菩薩摩訶薩皆是一生補處各異世界來集善安立菩薩欲令成熟思惟方便行化度諸衆生界欲令成熟一皆遍諸世界思惟行智徧入二皆思惟善觀察涅槃地境界智三善攝衆生界斷諸戲論及斷行取四皆善住入無邊中法行五皆思惟善觀察衆生業報不失不得六皆思惟善觀察衆生界信根發起方便最勝七皆善平等

持過去未來現在諸如來所說義句味受持智八皆善住入世間出世間無邊中法行九皆善觀察有為無為三世過量法行十皆次第無間得遊過去未來現在諸如來智場相十一皆於心剎那心剎那間善示現墮沒出生出家苦行方便詣菩提場降伏摩羅證覺菩提轉法輪大涅槃十二皆不離諸衆生令其發心證覺菩提十三皆入一衆生心攀緣善順到無餘諸衆生心攀緣十四皆於自然地不動菩薩身十五皆得普智地不退轉行十六皆入菩薩所作力不休息無作智行十七皆善住持一衆生所作無邊劫行十八皆善入不錯謬轉法輪安住諸世間化度界十九皆具足過去未來現在諸如來淨處受行力勝頗二十皆具足普賢行頗殊勝淨信二十一皆詣諸佛出處善能勸請二十二皆善持諸如來法教二十三皆作不斷諸佛種性二十四皆於無佛世界示現佛出二十五皆能清淨濁染世界二十六皆滅諸菩薩業障二十七皆已入無礙法界二十八皆具足虛空界量法二十九皆具足法界無礙平等三十皆具足實際法界平等三十一皆信解威儀業所起報三十二皆信解如因所起果三十三皆具足印別印起諸法平等智三十四皆具足影像水月法平等三十五皆具足覺諸法響等音鳴三十六皆安住不思解脫三摩地三十七遊戲首楞伽摩三摩地三十八皆安住無邊佛身色成就出生陀羅尼三十九皆善於一毛道現諸世界四十依梵本此間有三句與前二十二十一二十二等三句次第相似故不重出皆於一毛道中十方善能示現墮沒出生出家苦行方便詣菩提場示現降伏摩羅證覺菩提

轉法輪大涅槃四十一皆具足以一跏趺十方諸世界徧滿智四十二皆善示現諸土瓔珞具於一土中四十三皆善示現一土瓔珞具於諸土中四十四皆善示現滿十方世界諸如來衆於一如來衆中四十五善示現一如來衆於十方諸世界諸如來衆中四十六善示現諸衆生身四十七善示現諸佛身入一佛身四十八善示現一佛身入諸佛身四十九善示現諸方諸世界入自身中五十善示現諸三世衆生身於一衆生五十一皆善示現過去世入未來世未來世入過去世過去世入現在世現在世入過去世過去世入未來世五十二皆善以一身入三摩地於無量無數身起五十三善以無量無數身入三摩地於一身起五十四皆善示現諸身譬喻證覺菩提五十五皆善示現諸衆生身於一衆生身中五十六善示現一衆生身於諸衆生身中五十七善示現諸佛身於一佛身中五十八善示現一佛身於諸佛身中五十九善示現諸衆生身即是法身六十皆善示現諸土莊嚴具於一土中六十一善示現一土莊嚴具於諸土中六十二善納十方諸世界於一毛孔中六十三皆善示現諸佛證覺菩提願力智令諸衆生證覺六十四皆遍十方世界隨所成就衆生隨所化度如無上正覺善能示現六十五皆善示現於諸劫數一一世界中菩薩行行身不休息六十六皆於一心生時徧十方諸世界一一世界中諸衆生若卵生若胎生若濕生若化生若有色若無色若有想若無想若二足若四足若多足若天龍夜叉揵闥婆阿脩羅伽留荼緊那羅摩睺羅伽舍迦羅娑羅訶

摩盧迦波羅人非人等隨所成熟化度如是無功用無分别作威儀行入其住處善能示現六十七皆於一微塵中善納無量無數不可稱不可量不可說世界而心不逼惱六十八皆善以無量無數不可思不可稱不可量不可說不可說劫於一牟侯利位時住持六十九善以一牟侯利位時於無量無數不可思不可稱不可量不可說不可說劫住持七十皆隨衆生所成熟行如是無功用無分别色身形類威儀善能示現如是及餘無量無數俱致那由多百千功德具足菩薩摩訶薩復有無量無數不可思不可稱不可量不可說天龍夜叉揵達婆阿脩羅伽留荼緊那羅摩睺羅伽舍迦羅婆羅訶摩護世等各從種種佛土來集此世界中百俱致四大王身天一一大多眷屬圍繞詣向佛所爲欲禮覲供養親事聽法復有百俱致舍迦羅百俱致脩夜摩天王百俱致兜率多天王百俱致善化天王百俱致他化自在天王一一天王大多眷屬圍遶詣向佛所爲欲禮覲供養親事聽法復有俱致摩羅身天商主前行詣向佛所爲欲禮覲供養親事聽法復有百俱致婆羅訶摩百俱致大婆羅訶摩百俱致少光百俱致無量光百俱致光音百俱致少淨百俱致無量淨百俱致徧淨百俱致廣果百俱致善現百俱致大廣百俱致大熾百俱致究竟諸天一一婆羅訶摩大多眷屬圍遶詣向佛所爲欲禮覲供養親事聽法百俱致淨居身天大自在天子前行詣向佛所爲欲禮覲供養親事聽法百俱致龍主百俱致夜叉主百俱致揵達婆

主百俱致阿脩羅主百俱致伽留茶主百俱致緊那羅主百俱致摩睺羅伽主一一大多眷屬圍繞詣向佛所爲欲禮覲供養親事聽法復有無量無數人非人等詣向佛所爲欲禮覲供養親事聽法復有多俱致那由多百千優波娑迦優波斯迦詣向佛所爲欲禮覲供養親事聽法復有諸藥草樹林天等迷留大迷留目眞鄰陀大目眞隣陀雪山輪山等諸山天詣向佛所爲欲禮覲供養親事聽法復有海大海河池陂天等詣向佛所爲欲禮覲供養親事聽法復有村城國王所治處天等詣向佛所爲欲禮覲供養親事聽法復有龍夜叉揵達婆阿脩羅伽留茶緊那羅摩睺羅伽宮中所有天等詣向佛所爲欲禮覲供養親事聽法以佛神力故衆生無有逼惱復有百俱致月百俱致日百俱致海一一大多眷屬圍遶詣向佛所爲欲禮覲供養親事聽法復有龍王名阿那婆怛[illegible]多大眷屬圍繞詣向佛所爲欲禮覲供養親事聽法爾時世尊光明顯爍映蔽諸衆如彼白助月輪於十五日雲網放脫光明顯爍映蔽諸星宿輪如是如是世尊亦然映蔽諸舍迦羅婆羅訶摩護世等光明顯爍如修迷留山王光明顯爍功德顯爍住不動身不戰不喘爾時曼殊尸利童眞告遮塞諸蓋菩薩言佛子此如來住不動身不戰不喘如是語已遮塞諸蓋菩薩摩訶薩告曼殊尸利童眞言曼殊尸利此如來於此衆中或有天人知其從家而出欲向出家或有知其住苦行處於此衆中或有知其詣菩提場或有坐菩提場於此衆中或有

無量無數摩羅衆圍繞或有知其破壞摩羅無量無數天龍夜叉揵達婆阿脩羅伽留荼緊那羅摩睺羅伽舍迦羅婆羅訶摩盧迦波羅等欲助與力勝大寶主或有知其證覺已舍迦羅勸請或有婆羅訶摩或有知此衆中盧迦波羅勸請世尊或有知世尊爲我等説陀那此衆中或有知世尊爲我等説尸羅或有説忍或有説精進或有説思惟定或有知世尊爲我等説鉢羅闍若波羅蜜或有説方便或有知世尊爲我等説願或有説力或有説闍若那或有知世尊爲我等説聲聞乘或有説獨覺乘或有説大乘或有知世尊爲我等説生畜生法或有生餓鬼或有知世尊爲我等説生閻摩世法或有知世尊爲我等説生四天王天宮法或有生三十三天或有知世尊爲我等説生夜摩天宮法或有知世尊爲我等説生兜率天宮法或有生化天宮或有生他化自在天宮或有生摩羅天宮或有知世尊爲我等説生婆羅訶摩天宮法或有生人或有此衆中知世尊爲我等説當得轉輪王曼殊尸利或有此衆中知如來高二尋或有高一俱盧舍或有高二俱盧舍或有高半踰闍那或有知如來身高二踰闍那或有知如來身十踰闍那或有此衆中知如來身千踰闍那或有知如來身十二十三十四十五十百千踰闍那或有知如來身八十四百千踰闍那或有此衆中知如來身過百千數踰闍那或有見金色或有鞞瑠璃夜摩尼寶色或有因陀羅青摩尼寶色或有大青摩尼寶色或有火光摩尼寶色或有波頭摩染摩

尼寶色或有知如來身舍迦羅毗楞伽那摩尼寶色或有金剛光摩尼寶色或有諸天光摩尼寶色或有日月光摩尼寶色或有水光摩尼寶色或有知如來頗致迦摩尼寶色或有自在王摩尼寶色或有諸光最上摩尼寶色或有師子鬚摩尼寶色或有師子幢上摩尼寶色或有海住持淨莊嚴普焰光摩尼寶色曼殊尸利或有此衆中知如來如意摩尼寶色曼殊尸利所有如是色威儀住得化度衆生曼殊尸利彼衆生見如來彼彼如是色威儀住曼殊尸利所有說法得成熟衆生彼等衆生知如來如是說法曼殊尸利所有修行令諸衆生入如來教得受化度彼衆生知如來住彼彼行曼殊尸利若於東方無量無數不可思不可稱不可量不可說諸世界悉滿天龍夜叉揵達婆阿脩羅伽留荼緊那羅摩睺羅伽舍迦羅婆羅訶摩護世人非人等如東方如是南方西方北方東南方西南方西北方如是東北方上方下方無量無數不可思不可稱不可量不可說諸世界悉滿天龍夜叉揵達婆阿脩羅伽留荼緊那羅摩睺羅伽舍迦羅婆羅訶摩護世人非人等譬如竹林甘蔗林胡麻林曼殊尸利若諸衆生見如來已得化度者彼諸衆生在如來前一尋量住而見如來所有所有色威儀住彼等衆生得化度者衆生見如來在前彼彼色威儀住曼殊尸利所有說法已令彼衆生當得成熟彼彼當聞如是說法曼殊尸利所有修行令彼衆生入如來教當得成熟彼彼修行如來當住如來諸所作事無功用無分別而自

迴轉曼殊尸利譬如白助月輪於半夜時閻浮地鞞波諸衆生各各知月輪在前而月輪亦無分別無異分別如是我於衆生前住欲令衆生知我月輪曼殊尸利然月輪無功用無分別故此如是色事轉以不共法故如是如是曼殊尸利如來應正徧知在於衆中彼諸衆生皆見如來在其前住如來亦無分別無異分別如是我於衆生前住欲令衆生知我如來在其前住然隨所化度衆生彼知如來在其前住何以故不共法相應故曼殊尸利譬如諸衆生隨下中上業熟力還有下中上諸行爲衆生出生而諸行亦無分別無異分別然後無功用無分別故諸行下中上事自然迴轉如是如是曼殊尸利如來應正遍知隨衆生下中上業熟力還有下中上如來爲衆生見曼殊尸利如來亦無分別無異分別然無功用無分別故如來如是事轉曼殊尸利譬如眞頗致迦摩尼寶隨衣種種故有種種色曼殊尸利若頗致迦摩尼寶置黃衣上頗致迦摩尼寶即作黃色若置赤衣上頗致迦摩尼寶即作赤色若置青衣上頗致迦摩尼寶即作青色如是置何似何似色上還作如是色曼殊尸利頗致迦摩尼寶亦無分別無異分別如是如是曼殊尸利如來隨衆生色作種種色曼殊尸利若衆生以金色如來身現而得化度者彼等當見金色如來身若衆生以鞞瑠璃夜摩尼寶色得化度者彼等當見鞞瑠璃夜摩尼寶色若衆生以眞珠色得化度者彼等當見如來眞珠色若衆生以天帝青摩尼寶色得化度者彼等當見如

來天帝青摩尼寶色曼殊尸利若衆生以大青摩尼寶色得化度者彼等當見如來大青摩尼寶色若衆生以諸光選擇上摩尼寶色得化度者彼等當見如來諸光選擇摩尼寶色若衆生以海住持淨莊嚴普焰光摩尼寶色得化度者彼等當見如來海住持淨莊嚴普焰光摩尼寶色若衆生以師子鬚摩尼寶色得化度者彼等當見如來師子鬚摩尼寶色若衆生以師子幢上摩尼寶色得化度者彼等當見如來師子幢上摩尼寶色曼殊尸利若衆生以電燈摩尼寶色得化度者彼等當見如來電燈摩尼寶色若衆生以水淨摩尼尼寶得化度者彼等當見如來水淨摩尼寶色曼殊尸利如是若以婆囉訶摩舍迦囉護世等色得化度者彼等當見如來婆囉訶摩舍迦囉護世等色乃至那囉迦畜生餓鬼閻摩世所生中若彼色類所生衆生隨以何等色身色威儀得化度者彼等當見如來如是色身色威儀如是卵生胎生濕生化生色無色想無想非想非非想隨以何等色身色威儀得化度者彼等當見如來如是色身色威儀而如來亦無分別無異分別欲令此等衆生見我金色莫見鞞瑠璃夜色此等衆生見我鞞瑠璃夜色莫見天帝青摩尼寶色此等衆生見我天帝青摩尼寶色莫見大青摩尼寶色此等衆生見我大青摩尼寶色莫見諸光選擇摩尼寶色此等衆生見我諸光選擇摩尼寶色莫見自在王摩尼寶色此等衆生見我自在王摩尼寶色莫見海住持淨莊嚴普焰光摩尼寶色此等衆生見我海住持

淨莊嚴普焰光摩尼寶色莫見師子鬚摩尼寶色此等衆生見我師子鬚摩尼寶色莫見師子幢上摩尼寶色如是諸處如來亦無分別無異分別然無功用無分別故如是等色所作事轉曼殊尸利譬如自在王摩尼寶所生處彼處不生鐵若鐵作具曼殊尸利其自在王無分別念彼亦不如是念我所生處彼處若生鐵若鐵作具曼殊尸利而自在王摩尼寶所生處彼處不生鐵若鐵作具如是如是曼殊尸利所有佛土如來出生彼處不生柘羅迦波利婆羅闍迦泥揵連他等諸外道彼處不生諸惡作等彼處不生諸亂彼處不生諸無間彼處不生十不善業道彼處不生王教違背法者彼處不生日月光明彼處不生婆羅訶摩舍迦羅護世等諸天光明彼處不生摩尼光明若火光明彼處不生牟侯利多半牟侯利多月半月歲算數等曼殊尸利惟除如來住持爲成熟衆生曼殊尸利如來亦無分別無異分別然隨衆生以無功用無分別故此等事轉曼殊尸利譬如大青摩尼寶光明所觸者彼等皆作大青摩尼寶色而大青摩尼寶無分別念如是如是曼殊尸利其爲如來攀緣意光所觸者彼等皆作徧智色如來亦無分別無異分別曼殊尸利然如來以無功用無分別故此等事轉曼利尸利譬如善作成就大鞞瑠璃摩尼寶隨所有邊安置諸莊嚴具中若足莊嚴具中若頭莊嚴具中彼彼莊嚴具中最極光照及彼等莊嚴具亦最極光照是彼鞞瑠璃摩尼寶威力故如是如是曼殊尸利如來應等正覺隨所有

行威儀住處隨所有行中住彼彼行中最極光照及彼行亦最極光照是彼如來威力故曼殊尸利如來亦無分別無異分別然如來以無功用無分別故此等事轉曼殊尸利譬如地依止故地住持故諸草木藥林種子增長廣成曼殊尸利其地無分別念然以無功用無分別故此等事轉如是如是曼殊尸利如來依止故如來住持故諸衆生諸善根增長廣成如來亦無分別無異分別然如來以無功用無分別故此等事轉曼殊尸利譬如雲氣覆諸地巳於種種草木藥林處所遍雨大雨彼水一味而令種種草木藥林增長種種處所種種味種種色彼水住曼殊尸利其雲無分別念然以無功用無分別故此等事轉如是如是曼殊尸利如來應等正覺以佛身雲遍布滿十方世界巳於諸衆生種種積集善根種種作願種種內心信解種種解脫住處遍雨種種法雨所有種種積集善根衆生作願內心信解各各善根作願內信解脫住處以種種法雨故隨能隨力令其善根增長曼殊尸利如來亦無分別無異分別我爲此等衆生增長善根令其得聲聞智我爲此等衆生增長善根令其得獨覺智我爲此等衆生增長善根令其得佛陀智我爲此等衆生增長善根令其生四天大王宮我爲此等增長善根令其生三十三天宮如是略說乃至夜摩兜率多化樂他化自在如是婆羅訶摩衆婆羅訶摩師少光無量光光音少淨無量淨遍淨大果福生淨居阿迦尼沙詫曼殊尸利如來不如是分別令此等衆生增長善

根當生種種王處令此等衆生增長善根當生種種人處令此等衆生增長善根當生種種自在處曼殊尸利如來亦無分別無異分別曼殊尸利然如來以無功用無分別故隨諸衆生作願内心信解積集善根此如是等色類事轉如來於諸處捨無有分別曼殊尸利譬如日輪出時其間次第放無數俱致那由多百千光焰除去閻浮洲中所有諸闇其日輪亦無分別無異分別然以無功用無分別故此等事轉如是如是曼殊尸利如來日輪出時其間次第放無數俱致那由多百千智焰除去諸見作闇惟除佛住持成熟衆生故曼殊尸利如來亦無分別我爲衆生令破散見事當破散見事曼殊尸利然如來以無功用無分別故此如是等色類事轉曼殊尸利如來於諸處捨無有分別曼殊尸利譬如爲幻所化由幻師故現種種事以無功用無分別故分種種身曼殊尸利彼幻所化不可說不生不滅無字無聲無方處無有物無想無思無二無行無等無對曼殊尸利然後爲幻所化由幻師故現種種事以無功用無分別故如是如是曼殊尸利如來應等正覺隨衆生故種種所行威儀事入處示現曼殊尸利彼如來不可說不生不滅無字無聲無方處無有物無想無思無二無行與法界等無對曼殊尸利譬如日由修迷留山王故四大洲中衆生或有見出時或有見下時或有見日高來時或有知下入時或有知半夜時或有知中時或有知日出來初打鼓時（彼國一日分爲四分若盡一分則打鼓爲節此謂四分中初打鼓時）或有下入初打鼓

時或有殘日打皷時或有殘夜打皷時如是日輪四大洲中衆生各各異見其日輪亦無分別無異分別然由修迷留故四洲世界中現種種事以無功用無分別故如是如是曼殊尸利如來應等正覺於此一衆中或有衆生知如來欲證覺或有知欲涅槃或有知世尊已證覺或有此衆中知世尊已涅槃或有知世尊證覺已十年或有知世尊涅槃已十千年或有知世尊法教純至時或有知世尊法教隱沒時或有知世尊說法已十二十三十四十年或有知世尊涅槃已十二十三十四十俱致那由多百千劫曼殊尸利或有天人知奢迦夜牟尼世尊證覺已不可說不可說劫曼殊尸利如來亦無分別無異分別曼殊尸利然如來以無功用無分別故隨衆生有如是色類所作事轉曼殊尸利譬如閻浮洲中大風輪吹時其諸草木藥林葉動振已復振亂已復亂或有葉東方低西方舉或有葉西方低東方舉或有葉邊舉中低或有北方舉南方低其草木藥林葉亦無分別然隨風輪故種種所作事轉如是如是曼殊尸利如來應等正覺亦無分別無異分別然隨衆生故於叉拏叉拏間常有如是不可數行威儀所作事入處轉曼殊尸利衆生所有攀緣如來作意念轉還爾許劫所有那羅迦畜生餓鬼閻摩世等生處當斷當迴曼殊尸利如來如是無量具足曼殊尸利能一攀緣如來作意念事於無量無數俱致那由多百千劫中住不可思解脫三摩地菩薩摩訶薩不能至其功德邊際曼殊尸利譬如日從大海起

出住虛空境界放無數俱致那由多百千焰諸村城邑國土王都中示現而與破散黑闇乾諸濁泥生長諸草木藥林成熟諸藥發起諸所作業於諸河池濼中一時影到而住處不動曼殊尸利日輪亦無分別無異分別然以無功用無分別故此等如是色類事轉如是如是曼殊尸利如來應等正覺從有海起出住虛空境界放無數俱致那由多百千智焰十方諸世界中遍布示現與諸衆生破散無明黑暗翳膜乾諸煩惱濁泥生長諸善根成熟諸善根聚發起諸善門普於一時諸所作轉而住處不動曼殊尸利如來亦無分別無異分別然以無功用無分別故此等如是色類事轉曼殊尸利若有善家子善家女十方諸世界中所有微塵等諸佛及聲聞衆施

天百味食日日施天衣如是施時於恒伽河沙等劫施彼等滅度已爲一一如來遍十方世界於一一世界中作十方諸世界微塵等娑偷波閻浮那陀金爲體電燈摩尼寶爲闇錯諸光選摩尼寶欄楯圍繞摩尼珠懸以莊嚴立幢旛蓋鈴網覆上塗以大蛇牢固栴檀那香以摩尼網覆上彼等娑偷波以三千大千世界量等天蓋雲幢雲香雲自在王摩尼寶雲意摩尼寶雲散以復散日日三時如是供養於恒伽河沙等劫供養復有別異無量無數衆生亦教住如是供養曼殊尸利若有別異善家子善家女此說入如來功德不思境界法本乃至信解此過彼無數分福德生曼殊尸利信解此法本菩薩當滿足無量無數俱致那由多百千波羅蜜當超越無量無

數俱致那由多百千地當後面背無量無數俱致那由多百千劫當知無量無數俱致那由多百千佛遊戲當破散無量無數憍慢山當倒無量無數慳嫉幢當乾竭無量無數渴愛河當度無量無數生死海當斷無量無數摩羅羂索當遮障日月舍迦羅婆羅訶摩護世威力從佛土至佛土當救護那羅迦低利夜卑黎多夜摩世等所生衆生當得逢會諸佛菩薩當得海印三摩地當得名諸法平等入三摩地當得名諸法自在轉三摩地當得名諸相莊嚴三摩地當得名寶所生三摩地當得名作喜三摩地當得名蓮華莊嚴三摩地當得名虛空庫藏三摩地當得名諸世順行三摩地當得名三法白華三摩地當得名境界自在轉三摩地當得名大頻申三摩地當得名虛空心自在轉三摩地當得名師子頻申三摩地當得名日燈三摩地當得名無邊旋流三摩地當得名懸峻順行三摩地當得名金剛輪三摩地當得名金剛幢三摩地當得名如金剛三摩地當得名金剛齋三摩地當得名持地三摩地當得名迷留燈三摩地當得名諸衆生心自在轉三摩地當得名諸衆生行境界出三摩地當得名迷留幢三摩地當得名寶藏三摩地當得名心自在轉三摩地當得名深密方便三摩地當得名雜色光辯三摩地當得名觀視三摩地當得名觀察諸法三摩地當得名遊戲三摩地當得名不喜樂諸勝智通三摩地當得名破散摩羅輪三摩地當得名示現諸色三摩地當得名勝蓋諸色三摩地當得名觀身三摩地當

得名信行主三摩地當得名智慧燈三摩地當得名現覺燈三摩地當得名説别鈌三摩地當得名入諸相功德三摩地當得名決定諸法行三摩地當得名寂静決定神通三摩地當得名健行三摩地當得名深無畏水海波三摩地當得如是等爲首俱致那由多百千不可數三摩地當得無邊佛身色成就出陀羅尼當得名智主陀羅尼當得名清淨音鳴陀羅尼當得名無盡篋陀羅尼當得名無邊淵陀羅尼當得名海印陀羅尼當得名蓮華莊嚴陀羅尼當得名入無著門陀羅尼當得名正決定陀羅尼當得名佛瓔珞住持陀羅尼當得如是等爲首俱致那由多百千不可數陀羅尼當順得諸行勝當順得諸法中不由他智當順得諸疑斷當得佛百千不可數遊戲當得善巧勝諸衆生行曼殊尸利譬如修迷留山王映蔽諸山光熾照曜如是如是曼殊尸利此法本中信解菩薩映蔽諸衆生諸善根光熾照曜爾時曼殊尸利童子告閉塞諸蓋菩薩摩訶薩言佛子更有别勝法中信解菩薩當得如是别勝功德如是語已閉塞諸蓋菩薩摩訶薩告曼殊尸利童子言曼殊尸利有五法信解菩薩當得如是别勝功德何者爲五諸法無對無生無滅不可説當如是信解過閻浮洲最微塵如來所行威儀所作入處無功用無分別於念念中常轉當如是信解於常會中所作成熟衆生彼世尊奢迦牟尼於恒伽河沙等劫中已證覺當如是信解從然燈佛受記已來乃至證覺於此中間所有菩薩行彼世尊奢迦牟尼盡佛

境界等劫已證覺示現當如是信解誅殺奢迦示現所作成熟衆生彼世尊奢迦牟尼盡佛境界等劫已證覺示現當如是信解曼殊尸利如是五種信解菩薩當得如是別勝功德曼殊尸利若有善家子善家女施諸世界微塵等八解脫定阿羅漢天百味食日日以天衣施如是施與於恒伽河沙等劫施曼殊尸利若有善家子善家女一日施一獨覺食此於彼福勝過無數分生曼殊尸利若有善家子善家女作十方諸世界微塵等遊行處舊譯云寺一一世界中閻浮那陀金爲體電燈摩尼寶以爲間錯諸光選擇摩尼寶欄楯圍遶摩尼珠寶貫束所作莊嚴建立諸蓋幢旛鈴網爲帳蛇行牢固栴檀那以爲泥塗自在王摩尼寶以覆其上海住持清淨普光摩尼寶爲柱以網連繫師子須摩尼寶版以覆其上師子幢勝摩尼寶以爲却敵女牆寮窻懸繒帛束爲彼獨覺作千不可數爲彼獨覺日日施以天百味食亦施天衣如是施與於恒伽河沙等劫施曼殊尸利若善家子善家女聞佛世親如來聲此於彼福勝過無數分生何況若於作晝處若作泥塑處見如來此於彼福勝過無數分生何況施燈燒香塗香華等若更別有種種供具此於彼福勝過無數分生何況爲如來故一日護持一戒此於彼福勝過無數分生曼殊尸利若善家子善家女十方世界微塵等諸如來及諸菩薩弁聲聞衆日日施以天百味食及施天衣如是施與於恒伽河沙等劫施彼等世尊滅度後爲一一如來十世界微塵等造浮偷波一一浮偷

波量與四洲等諸種相具足諸功德成就閻浮那陀金爲體電燈摩尼寶爲間錯諸光選擇摩尼寶欄楯圍繞摩尼珠寶貫束莊嚴建立諸蓋幢旛鈴網爲帳蛇行牢固栴檀那以爲泥塗自在王摩尼寶以覆其上彼等婆偷波日月以三千大千量等蓋雲旛雲寶雲音樂雲瓔珞雲師子幢勝月雲天作鼓樂歌音雲以散其上散已復散而不信解此法本曼殊尸利若有善家子善家女此人如來功德智不思境界名法本信解者乃至畜生趣衆生施一摶食此於彼福勝過無數分生曼殊尸利若有信解此修多羅菩薩如此修多羅中所說供養如來若復有菩薩見在修多羅中信解菩薩見已作如是意此信解此修多羅以如是意得大歡喜淨信心已從座而起合掌頂禮隨堪隨力攝取供養此於彼福勝過無數分生當得佛智故佛說此經時彼諸比丘及諸菩薩天人阿脩羅揵達婆等世於佛所說歡喜奉行

佛華嚴入如來德智不思議境界經

音釋

鸜鵒（鸜烏莖切鵒古合切）皾（補過切）喘（昌兗切疾息也）鞞（府移切）蕨柘（並之夜切）詑（尹駕切）濼（匹各切陂澤也）羂（古泫切）穧（徂奚切與膾同）繒（疾陵切帛也）

佛說如來興顯經

西晉三藏法師竺法護譯

清刻龍藏佛說法變相圖

佛說如來興顯經卷第一

西晉三藏法師竺法護譯

聞如是一時佛遊如來建立之土號歎法身深奧悅豫普見棚閣爲大嚴淨顯曜威宫瑠璃之藏如來所行佛時興出無量之路爲法界宫觀菩薩身光明清淨師子之座咸受一切菩薩之體爲大法座咨嗟法界如來聖旨緣虚空界行無罣礙曉了本際聖慧之界普解佛慧分别聖道去來今佛一切悉等爲一法身一切諸佛行皆平等神通之行無所罣礙法身慧體究竟無相法度無極遊於法界無有二行玄曠無限爲最正覺其等如稱則超度行無有陰蓋解脱之門其法界者皆周虚空常遊十方諸佛國土無限之故靡所不覩億百千姟諸菩薩等猶如塵數一切悉已

一生補處各各在於異佛世界志願無極奉諸慧行各各入於無所破壞平等法界空界無限無所獲致無中間行無有自然亦無所生曉了證明一切諸法亦復如是衆菩薩身無所動捨逮諸通慧徧諸佛土而無所念遵如來慧而於佛道現在得致顯明之曜遊大聖行無所震動慧以一身示于無量所行之體周于無限法界之裏分別善人衆生之界至不退轉等獲本際無本法界除去自大身常卑順則無所畏如來照明一切德本以爲徒類其名曰普賢菩薩普稱尊菩薩如來族姓成首菩薩金剛幢英菩薩無蓋月淨菩薩日光離垢藏菩薩大神通變動菩薩離垢光首十方精進王大師子娛樂神通菩薩如是等類猶如十方不可計數億百千姟諸佛之

土滿中衆塵衆座菩薩其數如斯於是有光號如來聖旨世尊眉間演出斯耀無央數姟億百千明照於無量無有邊際無餘世界十方佛土示現如來威神之變告無央數億百千姟諸菩薩衆威神則令諸佛世界一切惡趣悉爲消滅覆蔽一切諸魔宮殿又諸如來成最正覺寤諸未覺示現諸佛衆會道場所出光明嚴淨之座顯曜法界第一空界在所周徧達諸佛界尋復來還皆逮一切菩薩道場入如來族姓成首菩薩頂上不現如是衆會一切菩薩怪未曾有身心踊躍今日當有無極之變講說大法如此光明自然來現光明適没如來族姓成首菩薩即從座起於蓮華上而下右膝長跪叉手思如來德以偈頌曰

寤諸不覺者　超踰諸德王　其行無罣礙
所超度無極　其大聖安住　平等於三世
恭敬今稽首　明哲之慧士　所行無形相
則度于彼岸　又復而示現　善莊嚴身相
光明離衆垢　演顯百千曜　降伏諸魔事
以頂歸命禮　震動衆國土　宮殿之元首
乃至於十方　諸所有土地　終不令一人
而使獲恐懼　佛道之威神　所興如是比
而平等建立　於虛空之界　其法界如是
獲逮諸境土　嚴淨於黎庶　億姟之塵數
蠲除諸衆生　一切之罪釁　志願甚堅彊
行于億千劫　玩習積累德　殊勝之佛道
逮得於一行　聖慧無罣礙　以一之自然
皆行諸佛道　所演放光明　導師爲若茲
普見於忍界　一切靡不周　普示現一切
威神足變化　吾身已得入　於一自然行
今以是之故　興發如此念　今爲正應時
稽首於法王　無央數菩薩　悉來集會斯
而欲得聽法　所分別法事　今日諸會者
清淨復清淨　而於諸世界　親近導修行
聖慧無限量　境界無罣礙　建德於勇猛
無極之威神　斯等遊世誼　所行逮神仙
智慧不可計　超越精進力　而造奮光明
悉照諸菩薩　今鄙如應問　殊勝最上法
所堪任境界　爲之大聖通　自恣其威耀
而普悉示現　導師最上尊　班宣諸佛土
孰爲人中聖　至上之眞子

說此頌讚已應時世尊從口演光名不可計億數照明照於一切無有邊際諸佛世界遶諸佛土具足十帀示現如來聖旨威變請無

央數諸菩薩億百千姟悉見告敕動諸佛土至諸惡趣悉滅灾患覆蔽一切諸魔宮殿十方如來平等正覺覺諸不覺示現諸佛衆會道場光明之曜度于法界一切周徧虛空之界達諸佛土尋即復還遶諸菩薩入於普賢菩薩面門普賢菩薩適遇斯光尋時如應功德威顏師子之座倍加於前超越佛身及師子座又復絶踰諸菩薩體師子之座普賢菩薩宜觀美德師子座高廣殊妙而現特爲顯麗爾時如來族姓成首菩薩問普賢曰惟佛之子仁之功德不可思議一切世界悉徧知之與大變化況説菩薩無極感動令斯佛子如來所現奚本瑞應普賢菩薩謂如來族姓成首菩薩如吾所憶又如往古諸平等覺之所覩現如斯變化無極感動當講如來興顯經典今者大聖欲演此誼故復示現如是變應如來族姓成首菩薩適聞於斯興顯典名尋時即以佛之威神地則大動於是如來族姓成首菩薩謂普賢曰善哉佛子堪任能樂爲諸菩薩大士之等讃揚如來至眞等正覺興顯成乎今者十方悉皆嚴淨無央數億百千姟衆而來集會往古善修清淨之行心有所歸懷抱道德顯發覺意演大言辭超度彼岸建立一切諸如來行威儀禮節心念諸佛未曾忘捨興設大哀普觀衆生諸大菩薩決了神通分別一切如來精進已身憺怕聞一切佛所講道音尊妙之法如是儔倫功德名稱平等蠲除一切憎愛而無適莫令斯菩薩皆來集會仁爲佛子曾已供養無央數億百千姟佛稽首諮受悉已導修諸菩薩行獲大

神足諸三昧門娛樂神通皆入如來祕密之藏消諸狐疑入于如來無畏精進深覩衆生一切諸根皆以信於眞諦解脫而說經典達如來種聖性所歸班宣一切諸佛之法最爲第一得度無極如是比類不可稱計衆德奇特善哉佛子願說如來興顯現身暢演弘音所可講說諸心念行境界之處所歎行者成最正覺轉于法輪宣傳佛教現大滅度示於如來一切德本諸所造行爾時如來族姓成首菩薩重欲解誼分別所歸則爲普賢菩薩而說頌曰

善歸無合會　諦曉了悉覺　其慧則無上
平等離欲塵　稱歎於最勝　所行無限量
其聞好音響　一切悉踊躍　菩薩之殊特
云何興出勝　所以得歸趣　何因致眞實
如來之音響　何謂爲身心　其行之境界
斯大稱云何　何謂爲諸佛　而白言如來
何故爲最勝　而轉於法輪　願講衆安住
滅度之道地　當悅可斯等　無量諸佛子
其在于十方　安住大法王　一切諸衆生
功德之所歸　斯等之福慶　大聖願爲說
何緣見道意　云何至安住　云何得聽聞
如來之名號　未曾得覩見　滅度諸大聖
假使發踊躍　恭敬於尊聖　惟悅豫說之
何因成大意　今以聞於此　清淨之大人
爲說所奉行　大海之巨海　察斯諸菩薩
一切悉叉手　問佛弁仁者　及咨于鄙身
當爲斯等故　宣說淨尊法　爲斷衆狐疑
獲無量大慧　因爲引譬喻　示現佛種姓
設衆生聞者　發清淨道心　悉令諸佛土

周徧勝無餘　諸佛普示現　若干種身形
知法清淨音　則演隨應時　因其授譬喻
而爲示現說　往至姟佛土　於十方百千
億百那術數　無量不可計　難可得値見
如是等菩薩　如今日聚會　若茲自在勝
是故願說之　安住行清淨　由斯廣宣闡
如來之族姓　斯等諸菩薩　一切叉手立
普欲志求法　渴仰於經典

普賢菩薩緣如來族姓成首所問普告一切諸菩薩衆惟最勝子諸如來處不可思議至眞等正覺若與出者演不可量叙法次第無能稱計如來熙隆巍巍如是雖以一事不以一事而歸於道所以者何惟佛之子又有十事爲無量法歸不可計百千功德修習所行得至如來何謂爲十道心無量普護群黎一切之意往宿積累善行之念志性無限從本清淨合集無極大慈大哀而以習趣救濟衆生願行無底不斷遵修福慧無極習行無猒而習歸趣教化衆生無邊佛藏亦以習趣善諦清淨無量善權智慧之路奉無量德無限之道所習聖智合集懷來無際法誼經典之藏是故佛子十法之行爲法面首已具足十不可計會無量百千眷屬支黨得歸如來譬如佛子其千世界所因德號不以一事而合成也以無數合會成譬如天陰不失時節而以澍雨有四因緣諸風習習飀飀流布風名執御其大風場多有衆水主導御雨有枯竭風其風遶水有風名曰住立住立一切所有宮殿風名莊嚴爲諸三千受體衆生罪福俱遊計諸菩薩所成功德亦復如是無有限量

不可計會亦如若干立三千界乃得諸法無有能爲分別計數稱量本末無能覩見盡其源者如是佛子如來至眞等正覺不以一事不以一誼而興出也又從往古諸如來所先興弘陰法雨其心奉教而無猒倦志性堅強執持不忘無有憒亂觀察寂然以慧道場枯竭一切塵勞之欲誘勸修植衆德之本而善逮進消却憍慢分別決了清淨之行講暢言教德淨群生如來功祚道源無漏懷來如是至眞正覺獲致諸法於彼無有興出之者是爲入于第一之門菩薩所行至於如來之所興顯復次佛子譬如蝓於三千世界自然興盛起大陰雲名不可壞應時而雨其餘地者不能堪任受於此水唯有三千世界遭水變時如是仁者佛之法界有弘法澤名曰無壞合集如來不斷佛種及諸聖士一切聲聞及與緣覺所不堪任受持奉行唯有菩薩承大勢力心無恐懼誓被德鎧是爲二事於是頌曰

明聽諸十方　一切世間上　求比無等倫
譬之若虛空　導師之所行　無量無邊際
則爲無儔匹　其德皆周徧　假使思惟佛
心意之所由　斯諸十力者　功德無限量
衆人之口辭　億百千劫歎　雄師子無極
世俗無有雙　一切諸十方　諸所有佛土
皆破碎如塵　如是塵數劫　復如億百千
咨嗟諸十力　一毛之功德　而不能盡極
假令有丈夫　欲稱量虛空　第二人計然
疾算諸受相　不可計無量　不能盡虛空
當知諸十力　如是行無限　假使三世人

諸在三界者　設計此衆生　心之所行念
心一時須臾　悉可知分數　群萌諸思想
神識之所念　猶譬如法界　悉無有邊際
而不見一切　法界之所趣　十方亦如是
所行無限量　一切無一切　法界爲自然
猶如大雨時　名曰不可壞　無能任受者
水灾乃能包　佛演無極澤　小乘不堪受
唯菩薩能奉　徧布於一切　無本如無本
寂寞無二想　永無有生者　是曰爲普等
一切世間上　境界亦如茲　無本等自然
已脱於增損　猶如斯本際　眞本際無際
三世爲平等　普解脱一切　愍哀等如斯
導師之所行　咸同於三世　一切無罣礙
本際無所造　無造能自然　本淨如虛空
無垢無塵勞　最勝顯如是　一切悉嚴淨
已捨造無造　棄於有無事　釋放言聲辭
及一切音響　蠲除於去來　滅度無所有
諸十力如斯　於法而自然　一切言無聲
亦不可受持　如是淨寂然　曉了一切法
如空中鳥跡　若石處虛空　緣本所誓願
而示現色身　目覩諸十方　最勝所變化
假使欲入斯　如是最勝界　當志念導道
自淨其志性　制捐諸思想　於念亦無念
猶空中鳥跡　心所入如是　是故安住子
省諸導師行　聽我之所說　積舉諸譬喻
計於諸十方　名德不可極　況復說其誼
咨嗟講聖尊　如彼群萌類　自然行致身
不能思念計　諸導師所行　十力境界果
佛道自在輪　成就諸德本　聽說一切德
今現是世人　思行令無餘　未曾能堪任

合聚依因緣　百億土有辭　音合億百千
所以曰言世　因立三千界　人中上如是
斯等悉自然　不能計演德　如其等所周
常可數宣暢　一切衆生念　不可知人尊
所行之自然

復次佛子猶如此雨無所從來無所從去而致斯潤是群萠類因罪福生如是佛子斯諸如來興隆道化無所從來無所從去而致法雨悉是菩薩衆德本力是爲三事於是頌曰

如雨無從來　去亦無所至　佛化一切然
無來亦無去

復次佛子譬如大雨三千世界受體衆人無能計會知其滴數設一佛土所與衆生思念弘澤心眼爲惑唯有主知三千世界雨尊天子悉知諸數不失一滴悉是宿本德之所致如是仁者一切衆生聲聞緣覺不能曉了思惟觀察如來法澤不能及念懐來大心假使聞之斯大心者則當迷惑唯衆生尊菩薩大人於過去佛善修道業得無上力能知之耳是爲第四於是頌曰

猶如有大雨　徧三千佛土　唯尊天子知
其餘無能別　計一切聲聞　及緣覺之乘
不解佛法雨　唯菩薩能知

復次佛子與大雲時又有陰雨名曰滅除滅盡於火又有大雨名曰憒亂壞於水災又有大雨名曰斷絕斷除於風又有大雨名曰壞敗毀壞大寶又有大雨名曰消爛則以糜爛三千世界如來如是興顯于世有大法雨名曰滅除而演法澤消除一切塵勞之欲又名積業而演法澤積累一切衆德之本又名踰

釋而演法澤斷除一切六十二見又名壞敗而演法澤令成一切諸法之慧又名消化而演法澤化滅一切心志所行是爲第五於是頌曰

如雨滅除火　有雨壞水災　有雨斷絶風
毀落大寶山　如來興顯世　滅一切貪欲
積累衆德本　除六十二見　法雨於十方
成就一切慧　化衆生志性　使順從正覺
令不恪四大　三界無根源　自然無極慈
三達無罣礙

復次佛子如雨一味若滋無限潤悉周徧如來若斯以一大哀咸雨一切令至無邊法澤周普懷致大聖故曰如來分別顯現無量之法是爲六事於是頌曰

譬若雨一味　而悉徧蒙潤　如來亦如是
行等無偏邪　則以一大哀　咸雨一切人
法澤至無邊　普懷來大道

復次佛子猶如三千世界還復之時先成色界諸天子身所有宮殿次成欲界世人所居然後成就衆生之類如來若斯興顯現世先成就於諸菩薩慧然後次演緣覺慧行次乃顯示聲聞德本所行之慧然後示於諸餘衆生合集善本所當行慧道法一味隨衆生樂所爲德本所居屋宅宮殿之處如現一類或不用者如來法味亦復如是從黎庶器所植德本而顯慧行自然爲現是爲七事於是頌曰

猶始立天宮　色界無色界　然後乃興成
欲界之宮殿　已後乃成地　人民之處所
一切諸萌類　諸龍揵沓和　十力亦如是

本已應自然　修行無邊際　菩薩之風儀
然後寂然實　因緣而得立　次行得自在
爾乃及衆生　雨諸滴墮已　無青亦無黄
水則入于地　緣是生若干　因其地欲就
生樹山叢林　其水不若干　生地種之名
諸導師住諦　智慧悉聖達　哀慧如虚空
執持於善權　如最勝之法　則入斯供養
智慧離衆垢　其身無所住

復次佛子猶如水災興起之時等在虚空斯三千界現有蓮華名成德寶爲若干種而自然生皆悉覆蔽於水災變普照世間假使蓮華自然出時大尊天子及淨居天得見斯華則便知之於此劫中當有若干平等覺與彼有自然風名顯曜而起遊行則以成立色界天子宫殿屋宅又復有風名淨顯明安隱淨潔而以成立欲行天子宫殿屋宅又復有風名曰一類無所破壞而成立於大鐵圍山金剛之山又復有風名曰特尊而吹成立須彌山王又復有風名曰長立而吹成就七大寶山王一曰陰塗利二曰懿此其利三曰除害堤四曰除憂陀羅五曰脆化民隨羅六曰目隣大目隣七曰香山冰山又復有風名曰善住成立大地又復有風名曰嚴淨成立遊地諸天天龍揵沓和宫殿屋宅又復有風名無盡意成立三千通流一切海之淵又復有風名照明藏成立普世如意寶珠又復有風名堅固根吹令成就衣服之樹如是仁者其大陰雨則爲一味又其水者無有想念獲致諸法自然之數而使衆生别知德本如斯諸風則以諸風分别了知三千世界如來至真等

正覺者所以懷來一切德本成就諸法積累無上無極之慧爲世面首而不斷絶如來種性顯曜無極威神光明普暉世間靡不周徧其見光明皆以至心向於如來又是大聖無所罣礙及諸菩薩各自念言今者如來所以興顯化諸菩薩是故現身於斯世矣分別演説諸佛種性清淨離垢平等之慧奮此光明如來所可該懷合集無漏之慧有道光明名曰普照令知如來不可思議法界之慧正覺種性又有光明名曰總持以故如來力不可動懷來與顯無能勝者有道光明名曰超越故諸如來慧無所畏懷來與顯莫能及者有道光明名一切通故諸如來懷來合集諸通之慧靡不從教有道光明名壞憍慢故諸如來令衆聲聞見功德本不爲虛妄無所缺減

致無所著有慧光明名曰普德一切衆生若見佛者悉令歸趣無盡福慧身亦如是有慧光明名遠中間如來以斯深妙之智歸趣合集至道三寶而不斷絶有慧光明名若干種莊校嚴淨如來以斯具三十二相八十種好懷來合集一切普備悅可衆人有慧光明名無等倫如來以斯度於法典咸同空界於佛之土壽命無量致無窮極如是仁者如來法雨則爲一味如來慧場無所想念顯示菩薩成致道法見衆生根而爲説經如來之慧悉爲一等聖道光明等無差特以故如來與出現耳佛子觀此如來致於一解脱味分別顯現無有限量不可思議清淨之德令衆生類悉觀知之皆是大聖之所建立又復欲令如來無所建立而顯現法未之有也若使勸立

化於一人至于無上則爲如來俱顯德本若能曉了如來之德想念智慧而逮及者未之有也如來聖旨超殊諸法故爲衆生分別顯現令入此誼使了亮法不以猒足如來無想亦無所念無所成就亦不懷來無所造作亦無不作彼無作者無所從來乃爲興顯是爲八事於是頌曰

如蓮華出生　覺佛興如斯　諸天歡喜者
曾見過去佛　覩水之所在　宮殿則清明
令世不復久　各當有國土　佛眞善光明
斯爲本瑞應　菩薩之所念　覺了靡不達
其慧識清淨　身鮮潔無垢　十力濟蠕動
念行諸佛土　曉了世所有　無量所造業
猶在因地上　地在於水表　悉處於虛空
此謂大宮殿　兩足及四足　衆生皆依仰
人中尊如是　已達爲法王　爲一切無餘
衆生皆戴賴　覩見若聞者　悉宗共侍之
破壞愛欲塵　群生所依業　上至于梵天
然及無邊際　孰爲衆生故　而欲安黎庶
不應光爲迷　而求於智慧　無踰而爲踰
最勝以故現

復次佛子譬如空中而立四風執持水種何謂爲四住風起風御風堅固風是爲四持虛空水地在水上不動不搖是則名曰爲地力矣水在風上風立於空空無所住以是之故三千世界而有處所如是仁者假使懷集如來興顯建立於世無所罣礙智慧之明便有四部無極慧場執持一切衆生德本何謂爲四一將順勸悅群黎慧場二建立諸法因緣慧場三護衆德本所御慧場具足諸業四住

無漏界而觀慧場是四慧場以此將育一切黎庶其大慈者度脱群萌其大哀者執師子吼以能立此大慈大哀分别衆生諸所念趣住權方便建立慈行是爲綏懷如來興顯又如來者無所罣礙聖達之明悉無所住是爲九法於是頌曰

猶如虚空界　而無有齊限　受有色無色
所包無有量　八維及上下　佛土諸有身
三界無有餘　是爲虚空界　諸勝身如是
則普而示現　觀察諸法界　有無之所處
大聖之尊體　一切無見者　若觀諸導師
隨律蒙開化

復次佛子猶如三千世界彌廣無限衆生之類有若干行若有方便不離虚空或在水中或在地上或分地利不可計量各行權便或在諸天宫殿之中自在天宫或在虚空因空自恣如是仁者假使如來綏集顯現一切衆生見皆戴仰若有覩者歡喜踊躍隨時自恣則住覺力繼習禁戒娱樂弘業度世賢聖自由神通智慧無身説無罣礙聖達之門修行此業演説顯曜而自恣成不失報應講務光輝導利諸法依由大化無所亡失是者名曰綏集如來顯現一切衆生而悉戴仰是爲十力法斯爲佛子如來至真等正覺爲諸菩薩興顯示現懷來講法有所歸趣不可限量無有放逸亦不調戲其心意識有所興發歸於無身自然如空了解衆生則爲自然不計吾我非有涯底一切佛土則無有土諸土盡空歸無退還而不斷絶當來之際至無歡豫如來聖慧無有伴黨歸于無二有形無形有爲

無爲諸法平等假使通達一切衆生遵修大猷自恣之業乃是往古之所勸助則能具足斯奇雅矣是爲佛子無限言辭之徒類也所言徒類懷集如來興顯大道於是頌曰

一切諸衆生　依怙於佛土　悉因虛空界
則隨順法教　或水中平地　若於諸天宮
鬼神及龍王　皆爲依仰之　空無有斯念
今吾何所造　已爲何所失　爲誰現造誼
人中上如是　身顯諸緣使　隨一切十方
而造若干行　戒禁自娛樂　弘業度世聖
以神通慧明　爲益誰利誼　顯示清白法
了無有諸見　未曾興想念　爲益誰利誼

何謂佛子諸菩薩衆覲見如來至無限量菩薩設若親近如來則爲歸道所以者何無所見者爲見如來見如來者則爲一法身以一法身若慈心向於一人則爲普及一切群萌多所將養如虛空界無所不包無所不入或至一切有色無色有形無形有處無處亦無所至亦無有來則無有身以無身故無所不周佛身如是普入一切群萌之類悉於諸法一切佛土靡所不徧亦無所去亦無所從來所以者何用無身故如來身者欲以開化衆生之故因現身耳是爲佛子菩薩入於第一之門歸趣興顯則謂如來復次佛子譬如虛空無色無見無有形貌而不可覩因分别知衆生之類其所包裹廣普彌遠不以逼迫空亦無想念如是若見如來之身普照世間及度世事因别罪福如來不來亦無所去無所罣礙亦不可得所以者何大聖光明蠲除一切八十顛倒是爲第二所入之門於是頌曰

因發起馳逸　則盡滅光焰　悉見於衆生
增損諸因緣　如空無形色　如來亦如是
以一等法身　救脱衆生類　最勝適出現
化一切冥者　漸漸觀察誼　興盛遇佛道
道德甚弘廣　照曜三千界　度脱生死難
心悉無想念　人尊無等倫　示現於增損
若有訓已者　逮得于緣覺　一切衆生知
親近人中聖　譬如大梵志　自處清明宫

復次佛子日之光明照閻浮提衆生之類蒙恩無限而仰得活暉曜無量猶如流水出於山川生長百穀衣服之具其有窈冥不明之處亦復賴之蛸蜚蝡動牛馬騾驢亦復由之所欲讀説嵠谷樹木及諸藥草悉亦因之諍訟虛無悉得決了空中遊行衆生之類悉復怙之江河浴池泉源流水亦復恃之蓮華開披郡國縣邑州城大邦悉得其明展轉覩見若干形色遊於田野草苗之中陸地之人水中品類悉復仰之各各修治生活之業有所興造便能究竟所以者何日之光明宫殿所照不可限量饒益衆生道德如日群萌若覩如來身聞其音聲致無央數不可稱限方便之緣而依得安迴惡就善功德之法蠲除愚憓滅衆冥事與隆道慧巍巍暉曜其大慈者普護衆生其大哀者救脱黎庶歸趣諸法長育成就三十七品道之力也殖種信淨猶如濁水而致清澄所觀不虛不失報應有色無色生没之事悉見覩之無所傷害道慧光明令諸衆生不失德本爲衆之首菩薩大士猶如蓮華勸化布施一切諸行因緣之便而爲最上所以者何聖之道場而無涯底如來奮

振無量慧光無限聖場亦復若斯是爲第三所入之門於是頌曰

譬如日宮殿　悉照閻浮提　於空而垂光
除闇無蔽礙　本無無處所　因地生蓮華
衆人而依怙　若干之土地　勝日亦如是
衆生悉恃仰　諸天世人民　善修於德本
降伏於無極　逮致法光明　得見人中聖
因成於三乘

復次佛子譬如彼一日之宮殿照大石帝須彌山王次復照於諸餘大山次照黒山後乃照陵阜丘垤及地處所此閻浮提人所遊居光明隨地其日宮光無有想念言當先照於寶山王又日演暉等無差别是其土地處所高卑非日光明而有殊特不念先後如來若此等遊無量忠正法界巍巍道場則演出於無損光暉以斯慧明普有所照其前云何帝石山須彌王者而先遇光則謂趣于諸天正士以法光明而爲示現開化度之然次乃示聲聞縁覺之所慕慧衆生發志建立德本然後化於不善之黨稍漸教於一切黎庶長處邪見悉皆遭蒙如來之光已蒙光明便得受決於當來世得值如來日之慧暉令無思想成諸德本如其志願逮智慧耀是爲第四所入之門於是頌曰

如斯日之曜　不離諸有形　又及諸天衆
亦皆得依倚　猶如諸江河　饒益於衆人
安住光如是　衆生悉戴仰　其離篤信者
不見佛日光　何所佛差特　斯等亦蒙賴
若有聞名者　遭遇勝光明　縁是漸獲進
至于成佛道

復次佛子如日宮殿其生盲者不見威光雖無眼目不知晝夜續因其明得生活業飲食之具如是衆生亡失本淨見佛不信無極道光則謂生盲雖不覩見如來慧光縱使如此續當蒙於大聖日照如是比類微妙弘明暉曜神通照其身形爲設瑞應於當來世蠲除愛欲塵勞之行是爲第五所入之門於是頌曰

如日照天下　生盲不能見　雖不別晝夜
續蒙其暉曜　衆生失本淨　不信如來慧
佛恩慈廣大　續當蒙得度

佛說如來興顯經卷第一

音釋

棚 步崩切閣棧也　釁 許覲切瑕隙也　誼 魚記切與義同　適莫 適都歷切適莫謂無可不可也　澍 殊遇切時雨生萬物也　飄颻 飄甫招切颻余昭切飄颻上行風也　憒 古對切心亂也　萌 武登切　懿 於冀切　握 於甫切　蠕 而兗切蟲動也　綏 息遺切安也　覲 渠撞切見也　窈 烏皎切深遠也　蜎蜚 蜎隳緣切與翾同蜚音飛翾飛小飛也　嵠 苦奚切有水曰嵠　戇 陟降切愚也　垤 徒結切土之高者

佛說如來興顯經卷第二

西晉三藏法師竺法護譯

復次佛子譬如月殿造立現四未曾有法何謂四照諸窈冥在於衆星而常弘明其忘道者指示處所普遊天下有所容受已見月光衆生戴仰立隨方面有所遊出不懷狐疑是爲四如是如來之身有四難及自昔未有示現叵逮非人所見何等四普現一切學與不學緣覺之乘所誓願者從其信樂如示現之限礙之事壽命之節其損耗者爲示長益如來道場不增不減咸見一切諸佛世界衆生之類所可造念隨力信樂應爲道器因何光明則爲一切群萌品類而見瞻戴觀於佛身皆蒙暉曜又如來身無有想念便能逮得無所著心是爲第六所入之門於是頌曰

其月明光照　禕圍須彌王　光乃至諸山
然後至丘岸　次照於高土　乃至於平地
漸曜諸卑下　所有諸上地　安住光先照
諸菩薩身形　然後奮輝曜　緣覺之所行
爾乃照自在　次照學不學　乃照衆無餘
佛道無想念

復次佛子如大梵天名曰三千悉現身三千世界靡不周徧亦不分身群生品類敢有形者隨其色貌皆現其前無不見像如來至眞亦復如是未曾分身無若干體普諸世界隨諸黎庶志性形體所可信樂而示現之大聖身心亦無想念是爲第七所入之門於是頌曰

梵天名三千　悉徧自現形　於衆勢各尊
自在無不覩　又斯梵天者　而不分其體

諸法之導師　自在亦如是　佛身普示現
在十方世界　其像無限量　亦不分別體
一切人各念　今現在我前　悉覩佛面像
聞所講說法

復次佛子如大醫王皆知諸藥分別好醜所入分部曉練群籍經典術呪其閻浮提一切衆藥人不識知謂不中用醫藥本德及醫呪力表示群黎適見此醫病皆除愈悉得安隱又是其醫非力所造現在得立心自念言此諸人民將失救護若沒之後得無孤煢鄙寧可設善權方便而爲示現採集衆藥以自塗體承已術力以給諸藥示如壽終其身不壞亦不枯朽亦不毀碎往來周旋坐起經行皆爲變現醫藥所當而示療除衆生之病聞見其音亦得安隱終始無異如來亦然則爲無上醫王曉了療治一切衆生塵勞之病億百千姟諸劫之數造設醫藥普歸一切智度無極方便善學道術法藥皆是往古爲菩薩時所建奉行智慧善權術呪食藥威勢之力住當來際如是無限處於衆生爲興救護療治群萌諸疾疹也斯則無身無有事業其身清淨一切衆生適覩見之愛欲勞病悉爲除愈雖不信者續而得安一切佛事未曾斷絕是爲第八所入之門於是頌曰

猶如假有醫　皆學諸方術　其見此師者
衆病悉消除　如人病困厄　齋藥欲往療
則已度已體　現一切威儀　人中尊如是
醫王無限量　顯揚於聖智　善學慧醫術
往本宿所行　故現尊聖身　衆人得覩見
除欲病無餘

復次佛子如巨海中有大寶珠瑠璃之藏名曰等演諸光其有見此大寶珠曜若遭斯珠形像顏貌皆變如瑠璃藏設人覩見大寶珠色眼即清淨普獲安隱乃至大珠光明威神宮殿咸照群萌蒙光而永無患如大寶珠名曰安衆所處年歲若放雨時衆生即悉而得安隱休息諸惱如來景曜亦復如是爲大珍寶一切福會無極慧藏假使衆生遭遇如來聖慧光明皆獲一類昇于正眞道寶形像若覩如來則逮五眼值大聖光一切貧匱則獲法珍便得豐饒無極之財乃至道安如來之安佛子且觀正覺威容無所演說而普化益開道群黎是爲第九所入之門於是頌曰

譬如無琦珍　詣海深求寶　致一切明珠
其光照周普　若人遭斯珠　便得致自然
其有目覩者　尋獲清淨眼　勝寶亦如是
演出慧光明　若人遭此暉　則致佛容貌
若觀察最勝　即獲成五眼　蠲去諸塵冥
便住佛道地

復次佛子有大寶珠名一切淨念藏王其大寶珠功德威神非十非千而合集致又彼大珠所可著處斯處衆生普無諸病亦無衆患設令群黎從摩尼寶所念誓願悉令具足如意皆獲又彼寶珠則不照及無德本者一切淨念藏王珠者則謂如來悅可一切衆生品類至眞正覺所示現身三昧定者嗟歎稱譽諸聲聞衆一切衆生在彼生死於五苦中得越殊特而度終始又彼佛子如來之身無前無後一切世界受形衆生宿有福者悉爲一心而無亂志遵修正念純淑諸行精進至向

於如來尊悉獲法願而皆具足其罪重者無有德本不能覩見如來光明則建立之使蒙勸化示現其德本是爲第十所入之門爲菩薩行至眞正覺入近如來而至無量心之所念其綱普周一切十方行無罣礙又法界者觀於諸界不住本際又如來者無起無滅咸等三世於一切想而無所想導利群萌當來心際入於此道令無有餘周滿一切諸佛世界具足法身一切如來悉爲一淨於是頌曰

譬若如意珠　能與一切願　設有所求者
則獲如所志　其無功德者　斯等不見寶
又其尊妙珠　永無悋惜想　安住身如此
恵施一切願　若覩有所遊　如志悉逮成
其懷凶危心　此人不見佛　如來無悋想
亦無有貪嫉

佛告普賢菩薩何謂佛子菩薩順從如來之音而等遊達宣正覺聲不可限量衆響言辭則從衆生心意所好而爲說法至令衆會各得所樂如其志操而現化之從心所念隨時而入不失三昧不終不沒不起不滅久而察之猶若呼響悉無有主亦無有我衆生罪福所積行故違失深妙便有歸趣遐邈難濟與不潔淨分別法界故隨無斷不捨壞法故無瞋無恚無沒究竟所緣住故亦無有主亦無不主亦無教化亦無不教斯則爲隨如來音響所以者何譬如世遭大災變時即有自然四大音聲乃得知法而無有主則無貪業何謂爲四世災變起有一大音自然而出諸賢且聽一禪爲安第一禪者離愛恚患度於欲界已得超越而致自然於是衆生聞斯音聲

成第一禪度於欲界即生梵天適逮法已聞于二音諸賢且聽二禪安隱則無想行超度梵天而得自在於時衆生聞斯二聲則行二禪無想無行其内爲寂心無所著成第二禪即得生於光音天上適逮法已聞于三音諸賢且聽三禪最安離喜所欲於心寂定内無所念第三禪者隨聖所教度光音天於時衆生聞斯三聲超光音天生離果天適生天上適逮法已聞于四音諸賢且聽四禪寂然除苦去安憂慼喜歡無苦無樂清淨具足爲第四禪度離果天於時衆生聞斯四聲捨離果天超生清淨難及天上是爲佛子世災變時聞四大音而致弘典自然之聲則無部主大聖之德巍巍無量自然音聲微妙柔輭播越遠震如是無主亦無所造無應不應無舉無下若有欲建如來法者則有自然四大音聲四大言教何等四一聲出曰不造德者皆爲苦患地獄餓鬼畜生三趣計吾我人言是我所貪著所有一切萬物亦復爲苦設植德本生天人間受賢聖教棄八無閑所生艱難奉行十善諸厄乃除常值佛法二聲出曰諸賢且聽萬物皆苦燒炙熾然轉相逼迫思想衆患身則無常別離之法無形寂滅不志利養便無熾然尋離衆難於時衆人聞此聲已奉持宣行稍漸精進得聲聞乘以忍度岸三聲出曰過于羅漢則有微妙所樂之乘名曰緣覺無有師主而自覺了於時諸人聞斯音已信樂微進逮緣覺乘四聲出曰過於聲聞緣覺之地而有大乘菩薩所行包含桴栰迴御洪舟濟于彼岸不斷道心所度無極將護終

始衆生患猒而現有聲聞縁覺其大乘者爲最尊乘爲殊特乘一切衆生所戴仰乘信樂超絶正眞乘者聞此聲已斯等諸根明達往古宿植德本如來至眞威神聖旨之所建立令其志性含弘光大自在至誠則發道意其音説曰諸如來者無身無心亦無所演無所開化而令衆生如得蒙安是爲佛子第一縁事爲諸菩薩而得順從如來之音於是頌曰

如四無量音　普宣於世間　衆生界清淨
本出虛無際　則有四智慧　寂然安隱禪
衆生聞斯響　便棄捐欲界　十力亦如是
普周於法界　爲衆生之故　暢演無量音
其有致斯印　則超有爲相　安住之音響
未曾有疑想

復次佛子譬如深山巖石之間因對有聲世假如是説是方俗言而無有身亦無有見則因呼對而有聲矣一切音聲言語所由皆縁對耳誠諦計之永無想念如是仁者如來音聲無有言教亦無所處衆生之類心懷念道因縁出意究理音聲亦無不響亦不可得是爲佛子第二縁事爲諸菩薩而得順從如來之音於是頌曰

猶如深山中　因縁而有響　從衆人所呼
尋報一切音　佛勸化群萌　以音令開達
雖有言辭説　未曾有疑想　十力之音響
法界無著念　分別開導人　制化諸根源
諸微細衆生　令其可意悦　有諸十力者
不懷妄想求

復次佛子如大雷震出音聲時名曰諸天誠諦之法假使諸天遊行放逸應時虛空暢法

雷震一切愛欲皆歸無常苦惱誑惑須臾間耳愚騃所習覺無放逸勿務馳騁若自放恣當歸惡趣無得迷謬放逸諸天聞斯言教尋則愁慼各各棄捨愛欲之樂詣天王宮樂於天王無盡之典遵奉法行且觀其法雷震之音而可自然亦無別異爲諸天衆而興因緣謂欲建立衆生之故而有此音如來音聲亦復如此則不可得隨人所行而加演暢大法之音亦無貪愛無業之音無放逸音無常苦空非身之音皆告法界悉逮無餘普周衆生隨其所樂而勸化之便得悅可導以三乘各令得所以無有量自在之慧菩薩所行咸令遊入不可思議又如來者惠無財業亦無處所而以誘引宣告一切聞此聲已不可計會衆生品類精進奉行於是德本或求聲聞緣覺之乘或志無上無極大乘又佛道音普於一切無所倚著亦無言說是爲第三爲諸菩薩而得順從如來之音於是頌曰

假使天放逸　自然有雷震　發明於諸法
令樂于道義　則於虛空中　宣揚說法音
諸天聞此聲　便改不馳騁　十力亦如是
雷震演法雨　流溢於十方　導利益衆生
具足勝言語　以開化他人　聞此音響已
黎庶成佛道

復次佛子喻有天子名曰自在又名善問所向瞻望則諸玉女有百千品而來集合鼓作琴瑟歌頌應弦節奏若干且觀妓樂調發妙曲如來若此則以一音隨羣生心依本志性情所慕樂無量之行因其所信各各現教令得開解是爲第四爲諸菩薩而得順從如來

之音於是頌曰

猶如魔自恣　興造天妓樂　玉女之姿顔
節奏互相和　一心而歌頌　齊音發妙曲
具足億百千　種種之新聲　諸十力若兹
常演一聲詔　則以權方便　音氣暢群萌
黎庶隨信樂　若得聞言教　適聽塵勞斷
其音無想念

復次佛子猶如大梵處於天宮發意之頃敕誡之音揚溢于外衆會之表令諸梵天梵身天子敬奉音詔如是仁者如來正覺演出無上微妙佛音普告一切衆會儀軌于内聲達十方開度群萌使至道場如來等哀無悋衆生衆生諸根不純不寂見聞法化而不愛著一切悉得普集道場各心念言今者如來而獨爲我演法音聲又如來音聲亦無所御而造成立所當教化是爲第五爲諸菩薩而得順從如來之音於是頌曰

假使遠尊處　梵天之牀座　則以一言詔
悦可梵天心　其梵天之響　不超逸於外
悉知一切心　及來衆會意　諸十力之德
淨處於佛座　則暢一音響　普徧于法界
不倦戾衆會　亦不懷貪悋　其不篤信者
不聞佛音響

復次佛子猶計如水一切同等以爲一味隨於器中爲若干變又分别知諸味各異法教若斯如來道教爲一味者謂解脱味衆生之心志性各異謂爲正覺所説不同如來音聲無有想念是爲第六爲諸菩薩而得順從如來之音於是頌曰

猶如計諸水　一切雨自然　味等均清淨

無識八種甘　諸佛子如是　曉了衆生音
若志念一味　得佛自然道　遭遇因緣故
隨地各差別　其器各各異　令水永不同
一切諸羣類　衆生行各異　隨心聞佛音
所聽故不同

復次佛子如阿耨達大龍王者若欲雨時陰雲普徧於閻浮提然後降雨長育百穀衆藥樹木竹蘆叢林皆得茂盛華實充滿諸河源流悉從無焚龍王身出令無數物難計衆類致得滋益如是人者如來普於一切世界周徧無餘大哀優渥而澍甘露大法之雨悅可衆生長茂功德具足備悉十力諸乘如來之音不從內出亦不從外如是無量不可計人羣萌品類而荷戴仰是爲第七爲諸菩薩而得順從如來之音於是頌曰

如衆水流行　周於閻浮提　無所不通徹
普潤于土地　山陵衆草木　五穀依因生
有察其水者　所至無想念　世尊亦如是
宣揚諸法界　布演正法雨　充滿於衆生
長育百千善　滅除諸塵勞　已曉了佛言
於外不馳騁

復次佛子如摩那斯大龍王假使興大陰雨時先貯集雲徧諸天宮靡不周接或不演降雨之一滴觀察衆人農業普備然後乃雨所以者何不欲煩惱衆生之故心念大龍設雨七日徐詳而下則放微滴咸周土田多所滋茂如是仁者如來至眞爲大法王興法重陰開化衆生若有所導雨甘露味爲純淑類然後乃演無極道化雨於法澤暢深奧典不令衆生懷恐懼心宣於無上諸通慧味多所充

滿使得成就是爲第八爲諸菩薩而得順從如來之音於是頌曰

猶如有賢龍　名曰摩那斯　則雨周七日
徐澤無所傷　斯龍所以來　欲成衆生業
然後設慇傷　安隱降澍雨　十力因黎庶
雲集布法音　欲化衆生故　顯示第一義
從其人之器　宣與之法音　聞詔不恐懅
則入於佛慧

復次佛子譬巨海中有大龍王名大嚴淨一念之頃便能演出十品之雨不可計限百千之類莫不沾洽雨無想念又其龍王無異想念雨之自然百千衆品而令差別如是仁者如來至真假使欲演法音雨時發念之頃分別十法了其所歸宣法光曜出百種音或復顯暢八萬四千衆生之行現八萬四千所入之響至于無量億百千姟言聲之説悦於無限衆生之心道教法音亦無想念而則裂解一切根源如來之法若茲無極若干種變善妙清淨巍巍如是也是爲第九爲諸菩薩而得順從如來之音於是頌曰

猶如大嚴淨　龍王之嫡子　而先設雲集
然後乃降雨　佛道則自然　而主有所度
口出十種音　二十或至百　或復至百千
法澤無限量　所尊無所暢　不毀壞法界
自恣之龍王　一切龍中尊　陰雨且普達
周徧四方域　潤一切有形　隨雨若干品
其海所有水　無有若干種　世尊亦如是
道教等一品　行者心各異　所獲故不同

復次佛子海大龍王欲興無極感動變時必安衆生令懷欣踊雨四天下周徧大地上達

自在清明天宫雲布覆蔭若干品類又衆雲同現如是像種種别異或紫金色或復黄色或瑠璃色或白銀色或水精色或赤珠色或瑪瑙光或硨磲光或首藏光如是雜沓大陰所覆普徧四隅及四天下又其水者無有别異而雲霧布若干種像變出電已暢大雷音從其羣萌所欲樂雨或出玉女倡樂之音或天琴瑟衆妓簫和或以若干龍妃樂音或揵沓和妃樂音或阿須倫娛樂音或以土地所出音或以海中雷震妓樂音或以鹿王鳴唬音或以無壞鳴樂音或若干種萬舞之妓其巨雲陰之所覆蓋如是色像時節大悅自然龍風普有所吹假其風出雲霧安詳先放微滴後散大雨上達自在清明之天下徧地上虚空天宫靡所不接雨於大海莫所破壞又至自在諸天遊居玉女妓名歡樂雨諸舞樂至其不樂慢天雨諸如意珠於兜術天雨珠纓飾於焰天上雨若干種華忉利天上雨輭名香四天王上雨好衣服於鬱單越雨微妙華於大龍王宫雨超等光赤明眞珠爲阿須倫雨於兵仗各壞怨敵如是比像周帀四方四天下域諸天宫殿所雨瀰漫不可計會海大龍王無所悋惜亦無慳嫉又諸衆生所植德本各各别異而不一等自然變爲差特之雨如是佛子如來至眞以無上慧爲大法王常顯法樂而以自娛寂然無以普布法界法身陰雲靡不周徧因其衆生所信樂者而示現之或爲衆生班宣暢示最正覺身而興法雨現化變身放法雲雨現建立身而降法雨現色像身若干品雨現功德身而演雲雨或

復示現慧身雲雨或復隨俗示現其身有十種力或復現身四無所畏自然為顯無所損乏或現法界而無身形是為大聖法身陰雨普徧世界隨其音聲之所信樂而為眾生演其光曜除諸垢濁斯光名曰平等暉曜或復名曰無量光明或名普世或名佛所建立祕與之藏或復名曰光照于世或復名曰無盡之行入總持門或復名曰其意不亂或復名曰其心無侶或復名曰遊步普入或復光明名曰悅可眾願如是比像法雨所聞雷震之響至于王覺曉了佛道若得逮聞平等雷震尋則暢達離垢之印三昧雷震自然之聲一切諸法自在三昧金剛場三昧須彌幢旛三昧日錠光三昧巨海印三昧可眾庶心三昧無盡響解脫無願三昧無所志樂三昧常愍無失三昧假使揚聲各令聞此佛法之音是如來身而演甘露出於無數法音雲雨所聞講法遊無等侶悅可眾生是為正覺一切智門不可思議悅羣萌心悉得其時名曰曉了弘慧道場成就往古無垢方便大慈大悲究竟無逸興隆道化斯則所導一切菩薩定厥身心然後乃演大法之雨是為佛子若茲色像顯大法雨愍哀之雨不可思議雨平等之覺導諸羣生開化身心如來至真暢不可暢無極甘露若詣佛樹道場之時為諸菩薩宣大法雨名曰法界無所破壞最究興成阿惟致地又名如來祕藏菩薩所樂大法之雨成諸菩薩一生補處有大法雨名嚴淨飾普令羣生無所違失不廢菩薩如來之地有大法雨名曰莊校道自嚴飾合逮法忍諸菩薩等

合集寶慧有菩薩行名善化無所斷截而闡法雨行成菩薩名無慢門入深奧門行不懈猒又有法雨令初發菩薩意者遵無上道名如來行大慈大哀將濟羣生興發法雨化緣覺乘信樂中行爲衆現說十二因緣之所或超有解脫果名入普至除諸見事而演法雨開聲聞乘衆生信樂以聖達刀截割一切塵勞之垢有智慧劍而布法雨名欣滅諸害爲衆邪見不可了者積累德本而雨諸法聞音斯各十法暢顯法雨悉得充滿周於一切隨其信樂應得解脫如來則爲演大法雨普徧法界靡所不達大聖未曾悋惜於法從其衆生純淑之行而因根源精進若干現於法雨是爲佛子諸菩薩行第十之事

猶如雲霧集　四方而風起　超過以時雨
及水之所流　菩薩分別說　黎庶之德本
故今現在世　立此三千界　諸十力如是
善修慧爲風　因緣澍法雨　志性甚清淨
察衆生無事　勸助以清淨　所謂諸十方
導師因開化　上於虛空中　雲集而降雨
無有而堪任　執持所雨水　惟世遭災變
乃能堪受耳　言辭諦無著　身界爲廣普
諸十力如是　自然無所有　大聖有所說
法界之言辭　而雨法幻化　所潤不可限
無能堪任持　惟有法淨志　未曾有斯念
去來之所由　亦復無所造　永無所遭遇
猶如虛空中　雲霧而致雨　但假名法耳
自然而無化　諸十力如是　法雨無所有
亦無有來者　未曾見往者　盡菩薩威神
而興造斯行　覺了法幻變　護世而放雨

衆生無所行　則無有三界　猶如自然陰
雨降隨水滴　惟有尊自在　三千之教名
造立得自由　斯本福果報　安行雨若斯
徧佛土無餘　思念及限量　無能計數者
其於衆生上　一切世間尊　斯而思惟雨
道寶爲手掌　寂滅應憺怕　自然得解達
又斷除餘事　所起諸陰蓋　棄捐斯衆瑕
長益道寶行　品任三千界　悉曉了一切
十力之所雨　滅盡塵勞欲　思惟念自然
姟德不可量　又復斷絶去　一切諸邪見
分别志性行　最勝寶爲富　一味而真諦
猶空中放雨　所雨無有際　散滴各有處
又計其水者　無應不應想　衆人懷歡喜
猶因生諸法　又復其法者　不起一不多
其無本末等　無應不應想　至於無邊際
成佛及聖衆　斯等爲受持　如是之像法

佛言以十名德於如來之音入無限量何謂十遊入虛空則無限量普至諸法一切境界而無限量遊入無餘分别曉了衆生之界而無限量遊入一切悦黎庶心罪福所趣而無限量遊入因緣報應萌類去塵勞結而無限量遊入究竟寂然憺怕無生之意而無限量隨衆所樂而開化之入於脫心而無限量順解脫味遊入三世無有邊際而無限量處於無底得無境界遊入慧行而無限量選諸法要諸佛境界不復迴還而無限量入於如來順法不奏而無限量如是賢目菩薩爲不可計羣生言響暢如來音於是頌曰

以十德之事　入佛無量慧　至一切諸法
境界無齊限　大道亦如是　巍巍無能思

而多所愍傷　一切悉蒙度　分別生死際
萌類不可極　化除衆罪福　悦心令開解
使不求報應　道慧無涯底　了佛之音聲
忽入於寂然

佛言何謂佛子而諸菩薩遊入如來至眞等正覺心所念行如來不爲心有所念不分別名不曉了識如來無心乃能遊入無量之念如倚虚空造立一切因其由趣有所成就又如虚空悉無所著如是仁者若欲求道恃怙慧者一切世俗及度世事因佛聖慧而建興顯又如來慧而無所著是爲第一因緣之門菩薩遊入如來行念於是頌曰

猶如虚空中　而受一切形　而著依怙之
空亦無想念　如來之妙慧　如是無所著
咸救於一切　不想吾我人

復次佛子猶如法界不離一切諸聲聞度及諸緣覺一切菩薩所習遊至又其法界不增不減大道如斯如來之慧合集世間度世之慧分別了念所造巧便慧不增減是爲第二於是頌曰

譬如聲聞地　及與緣覺乘　菩薩之大士
悉從虚空生　大聖亦如是　解空無極慧
心等無增減　救濟無適莫

復次佛子猶如大海與四大域八千億土而相連接地形所盡至其境界而普悉可獲得水矣自然涌出其大海者亦無所念如來之慧亦復若斯普至一切衆生心意靡不達徧從諸黎庶意之所念所在建致清淨法門則以順之令世人獲自然之慧又如來世尊所可演慧悉爲平等從其志性以奇特事而療

治之道德超世是爲第三於是頌曰
譬如四大海　與八千億域　而悉相連接
地形所盡到　水靡所不至　而自然涌出
海亦無想念　如來慧如此　至諸衆生心
慧莫不通達　從羣黎所好　則爲開導之
致於清淨明　令獲自然明　所演悉平等
如來無想念
復次佛子猶如巨海自有四大如意寶珠演集積累無量之德所以致此如意珠者不以龍神有德故有此大珠生諸琦珍悉大海恩也生一切寶黎庶戴仰莫不濟之何謂爲四一名曰等集衆寶二曰無盡音三曰歸趣四曰等集衆辭又計於此大如意珠則非凡類阿須倫迦留羅真陀羅摩休勒諸龍鬼神及餘水居含血之類能致光曜所以者何寶固在於海龍王藏故又其大海諸摩尼珠而有四角在於四方海龍王宫各自别立如來至真等正覺亦復如是道德暉赫有四大寶無極之慧則以於此四大慧寶勸化開導一切衆生諸學不學乃至緣覺菩薩慧寶緣此致之靡不濟度何謂爲四興隆法樂至無所倚善權之慧有數無數有爲無爲法寶藏慧於諸法界而無所壞隨時演慧以得超度於時不時擾動之慧是爲四寶則復以此四大之慧求如來藏入道府庫不與衆生而同塵垢在于世間逮開上慧令諸菩薩遊詣四方所可翫習無上正真而令堅住立不退轉是爲第四於是頌曰
四珍之尊義　建致安妙藏　所以巨海中
自然生諸寶　其如意明珠　不離清淨妙

分別在四面　所處有光明　如來品四慧
無量不可限　安住聖巍巍　開導於五趣
斯無極至慧　無有異相念　惟察諸十方
所說無不達

佛說如來興顯經卷第二

音釋

煢渠營切獨也　疹丑刃切病也　桴栰桴芳無切栰房越切小曰桴大曰栰　佹九委切戾也　渥烏角切澤也　淑時六切善也　嫡都歷切正長卩嫡　唬虎交切鳴也　錠徒徑切

佛説如來興顯經卷第三

西晉三藏法師竺法護譯

復次佛子有彼巨海而復現於四大之寶如意之珠威神巍巍光明無極斯如意寶功德之曜消於大海所積聚水而令厥水不復遊逸斯以大海不增不減以是之故如意大珠至使大海常自停貯何謂四日之曜藏大如意寶師子之步大如意寶照曜光明大如意寶無餘究竟大如意寶是四大寶假使大海若無有此如意珠者水當流溢四大域界蕩涾漭沆至圍神山大圍神山悉當没溺其日曜藏如意寶珠則以二事變大海水其光照之消服其水而令色變化成象乳師子之步如意寶光照變乳色成如酥搏照曜光明如意寶珠暉焰照之除去酥像猶劫燒時火焰盛赫皆焚天地大如意光照於巨海令其無餘忽然滅盡不知所歸如是仁者如來正覺為衆生故則以四慧照曜一切因斯明照於諸菩薩至令逮成如來三昧何謂為四除滅衆罪則以法河究盡恩愛令成道化皆以智明照于世間如來之慧無冥無明為平等聖是為如來四大之慧為諸菩薩忍衆恐懼植不可議功德之本至於一品諸天人民及阿須倫濁俗之衆不堪諸患無量苦痛若值如來寂寞之地慧明所照降伏諸著立于三昧若聞法頌消生死海遭遇如來所開化慧篤樂三昧因得與於大聖神通微妙行音大慧照世消化衆穢致神足行能自成立為世大明開導盲蔽無冥無明以能蒙此如來聖慧則能降伏世之邪智大人之地無三昧定滅

除一切財業賄賂身無所有而逮得此大道之慧若無於斯如來四慧道德光明假使欲令諸菩薩衆逮得如來至真正覺三昧正定未之有也亦不能除生老病死四無所畏無本際行是爲五事於是頌曰

海水無限際　而有四品寶　大力無極威
次有微妙尊　四方域衆流　自然有萬川
常入於大海　大海無增減　慧處在法座
決斷諸所著　以法廣布施　歡喜無所説
安住有四慧　咸爲諸開士　最勝及菩薩
未曾有衆患

復次佛子猶如假喻其下方水及至上界想無想天一切三千大千世界悉處虛空如是計之一切三界群生有形不離虛空而想吾我虛無所計則無所倚空無所著亦不迫迮生死亦然察於十方所周虛空含受一切諸佛世界亦無所受如是仁者諸聲聞乘緣覺之慧有爲行慧無爲行慧皆以依倚如來之慧如來智慧之所開化大道通達普入一切無不周接無所想念亦無罣礙輙以聖智多所濟導是爲第六於是頌曰

旨極從下方　起至於上界　一切三千國
欲色及無色　所住無所住　諸界無吾我
亦不計有常　不念於斷絶　安住慧如是
一切慧之本　諸學及不學　并諸緣覺乘
衆菩薩明達　而志懷愍哀　若建立道教
佛智慧最上

復次佛子猶如下方而生大藥達山王頂號無根源又大藥者根通地下過於金剛六十八百千踰旬住於水界安隱而立無能拔者

其源分布悉徧周帀閻浮提土萬物萌芽遶集一切樹木根株近莖生莖近枝生枝近節生節近葉生葉近華生華近實生實其有天下樹木華果皆因之生又大藥者其根轉體體令根轉以用二事不生萬物近於地獄依水純陰故雖在於彼而不迴轉是以於法而不得生又其餘處大地之場所布根源藥之所生盡極其地法應當然也如來道慧亦復如是從本清淨則以大哀生堅固元平等覺種乃爲眞諦微妙達要而不可動斯謂根也善權方便則爲莖也慧則枝也法界節也一心脫門三昧正受無所破壞葉也覺意莊嚴華也究暢樹形諸通慧也解脫知見實也辯才之誼靡不通達則謂地也其如來慧無有根著用何等故而無根著永無所信是則名曰爲究暢矣則無根著所可興發悉無所行斷菩薩行則爲無本故謂如來也演菩薩行斯則名曰無所依倚若有菩薩親近如來無極慧源則不違捨一切衆生因其道根而生大哀近於莖者堅精進也因其莖次生其枝度無極也而長成就近枝生葉學于禁戒寂靜知時也近於華者謂諸相好若干德本也節謂隨時也次生果者則謂究暢不起法忍至無麤辭柔仁和雅又其實者爲諸通慧則爲道果也以是之故如來之慧不由二事而有所生也何等爲二謂無爲及與有爲之大曠路若墮於谿澗而遊無極無爲之事於諸聲聞縁覺之乘又其志性不與俱合亦無所畏遊於三愛三流之源於如來慧亦無所生亦不退還若有所生已達聖性修平等心於

諸菩薩無有彼此且觀正覺大道暉赫巍巍無底而爲眞諦慧不增減其根堅住令諸衆生究竟通達了無篤信是爲佛子第七之事於是頌曰

於雪山岡嶺　藥名無根著　其藥有大神
威曜無等倫　普長育一切　叢林諸樹木
而根生莖枝　枝因諸根源　一切諸佛種
自然成道慧　德旨亦如是　遵修一切智
曉了行佛道　奉宣於聖路　等習於慈哀
生長覺明德

復次佛子譬劫災變大火烄爀燒三千大千世界一切樹木藥草萬物及至圍神大圍神山大金剛山莫不焚冶假使有人取枯茅草肥松重閣以投盛火於意云何寧有一葉得不燒乎答曰不得不燒欲令不燒未之有也報曰如是尚可使火不燒樹木大積薪草有欲限節如來聖慧三達神智衆生之數國土多少諸法之底去來現在無央數劫令不普見而有微礙不悉及者未之有也所以者何正覺道慧無有限量不可計會靡不通徹故號如來至眞等正覺是爲第八於是頌曰

若劫之遭患　天地被陶冶　一時悉焦然
男女樹木果　佛子具聽察　於斯諸遊居
金剛尚銷鎔　何況枯草木　山陵諸所有
豈可脫不燒　安住之智慧　皆能分別知
當來衆生類　若干劫佛土　諸佛悉明達
如是無限量

復次佛子猶如災變風起之時而有大風名曰毀明則發具興毀壞圍神大圍神山及金剛山一切三千大千世界吹令碎散使無有

餘又復有風名因緣蓋吹于三千大千世界飄舉擎接越置他佛國假使於彼因緣蓋風獨值自恣無毀明風便當摧碎十方不可限量諸佛境界如是仁者如來則有無極大慧名曰毀壞一切塵欲正覺以斯無極大慧吹除一切諸菩薩衆塵勞罣礙如來次有無量聖達名曰總攝大權方便則能消滅愛結之患至妙道場因復開化新發意菩薩一切諸根未淳熟者設諸如來不總攝斯大權方便成大道場令無央數不可計會諸菩薩衆修於聲聞緣覺之乘世尊順從善權方便令諸菩薩大士之等超越聲聞緣覺之地由斯自在而無所住是爲第九於是頌曰

劫中若恐懅　諸天亂不安　神圍須彌山
咸悉爲毀壞　風即時興起　無能制止者
無量諸佛土　糜碎無有餘　有諸十力者
聖慧得自在　則以破毀碎　諸菩薩塵勞
彼復有道風　尊修於善權　尋便以救護
聲聞行者安

復次佛子如來之慧遊入一切聖智巍巍靡不周徧一切黎庶終始之界所以者何若有欲想世尊之慧欲及達者未之有也又如來慧悉離諸相自在之慧則遊自然無所罣礙如書一經其卷大如三千世界或有大經而未書成猶如三千世界之海或如神圍山如大神圍或如普地舉要言之如千世界或如四域天下世界或如閻土或如大海如須彌山如大神宮欲行天館如色行天如無色天假集大經廣長上下猶如三千大千世界而有一塵在大經卷又諸經上各各有塵各悉

周徧在大經裏當爾之時有一丈夫自然出現聰明智慧身試入中又有天眼其眼清淨普有所見則以天眼而觀察之今斯經卷如是比像廣大無極其上則有少少塵耳於諸衆生無所加益我身寧可以無極力大精進勢裂壞此經解散大卷當以饒益一切黎庶適念此已則時興隆無極之力精進之勢輙如所願取大經卷各自散解以給黎庶如一卷經衆經之數亦復如是若此仁者如來至眞以無量慧不可計明悉入一切衆生江海心之所行而普曉了群萌志操如來之慧不可限量靡不周達不可窮極正覺之智不可計會觀察一切萌類境界怪未曾有斯衆生類愚騃乃爾不能分別如來聖慧世尊普入而自念曰吾寧可宣顯示大道使諸想縛自然蠲除如佛法身聖塗力勢當令捨離一切著念設使曉了正眞之慧誼所歸趣獲致無極三昧之定暢說正道去一切想誨令使念無上道慧化諸黎庶在五趣者令達無極是爲佛子第十定事如來至眞勸諸菩薩心入道義如是比像濟無央數諸菩薩等蒙如來慧開化其心使入大道也於是頌曰

猶如有經卷　大如三千界　自然有微塵
悉散於其上　有一慧士夫　明眼壞經卷
悉分別布散　施於五趣人　世尊亦如是
智慧如大海　見衆生心意　悉惑諸想念
佛以愍哀人　爲解除衆想　諸菩薩戴仰
諦蠲棄著欲

復次佛子何謂菩薩遊入如來之境界於斯菩薩慧入無礙知一切界爲如來界一切佛

土諸所有境衆生之界則悉無本靡所部分不有所壞其法界者無陰蓋際又本際者無際疆畔猶如虛空無有邊涯亦無有界亦不不有悉以遊入如來境界猶衆生種不可限量無有邊涯如來之界亦復若斯不可限量無有邊際所以者何如有衆生心之所念不可計會如來尋則以無量慧而開化之如龍王尊而得自在攝無量水因而放雨不可計滴不從內出亦不從外如來境界亦復如是從意所欲有所興造即自然成彼無所諮亦無有師如大海中水不可量悉從龍王心所念生亦復如是一切所有無量聖達至諸通慧行如法海咸斯菩薩往古發心之所造願因從厥行而生差別問曰何謂無量爲巨海者何謂無限諸通慧海曰無思議多所解說至於大海今粗舉要分別說之諦聽諦聽善思念之閻浮提有五百江河而入大海拘耶尼域亦五百江河入大海中弗于逮域四千江河而入大海鬱單越域具足萬江流入大海於意云何此水合會流入大海寧增多不答曰甚多報曰十光龍王所雨之水則多於彼諸江之流又四大域所有諸水十光龍王所雨之水入大海者其水不如百光龍王之所雨水墮於海者爲最多矣又四大域水十光龍王百光龍王所雨大水入巨海者不如大遊龍王身中所出入於大海其水倍多舉要言之如摩奈斯龍王雷吼所雨則復加倍難頭和難所出之雨無量之光妙群龍王大焰龍王大頻申龍王雨亦如茲斯十大龍王立意龍王各各降雨不可稱限其四大域巨

海之水及十龍所雨之水幷八十億種龍王悉歸巨海不如閻浮提海龍王長子諸大江河所有衆水及諸洪雨不如十光大龍王宮所出水計四大域一切江河及前所説諸龍王雨十光龍王百光大龍宮所出水咸悉不如大嚴淨龍王宮所出水舉要言之摩柰斯雷震難頭和難無量光明及大妙群大明焰龍皆悉不如斯十龍王及八十億龍王宮所出水則悉不如海龍王長子宮所出水如是諸龍王等水歸大海咸爲不如海大龍王雨無所壞水爲最多其閻浮提水及拘耶尼弗于逮鬱單越十光龍王宮殿所雨百光龍王大瑠璃龍王宮殿所雨摩奈斯龍王雷震難頭和難無量光明妙群龍王大明焰龍王及大頻申龍王宮殿所出雨者及八十億種姓龍王所出諸是有水及四大域海之龍王長子所雨有海龍王無所壞雨衆大雨水咸悉不如海大龍王青瑠璃中所出諸水而悉周徧充於大海大海之水如是無限又如海水無有量者其寶品界亦復無量衆生之界亦復無限觀於大身亦不可計大海水不可限量諸寶品種亦復無限於佛子意所趣云何其大海水寧無限乎報曰無限如大海德無能計量如來若斯慧無限量百倍千萬億倍巨億萬倍無以爲喻不倚言辭隨人所解而以牽引大海譬喻佛之大道聖過於兹因假三昧其明無邊則如來慧所達巍巍猶如大海其意無限從初發意乃至菩薩一切智行而不斷絶道寶無量一切道品三寶之法不可盡極勸化衆生當造斯觀諸學不學其緣

覺乘悉見濟度以無極諦志無所在悉觀無量住於第一欣然之地始從菩薩便能至於無罣礙地化諸菩薩令不廢退是爲佛子諸菩薩衆則能遊於諸佛境界亦能普周一切所有亦無限量於是頌曰

積清淨諸品　無數不可量　衆念之境界
一切無邊際　如意之齊限　其心無所周
一切諸十力　當求斯境界　猶如龍所處
未曾有捨離　應其心所念　而放於雨滴
設使心有來　乃至得還返　其龍不有念
吾當有所雨　諸十力如是　未曾有來至
亦無有還返　能仁不可得　永無所興造
況遺心有念　法界無限量　猶如江河沙
其海無邊際　水及寶亦然　諸含血所居
一切無限量　其水悉一味　生者咸仰之
若處於此中　不飲餘水業　大聖亦如是
妙慧無涯底　三寶無限礙　道要不可計
諸學及不學　人民無央數　不可計群萌
志願佛道慧

何謂佛子菩薩遊入如來聖慧無罣礙行威儀禮節猶若如來往本無生於當來世亦無所造隨時緣故而忽成矣斯如來行不起無滅不有不無亦不遊入有爲無爲譬如法界無有限量亦無不限所以者何無有自然亦無有身故曰法界大聖若斯斯名如來行無限量亦不無限遊入無身亦無自然猶如飛鳥行虛空中於百千歲而飛行者如有所度亦無所度觀前察後其虛空者無有邊際如來之行亦復如是於億百千劫所講無極若歎有極設無所說其如來行故無邊際如來

已住無罣礙行亦無所住而爲衆生暢現如是如是比行僉度一切罣礙之跡如金翅鳥王遊在虚空以清淨眼觀龍宫殿變易本形知應終者鶱翥奮翮摶揚海水波蕩披竭攫食諸龍及龍妻妾如來若斯慧無罣礙住無底行咸於法界普觀衆生諸根淳熟因隨宿本植衆德源尋以無極如來十力而示形像入終始海拔生死淵開導衆庶能爲應器挑出群黎於終始海則建立志於佛道法而悉斷除一切言行獲致如來無所想念以無想念慧無罣礙則爲住立住無所住也如日月光照于天下獨已遊步而無有侶則無所立行虚空路人民瞻望日月不念吾有所奏若復迴還世尊如是遊於泥洹入清淨法亦無想念於諸法界示現超度一切諸行五趣群萌亦無懈息無所專信而則暢達宣布佛事亦無往返是爲佛子諸菩薩等遊入如來之慧行也則無限量亦無不限代諸緣事也於是頌曰

無本不可盡　未曾有起滅　有計無本者
無處不可見　諸愍哀如斯　其行無有量
無本者自然　則無有二事　猶如此諸種
法界無處所　亦復無限量　亦無不限量
道行亦如斯　聖達無涯底　所分别無極
斯則無有身　如有鳥遊步　億劫在虚空
前後亦如是　虚空界道等　最勝百千劫
講論所當行　如方便隨成　不失於善德
金翅鳥在空　遥望察水中　知龍命欲終
舉食龍妃后　十力智自在　燒盡諸塵勞
善造衆德本　拔出生死源　譬若如日月

遊行虛空中　黎庶蒙安隱　光亦無想念
世尊亦如是　由法衆無礙　開化無數衆
不與諸想念

何謂佛子菩薩遊入如來開導於斯菩薩僉度一切諸所著行而不猶豫平等法味了不二入如來所闡則復遊入於無想覺無行之覺無處所覺無限中覺無邊際覺棄不成就倚著中間則觀一切文字音響而無處所於諸言聲而無言教究竟盡極衆生之行奉平等覺志性諸根塵勞愛欲悉爲清淨如來道眼一時普等一切三世猶如大海天下人民悉戴仰之皆包衆生見諸有身故曰大海如來之道亦復如是觀群萌心志性所歸雖有所照亦無照想則爲自然是故名曰如來之道所開導也彼便以化所可開導既講文字亦無所説於一切響無所宣暢雖有辭教本無所言縱有所仰亦無所仰又復勸化於群生類今當演説舉其大較如來之道所開化者成最正覺不限衆生如號如來也如身住數衆國土數一切三世之所有數諸身住數亦復若茲而無差別如道教數一切言數如諸如來法界之數如虛空數無罣礙界如諸御行之所開導言教之界如泥洹限衆生身形所處住數亦復如是口之言限亦復若茲如身口數無罣礙心所住限數等無差特彼以遊入如此無數則淨三場致于道德由是之故等御巳身及諸衆生觀見如是一切寂然而察等導於泥洹界巳觀若斯之自然者咸入一切則無自然無盡自然不起不滅則亦自然於我非我亦復自然於人不人亦復

自然佛無所想亦復自然法界自然虛空自然亦無自然已曉了此成最正覺逮致正法無餘之慧得覩如來無極大哀多所開化諸群萌類猶如虛空含受世界一切方俗志性自然成於世間如是比類無盡無長亦無所生所生憺怕亦復如是成最正覺亦無所覺又其相者亦無所相亦復是相而無若干譬若士夫興化變人如江河沙等爲諸如來也令無比類亦無形容適化現此則復宣舉江河沙等皆爲劫數於意云何其人所化以奚等化而令發心成如來乎白世尊曰如吾所知當爲顯義化如來數如無所化化數亦然答曰善哉善哉誠如所云如是佛子一切群萌斯須之間皆逮無上正眞之道成最正覺成菩薩數亦復若茲其不成者亦復若此無所增損所以者何又省于道則無有相其無相者無成正覺無所長益雖等正覺亦無所逮是諸菩薩當以若茲入于如來乃成正覺若欲覺了當作斯覺如來一相而同品類則無品相斯則號曰慧成道覺三昧正受通定意已一一所覺法身無餘超於一切衆生立身猶如一人成最正覺至道門者一切衆生若成佛道至於法門亦復若茲等無差別使無量人逮成正覺門遊入住於無限諸身如來之界無有涯底衆生之界不可計數是諸菩薩遊入如來成最正覺一一得致如衆生本入如來身所以者何若得普入如來至眞最正覺門其身所行亦無所生亦無所失如獲一事其餘亦然一切法界作是遊入不離處所不捨言辭信此如來法身者也所以者

何若能普入乃成正覺至無極慧弘慈寂然諸佛道樹師子之座復次菩薩普了已心能成正覺則入法身也所以者何如來至眞不捨心本乃致大道如已心者其餘若斯則以開導一切諸心當造斯入是爲佛子諸菩薩衆爲諸大聖以此推入成最正覺廣遠周普普無不入而不違捨無所繼著則無休懈無所篤信入不思議法品之門於是頌曰

已脫二無二　曉了一切法　等猶如虛空
普解諸經典　等已無吾我　是爲解諸法
已分別聖覺　一切無所覺　猶如四方域
受諸有形體　等包於川流　是故字曰海
十力亦如是　衆生之海印　曉了其志性
是故號分別　心意悉如化　諸佛如化現
奉自然平等　如化之所化　佛道皆辭說
一切群萌類　本自然平等　不增無所損
最勝有三昧　名曰善覺首　住於佛樹間
得成斯定意　則演出暉曜　照無限黎庶
開導如蓮華　教誨於衆生　若於當來劫
衆生國自然　思法亦如茲　諸根及志性
一切平等觀　無吾我所以　以故無涯底
覺了道之覆　行菩薩之道　弘慈慧寂然
處樹師子座　逮成無上覺　道力無等倫
法身聖巍巍　普入無不周　不捨於衆生

何謂佛子菩薩遊入如來音響所導法輪其菩薩者善立如來弘所思念一切黎庶悉無本末無所成就當入諸法永無所住斷于三場遊于眞諦諸所有法離諸見際捨欲之際則無有際便皆遊入一切諸法如虛空際無所行念則爲遊入一切諸法不可逮致本末

永寂一切諸法泥洹自然其諸文字音聲之說悉以自然斯乃遊入至于法輪咸悉徧暢如來之音如呼聲響乃曰自然則入法輪法門自然一切諸音悉爲一響乃入法輪本末無主文字無盡乃入法輪於內於外無所積聚猶如一切文字所演諸所言辭縱有言辭不捨真諦講說往古歎叙本末無央數劫一切文字而不可盡如是仁者如來至真所轉法輪一切假號悉文字矣暢說無盡則無篤信悉無所有亦無所思而無有響亦無所施彼則所可轉法輪者普入一切亦無所入如假文字言曰無矣若曰燈明一切所造皆託言耳悉入諸數一切世俗所說度世遊入於斯永無住者是如來音普入一切衆生之界諸法身界報應之事永無所住其諸群萌說若干種言辭之響悉爲宣暢一切如來法輪之音所以者何如來至真所轉法輪悉出一切諸所音響而無進退是菩薩者遊入如來所轉法輪菩薩大士當造立斯入於如來陶演言辭不可限量何謂如來所入言辭如來至真轉法輪時所演音聲暢衆生行志操所好所以者何佛有三昧名無罣礙究竟無畏轉於法輪以此定意正受之時衆生一切咸隨其音而轉法輪一一正覺音從口出一一言辭與顯群萌譬喻之響悉各從志假使以是三昧正受悅可衆心是爲遊入如來至真所轉法輪以斯柔順道法所說亦無所入如此所遊則乃入斯聞如來法聖教言辭是爲佛子諸菩薩衆遊入如來所轉法輪至無限量於是頌曰

其輪無限量　成就究竟界　亦無所長益
一切無二護　所說諸文字　一切不可盡
十力亦如是　法輪常無窮　講說於律教
入一切有爲　亦復無所入　佛輪亦如是
悉入諸言辭　自然無所入　普宣於衆生
一佛行無餘　超有爲三昧　究竟諸定意
欲求妙法故　是爲佛定意　蒙佛恩所致
達一切群黎　最勝所演音　而暢柔輭辭
以一言聲教　宣布諸衆生　分爲若干響
讚詠無有餘　佛爲一切尊　解了衆生心
如有所說者　黎庶聞其音　文字不處內
亦無由於外　計斯悉滅盡　眞成無所有
若轉法輪者　悉爲衆生故　且觀諸十力
變化所感動

何謂佛子諸菩薩遊入如來至眞現大滅度於斯菩薩欲入滅度曉了一切本淨自然則爲佛矣猶如無本而歸滅度如來滅度亦復如是又如本際法界若斯猶如虛空無極之界又如本淨如眞本際而離欲際如無相際無自然際猶如一切諸法本淨如眞本際取於滅度如來滅度亦復如是所以者何應與不應斯諸所有等無差特無生不起設使諸法無生不起計於彼法無往不往無離不離又如來者不爲與發諸菩薩衆咨嗟歎說今取滅度永寂無餘所以者何一切如來悉立目前若如現在過去亦然及復當來一時悉逮速疾成慧斯須得道觀諸如來皆當宣暢色像音響不興二想亦無不二棄諸思想應菩薩行損捨諸倚如來不念悅可衆心是爲如來之滅度也愍哀群生衆想之患故興出

矣亦不滅度所以者何如來所住處在法界悅可衆生所以現身而有滅度用之所由法界無邊如日宫殿出于水中則便普照一切天下日之宫殿無所想念亦不轉移而咸悉照靡所不徧諸水衆器悉覩其影舉器無水又日電光則不復見於意云何豈可謂是日之咎也而合其影不現器乎答曰不也無水器咎非日之咎答曰如是如來慧日往本所行至諸法界皆爲衆生常演清淨興自然事逮致道念顯曜其心而常覩見如來之身破壞器人心懷穢濁不見威光佛子應當化度衆類渴仰無如來故爲現滅度也亦無有生亦無不生亦不滅度於是頌曰

假如日徧照　其界及邊涯　難畏所見影
適見不復現　人中尊如此　普現於世間
衆生離篤信　誨示以無爲　普觀諸佛國
等由若如幻　狎習衆因緣　而計于吾我
假使有造行　究竟佛所作　或不見大聖
所覩而不同　最勝有定意　名曰解無常
佛以是造業　然後現等生　以分別身形
爲無量無限　須臾徧十方

佛猶如蓮華猶如火者普爲世間成所當熟或於異時一聚落縣而火忽滅於意云何將無一切諸世界火悉滅盡乎答曰不也報曰如是如來皆入一切法界悉徧無餘興于佛事則於異時復他佛土顯發道意便見滅度而不滅度當以如斯入於如來之般泥洹復次佛子假喻幻師善學幻術曉了方便悉通神呪則住精進皆化三千大千世界悉變爲水自現其身在郡國邑安幻呪術停住一劫而建立威欲

得詣於他異郡國縣邑州域便化没巳於意云何將無幻術皆滅盡乎答曰不也報曰如是如來善學無量慧幻示現善權聖術之呪普入一切現諸法界亦無所入猶如幻化現如來身處在法界究虛空界則隨衆生之所信樂各爲化示諸佛之土而現滅度不獨一國示般泥洹如來悉於一切法界靡不開達是爲佛子爲菩薩者當知遊入諸如來至眞等正覺現大滅度

佛說如來興顯經卷第三

音釋

涾（徒合切沸溢也）漭沆（漭模朗切沆胡朗切漭沆大水貌）摶（度官切掜聚也）賄賂（賄呼罪切財也賂落故切以財與人也）烪爀（烪烏來切爆爇也爀呼格切火炙也）積（資四切聚也）冶（羊者切鍜也）懅（其據切懼也）騃（五駭切癡也）翥（章恕切飛舉也）攫（居縛切爪持也）憺怕（憺徒感切怕傍各切憺怕安靜也）

佛説如來興顯經卷第四

西晉三藏法師竺法護譯

復次佛子如來至眞等正覺又有三昧名無所著定意正受現大滅度適以斯定而正受時如來儀體一一毛孔演出難計億百千姟光明暉曜一一光明變出蓮花不可計會一一蓮華化作英妙無數自然師子牀座有化如來各坐諸座如來則隨衆生儔數而自化立形貌具足眞諦之德嚴淨周備悉是往古所志之願其有黎庶諸根淳熟則尋了見如來縱容便隨律教建立嚴淨當來本際順從群萌志淳熟者因律而度其如來像亦無有處亦無不處亦無所說亦無不說亦無有常亦無不常又復悉是諸如來等宿世本願之所誓行開示群萌演達諸根悉是威神所化聖至斯爲佛子諸菩薩衆遊入如來大般泥洹所入無限無所罣礙究竟法界無邊中間虛空之界又如來者則爲自然無起不滅處眞本際若欲現時使諸黎庶悉得休息普以威神有所建立皆示一切衆生法界順化其性而演法雨雖有緣覺惟菩薩了於是頌曰

佛定王無著　一切衆生尊　大哀力無極
周徧於身陰　處在正眞道　分別演法雨
光潤無想念　普世各各異　欲慕如斯慧
諸十力之心　觀察最勝聖　以何等爲道
普於諸十方　黎庶諸有形　念一切悉空
無自然無身　菩薩善權慧　變師子蓮華
安隱若干處　衆生之法界　一切安住聖
自在成智謀　以此無極慧　超越諸有身
已猶得解脫　法界無人物　其在於十方

緣覺所由居　惟有佛了斯　達法界無餘
又察諸法界　不增無所損　親覲最勝聖
一切慧自在　習學若不學　有爲及無爲
諸安住自在　不損無所增　不盡無所起
佛慧不可限　猶如水流行　漸漸如次徧
柔潤於土地　其水無諛諂　地亦無想念
令水不周徧　遵修精進力　一切廣分別
十力無邊際　解諸衆生界　斯等群萌類
思惟安住慧　則隨遵修行　興立精進事
知是不復久　當逮功德慧

何謂佛子菩薩而聞如來所現當入一切衆德之本菩薩以斯無盡眞行不以虛妄觀於如來又聞所說植衆德本入於無量貪欲之行威神究竟以等御之生有爲中普具衆願而不可盡遊入無爲有所興發當來之際而無邊限究盡色欲逮自在地如有一人以小小風欲壞金剛其人雖爾不能譖增當思其體不淨之器解散五藏悉無所有又有風者自然之法有所毀落如是佛子從於佛法隨如來教植德雖薄皆以破壞一切有爲所住塵勞如來慧者則應無爲悉無所有除諸罣礙如來所植衆德之本而無所滅猶如有人積聚薪草如須彌山如芥子火投於薪上即時悉然令無有餘所以者何其火之誼主有所燒行者如是雖於如來種福德少悉燒塵勞令無有餘速得親近歸於滅度所以者何則永究盡諸所蔽礙已於如來種德本故滅衆瑕穢如有大藥名曰善見設覩其色聞聲齅香服食佩形眼耳鼻口身意自然清淨若終入地變爲醫藥則復療病如是仁者如來

至眞爲大藥王具以聖慧饒益衆生多所療治若覩如來色身眼即清淨耳聞三昧則得徹聽若齅戒香鼻自然淨服嘗法味充飽衆行其有得聞如來所講舌自然淨辯才無量若有遭遇如來光明便得法身其有思念於如來者其心等淨其有供養如來至眞則成德本除勞塵病令屬佛子勸喻顯示其有見聞於如來者則能淨除陰蓋罪患若見聞說無歡喜信佛令斯等植成德本不爲虛妄至得滅度是見如來若聞聲者而德遊入衆德之本因得除斷諸不善法則普證明衆道之元靡所乏短悉已解了引諸譬喻如來興顯一切咸備不可引譬爲假喻也佛之功德不可思議超度諸心欲以開化群萠志性令得悅豫以故如來爲諸菩薩引諸譬喻欲令解達斯非正要如是洪範則是如來祕奧之藏斯則名曰一切世間所不及知乃入如來之妙印也如來大慧無極聖明之種性也名曰懷來一切菩薩一切衆生所不能及名曰遊入如來境界平等之土名曰淨群黎界悉令無餘名曰普說一切根源諸所罣礙又復至眞不爲餘人說斯弘典惟爲志求大乘行者無思議乘講菩薩道又斯經典終不歸餘趣諸菩薩猶如佛子轉輪聖王金輪白象紺馬明珠玉女藏臣兵臣自然七寶有斯化來不歸餘人惟當趣王嫡太子也所以者何因其聖后懷胎而生則爲具足轉輪聖王設使正后生是太子則爲具足爲聖王相若壽終者轉輪聖王所有七寶七日之後悉沒不現則無有餘如是比像經典之本終不歸趣於他

人也惟當至於正覺長子如來族姓道所生者植種如來之德本者假至法身遵修正士則當蒙恩勢不得久亦當逮成如是色像如來祕藏經典之要不斷三寶法若没盡便無見者所以者何一切聲聞及緣覺乘不能堪任逮是典要亦不聞音何況受持諷誦讀者惟歸大人諸菩薩手書在經卷請著堂宇是故佛子若有菩薩得聞斯講志性恂恂敬侍法師供奉所安當受斯典所以者何設有菩薩篤信影模當成無上正真之道菩薩大士無央數億百千姟劫奉行積累六度無極而復懷來道品之法遵修悲哀亦不入斯如來無極不可思議不聞不進斯非名曰爲菩薩也於菩薩法爲不長益則不順從如來胄緒設有菩薩講說如來無罣礙慧篤信入道而不狐疑斯乃名曰爲眞菩薩則不違失諸通慧彊普能究竟一切世法大聖之行隨如來教於諸佛界而無所著皆得建立諸菩薩法便得通達諸佛正典而無沉吟道品境界多所變動由得自在立成諸法於衆菩薩威神巍巍尋入如來無罣礙界是以菩薩若聞斯法普至安住道意無限又其志性力勢至眞皆棄衆想應與不應入在聖明一切如來悉在目前所可念者了虛空界遵奉三昧開心發悟其有行入無量法界爲諸菩薩志所造立成就衆德而得自在暢達通慧除世衆垢發心無餘其剛普周一切十方入菩薩道去來今佛合爲一塗等趣德本勸助聖慧導利群生使興道心開化未聞當入斯法入無所入無能得便皆令諸法歸無因緣常造斯念

順一切智及一切法悉爲無限菩薩已能遊入若茲所思念者則爲少事所入難及其慧自在威神巍巍普賢菩薩承佛聖旨說是法時十方不可稱計億百千姟塵數諸佛國土六返震動十八部變而現感應如來威神顯暢法施則雨天華箜篌樂器不鼓自鳴散衣服飾諸蓋幢旛所雨衆香超於天上諸名芬熏雜香擣香天上瓔珞又復雨降大如意珠又其光明越天所珍讃曰善哉菩薩之道過於諸天永寂無形而不可獲又諸菩薩承已宿德徧雨瑣琦不可思議清淨莊嚴諸佛國土成最正覺而悉雲集雨無量法講雅頌音亦歎如來所講言語猶如菩薩於四大域初成正覺建立發起成就菩薩而令欣喜如是一切諸佛世界悉無有餘周接十方都不可計八十億姟百千佛土滿其中塵各越如是諸佛國數現在諸佛見普賢菩薩聞所言講而遥讃曰善哉善哉卿族姓子是爲如來所分別說不可思議所以者何建立眞諦遊入法界又是十方八十不可稱計億百千姟佛之世界滿其中塵一切諸佛自然有音而說經法吾等於此而見告詔猶如余黨被蒙開化亦如一切諸佛講法等無差特又若百千國中塵數一切菩薩皆得神通入諸三昧因見十方佛當授決一切悉獲一生補處歸於無上正眞之道千佛國土滿中塵數衆生之類悉發無上正眞道意皆爲聖尊所見授決盡於將來無數佛土塵數之劫當得爲佛號曰佛界之手如來至眞等正覺而常建立於斯法講當來菩薩聞所未聞宣暢奉行于此

四方四域世界衆生悉知猶若此界群萌被蒙開化道教而順律者十方佛國亦復如是億百千姟不可限量不可稱計不可思議無有邊際道所化度盡虛空界諸佛境土諸所黎庶咸被開化十方諸佛威神照明如來宿本建立所致逮得諸法導修德本如來聖慧無能喻者佛教隨時導利徧御諸菩薩衆所獲從宜諸根調定宿世所行無所忘失普賢菩薩威神恢廣爲諸通慧威聖愷悌悉見十方不可計量億百千姟佛土滿塵諸菩薩等品數如是悉來集會充於十方諸法境界示現無極嚴淨菩薩奮演大光感動一切諸佛世界驚駭天宮降伏魔衆滅除一切衆惡諸趣宣暢如來無量威尊不可稱計諸法之樂讚如來德紘出無量而雨一切無有涯底衆寶奇特種種供具示現無極各各異身一切咸問如來法門已身之器所受無量承佛聖旨悉共同音演一等聲善哉善哉卿佛之子乃能須宣如來無等倫法又能翫習皆順普賢達無量稱入音聲號親從如來辭來至此其佛世界名曰普光其法亦然如今於此等無有異咸說斯法承佛聖旨逮如來典是爲佛子證明現在佛所建立詣此衆會又如於今至此會者十方法界所教無限亦復如是咸周虛空諸佛國土一一界土四方之域顯示如來之所建立佛之國土不可限量百千佛土滿其中塵諸菩薩來皆是如來威神之德修無等倫以此章句於是嚴飾審諦無損無能過者於斯普賢菩薩悉觀一切諸菩薩德察法際已宣暢大聖之姓族也理釋諸佛

無極之道如來之法而無有侶即便咨嗟廣達無邊悉宿德本剖判光動一切無形演說佛典普解衆生志性所趣靡不徧覩令諸群黎逮得應時不捨法句使諸菩薩念不可量道法光明綜了縷練世尊無極建立無慢現言歌詠一切如來悉爲一身合一法體又復宣暢往本大行精進力勢無所藏匿吉祥之力等除所有承佛威神道之所感無可爲喻無言乃達爾時普賢重告之曰菩薩大士逮得法忍有十事以能具足於法忍者則無陰蓋便致一切法忍之地於諸佛法而無罣礙何謂爲十一者音響二柔順行三不起法忍四曰喻幻五曰野馬六曰若夢七曰呼響八曰若影九曰如化十曰如空是爲菩薩逮十法忍彼則何謂爲音響忍諸所聞音不懷恐怖不畏不懅喜樂思順諸所導行無所違失是音響忍何謂柔順法忍菩薩隨順應遊法生而觀察法造立行等不爲逆亂設使諸法應柔順者當度度之志性清淨導修平等勤加精進順入成就是柔順法忍何謂菩薩不起法忍菩薩設觀諸法有所生者都無處所不計滅盡亦無所見其不生者則無所滅其無滅者則無所盡其無盡者則無所壞其無壞者則無涯底其無底者則寂然地其寂然地者則憺怕也其憺怕者則無所行其無所行者則無所願是爲不起第三法忍何謂菩薩喻幻法忍曉了諸法一切如幻因緣而成篤信一法濟度若干無央數法以無數法等入一法入於吾我入無所入諸所建立導利衆行悉無所著猶如巨象衆乘之上若幻不

與衆象車騎步人遊居不與男女童子童女大小遊居不與樹木枝葉華實而俱遊居菩薩曉了一切諸法若如幻者不合不散不與地水火風而俱遊居不與晝夜十五日一月一歲而俱遊居不計百年千年不與日月劫數而俱遊居不與影響諸所衆見而俱遊居不與若干亦不若干而俱遊居不以若干入于一事而俱遊居不與微妙及劣下極柔輭麤獷而俱遊居不與尠少弘多遊居不與有限無限遊居不與若干各異衆會弁處色者而俱遊居其衆會者不與幻變而俱遊居其所幻變不與衆會而俱遊居無居不居無所不居而等濟度一切諸見及若干幻各各異見於斯諸見永無所見乃見一切諸趣根源是爲佛子名曰菩薩遊入如幻而度於世所行塵勞世國土俗遊法世吾我世痛癢世有爲世離有世合會世無合會世分別世所造行世是爲菩薩濟度世名則以幻化普入諸世不受衆生不壞衆生不受國土不敗國土不受于法亦不壞法不念過事於過去事亦無所想亦不離想亦無當來亦無造行不隨未然不住現在不毀所存則於佛道而不馳騁不想念道亦不與佛亦不勸佛而取滅度不住諸願不捨所誓導修平等亦不嚴淨無所罣礙開導國土勸使進入無所破壞住于法本而不動轉等入吾我亦不違毀吾我之想陰種諸入訓誨衆行蠲除所著度脫黎庶於斯諸行無所依倚曉了諸法而悉平等永不可得分別諸法但假字耳聖達明慧無能遊者度脫衆生恒順時宜亦不依倚群萌因

緣住于大哀暢宿世行不可計會報應之事皆令信了是爲幻喻第四法忍何謂佛子菩薩大士野馬法忍菩薩曉世一切所有悉爲恍惚猶如野馬人遥覩之如江河流而有波起達士了之焰氣無水菩薩如是分别諸法有無衆事無内無外不有不無亦無斷滅不計有常不入教誨輕慢之内觀覩如有而無所趣心不歸外亦不處内爲一像貌若干之像知無像貌一切諸法具足微妙皆悉無本是爲野馬第五法忍何謂佛子菩薩大士喻夢法忍菩薩觀世猶如夢想如人之夢不處於世不從世與不從世生又夢者夢無有欲界亦無色界無無色界所以謂夢則無所生悉無所有夢無塵勞則無結恨又計夢者既無所生亦不清淨夢不見夢菩薩大士觀一切世曉了如夢亦無明達亦無闇冥夢者自然夢無所著夢者恍惚夢者本淨有所建立而有此夢夢無所壞因所念想故而有斯夢設能曉了一切諸法若如夢者開導世間是爲若夢第六法忍何謂佛子菩薩大士如響法忍菩薩學法所入諸音設有所學度於未度學法開化了於一切猶如呼響非不有聲然本悉寂亦無所度菩薩大士如是色像察於如來内外諸響亦不别見内外諸事亦不知外亦不以内而了外事不見所託曉知言辭進退之宜是爲解知若干章句因緣如響有所啓導於諸法施靡所不達亦無所礙有所學者分别曉了一切諸聲悉無所有猶如天上殊妙玉女屬天帝釋而以一口同時鼓出百千妓樂之音又其妓樂無所想念口亦

無念吾今演出百千妙響菩薩大士度諸境界亦無想念亦無言辭曉了權宜成無量音方便無限度於世法亦不退還常轉諸界入群黎衆爲諸會者分別說之多所開導則建立之口暢演現無罣礙音徧諸佛土令其信樂頌宣經典訓導黎庶爲奮光明散照未悟悉使覺了一切諸音縱有所說皆無所生遊若干音都無想念益加開導解無所生宣諸覺場逮至聖塗菩薩大士已住於此等無所獲令普聽者入於一切諸佛所興面見諸佛轉於無限所度法輪順無想念是爲如響第七法忍何謂佛子菩薩大士若影法忍菩薩不没於世不生於世不遊於世不出於世表不行於世不信法界不壞習俗又於世界亦無不壞不至於世不貪樂世不御於世不長於世又彼菩薩不處於世亦不度世亦不奉行菩薩之行無所篤信於大誓願不實不虚不有不無無虚妄行則趣一切諸佛之法普周世間靡所不徧於世俗法亦無所住不隨俗教猶若如影假如日殿亦如月照男女樹木山陵屋宅諸神宫殿諸江河流若干種形無量因緣不可盡極諸所方面因日光明悉覩衆像知其所趣如清淨水又如船師若夜光珠因其所見而得自恣於斯所好當所施者其不清淨無光曜者悉蒙其明而蒙暉照亦無所造又其光明亦無所有無有音響亦無所生因其光明而有所別然其光明無所遊居雖爲清顯亦復不與清顯同處於光明地亦謂光明照若干流亦無所照則無所周影亦不入江河泉源大海淵池又計其影亦

無所處亦無所著其影所現亦無鮮潔不有瑕疵斯影不現則於彼間不倚得本其影廣現無遠無近菩薩如是所開化者已及彼性志行所趣而得自在所觀衆生道慧之場有所勸發他志所行等無差特分别已身所遊道場而普審察已界他界悉無二品如種樹者從始生芽展轉滋茂稍漸成長而生莖節枝葉華實菩薩如是於已法界及與他界分别諸相法無有二則得超入無礙本際彼菩薩身則得越過不可思議諸佛國土見諸佛土亦無所著於諸世界亦不轉移至諸佛界亦無所至法身所至如日殿影在所見矣其身普入現一切界有所現生行無罣礙亦不分身亦無所行無是世間世俗之想蠲除方土虛無之辭亦不散身逮不終始無所不覆如來之種本際所行亦不復淨身口意行便得遊入咨嗟無量淨一切身靡不周達是爲若影第八法忍何謂佛子菩薩大士如化法忍菩薩普入世俗若有所至觀了衆生一切如化然不適識念如化事所謂化者則謂一切諸有世界因所造行思想所化皆是一切苦樂顛倒斯化等類一切世間悉緣無明或以思想便成塵勞衆想之念因緣化生由是建立宣暢咨嗟音響法律以無想教而開化之堅固不退導令平等寤諸不覺立志誓願行如化者觀察如來大哀之行黎庶化生曉了於斯謂修法輪善權方便以慧無畏四分别辯聖達自在如是菩薩化度于世超世功德辯才自由恢弘無際入於無量億千之衆處於其中而得自恣悉能曉了人行天動觀

于聖路示以大道如其所行無所違失譬如化人則無所念亦無所造不興心事亦不於法而有所住不從業起亦不望報無所遊至不出于世亦不於世而成正覺亦不念法不習諸法亦不久住亦不須臾亦無所處不行習俗不長世間無方面辭不近諸限亦無不限不增不損無有篤信亦無不信無有聖賢亦不凡夫無有塵勞亦不結恨不没不生亦無有慧亦無不慧亦無所有亦無微妙不依倚世亦不導御於諸法界不智不愚亦無所受亦無不受無有五陰亦不無陰無有生死亦不滅度不有不無如是菩薩遊行於世修菩薩行曉了辯才不建憍慢覩見世間無有自大遵所修行不爲已身不爲世俗無放逸者而無吾我離著貢高亦不倚此亦不依俗

捨其慢恣無所想念不處於世不斷於世亦不於法而恣自在不於人界有所倚著無所開導亦不處於衆生之界無有所願亦無想念亦無所淨又於諸法無所莊嚴諸佛之法悉無所有具足成就乃至大道又斯諸法不有不無猶如彼化不有不無達化菩薩住於法忍而等曉了一切佛道已得成就造立誠諦斯則菩薩周覽佛法如化無礙普於佛道而無所獲衆生之行無諸陰蓋不起有身入一切身而開導之有所建立而無所著若見色者於色如化悉無所著而得具足眞諦本際自然之明有所照曜於解脱法而無所倚於一切法現有所生而無所生如彼化人無所識念本性清淨有所受言如所諮講順一切律亦無想念如化感動變異所造現來諸

此一切如來至聖道場無諸退緣亦無所生興無罣礙成一切力悉無所想如彼化人其心咸達而不蔽礙圍神之山是爲如化第九法忍何謂佛子菩薩大士如空法忍菩薩觀入衆生之界猶如虛空無有緣相一切法衆亦復如兹入諸佛土而無有誠諸法虛空無有二事菩薩如斯入無所菩猶如虛空包諸佛土亦復如斯無所縛著興於如來所入之力而俱遊同猶如虛空所入無二道亦如斯無去來今慧亦如之皆分別説一切諸法所入如是菩薩大士逮得法忍猶如虛空所致聖慧亦復如兹於斯諸乘有所獲致悉如虛空身口意所獲自在猶如虛空所逮諸法因意所念而有所成猶如虛空於一切法而無所種不沒不生菩薩如是於一切法而得自在不終不始猶如虛空無有處所無能毀者於諸通慧無有處所亦無所壞於諸佛力猶如虛空自然而住於一切世而無所住則爲自然之境界也菩薩如是建立衆生亦無所立一切如化猶如虛空不起不滅亦無所生含受一切世界所有菩薩大士如是亦無所住無所成就有所嚴淨也因其普顯一切世界猶如虛空無有處所亦無方面無有邊際亦無涯底暢達深廣靡不周至菩薩如是無有處所亦無方面而有所至也於一切法宣達恢弘等御諸行靡不周徧猶如虛空有住依立則無所生而現衆庶含裹衆形菩薩如是不行不往遊隨衆行而有所現亦無所生猶如虛空無有形像亦無不像無清淨行亦無穢濁因有道御菩薩如是無世形像無度

世像無無量像因有所現猶如虛空無有久固無須臾立菩薩如是不久存立不須臾住猶如現影而無有影為菩薩行若曉了此乃得究竟行如虛空現諸塵勞而無穢疵現諸結恨而無怨憎菩薩如是則以道力降伏衆魔一切清淨其心鮮潔寂寞恬怕等包一切世間所有又如虛空所裹世間等無差特菩薩如是於一切法而悉平均菩薩大士又於諸法亦無所得無所忘失猶如虛空等裹一切欲限虛空無有邊際菩薩如是於一切法志性俱遊又其道心無有邊際所以者何其虛空者所周平等菩薩於已而導修行成就清淨造於平等為一周業則以一事轉為無量普遊諸刹若如虛空於諸佛土無所究竟而得具足於諸方面而無所住遊入諸力成就神通一切諸德不可限量殊特之事自然具足悉獲諸法至度無極得堅固御志如虛空若如金剛於一切響無所想念開導諸音則不違捨法輪之轉假使菩薩行能具足成斯忍者則得自在亦無所至無往無來悉無所趣乃得自在而無所滅便於無為而得由已無所忘失除無實身成就真體順如律教心無所望則為一相其身自在入於無相則以無相無有限量佛力無限身普自恣靡不周達則護已行身無所壞而得由已堅固平等有所降伏一切普入其目咸覩眼則清淨已無陰蓋離欲之行亦無不行猶如虛空寂默無限所入之處則以無忍無所不忍是所謂功德也已普辨大至于憺怕猶如虛空無有危厄一切菩薩曉了所行入于清淨心等

如空無所毀失一切佛法若如巨海殊特無限有所遊入無有斷絶入諸佛土建立誘導無限國界衆生之黨虚空無底離諸色像無衆音響察長見諸普隨示現尋開化之具足成就志固如空無能沮敗其心堅強悉得究竟普等世界亦如虚空悉無所有其堅固者無趣諸世除諸恩愛能具大道其劫悉燒天地灰燼不燒虚空虚空總攬含受一切諸佛世界菩薩如是入於諸力建立無上正眞之慧是爲佛子菩薩大士了諸法如空第十法忍普賢菩薩説是經時諸菩薩衆諸天龍神阿須倫世人莫不歡喜

佛説如來興顯經卷第四

音釋

姟古哀切十經曰姟　譇側䕩切毀也　紺古暗切深青色也　恂相倫切信心也　胄緒胄直祐切胤也緒徐以切統系也　瓊琦瓊古回切琦渠羈切瓊琦玉名　綜子宋切綜理也　縷練縷力主切練力彥切縷練精熟也　尠息淺切少也　瑕疵瑕胡加切疵疾移切瑕疵黑類也　沮在呂切遏也　燼徐晉切火餘也

大方廣入如來智德不思議經

唐于闐三藏法師實叉難陀譯

清刻龍藏佛說法變相圖

三經同卷

大方廣入如來智德不思議經

大方廣佛華嚴經修慈分

顯無邊佛土功德經

大方廣入如來智德不思議經

唐于闐三藏法師實叉難陀譯

如是我聞一時佛在摩竭提國寂滅道場普光明殿無量功德之所集起見者靡不生大喜樂永離一切輕毀之心佛於其中坐寶蓮華師子之座證淨等覺所行無二住佛所住悉與一切諸佛平等到無障礙不退轉法一切所行無能制伏常作佛事未曾休息體法無相住不思議三世所生了無差別其身充遍一切世界智達諸法常無迷惑覺一切行

斷諸疑網其身微妙不可分別到無二智究竟彼岸爲諸菩薩之所宗仰住無差別如來解脫入無中邊佛平等地通達一切虛空法界窮未來劫常轉法輪與大比丘衆六十二億人俱皆悉了達諸法實相自性平等猶如虛空無所依著永離一切煩惱蓋纏一切如來智慧方便皆能隨入於一法中了一切法無分別智常現在前常勤修習趣種智道心無退轉皆已成就到彼岸智隨一切境所行方便無不具足其名曰舍利弗大目揵連摩訶迦旃延摩訶迦葉那提迦葉伽耶迦葉摩訶劫賓那離婆多阿㝹樓馱須菩提富樓那彌多羅尼子憍梵波提周利槃陀財力士子佉陀羅商主准陀摩訶俱絺羅難陀羅睺羅阿難如是等諸大弟子而爲上首復與六十億比丘尼俱皆已久集清淨白法近佛種智了達方便證一切法無性無相安住實際解一切法無生無滅無所除斷住不思議解脫三昧隨諸衆生應可調伏示現種種威儀色相而於其中無所分別其名曰摩訶波闍波提及耶輸陀羅而爲上首復與十佛剎不可說百千億那由他微塵等菩薩摩訶薩俱皆是一生補處從餘方界來集於此盡能普入十方世界得涅槃道善方便智安住菩薩觀察成熟一切衆生方便法門攝諸衆生令斷一切戲論執取了達諸法無邊無中知諸衆生善惡業果皆不可得亦不失壞又能究其意樂煩惱諸根所行具持三世如來所說諸法句義無有忘失通達一切有爲無爲世出世法成就三世諸佛智輪於念念中現天宮

没受生出家修行苦行詣菩提樹降魔成佛轉正法輪般涅槃相常不猒捨一切衆生覺悟令發大菩提心能於一衆生心所緣境入一切衆生心所緣境成就自然智而受菩薩身一切智行未曾退轉雖常修習而無所作能無量劫爲一衆生住世說法護持法藏紹諸佛種於無佛處現佛出世如衆生數示成正覺得加趺坐充遍十方圓滿大智嚴淨一切雜穢國土滅除一切菩薩業障虛空法界一切功德皆悉具足證法實際無所障礙得一切法平等智印印知諸法自性平等所見所聞如影如響住不思議解脫三昧自在遊戲首楞嚴定成就出生諸佛相好陀羅尼門具三世佛清淨行願成就普賢殊勝意樂諸佛出世咸詣其所恭敬勸請於一毛道中現一切世界於一毛道中現於十方始從下生乃至最後般涅槃相以十方一切諸佛衆會現一佛衆會以一佛衆會現十方一切諸佛衆會現十方界入自身中於自身中現一切衆生身隨爲演說無量法要現一切佛身入一佛身以一佛身入一切佛身於一衆生身現無量衆生身於一切衆生身現一衆生身於一生身現三世生身三世生身現一生身現過去世入未來世以未來世入過去世以過去世入現在世以現在世入過去世於一身中入深禪定於無量無數身起無量無數身入深禪定於一身起於一佛身現一切衆生身一切衆生身現一佛身於衆生身現淨法身於淨法身現衆生身以一佛刹及莊嚴事現一切淨刹以一切佛刹及莊嚴事現一

淨刹以十方界入一毛孔爲諸衆生顯示一切諸佛願力普於十方隨可化度爲現無上正等菩提於無數劫一一世界行菩薩行而無休息於一微塵容納無邊不可稱量筭數世界令諸衆生無所迫窄從無量不思議劫爲一須臾演一須臾爲無量不思議劫一剎那中普於十方一切世界隨諸衆生卵生胎生濕生化生有形無形有色無色無足二足四足多足天龍夜叉乾闥婆阿脩羅迦樓羅緊那羅摩睺羅伽釋梵護世人非人等應可調伏爲現種種威儀所行而其身心無分別用斯諸菩薩皆得如是善巧方便及餘無量阿僧祇功德其名曰普賢菩薩普眼菩薩普化菩薩普慧菩薩普目菩薩普光菩薩普明菩薩普照菩薩普幢菩薩普覺菩薩大速疾菩薩大速疾持菩薩大神變菩薩大神變王菩薩大精進菩薩大勇健菩薩大奮迅菩薩大奮迅力菩薩大衆主菩薩大香象菩薩大月菩薩妙月菩薩功德月菩薩寶月菩薩普月菩薩法無垢月菩薩毗盧遮那月菩薩名稱月菩薩光明月菩薩滿月菩薩梵音菩薩梵主雷音菩薩地音菩薩法界音菩薩破一切魔音菩薩震法鼓音菩薩普覺音菩薩無分別音菩薩地上音菩薩蔽一切聲音菩薩平等藏菩薩離垢藏菩薩功德藏菩薩光明藏菩薩寶藏菩薩月藏菩薩日藏菩薩日生藏菩薩蓮華藏菩薩慧藏菩薩大慧菩薩勝慧菩薩名稱慧菩薩無上慧菩薩增長慧菩薩無量慧菩薩廣慧菩薩佛慧菩薩無盡慧菩薩海慧菩薩彌樓燈菩薩大燈菩薩法燈

菩薩照十方燈菩薩普燈菩薩破一切闇燈菩薩照一切處燈菩薩決定照燈菩薩月燈菩薩日燈菩薩文殊師利菩薩觀世音菩薩大勢至菩薩金剛藏菩薩功德藏菩薩離惡趣菩薩藥王菩薩藥上菩薩雷音菩薩華首菩薩日光菩薩離垢勇猛菩薩金剛慧菩薩滅諸蓋菩薩降魔菩薩寶髻菩薩千光菩薩降伏大魔菩薩難見菩薩難伏菩薩難量菩薩勝智菩薩滅惡趣菩薩彌勒菩薩如是等菩薩摩訶薩而爲上首復有無量不可思議不可稱量天龍夜叉乾闥婆阿脩羅迦樓羅緊那羅摩睺羅伽釋梵護世皆從十方佛刹來集時此世界復有百億六欲諸天魔王太子商主爲首與無量諸天眷屬俱詣佛所爲見如來禮拜供養聽受法故復有百億大梵天王乃至百億色究竟天魔醯首羅而爲上首亦與無量諸天眷屬俱詣佛所爲見如來禮拜供養聽受法故復有百億八部王衆及無量人非人優婆塞優婆夷等各與眷屬俱詣佛所爲見如來禮拜供養聽受法故復有一切草木叢林諸藥神等及彌樓山摩訶彌樓山目真隣陀山摩訶目真隣陁山雪山鐵圍山等一切山神河海陂池國邑聚落所有諸神并八部衆諸宮殿神亦與眷屬俱詣佛所爲見如來禮拜供養聽受法故復有百億日月諸天及阿那婆達多龍王各與無量眷屬圍遶俱詣佛所爲見如來禮拜供養聽受法故是諸大衆以佛神力不相障礙無有迫隘爾時世尊光明顯照蔽於衆會猶如白月十五日滿淨除雲翳光明顯照映蔽衆星亦

如須彌山王安住不動如來光明普蔽一切釋梵諸天高顯特尊亦復如是爾時文殊師利童子告滅諸蓋菩薩言如來今者安住於此身不動搖汝知之乎彼即答言文殊師利如來今者雖在此會安住不動有諸天人或見出家修行苦行或見往詣菩提樹下安處道場降伏魔怨成等正覺諸天龍王夜叉乾闥婆阿脩羅迦樓羅緊那羅摩睺羅伽釋梵護世咸共讚言善哉大師能勝怨敵或見釋梵護世諸天勸請說法或見爲其說布施法或見爲說持戒忍辱精進禪定智慧方便力願智法或見爲說聲聞乘法或見爲說獨覺乘法或見爲說無上乘法或見爲說畜生餓鬼閻摩羅界四天王天三十三天乃至梵宮受生等法或見爲說生人趣法或見爲說生轉輪王法又文殊師利於此衆中或見如來身高一尋或一俱盧或二俱盧或半由旬或一由旬或二由旬或十由旬或百或千或萬由旬或見五萬十萬百萬或五百萬乃至或見超過一切數量由旬或見佛身作眞金色或瑠璃色或帝青摩尼色或大青摩尼色或光明摩尼色或紅蓮華摩尼色或釋迦毗楞伽摩尼色或金剛光明摩尼色或天光摩尼色或日月光摩尼色或水精摩尼色或玻瓈摩尼色或自在王摩尼色或集衆光摩尼色或師子鬚摩尼色或師子幢摩尼色或海住淨光摩尼色或如意摩尼色隨諸衆生應見如來是衆色相而調伏者所見各殊隨聞如來爲說何法而成熟者所聞各異隨依何教而修行者各如說行皆得成就文殊師利設

於十方無量不思議不可稱量世界滿中天龍夜叉乾闥婆阿脩羅迦樓羅緊那羅摩睺羅伽釋梵護世人非人等猶如竹林甘蔗胡麻若諸衆生應見如來而調伏者見佛色相各各不同面向其前一尋而住爲其說法如說修行皆得成就如來雖作如是衆事自然應現而無分別文殊師利如滿月輪夜半之時閻浮提中一切衆生各見月輪在其前現是月未曾作念分別令諸衆生各覩我現法爾而有如是事起如來亦爾雖復普現諸衆生前亦不分別令諸衆生皆得見我現前而住但隨衆生可調伏者各自見佛現在其前何以故隨應衆生不共法故文殊師利如一切衆生由上中下業果力故所作諸行亦有三品而是諸行終不自生三種分別但由業故自然有是上中下品諸行事起如來亦爾由諸衆生業果力故各自見佛如來亦無上中下念自然應現如是等事文殊師利如淨玻瓈置諸衣上作種種色若在黃衣便作黃色在青赤衣作青赤色隨其所置雖作彼色是淨玻瓈終無分別如來亦爾由衆生感作種種色若諸衆生應見金色而調伏者便見金色若有應見瑠璃真珠帝青大青集衆光摩尼海住淨光摩尼師子鬚摩尼師子幢摩尼電燈摩尼水清摩尼是諸寶色而調伏者便見如來作如是等衆寶色相或有應以釋梵護世而調伏者便見釋梵護世色相如是乃至應以地獄餓鬼畜生閻羅王處色無色界卵生胎生濕生化生有色無色有想無想非有想非無想隨何趣生威儀色相而調伏

者則見如來作如是等種種色相然佛未曾分別念言令此衆生唯見金色莫見瑠璃唯見瑠璃莫見帝青如是乃至唯見師子鬚摩尼莫見師子幢摩尼色雖無如是異念分別隨一切處自然有是諸色相現文殊師利譬如出生自在摩尼王處不生諸鐵是摩尼王終不念言令彼寶處但生於我莫生於鐵然其寶處鐵自不生如來所生剎土亦爾自無一切外道異論諸惡賊亂五無間罪十不善業非法王教亦無一切日月諸天及摩尼寶火電等光及以須臾日月歲數除佛變現化諸衆生雖有所現而無分別由衆生故自然有是種種事起文殊師利譬如大青摩尼寶光觸者皆作大青寶色而寶終無異念分別如來亦爾觸佛作意所緣光者靡不皆成一切智色然佛亦無異念分別自然而有如是事起文殊師利如善磨瑩大瑠璃寶隨於其邊安置種種手足頭頸衆莊嚴具以寶威力彼莊嚴具莫不明顯如來亦爾隨其所行威儀住處有信行者以佛威力令其所行皆自增勝然佛未曾動念分別自然而有如是事起文殊師利如衆卉木依地而住各得增長然地了無種種分別如來亦爾令諸衆生一切善根依如來住各得增長而實曾無異念分別自然而有如是事起文殊師利譬如大雲普覆一切草木叢林等注甘雨隨一味水所及之處令諸草木皆得增長種種色味差別不同彼雲未曾有所分別自然有是種種相異如來亦爾興正覺雲遍覆一切隨諸衆生先所積集種種善根種種願樂種種信解

種種解脱等注法雨令諸衆生一切善根隨其勢力各得增長如來亦不分别念言我當令是衆生善根生聲聞智我當令是衆生善根生獨覺智我當令是衆生善根生如來智我當令是衆生善根生四天王天三十三天如是乃至淨居等天我當令是衆生善根得作國王及與人中種種生處然佛雖無種種分别隨諸衆生所集善根願樂等力自然有是種種事起由佛已捨一切處著無分别故文殊師利如日纔現放無量億百千光明破閻浮提一切黑闇是日雖復不分别言我當破闇自然而有破闇事生如來日輪亦復如是出世間已放無量億智慧光明滅除世間諸見黑闇除佛威力示現成熟諸衆生者如來雖不分别念言令衆生見現破當破於一切處自然有此種種事起由佛已捨一切處著無分别故文殊師利譬如幻師幻作衆像雖有種種形類不同幻無分别不可稱説無起無盡無字無聲無有方所無體無相不可思議無二無行無等無對但由幻師現是衆相如來亦爾由衆生故入於種種威儀行處一切皆見然實如來不可稱説無起無盡無字無聲無有方所無性無相無二無行等眞法界非可觸對文殊師利譬如日映須彌山故四洲衆生或見初出或見日中或見漸暮或見初沒或見夜半或見漸曙但一日輪隨四天下諸衆生見各各不同日無分别但由山蔽自然四洲所見各異如來亦爾於一衆會或見如來將成正覺已成正覺將入涅槃已入涅槃或見成佛已經十年乃至已經不

可說劫或見涅槃已經十年乃至已經百千億劫或見如來一十二十或四十年在世說法或見法住或見法滅然佛曾無異念分別由衆生故自然有是種種事起文殊師利譬如大風吹閻浮提一切草木枝葉紛亂東西南北或靡或起草木終無種種分別但由風故種種相生如來亦爾常無分別由衆生力於念念中見有如是無量衆行威儀相起乃至作意緣諸衆生令爾所劫得斷地獄畜生餓鬼閻羅等趣文殊師利如來成就如是無量微妙功德文殊師利如來作意一念所緣諸大菩薩無量百千那由他劫住不思議解脫三昧不能知其功德邊際文殊師利譬如日輪從大海出住虛空中放無量億那由他光遍照一切城邑聚落破大黑闇銷涸汙池增長一切草木叢林悉令成熟發起一切所作事業光影普入諸河池中而常未曾離於本處是日雖無種種分別自然而有是等事現如來亦爾出諸有海住法虛空放無量億智慧光明遍照十方一切世界滅諸衆生無明瞖膜枯竭一切煩惱濁流令諸衆生善根福慧增長成熟雖同一時現是衆事亦常湛然本處不動由佛已離念想分別自然應現是諸相故文殊師利若有善男子善女人於恒河沙劫以天上味及天妙衣施十方界微塵等一切諸佛及聲聞衆彼佛滅後爲一一佛遍滿十方一一世界造十方界微塵等塔其塔皆是閻浮檀金電光摩尼互相間錯集衆光寶周爲欄楯寶幢遐建寶鈴流響蛇衞旃檀以爲塗香覆以自在摩尼王網其上復

有天寶蓋雲寶播幢雲妙華香雲摩尼王雲如意珠雲徘徊散空滿三千界日日三時如是供養經恒沙劫兼復教化無數衆生如是供養不如有人聞此入如來智德不思議境界法門心生信解其福過彼無量阿僧祇文殊師利若有菩薩信解此法則速成滿菩薩摩訶薩無量億那由他諸波羅蜜證入無量億那由他地背捨無量億那由他生死了知無量億那由他諸佛神通破無量阿僧祇我慢山倒無量阿僧祇慳嫉幢竭無量阿僧祇愛河渡無量阿僧祇生死海斷無量阿僧祇魔網掩蔽一切日月釋梵護世威光從一佛刹至一佛刹能救地獄餓鬼畜生閻羅王界諸苦衆生常得親近諸佛菩薩具足成就海印三昧持一切法三昧法自在三昧諸相莊嚴三昧寶生三昧安樂三昧蓮華莊嚴三昧虛空藏三昧隨入世間三昧妙法華三昧境界自在三昧大奮迅三昧虛空心三昧師子奮迅三昧日燈三昧無量旋三昧住甘露三昧金剛幢三昧如金剛三昧金剛齊三昧地持三昧須彌燈三昧須彌幢三昧寶藏三昧心自在三昧一切衆生心自在三昧增長一切行三昧深密方便三昧種種辯才三昧無能見三昧了諸法三昧遊戲三昧出生一切神通三昧降魔三昧現一切色相三昧一切色最勝三昧觀身三昧具一切行三昧智燈三昧善提光三昧樂說辯才三昧入一切功德三昧說諸法實相三昧寂靜神通三昧首楞嚴三昧海潮三昧又得無量佛身相陀羅尼大智陀羅尼淨音陀羅尼無盡篋陀羅尼

無量旋陀羅尼海印陀羅尼入决定辯才陀羅尼諸佛住持陀羅尼又得隨順一切衆生殊勝行一切法無師智斷一切法疑得佛神通具菩薩行善巧方便文殊師利譬如須彌山王高顯秀麗映蔽餘山菩薩信解此法門者功德嚴淨蔽諸衆生一切善根亦復如是爾時文殊師利告滅諸蓋菩薩言佛子復更有餘勝法若諸菩薩能信解者便得成就餘勝功德滅諸蓋菩薩聞是說已復白文殊師利言若有菩薩信解五法則能除此勝法得餘無量殊勝功德何等為五一者信解一切諸法不生不滅不可稱說無比無對二者信解如來無功用無分別入過閻浮提微塵等威儀行處剎那剎那常起不絕三者信解釋迦如來往昔教化蘇陀娑王但為成熟諸衆生故然實已於恒河沙劫久成正覺四者信解釋迦如來示然燈佛授記已來乃至成佛於是中間修菩薩行而實已於無量劫來成等正覺住佛境界五者信解釋迦如來現託王宮釋種被害但為成熟諸衆生故而實已於無量劫來成等正覺文殊師利菩薩若能於此五種生信解者則能除此勝法更得成就餘勝功德文殊師利若善男子善女人於恒河沙劫日日以天百味飲食及天妙衣施十方界微塵等諸阿羅漢具六神通八解脫者所得功德不如有人於一日中但以飲食施一獨覺其福勝彼阿僧祇倍又文殊師利若善男子善女人遍十方界為阿僧祇辟支佛等造十方界微塵等精舍一一皆以閻浮檀金所成摩尼為柱階陛欄楯樓閣戶牖咸

以衆寶種種莊嚴施大寶帳塗妙旃檀日日以天百味飲食及天妙衣恭敬供養於恒沙劫不如有人或聞佛名或世尊名或如來名或一切智名所得功德復過於彼阿僧祇倍況以綵畫或以泥壞作如來像覩見之者福又過彼阿僧祇倍況以燈油香華伎樂種種供養福又過彼阿僧祇倍何況有能於佛法中下至一日護持一戒福轉過彼阿僧祇倍文殊師利若有善男子善女人於恒河沙劫日日以天百味飲食及天妙衣供十方界微塵等諸佛菩薩及聲聞衆諸佛滅後一一皆起十方界微塵等塔一一塔量遍四天下形製奇妙衆寶莊嚴播蓋妓樂諸供養雲逾勝於前雖諸功德皆悉具足未能信解此法門者不如有人能信解是入如來智德不思議境界法門乃至以一摶食施於畜生其福過彼阿僧祇倍文殊師利若有菩薩信解此經如其所說供養諸佛有餘菩薩聞已歡喜生淨信心從座而起合掌作禮隨其所堪修行供養福又過彼阿僧祇倍是人不久得佛智故說是經時彼諸比丘及菩薩衆一切世間天人阿脩羅等歡喜信受作禮奉行

大方廣入如來智德不思議經

大方廣佛華嚴經修慈分

唐于闐三藏法師提雲般若等奉 制譯

清刻龍藏佛說法變相圖

大方廣佛華嚴經修慈分

唐于闐三藏法師提雲般若等奉 制譯

如是我聞一時佛在王舍城鷲峯山中與無量大菩薩衆俱彌勒菩薩摩訶薩而爲上首爾時東方有十億梵天皆住慈心來詣佛所頂禮佛足以衆妙供養於佛供養畢巳各自坐於衆福所生蓮華之座恭敬尊重瞻仰如來南西北方四維上下諸來梵天皆亦如是爾時諸梵天衆在於佛所各以慈目遞相瞻顧復共同時舒顏諦視彌勒菩薩時彌勒菩薩摩訶薩即從座起偏袒右肩長跪合掌白佛言大德世尊一切智者於諸法性能正覺了遍知衆生善惡之業凡愚由此生死往來善能開悟三乘之道及以三乘同歸一乘一切衆生根性差別及於煩惱纏蓋之中有如

來種普皆明見無有謬失又知諸法皆悉是空如夢如幻如陽焰等無有堅實而大悲無盡以善方便令諸凡夫見佛色身微妙之相佛身者般若波羅蜜之所成就自然真實常住不變猶如虛空若有衆生勤修福慧不隨心識馳騖於境非如渴鹿於曠野中追求陽焰以之爲水如是之人則得見佛恒聞說法亦能依教如理修行世尊我今欲於如來應正等覺少有所問惟願慈哀爲我宣說世尊菩薩云何於阿耨多羅三藐三菩提少用功力安樂無倦而能速證廣大佛法菩薩云何在生死中不受無量衆苦逼迫於諸佛法速得圓滿爾時世尊告彌勒菩薩摩訶薩言善哉彌勒汝於我所常有所問令所問義最順我心汝今哀愍諸天及人一切世間無量衆生多所利益多所安樂故能問我如是之義吾當爲汝分別演說令諸菩薩不經勤苦而能速疾證佛菩提佛子若有衆生爲求菩提而修諸行願常安樂者應修慈心以自調伏如是修習於念念中常具修行六波羅蜜速能速及諸忍之地速得圓滿無上正覺具足十力四無所畏十八不共法三十二相八十種好最上功德莊嚴其身盡於未來常住安樂亦能除滅一切衆生無始已來諸業重障佛子若諸菩薩修習慈心應在空閑寂靜之處以清淨信攝諸心法觀察其身上下支節皆微塵聚地水火風和合所成復應思惟即彼一一微塵之內皆有虛空是諸虛空莫不悉以容受爲相又應想念彼諸微塵清淨明徹外如瑠璃內如紫金莊嚴妙好柔輭芬馥

復應觀察一切世界所有衆生一一衆生所有支節一一支節所有微塵皆亦如是若諸菩薩於自他身一切衆生作於如是決定解已復應想念自身微塵一一塵中皆有佛國其中宮殿瑠璃所成白銀爲門黃金爲柱廣博崇麗光影洞徹寶堂間列寶牆圍遶寶閣寶樓處處分布其中各有諸天寶牀重茵綺褥敷置其上復有無量上好園苑圍遶莊嚴其園苑中皆有浴池悉以七寶而爲堤岸黃金欄楯四面周帀清泉長流引注其中香末爲泥金沙間錯八功德水彌滿澄淨波頭摩華優鉢羅華拘物頭華芬陀利華菡萏開敷周布其上其池四邊多諸寶樹眞珠爲華光色滋榮其果成熟香味具足於諸樹下置天寶座一一座前寶器行列甘露美食莫不充滿復應想念如是一切諸佛國土青紺瑠璃以爲其地衆妙七寶綺錯莊嚴是諸土中所有微塵清淨細妙如天上寶其光晃耀如盛明日其色美好如閻浮檀金香氣氛氳如烏羅伽栴檀質性柔輭如迦栴延衣觸著於身能生悅樂作是觀已即應想念從此東方一切世界所有衆生皆來入我諸佛國土宮殿之中南西北方四維上下彼諸世界所有衆生皆亦如是又應想念如是六道一切衆生皆同威儀色相相似其身柔輭常有香氣丈夫之相具足莊嚴離諸苦惱受天快樂是諸衆生若須衣服莊嚴之具即時往詣劫波樹下隨其所須應念而得種種衆具以爲嚴好譬如他化自在之天復有香風從八方來其風觸身令心適悅有諸樂器無人撫擊隨風

迴動出妙音聲是諸衆生或在宮殿或遊園苑或有食於諸天美食或執寶器而飲甘露或有坐於蓮華之臺身佩瓔珞兩邊垂下財寶充滿衆具備足隨其所好種種歡娛面目熙怡身心悦懌體常無病盛年好色不老不死功德勢力皆同一類無有爲人之所使者悉能摧滅婬怒愚癡當證菩提究竟安樂佛子是修慈者若在如是衆生之中見一衆生於已有違心緣於此不生愛念則應以智慧深自觀察我往世中定於此人作重業障以是因故還於今日障我菩提我若於此人不生歡喜則於餘一切衆生之處皆亦不應而作饒益何以故以無始時來在生死中無一衆生非於過去曾害我者若於此衆生不生憐愍於餘一切當亦復然我今普於一切衆生皆行饒益是故於此決當慈念復應思惟瞋恚因緣能令衆生墮於地獄若懷怨結後必生在毒蛇之中若我來世受斯報者當令彼人深快其意故應捨離所有瞋恚怨結之心我若多瞋及怨結者十方現在諸佛世尊皆應見我當作是念云何此人欲求菩提而生瞋恚及以怨結此愚癡人以瞋恨故於自諸苦不能解脫何由能救一切衆生多瞋衆生在在生中所受之身惡毒充滿故應修習慈愍之心永遠離於瞋恚怨結平等平等利益安樂一切衆生若如是思惟離瞋結已次應想念十方諸佛與諸菩薩聲聞大衆俱來入我諸佛國土宮殿之中是諸如來身量大小過人一倍具諸相好端正香潔以天衣服莊嚴其身各各坐於千葉蓮華師子之座一

一無量衆所圍遶覆以寶蓋懸衆寶旛種種瓔珞周帀垂布有天樂器不鼓自鳴其音和雅聞者喜悅香風徐動吹諸寶樹幢旛蓋網瓔珞等物出妙音聲歌讃如來種種功德黄金爲器七寶莊嚴其器光明猶如日月所有香氣如堅黒栴檀甘露滿中而以供養諸佛菩薩及聲聞衆其諸菩薩阿羅漢等皆於如來最上法中遊戲快樂復應想念一切衆生皆於諸佛座前而坐佛爲演說修慈之行如我今時之所修習言音美妙悅可其心令諸衆生獲最上樂譬如有人得甘露漿而以洗沐息除勞苦形神休暢此亦如是以法霑心滅諸煩惱身心寂靜永得安樂復應想念如是一切寶幢旛蓋衣服等物所有微塵光明朗曜出過於日柔軟細滑如觸天身所出之香如牛頭栴檀其色清淨如毗瑠璃寶一切物像皆於中現又應想念彼諸如來一一如來身之微塵柔軟光色轉加殊勝比前微塵逾百千倍復應觀察我所思念一切衆生性空無我如夢如幻如陽焰如眩翳一切諸佛亦復如是自性皆空本無有我凡夫無智於彼妄執有我自性是故不能解脫生死復應觀察一切諸法體相微細皆悉空寂凡夫之人以自分別生諸境界自分別中還自繫縛乃至未了心之自性齊爾許時如在夢中妄著諸境復應觀察一切三界皆悉是空空不礙空我今慈心猶爲狹小又應思念如一切衆生及以諸佛性空無我當知我身亦復如是一切國土亦唯想念作是解已復應觀察彼諸所有一切微塵一一塵中皆有三世諸

佛國土是諸國土最極清淨超過於前所有佛國三世諸佛三世衆生及以三世莊嚴之事皆悉具足三世劫數入於一念一一念中三世諸佛坐一切處普現一切衆生之前或入禪定或說妙法或飡美食或飲甘露一一佛前三世菩薩及阿羅漢圍遶而坐三世快樂充滿其身亦自見身在諸佛所受於如是三世安樂復應想念一一念中我三世身各持無量上好供具而以供養一切諸佛菩薩聲聞及以施與衆生之類於一一念從其身出種種香雲雲中復有無量寶蓋莊嚴綺飾彌覆一切諸佛如來菩薩聲聞及以六趣衆生之上其雲復雨天之甘露及堅黑牛頭栴檀香末曼陀羅華摩訶曼陀羅華波頭摩華拘物頭華芬陀利華妙香華妙意華皆從空中繽紛而墜電光引曜如日舒景雷音震動聞者悅豫一切諸佛菩薩聲聞及諸衆生若行若住若坐若臥四威儀中其身恒受最上安樂佛子譬如比丘入遍處定於一切物皆作地解水火風解以如是解攝持其心修慈之人亦復如是以慈勝解莊嚴攝持復應思惟我今所與衆生安樂但唯是想如幻如化譬如幻師作所幻事我亦如是與諸衆生種種安樂又如幻物無有自性一切衆生亦復如是本來無有我我所性又如渴鹿於陽焰中妄生水想勤苦奔逐我心行慈當知亦爾又如陽焰水不可得一切諸法亦復如是無有我性又如夢中見種種物夢心分別謂爲實事及至覺時了無所在應知諸法皆亦復然如瞖目者於淨室中見種種物謂之爲有

其人後得阿伽陀藥治眼瞖盡所見之物悉皆隨滅如是衆生以有身見及邊見故而有我想若得智慧藥滅除此見所有我想亦隨止息是故我應如是修慈如從夢覺離我我所佛子當知此修慈者乃至未能離於分別未能不起我我所見常得六種梵天之福若捨分別離我我所此則名爲廣大之慈先世已來所有罪障皆得除滅不久當證無上菩提佛子一切菩薩皆應如是修習慈心汝以修慈名爲慈者佛子若善男子善女人有得聞此修慈經者則能銷滅無始時來諸惡業障離衆病厄爲一切人之所愛敬於其中間或至臨終必得奉見十方諸佛及與授阿耨多羅三藐三菩提記或得三昧或得法忍或得入於陀羅尼門其心安隱無有死畏永離一切諸惡道苦必生清淨極樂佛國佛子譬如有人於三界中盛滿七寶日以三時奉施如來盡於一劫其人功德應知亦爾何況有能修習之者假使無量諸佛如來於一劫中說其功德猶不能盡佛說此經已彌勒菩薩摩訶薩及十方國土諸來梵衆皆大歡喜信受奉行

大方廣佛華嚴經修慈分

顯無邊佛土功德經

與華嚴經壽量品同

唐三藏法師玄奘奉詔譯

清刻龍藏佛說法變相圖

顯無邊佛土功德經 與華嚴經壽量品同

唐三藏法師玄奘奉　詔譯

如是我聞一時薄伽梵在摩揭陀國閑寂法林坐妙菩提金剛堅固無量妙寶共所莊嚴紅蓮華臺師子座上與十不可說俱胝那庾多百千佛土極微塵數大菩薩俱及諸天人阿素洛等無量大衆前後圍遶爾時會中有一菩薩摩訶薩名不可思議光王承佛威神從座而起頂禮佛足合掌恭敬而白佛言世尊諸佛國土時分莊嚴有勝劣不佛言善男子我此索訶世界釋迦牟尼佛土一劫於極樂世界無量光佛土爲一晝夜極樂世界一劫於迦沙幢世界金剛堅固歡喜佛土爲一晝夜迦沙幢世界一劫於不退輪音世界極妙圓滿紅蓮敷身佛土爲一晝夜不退輪音

世界一劫於絶塵世界法幢佛土爲一晝夜絶塵世界一劫於明燈世界師子佛土爲一晝夜明燈世界一劫於妙光世界遍照佛土爲一晝夜妙光世界一劫於難超世界身放法光佛土爲一晝夜難超世界一劫於莊嚴世界一切神通慧光王佛土爲一晝夜莊嚴世界一劫於鏡輪世界月覺佛土爲一晝夜善男子如是世界展轉漸增滿十不可說俱胝那庾多百千佛土極微塵數世界佛土最後世界佛土一劫於蓮華德世界賢德佛土爲一晝夜於彼世界諸菩薩衆修治殊勝普賢行地善男子如諸世界晝夜漸增如是諸佛壽量身相菩薩世界莊嚴亦爾由彼有情福轉增故若有善男子善女人聞此顯示無邊佛土功德法門歡喜信重受持讀誦如理思惟廣爲他說臨命終時十方佛土無量諸佛皆現其前慰喻讚美令其增進無量善根隨願往生諸佛淨國乃至無上正等菩提於生生中常憶宿命修菩薩行速得圓滿時薄伽梵說此經已不可思議光王菩薩摩訶薩并諸天人阿素洛等一切衆會聞佛所說皆大歡喜信受奉行

顯無邊佛土功德經

音釋

迫隘 迫博陌切 隘烏懈切
曙 常恕切 旦也
涸 下各切 水竭也
瞖膜 瞖於計切 目疾也 膜慕各切 肢膜也
欄楯 欄郎干切 楯竪尹切 檻也
齎 前西切 臍同
塐 蘇故切 埏土像物也
騖 亡遇切 亂馳也
芬馥 芬撫文切 馥房六切 芬馥香氣也
菡萏 菡戶感切 萏徒感切 荷花未舒也
氛氳 氛方

文切氳於云切氛氳氣貌**熙怡**熙虛宜切怡盈之切熙怡和樂也**懌**夷益切悅也**眩翳**眩黃絹切目無常主也翳於計切障也

大方廣佛華嚴經不思議佛境界分

唐于闐三藏法師提雲般若譯

清刻龍藏佛說法變相圖

二經同卷

大方廣佛華嚴經不思議佛境界分

大方廣如來不思議境界經

大方廣佛華嚴經不思議佛境界分

唐于闐三藏法師提雲般若譯

如是我聞一時薄伽梵在摩竭陁國於菩提樹下得阿耨多羅三藐三菩提成等正覺其菩提樹根深堅固善植於地如栴檀柱樹身牖長傍無枝葉堅實圓滿名阿濕波池所有諸鳥不能飛過皮膚細輭文像如綾無量枝條妙飾間錯其葉表裏素綠莊嚴葉脉顯現如紺青色枝葉垂下周帀圓滿其華開敷甚可愛樂光明照曜香氣芬馥其根莖等顯種

種色具足衆德如妙高山其下嚴飾如歡喜園光明香氣一踰繕那量夜分遠燭如大火聚其地四面普皆平坦於中有草柔輭滋茂光色鮮潔如孔雀毛有妙香氣令心悅豫無量小樹周帀圍繞其菩提樹王莊嚴勝妙除波利遮德迦及毗陀羅樹無以爲喻佛在樹下大衆圍遶端嚴而住如星中月處淨虛空時有十佛刹極微等諸佛各各從本國土來至於此爲欲莊嚴鞞盧遮那爲衆會故示菩薩形其名曰觀自在菩薩摩訶薩曼殊室利菩薩地藏菩薩虛空藏菩薩金剛藏菩薩無垢稱菩薩善威德菩薩能棄諸蓋菩薩寶手菩薩大慧菩薩普賢菩薩摩訶薩等而爲上首如是等衆皆來集會復有無量千俱胝諸菩薩衆示聲聞形亦皆來集所謂舍利弗多羅蘇補底沒特伽良演那羅怙羅憍陣那摩訶迦葉波鄔波離阿泥律陀纈麗縛多阿難陀提婆達多跋難陀而爲上首一切皆是久習所行六波羅蜜能近菩提爲欲利益諸衆生故於此雜染佛土示聲聞形復有無量千苾芻尼摩訶鉢刺闍鉢底喬答彌爲上首爲欲調伏下劣有情故雖現女身具丈夫業復有釋梵護世天龍藥叉健達婆阿素羅揭路荼緊捺洛莫呼洛伽人非人等一切非凡皆是菩薩悉來集會何以故以彼諸佛有祕密法威德神通三摩地神變云何菩薩能得了知乃至諸佛威德神通有無邊力一切法空諸力得轉有情云何能得了知如人夢中見種種事若覺悟已即無所見如夢中想如是如是夢愚癡故法體想起諸佛覺悟無有所

見以諸甚深無障礙品利益有情微細解脫得成就故而彼菩提樹下薄伽梵端身而住入三摩地名不思議佛之境界此三摩地極勝廣大由此三摩地故諸佛世尊恒常入定說時食時行時乃至般涅槃時如是嚴飾佛薄伽梵如妙高山王如波利遮德迦樹下安如意珠而彼清淨三十二丈夫相中一切佛剎諸薄伽梵如淨圓鏡普皆示現一一隨好中菩薩本所行皆悉顯現從初光照王因緣乃至究竟定光如來一一苦行事所謂能捨頭目手足身分妻妾男女奴婢僮僕作使國位宮殿等爾時德藏菩薩摩訶薩諸所修行未成正覺請問普賢菩薩言佛子如來所住三摩地爲是何等三摩地耶佛子云何自然十方佛剎中度脫有情佛事示現佛子此三摩地以何爲名尊者此三摩地云何證得是時普賢菩薩告言善男子諦聽我今爲汝宣說斯事於是諸菩薩起尊重心瞻仰尊顏正念安住同聲說言善哉善哉德藏如汝所問甚爲微妙然彼尊者能知一切爾時大地六種震動所謂動遍動等遍動搖遍搖等遍搖吼遍吼等遍吼擊遍擊等遍擊旋遍旋等遍旋開合上下遍開合上下等遍開合上下東涌西沒乃至中邊亦復如是當此之時一切衆生所有苦惱暫得休息雨妙天華爾時普賢菩薩告德藏菩薩言佛子此三摩地是諸佛菩提佛子此三摩地名不思議佛之境界諸佛世尊常住於此從然燈佛得受記已即於是時入三摩地從是以來無功用住於一毛端處有無量佛剎乃至一切佛剎所有極

微等諸佛刹土普皆示現或現生於覩史多天從彼没已下生入胎住胎出胎能行七步而自唱言我應永離生老病死所作已辦或現處宫或現出家修行苦行成等正覺降伏衆魔轉於法輪或現住世壽無量劫度脱衆生所有苦惱乃至示現入般涅槃於一念中普能示現諸佛刹土如上事業於一念中攝一切劫無增無減皆無功用乃至一切有情界未得解脱一一刹那中於一切處作諸佛事是諸佛刹中毛端際處示現無量諸佛刹土如是彼佛無邊威儀然此威儀周遍虚空無有毛端處而無諸佛刹亦無毛端處而不於中念念示現阿耨多羅三藐三菩提一切諸佛生現正覺乃至般涅槃於極微中亦皆普現一切佛刹極微等諸佛刹土復過是數無量無邊彼彼薄伽梵示現覩史多天宫諸佛行行示現度脱無量衆生佛土不小極微不大何以故以一切法不堅牢如幻如陽焰乃至究竟盡虚空界如是無量佛事業起刹那刹那於有情所常作利益無暫休息譬如即此大菩薩集會十佛刹土極微等數量於摩揭陀國十二踰繕那地分中安住展轉不相障礙如是如是於極微中容受無量阿僧企耶諸佛刹土有餘佛刹各各相向或有相背或有在傍或有相納如是展轉不相障礙如人夢中於一處所見種種事雖見非真實故不能爲礙如是如是此諸佛刹皆惟心量之所變現或有世界見劫火燒或燒已盡或見風起或有清淨或有雜染或現無佛諸刹土中衆生之類隨其自業各見不同如是如

是無量變異譬如餓鬼飢渴所逼於殑伽河邊或有見水或有見灰或見膿血或見便利不淨充滿如是如是有情於自佛刹土中或見雜染或見清淨或見有佛或見涅槃或見大衆會中說法或有聽聞第一義法或聞廣說檀波羅蜜或見遊行或有見住或有見坐或見食時或見二丈夫量或見七丈夫量或見一踰繕那量或見百踰繕那量或見千踰繕那量或見光明照曜如日初出或見如滿月圓朗空中隨其業行種種見異或見久遠入般涅槃或有不聞諸佛名字譬如餓鬼於河水邊有見猛火或見異事或見如是如此大菩薩集會各各於自佛刹土中佛薄伽梵作菩薩形或見有一佛刹土中刧波火燒或燒已盡或見於此佛刹土中衆生界滿佛現饒益有薄伽梵取諸佛刹入一佛土中令相似示現如患瞖者瞖因緣故不了衆色如是如是識因緣故不了衆相於是普賢菩薩告德藏言佛子我今爲汝略說此三摩地法一刹那中於一切處乃至盡虛空及衆生界一毛端分量中無量無邊佛刹於一極微中法界極微等諸佛刹土一一佛刹土甚多威儀路如一刹那中爲利衆生故有十佛刹土極微等數量如是念念中於一切處乃至一切衆生未得阿耨多羅三藐三菩提此饒益事常不斷絕如是威儀第二第三第四第五乃至十方所有諸佛無量無邊威德勢力亦復如是爾時德藏菩薩聞說是已於此三摩地藏明了通達入不思議諸佛境界覺悟一切諸佛世尊神通威力即於是處以諸威力善

巧調伏無量衆生有百殑伽沙諸菩薩衆於三摩地法種種覺悟或有證忍位或有證諸地其中觀自在等菩薩摩訶薩譬如瓶水已滿置於雨中終更不容一滴之水如是如是住第十地諸菩薩衆所行妙行皆已圓滿多時於此三摩地中示現佛事於一刹那能納無量劫於一極微能納無量土即於一念遍諸佛刹任運度脱無量衆生時薄伽梵住三摩地放眉間白毫相光名能發起其光照曜有功用行諸菩薩衆於十地中亦未覺悟由光觸故能見一切諸佛國土所有住極微毛端分量處無量佛刹即於是時周遍虚空無量無邊佛刹示現譬如瑠璃瓶滿中盛芥子如是如是於一極微一分量中見諸佛土佛薄伽梵於一如來身一切如來色相顯現一一如來有無量名號於一刹那中一一佛刹土利益一一有情故自然示現此阿耨多羅三藐三菩提如如意珠置高幢上隨諸衆生自然而雨種種珍寶如是如是一切如來阿羅訶三藐三勃陀無量衆生自然解脱何以故以一切趣不堅牢如幻如陽焰如是此諸佛刹土中有情展轉不相障礙如現神通者山河石壁等終無限礙如是諸菩薩見彼佛威德自身各各於一切佛刹佛世尊前於一刹那中一一如來所一劫波供養或二劫或三劫或百劫或千劫或一刹那或一年呼栗多種種供養於如來所聞說波羅蜜多或聞陀羅尼或聞說諸地見諸如來神通變化以一切劫入一刹那起難遭之想云何如來有此威德於一念中現無量劫而爲我等生善

根故廣演如此諸功德聚無量劫所作不思議佛境界三摩地覺悟如是威力如是威德爾時德藏菩薩問普賢菩薩言尊者作何功德證此三摩地耶云何修習般若云何布施云何持戒是時普賢菩薩告言佛子於十方處一切清淨圓滿佛剎諸衆生類其中示現無量佛事諸菩薩等積集種種福德善根應供養佛供養法供養僧孝養父母常不斷絶一切貧窮困苦孤獨乞匃菩薩皆應悲哀攝受乃至自身血肉隨應施與勿生慳悋何以故以供養佛者其福甚多如是有情受勝妙樂速當證得阿耨多羅三藐三菩提供養法者生諸善根智慧增長當得覺悟法自在故於一切法能正了知供養僧者種諸善根而彼無量資粮增盛由此菩薩乃至成佛所有孝養父母或尊者鄔波柁耶或餘生死中曾得恩處當思報恩倍令增長何以故以有情類知恩報恩者設於生死造罪業時彼諸善根終無散失故諸如來常讚報恩呵責一切不知恩者云何菩薩堅固成就一切善根謂有貧窮孤獨等類於彼增長廣大悲愍以攝事法而攝受之有福德者有知恩者有悲愍者菩薩菩提現前獲得此三種田如來已說諸菩薩等所作事業應當覺悟於一一田種諸善根廣大殊勝成就圓滿復次德藏諸菩薩衆應當廣大植諸種子令其善芽漸漸增長此三摩地爲菩提主應先種植種子於佛前或形像所華鬘香塗香末香歌舞音樂如是等種種供具而爲供養即應如是思惟如先所說於一切處諸佛世尊毛端分量及極

微中無有不見諸佛威德諸菩薩等大衆集會我於彼所以清淨心平等憶念而作供養謂一如來法性即是一切如來法性若我供養一如來即一切如來皆已供養於無量劫一一如來所供養亦爾乃至多劫入一剎那佛神力故深生信解而彼菩薩種植種子得成廣大不思議佛之境界三摩地善男子善女人日日應作如此供養於一切佛薄伽梵前乃至一合掌亦種種子增長三摩地芽滋茂廣大應以尸羅智慧妙願而灌灑之又諸菩薩應如是布施不得揀擇持戒破戒若愛若憎若負若富然彼富者雖無所須能施之者自獲利益應當發起殊勝誓願我定當作佛度脱一切衆生於一一剎那一切處毛端分量中一切佛剎我別別當成就乃至一切佛剎極微等一切極微中爾所剎上乃至一切佛剎極微於彼彼中轉正法輪如今世尊鞞盧遮那如來於一剎那中能納一切劫任運即於一一佛土我當示現無量威儀如佛剎極微等一切威儀中如是有情解脱諸菩如殑伽沙乃至盡虚空界及衆生界又諸菩薩應清淨持戒於破戒有情起悲救護不應於彼而生猒捨時普賢菩薩告德藏言佛子如汝所問云何修習般若汝應諦聽當爲汝說若有樂求無上菩提欲令證得此三摩地應當遠離虚妄諸業惡語染意發起淨心慈悲攝受應往精舍中見甚希奇微妙佛像安住不動以金薄裝身或純金作諸相具足支節充滿於圓光中有無量佛妙飾間列結跏趺坐入三摩地即於像前恭敬禮拜應如是

思惟我聞十方現在所有諸佛世尊無邊無量謂一切義成如來無量壽如來寶幢如來阿閦鞞如來鞞盧遮那如來寶月如來寶日如來等於彼廣大信樂尊重復應起想是此如來深生尊重乃至自然現前得見於一切處當審觀察如是思惟徃空閑處心正憶念隨近攝持極一臂量專注憶念無令忘失若有忘失應更徃觀如是觀時起尊重心住現佛想不應於彼作形像想如是自然面見諸佛應於彼所以香塗香末香燒香華鬘右遶如是等種種供具而爲供養由一切心如是攝持佛薄伽梵自然現前能見一切能聞一切一切心等能了達故數數決定而取於相復徃空閑心念不失若有福德者於三七日中精勤修習速疾現前能見諸佛有於先世所作罪業如是之人不能得見若有希求應起精進勇猛修行決定觀察何以故由於一境令心調伏勉勵專精菩提資粮無不成辦若多惛沉懈怠放逸自然如是不能解脫何況解脫一切衆生所有苦惱此如大地眞爲重擔若如是者於菩提道亦不能作精勤修習譬如有人於大海中飲一掬水即爲已飲贍部洲中所有河水如是如是若修習菩提海一切三摩地諸忍諸地諸陀羅尼皆已修習是故常應精勤勇猛遠離放逸如是思惟自然現前能見諸佛若已得見即應如是思惟此所見者爲是如來爲形像耶若覺悟此如來現前即於佛所長跪合掌應當憶念如先所說諸佛威德由大威德及大悲故令於我所現前來也若能發問即應請言惟願

世尊爲我演説不思議佛之境界大三摩地法而於其中勿生疑惑設有所説作決定心若得聽聞即於是處圓滿成就或先業障不能申請即應如是種種觀察一切諸法如夢如翳如幻如陽焰如鏡像如是諸佛猶如虚空平等自性非幻非夢然一切法如幻如夢應當了知由智慧悲佛世尊現今應爲我放大悲光令我苦惱悉皆銷滅復應如是思惟觀察微妙空性爾時世尊從眉間白毫相放大光明光名青焰照觸其頂所有苦惱皆悉消滅即於是處得法名鞞盧遮那忍種種三摩地皆能覺悟於第七日夜佛薄伽梵夢中現前爲授阿耨多羅三藐三菩提記若如是知此是形像即應思惟一切如來及一切衆生如見形像無實可得如是如是一切如來如幻如化如夢如陽焰自然如是面見如來如夢所見皆非實有如是如是一切如來非生即生非滅即滅異於諸行法性甚深非説能説非去而去非來而來非識所識非我想非命者想非有情想非養育者想非補特伽想非食者想非蘊非不蘊有似蘊相十八界十二處畢竟總無亦非異彼以一切佛一切諸法平等平等皆同一理如陽焰等一切衆生及諸如來一切佛土皆不離想如是想現識緣於色自性如是終無有生如來識滅是故異色觀察應知若一切法不離於想即諸如來毛端分量亦無差別猶如虚空平等平等若我分別佛即現前若無分別都無所見想能作佛離想無有如是三界一切諸法皆不離心若能了知一切諸佛及一切法總唯

心量得隨順忍或證歡喜地捨身他世速疾生於妙喜世界或生極樂淨佛土中常見如來親承供養於是德藏菩薩摩訶薩白普賢菩薩摩訶薩言佛子若有衆生聞此法門受持讀誦書寫廣說得幾所福時普賢菩薩告德藏言善男子諦聽此所生福量譬如有人攝取三界一切衆生令解脫生死得阿羅漢果復於彼所起淨意樂無熱惱心經於百劫以衣服飲食卧具湯藥種種供具而爲供養彼涅槃已起七寶塔恭敬供養其福甚多若有衆生聞此法門生信尊重亦不毀謗復經百劫淨修梵行百劫修忍百劫精勤百劫修靜慮所生福聚無有限量若復有人聞此法門生信尊重能正受持速得成佛福過於彼爾時十方一切佛土中佛薄伽梵皆現其身讚普賢菩薩言善哉善哉佛子如是如是如汝所說於是釋迦牟尼如來從其面門放無量色光照曜三界雨衆妙華如是音樂不鼓自鳴出微妙音令心悅豫是時大地微細搖動從光明中演出無量妙伽他曰

若聞此法心清淨　獲諸地定陀羅尼
及忍自在妙神通　速證無上菩提果
當來能轉於法輪　還如過去大仙人
一刹那中納多劫　於一極微現衆刹
無量衆生溺三界　其中放逸受諸苦
惡見繫縛失正道　念念度脫無空過

普賢菩薩說此法門時千俱胝天人所有苦惱皆得解脫於阿耨多羅三藐三菩提得不退轉普賢菩薩摩訶薩於此法門已善通達現前證得說此經已時德藏菩薩摩訶薩及

諸菩薩天人健達婆阿素羅等一切世間聞
佛所説皆大歡喜信受奉行

大方廣佛華嚴經不思議佛境界分

大方廣如來不思議境界經

唐于闐三藏法師實叉難陀譯

清刻龍藏佛說法變相圖

大方廣如來不思議境界經

唐于闐三藏法師實叉難陀譯

如是我聞一時佛在摩竭提國菩提樹下成正等覺其菩提樹名阿攝波磐根深固擢本脩直周圓無節如栴檀柱常於其上飛禽迴翼無能過者皮膚細潤衆色間發猶如羅綺密葉青翠繁枝布濩周帀皆有妙華開敷吐曜飛芳甚可愛樂除俱鞞羅波利質多餘無比者復有無量小樹圍遶而此樹王森蔚頴秀如妙高山俯冠群岳一由旬外靡不齊覩香氣周流榮光照曜遠夜望之疑大火聚其下嚴飾如歡喜園四面夷敞芳草䕺茂如孔雀王頸藿靡芬馥覩者無猒如來於此端嚴而坐大衆環繞如星中月時有十佛刹微塵等他方諸佛爲欲莊嚴毗盧遮那道場衆故

示菩薩形來在會坐其名曰觀自在菩薩文殊師利菩薩地藏菩薩虛空藏菩薩金剛藏菩薩維摩詰菩薩善威光菩薩滅諸蓋菩薩寶手菩薩大慧菩薩普賢菩薩如是等菩薩摩訶薩而爲上首復有無量千億菩薩現聲聞形亦來會坐其名曰舍利弗大目揵連須菩提羅睺羅阿若憍陳如摩訶迦葉優波離阿那律離婆多阿難提婆達多跋難陀等而爲上首皆已久修六波羅蜜近佛菩提爲化衆生於雜染土現聲聞形復有無量千比丘尼摩訶波闍波提而爲上首皆已成就大丈夫業爲欲調伏下劣衆生故現女身復有無量釋梵護世天龍夜叉乾闥婆阿脩羅迦樓羅緊那羅摩睺羅伽人非人等此中皆是大菩薩衆無凡夫者爾時世尊坐菩提樹嚴淨微妙譬於質多樹下置如意珠正念不動如須彌山爲令諸菩薩衆及一切衆生了知諸佛深密禪定威神力故入於三昧名如來不思議境界即時世尊三十二相一一相中皆現十方無量佛刹及彼諸佛猶如明鏡顯現衆色又隨好中一一復現如來往修菩薩行時從光明王乃至最後然燈佛所難行苦行悉捨一切頭目身體皮肉手足妻子僕從及國王位宮殿等事由是三昧有大勢力一切諸佛食時行時說法時涅槃時常入此定何以故一切如來依此三昧成就無量大威神力乃至證入一切法空能於十方一切佛刹示現種種自在事故譬如有人夢見種種變異等事及其覺已所見皆無凡夫亦爾無明夢故妄於諸法生實體想諸佛覺已皆無所

著故能十方一切世界一念示現無量佛事自在無礙利益成就一切衆生皆令悟入無量深妙解脱門故爾時德藏菩薩修菩提行未成滿故問普賢菩薩摩訶薩言如來今者所入三昧其名云何復云何得云何十方一切世界自在示現種種佛事度脱衆生爾時普賢菩薩告德藏菩薩言諦聽諦聽當爲汝説時諸菩薩一心瞻仰同聲歎言善哉所問甚深微妙尊者普賢一切知見今當演説即時大地六種震動天雨妙華一切衆生煩惱衆苦皆少休息普賢菩薩言佛子此三昧名如來不思議境界即是一切諸佛菩提以諸如來常依住故世尊始從然燈佛所得受記已即入此定常無功用自然應現無量佛事謂於虚空一毛端處有一切佛刹微塵等諸佛世界於中或現生兜率天或從彼没下生入胎或現遍生遊行七步自言我今即爲生死邊際或現在宫出家苦行或現降魔成等正覺轉妙法輪或現住世經無量劫度諸衆生皆令離苦或復示現入於涅槃或一切劫爲一刹那或一刹那爲一切劫劫與刹那無增無減乃至一切衆生未盡解脱刹那刹那一時普於此諸世界常作如是種種佛事未曾休息而無功用如彼虚空一毛端處無量刹中念念普現諸佛種種威儀法則而無功用乃至遍空毛端量處亦復如是又是諸刹一切微塵一一塵中復有過一切佛刹微塵等土亦一刹那一一土中自然普現一切諸佛威儀所行或生天宫乃至滅度解脱無量阿僧祇衆生如是念念窮未來際常作佛事

利益衆生乃至虛空衆生界盡常不休息而佛刹不減微塵不增何以故以一切法猶如幻焰不堅牢故譬如此會十佛世界微塵數等大菩薩衆皆共住此摩竭提國十二由旬不相障礙彼一一塵各受無數諸佛世界或仰或覆或相向背或復傍住或相涉入而無障礙亦復如是如人夢中見於一處有種種事以非實故而無所礙是一切刹靡不唯其心之所現或見劫燒或已燒盡或風所成或淨或穢或復無佛皆由衆生隨自心業見如是等種種不同譬如餓鬼飢渴所逼詣恒河所或有見水或有見灰膿血便利不淨充滿衆生亦爾各各隨業見其佛土或淨或穢或佛在世或入涅槃或處道場爲衆說法或有聞說第一義諦或復聞說讚歎施法或見行住或見坐食或見身長世人一倍乃至七倍或一由旬或百由旬或千由旬或見威光如日初出或如滿月或由業障值佛世尊久已滅度或有不聞諸佛名字如彼餓鬼於恒河中都不見水但見種種雜穢之物或見諸佛各從本土示現威德大菩薩形來入此會或一刹中衆生唯見劫火所燒或一刹中衆生充滿咸共見佛或見如來攝一切刹入一佛刹以一佛刹入一切刹如衆翳者同於一處見各差別互不相礙皆由眼翳不見正色衆生亦爾色性無礙心緣異故蔽於正見不了眞實佛子今更爲汝略說住此三昧之法如佛世尊住此三昧於一念中遍虛空界毛端量處無量佛土及彼佛土一一塵中各有法界微塵等刹爲欲利益諸衆生故刹那刹那

遍一一剎現十佛剎微塵等諸佛方便威儀所行如是乃至一切衆生未盡證得無上菩提常無斷絶如此一佛第二第三乃至十方一切諸佛一一所現大威德力亦復如是時德藏菩薩聞是說已卽於座上得此三昧卽時見彼無量諸佛及知諸佛威德方便以三昧力亦能如是調伏衆生百恒河沙諸菩薩衆各別證得種種三昧忍及諸地觀自在等諸大菩薩住十地者功德妙行悉圓滿故皆已久遠得此三昧一剎那中攝無量劫一微塵中納無量土於一念中遍一切剎度無量衆生常無功用自然示現諸佛事故雖聞此法更無所進如滿缾水置於雨中不容一渧斯諸菩薩亦復如是爾時世尊在三昧中放眉間光名大顯發所有一切有功用行未證十地諸菩薩等遇斯光已悉見空中諸毛端處及微塵中無量佛剎如瑠璃缾盛白芥子觀者悉見彼諸菩薩見微塵中一切佛剎亦復如是及見彼剎一切諸佛於一一佛身見一切佛身一一諸佛有無量名皆爲利益一一衆生念念常於一一佛剎自然應現成阿耨多羅三藐三菩提譬於高幢置如意珠自然普雨種種珍寶隨衆生意悉令滿足如來亦爾現正等覺自然度脫無量衆生是諸剎中衆生各異而不相礙如神力者遊行虛空山河石壁無所罣礙何以故一切諸趣皆如幻焰無堅實故諸菩薩衆既覩是已各見其身遍一切剎於一念中一一佛前或經一劫二劫三劫或百千劫或一念頃或一須臾恭敬供養或聞佛說諸波羅蜜陀羅尼門或說

諸地或現神變以一切劫入一念中生甚奇特難遭之想作是念言云何世尊威德自在於一刹那令我具足無量劫中善根福德速證如來不思議境界三昧大威神力爾時德藏菩薩爲欲利益諸衆生故復問普賢菩薩言其有欲證此三昧者修何福德施戒智慧時普賢菩薩遍於十方一切淨刹現成正覺化衆生者告德藏菩薩言佛子若欲證得此三昧者先應修福集諸善根謂常供養佛法僧衆及以父母所有一切貧窮苦惱無救無歸可悲愍者攝取不捨乃至身肉無所悋惜何以故供養佛者得大福德速成阿耨多羅三藐三菩提令諸衆生皆獲安樂供養法者增長智慧證法自在能正了知諸法實性供養僧者增長無量福智資粮致成佛道供養父母和尚尊師及世間中曾致饒益賴其恩者應念倍增報恩供養何以故以知恩者雖在生死不壞善根不知恩者善根斷滅作諸惡業故諸如來稱讚知恩毀背恩者又常愍濟諸苦衆生菩薩由此廣大善根永不退失若人有能勤修福德常念報恩悲愍衆生則爲菩提已在其手應知佛說能隨供養此三種田一一成就無量善根德藏當知菩薩次應植廣大種由是故生此三昧芽成菩提果云何植種謂持種種微妙華鬘塗香末香及衆妓樂恭敬供養現在諸佛或佛形像作是思惟如上所說遍於虛空毛端量處及微塵內無量刹中一一所見諸佛威力及菩薩衆我悉於彼諸佛會中一心正念普皆供養如所供養一佛法性即是一切諸佛法性若我

供養一如來者即爲供養一切如來隨彼一一諸佛神力能以幾劫入於一念亦爾所劫供養如來若有衆生信解此法種植大種即能得是如來不思議境界廣大三昧故善男子應以此法日日供養由是下至於諸佛所但一敬禮亦能令此種子增長三昧芽生又應常以布施持戒大願智慧而溉灌之又復菩薩爲灌三昧修行施時不簡福田怨親善惡持戒破戒富貴貧窮又復思惟施於富者雖無所用然我自應修習施行菩薩又應清淨持戒見毀禁者起大悲愍不應於彼生嫌恚心又應深發大菩提願我當決定念念普於遍滿虛空毛端量處乃至一切佛剎塵中無量世界成等正覺轉妙法輪度諸衆生如今世尊毗盧遮那等無有異不起功用攝無量劫入於一念即於如是一一剎中各現佛剎微塵等諸佛威儀一一威儀各度恒河沙等衆生皆令離苦乃至虛空衆生界盡常無休息佛子修智慧者一心諦聽今爲汝說若善男子善女人爲求無上菩提發心欲證此三昧者是人要須先修智慧以此三昧由慧得故修智慧者應當遠離妄語綺語及諸散亂無益之事於諸衆生雖起大悲而常攝心不染不散詣精舍中覩佛形像金色莊嚴或純金成身相具足無量化佛入於三昧在圓光中次第而坐即於像前頭面禮足作是思惟我聞十方無量諸佛今現在世所謂一切義成佛阿彌陁佛寶幢佛阿閦佛毗盧遮那佛寶月佛寶光佛等於彼諸佛隨心所樂尊重之處生大淨信想佛形像作彼如來真實

之身恭敬尊重如現前見上下諦觀一心不亂住空閑處端坐思惟如佛現前一手量許心常繫念不令忘失若暫忘失復應往觀如是觀時生極尊重恭敬之心如佛眞身現在其前了了明見不復於彼作形像解見已即應於彼佛所以妙華鬘末香塗香恭敬右繞種種供養彼應如是一心繫念常如世尊現其前住然佛世尊一切見者一切聞者一切智者悉知我心如是審復想見成已還詣空處繫念在前不令忘失一心勤修滿三七日若福德者即見如來現在其前其有先世造惡業障不得見者若能一心精勤不退更無異想還得速見何以故若有爲求無上菩提於一事中專心修習無不成辦若於所修數數怯退彼尚不能自得解脫何況度脫諸苦衆生若遇如是疾得菩提正直之道不能勤修當知徒是地之重擔譬如有人於大海中飲一掬水即爲已飲閻浮提中一切河水菩薩如是若能修習此菩提海則爲已修一切三昧諸忍諸地諸陀羅尼是故常應勤修匪懈離於放逸繫念一心要令自得現前見佛如是修習初見佛時作是思惟爲眞佛耶爲形像耶若知所見是眞佛者便於佛前兩膝著地合掌恭敬憶念虛空毛端量處及微塵中一切諸佛無量威德大慈悲故來現我前即應啓請惟願世尊爲我演說如來不思議境界大三昧法若聞如來一切所說應決定信勿生疑惑即於是處得此三昧若先業障不能問者則應思惟一切諸法如幻如焰如翳如影如像如夢如是諦觀法性空寂然知

如來了一切法皆如幻夢如來自性非幻非夢猶如虛空能以智悲出現我前願爲我放大悲青光滅除衆苦時佛即爲放眉間光名曰青焰其光纔照諸苦銷除即坐證得法光明忍悉能了達無量三昧第七日夜夢見如來爲授阿耨多羅三藐三菩提記若知所見是形像者應思諸佛及諸衆生皆亦如像但隨想見無實體性旣知如來如幻如化如夢如焰如是自然現前見佛亦如夢中無實可得非生而生非滅而滅非去而去非識而識非有爲而現諸行非言說而演諸法非我非壽非衆生非養育非趣生非想非作非知非依非即蘊非在蘊而示諸蘊乃至界處亦復如是一切非有亦復非無是故諸佛及一切法眞實平等皆同一相如陽焰等一切衆生諸佛及土皆唯自心識想所現識想爲緣所生諸色畢竟非有如來已離一切識想是故不應以色像見知所見像隨想生故乃至虛空毛端量處一切眞佛皆亦如是猶如虛空平等無異若我分別即見於佛若離分別即無所見自心作佛離心無佛乃至三世一切諸佛亦復如是皆無所有唯依自心菩薩若能了知諸佛及一切法皆唯心量得隨順忍或入初地捨身速生妙喜世界或生極樂淨佛土中常見如來親承供養爾時德藏菩薩復白普賢菩薩言若有衆生聞此法門受持讀誦解說書寫得幾所福普賢菩薩言佛子諦聽若有人能攝三界中一切衆生令脫生死得阿羅漢一一羅漢各於百劫以天上妙衣服卧具飲食湯藥種種供養般涅槃後一

一復爲起七寶塔恭敬供養若復有人一百劫中淨持禁戒或修忍辱精進禪定是人雖復得無量福不如有人聞此法門尊重信受不生毀謗其福勝彼速成正覺是時十方一切剎土無量諸佛皆自現身讚普賢菩薩言善哉善哉佛子如汝所說時釋迦牟尼如來從其面門放無量色光遍照三有兩種種華諸妙音樂不鼓自鳴大地微動於光明中而說偈言

若聞此法心清淨　得諸地定陀羅尼
戒忍自在神通力　速證無上佛菩提
轉未曾有妙法輪　亦如過去大仙等
於一念中攝多劫　一塵普現無量剎
無量衆生沒三界　諸苦所惱常逼切
邪見纏縛失正道　念念皆令得解脫

普賢菩薩於此法門久已證故爲衆說時億千天人度一切苦皆於阿耨多羅三藐三菩提得不退轉德藏菩薩及餘一切菩薩衆會世間天龍阿脩羅等皆大歡喜信受奉行

大方廣如來不思議境界經

音釋

臃丑凶切直也　踰繕那梵語也此云限量踰音俞繕時戰切　鞞駢迷切　纈胡結切　企去智切　殑其陵切　鄔安古切　柁待可切　布濩濩音護布濩散也　蓰羊稅切草木盛貌　虇靡虇息委切靡母詖切虇靡弱貌　渧音滴水點也　漑灌漑古代切注也灌古玩切澆也

大方廣普賢所說經

唐于闐三藏法師實叉難陀譯

清刻龍藏佛說法變相圖

三經同卷

大方廣普賢所說經

莊嚴菩提心經

佛說菩薩本業經

大方廣普賢所說經

唐于闐三藏法師實叉難陀譯

如是我聞一時佛在如來神力所持之處與十不可說不可說百千億那由他佛刹微塵等菩薩摩訶薩俱前後圍遶而爲說法皆已成就普賢之行普賢菩薩摩訶薩而爲上首時衆會中有十菩薩摩訶薩各與十不可說不可說百千億那由他佛刹微塵等菩薩眷屬從十方處忽然出現皆坐無礙莊嚴師子之座其名曰普光藏菩薩甚深藏菩薩威德

光明藏菩薩雲音藏菩薩金剛藏菩薩普音不動威光藏菩薩普名稱威光藏菩薩山王不動威光藏菩薩普現衆像威光藏菩薩十力清淨威光藏菩薩彼諸菩薩出現之時於此會中唯除普賢其餘一切菩薩大衆靡不傾動所有威光亦盡不現一一菩薩皆雨十不可説不可説百千億那由他香雲塗香雲鬘雲衣雲寶蓋幢旛雲清淨世界雲衆寶樓閣雲菩薩衆會道場雲大光明網普照雲菩提道場莊嚴雲如來形像袈裟雲各興如是不可思議諸供養雲充滿法界供養如來斯諸菩薩所坐之座衆寶莊嚴微妙清淨於彼一一莊嚴事中普現一切無量世界無量衆生無量諸佛無量菩薩又現不可説不可説過去未來無量世界及彼諸佛現坐道場爲化衆生轉妙法輪諸菩薩衆供養如來淨修一切波羅蜜行常無斷絶爾時衆會咸作是念此諸菩薩從何世界諸佛所來即共請問普賢菩薩時普賢菩薩普告一切菩薩衆言諸佛子汝等各自推其來處時無礙眼菩薩則入普迅疾三昧遍至三昧明照法界三昧具一切神通三昧了一切境界三昧現一切衆生身神通三昧知一切佛刹三昧入如是等十阿僧祇百千億那由他菩薩三昧以三昧力自見其身悉詣十方一切世界乃至一切微塵處中而不能見彼諸菩薩所從來土及於如來修梵行處其餘一切菩薩大衆各各別入菩薩三昧皆不能見亦復如是咸從定起白普賢菩薩言我等各入十阿僧祇百千億那由他菩薩三昧了不能見彼諸菩薩

所從來處普賢菩薩復告之言彼所從來諸佛國土甚深廣大極難可見汝等令可更共推求時諸菩薩一一復入十佛刹微塵等菩薩三昧求亦不見各以其事重白普賢爾時普賢菩薩從座而起上昇虛空右遶世尊無數帀已即於空中普觀衆會作如是言諸佛子汝觀佛身無礙莊嚴三世平等法界諸刹無不普入十方所有一切世界一切如來一切菩薩一切衆生一切諸趣靡不影現如來身中隨諸衆生心之所樂悉令開悟汝等應住普境界眼盡虛空界清淨慧眼了一切境廣大智眼又應普請十方一切諸佛護念皆應一心離一切處一切依止一切執著一切諸有觀如來身應入十方微細境界於一境界了達一切無盡境界觀如來身時諸菩薩敬順其教咸向如來頭面作禮一心瞻仰忽見世尊毗盧遮那雙足輪中有世界名法界輪其土有佛名法界莊嚴王住世說法彼普光藏菩薩摩訶薩與十不可說不可說百千億那由他佛刹微塵等菩薩摩訶薩俱從彼佛刹來此會坐於雙蹲中有世界名無礙藏其土有佛名無礙淨光住世說法彼甚深藏菩薩摩訶薩與十不可說不可說百千億那由他佛刹微塵等菩薩摩訶薩俱從彼佛刹來此會坐於雙膝中有世界名眞金藏其土有佛名金藏王住世說法彼威德光明藏菩薩摩訶薩與十不可說不可說百千億那由他佛刹微塵等菩薩摩訶薩俱從彼佛刹來此會坐於雙股中有世界名一切寶莊嚴藏其土有佛名衆妙光住世說法彼雲音藏菩

薩摩訶薩與十不可説不可説百千億那由他佛刹微塵等菩薩摩訶薩俱從彼佛刹來此會坐於其齊中有世界名毗盧遮那藏其土有佛名毗盧遮那威德莊嚴王住世説法彼金剛藏菩薩摩訶薩與十不可説不可説百千億那由他佛刹微塵等菩薩摩訶薩從彼佛刹來此會坐於其心中有世界名勝光藏其土有佛名妙相莊嚴藏住世説法彼普音不動威光藏菩薩摩訶薩與十不可説不可説百千億那由他佛刹微塵等菩薩摩訶薩俱從彼佛刹來此會坐於兩肩中有世界名金色其土有佛名金色王住世説法彼普名稱威光藏菩薩摩訶薩與十不可説不可説百千億那由他佛刹微塵等菩薩摩訶薩俱從彼佛刹來此會坐於其口中有世界名妙寶莊嚴其土有佛名無量光嚴王住世説法彼山王不動威光藏菩薩摩訶薩與十不可説不可説百千億那由他佛刹微塵等菩薩摩訶薩俱從彼佛刹來此會坐於其眉間有世界名法界無盡藏其土有佛名三世無盡智住世説法彼普現衆像威光藏菩薩摩訶薩與十不可説不可説百千億那由他佛刹微塵等菩薩摩訶薩俱從彼佛刹來此會坐其頭中有世界名覆持不散其土有佛名寶華積住世説法彼十力清淨威光藏菩薩摩訶薩與十不可説不可説百千億那由他佛刹微塵等菩薩摩訶薩俱從彼佛刹來此會坐時諸菩薩既見如是無盡世界如來道場菩薩衆會佛神變已一一皆得法界藏三昧等十佛刹微塵數諸大三昧一切法地陀

羅尼等十佛刹微塵數諸陀羅尼離垢藏般若波羅蜜等十佛刹微塵數諸波羅蜜力電光等十佛刹微塵數一切智電光時普賢菩薩復告大衆諸佛子此法唯是行普賢行爲善知識所攝受者乃得聞見是故汝等於此法門作金剛心增上意樂護持讀誦勿令忘失説此法時彼諸菩薩摩訶薩等歡喜信受

大方廣普賢所説經

莊嚴菩提心經

姚秦三藏法師鳩摩羅什譯

清刻龍藏佛說法變相圖

莊嚴菩提心經

姚秦三藏法師鳩摩羅什譯

如是我聞一時佛住王舍城耆闍崛山中與大比丘衆千二百人倶菩薩萬人其名曰智光菩薩法光菩薩月光菩薩日光菩薩無邊光菩薩跋陀婆羅等十六正士如文殊師利本所修行復有六十菩薩如彌勒菩薩本所修行此賢劫中菩薩摩訶薩等爾時世尊與無人數大衆圍遶而爲説法爾時會中有菩薩名思無量義即從座起整衣服偏袒右肩右膝著地以種種寶華而散佛上散佛上已合掌白佛言世尊欲有所問惟願世尊哀愍聽許佛告思無量義菩薩恣汝所問思無量義菩薩白佛言世尊云何菩薩修菩提心何者是菩提心佛告思無量義菩薩菩薩修菩

提心者非於衆生菩提心者不可得此心非色非見法亦無有得者何以故衆生空故思無量義菩薩白佛言世尊法相如是甚深菩薩當云何修行佛告思無量義菩薩善男子菩提心者非有非造離於文字菩提即是心心即是衆生若能如是解是名菩薩修菩提心菩提非過去未來現在如是心衆生亦非過去未來現在能如是解名爲菩薩然於是中實無所得以無所得故得若於一切法無所得是名得菩提爲始行衆生故說有菩提如阿羅漢取證於法無所得以世俗言辭故說有菩提然菩提實不可得若於一切法無所得是名得菩提然於是中亦無有心亦無造心者亦無有菩提亦無造菩提者亦無有衆生亦無造衆生者亦無有聲聞亦無發聲聞者亦無辟支佛亦無發辟支佛者亦無有菩薩亦無發菩薩者亦無有佛亦無成佛者亦無有爲亦無造有爲者亦無有無爲亦無造無爲者是中巳得今得當得皆不可得佛告善男子諦聽諦聽善思念之所應說者吾今當說菩薩發菩提心有十法何等爲十發第一心成就衆善本譬若須彌山以衆寶莊嚴發第二心行檀波羅蜜譬若大地長養衆善法發第三心行尸波羅蜜喻若師子王能降伏衆獸滅除邪見故發第四心行羼提波羅蜜喻若那羅延堅固不可壞滅除煩惱故發第五心行毗梨耶波羅蜜現行衆善法喻若天華如意說法故發第六心行禪波羅蜜喻若日光明滅除衆闇故發第七心行般若波羅蜜諸願得滿足喻若商賈客得離衆難

故發第八心行方便波羅蜜滅除諸障礙喻若月成滿清淨無穢故發第九心欲滿足本願遊淨佛國土樂聽深妙法滅除貧窮故發第十心喻若虛空其智無窮盡譬如轉輪王成就一切種智故善男子如是能發十種心名爲菩薩亦名摩訶薩亦名無爲衆生亦名無障礙衆生亦名已得度衆生亦名不思議衆生然於此中亦無有心亦無菩提復次善男子復有十三昧護持菩提心何等爲十發第一心法寶三昧所護持發第二心堅固三昧所護持發第三心不動三昧所護持發第四心不退三昧所護持發第五心寶華三昧所護持發第六心日光三昧所護持發第七心一切義三昧所護持發第八心智照三昧所護持發第九心諸佛見在前三昧所護持發第十心首楞嚴三昧所護持復次善男子菩薩初地相能見三千佛刹土滿中億千那由他伏藏二地能見三千佛刹土坦然平整以衆寶韡曄莊嚴三地能見諸刀士爲降伏怨敵四地能見四方有諸風輪來有種種妙華徧布其地五地能見衆妓女以衆寶瓔珞其身上有優鉢羅華天冠薝蔔華天冠婆師加華天冠阿提目多伽華天冠而爲嚴容六地見衆寶池八功德水湛然盈滿其池四邊有七寶階道底布金沙自見已身在此池中嬉戲娛樂七地見其左右有諸地獄而從中過無諸艱難八地自見兩肩上有師子王形容端嚴頭上有旛有大威力降伏衆獸九地見轉輪聖王百千大臣刹利居士而自圍遶以正法化無量衆生見虛空中有衆寶蓋垂

覆其上十地見佛色身身眞金色放大光明大衆圍遶而爲說法善男子如是十種相應善分別成就十地以三昧力故復次善男子初地生勝進陀羅尼二地生不壞陀羅尼三地生安隱陀羅尼四地生難沮壞陀羅尼五地生功德華種種莊嚴陀羅尼六地生智圓明陀羅尼七地生增益陀羅尼八地生無分別陀羅尼而爲上首八萬四千陀羅尼同共俱生九地生無邊陀羅尼而爲上首六十二億那由他陀羅尼同共俱生十地生無盡陀羅尼而爲上首億千恒河沙陀羅尼同共俱生復次善男子初地行檀波羅蜜二地行尸波羅蜜三地行羼提波羅蜜四地行毗梨耶波羅蜜五地行禪波羅蜜六地行般若波羅蜜七地行方便波羅蜜八地行智波羅蜜九地行成就衆生滿足波羅蜜十地行諸願滿足波羅蜜如是諸波羅蜜於諸地中皆悉成就復次善男子菩薩摩訶薩行檀波羅蜜有十種何等爲十一曰信根二曰定根三曰大慈四曰大悲五曰我喜六曰彼喜七曰發一切願八曰持一切衆生九曰四攝十曰親近諸佛法是名十種法成就檀波羅蜜復次善男子行尸波羅蜜有十法何等爲十一曰離八難二曰成就佛功德三曰離聲聞地四曰離辟支佛地五曰身清六曰口清七曰意清八曰莊嚴心九曰斷地獄緣十曰所期得滿足行此十法即成就尸波羅蜜復次善男子行羼提波羅蜜有十法何等爲十一曰忍力二曰踊躍三曰成就衆生四曰於甚深法能忍五曰無彼我六曰斷瞋恚七曰不惜身八

曰不惜命九曰捨癡十曰觀法身平等如是十種法成就羼提波羅蜜復次善男子菩薩摩訶薩行毗梨耶波羅蜜有十法何等爲十一曰精進根二曰精進力三曰正勤四曰正念五曰以身助衆生六曰以心口隨生七曰行處不退轉八曰除嬾惰九曰降伏惡知識十曰集一切智是名十法成就毗梨耶波羅蜜復次善男子菩薩摩訶薩行禪波羅蜜有十法何等爲十一曰定根二曰定力三曰等定四曰遊戲諸禪五曰三昧六曰三昧報七曰不毀衆善法八曰滅除煩惱怨九曰於正法捨十曰定蔭如是十法成就禪波羅蜜復次善男子菩薩摩訶薩行般若波羅蜜有十法何等爲十一曰慧根二曰慧力三曰正見四曰正念五曰蔭方便六曰分別界七曰聖諦八曰無障智九曰迴邪見十曰無生法忍行如是十法得成就般若波羅蜜復次善男子菩薩摩訶薩行方便波羅蜜有十法何等爲十一曰同衆生行二曰持衆生三曰大悲四曰無猒五曰離聲聞辟支佛行六曰入波羅蜜七曰如實分別器量八曰扶助善心九曰入不退轉地十曰降伏衆魔是名十法成就方便波羅蜜復次善男子云何名爲波羅蜜義行勝進滿足是波羅蜜義成就第一智是波羅蜜義不在有爲不處無爲是波羅蜜義生無大患善能覺知是波羅蜜義本所未覺今悉了知是波羅蜜義無盡法藏廣能示現是波羅蜜義善除障礙是波羅蜜義布施持戒忍辱精進禪定智慧方便等不望報是波羅蜜義解一切衆生界是波羅蜜義滿足

無生法忍是波羅蜜義成不退轉是波羅蜜義修淨佛國是波羅蜜義成就衆生是波羅蜜義處於道場覺一切智是波羅蜜義降伏衆魔衆是波羅蜜義成就諸佛一切種智是波羅蜜義破諸異見是波羅蜜義十力四無所畏十八不共法成就滿足是波羅蜜義成就十二行法輪是波羅蜜義如是善男子波羅蜜義甚深無量我但爲汝略說之耳爾時會中有天子名師子奮迅光即從座起合掌白佛言善哉世尊如上所說甚深希有諸佛功德譬如甘露充足一切佛告天子善哉善哉如汝所說若有比丘比丘尼優婆塞優婆夷天龍夜叉乾闥婆阿脩羅迦樓羅緊那羅摩睺羅伽人非人等及菩薩摩訶薩聞是經典必於阿耨多羅三藐三菩提不復退轉何以故天子若有善男子善女人宿植德本乃能得聞是經非是少功德人之所聽聞若有暫聞此經讀誦書寫此人捨是身已常見諸佛見諸佛已能於佛所轉妙法輪即得無盡陀羅尼印亦得解一切衆生心行陀羅尼亦得日光普照陀羅尼亦得淨無垢陀羅尼亦得一切諸法不動陀羅尼亦得金剛不壞陀羅尼亦得甚深義藏演說陀羅尼亦得善解一切衆生語言陀羅尼亦得虛空無垢遊戲無盡印印陀羅尼亦得諸佛化身陀羅尼況復聞已如說修行善男子若有菩薩得如是法則能於十方世界諸佛刹土化作佛身而爲衆生演說妙法然於法相不動亦無去來雖成就衆生無有衆生而可得者常爲說法而無所說恒現受生而無生滅雖現來去無

來去相爾時世尊說是法時三千菩薩得無生法忍無量衆生皆發阿耨多羅三藐三菩提心思無量義菩薩及諸天龍夜叉乾闥婆阿脩羅人非人等聞佛所說歡喜奉行

莊嚴菩提心經

佛說菩薩本業經

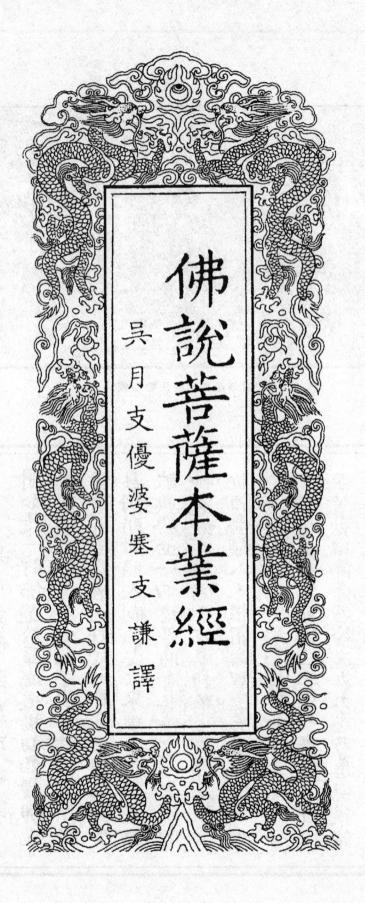

吳月支優婆塞支謙譯

清刻龍藏佛說法變相圖

佛說菩薩本業經 與華嚴經淨行品同

吳月支優婆塞支謙譯

聞如是一時佛遊於摩竭道場初始得佛光影甚明自然蓮華寶師子座古昔諸佛所坐皆爾道德威儀相好如一身意清淨福行普具明所徹照人刹法處去來現在無復罣礙誠與於世一切悉等時會菩薩盡一生補處神通妙達周徧十方導利衆生開佛法藏示泥洹要覩入人根宿命智德善權方便訓化以漸解内外法終始不搖等諸佛土無所分別讚揚佛名不可稱極三塗之事靡不貫達至皆歎曰佛念吾等建立大志乃悉現我諸佛世界所有好惡殊勝之國佛所遊居興隆道化光明神足教誨天人啓示法意佛之本業十地十智十行十投十藏十願十明十定

十現十印斷我瑕疵及諸疑網悉爲我現佛行佛智佛神佛力佛定無量變化隨時四事不護四無所畏十八不絶一切敏慧無上道德衆事數露東去無極有香林刹佛名入精進菩薩字敬首南去無極有樂林刹佛名不捨樂精進菩薩字覺首西去無極有華林刹佛名習精進菩薩字寶首北去無極有道林刹佛名行精進菩薩字慧首東北去無極有青蓮刹佛名悲精進菩薩字德首東南無極有金林刹佛名盡精進菩薩字目首西南無極有寶林刹佛名上精進菩薩字明首西北無極有金剛刹佛名一乘度菩薩字法首下方無極有水精刹佛名梵精進菩薩字智首上方無極有欲林刹佛名至精進菩薩字賢首是賢首等皆彼第一各與無數上人俱來稽首佛足坐一面蓮華上彼時敬首菩薩承佛聖旨歎曰快哉今上人會爲未曾有觀其所止佛國清淨至於被服如來德式修行微妙成覺根力演説經法得佛威神隨刹清濁度人無極分布道化靡不周帀於此佛土國殊別者億百千姟賢愚好醜長短壽天種種言異皆聞佛德各自名之或有名佛爲大聖人或有名佛爲大沙門或號衆祐或號神人或稱勇智或稱世尊或謂能儒或謂昇仙或呼天師或呼最勝如是十方諸天神人民所稱名佛億萬無數此皆佛本發意已來頒宣道化所誨之徒也

本業願行品

是時佛放足下相輪光明悉照佛界諸小國土一國土者一須彌山日月圍遶照四天下

東弗于逮南閻浮提西拘耶尼北欝單越廻周大海鐵牆圍表上有二十八天如此者爲一小國土周帀十方合有百億是時悉現百億須彌山百億日月及四天王忉利天鹽天兜術天不憍樂天化應聲天梵天梵衆天梵輔天大梵天清明天水行天水微天水無量天水音天約淨天徧淨天淨明天守妙天微妙天廣妙天極妙天福愛天愛勝天近際天善觀天快見天無結愛天識慧天無所念慧天至二十八天無色天各有百億是爲一佛刹名曰忍世界釋迦文佛分身百億悉徧其中於時天人覩衆小國諸佛菩薩若近相見智首菩薩問敬首曰本何修行成佛聖道身口意淨不念人惡亦使天下不得其短仁至慈大內性明了殊過弟子別覺之上一切衆邪莫能廻動出生端正色相無比族姓尊貴知重佛法自守志强常行四等高才敏達精進勇健習衆德本諸度無極所爲無量恒生福地言見信用降心正意攝念入禪曉空無相無願之法出入四大五陰六入十二縁起七覺不礙通十力智慱入諸道濟危解厄爲釋梵所敬除闇昧如燭火明天下如日月度衆人如船師賢過三界而爲上導欲成斯道始當何行敬首答曰善哉佛子志仰髙遠極大慈哀愍傷十方若族姓子族姓女欲成佛道當先正身言念相應口習經典心思可行改往修來不釋道意積德累善施恩不勸然則所問悉可得也爲菩薩者必諦受學如佛法教無得增減以誓自誓念安世間奉戒行願以立德本

居家奉誡　當願衆生　貪欲意解　入空法中
孝事父母　當願衆生　一切護視　使得佛道
順教妻子　當願衆生　令出愛獄　無戀慕心
若得五欲　當願衆生　皆入清淨　心無所著
如在妓樂　當願衆生　悉得法樂　歡喜之忍
著寶瓔珞　當願衆生　解去重擔　無綺可意
見諸婇女　當願衆生　棄捐色愛　無婬泆態
若上樓閣　當願衆生　皆昇法堂　受佛諸經
身在房室　當願衆生　覺知汙露　無有更樂
布施所有　當願衆生　興福救乏　莫墮慳貪
若患猒家　當願衆生　疾得解脱　無所拘綴
欲棄家出　當願衆生　離諸惱罪　從正得安
入佛宗廟　當願衆生　近佛行法　無復罣礙
詣師友所　當願衆生　開達入正　悉得如願
請求捨罪　當願衆生　得成就志　學不中悔
脱去白衣　當願衆生　解道修德　無有懈息
受著袈裟　當願衆生　被服法行　心無沾汙
除剃鬚髮　當願衆生　除捐飾好　無有衆勞
已作沙門　當願衆生　受行佛意　開導天下
受成就戒　當願衆生　得道方便　慧度無極
守護道禁　當願衆生　皆奉法律　不犯法教
始受和尚　當願衆生　令如禪意　思惟解脱
受大小師　當願衆生　承佛聖教　所受不忘
自歸於佛　當願衆生　體解大道　發無上意
自歸於法　當願衆生　深入經藏　智慧如海
自歸於僧　當願衆生　依附聖衆　從正得度
凡開門戸　當願衆生　開視道法　至於泥洹
關閉門戸　當願衆生　閉塞惡道　罪得除盡
入室當願　一切衆生　安隱靜漠　得止觀意
敷牀當願　一切衆生　入大乘道　濟安天下

宴坐當願　一切衆生　坐佛道樹　心無所猗
入衆當願　一切衆生　成戒定慧　解度知見
數息當願　一切衆生　得捨家中　無世間念
守意當願　一切衆生　心不放逸　無有雜意
早起當願　一切衆生　覺識非常　興精進意
下牀當願　一切衆生　履踐佛迹　心不動摇
著裳當願　一切衆生　常知慙愧　攝意守道
結帶當願　一切衆生　束帶修善　志無懈怠
次著中衣　當願衆生　恭敬畏慎　無有慢惰
披上法衣　當願衆生　服聖表識　敏於道行
左右便利　當願衆生　蠲除汙穢　無婬怒癡
已而就水　當願衆生　輭和輭弱　清淨謹勑
用水漑淨　當願衆生　以法自洒　無復惡態
手執楊枝　當願衆生　學以法句　摘去諸垢
澡漱口齒　當願衆生　盪滌情性　如清淨住

盥手當願　一切衆生　得輭淨掌　執受經道
澡面當願　一切衆生　當向清淨　心無瑕疵
出門當願　一切衆生　如佛所欲　出度三界
向道當願　一切衆生　向無上道　志不退轉
行道當願　一切衆生　遊於無際　不中休息
上坂當願　一切衆生　樂昇上道　無所疑難
下坂當願　一切衆生　深入廣博　微妙法中
行於曲路　當願衆生　棄邪曲意　行不忮忮
行於直路　當願衆生　得中正意　言無諂諛
見風揚塵　當願衆生　經明行修　心無紛亂
見雨掩塵　當願衆生　大慈伏意　不起諸想
涼息樹下　當願衆生　伏心在道　經意不疲
入樹澤中　當願衆生　學爲儒林　養徒以德
行見高山　當願衆生　志仰高大　積德無猒
行見刺棘　當願衆生　三毒消滅　無賊害心

得好樹葉　當願衆生　以道自蔭　入禪三昧
樹華繁熾　當願衆生　三十二相　諸好滿具
果蓏盛好　當願衆生　起道樹行　成無上果
覩諸流水　當願衆生　得正溝流　入佛海智
覩諸陂池　當願衆生　一切功德　慧行充滿
若得泉水　當願衆生　入佛淵智　所問無窮
遠望江海　當願衆生　深入佛藏　無盡之法
見人汲井　當願衆生　開心受法　得一味道
過度橋梁　當願衆生　興造法橋　度人不休
見修園圃　當願衆生　芸除穢惡　不生欲根
見田稻穀　當願衆生　廣植福德　不爲災患
見好園圃　當願衆生　得周滿持　道法備具
見丘聚舍　當願衆生　常處仁智　行無危殆
見精學堂　當願衆生　講誦經道　日進不衰
見人衆聚　當願衆生　功德得佛　成弟子衆

見人閑居　當願衆生　恬惔無爲　遊至典籍
得見沙門　當願衆生　多聞戒具　誨人不勧
見異道人　當願衆生　遠去邪見　入八正道
行見仙人　當願衆生　意行具足　所欲者成
行到城郭　當願衆生　持戒完具　心無毀缺
望見宫闕　當願衆生　聰明遠照　諸善普立
若見帝王　當願衆生　得奉聖化　如正道教
見帝王子　當願衆生　履佛子行　化生法中
若見公卿　當願衆生　明於道理　助利天下
若見臣吏　當願衆生　中正修善　無固賊心
見被鎧甲　當願衆生　誓被法鎧　不違本願
見魯鈍人　當願衆生　勇於道義　成四無畏
見愁憂人　當願衆生　離諸恐怖　無有憂慼
見喜笑人　當願衆生　捨非常樂　五欲自娱
見勤若人　當願衆生　得泥洹道　免度諸厄

見安樂人　當願衆生　安快如佛　惔怕無患
見疾病人　當願衆生　知空非身　無苦痛意
見强健人　當願衆生　得金剛形　無有衰耗
見醜陋人　當願衆生　去醜惡行　以善自嚴
見端正人　當願衆生　意行質直　愛好道法
見報恩人　當願衆生　念佛恩德　行菩薩行
見背恩人　當願衆生　降心伏意　棄捐諸惡
見貪欲人　當願衆生　法施天下　無慳貪意
行持錫杖　當願衆生　依仗於法　分流德化
執持應器　當願衆生　受而知施　修六重法
入里分衛　當願衆生　如戒求法　無有癡妄
到人門户　當願衆生　入總持門　悉見諸法
入人堂室　當願衆生　昇佛聖堂　深行微妙
人不與食　當願衆生　得般若意　無忘無錯
主人來辦　當願衆生　離三惡道　無飢渴想
授空應器　當願衆生　皆得至空　無欲之性
受滿應器　當願衆生　一切成滿　道品之法
擎持鉢飯　當願衆生　爲法供養　志在大道
與廉人坐　當願衆生　廉潔知耻　所作不妄
坐有貪人　當願衆生　無有强顔　貪鄙之心
得香美食　當願衆生　知節少欲　情無所著
得不美食　當願衆生　知身幻法　好惡無異
舉飯向口　當願衆生　悉得諸經　諸佛法味
所噉雜味　當願衆生　味味如佛　化成甘露
飯食已訖　當願衆生　德行充盈　成十種力
講經説法　當願衆生　志道開達　聞法即悟
呪願達嚫　當願衆生　悉令通佛　十二部經
罷坐退去　當願衆生　一切究竟　得三甘露
如欲入水　當願衆生　身口意淨　等於三塗
澡浴身體　當願衆生　盪除心垢　見生死際

盛暑熱極　當願衆生　得清涼定　滅一切苦
冰凍寒甚　當願衆生　心冷愛除　無復情欲
諷讀經偈　當願衆生　博解諸法　無得漏忘
若得見佛　當願衆生　常與佛會　行七覺意
見佛圖像　當願衆生　悉覩十方　眼無障蔽
拜謁佛時　當願衆生　得道如佛　莫能見頂
稽首而起　當願衆生　皆如佛意　尊貴無上
始欲旋塔　當願衆生　施行福祐　究暢道意
遶塔三帀　當願衆生　得一向意　不絶四喜
行詠歌經　當願衆生　念佛恩德　行法供養
畢住讚佛　當願衆生　光明神力　如佛法身
暮將洗足　當願衆生　得四神足　周遍十方
昏夜寢息　當願衆生　去離陰冥　無復五蓋
卧覺當願　都使衆生　得佛十八　不絶之法
是爲菩薩　戒願俱行　兼愛博施　不捨十方

於是忍世界百億天帝釋皆於忉利紫紺殿上化作七寶師子之座施交露蓋席以綵氎已各稽首請佛佛意悉知即爲分身徧諸釋殿一一佛者從衆菩薩一切天帝莫不悦豫其下百億小國續自見佛如故不減時十方刹復來雲集法意菩薩首意菩薩賢意菩薩勤意思意知意審意專意重意盡意菩薩等各從一方與無數上人俱來稽首佛足各坐一面蓮華上法意菩薩即如其像正坐定意入於無量會見三昧悉見十方無數諸佛各伸右手摩其頭俱言善哉法意明健乃得是定十方如來及釋迦文以皆拜汝成佛功德修微妙辯知空無著行究竟暢法要通諸佛語知衆生意汝行以備得佛不久令使汝説菩薩十住令諸學者普知所行於是法意菩

薩得佛辯辭明哲至真不忘不難從定意覺而言曰諸族姓子欲求佛者有十地住往古來今皆由此成衆祐所歎是舍無量請具陳說如佛所言何等爲十第一發意第二治地第三應行第四生貴第五修成第六行登第七不退第八童真第九了生第十補處何謂發意菩薩法住有十事謂初見佛十功德起一見佛端正二身色相具三神足現化四道德深與五儀法無比六謂知人意七出經教明八所言諦解九見生死苦十體樂佛法稍稍開解便發道意欲悉曉了佛十力之智其學有十當知禮事諸佛當曉說菩薩德當諦了生死本當願修貴治福當行令勝三界當學佛功德業當求更見諸佛當習諸深三昧當悲念罪苦人當從生死輪還是爲上頭初發意地何謂治地菩薩法住有十事以次學一念人善二潔淨心三柔輭意四安靜志五常布施六行慈愛七利天下八助平均九視彼如已十敬人如師復有十學當多諷經當遠鄉土當近明師當學善言當知時當精進當入要當曉行當不忘當安止是爲次第治地之行何謂應行菩薩法住有十事入如經一見無常二見生苦三見行空四見非身五見無主六無所貪七無所著八無爲九無欲十無求復有十學當念人當念剎當念法念地種念水種念火種念風種念欲界念色界念無色界心無所慕是爲分別應行之地何謂生貴菩薩法住有十事隨佛行一不還邪道二專心向佛三思惟法意四觀功德行五見人如化六見剎如夢七見殃福空八見諸

法如幻九苦樂無異十解泥洹情復有十學當知思念去佛意空來佛意空今佛意空去佛法淨來佛法淨今佛法淨去佛自然來佛自然今佛自然諸佛與等皆無有異是爲平正生貴之地何謂修成菩薩法住有十事行濟人一爲人方便二令人安隱三振救天下人四慈念一切五悲傷衆生六令人歡喜七護視人物八勸人修道九爲現清淨十令得泥洹復有十學當知衆生無有要無有種無有數無有造無有正不可思不可稱不可度不可具說爲一切空是爲聖行修成之地何謂行登菩薩法住有十事受輒成一聞稱佛譏佛心無異二聞譽法毀法心無異三聞菩薩善菩薩惡心無異四聞人相平譐心無異五聞人衆人寡心無異六聞經多經少心無異七聞生苦生樂心無異八聞人難度人易度心無異九聞法興法衰心無異十遭有道遭無道心無異復有十學心無想不受想不計身無我所無有見無有主無有受爲如化爲不誠無所有是爲盡信行登之地何謂不退轉菩薩法住有十事志牢强一言有佛無佛不退轉二言有法無法不退轉三有菩薩無菩薩不退轉四有求佛無求佛不退轉五有得佛無得佛不退轉六古有聖道無聖道不退轉七今有聖道無聖道不退轉八後有聖道無聖道不退轉九言三塗同三塗異不退轉十言佛智有盡無盡不退轉復有十事開微慧入大智開大智入微慧現一法入衆經現衆經入一法解衆生入空要解空要入衆生釋有想入寂定釋寂定入有想說少淨

入多想說多想入少淨是爲轉進不退之地何謂童眞菩薩法住有十事隨所入一身口意不犯二一切無瑕疵三志在一所生四見人知内慈五知人心所信六知人意所解七不受彼雜想八知諸刹成敗九神足疾徧到十方十周滿持諸法復有十事學知佛世界學如佛智能學現佛神足行學莊嚴諸佛刹學徧遊諸佛國土學法答衆問學變化無不現學佛聲出諸法學轉币十方學作一念見無數佛是爲清淨童眞之地何謂了生菩薩法住有十事受慧見一知一切生何道二知衆生所習縛三知人本所更來四知所行殃福之報五知人受行何法六知人心念好惡十知人意念若干變八知十方國清濁九知三塗無量慧十知諦要說如應復有十事學法王政行學法王禮儀學法王與立學法王出入學法王周遊學法王威儀學法王坐起學法王教令學法王拜人學法王巡行刹土是爲受決了生之地何謂補處菩薩法住有十事智難及一當念感動無數國二當爲無數國現明三當爲無數國立法四當開度無數國五當利安無數國六當聲曉無數人七當觀察知衆生意八當知衆生無極念九令無數人入法十以次第現人慧了生所不及補處者十不能知其身事志行神足定念達古知今見後明處及修刹法聖意之事補處所欲又有十事學佛三塗無際之慧學具足諸佛法學法法無所著學諸佛無底藏學神智成其刹學光明照十方學佛定感諸國學權道隨意化學徧教令成就學合會轉法輪

所以學者欲一切知已一切敏無所復學是名補處從十十法知現世得紹代無上正真之道爲最正覺度脱天下佛言善哉法意菩薩可謂佛子一切十方去來現在佛皆由此興是法無際所照無量度人無極智心無盡

佛説經已皆大歡喜

佛説菩薩本業經

音釋

蹲時兖切腓腸也　股公戶切髀也　商賈商式羊切賈公戶切　暐曄暐于鬼切曄域輒切暐曄光盛貌　頒布還切布也　勸逵眷切與倦同　綴株衛切聯也　澡漱澡子皓切洗也漱先奏切盪口也　盪滌盪待朗切浣濯也滌停歷切洗也　盥古玩切澡手也　忮支義切很也　蓏魯果切草實也　達嚫梵語也此云財施嚫初覲切　諄朱倫切告曉熟也

大方廣佛華嚴經續入法界品

唐中天竺三藏地婆訶羅奉　制譯

清刻龍藏佛說法變相圖

三經同卷

大方廣佛華嚴經續入法界品

佛說兜沙經

大方廣菩薩十地經

大方廣佛華嚴經續入法界品

唐中天竺三藏地婆訶羅奉　制譯

爾時摩耶夫人復告善財童子言善男子於此世界三十三天有王名正念王有童女名天主光汝詣彼問云何菩薩學菩薩行修菩薩道時善財童子敬受其教頭面作禮繞無數帀戀慕瞻仰却行而退遂往天宮見彼童女禮足圍繞合掌前住白言聖者我已先發阿耨多羅三藐三菩提心而未知菩薩云何學菩薩行修菩薩道我聞聖者善能誘誨願

爲我說天女答言善男子我得菩薩解脱名無礙念清淨莊嚴善男子我念過去有最勝劫名青蓮華我於彼劫中供養恒河沙等諸佛如來彼諸如來從初出家我皆瞻奉守護供養造僧伽藍營辦什物又彼諸佛從爲菩薩住母胎時誕生之時行七步時大師子吼時住童子位在宮中時向菩提樹成正覺時轉正法輪現佛神變教化調伏衆生之時如是一切諸所作事從初發心乃至法盡我皆明意無有遺餘常現在前念持不忘又憶念過去劫名善地我於彼供養十恒河沙等諸佛如來又過去劫名爲妙德我於彼供養一佛世界微塵等諸佛如來又劫名無所得我於彼供養八十四億百千那由他諸佛如來又劫名善光我於彼供養閻浮提微塵等諸佛如來又劫名無量光我於彼供養二十恒河沙等諸佛如來又劫名精進德我於彼供養一恒河沙等諸佛如來又劫名善悲我於彼供養八十恒河沙等諸佛如來又劫名勝遊我於彼供養六十恒河沙等諸佛如來又劫名妙月我於彼供養七十恒河沙等諸佛如來善男子如是憶念恒河沙劫我常不捨諸佛如來應正等覺從彼一切諸如來所聞此無礙念清淨莊嚴菩薩解脱受持修行恒不間斷隨順趣入如是先劫所有如來從初菩薩乃至法盡一切神變我以淨嚴解脱之力皆隨憶念明了現前持而順行曾無懈廢善男子我唯知此無礙念清淨解脱如諸菩薩摩訶薩出生死夜朗然明徹永離癡冥未嘗惛寐心無諸蓋身行輕安於諸法性清淨

覺了成就十力開悟群生而我云何能知能說彼功德行善男子迦毗羅城有童子師名曰遍友汝詣彼問云何菩薩學菩薩行修菩薩道時善財童子以聞法故身心喜悅不思議善根流泒增廣頭面敬禮天主光足繞無數帀戀仰辭去從天宮下漸向彼城至遍友所禮足圍繞合掌恭敬於一面立白言聖者我已先發阿耨多羅三藐三菩提心而未知菩薩云何學菩薩行修菩薩道我聞聖者善能誘誨願爲我說遍友荅言善男子此有童子名善知衆藝學菩薩字智汝可問之當爲汝說爾時善財即至其所頭頂禮敬於一面立白言聖者我已先發阿耨多羅三藐三菩提心而未知菩薩云何學菩薩行修菩薩道我聞聖者善能誘誨願爲我說時彼童子告善財言善男子我得菩薩解脫名善知衆藝我恒唱持入此解脫根本之字唱阿字時入般若波羅蜜門名菩薩威德各別境界唱囉字時入般若波羅蜜門名平等一味最上無邊唱跛字時入般若波羅蜜門名法界無異相唱者字時入般若波羅蜜門名普輪斷差別唱多字時入般若波羅蜜門名得無依無上唱邏字時入般若波羅蜜門名離依止無垢唱荼字時入般若波羅蜜門名不退轉之行唱婆字時入般若波羅蜜門名金剛場唱荼字時入般若波羅蜜門名曰普輪唱沙字時入般若波羅蜜門名爲海藏唱他字時入般若波羅蜜門名普生安住唱那字時入般若波羅蜜門名圓滿光唱耶字時入般若波羅蜜門名差別積聚唱史吒字時入般若波

羅蜜門名普光明息諸煩惱唱迦字時入般若波羅蜜門名差別一味唱娑字時入般若波羅蜜門名霈然法雨唱摩字時入般若波羅蜜門名大流湍激衆峯齊峙唱伽字時入般若波羅蜜門名普上安立唱娑他字時入般若波羅蜜門名眞如藏遍平等唱社字時入般若波羅蜜門名入世間海清淨唱室者字時入般若波羅蜜門名一切諸佛正念莊嚴唱柁字時入般若波羅蜜門名觀察圓滿法聚唱奢字時入般若波羅蜜門名一切諸佛教授輪光唱佉字時入般若波羅蜜門名淨修因地現前智藏唱叉字時入般若波羅蜜門名息諸業海藏藴唱娑多字時入般若波羅蜜門名蠲諸惑障開淨光明唱壤字時入般若波羅蜜門名作世間了悟因唱頗字時入般若波羅蜜門名智慧輪斷生死唱婆字時入般若波羅蜜門名一切宮殿具足莊嚴唱車字時入般若波羅蜜門名修行戒藏各別圓滿唱娑摩字時入般若波羅蜜門名隨十方現見諸佛唱訶娑字時入般若波羅蜜門名觀察一切無緣衆生方便攝受令生海藏唱訶字時入般若波羅蜜門名修行趣入一切功德海唱伽字時入般若波羅蜜門名持一切法雲堅固海藏唱吒字時入般若波羅蜜門名十方諸佛隨願現前唱拏字時入般若波羅蜜門名不動字輪聚集諸億字唱娑頗字時入般若波羅蜜門名化衆生究竟處唱娑迦字時入般若波羅蜜門名諸地滿足無著無礙解光明輪遍照唱闍字時入般若波羅蜜門名宣說一切佛法境界唱多

娑字時入般若波羅蜜門名一切虛空法雷遍吼唱侘(恥加切)字時入般若波羅蜜門名曉諸迷識無我明燈唱陀字時入般若波羅蜜門名一切法輪出生之藏善男子我唱如是入諸解脫根本字時此四十二般若波羅蜜門爲首入無量無數般若波羅蜜門善男子我唯知此善知衆藝菩薩解脫如諸菩薩摩訶薩能於一切世出世間善巧之法以智通達到於彼岸殊方異藝咸綜無遺文字筭數蘊其深解醫藥呪術善療衆病有諸衆生鬼魅所持怨憎呪詛惡星變怪死屍奔逐癲癎羸瘦種種諸疾咸能救之使得痊愈又善别知金玉珠貝珊瑚瑠璃摩尼硨磲雞薩羅等一切寶藏出生之處品類不同價直多少村營鄉邑大小都城宮殿苑園巖泉藪澤凡是一切人衆所居菩薩咸能隨方攝護又善觀察天文地理人相吉凶鳥獸音聲雲霞氣候年穀豐儉國土安危如是世間所有技藝莫不該練盡其源本又能分别出世之法正名辯義觀察體相隨順修行智入其中無疑無礙無愚暗無頑鈍無憂惱無沉没無不現證而我云何能知能說彼功德行善男子此摩竭提國有一聚落彼中有城名婆呾那有優婆夷號曰賢勝汝詣彼問云何菩薩學菩薩行修菩薩道時善財童子頭面敬禮衆藝之足繞無數帀戀仰辭去向聚落城至賢勝所禮足圍繞合掌恭敬於一面立白言聖者我已先發阿耨多羅三藐三菩提心而未知菩薩云何學菩薩行修菩薩道我聞聖者善能誘誨願爲我說賢勝答言善男子我得菩薩

法門名無依處道場旣自開解復爲人說又得無盡三昧非彼三昧法有盡無盡以能出生一切智性眼無盡故又能出生一切智性耳無盡故又能出生一切智性鼻無盡故又能出生一切智性舌無盡故又能出生一切智性身無盡故又能出生一切智性意無盡故又能出生一切智性種種慧明無盡故又能出生一切智性周遍神通無盡故又能出生一切智性如海波濤無量功德皆無盡故又能出生一切智性遍世間光無盡故善男子我唯知此無依處道場法門如諸菩薩摩訶薩一切無著功德行而我云何盡能知說善男子南方有城名爲沃田彼有長者名堅固解脫汝可往問云何菩薩學菩薩行修菩薩道爾時善財禮賢勝足繞無數帀戀慕瞻仰辭退南行到於彼城詣長者所禮足圍繞合掌恭敬於一面立白言聖者我已先發阿耨多羅三藐三菩提心而未知菩薩云何學菩薩行修菩薩道我聞聖者善能誘誨願爲我說長者答言善男子我得菩薩解脫名無著清淨念我自得是解脫已來法願充滿於十方佛所無復希求善男子我唯知此淨念解脫如諸菩薩摩訶薩獲無所畏大師子吼安住高廣福慧之聚而我云何能知能說彼功德行善男子卽此城中有一長者名爲妙月其長者宅常有光明汝詣彼問云何菩薩學菩薩行修菩薩道時善財童子禮堅固足繞無數帀辭退而行向妙月所禮足圍繞合掌恭敬於一面立白言聖者我已先發阿耨多羅三藐三菩提心而未知菩薩云何學菩

薩行修菩薩道我聞聖者善能誘誨願爲我說妙月答言善男子我得菩薩解脫名淨智光明善男子我唯知此智光解脫如諸菩薩摩訶薩證得無量解脫法門而我云何能知能說彼功德行善男子於此南方有城名出生彼有長者名無勝軍汝詣彼問云何菩薩學菩薩行修菩薩道是時善財禮妙月足繞無數帀戀仰辭去漸向彼城至長者所禮足圍繞合掌恭敬於一面立白言聖者我已先發阿耨多羅三藐三菩提心而未知菩薩云何學菩薩行修菩薩道我聞聖者善能誘誨願爲我說長者答言善男子我得菩薩解脫名無盡相我以證此菩薩解脫見無量佛得無盡藏善男子我唯知此無盡相解脫如諸菩薩摩訶薩得無限智無礙辯才而我云何能知能說彼功德行善男子於此城南有一聚落名之爲法彼聚落中有婆羅門名尸毗最勝汝詣彼問云何菩薩學菩薩行修菩薩道時善財童子禮無勝軍足繞無數帀戀仰辭去漸次南行詣彼聚落見尸毗最勝禮足圍繞合掌恭敬於一面立白言聖者我已先發阿耨多羅三藐三菩提心而未知菩薩云何學菩薩行修菩薩道我聞聖者善能誘誨願爲我說婆羅門答言善男子我得菩薩法門名誠願語過去現在未來菩薩以是語故乃至於阿耨多羅三藐三菩提無有退轉無已退無現退無當退善男子我以住於誠願語故隨意所作莫不成滿善男子我唯知此誠語法門如諸菩薩摩訶薩與誠願語行止無違言必以誠未曾虛妄無量功德因之出

生而我云何能知能說善男子於此南方有城名妙意華門彼有童子名曰德生復有童女名爲有德汝詣彼問云何菩薩學菩薩行修菩薩道時善財童子於法尊重禮婆羅門足繞無數帀戀仰而去漸次南行至於彼城見童子童女頂禮其足圍繞畢已於前合掌而作是言聖者我已先發阿耨多羅三藐三菩提心而未知菩薩云何學菩薩行修菩薩道唯願慈哀爲我宣說時童子童女告善財言善男子我等證得菩薩解脫名爲幻住以斯淨智觀諸世間皆幻住因緣生故一切衆生皆幻住業煩惱所起故一切法皆幻住無明有愛等展轉緣生故一切三界皆幻住顛倒智所生故一切衆生生滅生老死憂悲苦惱皆幻住虛妄分別所生故一切國土皆幻住想倒心倒見倒無明所現故一切聲聞辟支佛皆幻住智斷分別所成故一切菩薩皆幻住能自調伏教化衆生殊勝智心及諸行願之所成故一切菩薩衆會變化調伏諸所施爲皆幻住願及智所攝成故善男子幻境自性不可思議善男子我等二人但能知此菩薩解脫如諸菩薩摩訶薩善入無邊諸事幻網彼功德行我等云何能知能說時童子童女說自解脫已諸善根力不思議故令善財身柔輭光澤

大方廣佛華嚴經續入法界品

佛說兜沙經

後漢月支三藏法師支婁迦讖 譯

清刻龍藏佛說法變相圖

佛說兜沙經

後漢月支三藏法師支婁迦讖　譯

一切諸佛威神恩諸過去當來今現在亦爾佛在摩竭提國時法清淨處其處號曰在所問清淨始作佛時光影甚明自然金剛蓮華周帀甚大自然師子座諸佛過去時亦悉於上座儀法等無有異極相法中出生極過度已諸佛身體行悉等具足明無所復罣礙不可計佛處不可計法處不可計諸大十方人民處不可計佛刹處過去當來今現在佛等所出生也諸菩薩等各各從異國土來都大會其數如十佛刹塵一塵爲一菩薩如是爲限諸菩薩賜一生補處皆入十方人民典安隱皆入法處皆入十方諸刹土皆入十方泥洹慧皆入十方所作世間人宿命皆入稍稍

增深菩薩皆入諸慧法中皆入内外法中皆入不動不揺法中皆入過去當來今現在法中諸菩薩輩議如是佛愛我曹等輩諸菩薩等所念示現我等諸佛刹如佛所行居處阿彼間所有現我等諸佛刹清淨現我等如佛法清淨佛土説法悉皆使我曹見矣現我等佛刹成敗時使我曹悉見矣現我曹等諸佛起出時現我等佛刹所有善惡佛所有悉示我示現我曹十方諸有刹土現我等諸不可計佛所説現我等菩薩十法住現我等菩薩十法所行現我等菩薩十法悔過經現我等菩薩十道地現我菩薩十鎮現我等菩薩十居處所願現我菩薩十黠現我菩薩十三昧現我菩薩十飛法現我菩薩十印現我菩薩悉飛來時現我佛名無有盡時佛使我皆護世間人民十方佛諸有刹土悉清淨無瑕穢現我佛諸所知有無有也現我諸惡根本悉使清淨諸法悉爲我説諸所疑難皆爲解之悉爲解狐疑皆過度矣諸所有欲斷之現我佛所止處現我佛諸法所部界現我佛威神現我佛所行現我佛筋力現我佛四事不護現我佛三昧所入處現我佛所變化在所爲現我佛無有過勝者現我佛所有尊號無有能及逮者現我佛所根現我佛飛現我佛光明現我佛智慧現我佛四事無所畏佛悉知諸菩薩心所念佛悉現光明威神東方極遠不可計佛刹有佛佛名阿逝墮其刹名訖連桓文殊師利菩薩從是刹來與諸菩薩俱數如十方刹塵皆前爲佛作禮各各於自然師子座交露帳中坐南方極遠不可計佛刹有

佛佛名阿泥羅墮羅其刹名樓耆桓佛陀師
利菩薩從是刹來與諸菩薩俱其數如十佛
刹塵皆前爲佛作禮各各於自然師子座交
露帳中坐西方極遠不可計佛刹有佛名阿
闍斯墮陀其刹名波頭洹羅隣師利菩薩從
是刹來與諸菩薩俱其數如十佛刹塵皆前
爲佛作禮各各於自然師子座交露帳中坐
北方極遠不可計佛刹有佛佛名阿闍墮其
刹名占倍洹檀那師利菩薩從是刹來與諸
菩薩俱其數如十佛刹塵皆前爲佛作禮各
各於自然師子座交露帳中坐東北方極遠
不可計佛刹有佛佛名阿輪那墮國陀其刹
名優波洹群那師利菩薩從是刹來與諸菩
薩俱其數如十佛刹塵皆前爲佛作禮各各
於自然師子座交露帳中坐東南方極遠不

可計佛刹有佛佛名阿旃陀墮陀其刹名揵
闥洹那洹羅師利菩薩從是刹來與諸菩薩
俱其數如十佛刹塵皆前爲佛作禮各各於
自然師子座交露帳中坐西南方極遠不可
計佛刹有佛佛名鬱沉墮大其刹名羅憐洹
惟闍師利菩薩從是刹來與諸菩薩俱其數
如十佛刹塵皆前爲佛作禮各各於自然師
子座交露帳中坐西北方極遠不可計佛刹
有佛佛名阿波羅墮其刹名活逸洹曇摩師
利菩薩從是刹來與諸菩薩俱其數如十佛
刹塵皆前爲佛作禮各各於自然師子座交
露帳中坐下方極遠不可計佛刹有佛佛名
楓摩墮羅其刹名潘利洹惜那師利菩薩從
是刹來與諸菩薩俱其數如十佛刹塵皆前
爲佛作禮各各於自然師子座交露帳中坐

上方極遠不可計佛刹有佛佛名隨色其刹名僓提捨洹那戰陀師利菩薩從是刹來與諸菩薩俱其數如十佛刹塵皆前為佛作禮各各於自然師子座交露帳中坐文殊師利菩薩持佛威神悉徧視諸菩薩皆徧以便舉慧言諸菩薩大衆會何甚快耶不可復計諸佛刹佛所居處諸所處諸所被服佛法佛說法佛刹威神佛所行佛筋力佛刹善惡不可計佛法何因耶十方諸佛刹土所說道所度脫十方人諸法甚深無極如虛空了無所罣礙何因耶是祭呵祇刹土四面種種人各各異身體各各異名各各異色各各有長短各各有壽命各各有形類各各有思想各各有念各各異有聲各各有聞佛聲何因是國土名彼迦秘提四面中有呼佛名曰勝達中有呼世世慢陀中有呼夷呵那坻提中有呼釋迦文尼中有呼鼓師薩沉中有呼墮樓延中有呼俱讀滑提中有呼摩呵沙門中有呼晨那愁樓提中有呼質多和樓提等為四面如是輩各各呼釋迦文佛名合為萬字如是十方極過去不可復計諸佛刹都人民種種各異語共呼釋迦文佛名佛字一一佛刹凡各十億萬字釋迦文佛從本未造學道以來諸所教授弟子等輩時人如是佛放光明先從足下出照一佛界中極明現十億閻浮利天南十億大海十億須彌山十億遮加和山十億弗于逮天東十億俱耶匿天西十億鬱單越天北十億照頭摩羅天十億忉利天十億鹽天十億兜術天十億泥摩羅提羅鄰優天十億波羅蜜和耶拔致天十億梵天十億梵

迦夷天十億梵弗還天十億梵迦産天十億摩訶梵天十億盧天十億波梨陀天十億盧波摩那天十億阿會亘蓋天十億栗蓋訶天十億阿波摩羞天十億羞訖天十億推呵天十億汲栗推呵天十億阿汲墮呵天十億惟于潘天十億阿惟潘天十億阿陀波天十億須甖(音武)天十億呵迦傶吒天十億阿惟先惟先尼呵如是等各各照見諸天上人所止處敢是佛界中悉皆照明釋迦文佛都所典主十方國一一方各有一億小國土皆有一大海一須彌山上至三十三天一小國土如是所部凡有十億小國土合爲一佛剎名爲蔡呵祇佛分身悉徧至十億小國土一一小國土皆有一佛凡有十億佛皆與諸菩薩共坐十億小國土諸天人民皆悉見佛諸菩薩諸天人民皆持佛威神相視如迎相見文殊師利菩薩復有文殊師利菩薩羅鄰師利菩薩檀那師利菩薩群那師利菩薩佛陀師利菩薩涅羅師利菩薩惟闍師利菩薩惿那師利菩薩軷陀師利菩薩曇摩師利菩薩如是等菩薩其所止佛剎剎極快好其剎皆各各自有名阿旃墮還佛阿泥羅墮還佛阿閦陀墮還佛阿樓那墮還佛阿施陀墮還佛鬱沉墮還佛阿亘羅墮還佛梵摩墮還佛惟夷羅墮還佛

佛説兜沙經

大方廣菩薩十地經

元魏三藏吉迦夜共曇曜譯

清刻龍藏佛說法變相圖

大方廣菩薩十地經

元魏三藏吉迦夜共曇曜譯

如是我聞一時佛在王舍城耆闍崛山與大比丘衆千二百五十人俱菩薩萬人其名曰智幢菩薩法幢菩薩月幢菩薩日幢菩薩無量幢菩薩跋陀波羅等十六正士文殊師利等六千同意彌勒菩薩等賢劫一切菩提薩埵爾時無盡智菩提薩埵從座起整衣服偏袒右肩右膝著地以種種寶華散於佛上白佛言世尊欲有所問惟願世尊開示解說爾時世尊告無盡智菩薩善哉善哉善男子若有疑難恣汝所問如來當爲隨問解說令汝歡喜爾時無盡智菩提薩埵白佛言世尊菩提心世尊謂菩提心云何當知菩提薩埵成就菩提心何等爲菩提心亦無菩提心薩埵

亦不可得亦不離菩提名曰菩提心菩提者亦不可說不可見無有對薩埵亦不可得云何於此諸法當得開解世尊告曰善男子菩提者是皆言說俗數施設善男子菩提者非言說非俗數非施設善男子如菩提非言說薩埵及心至一切法亦復如是當作是知若如是心是名菩提心菩提亦不過去當來今現在所謂薩埵及心亦不過去當來今現在若如是知者菩提薩埵不可得彼處都無所得於一切法得無所得是名得菩提心如阿羅漢阿羅漢果亦不可得彼都無所得但是俗數言說有耳於一切法無所得是名得菩提心亦非初業菩提薩埵度義名爲菩提薩埵亦非彼心非施設心非衆生非施設衆生非聲聞非施設聲聞非辟支佛非施設辟支佛非菩提薩埵非施設菩提薩埵非有爲非施設有爲法非無爲非施設無爲法可得已得當得但如說法隨順故說一切善根等起當知初發心彼因檀波羅蜜猶如大地所持當知第二心起彼因尸波羅蜜猶如師子獸王勇猛當知第三心起彼因羼提波羅蜜猶如那羅延勇猛大方便當知第四心起摧伏一切諸結怨敵彼因毗梨耶波羅蜜種種善根功德華開當知第五心起譬如天帝釋大會拘毗陀羅樹彼因禪那波羅蜜猶如日輪無量光耀當知第六心起悉能除滅一切闇冥彼因般若波羅蜜本願功德普現莊嚴當知第七心起如商人主將諸商人能度曠野彼因方便波羅蜜淨除一切過惡所欲如意當知第八心起滿足明淨猶如秋月周滿所

願當知第九心起一切所作皆悉休息譬如貧人得無盡寶藏猶如虛空離垢明淨當知第十心起究竟一切功德彼岸智慧辯才無盡一切法王猶轉輪王如是善男子其成就此十種心者是名爲菩提薩埵摩訶薩埵第一薩埵最上薩埵離罪薩埵最尊薩埵然善男子菩提薩埵及心於第一義都不可得又善男子菩提薩埵初心起有法寶等起三摩提攝取心而生菩提薩埵第二心起有不動三摩提攝取心而生彼第三心起名善住三摩提攝取心而生彼第四心起名不退轉三摩提攝取心而生彼第五心起名集華三摩提攝取心而生彼第六心起名日光三摩提攝取心而生彼第七心起名義滿足三摩提攝取心而生彼第八心起名慧炬三摩提攝取心而生彼第九心起名佛現在前三摩提攝取心而生彼第十心起名首楞嚴三摩提攝取心而生又善男子初地菩提薩埵先觀嘉瑞三千大千佛土億百千珍奇寶藏悉現境界第二地先觀嘉瑞三千大千佛土平如水掌悉現境界第三地先觀嘉瑞勇健堅强手執兵仗悉現境界第四地先觀嘉瑞曼陀羅風從四方來吹種種華普散大地悉現境界第五地先觀嘉瑞一切女人嚴具莊飾瞻蔔華鬘解脫華鬘優鉢羅華鬘婆利師華鬘莊嚴其首悉現境界第六地先觀嘉瑞衆寶浴池八功德水充滿其中有四堦道底布金沙澄靜清徹自見已身遊戲其中悉現境界第七地先觀嘉瑞見左右面有大地獄楚毒峻險自見已身超出此難悉現境界第八地

先觀嘉瑞自見兩肩有師子獸王首冠繒帛其身雄壯一切毒害諸惡獸等無不摧伏悉現境界第九地先觀嘉瑞轉輪聖王大臣剎利百千眷屬以法化導一切衆生手執繒蓋衆寶百千莊嚴其首悉現境界第十地先觀嘉瑞自見作佛身黃金色圓光一尋億百千梵圍繞說法善男子是爲菩提薩埵十地前相當作是知悉從十地三摩提之所出生又善男子菩提薩埵初發意地得最勝處陀羅尼第二地得難伏陀羅尼第三地得善住陀羅尼第四地得難當陀羅尼第五地得功德華普集莊嚴陀羅尼第六地得智光明陀羅尼第七地得勝趣陀羅尼第八地得八萬四千陀羅尼澄靜陀羅尼爲首第九地得六十那由他陀羅尼無盡陀羅尼爲首第十地得恒河沙陀羅尼出生無量陀羅尼爲首是爲菩提薩埵十地陀羅尼當作是知又善男子菩提薩埵初發意地具足檀波羅蜜第二地具足尸波羅蜜第三地具足羼提波羅蜜第四地具足毗梨耶波羅蜜第五地具足禪那波羅蜜第六地具足般若波羅蜜第七地具足方便波羅蜜第八地具足願波羅蜜第九地具足力波羅蜜第十地具足智波羅蜜又善男子有十種檀波羅蜜何等爲十信根爲首檀波羅蜜三摩提爲首檀波羅蜜大慈爲首檀波羅蜜大悲爲首檀波羅蜜深心希望爲首檀波羅蜜一切智爲首檀波羅蜜安立衆生爲首檀波羅蜜四攝爲首檀波羅蜜護持正法爲首檀波羅蜜樂求佛法爲首檀波羅蜜復有十種尸羅波羅蜜何等爲十離八

難爲首尸羅波羅蜜建立佛法爲首尸羅波羅蜜超越聲聞辟支佛地爲首尸羅波羅蜜淨身業爲首尸羅波羅蜜淨口業爲首尸羅波羅蜜淨意業爲首尸波羅蜜莊嚴心爲首尸波羅蜜人世界清淨爲首尸波羅蜜一切願求滿足爲首尸波羅蜜不害爲首尸波羅蜜復有十種羼提波羅蜜何等爲十忍力爲首羼提波羅蜜成熟衆生爲首羼提波羅蜜意解爲首羼提波羅蜜深法忍爲首羼提波羅蜜斷煩惱爲首羼提波羅蜜離瞋恚爲首羼提波羅蜜不計身爲首羼提波羅蜜不計命爲首羼提波羅蜜斷諸無智爲首羼提波羅蜜觀諸法平等爲首羼提波羅蜜復有十種毗梨耶波羅蜜何等爲十精進根爲首毗梨耶波羅蜜精進力爲首毗梨耶波羅蜜等

方便爲首毗梨耶波羅蜜念處爲首毗梨耶波羅蜜代一切衆生身所作爲首毗梨耶波羅蜜隨順一切衆生口意轉爲首毗梨耶波羅蜜不退還爲首毗梨耶波羅蜜極精勤爲首毗梨耶波羅蜜伏一切煩惱怨家爲首毗梨耶波羅蜜一切智智爲首毗梨耶波羅蜜復有十種禪波羅蜜何等爲十定根爲首禪波羅蜜定力爲首禪波羅蜜等定爲首禪波羅蜜諸禪解脱爲首禪波羅蜜善法爲首禪波羅蜜是處爲首禪波羅蜜不亂爲首禪波羅蜜非處爲首禪波羅蜜害一切結使爲首禪波羅蜜定身滿足爲首禪波羅蜜復有十種般若波羅蜜何等爲十慧根爲首般若波羅蜜慧力爲首般若波羅蜜正見爲首般若波羅蜜正念爲首般若波羅蜜蔭巧便爲首

般若波羅蜜觀界入爲首般若波羅蜜聖諦爲首般若波羅蜜無障礙爲首般若波羅蜜除一切妄見爲首般若波羅蜜無生法忍爲首般若波羅蜜復有十種方便智波羅蜜何等爲十衆生希望方便行爲首方便波羅蜜安立衆生爲首方便波羅蜜大悲爲首方便波羅蜜化衆生不勞倦爲首方便波羅蜜超越聲聞辟支佛地爲首方便波羅蜜入諸波羅蜜爲首方便波羅蜜如實觀諸法爲首方便波羅蜜不思議力爲首方便波羅蜜不退轉爲首方便波羅蜜降伏衆魔爲首方便波羅蜜何等爲波羅蜜義行增進滿足義是謂波羅蜜義勝妙智滿足是波羅蜜義不著有爲無爲法義是波羅蜜義覺生死過義是波羅蜜義覺悟不覺悟者義是波羅蜜義開示一切無盡法藏義是波羅蜜義無礙解脱具足義是波羅蜜義覺知布施平等義是波羅蜜義覺知戒忍精進一心智慧平等義是波羅蜜義決定巧便義是波羅蜜義知一切衆生法性義是波羅蜜義無生法忍滿足義是波羅蜜義不退地滿足義是波羅蜜義嚴淨佛土義是波羅蜜義成熟衆生義是波羅蜜義覺場具足義是波羅蜜義降伏衆魔義是波羅蜜義一切佛法滿足義是波羅蜜義十力四無所畏十八不共法滿足義是波羅蜜義攝取一切化生義是波羅蜜義三轉十二行法輪義是波羅蜜義爾時會中有天名師子幢無礙光耀白佛言世尊甚奇甚特是名一切具足是名究竟一切佛法功德世尊答曰如是如是諸天其有善男子善女人聞是

法正憶念者當知是阿惟越致菩提薩埵何以故天子是善男子善女人善根成熟故令耳根得聞是經一切善根成熟故得聞此經已終不離真實觀不離諸佛世尊不離諸佛法不離轉法輪不離海印陀羅尼不離無盡陀羅尼不離徧入衆生行陀羅尼不離無盡光日幢陀羅尼不離月無垢相陀羅尼無垢等起相陀羅尼若菩薩得是陀羅尼者悉能一時變身爲佛周滿十方教化衆生然於諸法亦不死亦不去而度脫衆生衆亦不可得說法教化諸文字等亦不可得示現死生亦不生知諸法平等無去無來亦不作非不作故說是法時三千菩提薩埵得無生法忍復次天子若有誦讀持是法者終不離息一切纓陀羅尼不離金剛堅强破散一切煩惱山陀羅尼終不離說無言普入諸波羅蜜陀羅尼終不離能說異名句諸語陀羅尼不離虛空離垢出生無盡印印陀羅尼不離成就無量佛身一切生盡陀羅尼說是法時無量衆生皆得法忍無量衆生發阿耨多羅三藐三菩提心佛說是時無盡智菩薩師子幢無礙光耀天子及諸大聲聞天人阿脩羅爲佛作禮皆大歡喜

大方廣菩薩十地經

音釋

誕徒案切　霈普蓋切霶霈也　湍激湍他官切疾瀨也激古歷切蕩激也

綜子宋切理也　詛莊助切呪也　癲癇癲都年切癇戶間切癲癇狂病也

藪蘇后切　黠胡八切慧也　儥音賣　讀音義　盧烏合切　呵

迦膩吒梵語也此云色究竟膩女利切吒丑亞切　惹音惹　軷蒲鉢切

羼初限切 峻險峻須閏切險虛檢切

度世品經

與華嚴離世間品同

西晉三藏法師竺法護譯

清刻龍藏佛說法變相圖

度世品經卷第一 與華嚴離世間品同

西晉三藏法師竺法護譯

聞如是一時佛遊摩竭國法閑道場普光講堂蓮華藏師子座覺了眞諦無有二行度無想法如佛遊居以致平等一切諸佛進退遊行無所罣礙亦無蔭蔽法無退還行無等倫所見奉敬不可思議現等三世其身所顯普周世界分别諸法慧無猶豫具足諸法坐佛樹下究暢經典不疑正覺不想計身一切菩薩志願道慧佛行無二所濟第一度於彼岸不壞如來建立脫門諸佛土地不可限量所遊平等所修法境曠若虛空十方國土不可計會億百那術一切塵限諸菩薩數其亦如此菩薩大士皆生補處當成無上正眞之道各各他異十方佛國來會此土皆成開士皆

發慧目德門無極開化一切衆生諸界順律唱導權方便門曉了隨時住菩薩法一切世界講堂樓閣越昇慧定而以觀察滅度之地尊敬道慧蠲除一切言辭行陰所可釋去明識因宜攝取衆生入於無量道遊其中一切衆生所作禍福皆有報應終不腐朽分別應時所試觀察永無所獲解知衆生諸界志性達了諸根有應可度從其緣便應病授藥去來今佛所可班宣章句義理輙受奉持已受其決執懷平等解發正藏所當歸者入於現世度世無量法自所入眞正悉已暢解有爲無爲觀之無二去來今佛一切如來所入道場一時導御逮平等解成平等覺悉能示現心閑心憺已了佛道不離一切衆生發心入一人心則能普入一切衆生所知所樂自於

其慧而不動轉諸菩薩身逮得普智諸通慧心住於其地而不退轉菩薩所行力無休懈周旋往來慧無所行一切人故於無數劫在於生死曉了建立不可計劫難可值見諸菩薩寶眞正難遇常轉法輪未曾勞廢開化衆生令入律品過去當來現在如來嚴淨斯處逮成衆生具足本行所誓已具力行殊特如是菩薩及餘學士十方諸佛所可咨嗟劫數無際所歎無限其元無底與衆超異其名曰普賢菩薩普因菩薩普化菩薩普智菩薩普眼菩薩普光菩薩普觀菩薩普明菩薩普英菩薩普覺菩薩如是之等不可稱計億百那術十方諸佛國土塵數如是普賢成就所願其所誓志志願超殊若諸佛興普往求請曉了隨時皆持諸佛所化法因不斷一切如來

之教諸佛興世速疾受決成最正覺名號國土已淨畢了所住法輪見無佛國示現爲佛嚴治一切凶弊穢濁難化世界休息滅除諸菩薩衆罣礙禍福入無陰蓋正諦法界於是普賢菩薩即以佛藏三昧正受適三昧已應時遍入十方諸佛之所遊居靡不周暢皆以通達無有餘土而不徹者講堂法境其虛空界悉至無際十方刹土六反震動其大光明靡所不照謦揚洪音莫不聞聲普賢菩薩從三昧興見諸菩薩咸來俱會欣然大悅普智菩薩觀諸菩薩皆來雲集亦復踊躍前問普賢菩薩大士善哉佛子今諸菩薩十方來會渴仰經典瞻戴仁者如冥思明唯爲解說諸菩薩行從始至終令無疑結者亘然如病得愈盲者得目何謂菩薩有所依怙而無所著

何謂菩薩未曾有想何謂爲行何謂善友何謂精進何謂勸信何謂化衆生何謂禁戒何謂受決何謂菩薩不相求短何謂入如來何謂得入衆生性行何謂逮入於諸世界何謂曉入諸念劫數靡所不達何謂暢說於三世事何謂得入三處何謂無猒其所發心無所鈌漏何謂菩薩分別諸辯何謂菩薩逮得總持何謂菩薩班宣佛道普賢菩薩緣普智問欲令來者皆得開解讚言善哉諸會菩薩皆共咸聽菩薩有十事法有所依怙而無所著何謂爲十依菩薩心令不違失依於善友常修專精倚于德本而植福慶順度無極能奉行故恃一切法無所歸故怙誓諸願使親道故專於諸行習具足故附諸菩薩一生補故歸奉諸佛心歡然故奉諸如來歎如父故是

爲菩薩十事法有所依怙爲無所著菩薩住此疾逮無上如來大慧至無極依於是頌曰

依者無所依　自歸於諸佛　解法無所望
乃至於大願　見諸佛歡然　依之而奉敬
恃怙諸如來　因具足道行

菩薩有十事未曾有想何謂爲十念諸德本如已無異身積衆善以施衆生一切功訓以爲道想解達衆生爲道器想願濟一切如已願想皆以諸法施不及想察一切法念如佛法爲一切行如奉身想一切言辭於諸所行無所妄想覩見諸佛爲父母想於衆生如來爲無二想是族姓子諸菩薩衆未曾有想菩薩住此疾成無上逮衆德本於是頌曰

爲一切積德　念之如已身　觀察於衆生
亦如道法器　諸衆生造願　與身等無異
歸命於道法　令致無從生

菩薩有十事爲行何謂爲十講說分別衆生所行而求一切諸法所行普學禁戒尋即奉行積累諸行衆德之本一心專精奉修三昧曉了聖慧所當歸趣殷勤謹勑無所違失遊於剎土欲莊嚴故循善知識不離恭恪奉如來行敬如師子是爲十事於時頌曰

一切有所行　常開化衆生　勤求於諸法
而奉行禁戒　積累衆德本　一心歸定意
曉了聖明慧　所遊淨剎土

菩薩有十事爲善友何謂爲十建立道意能修德本入度無極班宣道法開化衆生分別辯才稱舉群萌除衆妄想住無患猒立普賢行入諸佛慧則爲善友是爲十事於是頌曰

心建立於道　精勤修德本　入諸度無極

班宣諸經典　開化度衆生　辯才決衆疑
稱譽於黎庶　除去衆想念
菩薩有十事爲精進何謂爲十講說一切衆生之界識念經典之所歸趣嚴淨一切諸佛世界又當奉行諸菩薩戒常忍一切衆難之患爲斷地獄餓鬼畜生燒煮之痛降伏一切衆魔官屬不令衆生懷瞋恨心當奉十方諸佛世尊常遇諸佛歸命諮受是族姓子應行菩薩十事精進於時頌曰
歸命於諸佛　嚴淨衆佛土　奉修菩薩行
忍一切苦惱　斷三塗之難　降伏魔官屬
能悅於衆生　常見諸如來
菩薩有十事爲勸信何謂爲十常建立意亦勸他人使發道心仁和第一無所諍訟亦化他人立於欣悅蠲除愚法亦化他人令棄邪典使住佛道務求德本亦勸他人使志善源歸度無極亦勸他人求波羅蜜已生佛種亦誘他人令務佛性身已得入無所有法開進他人使立空法讚諸佛慧無所譏誘示宣他人不毀正覺具足普智諸願純備亦導化人成諸通慧究竟道誓以得嚴淨如來至眞無盡之慧亦當建立一切衆人入如來道是爲十事於時頌曰
已建立在道　亦化於他人　心不懷諍訟
和悅忿恚者　棄捐衆愚冥　開化諸邪徑
常求衆德本　誘之住道義
菩薩有十事開化衆生何謂爲十菩薩布施誘進衆生和顏悅色而勸進之班宣經道令其亘然誘進分別已身無異所施無量發起人界顯佛菩薩行誘衆生種示諸世間如火

然熾訓教衆生無上道法神足變化若干感動曉了若干善權方便隨其習俗度脱衆生是爲十事於時頌曰

菩薩行布施　以用化衆生　常和顔悦色
誘進諸不及　覩世如熾然　顯示佛大道
神足現變化　若干權方便

菩薩禁戒有十事何謂爲十不捨道心捐聲聞縁覺意觀察一切衆生愍行開化群萌令住佛法奉修菩薩所應學者解一切法悉不可得所造德本勸助至道未曾倚著於諸佛身能忍諸法亦無所倚濟護諸根以爲禁戒是爲十事於時頌曰

常和於道心　捨聲聞縁覺　愍傷於衆生
勸使立佛法　學諸菩薩行　解法無所有
一切所行德　勸助於佛道

菩薩有十事受決所見受決能自知之何謂爲十發仁和心自然道意不猒菩薩行棄捐一切諸所妄想而能奉修諸佛之法皆能篤信諸如來身所可宣説亦以究暢成就德本化於一切使住佛道等敬親友而無二心視諸善友如見諸佛古昔所願將護佛道是爲十事受決於時頌曰

等心敬善友　利義皆由之　將護古昔願
清和發道意　不猒菩薩行　棄捐衆妄想
使住諸佛法　篤信如來教

菩薩有十事不相求短何謂爲十入於宿世本所誓願隨時入行導習其便不失正義皆得通入諸度無極具足成就隨其宜便所可入者順從所願隨其所樂以開化之莊嚴剎土勸使入道神足變化使從其教普爲示現

所生之處是爲十事不相求短於時頌曰

入於宿世願　所行隨宜便　導習不失節

順諸度無極　因得大成就　從若干信樂

爲莊嚴佛土　以神足變化

菩薩有十事入於如來去來現在一切諸佛所可由成何謂爲十入於無量平等道教而轉無限經法之輪宣傳無量慧義之要順從無際音聲通暢開化無底衆生之類顯暢無數神足變化隨時遍至若干種形入於無喻諸三昧定照耀開悟不可計愚示力無畏顯現無限使入滅度是爲十事如來所入於是頌曰

過去來現在　一切諸如來　入無量道教

轉無限法輪　順無際道法　宣無底慧場

開化無數人　神足不可計

菩薩有十事入衆生性行何謂爲十入於本行衆生所解隨時開度當來受身一切人民遍於群萌現在所作入於衆生善行本末隨時救濟諸非法行宣導衆生心性所入曉了一切根原所趣分別若干隨所愛樂發起諸礙塵勞愛欲數數說法以度脫之是爲十事入衆生性於時頌曰

曉了過世行　亦復知當來　分別現在事

衆生所可行　入於衆德行　亦遊於無德

其心靡不周　使諸根成就

菩薩有十事入於世界何謂爲十常知止足在於世間而修清淨無所玷汙處於俗間心存少求演無極香熏諸迷惑所入方俗如一土塵周於無量微妙之義亦遍曠然無量世界度脫有身四大之患恭敬自歸於諸佛道

亦復遊入無道天下是爲十事遊入世界於時頌曰

在世知止足　所行常清淨　所入而少求
周遍無極業　由如塵世界　解微妙之行
小大無不達　入於諸所有

菩薩有十事曉入諸念劫數靡所不達何謂爲十知過去劫曉當來對知現在事知有限世識無限礙入於有限無限之事了諸有數無數劫事於諸有數使入無爲令諸無念暢入有念暢諸有念使入無念是爲十事曉了諸劫靡所不達於時頌曰

入於過去念　當來亦如是　遊步在現世
而皆悉念之　周流無量劫　有數若無數
無念入有念　一切想無想

菩薩有十事暢説三世而無二言何謂爲十事以過去而宣説之往古以没豫説當來滅來久遠演現在處尚未當來豫説過去尚未欲至輒宣現在亦復班宣未來生者傳於現在忽以過去解於現在謂之未來目所覩者宣之平等現了三世一時悉達是爲十事暢説三世於時頌曰

能説過去事　演古如是來　説過爲現在
亦暢當來事　過去今現在　未至豫演生
解生現以過　目見今當來

菩薩有十事入於三處何謂爲十入諸有數至無所念到有所獲趣諸有教遊衆想處歸衆方俗暢衆言辭達不可盡咨嗟寂然暢衆憺怕是爲十事入於三處於時頌曰

入衆有所念　有所得教授　在想衆方俗
所念不可盡　宣傳寂然事　亦入於憺怕

滅除諸惡事　如是成道意

菩薩有十事無猒其所發心無所缺漏何謂爲十供養諸佛住在衆色而不懈倦敬順一切諸善親友求諸經典不以爲難博聞衆經啓受不逮發意之頃班宣經道開化衆生示以法律發起一切使至佛道於無數刧住一世界修菩薩行普遊諸國靡不周遍未曾懷疑佛諸經典問則發遣是爲十事發心無猒無所缺漏於時頌曰

供養諸佛身　不以爲猒足　亦順衆善友
務求諸經典　所求不懈倦　見諸發心者
爲說道訓教　開化諸菩薩

菩薩有十事分別諸辯何謂爲十分別衆生所入辯慧曉了諸根當可歸趣了諸罪福諸所報應覩其所生在於何處皆知世間諸所有無覩見諸佛之所遊居曉了經法義理深淺暢解法界之所存沒達於三世去來現事亦能分別不可計數所行言詞是爲十事菩薩諸辯於時頌曰

曉衆生所知　諸根之所趣　隨所立罪福
見之當所生　分別諸世界　亦曉了法品
究暢佛道慧　三世之本末

菩薩有十事逮得總持何謂爲十博有所聞輙則奉持懷抱經典悉不忘失執法錠燎有所宣化皆從方便解諸經典曉法自然逮法光明致諸佛道不可思議執諸定意現在聞佛面前啓受尋奉行法入道場音能隨方俗演出言辭不可思議念三世事去來今佛不可計法隨時宣傳懷若干辯一切諸佛經典之要耳所聞義不可稱限所興聖慧能暢諸

聽持諸佛法建立如來十力無畏是爲十事菩薩總持於時頌曰

博聞輒執持　不忘一切法　曉了隨時說
解諸法自然　以法大光明　不可思議慧
現在得三昧　目前聞經典

菩薩有十事爲班宣佛道何謂爲十曉了道義志誓大願分別罪福之所歸趣常住正覺不懷自大暢達法界識知定意明解心本曉了本淨隨本而覺使成佛道是爲十事菩薩班宣佛道於時頌曰

曉了於佛道　解願知罪福　爲諸佛所立
解法無自大　分別心本淨　定意之所歸
本淨亦自然　隨本而覺悟

佛說是時三千世界爲大震動其大光明普照十方諸天龍神皆來散華以諸音樂來娛樂佛歡喜悅豫皆共欣慶幸哉吾等宿世其德純厚得豫此會服深妙義無極道慧何其祿厚世尊能仁十方慈恩開示法藏療治盲冥消化五陰六衰三毒五蓋十二因緣六十二見示以五事戒定慧解脫知見品五眼六通六度無極布施持戒忍辱精進一心智慧以成佛道班宣開示十二部經開化邪見六十二疑使發道意諸佛遙讚菩薩悅豫普智菩薩復問普賢何謂發菩薩心何謂行法何謂大哀何謂緣發道心以其所緣而興其意何謂見善友發恭恪心何謂菩薩逮得清淨何謂度無極何謂佛慧何謂所歷何謂菩薩力何謂平等何謂生覺聖何謂說法何謂而行奉持何謂辯才何謂無數何謂爲行等心何謂行慧何謂菩薩而不自大普賢菩薩答

曰善哉佛子所問甚爲深妙何其快哉諦聽諦聽今爲仁說普智菩薩與諸大衆受教而聽普賢菩薩言有十事發普心何謂爲十發心之時常懷大慈將護一切衆生之類所行憐愍察於人民勤苦之惱如身自更一切所有皆能惠施念一切智心則爲原首念一切智故能發意不毀聖義與從嚴心學諸菩薩禁戒之要其心堅固亦如金剛蠲除一切諸惡垢濁其所生意若如江海導御一切諸清曰法其志强固如須彌山則能堪忍衆庶言辭善惡音聲其所發心造立永安施於衆生大誠信業而心獨步智度無極曉了諸法隨便將護是爲十事發菩薩心於時頌曰

而發大哀心　將護於衆生　見之在苦惱
愍之如己身　思惟一切智　得志所莊嚴
其心如金剛　智慧如江海

菩薩有十事行普賢法何謂爲十於當來劫與一切俱普願行仁奉敬未至如來至眞等處色法開化衆生立菩薩行積衆德本而誓普賢皆能遊入諸度無極所願和雅具菩薩行導修諸法皆欲莊嚴諸佛世界平等諸義受生一切十方佛國曉了方便求衆經典悉樂現生於諸佛土逮成無上正眞之道是爲十事菩薩行法於時頌曰

悉知當來劫　奉敬諸如來　菩薩等衆生
所誓普賢行　積累衆德本　入諸度無極
莊嚴諸佛土　疾成無上覺

菩薩有十事常行大哀何謂爲十觀於衆生孤獨無種爲與大哀察之無道化以大悲見貧戹衆令植德本將久眠寐使得覺悟見衆

生界無有方便化之隨時爲諸貪欲所繫縛者而勸護之瞻於群萌所遭厄難愍之令濟覩久疾病療之以慈哀離善法者顯示道義若見衆生失於佛法愍哀悦豫是爲十事菩薩大哀於時頌曰

在世行大哀　觀察於衆生　久遠遭疾厄
由斷德本故　爲與無盡哀　建立於佛道
菩薩行大悲　以開化衆生

菩薩有十事緣發道心何謂爲十教誨衆生令順義律而發道心欲除一切衆苦惱患建立人民使意永安見於群萌在無明地使發道意好勸衆生使入佛慧順隨正覺奉敬一切諸佛最聖皆欲得見如來至真亦復樂覩諸佛色像相好威容亦復愛喜入諸佛道故發大意亦復敬愛十力無畏是爲十事緣發道心於時頌曰

見衆生所滅　爲惱患所縛　欲令至永安
故發菩薩心　人民在無智　勸示以佛慧
令奉三界將　常覩諸如來

菩薩見善友發恭恪心菩薩初發正真道意與善友俱謙下恭順欲得務成佛一切智故尋善友爲之屈意見善友發意有十事何謂爲十奉敬自歸心無愛欲如所聞音則能奉行心愛樂之志不瑕穢常一其心以諸德本合爲一業懷抱一願發世尊意其志平等所行具足是爲十見善親友發恭恪心於時頌曰

心常懷恭恪　如所聞奉行　如喜無瑕穢
其意常專一　合集衆德本　自歸於世尊
常尊平等行　道心乃具成

菩薩清淨有十事何謂爲十淨如虛空究竟無失於諸色淨隨衆生本而開化之諸音清淨演不可議言辭衆響其辯才淨分別無量佛所說法其慧清淨皆棄無智所生亦淨得諸菩薩自在由己眷屬微妙曉了衆生宿世所行而開化之報應亦淨除去一切罣礙陰蓋所願鮮明解諸菩薩所生一品其行皎然出普賢乘是爲十事得清淨行於時頌曰

菩薩清淨具　功德如虛空　隨諸衆生根
而開無上道　言辭辯才淨　分別諸法相
其智無罣礙　究竟於一乘

菩薩有十事逮度無極何謂爲十行度無極一切所有皆能布施戒度無極具足佛禁忍度無極能行仁和逮佛淨力進度無極所行勤修而不退轉寂度無極使意一定智度無極觀一切法本自然諦慧度無極入佛十力願度無極具足普賢神足度無極多所變化無所不現法度無極等御一切諸法本末是爲菩薩十度無極菩薩住此得歸無上如來正真無極大慧具足六度於時頌曰

布施度無極　皆能施所有　持戒度無極
清淨佛諸行　忍辱度無極　仁和不懷恚
精進度無極　勤修不退還　一心度無極
志定無憒亂　智慧度無極　觀諸法自然
神通度無極　普入佛道力　所願行平等
神足導諸法

菩薩有十事慧何謂爲十曉解一切十方世界其衆生種不可思議識別諸宗曉了諸法不失時節若干種形若以一品皆令覺知達諸法界能班宣慧曉了一切虛空本末通使

無餘第一佛慧十方世界諸過去事皆能知之十方佛七諸當來事悉能見之十方佛國今現在事普入教化曉明如來一切諸行具入一切慧解知去來今現在佛皆同一行是爲菩薩十慧義菩薩住此具大光明自在照耀具足所願信諸佛法則以一慧解諸佛法於時頌曰

能知十方界　衆生不可計　普令入佛慧
使無若干念　能分別諸法　平等如虛空
佛慧爲第一　能達三世事

菩薩有十事而有所歷何謂爲十悉解諸法爲一品義一切經典而有節限曉了諸慧則爲一相分別衆生心念行慧無爲無數見諸群黎皆以一等明識衆生所行塵勞人民志性繫縛在行明識衆生所行善惡一切菩薩所行志願樂不自大如來十力建立無餘而至正覺是爲十事菩薩經歷於時頌曰

知諸法爲一　能了際限故　衆慧合一相
衆生心無數　解見諸人民　塵勞行所迷
衆結所縛束　不得普智心

菩薩有十事力何謂爲十一切諸法皆入自然諸有經典悉如所化衆義若幻計諸法數皆爲佛法諸所經典悉無所倚一切所有歸三脫門見衆善友重事奉敬心習勢力以衆德本入無上慧道王之堂未曾誹謗深微之慧信樂諸佛一切智心終不退轉善權力故是爲十事菩薩之力於時頌曰

一切法自然　皆如幻化力　諸法悉佛法
義歸三脫門　奉敬衆善友　常積衆德本
入無上慧堂　篤信佛深法

菩薩平等有十事何謂爲十等心衆生亦等諸法普觀佛土性行無二因諸德本等諸菩薩所願無異諸度無極亦無差别一切諸行皆歸同像十方諸佛悉爲一佛是爲十平等於時頌曰

等心念衆生　普觀衆經典　亦等諸刹土
性行不懐二　皆合諸德本　菩薩常行慈
所願無若干　具諸度無極

菩薩有十事發覺聖何謂爲十一切諸法但有音耳皆歸寂然諸法如幻經義若影目所見者悉因縁合諸義業淨一切諸法悉假文字諸事之業因其本淨道慧無想究盡本原諸有形者皆由法界是爲十生覺聖於時頌曰

諸法悉寂然　譬之如幻化　假喻若影響
皆由因縁生　諸法本末淨　一切無所生
悉因其本際　無相爲眞諦

菩薩説法有十事何謂爲十演深妙法所説義者隨時得入講若干事常多宣暢諸通慧事亦能分别諸度無極宣示如來十種力事解三世義常説菩薩不退轉法咨嗟諸佛功勳之德班宣菩薩諸佛如來平等出家是爲十事菩薩説法於時頌曰

講説深妙法　悉使入道義　演若干之慧
多宣一切智　演諸度無極　顯示十種力
三世無罣礙　菩薩不退轉

菩薩有十事而行奉行何謂爲十積累一切諸善德本聞諸如來講説經典輙能受持執一切現舉喻説之御道一切奉行法門懐抱總持道義慧門皆能斷除狐疑諸著悉以具

足諸菩薩行一切如來辯才平等開化說法演其光輝言皆受諸佛所娛樂業而建立之使得至於無上正真是爲十事說平等門而奉行之於時頌曰

積累衆德本　咨嗟如來法　觀諸法平等
奉宣道慧門　棄捐諸疑著　具足菩薩行
諸法爲世間　皆令入道室

菩薩有十事分别辯才何謂爲十所演諸法永無想念分别諸經悉無所行諸義辯才亦無所著解諸法空班宣無量一切諸法悉佛所立一切所有悉無所依皆能分别諸法章句宣暢經典真諦之義常以等心愍於衆生應意說法令得悅豫是爲十辯才於時頌曰

講經無想念　一切無想行　不著於諸法
解之悉爲空　辯才無限量　諸法佛所立
一切無所倚　解之悉本無

菩薩有十事得自在何謂爲十開化衆生照耀諸法修諸德本行無極慧不著禁戒所造善本勸助佛道所行精進而不退還降伏衆魔其所愛喜解了道心一切佛道在於邪見而成正覺是爲十得自在於時頌曰

曉開教衆生　得照耀諸法　奉行衆德本
自在無極慧　心皆無所著　精進不懈倦
降伏於衆魔　道心得由已

菩薩有十事所施無數何謂爲十開化一切諸世間難衆生本末亦不可計經典之事亦不可量一切所作亦無涯底有計諸法涯際難盡衆德之本亦無儔匹一切諸惡悉無能宣諸所志願亦無邊際衆行所趣無能爲喻一切菩薩獨步無侶諸佛正覺獨尊無雙是

爲十事所施無數於時頌曰

世計不可計　衆生無有數　諸法無邊際
所造亦無限　德本無儔匹　諸惡無處所
菩薩無等侶　諸佛無儔匹

菩薩有十事爲行等心何謂爲十等心積德志願同等衆生身意亦無有二入於人民罪福所趣普遊諸法視諸佛土淨穢同一勸化衆生使入篤信等心諸行及衆妄想皆入諸佛十力無畏悉由如來平等之慧是爲十等心於時頌曰

等心積德本　興願一切願　平等衆生心
罪福無殊異　普入諸經典　等觀諸佛土
愍念諸衆生　使入無異行

菩薩有十事行慧何謂爲十曉了衆生當歸解慧遍入諸國若干刹土未入者入之遊諸貪網除去梟穢所遊諸界知其增減曉了諸法各各有異或復一品普能周旋衆界音聲解世間衆想所住顛倒所念各異以一言辭普入一切諸法言教如來威變建立法界一切衆生處在三世諸佛入中訓誨無廢皆令入道是爲十事菩薩行慧於時頌曰

信解衆生界　普入諸佛土　悉至於十方
等觀諸世界　諸法無若干　入不可計身
如來所變化　開度於三界

菩薩有十事而不自大何謂爲十不輕慢人蚑行喘息身心謙下不輕易人不以刹土而自貢高若得奉敬不懷自大不以好音而自歎譽行願備悉不以綺飾開化衆生離於懈怠成至正覺常懷愍哀講說經典不咨嗟身有所建立而不自大是爲十事而不自大於

時頌曰

不輕慢衆生　得刹土不悅　而奉敬不歡
離於好音聲　無貪諸所願　開化於衆生
得成最正覺　班宣大道慧

說是法時天龍鬼神世間人民阿須倫迦留羅甄陀羅摩睺勒莫不歡喜咸發道意師子虎狼熊羆鹿黨魚鼈黿鼉諸卉小蟲皆有慈心無相害意聞所說法各各歡喜而發道意諸天散華其落如雨燒衆名香鬱如雲興箜篌樂器不鼓自鳴當爾之時莫不喜敬

度世品經卷第一

音釋

怙(後五切恃也)恪(克各切敬也)錠(音定燈也)燎(力照切照也)臰(尺救切與臭同腐氣也)喘(尺兖切疾息也)黿(愚袁切)鼉(徒河切)蚑(渠宜切蟲行也)

度世品經卷第二

西晉三藏法師竺法護　譯

普智菩薩復問普賢何謂建立何謂樂信何謂深入何謂依怙何謂意勇何謂斷諸疑何謂無思議何謂解說眞諦何謂了報應何謂定意何謂何所有何謂脫門何謂神通何謂通達何謂解脫何謂園囿何謂宮殿何謂遊觀何謂莊嚴何謂心不動何謂性無所捨何謂觀慧何謂講法何謂淨願何謂爲印何謂慧光何謂行無色何謂無法心何謂心如山何謂如海普賢曰善哉快問菩薩建立有十事何謂爲十常志於佛恒思經法勸化衆生使住佛道勸安事業修立正行順樂誓願常念威儀所遊隨時班宣善本建立慧義是爲十事建立其心於時頌曰

一心常念佛　專精思經典　勸衆生入道
示以所造業　讚助修正行　恒使不失願
威儀禮節備　善本成聖慧

菩薩樂信有十事何謂爲十菩薩心自發念其有當來如來正眞出現於世我當悉見見諸佛已供養奉事志於無上稽首自歸此諸正覺當訓誨我以是訓誨歸菩薩地如諸菩薩奉敎敬心心懷恭恪如所聞者輙當修行於是菩薩復自念言使吾不離諸佛世尊及諸開士蠲除生死馳逸之難無央數劫修菩薩行又心念言昔未發無上道意之時未爲法器畏其深義亦畏世間誹謗惡名又懼畏生死惡道衆會我以離此永不與合以遠在事所生之處不離道心不恐不畏亦不懷懅永無諸難常遠塵垢永滅穢濁出入獨步降

伏衆魔消諸外道又心念言吾當勸化諸衆生界使隨律教志在無上正真道意修菩薩行得成佛時則隨尊聖微妙道教吾當稽首奉敬自歸欣悅無量盡其壽命佛滅度後當爲興立無數廟寺供事舍利奉宣佛教分布經典使無上義永得長存又心念言吾當莊嚴無極世界皆令佛土清和柔輭種種別異平等清淨吾當感動無數佛土悉使發意演大光明照於十方神足變化靡不周遍又心念言吾成佛已當決衆生一切狐疑化其志性令常情和寂靜其志消滅塵欲塞諸惡戶闓永安門除去幽冥奮巨光耀棄捐魔業遠無上吉以是功勳普示衆生又心念言吾所在處常見諸佛在危厄時思欲奉覲必當如願得見正覺莫使違遠面見如來所說法時如來難值無央數劫時一出耳猶靈瑞華久久希有發清淨心棄捐一切不宜之計其意質直而無諛諂又心念言吾成無上正真之道爲最正覺遍諸佛土施作佛事爲諸衆生各現佛身擊大法鼓雨法甘露施無極法清淨無畏爲師子吼立無底願住於法界班宣經道一劫不休身不疲懈言辭無極心亦不倦是爲十事心所建立於時頌曰

嚴淨諸佛土　勸導於衆生　示以深妙法
令發無上道　常願見諸佛　奉事自歸命
聽受所說法　一心受奉行　爲斷三惡趣
開闓安樂門　爲於衆幽冥　顯示大光明
流布經法施　消滅諸垢塵　爲大師子吼
而雨大甘露

菩薩有十事法深入何謂爲十皆入世界諸

過去事遊於志性深奥佛法歸諸佛土當來之事在在佛國而在諸數正覺無二雖在諸國現在寂然世間方俗所言所說嚴淨境土悉能知之是入深法所在天下有若干教又能解識一切衆生罪福不同計諸菩薩所行各異又菩薩解悉知過去諸如來處菩薩悉知諸佛世尊所教遲疾菩薩復知現在國土諸佛正覺眷屬聖衆所可說法開化衆生法界虛空無有邊際十方如來又分別知世俗之法聲聞之法及緣覺乘菩薩如來入在此法無所希求講說若干所入法界亦無所入亦不想法隨諸法教而以開化是爲十事深入佛法於時頌曰

知於過去世　當來及現在　隨方俗示現
清淨佛世界　分別人罪福　計菩薩所行
現在諸佛土　諸菩薩集會　知衆生之數
說法虛空限　悉達諸聲聞　緣覺衆菩薩

菩薩依怙有十事以是依怙修菩薩行何謂爲十常奉敬佛日有歸命開化衆生見諸善友而依附之常喜積聚衆德之本亦皆嚴淨諸佛刹土常愍一切不捨衆生普以遊入諸度無極悉欲具足諸菩薩願所修無量來歸道心明解諸佛成至正覺是爲十事菩薩所依怙以成道行於時頌曰

奉敬於諸佛　依附菩薩行　開化衆生類
恭順諸善友　積累衆德本　嚴淨諸佛土
入諸度無極　具足菩薩願

菩薩意勇有十事何謂爲十消除一切諸陰蓋罪諸佛世尊雖以滅度奉垂訓教以勇猛心降伏衆魔解知無常不惜身命以正法緣

消化外道以柔和心悅可衆生懷踊躍意衆會見之莫不欣然調化一切天龍鬼神犍沓和阿須倫迦留羅甄陀羅摩睺勒皆受其緣奉修柔順依法深奥常捨聲聞緣覺之地於無數劫行菩薩事而不懈倦是爲十事菩薩心勇於是頌曰

棄捐諸陰蓋　佛逝奉垂教　降伏於衆魔
不自惜身命　降化衆外道　歡悅於衆生
鬼神咸受教　常奉菩薩行

菩薩有十事斷諸狐疑令無沉吟何謂爲十菩薩發意心自念言吾當以施戒忍辱精進一心智慧救攝衆生慈悲喜護而開導之雖行於此無有猶豫欲令進退未之有也又心念言吾當普見十方正覺當來諸佛值無上慧供養諸佛心不沉吟若於毛釐又菩薩念以若干光具足照耀於諸佛土聞諸菩薩當來所行無央數劫心不猒倦開化無量衆生之類不以爲難計於法界不可限量無有涯際猶如虛空所度衆生其數亦然不以猒退又心念言修菩薩行備悉諸願成一切智諸通之慧又復念言行菩薩時令我皆逮道法之光佛無極明常當計樂一切諸法悉爲佛法普知衆生意之所念曉了無數諸無盡數諸無爲法及諸有爲成平等覺明達諸法皆諸度世除倒見想雖有穢濁本悉清淨菩薩曉了一切佛法成最正覺無有衆想倒見之謬一無所著漏雖有爲達於無爲棄諸利養則能遊入無央數際是爲十事菩薩斷諸狐疑於時頌曰

念施戒忍進　一心修智慧　行慈悲喜護

見諸佛奉敬　光具足照耀　無量當來劫
心不以懈倦　成佛一切智　諸法悉佛法
皆亦度世法　棄穢濁倒見　得佛最正覺
菩薩無思議有十事何謂爲十所修德本不可思議一切所願不可計量觀察諸法悉如幻化因發道心依諸善業無所違失修菩薩行永無妄想修深要義普入諸法不取滅度道慧不備終不捨去菩薩行道入胎出生積勤苦行詣佛樹下降伏衆魔逮最正覺而轉法輪現取滅度顯諸佛事建立所現不捨大哀護諸衆生不違本願又其菩薩建立示現如來十力從初發意在於法界開化衆生未曾休廢又其菩薩皆以無想入於衆想又以有想入於無想無所思念說諸念事又以諸念說無念事以無所有入於所有又諸所有入無所有化無所作入有所作化有所作入無所作於無所得說有所得於有所得說無所得解知諸法悉無所有又其菩薩等心於道道以平等解知衆生道心無異心不倒見所念無失不隨邪疑所覩平等又其菩薩發意之頃其心寂然定意正受在於本際而不造證以無有漏而不永滅布諸德本曉了諸法一切無漏而爲人說諸漏已盡亦爲人宣當除諸漏則以佛法入於俗法雖在其中無俗思想無道俗念觀一切法皆入法身亦無所入曉了諸法而無有二亦無所行是爲菩薩十無思議菩薩住此疾逮無上正真之道
菩薩有十事解說眞諦何謂爲十演一切佛法隨時眞誠棄捐惡法不失其節以諸菩薩神足變化宣正覺教能以隨便入於衆生罪

福之業宣暢衆生除去一切塵勞罪事皆以能達衆生之義無爲法門消諸罣礙修閑靜業又其菩薩悉無所住猶如虛空一一所入不得禁戒天地成敗無有猶豫在諸世界而不沉吟而於諸法境無所蔽礙所由方面益以微妙達如來至真至生出家竟於滅度又入法界菩薩諸佛普見諸佛舉動進止菩薩悉見衆生之類處於泥洹無所造故願不墮落會當備悉諸通慧智又有菩薩見一切法無所依怙不遠善友所當近者亦不附著如來精進不懈休法禮儀一等親友怨惡積累德本勸助合集皆使同一讚揚成就令無有二是爲菩薩十事說常隨時菩薩分別慧便有十事何謂爲十曉了一切諸佛之國解入衆生本原衰盛識別群黎心行所存宣暢黎

庶諸根興耗又知一切報應行果普入聲聞別隨時義皆亦復下衆緣覺行悉以方便修諸菩薩分別咸從世俗之法一切悉順入諸佛法曉了慧宜是爲菩薩十分別慧菩薩住此速逮無上正真之道菩薩三昧有十事何謂十事定意之時皆知十方世界所有能以意定寂衆生身定諸法三昧其三昧定見十方佛則能建立一切諸念隨時定意其三昧有則能動轉無央數身亦復能使從三昧起普入諸佛如來正覺三昧正受開悟衆生其慧普大曉了隨時諸菩薩三昧一發意頃入一心慧以無爲心閑靜之慧悉能普修諸菩薩慧不廢篤信以願大慧曉了三昧是爲菩薩十事三昧菩薩何所有有十事何謂爲十衆生何所有國土亦然觀所衆生亦解本無

劫燒之時天地爲敗或水災變天地敗已復還合成計佛正覺亦無所有若干種行亦無處所如來身者功勳無量一切諸法所說本末其義各異若能供養諸佛正覺所歸亦無是爲菩薩十事何所有於是頌曰

衆生何所有　國土無處所　以察諸相好
劫燒天地壞　還合亦如是　佛身若干品
如來不可量　宣法若干品

菩薩脫門有十事何謂爲十其身普遍一切世界現於十方若干品形無數色像以諸法界入一佛土建立一切衆生之衆以佛莊嚴形周十方若干佛土自然覺知至一切界一發心頃遍諸佛土皆現諸佛在一刹土使諸佛界度入一身悉使諸佛感動神足而以娛樂顯入一心是爲菩薩十事脫門於是頌曰

其身遍佛土　顯若干形像　諸法入一土
建立諸世界　遍世現佛身　自知靡不周
諸法入一體　開心一切入

菩薩神通有十事何謂爲十識於過去所經歷處曉了方便出入進退天耳識別無所罣礙悉聞言辭衆所歸趣能知他人衆生之類心所念行無央數事種種別異則以天眼無爲之業觀察一切所經周旋以大神足感動變化逮無思議衆生之類從其本性而示現之使得入律見於無限諸佛世界遍示諸身發心之頃能周無量十方佛土亦能莊嚴建立無數境界處所亦復顯示具足身形不懷自大曉了通慧於無底國還得無上正真之道爲最正覺心無思議因其衆生志性本末而示現教是爲菩薩十事神通義也菩薩住

此獲致如來無上正眞神通歸地方便隨向
諸佛所變現於十方衆生訓誨輒成其行衆
義備悉菩薩通達有十事何謂爲十則能隨
時教化衆生分別罪福群生之類所經歷事
若干不同使其出家令心寂然入諸蔽礙一
一衆生所行顛倒若干不同而使消除達如
金剛聖慧具足所可建立其音周遍不可思
議教諸佛土曉了方便一切倚著習四等心
悉普遊入解所生處亦復識了無所從生皆
已除去諸想痛痒境界處所又其菩薩不觀
諸法亦非不觀諸法無想以爲一淨亦無有
淨明若干種曉知精勤於無數劫班宣經道
而以等歸趣於無上正眞之道常住法界又
其菩薩曉了衆生本悉滅度不用家業亦無
所造知有生者爲隨顛倒達其因緣報應之
義識可奉敬以何緣便所行本末起滅處所
分別開化群萌之類開明閉塞脫門之理解
其顛倒無謬之事亦知塵欲瞋諍之原亦別
生死無爲之業復了反逆無逆之事知可依
怙不可怙者亦明究暢別所至處知其退轉
還復處者知其至快及所歸趣亦識壞敗當
還成者亦了開化知衆生根所當開化使得
入律若干方便教授黎庶而不迷惑失菩薩
行所以者何佛子欲知菩薩所以發無上正
眞道心者何以欲開化衆生之故既化衆生
令從律教身不勞倦是爲菩薩爲一切故所
由無諍曉了分別十二緣起又其菩薩未曾
倚佛亦不發心依怙佛也亦不著法復不與
心貪於法也不著佛土亦不生心依佛土也
亦不著人復不起心慕樂衆生也不見人民

亦不發心觀於群黎興顯衆行具足所願修無極哀不想見佛識念如來所班宣法得如來座植衆德本亦不悁悒心好正覺不以勞懈亦以法則供養如來心日加精感動立威不可思議諸佛世界建立思惟第一法界剖判若干經法之教知於衆生有爲之會亦識衆生限節多少了苦本末所可從起亦知盡滅一切萬物皆爲苦本若有菩薩以能見此其所修行亦如影響棄捐衆惡斷其根本即自發心救濟衆生其所行者悉無所行曰菩薩行學諸佛言其心堅固如須彌山覺除一切衆想顛倒建立普智諸通慧門逮成正覺入於無極無限慧堂所言慧堂無上正眞開度衆生三處漂流及盡其原是爲菩薩十所通達菩薩住此逮成如來無上大慧菩薩解脫有十事何謂爲十度諸塵勞愛欲之原脫於邪見不正之路而濟五陰覆蓋之患又救形體四大諸入越於聲聞緣覺之乘因此逮得無所從生法忍發起一切衆生國土諸所宜法便得超出諸菩薩行不可稱限稱譽一切諸菩薩行以無妄想入如來地以一聖慧普知三世平等神通靡不救濟是爲菩薩十事解脫菩薩住此開化衆生使之無上於時頌曰

以度欲塵勞　邪見諸五陰　四大諸種入
貪身之患難　越聲聞緣覺　逮無從生忍
稱譽衆生土　菩薩無量行　開士之所修
入如來之地　超出衆妄想　神達解三界

菩薩苑囿有十事何謂爲十樂於生死未曾惡猒好化衆生性無所著處於一切衆想之

地啓受大行常喜嚴淨諸佛世界住已處所志在諸魔婇女宫殿悉能降化宫臺閣故敵所説法如所聞法思惟知義觀察歸趣六通無極四恩攝行三十七品道慧之法爲菩薩園是已嚴父所可遊居如來十力四無所畏十八不共取要言之一切佛法爲菩薩園未曾復思他奇異法一切菩薩所現變化建立娛樂爲菩薩園轉於法輪無自大律而謹慎行無所違失一切發心不離正覺普現群黎爲菩薩園然其法身皆遍十方諸佛世界菩薩所行猶如虚空是爲菩薩十苑囿也菩薩宫殿有十事何謂爲十樂菩薩宫心不迷惑十善章句功德慧業好積累是乃爲菩薩宫開化欲界衆生之類修四梵行慈悲喜護菩薩由此訓誨色界群黎之品往生淨居諸天宫殿菩薩由此消滅一切塵勞諸穢到無欲色天至其宫殿訓誨大難不閑群黎令其退還或時生於雜穢境界菩薩以是樂受其處救濟一切貪欲衆生菩薩有樂現於後宫婇女男女宿世曾與福行同故由是教化四方四域諸帝梵釋四天王等菩薩由此勸化凶危計有常人使捨亂意處於一切諸菩薩業念化長故自恣馳騁調戲神通菩薩常皆一心脱門三昧正受以慧開化而娛樂之以一切智無上正真諸佛之典斷衆罣礙施一切法而得自在得爲國主尊豪由己菩薩樂此如來十力以爲遊居是謂菩薩十宫殿也菩薩有十遊觀何謂爲十意自好喜觀諸章句所履跡行志意觀察善權方便其所往處而輒得在諸佛足下聞法啓受意樂十方心普

周遍敬諸菩薩神足變化現無限門化於衆生身意所惑而奉定意一三昧門則得普入諸定意門處諸總持一切所聞便能受持未曾忽忘以此總要爲衆生演使令歡然樂於辯才以一章句無央數劫咨嗟美辭談言說事無能斷辭志最正覺而爲衆生示現若干身形無量品門慕轉法輪化諸異學令諮受法是爲菩薩十遊觀也菩薩有十嚴淨何謂爲十其力鮮明故能獨步無畏清淨無能過者其義皎然所演辭意無央數劫談言之事無能妨廢其法清淨能演八萬四千法藏經言清和不忘一義所願微妙一切菩薩不捨所誓其行鮮潔班宣哲賢諸正雅訓莊嚴剎土以一音聲普告十方如一剎土已場清淨遍諸佛土興以道雲雨法甘露建立正教綱除一切有爲妄想馳逸之行無慢清淨以一體入現衆生身教訓一切精勤不倦夙夜務求諸通教慧示無數諸力無畏像是爲菩薩十清淨也菩薩住此普得一切諸佛嚴淨菩薩有十事心不動何謂爲十一切所有施無所愛其所施者悉以清淨而心不動思惟明察諸佛深法奉敬諸佛承事自歸專精無量愍念衆生未曾瞋恨不捨一切蚑行喘息人物之類求諸佛法未曾懈廢一切衆生不可稱計行菩薩業無央數劫不近不遠爲菩薩行未曾退轉無塞無閡又其菩薩本生信心有所修行無量清淨其清淨者離垢鮮明慇懃修行奉敬諸佛棄所貪身無所慕樂而爲儔匹逮大踊躍無極之歡篤信爲道歸一切智應其章句究竟成就諸菩薩教修行訓誨

其所聞信無所謗毀煩惋戀業其心不動是爲十事菩薩心不動而能住此便即逮知諸通敏慧菩薩有十事心無所捨何謂爲十逮成諸佛最正覺道故曰不捨教化衆生使從法律無所遺棄隨諸佛教不廢訓誨從諸善友依附自歸而不違遠普諸佛國稽首跪拜如來至真不捨禮節常求一切功勲之法不捨大乘敢值佛世淨修梵行奉護禁戒終不毀犯隨諸菩薩勤修道業不以懈廢慕求如來訓誨之義隨時執持諮受不忘習諸菩薩本所行願皆念思惟通諸佛教是爲十菩薩心無所捨菩薩觀慧有十事何謂爲十觀一切法分別章句隨時演説觀察於三世衆德之本而爲説法視諸菩薩所行本際而開化之瞻諸法門逵其根原亦覩諸佛所建立業

觀衆總持以慧法門而用歸之亦以明智普察世間視諸法界順慧而入瞻知十方慧無思議覩諸佛慧處了世界聖明無量是爲菩薩觀於十慧菩薩講法有十事何謂爲十宣説諸法皆從緣起名一切義悉令歸趣以積志行演諸所有亦如幻化又宣諸法皆亦本空論議諸經中間曠絶而無涯底諸所有業悉無所著又説諸法强如金剛一切諸義如來所暢又説衆業寂寞憺怕又演諸法悉無所生講一切法等一本淨説無合成是爲菩薩講法十事菩薩清淨有十事何謂爲十其性本淨而無玷汙除去狐疑猶豫之結令其鮮明棄諸沉吟六十二見所行威儀而修禮節好樂音智諸通敏慧所分別辯巍巍清淨勇猛皦然四無所畏修菩薩行一切遊居悉

無瑕疵勸諸菩薩願願修習行無穢濁百功勳相三十有二大士之業求於無上正真之道歸清白法嚴淨一切衆德之本淨是爲菩薩十清淨也菩薩住此得成諸佛無上清淨菩薩印有十事菩薩大士由是所印具菩薩慧疾成無上正真之道爲最正覺何謂爲十菩薩悉知萬物皆苦苦復苦惱復惱愛別離苦怨會之苦雖遭此難勤求佛法心不動搖亦不違捨菩薩之行不恐不畏亦不懷懅不捨本願不廢大智一切敏達心不違佛道業之要愚癡凡夫自已塵勞恩愛之戀修不善本罵詈菩薩毀辱輕易演麤獷辭瓦石打擲加以刀杖菩薩遭此故求佛法未曾猒廢菩薩之行常行忍辱多懷仁和隨經典教亦勸忍辱具足正行又其菩薩班宣諸佛深妙之法處一切智使人以慧悉具所生化令衆人歡喜愛法又其菩薩觀其體慧致仁和性與普智心吾當成佛無上正真之道爲最正覺歡悦衆生馳騁周旋五趣之難憂惱悄悒使發道心歡喜悦豫加大篤信欣然如是堅固精進又其菩薩入於如來無邊際慧不越境界如來聖明不可稱限聞諸佛世尊班宣經道亦無涯底不限佛智於諸文字不生增減分別諸義不犯佛教又其菩薩愛樂無上正真之道好喜深義至於微妙無極之慧以與若干崇於無上慇懃戀恨未曾違遠一切魔衆及與官屬其諸異學諸外讎敵無敢當前未曾廢捨一切智心菩薩所行饒益如是終不迴還又其菩薩行道之時無所恐畏不惜身命發通慧心修一切智以爲元首皆得諸

佛光明照耀不捨道義不遠善友又其菩薩見族姓子若族姓女志學大乘使勤修行慕諸佛法勸立德本受一切智未曾休廢又其菩薩其所遊居等心衆生亦復平正智慧爲諸群萌班宣經典普至無上正真之道趣不退轉興大慈悲又其菩薩計諸過去當來現在佛思惟爲一以諸德本奉啓諸佛未曾斷絶觀諸敏慧是爲菩薩十印以是印故疾成正覺印無上法菩薩慧光有十事何謂爲十菩薩大士必當逮成無上正真之道以佛道照於一切常見諸佛平等正覺了知衆生終没所生明識一切經典法品發菩薩心常習善友分別所積衆德之本解知所印常見諸佛曉了開化衆生之類立如來地宣無思議法門道堂識解諸佛隨時建立普能備具諸度無極是爲菩薩十慧光明菩薩有十事行無量一切衆生聲聞縁覺何謂爲十於是菩薩修本際行不備諸願終不取證又其菩薩植種德本發心勸助一切法界不著諸法又其菩薩行道之時察諸所行猶如幻化諸法寂然而不迷惑諸佛亦然又其菩薩去諸衆生妄想之著於無數劫修菩薩行具足大願不起疲懈又其菩薩奉行諸法悉無所著諸法自然悉亦寂靜亦不滅度要當備悉一切智教又其菩薩知諸妄想及無想願宜無數劫所從本末真諦之行又其菩薩解一切法悉無所有雖解空無不廢道行求諸佛法又其菩薩發意之頃普入三界亦悉普解三世之義其心所達中間迥絶靡所不通又其菩薩用一人故在生死難無央數劫行菩薩法

而建立志於一切智如爲一人忍諸勞倦爲諸衆生亦復俱然終立之大道不懈廢以爲勞猒當來之苦又其菩薩備菩薩行不肯速取無上正眞之道爲一切故周旋塵勞開化饒益無數衆生使立佛道是爲菩薩十無量行菩薩住此疾成正覺菩薩有十事心不怯弱發其道心何謂爲十菩薩自念一切諸魔及衆魔天當見降伏心不怯弱當以正法諸外異道爲我降伏身當歡悦諸衆生界心不弱劣具足一切諸度無極備悉法界爲衆生故積累合集具功德品其無上正眞道者爲大精進雖爲難辦亦爲大業竟菩薩行不以怯弱開化一切衆生境界順使隨律爲尊勸誨十方世界形貌各異其被服者無央數種菩薩入中從其所樂在於其中成最正覺又其菩薩心自發念吾所曾學修菩薩行皆從已出若來求索手脚耳鼻肌肉骨髓妻子男女象馬車乘國邑城郭眷屬僕使悉能施與不逆人意以見衆人來有所求索發心之頃恣其所樂不起患猒其身欲安一切衆生而懷慇哀既有所施無所希望大哀爲首歸無極慈不以爲怯又其菩薩遵修其行諸在三界諸佛法者衆生佛土群萌諸世虛空境界諸法音聲悉爲寂然歸趣滅度諸法漸漸一念之頃了平等應分別解之成最正覺悉趣譬喻勸助神通修行造證無念不念不令別異無若干行而節度之使無財業無造因緣不爲分異亦無不分爲無數法所作不過以無二慧曉了諸二以無想慧解諸有想以無念慧識知諸念無若干慧曉了若干以無限

智曉諸少明以度世智明曉世俗一切所行以世聖光開化方俗闇冥諸塞無過去智悉能分別諸過去世歸無人地明識一切衆生境界出諸倚著遊行所作合集衆行明識一切諸究竟慧解諸究暢解諸不暢以純淑慧開解塵勞而分別知無盡本際開化諸盡曉了法界爲第一智其身普現十方世界入於無數音聲言教從其無限而宣訓誨一自然慧入無自然一聖明行伸叙所修現若干行一切諸法悉不可得解此義者以致無極示現變化示現變化成最正覺至於大慧顯大神足則以普智感動興行化諸群黎是無怯弱是爲菩薩十無怯弱菩薩有十事心如大山何謂爲十於是菩薩常修精進專志思惟諸通敏慧又其菩薩觀一切法本淨如空而

解諸法悉從顛倒無央數劫修菩薩行興發其心豐盛一切清白之法解知如來無量慧義以能奉行諸清白法菩薩興發諸佛經道平等清和順善親友所因發心不懷疑結尊敬經典不當念異法于餘業唯當恭恪謙下卑順一切所有施無所悋漸近道法菩薩慜哀一切衆生忍諸憂患衆苦之惱假使遭遇危身之患失命之難罵詈毀辱刀杖加形皆能忍之不懷慼悒之心不亂不起瞋恨懷無極慈慜念群黎被大德鎧而不退還不廢道意益加慇懃與無極哀其哀益廣所以者何佛子當知菩薩所行一切諸法皆因由生具足護行如來正真曉了諸法忍辱仁和以爲豪位菩薩大士修大功德威神巍巍若在天上諸天中尊若在世間人中位高面像端正

勢力第一眷屬强盛所欲自由若爲帝主無極貴姓功勲無限智慧廣遠不好愛欲不以財賄眷屬自在用爲安隱唯愛道法喜法樂法慕法求法以法爲室因法得護自歸於法因法得度常求法義以法爲樂思惟經典以是比像而得安居不隨魔教所以者何若有菩薩發意之頃蠲除衆生吾我魔界使住佛境又其菩薩精進如是無央數劫修菩薩行自知如此吾於今日建學無上正真之道不恐不畏亦不懷懅修菩薩行有斯行已吾今當成最正覺道然於來世無央數劫修菩薩行自知見之又覩異學難化難療無反復心不識報恩欲教此衆故被德鎧遊在衆生而得自在見兇惡衆不以爲猒不憎惡人塵欲之故而退還也又其菩薩不信仰人發大道意吾以是行合集菩薩身獨當辦不須他人於當來劫奉開士法以已志行具諸佛法與心存在無上大道以唯願樂開化衆生樂化衆生信菩薩行自淨志性亦能復淨他人性行解深境界亦復分別他人土地去來今佛合一境土又其菩薩不見諸法亦復不覩諸菩薩行不覩備悉諸開士義亦復不見教衆生義亦復不察奉諸佛法亦復不見當逮無上正真道法已成令成方當成者亦復不見班宣經道不得說者亦無講者菩薩大士不從大道而退還耶所以者何佛子當知是生菩薩因求諸法成最正覺行一切法不隨倒見益加精勤遵習德本所行清淨具足智慧一發心頃功勲名德日新增益不恐不畏亦不懷懅因疾成無上正真之道是爲十事心

如大山菩薩有十事慧如江海入無上道何謂爲十入於衆生無量境界又其佛子菩薩普遊十方諸佛境界以大宮殿入於聖室習無思想又其菩薩修治無量一切空界遊於虛空而無罣礙十方寂然如水如網以普平等又其菩薩善入法界而遊無爲所入無斷不計有常所入無際無造無滅曉了所入靡不周至又其積衆德本自歸過去當來現在諸佛世尊菩薩法師聲聞緣覺諸凡夫士亦於其所而造德本復觀衆人以是德本去來今佛成正覺時已成今成方當成者去來今佛班宣經道已說今說方當說者彼衆生類諸啓受法以成至道意欲向道方得道者教化衆生此諸德本合斯衆善勸助一切不求望報於今現世不發疲猒又其菩薩一一發意入過去世遊無數劫於一一劫見百億佛若干無數不可計會不可思議百千億劫其所徹觀不可譬喻入與佛世超過諸喻亦觀諸佛衆會道場爲諸菩薩聲聞說法開化衆生壽命短長所建立者而無所住如於一劫所開度人一切諸劫不可稱限若於一劫世無佛時菩薩知之於其劫中應當修立大道德本無能爲勸開導教者然爲講說見去來佛純淑德本入無量劫觀察其義而無猒足入過去劫又其菩薩入於當來思惟觀察遊諸當來無量劫數於何劫中當有正覺何時無佛當於何劫佛出於世如來至眞多少之數其號云何出何佛土其界名號開化度脫樂何衆生壽命長短豫觀無量不可計劫不以勞倦又其菩薩入於現在觀十方界班宣

無際諸佛國土分別方面遐邇分數諸佛思惟察其本末得成無上正眞之道詣佛樹下求取蒭草布地坐樹降魔官屬起入城邑上於天上廣說經義而轉法輪教誨衆生現作佛事成最正覺釋梵觀助捨其壽命至於無餘至泥洹界而取滅度流布經道將護教訓興隆法化莊嚴廟寺供養圖像修治塔廟念諸佛土一一發心入於十方無量佛國普察衆生皆見諸佛聽所說法受諷誦學抱在心懷選擇志行進退有益遍於十方悉歸諸佛不忘佛法所以者何達見諸法悉如夢耳以是之故供養如來一切所安在在所生常在佛邊自見其身奉敬如來不貪己身不著如來不怙世界衆會道場亦不希望聽聞經典見在諸佛不以猒足遊其佛土見十方佛亦復如是無所希望又其菩薩無央數劫供養奉事諸佛世尊於一一劫奉事歸命無限如來從始現生皆由三世供養不廢聲聞菩薩眷屬群黨供養如來乃至滅度滅度已後奉敬舍利至於無極布施所有飽滿一切衆生境界捨心所與不可思議亦不想報不見受者而有所取愍哀之故故供給耳奉敬諸佛施諸群黎不用懈倦如是比像歸命諸佛不可計劫開他衆生奉持法教班宣經道誘進群黎使發無上正眞道心復次佛子當知菩薩菩薩展轉相成誡禁訓誨而奉道行清淨之法開化隨律菩薩平等從其所生志慕菩薩諸總持門常覲諸佛無極大聖求諸法師恭敬稽首諸受諷誦未甞懈廢攝護衆生所學究竟爲諸群黎班宣經道化無限衆發於

無上正眞之道立不退轉淨諸佛法心念普智諸通慧義修諸佛法於無數劫衆行備悉是爲菩薩十事如海成最正覺

度世品經卷第二

音釋

懅 其據切懼也 悁悒 悁幺緣切悒乙及切悁悒憂也又不安也 苑囿 苑於阮切囿爰救切 惋 烏貫切驚歎也 皦 吉了切明也 獷 古猛切麤惡也

度世品經卷第三

西晉三藏法師竺法護譯

普智菩薩復問普賢菩薩所行所作如夜顯明何謂其心猶若金剛志大乘鎧何謂大乘何謂能暢於大勤修何謂信不可壞何謂受決何謂勸德本何謂入聖何謂發其心內廣大無量何謂菩薩藏何謂將護何謂自在何謂感動何謂衆變何謂嚴淨國土何謂經法隨時何謂身變何謂願變何謂化變何謂慧變化何謂神通變動何謂神足變動何謂諸力變動何謂娛樂何謂境界何謂十力何謂無畏何謂諸佛不共法者何謂爲業何謂菩薩身普賢荅曰善哉善哉快問此事開化一切爲將來施今所問者如日宮殿照於天下如夜月出普耀衆冥如入大海採諸明珠如醫合藥如飢求食如渴欲飲諸來會者諦聽諦聽咸言受教普賢告曰菩薩有十事如夜顯明何謂爲十其意普周無數佛界心猶虛空見諸如來稽首歸命菩薩爾時其所遊步亦如初夜當成正覺又其菩薩從無量佛得聞經典受持諷誦專心思惟所解曠然轉更增加其意普徧十方無際又其菩薩於此佛土未曾終沒生於他方而現其身常識佛法未曾忽忘又其菩薩以一法行解一切法漸爲衆人班宣經道以一切義入于一義又其菩薩除衆塵勞亦復能解滅衆愛欲亦復能知欲盛欲除所作堅固修菩薩行不於本際而造邪證諸度無極爲最第一其在本際曉了諦學善權方便具足本願所行究竟身不疲勞又其菩薩心入諸想無處非處而復講

說處非處事亦無所作其所行者亦無所念開化衆生又其菩薩以一自然解一切法無有自然亦無若干亦復不少亦不稱量無色無想尚不得一何況多乎菩薩曉了此諸佛法菩薩法緣覺法聲聞法凡夫法善惡法爲世法度世法罪法無罪法有漏無漏有爲無爲又其菩薩又諸佛世尊得道不得道無法衆生不廢所願開化衆生曉了諸法所以者何悉知他人黎庶心念所作因緣亦復明識教授訓誨使諸人民悉至滅度所願具足又其菩薩曉了能觀衆生心念解所歸趣善權方便隨時而現說法示律不離眞正不從顛倒菩薩曉知諸法悉住等於三世本無不動立在本際不見衆生所可開化無化不化不從律教亦無行者分别歸趣法不可得生者

滅者其所誓願終不虛妄於一切法永無所著又其菩薩見無央數諸佛世尊一一如來所說經典聞輒受持所行若干其名各異所念不同於彼諸劫一一分别諸劫本末至無數劫聞悉識念而不忽忘亦不迷謬諸如來等不可思議聞悉受持而無有二已身所行力願超異開化衆生令悉具成無上正眞最正覺道得成所願曉了法界是名曰十菩薩導修遊行如夜顯明菩薩有十事心如金剛志大乘鎧何謂爲十不住於此亦無邊際菩薩發心解一切法於三世事靡不通達是爲心如金剛被大德鎧不可稱計一一毛孔普能莊嚴況復衆生一切法界菩薩德鎧口自發言吾當滅度一切衆生至於無上正眞之道又佛世界無底無邊不可稱限諸菩薩等

發如此願吾當淨治無上正真於諸佛界以是之故淨諸佛土又諸衆生無底無際無齊無限若有菩薩勸諸德本廣大如斯照諸衆生無上大乘諸佛世尊無有齊限諸菩薩等所植德本亦復如是勸施衆生常見諸佛而復能遠無上正真之道爲最正覺若有菩薩見諸佛聞說經心歡悦不倚吾我不著如來不近如來身亦復不遠不有不無不計所有亦無所有不計有身無色相種好解如來體亦不令起亦不無起不相非不相不有處所亦不無處不起如來身亦無所壞以如來身入無所有於所行而無所行所以者何皆受一切自然之數又諸菩薩常加愍哀衆生之類斫頭斷其手脚割其耳鼻挑其兩眼罵詈毀辱瓦石打擲扠蹋撥搣唾濺調戲皆能忍之不起瞋恚亦不懷恨顏色不變無央數劫修菩薩行未曾發心違捨一切又如菩薩於一切法學無二事以學於此無餘瞋恨勤護群黎忍一切苦衆惱之患身遭毒痛悉亦忍之當來諸物無有邊際亦無蔽礙住於信樂以如是比發菩薩意當來至今究竟法界住虛空界皆於一一諸佛世界行菩薩道開化衆生如一世界所可造行十方佛土亦復如是度於法界盡虛空界宿無所有不恐不畏亦不懷懅發於三世造行如此所以者何菩薩大士所可遊居用一切故奉菩薩行依菩薩心信於無上正真之道志性清淨積衆德本具足誓願而於佛道而得自在亦得由已從其所願欲成正覺輙如意得所行無量而得究竟斷除一切五陰諸受悉盡無餘其所

行處依於諸佛不成正覺所以者何具足所願備菩薩行開化衆生護諸佛土又其菩薩不得諸佛不得道處亦復不得諸菩薩處及一切衆生處所亦復不得心意諸行亦復不得於去來今一切衆生有爲無爲菩薩所行惔怕如是深妙巍巍寂定閑靜悉無所得其行無二無所諍訟自然若茲清淨解脱滅度若此修如本際心實無虛所立誓願而不懈廢一切智心諸菩薩行開化衆生諸度無極訓民隨律奉敬諸佛說法講義莊嚴世界於是精進無曾懈惓所以者何大願所致如是比類知一切法如是法相長無極哀功勲無量曉了慧義愍哀衆生常解一切諸法號字如此愚癡凡夫不曉了是不能解知諸法自然吾當開悟使達知之所以者何一切衆生無寂然行由是諸佛爲說經典開化衆生與無極哀不捨大慈吾等何故猒大哀乎而捨衆生設不得佛不備經典不成大願施於衆生無上法施本初發心淨諸群黎立眞誠誓設不能學大願正要發心道門則爲欺詐一切諸佛爲一切故而發道心植衆德本而勸助之入深奧慧普得周遍衆生形處而等其心以是之故具足大願是爲十事心如金剛被大乘鎧菩薩住此疾成如來無極神通强如金剛菩薩大勤有十事何謂爲十吾當奉敬諸佛供養自歸積累合集修諸菩薩衆德之本爲諸如來般泥洹後莊嚴神寺供養衆華名香擣香雜香塗香衣服幢蓋執持正法將護訓誨開化一切諸衆生界勸發無上正眞之道不違雅律嚴淨一切諸佛國土安無

上界又復菩薩心自念言諸當來劫一一世界中有一人未得度者及一切人故無所遺忘爲斯等故修菩薩行亦復如是興大悲哀立諸衆生於佛正道歷若干難未曾須臾發疲懈心常修佛法是諸佛世尊無央數劫來現其人一一供養如來如供一佛奉諸如來等無殊特是諸如來滅度之後無央數劫供養舍利一切寶蓋諸鈴幢旛爲一一佛無數國土興諸大廟圖畫形像所可立像周遍無量無思議國夙夜精勤念頃不廢爲佛法藏奉諸佛已開化衆生奉宣法教修正法已漸近大道以是德本得成無上正眞之道爲最正覺導一平等一切如來歸諸佛土成正覺已無央數劫班宣經道遍諸佛界諸佛變化顯示神足不可思議不以懈倦其身口心 三

亦不計勞發其心時正向法門隨時奉佛修大志願誘化衆生大慈爲首歸于大哀禮無相法住誠信教具足諸法以爲造證一切無逆所作事業無所諍訟去來今佛入于一義趣於法界與空通同越無相法無成不成使至究竟未曾患猒諸佛之法致無極願作佛本事誘勸群黎是爲菩薩十事於大慇懃菩薩住此成於如來無上大慧菩薩有十事能暢大精進何謂爲十奉敬一切如來至眞而自歸命請諸群黎隨時將護求諸佛法務大慇懃積衆德本不以勞倦興隆聖典普使流布具足一切無極道願慇懃志慕諸菩薩行常遇善友而從啓受普詣十方見諸如來聽所説經入佛道場是爲十事暢大精進菩薩有十事信不可壞何謂爲十信十方佛無有

異心喜諸佛法未曾違捨愛樂聖衆不生異心好喜菩薩不懷疑結與諸善友常同俱合愍念衆生不捨群黎一切奉行諸菩薩願奉行開士衆行備足奉敬諸佛稽首歸命開化衆生皆度脫之修於菩薩善權方便不毁篤信是爲十事菩薩信不壞菩薩有十事受決何謂爲十好喜篤信行受已性行決修習道心懷來德本其行廣遠受方等決目前受決或密受決心得自在至平等覺決逮得法忍然後受決開化衆生本末受決皆除一切妄想永盡能顯示現一切菩薩所行功勳爾乃受決是爲菩薩十事受決菩薩有十事勸助德本何謂爲十以此德本同一志願其所生處與善友俱常使如是莫令變異以此德本與諸善友所生同心莫令別異所生之處具足等願與善師俱以是善本所生之處與諸菩薩道合志同因斯福行世世所在明智者俱所在之處專惟一心不離聖達所在遊居常等清淨智者同心世世所生與諸善友德行合附於將來世入一平等與明師會以此福原與善師俱興義無壞是爲十事勸助德本菩薩入聖心復有十事何謂爲十廣行布施得入於慧好喜一切諸佛道法遊諸如來入於無量中間之義皆以闓慧決衆疑結曉了義理能入聖慧分別一切如來至眞口所宣教篤信佛法現衆所有其力薄尠佛以興出德本無量好喜如來皆具經典清白之義具足一切諸菩薩行慧不可議發心之項所入無限諸佛國土無能蔽礙解一念慧明解一切諸佛道事入衆法界聞佛說法皆能奉

持入諸如來若干音聲是爲十事菩薩入慧菩薩有十事發其心時内廣無量何謂爲十發其心時廣其内志念無量佛入于衆生發心無限遊群黎剎入於法界解知無二觀察諸法等如虚空而普瞻於諸菩薩行思惟三世一切諸佛入不可議罪稱報應觀諸佛土皆悉清淨普入一切諸佛道場亦皆觀察入諸如來音響文辭是爲十事菩薩普入中間内廣無量菩薩復有十事藏何謂爲十數一切法修精進藏解知諸法悉無所生照明奉持諸佛經要班宣辯才諸法本末曉了隨時衆義無量悉不可獲普令目見諸佛神足所興變化而以方便等御諸法常見諸佛未曾違遠識別善權不可思議諸幻惑想若見諸佛衆菩薩等欣然大悦逮致法藏是爲菩薩十事藏也菩薩將護有十事何謂爲十終不誹謗諸佛道法將護其意信大聖教未曾變悔入諸菩薩常懷恭恪見諸善友悉和其性而同其志不復習念一切聲聞縁覺之行將護菩薩章句履行未曾退轉慈愍衆生而不懐害究暢一切衆德之本降伏衆魔却諸外敵具足一切諸度無極是爲十事菩薩將護菩薩自在有十事命得自在何謂爲十計其所壽無央數劫而無窮極其心自遊所興定意入於聖慧不可計會其業自在遊諸佛界所嚴無量欲顯建立道場之義其業自恣示現隨時世間報應所生自遊現於十方諸佛世界意樂自在普見一切諸佛世界覩諸如來所願自恣所欲自在於何佛土成最正覺神足自遊皆能示現威神變化於法自縱普

能與顯示無央數諸內法門於慧自在如來
十力四無所畏而數普現諸佛道場是爲十
事菩薩自在菩薩住此悉能具足諸度無極
菩薩感動有十事何謂爲十衆生變化隨罪
福性嚴治國土各各不同經法變異隨時教
化其身所在在所顯現所願自在造立道義
所行自遊所入普遍造業聖慧以示一切神
通變化靡不度脫神足變化無所不感修習
威勢至十種力是爲菩薩十事變化菩薩變
化衆生有十事何謂爲十演說衆生悉無所
有一切群黎因想而立爲諸群萌隨時說法
化衆黎庶令棄自大一切人界護一履跡使
得安隱無有嬈害普能示現一切世界建立
衆生諸衆生界顯現釋梵及四天王遊於黎
庶隨時現身聲聞緣覺形像色貌亦復現形
顯菩薩行解諸衆生境界所在靡不周達覺
成普知一切道力色身相好若干莊嚴是爲
菩薩變化衆生菩薩有十事國土嚴淨何謂
爲十一切佛土爲一佛土造立建業使諸佛
國入一毛孔一切佛界所入無盡一切佛境
開通一義顯已一行自見已身普入佛土一
切佛國衆生之類無能動者亦不恐怖又諸
佛土一切莊嚴現一佛國一國嚴淨遍諸佛
土一切佛國則一如來衆會道場一如來身
遍諸衆生使諸衆生入於微妙無極巍巍廣
普深奧傾邪平正等他等御方面羅網報應
悉遍無餘皆能示現是爲十事也菩薩有十
事經法隨時何謂爲十御一切法使入一法
則以一法化一切法化衆生性使不諍訟一
切諸法皆令順入般若波羅蜜教度彼岸一

切諸法入於衆生捨諸法想使一切法入於一義演無數劫不可盡教以一切法入無央數百千法門見衆生心悉説本末又一切法普門輪字曉了隨時一切諸法入一法門無所諍訟宣無數劫義不可盡一切諸法入諸佛道以化衆生一切佛法現無央數諸内正教一切諸法悉入本際無量網内現無數劫衆生盡耗是爲十事隨時也菩薩有十事其身變化何謂爲十建立衆生入於已身而得解脱亦以已身想衆生身而建立之一切佛身入一佛身以一佛身入諸佛身而示現之一切佛土建立已身而爲衆生示現變化普取三世遍一法身一身定意而修正受現若干身則以一身解正覺道現無央數諸菩薩身以衆生身合爲一身以一人身普現衆身以衆生身顯入法身亦以法身現衆生身是爲十事其身變化菩薩有十事變立所願何謂爲十取諸菩薩願立已所誓諸佛正覺已願道力顯諸菩薩隨衆生根純淑所在使成無上正真之道爲最正覺除無際劫意所貪願出於識身建立慧身自在所願而現諸身而去已形具足顯示彼具足身開化衆生勸進諸願以菩薩身遍一切念諸行劫數而不斷絶履一力跡成最正覺因所力願周遍一切無數佛土皆現其身於一切形演一法句普周無餘一切法界興大法雲雨甘露味照以慧解暢眞諦法以爲雷震飽滿衆生成無極願法樂具足是爲菩薩變立所願菩薩化變復有十事何謂爲十導修法界則以示現在衆生界樂行佛事而復普現在諸魔部菩

薩行無爲界而拔出生死行行一切智不捨菩薩之所遊業又存寂寞惔怕之業示在衆生忽忽勤學不俱爲亂無進無怠無雙無隻無言無想無所有無所啓行如空等菩薩如是而復皆現在於衆生諸想顛倒發諸所行不與同塵淨修力行亦悉示現諸所行處曉知衆生事了本無人現在衆生而開化之修禪脱門神通三達之智現在十方諸佛土生成如來行備佛嚴淨現諸聲聞緣覺之乘威儀禮節無念之行是爲菩薩十事化變菩薩有十事以慧變化何謂爲十辯才無盡班宣道慧逮諸總持演無量明辯才善解多所講説攝衆生根聖慧變化而度脱之以無爲心覩他人意則以一心知衆生志心念所行曉衆生界志性結縛諸塵勞疾應病與藥令得

療除明解一時普能周達如來十力能入衆生三世之行有劫數無劫數悉而顯示而開化之其心閑靜永無蔽礙成最正覺遍度黎庶以一人慧而得自在觀察衆生知所造業善惡禍福以一種聲遍暢一切群黎音響是爲十事也菩薩神通變有十事何謂爲十則以一身遍現一切諸佛國土一如來會皆能同暢宣講菩薩諸佛道場以一心行開化一切諸修道行以一音聲普告十方諸佛世界衆生心念令得其所以一定心皆見群黎無央數劫前世所行善惡禍福而度脱之則以神通莊嚴一切諸佛國土亦以神通皆見三世等無差特而知一切諸佛菩薩所建立行演法光明而照耀之亦以神通見知一切諸天龍神揵沓和阿須倫迦留羅甄陀羅摩休

勒釋梵四天王聲聞緣覺諸菩薩行如來十力菩薩德本無所不護菩薩平等寂諸音響則以平夷等御衆生是爲菩薩十神通變菩薩神足變化有十事何謂爲十無數世界入於一塵是神足變復以一塵遍諸法界現一佛土使諸海水入一毛孔曠諸法界入衆佛土令諸衆生無所嬈害無量世界入於已身以神通慧普現所爲不可思議諸鐵圍山及大鐵圍入一毛孔遊諸佛土令諸群生不懷恐怖以無數劫示爲一劫或現一日或以一劫現無數劫進退合成顯化衆生無所嬈損現諸世界爲水所災或復遭值水火災變欲使衆生察知非常神足所現而無嬈害一切世界水火風空所合災變化爲一切財產諸業宮殿屋宅具足充滿則以神足現化衆生不可思議諸佛剎土舉著右掌移在無量諸佛世界無所損耗現諸佛土自然虛空以誨衆生是爲菩薩十神足變菩薩諸力變動亦有十事何謂爲十力感衆生而開化之未曾違廢悉感諸國以無央數莊嚴衆事而示現之法力變化一切諸身入於無身所化勢力劫數不斷佛力所變悟諸睡寐行力所感攝取一切諸菩薩行如來力教則能救濟衆生境界自在力教一切諸法達之自然成最正覺一切智力則以無餘諸通聖慧逮平等道大哀力變不捨衆生是爲菩薩十力變也興化衆生菩薩若逮此十力變則無罣礙速成無上正真之道爲最正覺發意之頃以得佛道不斷所行所以者何宣大誓願菩薩則成無量法門普現德本菩薩娛樂有十事法何

謂爲十於斯菩薩以衆生身建立國體分別黎庶形之所趣是第一樂又復菩薩以土身像建立衆生不令國身而有損耗是第二樂又其菩薩隨時變現佛正覺身現諸聲聞身緣覺之身非常示現如來之業是第三樂又其菩薩示現聲聞緣覺佛身巍巍微妙不著三品法訓是第四樂又其菩薩示現行身最正覺身不著身行亦無所斷是第五樂也又其菩薩現正覺道身之所行不倚正覺是第六樂也又其菩薩現泥洹界倚於生死不著泥洹是第七樂也又其菩薩現習生死又現取滅度不於泥洹而永滅度是第八樂又其菩薩以常永定普示衆行往反周旋住立經行不捨三昧是第九樂又其菩薩從一如來聞說正法不見沒身護三昧定如來道場無央數事各各分別恕當諸身其所住處身無所壞不亂三昧從諸如來聽所說法適聞法已則受奉行三昧正受不斷啓親經典之要與如來俱不見滅身一一三昧御諸行門入無數定以是比像皆盡壞劫菩薩三昧未曾窮極定意身門是爲第十娛樂菩薩住此逮成如來無上慧樂菩薩境界有十事何謂爲十爲諸衆生而以顯示入無量門一切世界有無央數若干莊嚴開導黎庶以衆生界御不自大說誨所部如來至真入菩薩身以菩薩身入如來身以虛空界導諸佛土以諸佛土導虛空界以生死本現泥洹原以泥洹原現生死本以一人音宣諸佛法各入境界以無量門顯於一身則以一身建無數身復以一身遍諸法界衆生發心而以一智御無量

門成最正覺是為十事菩薩住此入於如來無上大慧菩薩有十力何謂為十奉志性力不與諸世而俱同塵修清和力不著佛法應時之力普現菩薩方便處所以聖慧力知諸群黎心念所行所誓願力皆能備通具足本願所行之力不斷本際所修乘力顯一切乘不捨大乘諸變化力一切佛與淨十方界一一顯示所護履跡道義之力發衆生心不離正覺轉法輪力宣顯一法音無餘不餘皆令無餘將御一切衆生根心是為十力菩薩住此逮成無上普知十力菩薩無畏有十事何謂為十皆受一切得持諸音何況菩薩不作是念吾於東方南西北方來至於斯諸問百千無極要集儻不堪任受荅是大法菩薩悉知不見不及以大無畏所度無極一切衆生諸來難問恣意聽之所欲啓問勇猛意說而無懈廢是一無畏於諸文字所演音辭次第如流承如來威無礙辯才所度無極其菩薩者不作是念東西南北儻來難問不任發遣未曾有是不見不及勇猛無畏一切衆生恣意難問勇猛自在衣毛不竪是二無畏獨遊空法菩薩未曾心懷疑網計於吾我所作所更計壽命人以離五陰諸入邪見六十二疑其心普平等如虛空故無此念將無見試嬈身口意菩薩無此不及之見所以者何斯諸正士離吾我人不現諸想遊步大勇堅固方便是三無畏又其菩薩佛所建立住於佛力而處如來威儀禮節亦無妄想不作是念衆人將無求吾長短威儀不備未曾有此不見不及而猛勇步處於大衆班宣經道是四無

畏身口意淨又其菩薩豈當復念蠲除惡行修學清淨仁和義乎亦無此念儻有求吾身口意缺以大勇猛爲諸衆生講説經道是五無畏以得大護其金剛神常執金剛在菩薩後天龍鬼神及阿須輪所見歸命釋梵四王咸共奉事諸佛所念故無此意畏於諸魔及諸魔天諸外異學迷惑衆邪無能嬈亂永不見人當菩薩者以大勇猛所度無極勸意生焉皆能具足諸菩薩業是六無畏又其菩薩得佛慧念未曾忽忘諸根常定爲衆説法敷演聖句識佛道義其所宣法如佛口出無中蔽礙無能障翳不能發意見其短者奉如來教是七無畏菩薩明解智慧善權力度無極進退獨步訓誨衆生無能拘制以佛道願無極聖性發無盡哀愍於群黎假使生在兇暴塵勞穢濁世界攝取大欲所可娛樂眷屬大業教授衆生不興此念將無衆人毀謗清白佛道淨行斷絶定意脱門正受總持辯才不見有是所以者何菩薩大士於一切法而得自在無能制止所修道行其於十方無能犯者遵大勇猛處諸佛土棄捐衆惡而攝正願是八無畏菩薩不捨一切智心善住道義欣樂大乘以諸通慧所建之力爲諸聲聞及緣覺乘現不可及威儀禮節不興此念將無誤墮聲聞緣覺以大勇猛現一切乘所度無極唯樂大乘所行具足是九無畏菩薩善集諸清白法合衆德本普備神通所覺不廢以佛道度周菩薩行而究一切諸佛普智以化衆生不失正行不壞章句心不念言衆生將無諸根純淑吾明不及現佛境界未有此應以

大勇猛觀衆生根爲顯佛地雖化衆生菩薩所行無極大願無有鈌漏是十無畏菩薩住此悉逮如來四無所畏菩薩有十事諸佛法不共何謂爲十菩薩精勤無所從生度于彼岸除慳喜施戒禁清淨不犯衆惡成具忍辱去衆懐恨修大精進所修正業未曾退還禪定堅固棄衆亂意從智慧生遠惡邪見終無有言何謂無所從生常勤奉行六度無極是爲菩薩第一無言菩薩之法曉度彼岸攝護衆生境界施以俗施及宣法施顔色和悦所說可度言辭清和衆人聞之心莫不悦義理應時明識佛道心無偏黨等念群黎菩薩所修無所從生以無言辭救濟群萌所修境界是爲菩薩第二法施菩薩所修曉了勸助不妄想報導入佛道不樂世俗所修定行不捨如來至眞聖慧用衆生故而勸助之無所說者則是菩薩無有言辭修諸德本求慕佛慧爲衆生施是三無言菩薩之業有權方便第一之行隨衆生樂而不穢猒世俗俱遊在諸不賢自恣行門一切聲聞縁覺所生一切黎庶皆開化之不求安已禪定三昧脫門正受曉了進退逮自在定以不懈倦察於生死猶如天遊觀毀魔宮殿普現釋梵四天處所所生之處常有明曜見諸異學而悉達知一切世俗經書典籍文辭之讃計校筭術已身六事王者典籍雕文刻鏤所假印綬五言巧辭娱樂音聲摴蒱六博敢可天下目所覩者亦復曉了女人進止男子舉動豫說瑞應天文地理日月星辰所現災變度世之法聲聞縁覺未聞事者無不明了諸度世事獨步無侶

一切天下咸共瞻仰顯諸聲聞緣覺之乘所不能逮威儀禮節不捨大乘發意之頃知諸如來所示現行不斷經典菩薩所導善權方便亦復無斷奉修寂然菩薩德本以慧娛樂獨得自在在於無為現生死門至無人際教化衆生未曾違廢處永憺怕在於衆生現大塵勞則以一品法慧之身現於衆生無數之身無限之門猶如虛空以大智慧樂一切欲因化衆生樂一品樂現於三界開化衆生不離妄想在諸玉女百千人中常以法樂而自娛樂以妙相好百千衆德而自莊嚴所生之處常無罪殃修清淨行現生地獄餓鬼畜生於佛道慧所度無極而不動捨菩薩慧身其慧如是無有邊際以是比故悉解聲聞緣覺何況愚冥凡夫是五無言身口意行以慧為首菩薩所修行業甚淨具足慈心愍念衆生離於殺生盜竊婬泆妄言兩舌惡口綺語嫉妬恚癡邪見之事修正行見悉亦無言菩薩所行身口意業慧儻隨時是為第六不捨衆生乃為菩薩奉無蓋哀覩衆生惱身陰遭患口自更歷與顯德本在於地獄餓鬼畜生為衆生故而被毒痛不用懈猒化衆生界令懷欣然於一切欲所娛樂業不以經心常加精進欲度衆生毒苦諸痛亦不以諸菩薩所習唯志大哀遵習道力是為第七一切黎庶奉敬悅樂乃為菩薩釋梵四王皆共念之一切人民覩悉欣喜群萌思德不離心懷所以者何其菩薩者往昔宿命奉清淨行無有罪業是故衆人其未見者不知飽滿亦以無言是為第八其心堅固在諸通慧善被德鎧乃為

菩薩所由甚難勤力習行入諸聲聞緣覺之中一切智心寶淨明耀無所忘失猶大明珠名淨復淨清諸濁水正使浴池極穢瑕疵以淨明珠適著其中濁水則清不復同合菩薩如是正使與愚騃俱癡冥人共周旋未曾違失一切智心寶淨明耀無極智慧蠲除衆生邪見塵勞穢濁愛欲住一切智寶淨明心亦以無言雖在惡人聲聞緣覺不廢大道是爲第九已部界慧在法勢尊度于彼岸乃爲菩薩慧得自在具足無餘爲阿惟顏以被離垢著法冠幘帶道印綬不離善友之所教訓奉敬如來未曾輕慢亦以無言菩薩師者修未曾有開化衆生不捨聖師常順如來謙恭自歸是爲第十無言之教菩薩住此逮成世尊無上無言菩薩有十業何謂爲十普淨世界莊嚴佛地興立一切諸佛道業以諸菩薩伴侶爲首同共德本開導教誨衆生境界諸當來業攝末至本則以神足遍至十方諸佛境界雖遍十方不移本土以光明業演無量曜一一光明有諸蓮華現諸菩薩各坐其上不斷三寶佛滅度後奉宣訓誨無自大業遊十方界開化衆生以爲說法使隨律教修八道業心在邪業則爲彼等示現諸願普使備足是爲十業菩薩住此逮成如來無上道業菩薩身有十事何謂爲十菩薩當來解一切身悉無所成亦無所有菩薩身來如衆人民身不可得菩薩身者無有眞諦隨其習俗示有所在菩薩身者無有能侵隨其力俗顯示眞諦菩薩身者亦不可盡於當世際無所斷除其身堅固一切諸魔無能毀壞其身强要一

切邪學衆外異術無能動者其身無相而復
示現諸相清淨百福功德其身無好因以法
相而爲衆好稽首爲禮其菩薩身普無不入
諸去來今如來至真同合一身是爲十身菩
薩住此逮成如來不可盡業無極法身佛說
是語時三千世界爲大震動其大光明遍照
十方天雨衆華箜篌樂器不鼓自鳴諸來會
者各自欣慶僥值洪業無極道明欲值此法
當何所行菩薩報曰奉敬諸法一心聽經供
養聖衆謙尊法師視之如佛慈愍衆生如己
骨髓處在三界如水蓮華如日明耀如月照
冥如是行者疾得正法說此法時無央數人
皆發道意

度世品經卷第三

音釋

扠 初加切以拳加人也 擽 子紅切把髮也 掝 莫結切手拔也 濺 子賤切水激灑也 惔怕 惔徒感切怕傍各切惔怕恬靜無爲也 尠 息淺切少也 嬈 而沼切亂也 鏤 盧候切雕刻也 綬 承呪切組綬也 摴蒱 摴丑居切蒱薄孤切摴蒱博戲也 瑕疵 瑕胡加切疵疾之切 幘 側革切巾也

度世品經卷第四

西晉三藏法師竺法護譯

普智菩薩復問普賢何謂身業何謂爲體何謂言辭何謂口淨何謂善清淨何謂所護而善攝何謂菩薩所修章訓常勸樂衆生界何謂菩薩等心何謂發意何謂心遍何謂諸根何謂志性何謂性和何謂應時何謂應信何謂信入世界何謂信入衆生界何謂居止何謂興發何謂奉行何謂成就何謂失佛道法何謂寂然何謂究竟法何謂生佛法何謂正士何謂爲路何謂路無量何謂道業何謂行道何謂進道何謂爲行何謂爲手何謂爲腹何謂爲藏何謂爲心業何謂德鎧何謂爲杖何謂爲頭何謂爲眼何謂爲耳何謂爲鼻何謂爲舌何謂爲軀何謂喜行何謂行步何謂爲處何謂爲坐何謂卧寐何謂爲室何謂爲遊居普賢菩薩報曰善哉問也諦聽諦受報曰唯然普賢曰菩薩身業有十事何謂爲十能以一身普遍佛界故曰身業示現一切衆生界門與諸所生而俱宿止而獨遊步十方世界亦皆往至諸佛道場會說法處能以一手覆蓋一切三千世界一掌捉持諸大鐵圍金剛衆山顯示衆生一切佛土合在身中復令散没以衆生界受在一身匿覆獨處又復示現一切衆生覺在已身以用成就嚴淨佛土是爲十身業菩薩住此由是得致無上佛業訓誨群黎悉得至道菩薩體有十事何謂爲十體能奉修六度無極能行四恩不捨衆生修無蓋哀代諸群萌身自受之五陰苦擔不以勞倦無極慈身普護一切而令得濟以

功德形使諸人民皆得戴仰而逮安脫以聖慧事一切諸佛同合體故以得成就棄捐一切諸凶危法是謂法身善權方便一切現門神足變化皆能顯示所爲感動菩薩體者於道自在便成正覺是爲十體菩薩住此便能得入如來至眞無上大慧菩薩言辭有十事何謂爲十言辭端諦則以此教安隱衆生以清和語悅可一切人民意念以不妄語所說如言演至誠辭菩薩如是假在夢中無有異言所說隨順不欺釋梵及四天王深妙無害能爲顯示自然之教所說堅固班宣諸法無有邊際所演發露從一切言而開化之隨人所作說其報應示其本末觀衆生意隨其所應而教誨之是爲菩薩暢十言辭菩薩有十事爲善清淨何謂爲十好喜欲聞如來音聲是則爲淨思省菩薩曾所聽音去於衆生所不喜聽棄捐惡語不施於人本昔所說四事口過常遠離之本歡悅心咨嗟如來讚揚大音在佛神寺歌歎佛德以清和性爲諸衆生宣傳法施在尊神寺作諸妓樂琴箏吹笛樂佛塔廟親自面從諸佛世尊聽聞經典順在天福從諸菩薩若因法師得聞經典身自奉事心捨天上是爲十事菩薩演教爲善清淨菩薩有十事所護善攝何謂爲十諸天王現悉共護之龍王鬼神王皆出宿衛揵沓和阿須倫咸來奉敬迦留羅金翅鳥王僉來安之甄陀羅摩睺勒悉歸仰之又天帝釋侍從諸天俱來護之其梵天王將諸梵天在邊自歸諸菩薩等皆共敬念諸不退轉一生補處僉來覲之諸如來等現在十方威神護之是爲

菩薩十事擁護善攝菩薩有十事所修章訓何謂爲十而常歡樂衆生之界亦復教化三千大千諸佛國土又悉能入一切諸根通利中間及弱劣者隨其境土而嚴淨之消除一切愛欲塵勞遠離諸穢棄捐境界而悉覩見志性所在漸稍長益清和之性而悉普達遍諸法界因是之故遠近無爲是爲十事菩薩等心有十事何謂爲十等心總持執諸衆生攝衆德本令不遺漏心如江海不可限量順諸佛法無極道慧心如須彌其德超逾建立衆生一切善本心如明珠去諸垢穢意念清淨心如金剛毀壞一切諸瑕疵法其心堅固如鐵圍山不可破壞一切衆魔諸外異學無能動者其菩薩心猶如蓮華遊於三界永無所著其菩薩心如靈瑞華於無數劫難可見聞心如日月遊於虛空消滅一切闇蔽罣礙愚癡之冥其心空定愍傷一切群萌之類是爲菩薩十心菩薩發意復有十事何謂爲十發意念言吾當悅豫一切群萌皆當消除諸衆生等塵勞愛欲永使無餘自興念言斷截諸蔽罣礙之難悉於諸法不以猶豫得至寂然吾當憺怕一切衆生勤苦五陰當斷消滅惡趣八難常當普見一切如來不離其邊常當精進學菩薩戒成諸佛道普見衆生成就一切使入道迹以故發意當知無極法鼓普遍十方諸佛國土總攝人民志性諸根使無有餘是爲十事菩薩發意菩薩意遍復有十事何謂爲十其意普遍曠若虛空入於無量一切法界一時之間皆遍三世諸佛所興輙能具足入胎出生棄國捐王成最正覺現大

滅度悉由聖慧入衆生界志其意性覺知諸根以聖光明遍至一切諸法境土周無邊際諸幻羅網無所從生至於自然無有顛倒不可計會已心無礙使他無蔽光明智慧而得自在諸佛興時所在發意現最正覺是爲菩薩十事意遍菩薩諸根有十事何謂爲十諸菩薩等若見諸佛諸根歡悅欣然不逮好樂諸佛奉敬經典靡所不違菩薩不迴一切諸根無所障塞心常堅住其所修行莫能廢者諸根微妙曉了分別智度無極諸菩薩意無有進退勸誨衆生志如金剛消化諸法破壞衆惡其明堅强靡所不照見諸如來光耀所在諸根無怪開士之心了如來身合爲一體其菩薩意至無際限入於如來十種之力是爲菩薩十事諸根菩薩志性有十事何謂爲十有菩薩心常無所著不貪世俗其心清徹而不雜碎不思聲聞緣覺之事又計菩薩志性柔順恒志佛道其意清和因一切智而出生矣有所念者無有儔匹消伏衆魔諸外異學志無瑕疵嚴淨一切如來惠場恒善救攝其意本末如所聞法未曾忽忘其意自然而無所倚著所生之處無所慕樂其志深妙普能得入微妙之慧念已信解解諸佛法是爲菩薩十事性也菩薩性和有十事何謂爲十菩薩性和意在尊豪而不退轉積累一切衆德善法不疑諸佛咨嗟如來本末性行處於總攝爲大師行聞所願俱念在頂相普能周入於諸佛法性自然淨於諸佛法而得由已其意微妙能入若干諸法道門菩薩元首超越一切所在因緣於道自恣於諸三昧定意

正受嚴淨變化其意堅住攝取前世之所誓願教化衆生未曾休息是爲菩薩十性淨和菩薩應時有十事何謂爲十菩薩布施則爲應時施諸所有無所希望一切奉戒其禁德限閑靜精修奉行應時不懱他人爲衆生故忍諸瞋恚患猒懷恨除去吾我及他人想普修精進隨時無轉將護身口心無所忘度衆事業禪定三昧遵諸解門神通之正不捨愛欲塵勞眷屬若能奉行諸度無極積累衆德未曾解廢修從大慈解無衆生身負衆苦五品應身不捨大哀解知諸法自然寂靜如來十力覺了隨時以無限宜顯示黎庶而轉法輪未曾壞還見他志性而教誨之是爲菩薩十事應時菩薩住此逮佛無上無極大慧便能隨時菩薩信解復有十事何謂爲十信於微妙而常隨宜難及德本篤無央數若干淨行其好廣普見於衆生無央數心造信寂然入於深奥無極法門樂於清淨與廣遠心愛敬所望諸佛建立十種力故謙恭無雙降伏衆魔及與官屬究竟好業等於報應篤于近門隨其所喜而示現之受於所受謂欲逮得諸佛授決神足自在恣意所樂欲得佛道便成正覺是爲菩薩十事信解也菩薩信入世界亦有十事何謂爲十信諸佛土入一世界以一世界入諸佛土信一蓮華如大千世界一如來身遍坐其上十方佛土解信一切自然如空一切世界普悉莊嚴信遍入中十方世界其菩薩身能周其中信十方國建著一跡一切世界入一人身而自申暢諸佛境土至如來樹周一道場以一音聲告十方界一

切衆生聞之心悅是爲十事菩薩信入世界能住於此遍入如來無量境土菩薩有十事入衆生境界何謂爲十一切身形自然無身諸群生界則爲一身自恣講堂信所入處諸群萠品則以得入一菩薩腹衆黎庶界受諸釋梵及四天王形體像貌信衆生界入如來身十方人民蚑行喘息人物之土入一人身一切衆生能得處在一佛法品顯群萠界現爲聲聞緣覺形貌像類永無想念十方世界悉現菩薩莊嚴功勳諸衆生界示現如來色像相好若干種身威儀禮節訓誨衆人是爲菩薩十事入衆生界菩薩居止有十事何謂爲十發菩薩意則是其處修諸德本衆惡休息開化衆生隨時導示常見諸佛不離衆聖其所欲生輙得處在清淨之界奉修道行不違正眞恒懷正願不隨邪誓僉能遵奉六度無極專精思惟平等道法所可遊居與諸佛會是爲菩薩十宿止處也菩薩住此棄諸塵勞無有遺餘逮成如來無量慧處是爲居止菩薩興發有十事菩薩以此斷諸起行何謂爲十衆生界起開化度之令之究竟世界若起滅除其穢常使嚴淨如來興現逮菩薩行起衆德本積累相好習佛功勳興于大哀消除衆生苦惱五陰熾盛之衰發于大哀勸立衆生安一切智諸度無極合集菩薩嚴淨之行起權方便普爲一切現道德之門興於道意其心坦然不可稱限取要言之一切諸法菩薩所興在所現化神通解達是爲菩薩十興起也菩薩有十事奉行何謂爲十恒自思念諸度無極奉修禁戒而無缺漏遵承聖慧

不隨邪見順從禮義未曾失節遵崇教道不隨邪見隨時品第不違高節應時示現不犯道教親近行義不猒訓誨奉修正覺不隨小乘遵承聖行而轉法輪是爲菩薩十事奉行也菩薩成就有十事何謂爲十常懷篤信奉敬善友遠成佛法慇懃愛樂如來所說未曾謗毀正典訓教其心無量在於無際勸助德本遠如來境而無齊限信樂不疑普能遊入十方世界成爲佛法又於法界不可動搖心如大山動魔境界不得自在自然降伏恒悉識念諸佛境界訓誨衆生當自懷念如來至眞十種慧力是爲菩薩十事成就菩薩有十事失佛道法常當遠之何謂爲十甚自憍慢輕善親友失佛道法畏懼生死窮苦之惱患猒衆行違菩薩心勞倦天下周旋止頓行必固性違於正定便失等跡所作德本名是我所作嫉妬誹謗正法翳匿覆蓋諸菩薩行愛樂聲聞緣覺之法增於弘履不喜宣暢菩薩大法是爲菩薩十失道法常當遠之力入菩薩無上聖賢菩薩寂然有十事何謂爲十能常勤修智度無極瞻察衆生除諸顛倒度脫一切諸邪見縛未曾發意求諸妄想開化衆著貪妄想者行過三界周旋一切十方世界遊居其中改變衆生貪諸塵勞習放逸者離愛欲法興大悲哀愍諸群黎除諸所有而復示現一切眷屬動諸世界現有終始爲顯修行遊世俗法而無所著而復隨時入其中教具見佛道不斷大行不畏本願是爲菩薩十事寂然賢聖度世攝護黎庶過諸聲聞緣覺之業菩薩有十事得究竟法何謂爲十適生

墮地自在如來以致究暢諸佛境界以獲成就諸菩薩業具足一切諸度無極興盛充滿諸佛種性而逮超越如來儔類常得建立諸佛十力永得究暢如來大道解知諸佛皆一法身如來至真行無有二是為菩薩十究竟法菩薩有十事生諸佛法何謂為十一心自歸奉善親友興諸佛法至一德本信樂佛法則生道跡發意之頃皆能變現諸如來行以德懷來無極大願生廣大心樂已德本如所造立終不忘失未曾患猒無央數劫所可積行悉攝當來一切無際遊居生在無量佛土開化眾生常隨時節興菩薩行不斷所履常發大哀顯無量心發一意時普見虛空以得超入殊妙大行生至真願不失本意奉持一切如來訓誨照耀眾生以發道心具眾德法

是為菩薩興十道法菩薩有十事號為正士何謂為十菩薩解了佛慧為一法身故曰開士堅住大乘號曰大士奉行豪法故曰尊人覺成妙法故曰聖士入殊勝慧故曰超士勸人精進故曰上人宣豪勝法名曰無上具足解了十種力慧故曰力士除諸一切闇冥覆蔽故曰無雙無儔匹士心得由己輙成佛道號無思議是為菩薩號十正士也菩薩行路有十事何謂為十諸菩薩眾興一乘路一無等倫不捨一心菩薩有行智慧善權為二性路復有三路奉修空行無相之本則無元際不猗無願遊於三界無所玷汙復有四路修開士行講無盡業皆能勸助一切功德稽顙如來奉敬無懈勸助聖慧善宣道教增五根路諦建立於信根大精進於諸行不退轉住

一心而不亂善覺了隨定意常曉了智慧行修六通事以爲道路其天眼者見諸色像覩諸世界衆生之類若有生者及於死者則以天耳而聞諸佛所説經典則受持之見他衆生爲能分别自見已心亦覩他意本末衆念不可稱限而得由己念往古世無央數劫所造德本進益之宜悉識知之得大神足隨衆生本所應化者現若干變則以正法訓誨衆生慧盡諸漏自覩本際不斷菩薩所興立行行七思念爲菩薩路常念於佛導衆生者無有邊際以一切句見輒受持勸化他人使自歸佛思念經典如來至眞於一道場未曾動移普在一切諸佛衆會現已説法音暢十方知諸群黎心根所在而開化之其意思念曾在無數諸菩薩不退轉覩不離數皆見衆生

諸菩薩身常念施與施諸菩薩等御其心思於大施使德增長常念禁戒不捨菩薩心以諸德本施諸衆生常念諸天菩薩生在於兜術天當一補處飢虚思德常念衆生以大權慧開化衆生無能廢辯具八正路奉於正見棄諸邪見棄諸妄想衆貪之求皆念一切諸通之慧道德種性捨口四過修賢聖種宜傳正語身諸所行爲衆生施訓誨衆人無有休懈不捨正律其正業者堅住自在閑靜知足修其道德住於禮節威儀住於正法皆無誤失其正方便以諸菩薩同産兄弟所見眷屬無有損耗遵修如來十種力行其正意者所聞音聲悉能執持普見十方諸佛世界定意憒亂其正定者諸菩薩等不可思議以爲脱門聰明之故以一定意遍無數定本宿正受

定未曾捨爲菩薩路離於欲界危害之跡所講說法口所宜說一切無礙諸所思念衆想之著開化衆生入一切智捨於希望捨衆貪愛常欲思見一切如來以歡悅心未曾懈廢捨於世俗苦樂之業顯示菩薩賢聖度世永安道慧修解無常無色定意生於欲界及在色界初不動移以度一切諸想所遭音聲正受其菩薩行不以爲勞若能思惟如來十力佛子發遣爲菩薩路常能曉了有處無處限與無限見諸衆生過去當來現在報應罪福所趣知於一切神識諸根了了分明察其心本而爲說法別若干種不可計數身體各異如是上願志在中間又或下志識其無際爲班宣法一切刹土諸有衆生三世所在無央數劫諸菩薩身悉遍其中如來至眞現無想念而不違捨諸菩薩行諸禪定意一心正受塵勞瞋恚觀察進退知所因生住菩薩門覩諸黎庶死生所趣爲說本末知於三世衆想諸念入於一世了諸群萌塵勞罣礙志性結解悉令盡索不捨菩薩所興顯行是爲十路菩薩住此悉逮無上如來權道菩薩行路無量道至無限行道無數淨不可計所以者何菩薩行道無量有十事何謂爲十察於虛空不可計矣法界中間逈玄之有玄悉無量矣衆生之種甚多故不可盡世界無際故曰無限諸惡思想亦復無底一切民庶言辭亦無涯際如來之身無能計校諸佛所演音聲言教亦莫能盡如來道力無能窮者一切智明慧逹聖元亦無能極是爲菩薩路十無量所以者何如虛空無量修道無量亦當如之如

界玄之有玄奉合道義無量亦如若衆生界甚多無盡菩薩奉道無盡亦如若其世界無有邊際進道亦如若衆惡思想不可計說順道化人亦若茲矣如民庶辭無有涯際其合道如若如來行無能計校一切群黎無有二因所念悉周道行亦如若佛音聲言教莫能盡者修道亦如以一言訓普告一切法界人種若如來力無能窮者進如來力修道亦然如一切智不可計者菩薩積德修道亦然是爲菩薩行路無量也菩薩行路有十事何謂爲十無行不行應與不應其身口心無所至湊無舉無下其慧本淨故使其然無奉不奉修與不修入於自然猶如幻夢影響芭蕉電現野馬水中之月皆解此以無一倚求達知三界空無相願悉無處所因其想見而有三處積斯功福不荒其行心無所有而不可見而無言教離於諸法衆所遊居奉修法界無所破壞能知觀察入一切法不失如來眞諦本際斯眞諦者則以普周虛空之際入菩薩慧諸行力業未曾懈倦如來十力四無所畏一切智藏察諸平等觀一切法不懷沉吟是爲十事菩薩行道菩薩有十行道嚴淨何謂爲十佛子菩薩在於欲界而不動移忽在於色界在其像行一心脱門定意正受其所生處無有放失是一淨路又復佛子菩薩自見聲聞之乘以慧度之不隨彼路是二淨路又復佛子菩薩觀知緣覺之乘曉了隨時與大悲哀遠諸力願而不懈廢是三淨路又復佛子菩薩大士與大群從眷屬圍繞諸天人民清淨端正鼓百千樂諸玉女琴瑟亦不可計

其音清和駿駕大車菩薩在中禪定脫門三昧正受如道無違是四淨路又復佛子菩薩在於一切衆生歌舞調戲隨衆所爲示與俱同常如一心菩薩定意初未曾亂是五淨路又復佛子菩薩已度於世俗法而於諸業悉無所著不捨度道救攝衆生是六淨路又復佛子菩薩住道爲顯聖慧以入正道越諸邪見在於邪徑訓誨衆生使得勉濟不與邪徑而俱同塵是七淨路又復佛子菩薩大士其身口意無有缺漏亦不護戒將養如來清淨之禁爲諸凡夫愚騃之黨顯清淨行教惡戒者使普具足一切淨福菩薩所由皆除地獄餓鬼畜生致三善路現在不閑生於衆難貧匱之處而到所在勉濟衆生雖遊其中不與合同是八淨路又復佛子菩薩所爲不須仰人而於佛法逮無礙辯普觀諸佛逮法慧光諸如來等下無形種一切諸佛皆一法身諸佛導利爲一切故遍照法門等住諸乘諸佛遊居悉在目前一切黎庶僉無堪任衆生面手悉見形訾至未曾有悉爲普等其所求法未曾忘失其所現師爲從何受悉恭敬之咸起迎逆因怪而生緣其受之彼修行法在於衆生所以者何善權方便菩薩所有開士眞諦住於道業輙以方便趣使衆生得隨律教顯現權道各使得所是九淨路又復佛子菩薩合集衆德之本逮得菩薩最上妙法普具如來阿惟顏行一切法尊所度無極繫著無量離垢法冠正繒爲帶十方世界現無央數諸如來身轉無耗損建立法輪其身盡遍一切佛土遊於諸法獨步三界度于彼岸逮諸

菩薩皆得自在生十方國過去當來現在諸佛所可示現教化衆生皆一佛界亦不違失諸菩薩行不迷道慧不違開士德原之本而退還也覆菩薩跡而不迴還在大士行而不懈廢亦復不斷正士啓受亦復不捨善權方便不廢聖業不違菩薩所行勢力不以危害加於他餘不遠聖士所建正行所以者何若斯菩薩速得無上正真之道如是菩薩行無所著觀一切智明如來體像而無形貌是爲十淨路菩薩住此疾成如來無上大道佛子菩薩有十奉行何謂爲十修于禁戒大願殊特漸修具足爲精進行懷來一切諸道品義而不迴還遵神通行從衆人志各令歡悅修神足行普入十方諸佛國土合爲一刹而無動者志奉清和得入殊妙誓願堅固一切所作靡不成辦若受伏勝不越一切衆尊師命求聞經典行無猒倦奉修諸佛所班宣法不以爲勞崇法聖性遊于一切衆會道場勇無怯弱就於無極大行清淨解知一切咸無所生是爲十行菩薩住斯普遊十方一切佛土無所罣礙菩薩有十事手何謂爲十謂篤信手信如來教一志信樂不可窮極以手供養諸佛正覺積累大德增益無倦爲放捨手一切諸求皆令得悅充滿所願歎言善哉先問訊手伸其右掌博聞善手斷除一切猶豫結網三界寂然大遊出手愛欲無常當以大手化衆生界授所施與住安地手覺了四流度無極臂總攝内藏奉平等行爲無師法悉化衆生無起害心講說經典明知世俗及度世法手能除身心諸有疹疾智慧寶手消滅塵

勞現無量法光明之耀是爲菩薩十事手也以此道手弘覆一切菩薩腹有十事何謂爲十謂志性腹所念清和質直之藏而無諛諂不思僞飾悉無所受無因緣界不樂一切諸所有業去諸塵勞以慧爲胎其心清淨而無瑕穢觀斷諸食思眞諦法察萬物無曉了十二因緣之故分別一切諸生死業志性柔輭純淑之故除於一切邊際邪見爲菩薩腹普使衆生入佛道藏是爲菩薩十事腹也菩薩復有十藏何謂爲十不斷佛教住菩薩行奉諸佛教以無放逸而得由生顯熾法訓爲菩薩胎住無極慧現出世間遵承聖衆爲菩薩胎住不退轉而轉法輪必從衆生義法殘來爲菩薩胎所住隨時不失道節衆生在於不決了處究竟開化爲菩薩胎立之報應各各使度令無斷絶衆生處在處邪見地與大悲哀爲菩薩胎興熾當來無極光明如來十力奉修報應令其具足爲菩薩胎降伏衆魔德本無雙大無所畏爲師子吼則菩薩胎所住立處歡悅衆生令無餘疑逮得十八諸佛之法爲菩薩胎皆以聖慧導利一切一切衆生十方國土有諸佛法勸助佛道爲菩薩胎生無差特入于一慧是爲菩薩之十胎矣菩薩心業有十事何謂爲十所可念業一切所作輙得成就心不懷怯積累功德習具相好慇大行步降伏一切諸魔官屬隨時行慇消除一切塵勞愛欲修不退轉亦不迴還弘慇之行至佛道場本淨顯耀心無所至了無所倚慇入衆生隨其所好而開化之修大梵行入諸佛法不樂餘道救濟衆生空無想願達無

所有去諸邪見不捨三界舉諸莊嚴爲金剛界堅固無壞正使一切皆成爲魔不能動搖菩薩一毛所興德行是爲十慇菩薩有十事被德鎧何謂爲十被大慈鎧將護民庶修無極哀皆忍衆苦志誓願鎧悉能究暢一切方便勸助德鎧觀奉諸佛清淨之行興功德鎧使諸衆生皆蒙其恩諸度無極皆度群黎聖慧之鎧消除一切塵勞愛欲善權方便植衆德本導引普門一切智心安不憒鬧其意無變一志德鎧心懷法念而不忽忘是爲菩薩十德之鎧降伏衆魔菩薩杖有十事何謂爲十以布施杖害諸慳貪修禁戒業壞除一切犯衆惡事等勸法杖消去妄想則以智慧斷截衆生塵勞愛欲以正業杖遠離一切不曉活業以善權杖普自現身婬怒癡亂菩薩皆以法杖消化衆生一切愛欲衆瑕穢門其在生死則以慧力斷爲穢行而開化之講一法杖破壞一切諸所依倚一切智門能爲消去諸反逆戶是爲菩薩所執十杖菩薩頭有十事何謂爲十無慢爲首天上世間莫能見頂稽首師長孝順二親天上世間皆爲跪拜好上妙首三千大千世界靡不戴仰衆德之本而爲其首三界衆生咸來歸命代諸衆生負於重擔爲抗之首常得舉頭周觀十方不輕他首所作遊步與衆超異智度無極首頂有法王權方便首普現衆生平等之行化人民首誘進衆生悉使普安修諸如來法教之首常奉三寶令不斷絕是爲菩薩所有十頭菩薩眼有十事何謂爲十則以肉眼皆見諸色又以天眼普見衆生心意所念以智慧眼觀

黎庶根復以法眼皆見諸法之所歸趣佛正覺眼悉見如來諸十種力以聖慧眼見除一切諸非法事以光明眼演佛威耀普有所照以導利眼捐棄一切貢高自大以無爲眼所覩無礙一切智眼普見十方一切法門是爲菩薩十事眼也菩薩耳有十事何謂爲十聞嗟歎德斷諸結著若聞謗毀除諸所受若聞聲聞緣覺之事不以喜悅亦不志求若聞嗟歎菩薩之行歡悅無量閉塞地獄餓鬼畜生假使生貧八難厄者爲與大哀聞生天上人中安處知皆無常志慕大道若聞咨嗟諸佛功勳益加精進具足此業若復得聞諸度無極及與四恩菩薩法藏一切精修皆能通達備悉是事佛子當知諸菩薩衆十方世界諸佛所宣義理之業諸開士等皆悉聞之諸所可聽解無所有又其菩薩耳所聞法悉等一定從初發意至於道場坐佛樹下得成爲佛開化衆生未曾懈廢是爲菩薩十事耳也菩薩鼻有十事何謂爲十若遇美香不以識樂若遭臭穢不以患猒等察香臭不以殊特觀諸香臭悉無所有衣服臥具禮節香臭婬怒癡事皆以等心入此衆生其諸大藏樹木衆香咸悉觀之知無有香下無擇獄盡於上界三十三天其中所有一切名香僉無所著悉說本末得聽聲聞戒禁博聞布施智慧道法之香慕一切智心未曾變假使得蒙諸菩薩行則以修智如來等地若具如來境界慧香不斷菩薩上妙道行是爲菩薩十清淨香菩薩舌有十事何謂爲十口演無盡衆生之行班宣無量諸經典教咨嗟無限諸佛功勳歎

歎無窮滅度辯才頌説無際大乘之業其口言辭遍十方空其大光明照諸佛土口所説言皆使衆生各各得解其辭與同口所宣者十方諸佛咸共歎之一切衆魔及外讎敵塵勞生死悉自然除至寂無爲是爲菩薩所説口舌菩薩軀有十事何謂爲十謂受人身則以人言而開化之亦復訓導諸非人形地獄餓鬼畜生令隨律教生在天身又復教受諸天人像欲行天人及無色天有在學者則以學地而誘進之向無學身爲現羅漢無所著事在緣覺軀爲導緣覺所當奉律在菩薩形則爲顯示大乘之業如來至真其慧無限隨時説現見諸自大以權方便而發起之法身無漏悉無所有普現諸身是爲菩薩十身菩薩有十意行何謂爲十念於本宿命一切所行衆德之本建立其意常奉要義心所入者常志佛道極道至原際愍衆生身念無煩擾斷衆塵勞其意顯曜不與客塵而俱合同念擇善行察之隨時而無所犯諦觀罪福不造殃釁思諸德本諸根寂定制不放逸其志憺怕求佛定意是爲菩薩十意之行菩薩行步有十事何謂爲十好詣法會聽受經義所詣無聲亦無陰蔽不懷婬怒愚癡恐懼心常專惟有講法者皆爲衆生至於欲界開化黎庶若至色界及無色界以像定意尋便迴還普現五道訓誨群黎以神通慧遍諸佛土見諸如來稽首問訊所可遊步悉爲法施由是之故得大智慧現入泥洹不斷生死周旋所度具諸佛法未曾休廢諸菩薩行是爲菩薩十事遊行菩薩住此無遊不遊因斯普至諸如

來行獨步十方菩薩有十處何謂爲十處菩薩心未曾忘之住度無極所可修業不以飽滿聚集法衆通達智慧止於閑居致大禪定順一切智德知止足賢聖寂靜住無衆想亦無希望奉行法處不遠正義禮歸如來則能具足諸佛正覺威儀禮節出神通處備悉大慧逮法忍者滿所授慧坐道場處至力無畏充滿一切諸佛之法是爲菩薩十處菩薩有十座何謂爲十其福得至轉輪王座修於十德不失天上世間人處得四天王以佛尊法授諸天下還爲天帝超越衆庶梵天自在欲攝他心亦得由已致師子座興顯法衆得正法座逮成總持力普照一切其志堅强所建正願靡不周遍通達十方以大慈座瞋恚懷結令得悦顔以大哀座忍諸苦惱不以爲患因金剛座降伏衆魔諸外怨敵是爲十座菩薩卧寐有十事何謂爲十謂止寂然身心憺怕宿於獨處思惟順義不失其時頻於正定身心靜默處於梵天能悦已彼善修其業然於後世不懷惱熱志平等行不懷瞋恚住於道行解達善友善微妙居勸助德本皆得一切義理之原悉能究竟成就道故不利財業乃是往宿所修德行是爲菩薩十事卧寐菩薩室有十事何謂爲十無極慈室等心衆生以大哀行不輕未學以大喜行除諸不歡和顔悦色行大護處等於有爲及無所有諸度無極道心爲首具足空行曉了隨時爲無相行不住寂滅爲無願行所生至誠意安詳行備悉忍辱等諸法行逮得受决是爲菩薩十事室也菩薩遊居有十事何謂爲十其意遊

居具四意止所行遊居了法所趣其意所在唯樂諸佛諸度無極備一切智修四恩行開化衆生遊在生死與於德本集衆黎庶不習諸閙隨其所樂而度脱之顯神通行開悟衆生解殊特根善權方便智度無極爲衆説法遊至道場達諸通慧菩薩行行而不斷絶是爲菩薩十事遊居説是語時三千大千世界爲大震動十方菩薩皆來讚詠戴諸天華如須彌山皆散佛上莫不歡然諸天龍神悉來奉敬箜篌樂器不鼓自鳴婦女珠環皆自作聲飛鳥禽獸皆共鶬鶊盲者得視聾者得聽跛者行走僂者得平屈者伸舒狂者得正尫者强健疹疾瘳除衆會咸踊深自欣慶宿命禄厚致此光明無央數人得無從生發大道意功德皆成

度世品經卷第四

音釋

謦 棄挺切謦欬也　翅 矢利切　懱 莫結切輕易也　蚑 去智切蟲行貌　猗 於羈切　玷 都念切瑕也　顙 蘇朗切額也　驂 倉含切駕馬也　疹 丑刃切病也　鎧 可亥切甲也　植 丞職切種也　憒閙 憒古對切心亂也閙奴教切不靜也　釁 許刃切隙也　鶬鶊 鶬音商鶊音羊鶬鶊一足鳥也　僂 力主切背曲也　尫 烏光切羸也　瘳 丑鳩切病愈也

度世品經卷第五

西晋三藏法師竺法護譯

普智菩薩復問普賢何謂爲觀何謂爲顧視何謂爲頻伸何謂師子吼何謂施淨何謂戒淨何謂忍淨何謂進淨何謂禪淨何謂智淨何謂慈淨何謂哀淨何謂喜淨何謂護淨何謂爲義何謂爲法何謂積德何謂慧業何謂明達何謂法典何謂行法何謂奉法何謂爲魔何謂爲魔業何謂棄魔業何謂見佛何謂佛事何謂自大何謂聖業何謂菩薩爲魔所固何謂佛建立何謂建立法何謂處兜術天何謂現歿兜術天何謂住胎何謂現其安詳何謂修生何謂因欣笑何謂行七步何謂現幼童何謂在中宫何謂棄國捐王何謂勤苦行何謂詣道場何謂坐樹下何謂在樹下致未曾有法何謂降魔官何謂成佛道何謂轉法輪何謂轉清白法何謂如來至眞取大滅度普賢菩薩報普智曰善哉問也乃爲一切重啓斯義一何快乎諦聽諦聽善思念之與諸大衆受教而聽普賢曰菩薩觀有十事何謂爲十觀其眞諦造立善業見微妙色悉達其原察如壽終及見生者亦不貪倚憒閙衆會見一切根而分別之化諸敗根觀選諸法不壞法界面見諸法逮得佛眼逮智慧聖隨應説法無所從生法忍究竟逮成諸佛之法不退轉地除諸塵勞三界衆難聲聞縁覺一切徑路觀阿惟顔於諸佛法而得自在現觀悦法善解道意而能普現十方所有是爲菩薩十事觀也菩薩顧視有十事何謂爲十見諸乞求不懷害心從其所願而令歡悦觀犯

忌者皆建立於一切智誠見諸衆生懷瞋恚意解忍辱意以此佛仁而誘進之見懈怠者已不離行而勸助之使學大乘觀心亂者化建立之不憒覺地諸通敏慧察惡智者爲未曾壞諸邪見使無有餘已以眞察其善友如來所學建立佛法如所聞經觀其本原修無上義照於衆生悉懷雜碎顯示大哀領諸佛法逮成正覺諸通敏慧是爲菩薩十顧視也菩薩頻伸有十事何謂爲十如象頻伸諸天龍神阿須倫迦留羅甄陀羅摩睺勒一切衆會無能及者如龍象長所乘造心欲爲代衆生而負重擔爲如蛟龍興雲澍雨演電光燄出正雷音根力覺意禪脫三昧暢甘露水流布法雨大鳳凰王頻伸拔諸無明愚癡衆冥深入根株消息愛泉濟其根原罣礙之門勉出欲心毒害塵勞瑕疵諸穢師子頻伸以離恐懼大慧等勢在於大衆消伏外學勇猛頻伸除諸怨敵愛欲瑕疵垢濁衆冥消伏難化如大將帥降伏嚴敵聖慧頻伸棄去五陰四大諸入十二因緣令不增長而慧顯現極尊勢法總持頻伸意遊甚强一切所聞輒能受持未曾遺忘已能受持爲他人說辯才頻伸應機卒答所演章句不可稱計分別班宣無能障翳可悅衆生無所侵欺究竟本末如佛頻伸處於師子殊勝之座降魔官屬具足普智諸通敏慧一心念頃應時平等逮成智慧爲最正覺悉能明達護輒成如志致無上正眞之道是爲菩薩十事頻伸菩薩師子吼有十事何謂爲十吾當成佛懷遠聖道大師子吼度未度者濟未脫者安不安者其無爲者

令取泥洹慇傷衆生佛教法誨聖衆之訓順不違之於如來所而有反復以堅固願淨諸佛土悉能通達謹慎禁戒除諸惡趣使僉消歇爲師子吼身當備悉佛身口心莊嚴相好求諸功勲而無飽足具滿佛慧慕聖明宜不以懈倦降伏衆魔使無害事奉正眞行去塵勞業解見諸法無我無人無壽無命空無相願心如虚空清淨無垢尋即解諸典能逮得無所從生法忍爲師子吼最後究竟菩薩清淨離垢解明顯耀感動諸佛國土告衆釋梵四天王所見咨嗟生未生者以無限礙無極大慧諦觀覺意已成無上正眞之道悉無所受而大歡悦又行七歩吾於世間極豪無雙當除衆生生老病死言如所行爲師子吼是爲菩薩十師子吼菩薩施淨有十事何謂爲十等施衆生心無偏黨隨所喜樂而布施之具足諸願不亂布施不斷哀業應時布施解於衆人諸根原故不必故施悉離衆沉吟善施布施悉捨心所愛不惜内外所有愛施究竟淨於所與之故所施與者勸助佛道棄於有爲及與無爲開化是等所施與人至令究暢成道場故施淨三場施愛者處念於諸法等如空故是爲菩薩十事施淨若住於此逮於如來無上大施菩薩戒淨有十事何謂爲十身行清淨護其三事口言清淨棄口四過捨心三穢無瞋恚癡將養禁戒一切無犯見有過者隨時安之消貪欲業去恚愚冥其德照明天上世間守於道心思樂大乘奉諸如來而學正教而無爲戒黙隨律禁除諸衆生殃釁衆罪遠離衆惡順從一切衆德之本斷

衆邪見不以禁戒而懷自大撫育群黎導大哀力是爲菩薩十戒清淨菩薩忍淨復有十事何謂爲十若人罵詈加以惡聲默而不應則忍清淨亦護衆生加以瓦石而打擲之刀杖加身受而不校護彼我故設有瞋恚怒恨向我而慈愍之本性無害若輕蔑者不懷惡念明耀堪任若來歸念能將順之寧失身命忍不違之捐捨自大不輕未學不自貪身視如虚空忍觀若幻諸有惡向心不懷害無彼我想任順塵勞消除衆毒諸菩薩慧柔和之忍興顯滅盡一切諸法諸通慧界人無所仰是爲菩薩十淨忍也菩薩精進淨有十事何謂爲十身行進淨恭敬自歸於諸菩薩則爲賢聖寂定衆祐口言勤力聞諸如來所可宣暢悉識念持歎諸佛德如所聞法爲衆生説不以勞倦心念鮮潔慈悲喜護禪思脱門定意正受不廢善權志不怯劣常修精進不懷諛諂進清白行而懷質直諸所應行不爲雜碎志性勤和所遊至處常有超異其慧轉增衆清白法遂以熾盛其明光光無誠無虚布施調意明識仁和誠聞施與永無放逸啓受不廢當詣佛樹降伏魔怨爲淨精進斷婬怒癡愛欲塵勞諸著邪見陰蓋罣礙成慧光明常諦思惟逮善明心不懷惱熱畢所造業亦能致得諸佛之法無應不應爲常勤修心所啓受永以歡悦其身口心等視無視而諦觀曉了普門之界隨其所知而順從之成就法明勢以强和越諸住地樂諸佛説解諸佛身無有諸漏現來入胎出生在俗棄國捐王成最正覺而轉法輪示大滅度而咸悉備普賢

之行是十進淨菩薩禪淨有十事何謂爲十常欲出家志存一心則爲清淨棄一切貪得善親友應時致寂等解道故習在閑居修鮮潔行不計吾我亦無所慕除諸睡眠而去衆閙樂於寂靜其心勤修寂諸根門已慧一心不爲一切枷鏁危諂兇人之所蔽礙道路覺意應時寂然一切所修以慧觀察思於一心以善權故更復還反來入欲界有所發起履神通跡分別一切衆生諸根使入寂靜樂無所有憺怕之門致佛定意是十禪淨菩薩智淨復有十事何謂爲十以淨智慧解其報應不望果實度於一切目所見者常懷安和而不諍訟了無斷絕亦不計常入於因緣隨真諦慧棄諸邪見攝於衆生未曾休廢覩諸群黎心念所行瞻之自然猶若幻化大辯才慧入於聖明爲清淨智分別章句所宣無礙遠一切魔衆外異學聲聞緣覺入諸如來善權之慧見諸佛淨衆生甚淨觀諸法寂觀諸刹土自然如空普智慧淨遊於此中至無爲相逮得總持宣暢辯才住權方便諸度無極所可遊步與衆超異一心念頃解諸法等慧如金剛不懷恚恨無恐懼想爲清淨智皆逮諸法聖頂之慧是十智淨菩薩慈淨有十事何謂爲十等慈衆生淨心無若干常行愍哀荷爲衆人而撫育故將護身慈勉濟群黎生老死難不捨群萌與衆德本行解脫仁皆能斷除衆生塵欲不忘道意訓誨衆生入通慧心無害人民普演等曜遍慈如空將護一切遵修法愍化如真諦無漏之慈因得來入菩薩寂然是爲菩薩十慈淨也菩薩有十大哀淨

何謂爲十無雙大哀爲己身故不猒大哀爲諸衆生遭衆苦惱不以悒結愍哀惡趣諸在八難假使生彼而勉濟之生天人間興大淨悲宣講非常愍于一切諸墮邪見無央數劫因被德鎧不捨未度安已無退哀勸衆生使獲大安造一切業無所希望已心愍淨憐念諸倒住世無智使遠依倚應時說法一切諸法本淨自然悉虛無實爲諸客塵之所玷汙菩薩知是故於衆生興大悲哀令不淨者永得淨處無垢顯耀而爲說法分別諸法譬如虛空中飛行鳥跡群萌於此一切經義冥不解了菩薩以故興大悲哀爲現大慧取滅度矣真諦履跡是爲菩薩十大哀淨菩薩喜淨有十事何謂爲十欣然發大心以喜悅爲淨一切所有施而不吝無所逼惱不懷怯弱教毀戒者衆生有惡皆能忍之通諸願故用經義故不惜身命不以惱熱爲歡悅淨不念惱熱樂以法樂棄捐一切貪欲之樂顯示衆生經典之要令捨諸貪利養之恩見佛無猒奉敬自歸法無所壞喜悅爲淨皆以禪一心至於脫門定意正受而自娛樂復以此法開化他人寂然能仁禪無瞋恨以慧爲上棄諸邪見具菩薩行則爲喜淨是爲十喜淨菩薩護淨有十事何謂爲十一切人民貪樂有爲化於衆生使至無爲則爲淨護本性在於無欲之法反遊世間見不應器不懷危害覩應法者顯以方便志清淨法不慕聲聞緣覺之業學不學事不貪一切愛欲之樂在業塵勞心常專精在於經典猒於聲聞緣覺生死不住處所不喜世俗之所言談危他人辭不離隨

時聲聞緣覺以此言說亂失菩薩不與同塵所化衆生如已解力拔濟四大寂滅諸入不知法者以時觀者其有菩薩本曾見化在如來地菩薩所觀以離二事無卒無暴不舉不下離於多念妄想之患而常寂定處眞諦法逮得法忍是十護淨菩薩義理有十事何謂爲十若聞法者以何爲要曉了法義解達空者知本無事分別諸法修寂靜義恬怕之故解無所有不著諸音爲如眞諦等于三世入於法界平和味故本無義者如來所歸眞諦本際解之如審大滅度義斷勤苦患修菩薩行除諸所受是爲十義菩薩有十法何謂爲十修至誠法言行相應無諍訟法棄捐一切諸所貪求無所訟事消除塵勞媱孅之欲爲寂然業離諸惱熱捨於貪欲消衆恩愛衆垢之患無所想念休息因緣諸所作爲無所生法等如虛空習無爲法釋諸所生起運之事已達本淨解於自然無所染汙斷一切病徑至滅度法與菩薩行猶執持故是菩薩十法菩薩積德復有十事何謂爲十若能勸人發菩薩心爲積功德不斷三寶勸於十事而順福行棄捐一切諸不善法修正經典與智慧業爲菩薩福其在三界無能及者修德無猒欲濟一切衆生之界內外所有皆能惠施爲捨一切貪求之業具足相好修大精進而不迴還剪心刺棘纒綿之患永不思念諸上中下衆德之本勸助佛道以權方便受清淨教棄衆邪見修衆德本及與大哀現正士行而獨遊步奉敬歸命諸如來尊見諸菩薩敬之如佛安諸群黎堅固護意無央數劫積功累

德含此德本道在已身如觀手掌施一人已尋開化之不懷愁慼亦不後悔一切衆生亦復如是先施與之然後開化集衆德本折伏其心見道如掌不懷愁悔是爲菩薩廣大其志猶若虛空積於十德入於無極廣大之智菩薩有十慧業何謂爲十以博聞爲善親友與其俱同影在其後啓受奉敬趣走給使給所當得奉其教命無細碎意棄捐自大謙下恭順卑身遜辭伏心下意性不剛鞕不爲卒暴性不麤獷禁戒平正意志柔和顏貌熙怡離於虛僞先人問訊性行質直不妄倿憒不懷諛諂以慧爲業爲已應器意性和雅曉了所趣其心不亂住於羞耻奉六思念顯示六字施戒忍進寂智之本順六堅法而不迴還入十解慧常求法義好法樂法慕索正法所聞無猒捨世談話不與同塵離方俗言講導度世而遠小乘志在微妙大乘之業其心所念無有異業求六度無極其所求者未曾遠離修四梵行習於明曜柔順之法作性黠慧曉知問事離諸邪徑導引正路心所思念以用班宣調和已心護他人心所謂慧業奉修要行常欲捨家雖遊三界樂於寂靜自察已心不隨惡念消去三惡身口意事心觀究竟自然之事淨已彼心觀於五陰猶如幻化察於四種如毒蛇虺視諸衰入亦如空聚幻化野馬水月夢影山中之響如鏡中像如畫虛空如無形輪其譬如是說其本末一切諸法無可捉持無有比類如日之影無常無斷無來無去一切諸法無有住處以觀諸法所入如是微妙之業然後乃信是爲菩薩解名萬

物適起尋滅第七慧業入一切法聞一切法無我無人無壽無命無心思議無婬怒癡身無所有亦無觀業無垢無生無有色習無有衣食習至無為已聞如此忻然信之不懷狐疑是為第八慧業信解具足精進隨時諸根寂定觀憺怕事靜然澹默於一切念無造無知識無形像無我無人亦無所行不住貪身究竟文字無有瘡疣無所得忍無進無息無雙無隻其身口心無所修行精進之要於一切法及與衆生皆以等心悉無所住不此際不度岸離於彼此無行不行所導為慧作是思惟第九慧業度諸希望衆想之患見諸因緣觀見諸法為清淨業見諸正覺諸憺怕見諸法界諸法為清淨業見諸正覺觀於衆生察諸剎土為甚清淨見諸剎土如空清淨觀諸憺怕見諸法界則慧清淨觀諸聖慧法甚清淨是十慧業菩薩興通達有十事何謂為十菩提佛法為興通達究竟精進以為道義離諸邪見則為顯明智慧為明諸根顯達修等精進以為正解勸助聖慧入于順業興於盡慧除罪塵勞選擇智慧發天眼明本宿清淨識於往古所可遊居修諸神通觀衆生原盡一切漏發起正慧是為菩薩興神通句菩薩法典有十事何謂為十雖求諸法為無所慕捨諸諛諂則以精進而求諸法志遠世俗以無著意而樂諸法不貪身命消除一切塵勞之難而好道法不慼利養汲汲之念為已他人愍衆群黎而慕經典不獨為已所以求法欲入慧故不貪住法導引行故而愛敬法不以輕戲而傷弄之愍傷衆生故求法義不

捨道心欲斷群萌狐疑之結故求經義消衆猶豫求佛道業欲使備悉故求經典不樂異乘是爲菩薩十事求法也菩薩行法有十事何謂爲十化諸愚聵至心慇懃入衆德本信無所壞度諸罣礙解法自然篤行要義住於經典奉道慧已而不離義導奉道慧以法爲念越八邪地入八正路順從八等斷諸結網截生死流現眞諦義逆水而度謂須陀洹不自放逸等於他人不行諂飾所遊居處常修道德周旋往來不樂三界尋時所生不懷沉吟奉諸漏盡爲不復還造六神通樂八解門因本三昧而修正受以爲身船宜四辯才爲無所著以樂一品入緣起事樂一味業好寂爲本無思無想入於已地自闡其慧唯修神通則爲緣覺心志微妙樂入明根其心常念欲度衆生積功福業十力無畏具足一切諸佛道業是爲菩薩十修光業菩薩奉法有十事何謂爲十奉敬善友則爲行法諸天勸助則爲行法常聽諸佛及世尊教則行十法慇傷衆生不斷生死則爲行法悉能究竟勤修道業不懷結恨則爲行法以諸同學修大乘者勤行精進諸菩薩業則爲行法遵修隨義棄諸邪業則爲行法降伏一切諸魔塵欲則爲行法住於聖覺見衆生根而爲說經則爲行法修治廣大無量道業不捨道意則爲行法是爲菩薩奉行十法菩薩有十魔何謂爲十倚於身魔而著五陰爲塵欲魔之所得便亦爲罪魔之所覆蓋自興起意是爲心魔其死魔者棄所生處其天魔者多念諸想爲放逸行廢德本魔隨人著冥亂定意魔多所慕

樂似善友魔外像如眞令不奉修道慧之本魔使離正願是爲十魔菩薩魔業復有十事何謂爲十違菩薩心捨衆德本偏心布施見犯戒者而懷瞋恚遠諸懷恨捨衆懈怠避於亂心得諸邪智捨法師行不勤法器若宣經典唯歎衣食勸破壞器而復勞猒諸度無極若復戒勑所聞正法不能奉行釋邪訓誨懈怠心怯不順道教心懷衆想習諸惡友遠善親友樂聲聞緣覺得所生處樂離愛欲寂滅其心志猒菩薩而誹謗之求人長短欲斷利養惡眼視師誹謗正法所未聞經聞之毀呰聞餘法師有所講說不肯善聽輕慢調戲歎已惡彼慕世談話雜句之辭嚴飾之言樂諸合偶句誄之業好聞聲聞緣覺之業所講言教蔽深妙義闡雜句飾爲不應器若說深法

而不肯受不求佛道反住邪徑越於度脱習不吉祥捨永安業而敬樂此歸命邪僞未解未度不修吉祥不從眞諦恭恪啓受亦不誦讀心懷自大不能謙下有所言説輙自高畜念害衆生不求道慧不志寂然常懷雜碎所修正律則爲魔業是爲菩薩十魔業也棄捐魔事求佛道業菩薩有十事棄捐魔事何謂爲十與善親友而俱相隨捨諸自大爲棄衆害自傷已身無毀損事信佛深法未曾誹謗心不捨遠正教之志一切普智精勤深要達無放逸修行菩薩住於法藏之業求一切典不惡博聞如大江海不猒衆流念諸如來在十方界者以用護已普思建意信樂發蓋在於衆德菩薩爲黨無有二行是爲十事棄捐魔業菩薩有十事見諸佛道何謂爲十佛住

于世無所依倚成最正覺建立諸聖導引正業信喜諸佛所演報應歸越所化威神之德入于諸佛不自大本等進一切諸佛法界心常志念奉敬衆聖以佛定意無有放逸亦無所著佛所解達則爲本淨如心所覺廣大其心是爲菩薩十事見諸佛也菩薩有十爲佛事何謂爲十以時勸人爲佛事修平等事而得由生於卧夢中得見正覺爲宿德本之所誘進所未聞經而念思惟不疑佛事棄慳貪心而消聲聞緣覺之心亦復除去犯戒瞋恚亂意惡智諸所著心躊躇沉吟戲故之心自大心莊嚴相好如來形像前世功德之所牽引淨除衆疑及諸蔽礙衆想之法於佛道業不懷猶豫飢乏之時聞説經典修所講法所聞能持遂致聖慧興顯神通勸化無量利益衆生是爲第六諸佛道業爲甚清淨設魔事興以權方便修若干行因虛空中各演異音若輕他人若憂魔事其音演法而開化之便解道法假使聞者加精進行是七佛事廣大意故又護逆心亦護不隨聲聞緣覺滅盡之業抑制諸根未純淑者不興解脱宿本所造諸佛道願而奉行之墮生死者爲斷諸漏若在衆行合集執持爲顯大哀而成其行使合無爲是八佛事不隨斷行佛子欲知此離滅度達已衆生解知無人而不恐畏求智德本初發心者於慧無猒有所興發已身萬物一切諸相常不離此見佛色相諸行已離貪著不倚諸法志求無爲一切愍慧於一切法不戴仰人淨其佛土解了諸相如虛空刹開化衆生不以爲勞亦不棄捐無我之相變神通

慧在於法界而不動移亦復不捨菩薩興業諸通慧光而照曜之而轉法輪悦衆生心亦復不越無所有法示現如來所建變化不離菩薩現大滅度棄捐衆惡普現五趣所生之處如是佛子以此比類寂然之行奉修諸法是爲十業與諸佛事菩薩自大有十事何謂爲十輕慢衆祐耆年尊長賢聖之黨不孝父母沙門梵志修平等行正眞之訓不行恭恪心所念業不順法師奉尊法者宣妙法等承大乘教履慧道跡執持謙典不肯謙下稽首禮敬憍慢自恣不奉於師不諦聽受亦不思惟在於衆中諸講法者坐顯妙法不讚法師言曰善哉將無衆人欽敬彼人心起自大自顯其功蔽他人德計獨有我心自生念多所輕蔑既懷自大我知我解謗訕有德淨修行者說其瑕穢未曾咨嗟功勳之義若見歎者心懷慘慼既知法義律教若茲佛言至誠可尊敬者反不喜之憎惡學士并毀經典謗訕正籍更受餘義求處高座求經法短欲得慕求他人奉敬見諸尊長英雄之黨修梵行者不起迎逆稽首禮節若見明者面色慘慼顏貌不悦不演好辭常懷惡心覩取長短小小之失隨於自大不肯往詣至明智所不肯逐後謙下恭順不肯問訊諮受經義不知何善何者不善當修何義長夜獲安不遭衆難與愚黨俱日向闇冥癡蔽益甚以騃之故顯不恭順以騃自害而懷自大以貢高故離於佛教耗盡宿世衆德之本興發新福强起幼少欲令下屈說不當說舉動凶豎多喜諍訟毀於博智驅出精舍而自放恣墮大嶮谷又於

道心勢力之正憍豪自恣謂得尊位於百千劫不值佛世況當復遭遇聞經法是爲菩薩自大十事菩薩棄是便逮十慧菩薩慧業復有十事何謂爲十所造事業報聖之義解知福果終不朽腐心習道念常知念佛習善知友謙恪隨順於彼奉敬啓受尊長精進修慧志法樂法無不求法慕於博聞而無猒足思惟隨順應當念者勤勤行之不應念者輙棄捐之見諸衆生不懷輕慢見衆菩薩視之如佛愛法如已奉念如來如愛身命勤歸諸佛其身口意謹慎無犯舌根所宣初無口過歸命聖明不遠佛道精修慧業未曾諍亂十二緣起業棄諸邪見拔冥樹根消滅闇昧逮得諸法智慧光明勸順十事誘進之業智度無極念之如母以權方便計之如父入佛道業志性慧解施戒博聞慕求寂觀志積慧德不以爲勞佛所宣業除去諸魔衆罪塵勞消去陰蓋一切罣礙開化衆生順從佛教精勤奉法淨諸佛土神通三達現在目前是爲十慧菩薩有十事魔所必困何謂爲十心懷怯弱魔得其便其心多念憒亂怱怱性不安和多求無猒爲魔所亂專持一法自以爲是爲魔所困不能慇懃興顯正願爲欲所迷塵勞所縛志不寂靜猒於周旋欲斷生死爲魔所迴不能精進勤修道法而返退還不肯開化一切衆生唯自護已不念苦人狐疑經典誹謗正法不肯順從是爲十事魔所建立菩薩有十事佛所建立何謂爲十從初發心爲佛所護世世所生不忘道意覺知魔事能降伏之使其退還假使得聞諸度無極明徹在心聽

便奉行知生死苦雖知爲苦不以爲勞觀深妙法不得果證爲諸聲聞緣一覺種而説經法不隨彼學之所好説觀於自然無所有義不住無爲於有爲無爲不想有二佛所護者不以遠故而懷悒慼入一切智諸通之慧在菩薩行顯於自在亦無所斷是爲菩薩十事佛所建立菩薩復有十事法建立法何謂爲十樂知一切萬物無常爲建立法一切諸法皆是苦惱又計諸法悉無吾我泥洹寂滅永無處所計於諸法悉從緣轉因虚僞退從習不順合於無明十二緣起至老病死除不順念無明則除無明已除生老病死永悉除矣具三脱門成諸聲聞倚於空閑生緣覺法六度無極四等四恩興發大乘解十方土分別諸法了於衆生遊諸慧明無所不通爲佛境

界蠲除諸念斷去諸受入於自然過去當來至滅度義是菩薩法佛所建立菩薩處兜術天復有十事何謂爲十處於欲界爲諸天子説欲恍惚豪自恣者示無常事諸有成就共同會者説別離法勸發道心在兜術天是初始教在於色界爲諸天子講善解門三昧正受無所興起彼於禪定若有罣礙生恩愛故爲貪身故而現迷惑分別塵勞解如真諦然後乃消一切諸色皆住顛倒其不解者思念計淨謂爲常存悉不可貪當歸無常別離之業勸發道心是爲二事又族姓子菩薩處在兜術天時淨光三昧而自正受演身光耀普遍三千大千世界隨衆生本應當度者演若干品百種異音衆人得聞此經法音其心亘然而得開解悉得還生兜術天上適得生天

菩薩尋時勸發道心是爲三事菩薩處在兜術天時以無罣礙菩薩道眼見於十方諸佛國土諸菩薩等各在兜術適見此已集大法會顯無極變現來入胎而復示生棄國捐王詣佛樹下莊嚴道場講說前世所造立行因宿本行令其得入無極大慧不移所在而復普現若干形變開化群萌是爲四事菩薩處在兜術天時十方兜術諸菩薩等悉來見之謙下恭順於時菩薩咸令歡悅使其所願皆得備悉口演大法隨諸菩薩所立住行應當除者宜當奉行當可證明而爲說法聞其所講歡喜踊躍各還本土歸兜術天是爲五事菩薩在於兜術天時見魔波旬豪貴貪欲與大營從相圍繞來欲亂菩薩即往降制諸魔金剛履跡之場智度無極執權方便道慧面首而懷仁和寂靜禁戒以斯威神而建立之如應說法令魔波旬不得其便見於菩薩所顯感動悉發無上正真道意是爲六事菩薩在兜術天時知諸天人猒於欲界志樂法會令欲界中諸有宮殿自然演聲而出音言今日菩薩當現宮人若有覩者欲意自生咸共請會適聞此音無央數億百千姟天悉來集彼應時菩薩現諸宮人其諸天子古昔已來所未見聞端正殊妙世之希有見之大悅視無猒足悉作妓樂因從妓樂演法音聲一切萬物皆歸無常自之所覩悉爲苦本諸法無我無身壽命悉當歸空無爲寂安奉菩薩行當得至佛具諸通慧來會諸天聞此法音心懷感然不樂貪欲咸發道心是爲七事菩薩若在兜術天時不没其形普現十方不可稱

限無數佛土詣諸如來稽首作禮聽所說法視諸佛尊輙爲班宣阿惟顔事因本際來詣通慧地菩薩道住使入一切道義具足無極普智發心之頃悉令解了是爲八事菩薩若在兜術天時以其威神有奉佛法名好殊特普遍十方諸佛國土供養如來無量清淨宣不可計現諸法界歸虛空界諸天人民見此供養不可計人皆發無上正眞道意是爲九事菩薩若在兜術天時入於無量諸法道柔演慧光明現於十方不可稱限諸佛世界若干色像不可計限威儀禮節各各别異所作隨時爲分别說若干種法剖判訓誨隨衆生心本行志願各令解達是爲十事是爲菩薩在兜術天所現十事然後乃生現於人間菩薩現没兜術天有十事何謂爲十於時菩薩在兜術天有光名曰安隱淨演此明曜從足底出照於三千大千世界皆爲大明其在惡趣三塗之難地獄餓鬼畜生之厄周旋往反適蒙此光皆獲大安息衆苦患適遇女巳心自念言諸賢者等更有異人來生此界於冥覩明相見喜驚斯爲菩薩現捨兜術天是爲一事復次在兜術天光名勸助從其眉間演是明時遍照三千大千世界耀諸宿世所行菩薩適演此明耀大千國請諸菩薩巳於時菩薩德行巳備捨兜術天諸天龍神一切皆來供養菩薩其心欣然悉發道意是爲二事菩薩若在兜術天時光名淨界從其右掌復演此光普照三千大千世界則成嚴淨彼諸緣覺無諸漏者即時其光從著異國其不從者便捨壽命而般泥洹諸外異學裸形露精

迷惑倒見衆生之類亦復見從著於他方所見從者如來聖音亦是黎庶緣此因緣而見開化是爲三事菩薩在兜術天時有光名曰離垢顯耀從菩薩身演此明耀照下諸天乃上至阿迦膩吒二十四天處兜術宮諸天子等各各心念言今日菩薩捨兜術天各懷愁感各各執取華香雜香擣香繒蓋幢旛鼓諸琴箏歌頌其德而作妓樂詣菩薩所而供養之稽首禮敬奉事不休至成佛道現大滅度是爲四事又族姓子菩薩若在兜術天時有光名曰莫能勝幢因頭冠幘體瓔珞於其心藏演此明耀其中暢出普照十方諸金剛神應時百億金剛諸神皆來集會侍菩薩後成佛已去至大滅度是爲五事復次有光名解衆生應時菩薩從身諸毛演此明耀悉照三千大千世界輝菩薩體照諸天人一切宮殿應時各念吾等開士當化衆生奉敬如來是爲六事復次有光名積善住因從菩薩大寶珠藏演無極明此光明珠化出大殿往至菩薩生處家國於其家中光照十方郡國縣邑州城大邦諸有家居其應化者咸來就之生其土界是爲七事復次有光名普嚴宮演此明耀菩薩尋時出普嚴淨大寶閣殿與大寶殿住於母胎近其右脅光明適照應時其母普得安隱住於一切德功勳之護菩薩母胎菩薩處此大寶宮殿遊居是爲八事復次有光名曰停住而出菩薩於足底下其諸天子處在欲界及諸梵天常懷恭恪奉敬菩薩因其命盡欲終之時故謂菩薩續在故處光明來照雖在天上堪奉如來光明適照諸天子

等即更安住不復壽終供養菩薩乃至成佛現大滅度是爲九事復次有光名若干事因從菩薩諸好中出演此明時現衆菩薩各各興變無量功德彼諸天人逢見菩薩住兜術天或現來下入母胎中或見甫生或見出家或見成佛或見轉法輪或見滅度是爲十事在兜術天現没來生計是菩薩十品光明而顯具足無央數億百千明曜出菩薩身不計牀座樓閣宮殿所出光曜現若干種菩薩事業所可興爲巍巍如此普備道法

度世品經卷第五

音釋

懈惓 懈居隘切怠也惓逵眷切疲也 憸 與餤同 鞕 魚孟切堅也強也
佞 乃定切諂也 疣 羽求切結肉也 傷 以豉切輕易也 戇 陟降切愚也
躊躇 躊直由切躇直魚切躊躇猶豫也 謗訕 謗補曠切訕所晏切謗訕譏毀也
慘戚 慘七感切愁也戚倉歷切憂也 騃 語駭切愚也 恍惚 恍虎廣切惚呼骨切恍惚不分明也 姟 柯開切十京曰姟

度世品經卷第六

西晉三藏法師竺法護譯

菩薩住胎有十事何謂爲十欲得開化志住小乘懷怯羸劣衆生之等菩薩悉見此輩心念故現入胎或恐此等心發念言菩薩化生德本自然不可學得故現入胎是爲一事菩薩悉爲父母親屬往古宿世同學徒類及餘黎庶俱植德本欲度此黨故現入胎或復有人宿世積德因其胎中應受開化是爲二事菩薩大士心未曾妄安隱庠序而意常定是爲三事菩薩若現在母胎時講法聖衆未曾斷絶十方世界諸菩薩釋梵四天王俱來聚會示現無數不可稱計無際聖慧在於胎中顯其辯才而有殊特就度脱之是爲四事菩薩若在母胎中時合大衆會及諸開士悉欲來集因本所誓欲度脱之故爲説法皆使得濟是爲五事又欲開化世間人民成最正覺皆備衆德莊嚴道場故示現生於人間是爲六事菩薩雖處在母胎中普自示在三千大千世界猶如明鏡見其面像其志微妙大乘學士諸天龍神揵沓和阿須倫迦留羅甄陀羅摩睺勒諸人及與非人各心念言我往稽首歸命供養菩薩是爲七事菩薩在於母胎中時有大法門名曰大慧藏遊到他方異佛國土最後究竟在胎菩薩俱共論講由是之故使其菩薩現入母胎是爲八事菩薩現入母胎中時有三昧名離垢藏承定意成不近母胎在兜術天入於清淨住母胎中亦無所入是爲九事又如來至眞有大功德名離垢藏華而見奉敬供養如來之業是諸覺佛在

母胎時菩薩聖旨皆遍十方以眞大聖諸菩薩衆有行名曰法界藏爲講此教入無極慧菩薩因是現十善微妙遊居而立大安菩薩有十事現其安詳何謂爲十於是菩薩入母胎時從初發意乃至現於阿惟顔法成具佛業若入母胎續復自示在兜術天或復來下現入母胎已復出生故在母胎或示幼童不捨母胎示現在於宮婇女中顯母胎中復示出生固在母胎示於精進勤苦之行現詣道場坐於樹下得佛正覺復現在胎而轉法輪在於胎中現取滅度遊母胎中庠序勸進入于大道在彼胎止而普示現諸菩薩行建立如來無極大道懷來道門是爲菩薩現於十事庠序之行菩薩修生有十事何謂爲十菩薩悉明其意安然現生清和演大光明周遍三千大千世界最後究竟不復更生而現所生無起不滅故曰爲生思惟三界所生受者猶如幻化現身出生十方世界其身顯示致一切智如來至眞皆演威耀告勑一切諸有身者積累大慧三昧正受然後乃生菩薩適生動諸佛國令衆生類心懷歡然消諸惡趣蔽衆魔事各各驚言今者菩薩從其處來是爲菩薩十修所生菩薩忻笑有十事何謂爲十察其世俗縛在貪欲而自纒綿無能拔者獨吾身力乃能堪任潰於斯黨是故而發笑耳俗人多爲塵勞之所迷惑自謂智慧無能逮者是故菩薩而發忻笑自大遊逸我身名號如此無上如來便以法身顯示大要遍於三世令各生意求欲致是諸菩薩眼無所罣礙從十方土至梵天宮乃復至於大神妙天

皆觀本末便自念言是衆生黨乃爾瑕穢菩薩智力悉覩見之又見人民宿積德本還復墮落見植少福望無量報覩平等覺正眞之道無有侵欺觀古親友本時同學志菩薩道各各修淨未具佛法已已爲達察本所居諸天人民及在愚地不解正法心不動摇不以爲勞如來至眞有演光明名大摇安放此大耀是爲菩薩十事忻笑菩薩行七步有十事何謂爲十菩薩爾時自現幼童舉足七步示有七財顯有殊異欲使地神所願具足自示其德超於三界獨步無侶遊如龍王行若象王舉動進止如師子步諸有往反所至到處菩薩行步周旋舉動皆越一切當時大地變爲金剛其餘凡地不能堪任載持菩薩撫育一切諸地衆生是故菩薩舉足七步又一切人不解道義故復菩薩舉足七步應七覺意覺諸不覺以逮正法無所依仰吾於世尊豪無有上口自發言天上天下吾當度之是爲菩薩十事行步菩薩現幼童地復有十事何謂爲十悉知書疏筭術計校所當應宜答報言辭無所不了故以是事顯示衆人又復示現上馬騙象乘車往反神仙呪術與衆超異擕擶博掩妓樂歌戲超群越衆其身口意示有罪福而無殃釁以不憍慢三昧正受遍於無量諸佛世界現在衆生而開化之菩薩顯德其慧過於天龍鬼神阿須輪迦留羅甄陀羅摩睺勒釋梵四天王咸來歸命又復自示釋梵四王色貌形像復以菩薩容貌自示顯其道業菩薩現於人民各異若有貪樂愛欲調戲或復愁憂憒亂衆生爲現歡悅令愛樂

法常以法會有所長益奉敬如來遍見十方以法光明如來威神現其安詳清和默然因化衆生是故菩薩現其幼童在於後宮多所救濟菩薩現在中宮處婇女中復有十事何謂爲十與其宿世俱共同學菩薩因欲化此衆生顯示德本故在後宮菩薩又以植德本者應當勉濟故現後宮諸天人民憍豪自恣富貴自倚因此菩薩現大豪貴尊因而降化在五濁世隨時誘進化度佛土雖在中宮不廢三昧勢力無雙往古衆生與立誓願菩薩欲使如意悉得故現後宮欲令父母家室親屬本願備悉以大法音妓樂歌頌箜篌樂器奉敬供養如來至真僉令劾之于時菩薩在於後宮了成佛道定意不動從初至終成最正覺而轉法輪至大滅度所以示現以法護之救濟危厄使入大道是爲菩薩現在後宮最末究竟棄國捐王入山得道菩薩捨國復有十事何謂爲十示猒塵欲故現出家見於世俗多所染著欲使衆人不倚瑕疵顯現賢聖正真履跡柔順之義菩薩居業欲暢道化歎出家德以權方便現於二際墮在諸疑六十二見拔之令出衆生貪欲懃懃爲安爲顯衆難使棄所倚安樂之想爲著三界馳逸衆類示現先應故出家耳其意興盛無所依仰倚不可計故現出家又示遠得如來十力四無所畏隨時而教最後究竟臨當成佛法應當然是爲菩薩十事棄國捐王菩薩現勤苦行復有十事何謂爲十欲得開化小學之士故現六年進一麻米又欲勗勉倚著諸邪六十二見爲諸失德衆生之黨指示其業罪福

之報亦爲雜穢迷惑世界隨時勸導現已勞患能伏情欲示二等緣緣是之故受眞諦法諸貪愛欲重自安已馳逸衆生令淨其心又復示現菩薩精進勤苦志道最於後世臨欲成佛示不更生用精進故諸天人民根不純淑及外異學使從訓誨是爲菩薩示十苦行菩薩詣道場復有十事何謂爲十演大光明照於十方使衆知之故詣樹下亦欲感動諸佛國土顯示已身使普佛土皆共見之又復暢示諸菩薩等及諸衆生前世所行悉來從斯稽首受學現其道場所坐樹下莊嚴清淨隨衆人本應時現身威儀禮節佛樹靜然使諸世界如來至眞各自現身諸可經行舉足下足常修三昧不離定意覺了聖道不犯須臾諸天龍王揵沓和阿須倫迦留羅甄陀羅摩睺勒釋梵四王現來奉敬衆人見之莫不發意大慧無礙菩薩所行普觀十方念諸如來曉了方面在諸國土現成正覺是爲菩薩現詣佛樹菩薩坐佛樹下復有十事何謂爲十以無數事動諸佛國故坐樹下皆欲照耀十方世界而悉消除一切惡趣亦復建立一切境土咸爲金剛觀諸如來處師子牀心所思念等如虛空現身威儀咸以隨時歸趣金剛道場三昧其諸如來所止之處受於清淨自承勢力以趣德本勸立一切群生之類是爲十事坐佛樹下菩薩坐尊樹下有十致未曾有何謂爲十坐佛樹時致未曾有自然之法十方世界諸如來至眞等正覺各現面像伸其右掌各自讚歎當使導師得勝得勝則是第一未曾有法菩薩若復坐佛樹時一切

諸佛皆共念之遺威神往是爲二事坐佛樹時古昔同學諸菩薩等僉俱來至周帀宿衛住定意門以若干物而供養之是爲三事在樹下時十方世界草木華實及諸藥樹雖無神識自然屈形而共曲躬向於佛樹而稽首禮是爲四事有大定意號積法界超越一切諸菩薩行假使逮得此定意時其功德明越衆開士是爲五事于時菩薩立身海藏離垢光曜總持之場使諸如來闡大法雨是爲六事則以柔輭頂之度去供養如來菩薩坐於樹下普遊諸國無所不遍是爲七事菩薩若坐佛樹下時其行亦如慧上開士普見一切衆生根本心念所奏是爲八事坐佛樹時自然善致佛聖覺定適得斯定普周無量三世之事猶如虛空是爲九事坐佛樹時則以已身明識三世其大聖慧而無等倫演離垢光是爲十事未曾有法菩薩何謂降魔官有十事降魔官屬何謂爲十衆生同塵著於世俗生死之患不樂戰鬬是故菩薩現大勢力降魔官屬諸天人民貢高求名欲爲除斷自大之難佛欲開化魔及兵衆諸天人民僉共娛樂俱來聚會因是化之菩薩力勢無有雙比亦復顯現欲使人知亦欲勸悅一切衆生顯其利義亦欲愍傷將來世人在佛樹下降魔官時悉已越度諸魔境界無有塵欲無力不力見諸薄力而現德本示慈心力降魔官屬隨時歡悅愛欲塵勞貪欲之世化以道法觀此十義是故菩薩降魔官屬菩薩成最正覺示如來力亦有十事何謂爲十能伏諸魔業塵勞之穢具菩薩行樂諸菩薩一切定意而

以自娛上衆開士聖慧之堂究竟成就諸清白法一切行義爲諸世間善思惟行其身普遍十方世界演其音響等心衆生皆暢威神而建立之過去當來今現在佛如來至真身口心等無所妄想一時之間普達三世有三昧名善覺覺意得是定時入佛十力以能興此處處有力至漏盡慧是爲菩薩如來十力成最正覺住是力時諸佛普至故曰如來已成正覺如來至真則以十品而轉法輪何謂爲十致四無畏入清淨慧而暢慧音四分別辯又善曉了越於四諦遊居無礙正覺脫門曠意慇念一切群生消除不順侵枉苦惱悒慼之患不閑之難不違往昔無蓋之哀消清和辭周十方界無央數劫班宣經法不以勞懈善分別解根力覺意一心脫門禪定正受是爲十品成正覺時以無量義而轉法輪已成如來至真等正覺轉於法輪十清白法觀衆生心憒憒無閑歡悅其志令得亘然何謂爲十前世宿命所願力勢之所致也不違本誓威神建立無極大哀不捨衆生而救濟之興顯聖慧而爲說法隨時建立而宣傳之應時令解使無鈌漏明識解了三世之慧其身所行求無所造其意所宣無有形想所暢慧者隨音輙解是爲十事清白之法而轉法輪如來至真以作佛事觀見十義現大滅度何謂爲十常爲示現審諦非常一切有爲顯如呼嗡普詣安處無爲之真除諸恐懼諸天人民著於色身故現色身如是無常法身常存而爲分別合有別離諸所有爲彈指已過豪無堅强一切三界猶如幻化衆想危脆無爲

最堅爲想道法無有毀壞諸習離别悉無所成爲示碎散法自應然諸佛世尊所作佛事皆已具足善轉法輪決諸狐疑令隨律教授菩薩決無有進退修大滅度是十觀義如來至眞取滅度矣無有沒化普賢復白是爲佛子名菩薩行淨大法道門吾今所演法門之要粗舉都較如來至眞所班宣義不可限量悅衆明智諸菩薩行皆承大願未曾斷絕假使人聞歡喜信者心以懷信則習奉行成就此義皆當疾成無上正眞之道爲最正覺所以者何計菩薩道以行爲要未曾離行是故菩薩大士當住於行以能行此菩薩功勳入分别義好如蓮華輒能得入一切法門無極聖室度世徑路離於聲聞一切緣覺之徑路也化諸衆生無所懷俠照一切法經法門勸諸群黎使得長益度世法門當至心聽度世法品受持諷誦一心思惟修道目門奉遵所願行如是已菩薩所求終不難得疾成無上正眞之道說是經時宣諸法門演度世法品十方無量不可計會諸佛世界爲大震動皆佛威神之所興化宣致此法得是經典一切佛土自然動者而大光明靡所不耀十方諸佛皆各現身而遥讚歎普賢菩薩善哉善哉最勝之子隨時講說菩薩大士功勳之德分别正義一何快乎開闡班宣度世法品如汝佛子本學眞諦解達斯法今者善說承經威德光明清淨經典之要我等悉解諸佛亦然吾等亦共稱譽此經於今現在十方諸佛爲諸當來諸菩薩學未聞者施慈恩廣大乃如是乎於是普賢菩薩大士承佛聖旨十方衆

聖之所接護觀於十方察諸衆會普瞻法界而說頌曰

修千億兆劫　勤奉難限量　歸千載姟佛
因生諸法子　開化於衆生　立道無涯底
咸共一心聽　歎佛無等倫　供佛不可限
已不著佛道　解群黎塵欲　不想計有人
見佛之功德　不依其名勳　嗟歎彼尊行
歡悅世巍巍　已除罪塵魔　普現於三世
其德超衆聖　顯殊異力行　燒盡癡愛行
志性存寂寞　現行衆齊限　今當歎功勳
最聖所過度　衆生趣如幻　爲示若干變
令人除自大　適發心之頃　普能悉曉了
令歎彼功勳　衆生所奉敬　覩苦惱衆生
五徑生老患　終亡憂慼危　愛欲所傷害
愍欲度此等　故建廣尊慧　當歎此功勳
且共一心聽　施戒忍精進　一心以自娛
權慧度無極　施以無極慈　悲喜樂於法
百千劫護行　今當歎此行　聽所說功德
以求佛道故　消千億姟身　不貪惜軀命
是爲殊道眞　精勤爲衆生　常復欲安已
歎能仁超行　志懷愍哀慈　無數千億載
劫數歎名稱　以一毛取水　尚可盡大海
所行精進德　過是不可喩　且聽佛境界
所現愍群庶　爲衆生之故　長清白德本
志性不卒暴　不猒道法樂　建立衆生處
慧江淵智樹　世尊如大地　群黎常戴仰
慈輭愍爲根　護禁仁爲莖　尊勳華慧葉
戒香甚清淨　悟諸不覺意　衆生愛敬行
無著等蓮華　衆生見歸命　解脫爲種稷
身本性懷慈　智慧善權衡　五枝度彼岸

禪業神通華　一切智果實　神足尊法樹
弘覆於三界　本修清淨跡　長育廣慧義
師子頸順念　智慧淨縉首　空慧義第一
慈愍度世明　無我如師子　能吼降衆魔
得越生死曠　衆民邪塵欲　度所有家業
奉要行除愚　迷惑示正路　顯佛無上道
立志無恐畏　爲殊勝導師　衆生婬怒癡
冥塵若干蔽　長夜隨有爲　苦父毋所惱
見群黎出生　以哀療愛欲　講八萬四千
用治棄衆病　此降伏魔塵　以法訓衆生
棄惡無所習　求嚴淨佛德　解法兩足帝
一切智慧尊　以賢聖之財　實廣覺冥衆
戒三昧自娱　以聖淨智慧　用明達力刃
度塵無恐懼　作變於法幻　因轉最法輪
亦不退迴還　一切異學意　曉了深盡慧

普生其法味　覺意寶神足　開難化民庶
住于通慧力　嚴淨三爲君　斯爲大慧海
無雙說無盡　以越度世俗　不著三處衆
以成禪神通　慧如山無動　其有比清淨
無及智慧明　德聖超須彌　愍住衆生仰
性强若金剛　所修皆要固　其心不可毀
重法奉普智　遊衆魔塵欲　在世住無畏
消恩愛然熾　總攝俗群黎　普布於慈雨
演愍哀光燄　四神足雷鳴　能仁寂暢音
雨四分別辯　清和八品道　以此大陰雨
消滅衆塵勞　智垣壁聦塹　跱法幢爲旛
聖如牆解門　意念守門者　四諦成徑路
淨神足嚴跡　法幻爲城郭　主三界降魔
樹心一切智　堅住足飛行　如鳥獨遊行
慈愍爲明耀　教化如鳳凰　衆生無能逮

狀度生死海　立志上泥洹　以戒之道場
興慧華鬚淨　以明消塵勞　枯竭恩愛流
增長藥根力　淨衆佛上道　則奮法日光
以照衆生界　法境場等淨　不捨等衆生
一切照諸學　聲聞緣覺乘　心普見三世
消念所增損　意聖慧超異　暢衆生如空
於法得自在　在衆嚴德像　興明執金剛
常立在法地　身相若干好　清淨越諸世
爲衆積經典　群黎最尊法　以越於三世
愛網衆塵勞　慈愍諸世俗　樂法作慈護
現身於三界　法音告一切　清淨猶如梵
濟邪見無樂　清淨度生死　境界法豪尊
不復重退還　大意攝蠕動　法尊超於世
以慧懷來衆　一切功勲最　大稱普流世
自然如虛空　除一切顛倒　在衆造超異
永不著諸界　普入清淨行　亦建立衆生
其智極玄妙　斯慧淨復淨　權便曠如地
普遍五衆生　其慈猶如水　洗除衆塵欲
以慧消愛欲　拔濟衆穿漏　世尊無涯底
遊三界如風　斯黨猶如寶　濟諸貧乏道
如金剛無侶　棄三處諸見　其音若干品
普德嚴三界　尊如夜明珠　其行立首頂
功勲如衆華　覺意以自娛　斯等如華鬘
超世誓正願　其戒香清淨　完具無缺漏
以淨塗法香　慧布於三處　其行如高蓋
覆去塵勞欲　以跱立慧幢　報意無二跡
以行雜旛綵　修慧而懸智　諦羞恥衣服
以德覆衆生　無量界居乘　馳遊於三世
調定如龍象　其心常堅住　神足遊三世
越度大重擔　亦如大龍王　所布雲法水

亦如靈瑞華　衆人所難遇　斯等如勇好
降魔拔塵勞　亦如無轉輪　導師所班宣
現群黎終始　如冥中火炬　其德如江河
順路如流水　斯等如橋梁　常執載一切
如嚴淨舟船　以慧願度淵　亦復如船師
住衆明地最　遊觀夜娛樂　爲衆顯眞樂
以慧法脫門　嚴慧淨宮殿　亦復如衆藥
消除塵勞病　如雪山雜藥　妙慧爲屋宅
其行如正覺　慧寤諸睡寐　其道平等覺
等心了衆生　斯所從來處　如勝行誠信
猶若一切智　入普門慧室　斯等多所化
濟若干衆生　以自在佛慧　遊一切智界
其力不可量　一切莫能當　其慧無所畏
解慧曉衆生　一切民庶像　顏貌名無際
諸色皆平等　字類諸音聲　悉度衆色像

離名音能現　一切衆生類　不任宣德耀
其修此功勳　捨非建立法　現在爲慧父
以遠有無際　則爲一切智　於慧第一明
咒入無著行　遵敬歡悅世　解了諸法門
如幻常空寂　往古願行哀　亦承佛聖旨
離慢顯慧門　而現若干變　皆共一心聽
菩薩之功勳　則以一身形　廣現無數衆
無心意境界　衆生不見心　演出一音聲
越諸辭境界　隨一切群黎　言語而班宣
以捨衆生身　欲報所行體　解音無所有
而暢衆聲教　心寂寞顯耀　覺諦如虛空
黎庶世各異　亦爲示若干　究竟無有身
尚復現有形　隨衆之所生　得立報應果
皆入諸所生　不著於所生　已身如虛空
不想若干人　其身不可量　明智悉能現

奉敬天人尊 歸世一切智 華香雜擣香
妓樂繒幡蓋 身命自投地 供養上聖尊
住一最勝下 皆立諸佛前 覩見諸衆舍
常罔無等倫 聞法逮三昧 一臺無量門
從本所學住 意勇現無量 善權智慧業
以度于彼岸 曉衆生如幻 自致得佛道
遍見別異心 無量色音聲 入於求妄想
無著普現衆 或復現第一 爲衆生顯心
或有行道者 見無量黎庶 布施戒忍辱
精進禪智慧 或受梵跡行 或現上妙行
或有行成滿 得忍示瞋恚 一及生究竟
或阿惟顏佛 或顯聲聞像 或復爲緣覺
億載國現滅 亦復不滅度 或斯忉利釋
須倫梵天王 玉女諸眷屬 或復獨遊步
比丘心寂寞 或復爲國主 入法網慧界

或顯妙色像 從天而沒來 或現女人像
所度於無極 或示在露精 或在廣欲禪
若積忍辱業 曉逮眞諦地 現目見心行
或示入胞胎 於胎成正覺 而復轉法輪
或生顯滅度 或復學技術 女人中三昧
衆業已備悉 現棄國捐王 或復佛樹下
逮成最正覺 或現轉法輪 顯現若干品
或佛化衆生 遍億千國土 示現不退行
佛亦無家業 入想度無極 遊於億千劫
一心所顯現 境界百千劫 諸想無有想
爲衆現劫數 無數無所說 而現有周旋
見有作寂業 普降於衆生 皆由降伏勝
彼處爲憺怕 佛國衆生界 入諸法報應
究竟百億劫 所宣不可窮 入衆生如是
廣智曉黎庶 則以一人身 報無量變形

亦以一幻術　常悉周一切　此說度無極
教諸不覺者　解諸根通利　中間調定本
諸根得自在　衆生無有業　一根入諸根
各各懷貪倚　禪滅甚微妙　所住諸入根
是脫信施性　不止塵欲行　過去當來心
現在亦如是　衆生度彼岸　無去亦無來
盡曉眞諦行　爲衆演上法　心如此若干
心行塵無漏　一心入正道　甚解一切智
心在佛無心　住第一上慧　一發心之頃
解別自然慧　神足度無極　識別一切聖
神通發念頃　至無量載國　普遊亦如是
億百那術劫　宣智不可量　不動普徹力
幻師求財業　衆中見諸像　無色見諸色
幻者無所有　權慧亦如是　入於廣法幻
現若干種變　普遍於世間　如日在虛空
清淨無微翳　猶如清淨水　見底之所有
法界場淨然　慧明爲遠照　見人界清淨
心不住邪見　如夢種種思　覺則無所有
無數億載歲　長夜不可盡　自然法等然
普現一切義　竟住百千劫　一時頃盡慧
處世間方俗　如山頂門闔　一切所暢音
不想已說慧　菩薩曉了此　諸法自然爾
隨衆生言響　現法音無想　譬如春夏月
野馬人起想　馳走謂有水　虛渴益更甚
衆生欲興如　志求立解脫　得慧無人想
慈愍益更興　佛說色如沫　痛痒如水泡
想悉如野馬　行者譬芭蕉　其心猶如幻
識現若干變　演五陰如此　達者無所著
諸入空自然　隨已有所作　以等於法界
現離衆生土　六事寂眞諦　說若干不定

是為分別解　諸法所倚著　無來無去處
亦無常住處　恩愛之報應　罪福轉三世
分別因緣生　無住而拔者　至誠求本末
依倚無所有　了三世一等　一時現若干
在欲無色界　普能顯境土　從行致三護
濟脫於三處　咨嗟宣三乘　歸一一切智
剖判法處處　令度諸根原　已解塵勞界
自在普遊居　識念過去事　明眼滅塵勞
曠慧佛十力　亦不得諸力　覺一切空意
現觀眾生法　無愛欲穿漏　亦不得盡儻
入於諸所生　慧廣不失眾　勝子勇住此
善施選擇行　不缺不動道　其意不忽忘
好精進定意　智慧消諸穢　悉造慧法護
今現於三世　慈法眾生侶　無為無所得
其行此法門　逮致宣揚德　粗舉其功勳
莊嚴諸至義　嗟歎其所行　億載劫無盡
粗舉其要慧　如取地一塵　依倚佛聖慧
住未曾想念　精進堅慈心　超導一切業
勸眾而教化　禪戒不可動　逮得正決行
皆號為佛子　通入佛功勳　念國眾生行
入於無二想　慧超無猒難　得辯力總持
度以真諦義　讚無等倫心　逮成最正覺
普思賢功稱　誓願尊妙行　愍哀緣修慈
近尊淨妙道　解淨度無極　究竟權滅度
識別得勢力　逮成最上道　解致普等慧
班宣最上法　超德執聖鎧　在道導法位
究竟住聖旨　等心除雷音　御慧化慢跡
得致弘佛道　智建立無想　致撫育之堂
住深倚勇猛　蠲除眾生疑　思慧次第法
善報度無極　下入平等跡　慧部覺普智

以度雜碎智　神通自娛樂　明照脫塵勞
爲衆生死囿　清淨行宮殿　現若干妙行
示衆無數淨　其心不動揺　究暢志性明
善說度無極　嚴淨道見中　奮慧光明耀
無雙無怯弱　其意如大山　德行至無極
知如海無盡　若寶室金剛　堅住大德鎧
所設極廣大　善解莫能壞　授決當至道
由住廣大心　得佛無盡藏　覺成一切智
常護慧自在　曉了現變化　衆生國法界
住慧顯權變　身願建遊行　慧變亦如是
現億載無量　以悅樂黎庶　顯力神通飛
究暢娛樂力　還致覺境界　難化衆生類
勇猛無所畏　嚴智無言辭　一切爲佛子
其身大清淨　體業甚廣長　口言亦清淨
樂建慧至誠　最勝造十業　心心發其心

顯遍最爲上　定意教諸根　勝諸原堅住
清淨除諛諂　性行常質直　以致入解脫
現衆若干變　棄捐所止處　執懷上品業
成其所當善　解達一切智　不捨住寂然
住於上憺怕　出生號功勳　善學於大道
求心無量業　奉行無所著　現道庶深淵
堅立入衆生　所行以爲手　腹強慧最上
其意如金剛　慇鎧聖淨枝　智慧首觀法
識道行博聞　戒香爲清淨　動靜爲最上
身心遊言辯　心慧爲最勝　所行至佛道
坐於師子牀　梵行迹臥寐　最空行無爲
明爲往安界　光所照若斯　觀察知衆生
行若干頻伸　布施離慳貪　不輕慢禁戒
忍辱捨瞋恚　精進最第一　禪智得自在
慈心等衆生　慇哀無猒法　清淨盡塵勞

義寂順道法　以福施衆生　聖慧利如犀
明智照廣遠　博聞無猒足　無畏捨妄想
制已立在行　得脫魔徑路　所修佛慧業
志性稽首奉　棄捐于貢高　常遵爲道義
勗勉魔所困　從佛之威神　大意隨法教
總義至無上　所作後追身　超嚴度無極
所生現豪尊　初生行七步　普顯諸技術
示現在後宮　棄家無所慕　修道至止本
近空光明耀　習廣至誠業　降魔遠上道
轉法輪之跡　示在佛道地　大師無等倫
此行無涯底　粗現或廣遠　積行億載劫
以是爲娛樂　億百千衆生　精修住佛德
法者無有人　及著一切行　此行合慧義
神通以自娛　億千諸國土　一力百載劫
手掌擎周行　億載國不勞　尋能還復處
不逼惱衆生　諸佛國嚴淨　現之如有限
皆令衆生類　入於一毛孔　使其四大海
在于一毛孔　不增亦不減　億衆無迫惱
掌捉大鐵圍　億姟如一塵　移億江沙土
還復著故處　取國并其土　或有破壞者
以無心降伏　所入不可盡　假令百千日
一切月照衆　明珠大焰光　及諸天須倫
演一毛之光　其耀超億載　演無上法已
皆消世惡趣　若干種言音　衆生無餘辭
暢一音教已　皆周入諸訓　得聞柔輭音
巨億衆忻然　佛所講法音　咸共悉聽之
計其過去劫　而觀當來事　若當來現在
爲顯過去行　示限諸佛土　危壞復還復
以諸衆生億　悉具入一毛　十方佛威神
建立得越度　皆已身真現　感動現變化

明者住無慢　曉了衆生心　隨其身示現
離垢不貪已　一切諸人身　口言所歸趣
釋梵四天王　諸天及世人　聲聞緣覺乘
皆從佛身出　示奉行佛道　至於一切智
皆入思想網　清淨中瑕穢　建立於普智
常現佛道國　念分別思想　總世自在智
從其本行道　國爲現所修　所感動如此
善廣極現上　世俗所不及　爲現如斯教
所現無所現　復能有過者　因黎庶性行
爲顯眞諦業　其身等如空　其名聞三世
戒香衣自熏　寂然德莊嚴　被法離垢繒
普智如意珠　明智已備悉　功勳住普智
遠度無極輪　常施最神通　慧神足無礙
至智上明珠　其行淨妙女　殊勝攝四恩
唱導以善權　德善本法輪　居空定意尊
慈愍鎧爲城　弓弩智慧意　諸根明爲箭
建立爲世蓋　聖慧峙幢幡　因降諸魔勢
伏以忍辱力　土地攝總持　行慧淵智樹
覺意華三昧　神足嚴娛樂　解空爲浴池
脫門要淨妻　曉法甘露食　樂戲以三乘
是行爲最尊　殊妙不過此　億姟百千劫
未曾興懈倦　恭敬聖淨土　曉衆樂無住
立慧諸妙樂　具足一切智　勇猛計諸國
天雨消諸穢　衆妙尚可盡　虛空亦可度
須臾一時間　可曉衆心念　嗟歎諸佛子
百千劫無盡　欲致淨功勳　慧無能過者
濟度終苦患　令立於永安　至無盡平等
安住身口意　當堅固其心　造行如金剛

普賢菩薩說是語時三千大千世界六反震動其大光明普照十方箜篌樂器不鼓自鳴

諸天人民莫不欣慶聲聞弟子皆來歸命諸菩薩等皆言其誠一切衆會皆共歡然悉發無上正眞道意普智菩薩復白佛言道從有言無言致乎佛言亦從有言亦從無言墮在五趣生死之難五陰六衰所見羈絆十二因緣六十二見擾擾不安或十二海不度彼岸此諸事業百千種病故佛設教施以法藥戒定慧解度知見品四等四恩三十七品六度無極十二部經空無相願四諦三脱及以三寶以用療治此諸穢病藥爲病施無病無藥三毒衆穢皆爲重病至正眞慧而曰不病因緣所縛不解道者故佛爲暢僥喻文說聚沫水泡芭蕉野馬影響幻化夢月恍惚以解其意此事皆虛因惑而生不貪世俗習道法藥六度四等四恩衆事奉行此業得至於道解諸言教本皆無言或有佛土無有五陰六衰三毒因緣之縛故無文說無身無言虛靜寂寞解無三界不住有爲不處無爲不處中間是爲名曰從無言致普智復問今者衆會來集於此或有深解諸根明徹或有中人可進可退或有下士不知所趣達者無疑中間下士皆懷猶豫所以者何聞吾向者問二百事普賢菩薩答以二千各心念言事物煩鬧不知何事可奉可捨願佛分別開解其意以何等故事有二百答以二千佛言善哉善哉所問一何快乎決將來疑令諸學者不挾經網佛言諦聽善思念之當爲汝說是義所趣答言受教佛言用有二故故問二百何謂爲二有神貪身計有吾我有內有外在有在無故問二百又復問曰用有此計故有生死何故

復鄣重問二百事世尊告曰其二百事所可諮問皆除吾我内外有無則以權慧開化無際不得内外乃得至道開化一切普智復問普賢菩薩何故復重二千事答世尊告曰十方一切皆來集會其心各異意行不同達者聞要則以至道不能達者爲演多辭曉喻文説羣攀義旨目所覩形以諭其意乃得解慧如衣多垢以淳灰浣若干反數乃得淨耳然後染之其色乃鮮譬如有人欲起屋宅其地高下不能平正多有溷廁蛇虺毒蟲高下平之除去不淨擯棄蛇虺築牆圍基乃起屋宅菩薩如是除去五陰六衰十二因縁吾我諸蓋行大慈哀智慧善權爲衆法舍爲世間護爲世間臺普智復問何謂法舍世尊告曰教化一切皆入空慧無憎無愛心無妄想度脱衆生是爲法舍普智復問何謂爲臺世尊告曰以六神通徹視覩見十方心念徹聽有形亦察無形身遍十方無有去來道心覩見一切根原本無處所見已本際不處有無不處生死不住滅度開心一切皆至大道是曰爲臺何謂爲護世尊告曰隨時開化入於五道而淨五眼何謂爲五眼一曰肉眼處於世間現四大身因此開化度脱衆生何謂天眼諸在天上及在世間未識至道示以三乘各令得所何謂慧眼其不能解智度無極皆開化之使入大慧何謂法眼其在褊局不能恢泰悉開化之解法身一無去來今平等三世何謂佛眼其迷惑者不識正眞陰蓋所覆譬如睡眠示以四等四恩之行布施持戒忍辱精進一心智慧善權方便隨時而化進退隨宜

不失一切各令得所皆發無上正眞道意普智復問何謂此經名度世品佛言一切衆生閉在世間何謂爲閉五陰六衰之所覆蓋纏綿生死不能自拔以權方便智度無極消去五陰捐棄六衰不計吾我不在生死不住滅度譬如日月晝夜演光權慧如是忽然無迹德如虛空無有譬喻是故名曰度世品佛說如是普智菩薩普賢菩薩諸來會者天龍鬼神阿須輪聞佛所說莫不歡喜爲佛作禮

度世品經卷第六

音釋

潰胡對切散也　騙匹袁切躍上也　勗許玉切　噏許及切氣息入也　脆此芮切物易斷也　俠胡頰切挾也　輭乳兗切柔也　蠕乳兗切蟲動貌　跱丈里切峙同屹立也　溷胡困切圊也　褊俾緬切陿陋也

十住經

姚秦三藏法師鳩摩羅什共佛陀耶舍譯

清刻龍藏佛說法變相圖

十住經卷第一

姚秦三藏法師鳩摩羅什共佛陀耶舍譯

歡喜地第一

如是我聞一時佛在他化自在天王宮摩尼寶殿上與大菩薩衆俱皆於阿耨多羅三藐三菩提不退轉從他方界俱來集會此諸菩薩一切菩薩智慧行處悉得自在諸如來智慧入處悉皆得入善能教化一切世間隨時普示神通等事於念念中皆能成辦具足一切菩薩所願於一切世一切劫一切國土常修諸菩薩行具足一切菩薩所有福德智慧而無窮盡能爲一切而作饒益能到一切菩薩智慧方便彼岸能示衆生生死及涅槃門不斷一切菩薩所行善遊一切菩薩禪定解脫三昧神通明慧諸所施爲善能示現一切

菩薩無作神足皆悉已得於一念頃能至十方諸佛大會勸發諮請受持法輪常以大心供養諸佛常能修習諸大菩薩所行事業其身普現無量世界其音徧聞無所不至其心通達明見三世一切菩薩所有功德具足修習如是諸菩薩摩訶薩功德無量無邊於無數劫說不可盡其名曰金剛藏菩薩摩訶薩寶藏菩薩蓮華藏菩薩德藏菩薩蓮華德藏菩薩日藏菩薩月藏菩薩淨月藏菩薩照一切世間莊嚴藏菩薩智慧照明藏菩薩妙德藏菩薩栴檀德藏菩薩華德藏菩薩優鉢羅華德藏菩薩天德藏菩薩福德藏菩薩無礙清淨智慧德藏菩薩功德藏菩薩那羅延德藏菩薩無垢藏菩薩離垢藏菩薩種種樂說莊嚴藏菩薩大光明網藏菩薩淨明威德王藏菩薩大金山光明威德王藏菩薩一切相莊嚴淨德藏菩薩金剛炎德相莊嚴藏菩薩炎熾藏菩薩宿王光照藏菩薩虛空無礙妙音藏菩薩陀羅尼功德持一切世間願藏菩薩海莊嚴藏菩薩須彌德藏菩薩淨一切功德藏菩薩如來藏菩薩佛德藏菩薩解脱月菩薩如是等菩薩摩訶薩無量無邊不可思議不可稱說金剛藏菩薩摩訶薩而爲上首

爾時金剛藏菩薩摩訶薩承佛威神入菩薩大智慧光明三昧即時十方世界於一方過十億佛土微塵數世界乃有如來名金剛藏如是次第十億佛土微塵數諸佛皆現其身名金剛藏十方世界皆亦如是同聲讚言善哉善哉金剛藏乃能入是菩薩大智慧光明三昧如是十方世界微塵數等諸佛皆同一

號加汝威神又盧舍那佛本願力故又汝有大智慧故又與一切菩薩不可思議諸佛法明所謂令入智慧地故攝一切善根故善分別選擇一切佛法故廣知諸法故決定說諸法故無分別智善分別故一切世間法不能汙故出世間善根清淨故得不可思議智力故得一切智人智處故又得菩薩十地故如實說菩薩十地差別故分別說無漏法不著故大智慧光明善擇以自莊嚴故令入具足智門故隨所應住次第說故得無礙樂說光明故具足大無礙智地故不忘失菩提心故教化成就一切衆生性故得一切徧至決定智故又金剛藏汝當說此法門差別所謂諸佛神力故汝能堪受如來神力故自善根清淨故清淨法性性故饒益衆生性故令衆生得清淨法身智身故於一切佛得受記故得一切世間最高大身故過一切世間道故出世間善根清淨故即時十方諸佛示金剛藏眞實無上佛身與無障礙樂說之辯與善分別清淨智慧與善憶念不忘與善決定意與徧至一切智處與諸佛無壞力與諸佛無所畏不怯弱與諸佛無礙智分別諸法善開法門與一切諸佛上妙身口意所作何以故以得菩薩大智慧光明三昧法故亦是菩薩本願力故志心清淨故智慧明白故善集助道法故善修本事故能持無量念故信解清淨光明法故善得陀羅尼門無分別故以智印善印法性故爾時十方諸佛皆伸右手摩金剛藏菩薩頂金剛藏菩薩即從三昧起起巳告諸菩薩言諸佛子是諸菩薩事先皆善自

決定無有過無分别清淨明了廣大如法性究竟如虛空徧覆一切十方諸佛世界衆生爲救度一切世間爲一切諸佛神力所護何以故諸菩薩摩訶薩入過去諸佛智地亦入未來現在諸佛智地諸佛子何等是諸菩薩摩訶薩智地諸佛子菩薩摩訶薩智地有十過去未來現在諸佛已說今說當說爲是地故我如是說何等爲十一名喜地二名淨地三名明地四名炎地五名難勝地六名現前地七名深遠行地八名不動地九名善慧地十名法雲地諸佛子是十地者三世諸佛已說今說當說我不見有諸佛國土不說是菩薩十地者何以故此十地是菩薩最上妙道最上明淨法門所謂分别十住事諸佛子是事不可思議所謂菩薩摩訶薩隨順諸地智慧爾時金剛藏菩薩摩訶薩說諸菩薩十地名已默然而住不復分别義趣爾時一切諸菩薩衆聞說菩薩十地名已咸皆渴仰欲聞解釋各作是念何因何緣金剛藏菩薩說菩薩十地名已默然而住不更解釋時大菩薩衆中有菩薩摩訶薩名解脫月知諸菩薩心之所念以偈問金剛藏菩薩言

淨智念慧人　何故說菩薩　諸地名號已
默然不解釋　今諸大菩薩　心皆懷猶豫
何故說是名　而不演其義　大智諸菩薩
咸皆欲聽聞　如是諸地義　願爲分别說
是諸菩薩衆　清淨無瑕穢　安住堅實中
具足智功德　皆以恭敬心　瞻仰於仁者
願欲聞所說　如渴思甘露　金剛藏菩薩
聞說是事已　欲令大衆悅　即時說頌言

諸菩薩所行　第一難思議　分別是諸地
諸佛之根本　微妙甚難見　非心所能及
從佛智慧出　若聞即迷沒　持心如金剛
深信佛智慧　以爲第一妙　心無有疑難
遠離計我心　及心所行地　如是諸菩薩
爾乃能聽聞　寂滅無漏智　分別說甚難
如畫於虛空　如執空中風　我念佛智慧
第一難思議　衆生少能信　是故我默然

解脫月菩薩聞說此已語金剛藏菩薩言佛子是大菩薩衆深心清淨善行菩薩道善集助道法善能供養恭敬諸佛於無量佛多種善根成就無量深厚功德離癡疑悔無有貪著及諸結礙深心信解安住不動於是法中不隨他教是故佛子當承佛力敷演此義是諸菩薩於是深法皆能證知時解脫月菩薩欲重宣此義而說偈言

願說安隱法　菩薩無上行　分別於諸地
令智慧清淨　衆智淨無垢　安住深信解
於諸無量佛　證知十地義

爾時金剛藏菩薩言佛子是諸大衆雖皆清淨離癡疑悔於此事中不隨他教其餘樂小法者聞是甚深難思議事或生疑悔是人長夜受諸衰惱我愍此等是故默然爾時金剛藏菩薩欲明了此義而說偈言

是衆雖清淨　深知離疑悔　其心已決定
不復隨他教　無動如須彌　不亂如大海
其如不久行　智慧未明了　隨識不隨智
聞以生疑悔　彼將墜惡趣　愍念故不說

解脫月菩薩言佛子願承佛力善分別此不可思議法佛所護念事令人易信解所以者

何善説十地義十方諸佛法應護念一切菩薩護是事故勤行精進何以故是菩薩最上所行得至一切諸佛法故譬如所有經書皆初章所攝初章爲本無有一字不入初章者如是佛子十地者是一切佛法之根本菩薩具足行是十地能得一切智慧是故佛子願説此義諸佛護念加以神力令人信受不可破壞爾時解脱月菩薩欲顯此義而説偈言

善哉智慧子　清淨行具足　願説十地行
所入十地法　具足於智慧　得以成菩提
所有十方佛　最勝人中尊　皆共護念汝
説是十地義　十地爲根本　是名智行處
亦爲究竟道　佛無量法聚　譬如諸文字
皆攝在初章　諸佛功德智　十地爲根本

爾時諸菩薩一時同聲以偈請金剛藏菩薩言

上妙智慧人　樂説無有量　德重如山王
哀愍説十地　戒念慧清淨　説是十地義
十力之根本　無礙智本行　戒定慧功德
集在仁者心　憍慢諸邪見　皆悉以滅盡
是衆無疑心　惟願聞善説　譬如渴思水
如飢思美食　如病思良醫　如蜂欲食蜜
我等亦如是　聞甘露法味　是故曠大意
願開初地門　乃至第十地　次第爲我説

爾時釋迦牟尼佛從眉間白毫相放菩薩力明光炎百千阿僧祇光以爲眷屬放斯光已普照十方諸佛世界靡不周徧三惡道苦皆得休息悉照十方諸佛大會説法之衆顯現如來不思議力是光明徧照十方諸佛大會諸菩薩身已於上虚空中成大光明雲臺十

方諸佛亦復如是從眉間白毫相俱放菩薩力明光炎百千阿僧祇光以爲眷屬普現如來不思議力悉照一切諸佛大會及照娑婆世界釋迦牟尼佛大衆并照金剛藏菩薩摩訶薩及師子座照已於上虛空中成大光明雲臺時諸大光明雲臺中諸佛神力故而說偈言

無等等諸佛　功德如虛空　十力無畏等
最尊世間王　於釋迦佛前　而現此神力
以佛力開現　法王師子藏　說諸地所行
諸地義差別　承諸佛力說　無有能壞者
若人聞法寶　則爲諸佛護　漸次具諸地
得已成佛道　若人堪任聞　雖在於大海
及劫盡火中　必得聞此經　若人癡疑悔
終不能得聞　是故今佛子　說諸地智道
入勢力觀法　次第而修行　得至於餘地
各得所利益　利一切世間　願說勿令斷

爾時金剛藏菩薩觀察十方欲令大衆增益信敬而說偈言

諸佛聖主道　微妙甚難解　非思量所得
惟智者行處　其性從本來　寂然無生滅
從本以來空　滅除諸苦惱　遠離於諸趣
等同涅槃相　無中亦無後　非言辭所說
出過於三世　其相如虛空　諸佛所行處
清淨深寂滅　言說所難及　地行亦如是
說之猶尚難　何況以示人　諸佛之智慧
離諸心數道　不可得思議　非有陰界入
但以智可知　非識之所及　如空迹難說
何可示其相　十地義如是　非無邊心知
是事雖爲難　發願行慈悲　漸次具諸地

非心所能及　如是諸地行　微妙甚難見
不可以心知　當承佛力說　汝等當恭敬
咸共一心聽　諸地相入行　修習出法門
於無量億劫　說之不可盡　今如實略說
其義無有餘　一心恭敬待　今承佛力說
大音唱因喻　義名不相違　佛神力無量
今皆在我身　我之所說者　如大海一滴

金剛藏菩薩說此偈已告於大衆諸佛子若衆生厚集善根修諸善行善集助道法供養諸佛集諸清白法爲善知識所護入深廣心信樂大法心多向慈悲好求佛智慧如是衆生乃能發阿耨多羅三藐三菩提心爲得一切種智故爲得十力故爲得大無畏故爲得具足佛法故爲救一切世間故爲淨大慈悲心故爲向十方無餘無礙智故爲淨一切佛國令無餘故爲於一念中知三世事故爲自在轉大法輪廣示現佛神力故諸菩薩摩訶薩生如是心諸佛子是心以大悲爲首智慧增上方便所護直心深心淳至量同佛力善籌量衆生力佛力趣向無礙智隨順自然智能受一切佛法以智慧教化廣大如法性究竟如虛空盡於後際諸佛子菩薩生如是心即時過凡夫地入菩薩位生在佛家種姓無可譏嫌過一切世間道入出世間道住菩薩法中在諸菩薩數等入三世如來種中畢定究竟阿耨多羅三藐三菩提菩薩住如是法名住歡喜地以不動法故諸佛子菩薩摩訶薩住是歡喜地多喜多信多清淨多踊悅多調柔多堪受不好鬬諍不好惱亂衆生不好瞋恨諸佛子諸菩薩住是歡喜地念諸佛故

生歡喜心念諸佛法故生歡喜心念諸菩薩摩訶薩故生歡喜心念諸菩薩所行故生歡喜心念諸波羅蜜清淨相故生歡喜心念諸菩薩與衆殊勝故生歡喜心念諸菩薩力不可壞故生歡喜心念諸如來教化法故生歡喜心念能爲利益衆生故生歡喜心念一切佛一切菩薩所入智慧門方便故生歡喜心諸佛子菩薩復作是念我轉離一切世間生歡喜心入一切佛平等中生歡喜心遠離一切凡夫地生歡喜心近到智慧地生歡喜心斷一切惡道生歡喜心與一切衆生作依止生歡喜心近見一切諸佛生歡喜心生諸佛境界生歡喜心入一切諸菩薩數生歡喜心我離一切驚怖毛竪等生歡喜心所以者何是菩薩摩訶薩得歡喜地所有諸怖畏即皆遠離所謂不活畏惡名畏死畏墮惡道畏大衆威德畏離如是等一切諸畏何以故是菩薩離我相故尚不貪身何況所用之事是故無有不活畏也心不希望供養恭敬我應供養衆生供給所須是故無有惡名畏也離我見無我相故無有死畏又作是念我若死已生必不離諸佛菩薩是故無有墮惡道畏我所志樂無與等者何況有勝是故無有大衆威德畏也諸佛子如是菩薩離諸驚怖毛竪等事諸佛子是菩薩以大悲爲首深大心堅固轉復勤修一切善根所謂以信心增上多行淨心解心清淨多以信心分別起悲愍心成就大慈心不疲懈以慚愧莊嚴成就忍辱柔和敬順諸佛教法信重尊貴日夜常修善根無猒親近善知識常愛樂法求多聞無猒

如所聞法正觀心不貪著不求利養名聞恭敬一切資生之物心無慳悋常生實心無有猒足貪樂一切智地常欲得諸佛力無畏不共法求助諸波羅蜜法離諸諂曲如說能行常行實語不汙諸佛家不捨菩薩學戒生薩婆若心不動如大山王不樂一切世間諸事成就出世間善根集助菩提分法無有猒足常求勝中勝道諸佛子菩薩摩訶薩成就如是淨治地法名爲安住菩薩歡喜地菩薩如是安住歡喜地發諸大願生如是定心所謂我當供養一切諸佛皆無有餘一切供養之具隨意供養心解清淨發如是大願廣大如法性究竟如虛空盡未來際盡供養一切劫中所有諸佛以大供養具無有休息又一切諸佛所說經法皆悉受持攝一切諸佛阿耨多羅三藐三菩提故一切諸佛所教化法悉皆隨順一切諸佛法皆能守護發如是大願廣大如法性究竟如虛空盡未來際盡皆守護一切劫中一切佛法無有休息又一切世界一切諸佛從兜率天來下入胎及在胎中初生時出家時成佛道時悉當勸請轉大法輪示入大涅槃我於爾時盡往供養攝法爲首三時轉故發如是大願廣大如法性究竟如虛空盡未來際盡一切劫奉迎供養一切諸佛無有休息又一切諸菩薩所行廣大高遠無量不可壞無有分別諸波羅蜜所攝諸地所淨生諸助道法有相無相道有成有壞一切菩薩所行諸地道及諸波羅蜜本行教化令其受行心得增長發如是大願廣大如法性究竟如虛空盡未來際盡一切劫中諸

菩薩所行以法教化成就衆生無有休息又一切衆生若有色若無色若有想若無想若非有想非無想若卵生若胎生若濕生若化生三界繫入於六道在一切生處名色所攝爲教化成就一切衆生斷一切世間道令住佛法集一切智慧使無有餘發如是大願廣大如法性究竟如虛空盡未來際盡一切劫教化一切衆生無有休息又一切世間廣狹極高無量不可分别不可移動不可說麤細正住倒住首足相對平坦圓方隨入如是世間智如帝網經幻事差别如是十方世界差别皆現前知發如是大願廣大如法性究竟如虛空盡未來世盡一切劫如是世界皆現前盡知無有休息又一切佛土入一佛土一佛土入一切佛土一一佛土無量光明莊嚴離諸垢穢具足清淨道有無量智慧衆生悉滿其中常有諸佛大神通力隨衆生心而爲示現發如是大願廣大如法性究竟如虛空盡未來際盡一切劫清淨如是國土無有休息又一切菩薩同心同學共集諸善無有怨嫉俱緣一事等心和合常不相離隨意能現佛身於自心中悉能解知諸佛神力智力常得隨意神通悉能遊行一切國土一切佛會皆現身相一切生處普生其中有如是不可思議大智慧具足菩薩行發如是大願廣大如法性究竟如虛空盡未來際盡一切劫行如是大智慧道無有休息又乘不退輪行一切菩薩道身口意業不空衆生見者即必定佛法聞我音聲即得眞實智慧道有見我者心即歡喜離諸煩惱如大藥樹王爲得如是

心行諸菩薩道發如是大願廣大如法性究竟如虚空盡未來際盡一切劫行不退道所作不空無有休息又於一切世界皆得阿耨多羅三藐三菩提於一毛頭示身入胎出家坐道場成佛道轉法輪度衆生示大涅槃現諸如來大神智力隨一切衆生所應度者念念中得佛道度衆生滅苦惱知一切法如涅槃相以一音聲令一切衆生皆使歡喜示大涅槃而不斷菩薩所行示衆生大智地使知一切法皆是假僞大智慧大神通自在變化故發如是大願廣大如法性究竟如虚空盡未來際盡一切劫得佛道事求大智慧大神通等無有休息諸佛子菩薩住歡喜地以十願爲首生如是等百萬阿僧祇大願以十不可盡法而生是願爲滿此願勤行精進何等爲十一衆生不可盡二世間不可盡三虚空不可盡四法性不可盡五涅槃不可盡六佛出世不可盡七諸佛智慧不可盡八心緣不可盡九起智不可盡十世間道種法道種智慧道種不可盡如衆生盡我願乃盡如世間盡如虚空盡如法性盡如涅槃盡如佛出世盡如諸佛智慧盡如心緣盡如起智慧盡如道種盡我願乃盡而衆生實不可盡世間虚空法性涅槃佛出世諸佛智慧心緣起智道種實不可盡我是諸願福德亦不可盡諸佛子菩薩決定發是大願則得利安心柔輭心調順心善心寂滅心和潤心直心不亂心不嬈心不濁心如是則成信者樂以信相分別功德信諸佛本所行道信行諸波羅蜜而得增長信善入諸地得殊勝功德信得成佛十

力信具足四無所畏信不共法不可壞信諸佛法不可思議信諸佛力無中無邊信諸如來無量行門信從因緣以成果報舉要言之信諸菩薩普行諸佛功德智慧威神力等諸佛子菩薩作是念諸佛正法如是甚深如是離相如是寂滅如是空如是無相如是無作如是無染如是無量如是廣大如是難壞而諸凡夫心墮邪見為無明癡冥蔽其慧眼常立憍慢幢墮在渴愛網隨順諂曲常懷慳嫉而作後身生處因緣多集貪欲瞋恚愚癡起諸重業嫌恨猛風吹罪心火常令熾盛有所施作皆與顛倒相應欲流有流見流無明流相續起心意識種於三界地生苦惱芽所謂名色和合增長六入諸入與外塵相對生觸觸因緣故生諸受染樂受故生渴愛渴愛增益故生取取增長故復起後有有因緣故有生老死憂悲苦惱如是因緣集諸苦聚衆生受諸苦惱是中無我無我所無作者無受者無知者如草木瓦石又亦如影凡夫可愍不知不覺而受苦惱菩薩於此見諸衆生不免諸苦即生大悲智慧是諸衆生我等應救又欲令住畢竟佛道之樂即生大慈智慧菩薩摩訶薩隨順如是大慈悲法以深妙心住在初地於一切物無所貪惜尊重諸佛大妙智故學行大捨即時所有可施之物盡能施與所謂穀麥庫藏金銀摩尼珠硨磲碼碯瑠璃珊瑚琥珀珂貝瓔珞嚴身之具諸珍寶等及象馬車乘輦轝人民奴婢眷屬國土城邑聚落廬舍園林遊觀妻子男女一切所愛皆悉捨與頭目耳鼻支節手足舉身皆與深重佛

智故而不貪惜菩薩摩訶薩住於初地能行大捨是菩薩以大悲心大捨心救一切衆生故轉勤推求世間出世間利益勝事心無疲懈是故菩薩生無疲倦功德於諸經書能自開解是故生知經書功德得如是知經書智慧善能籌量應作不應作於上中下衆生隨宜而行隨有依止來親近者隨力利益是故菩薩生世智功德得世智功德則知時知量慚愧莊嚴修習自利利彼之道是故則生慚愧功德如是功德行中精勤修行心不懈退是精進不退功德得力即時得堪受力得堪受力已勤行供養諸佛隨佛所說如說而行諸佛子是菩薩悉知生起如是清淨地法所謂信慈悲捨不疲倦知諸經書善解世法慚愧堪受力供養諸佛如所說行又是菩薩住歡喜地以廣大願故見於諸佛數百數千數萬億那由他佛菩薩見諸佛時心大歡喜深心愛敬以菩薩樂具供養諸佛及供養僧以是福德皆回向阿耨多羅三藐三菩提是菩薩因供養諸佛故生教化衆生法多以二攝攝取衆生所謂布施愛語後二攝法但以信解力行未善通達是菩薩隨所供養諸佛教化衆生皆能受行清淨地法如是諸功德皆自然回向薩婆若轉益明顯堪任有用譬如佛子金師鍊金隨以火力調柔可用增益光色如是菩薩隨供養諸佛教化衆生受行清淨諸地之法此諸功德皆自然回向薩婆若轉益明顯隨意所用又諸佛子菩薩摩訶薩於初地中相貌得果應從諸佛菩薩善知識所諮受請問成初地之法不應疲猒是菩薩

住初地中應於諸佛菩薩善知識所諮受請問第二地中相貌得果無有猒足如是第三第四第五第六第七第八第九第十地中相貌得果應從諸佛菩薩善知識所諮受請問成十地法無有疲猒是菩薩悉應善知諸地逆順法善知諸地成壞善知諸地相貌因緣善知諸地得捨善知諸地清淨行分善知諸地從一地至一地行善知諸地是處非是處善知諸地轉所住處善知諸地初事後事差別善知諸地得不退轉相乃至善知一切菩薩清淨地法善知入如來智地諸佛子如是諸菩薩善知諸地相貌未發初地故乃至十地知無障礙得諸地智慧光明故能得諸佛智慧光明諸佛子如大賈主多將賈人欲至大城應先問道路退還過咎在道利害未發初處知道宿時乃至善知到彼城事能以智慧思惟籌量具諸資用令無所乏正導人衆得至大城於險道中免諸患難身及諸人皆無憂惱諸佛子菩薩摩訶薩亦復如是住於初地而善知諸地逆順法乃至善知淨一切菩薩清淨地法善知入如來智地爾時菩薩集大福德智慧資糧爲衆生賈主隨宜教化令出生死險難惡處示安隱道乃至令住薩婆若智慧大城無諸憂惱是故諸佛子菩薩摩訶薩常應心不疲倦勤修諸地本行乃至善知入如來智地諸佛子是名略說菩薩摩訶薩入歡喜地門廣說則有無量百千萬億阿僧祇事菩薩摩訶薩住在此地多作閻浮提王豪貴自在常護正法能以大施攝取衆生善除衆生慳貪之垢常行大施而不窮匱

所作善業若布施若愛語若利益若同事是諸福德皆不離念佛不離念法不離念諸菩薩摩訶薩伴不離念諸菩薩所行道不離念諸波羅蜜不離念十地不離念諸力無畏不共法乃至不離念具足一切種智常生是心我當於一切衆生之中爲首爲勝爲大爲妙爲上爲無上爲導爲將爲帥爲尊乃至於一切衆生中爲依止者諸佛子菩薩摩訶薩若欲捨家勤行精進須臾之間於佛法中便能捨家妻子五欲得出家已勤行精進須臾之間得百三昧得見百佛知百佛神力能動百佛世界能飛過百佛世界能照百佛世界能教化百佛世界衆生能住壽百劫能知過去未來世各百劫事能善入百法門能變身爲百於一一身能示百菩薩以爲眷屬若以願力自在示現過於此數若干百千萬億那由他不可計知爾時金剛藏菩薩摩訶薩欲重明此義而説偈言

若有諸衆生　厚修習善根　成就於白法
親近於諸佛　清淨信力大　隨順慈悲心
如是人能發　無量之佛智　諸佛一切智
無量力清淨　堪受力堅牢　成就諸佛法
悲心救世間　淨修諸佛國　敷演轉法輪
發此無上願　一念知三世　而無有别異
種種時差别　以示於世間　略説則盡求
諸佛之功德　發於廣大心　猶若如虚空
悲心智慧首　方便令修行　淨信深心故
其力無有量　心向無障礙　而不隨他教
同諸佛平等　而生於大心　諸佛子當生
如是之實心　即離凡夫行　入於佛所行

即生如來家　無有可譏嫌　則同於諸佛
必成無上道　生如是心時　即便得初地
其心不可動　猶若如山王　是菩薩便有
大喜相顯現　其心常清淨　堪受於大事
心不樂鬭訟　不好惱衆生　無有瞋恨心
樂慚愧恭敬　又習行直心　守護於諸根
常念救世間　念求諸佛智　心生於歡喜
我當得此事　得於歡喜地　即過五恐怖
不活畏死畏　及與惡名畏　三惡道怖畏
大衆威德畏　以不貪著我　及與我所故
是諸佛子等　遠離諸怖畏　常行慈悲心
恒有信恭敬　慚愧功德備　晝夜增善法
樂功德實利　不樂於諸欲　如有所聞法
能常善思惟　無有貪著行　斷諸利養心
常樂於菩提　一心求佛智　行諸波羅蜜
離於諂曲心　隨說而能行　安住實語中
不汙諸佛家　不捨菩薩學　遠世間事業
樂利於世間　求善法無猒　精進轉增益
諸菩薩如是　好樂諸功德　而發於大願
求欲見諸佛　護法至佛所　行菩薩妙行
化一切衆生　淨一切佛土　我佛國土中
滿諸大菩薩　諸菩薩同心　見聞皆不空
一切微塵中　諸佛成佛道　發於如是等
無量無邊願　是願無窮盡　如虛空衆生
法性世涅槃　諸佛出智慧　心緣起智種
我願如是住　如是發大願　心柔輭調順
能信佛功德　而觀於衆生　知從因緣起
則生慈悲心　即於苦衆生　我當救度之
爲是衆生故　而行種種施　所謂妙國土
上妙諸珍寶　象馬及車乘　眷屬與人民

頭目及手足　肌肉施無悔　求種種經書
心無有疲倦　得解其義趣　能隨世而行
慚愧堪受心　漸令得增長　能以恭敬心
供養無量佛　智者於日夜　如是常修行
善根得明了　猶如成鍊金　菩薩住是地
能了知十住　展轉修行時　無有諸障礙
譬如賈客主　欲利諸寶人　先問道路中
諸險艱難事　菩薩住初地　應知諸地行
而無有障礙　能至於佛地　住是初地中
多作閻浮王　善知於諸法　常行慈悲心
如法而化導　一切皆信敬　勸令行布施
以求佛智慧　菩薩若捨國　佛法中出家
勤行於精進　即得百三昧　及見百諸佛
震動百國土　光明照百國　飛行亦如是
化百土衆生　入於百法門　念知百劫事
示現百種身　能以百菩薩　眷屬而示現
若以其願力　過是數無量　今明初地義
但以略解說　若欲廣說者　億劫不能盡
是初菩薩地　名之爲歡喜　利益衆生者
今已分別說

十住經卷第一

音釋

諮（津私切，訪問也）瑕（胡加切，玷也）踊（余隴切，跳躍也）狹（胡夾切，隘也）
輭（而兗切，柔也）轝（羊諸切，兩手對舉之車也）

十住經卷第二

姚秦三藏法師鳩摩羅什共佛陀耶舍譯

離垢地第二

一切菩薩衆　聞說上地義　其心皆清淨
歡喜無有量　各於所坐處　踊住虛空中
脫身上妙衣　以散金剛藏　咸皆稱讚言
善哉金剛藏　大智無所畏　善說菩薩地
解脫月大士　知衆心清淨　欲聞第二地
相貌之所說　即請金剛藏　大智願解說
第二地相貌　一切皆欲聞

爾時金剛藏菩薩摩訶薩語解脫月菩薩言佛子菩薩摩訶薩已具足初地欲得第二地者當生十心何等爲十一柔輭心二調和心三堪受心四善心五寂滅心六眞心七不雜心八無貪恡心九快心十大心若諸菩薩摩訶薩已具足初地欲得二地者先當生是十心諸佛子菩薩欲住是離垢地從本已來離一切殺生捨棄刀仗無瞋恨心有慚有愧於一切衆生起慈悲心常求樂事尚不惡心惱於衆生何況麤惡離諸劫盜資生之物常自滿足不壞他財若物屬他他所受用他所攝者於是物中一草一葉不與不取何況過者離於邪婬自足妻色不求外欲屬他女人尚不生心何況從事離於妄語常眞語實語諦語直語不作憎惡妄語乃生夢中尚不妄語何況故作妄語離於兩舌無破壞心此聞不向彼說彼聞不向此說於鬪諍離散人中常好和合離於惡口所有言語不麤獷苦惡令他瞋惱不以瞋慢令他怖畏惱熱不憂不喜自壞其身亦壞於他如是等語皆悉捨離所

有言說甚可喜樂美妙悅耳能化人心和柔具足多人愛念能令他人歡喜悅樂常出如是之語離於綺語常自守護所可言說應作不作常知時語實語利益語順法語籌量語不爲戲樂語乃至戲笑尚不綺語何況故作綺語不貪他物若有屬他他所貪著他所攝用不作是念我當取之離瞋害心嫌恨心迫熱心等常於衆生求好事心愛潤心利益心慈悲心離於占相習行正見決定深信罪福因緣離於諂曲誠信三寶生決定心菩薩如是常護善道作是思惟衆生墮諸惡道者皆由十不善道因緣我今當自住十善法亦當爲人說諸善法示正行處何以故若人自不行善爲他說法令住善者無有是處又是菩薩復深思惟行十不善道因緣故則墮地獄畜生餓鬼行十善道因緣故則生人處乃至有頂處生又是十善道與智慧和合修行心劣弱者樂少功德猒畏三界大悲心薄從他聞法至聲聞乘復有人行是十善道不從他聞自然得知不能具足大悲方便而能深入衆因緣法至辟支佛乘復有人行是十善道清淨具足其心曠大無量無邊於衆生中起大慈悲有方便力志願堅固不捨一切衆生故求佛大智慧故清淨菩薩諸地故能淨諸波羅蜜故能入深廣大行又能清淨行是十善道乃至能得佛十力四無所畏四無礙智大慈大悲乃至具足一切種智集諸佛法是故我等應行十善道常求一切智慧是菩薩復作是思惟此十不善道上者地獄因緣中者畜生因緣下者餓鬼因緣於中殺生之罪

能令衆生墮於地獄畜生餓鬼道若生人中得二種果報一者短命二者多病劫盜之罪亦令衆生墮於地獄畜生餓鬼道若生人中得二種果報一者貧窮二者共財不得自在邪婬之罪亦令衆生墮於地獄畜生餓鬼道若生人中得二種果報一者婦不貞良二者得不隨意眷屬妄語之罪亦令衆生墮三惡道若生人中得二種果報一者多被誹謗二者恒爲多人所誑兩舌之罪亦令衆生墮三惡道若生人中得二種果報一者得弊惡眷屬二者得不和眷屬惡口之罪亦令衆生墮三惡道若生人中得二種果報一者常聞惡音二者所可言說恒有諍訟綺語之罪亦令衆生墮三惡道若生人中得二種果報一者所有言語人不信受二者有所言說不能分了貪欲之罪亦令衆生墮三惡道若生人中得二種果報一者多欲二者無有猒足瞋惱之罪亦令衆生墮三惡道若生人中得二種果報一者常爲他人求其長短二者常爲他所惱害邪見之罪亦令衆生墮三惡道若生人中得二種果報一者常生邪見之家二者其心諂曲諸佛子如是十不善道皆是衆苦大聚因緣菩薩復作是念我等何故不遠離是十不善道行十善道亦令他人行此善道如是念已即離十不善道安住十善道亦令他人發心住於十善道是菩薩爾時於一切衆生中生安隱心樂心慈心悲心憐愍心利益心守護心師心大師心我所有心作是念是諸衆生墮於邪見隨逐邪心行邪險道甚可憐愍我等應令是衆生住正見道如實法

中是諸衆生常共瞋恨鬬諍分别彼我我等應令是衆生在無上大慈中是諸衆生無有猒足常貪他人財物恒以邪命自活我等應令是衆生住於清淨身口意業是諸衆生隨逐貪欲瞋恚愚癡因緣常爲種種煩惱大火之所燒然不求得出方便我等應令是衆生滅諸煩惱大火安置清涼之處是諸衆生常爲無明黑闇所覆入大黑闇遠離智慧光明入於生死大險道中隨逐種種邪見我等應令是衆生使得無礙清淨慧眼以是眼故知一切法如實相得不隨他教得一切如實無障礙智是諸衆生墮在生死險道中將墜地獄畜生餓鬼深坑入惡邪見網中爲種種愚癡叢林所覆隨逐虚妄邪道徑路常爲愚癡之所盲冥遠離有智導師非是出道謂爲出要隨惡魔道隨順魔意遠離佛意我等應令是衆生度於生死險道難難安處令住一切智人無畏大城無諸衰惱是諸衆生爲諸煩惱暴水所沒常爲欲流有流見流無明流所漂常隨生死相續不絶入大愛河爲諸煩惱勢力所食不能得求出要之道常爲欲覺瞋覺惱覺惡蟲所害又爲身見水中羅刹所執入於五欲深流迴澓諸難之中爲喜愛淤泥之所染汙我慢陸地之所焦枯無所歸趣於十二入怨賊聚落不能得出不遇導師能正度者我等應於是衆生生大慈悲以大善根力而拔濟之得安隱處離諸驚怖隱没住一切智慧寶洲是諸衆生深心貪著多有憂悲苦惱患難憎愛所縛欲械所繫入於三界無明稠林我等應令是衆生遠離一切三界所

著令住離相無礙涅槃是諸衆生深著我我所於五陰巢窟不能自出常隨四倒依六入空聚爲四大毒蛇之所侵害爲諸煩惱衆賊所殺受此無量諸苦惱者我等應令是衆生離一切貪著令住空無我智道所謂涅槃斷一切障礙是諸衆生其心狹劣樂於小法遠離無上一切智慧以是貪著小乘心故不求無底大乘出法我等應令是衆生住廣大心無量無邊諸佛法中所謂無上大乘諸佛子是菩薩如是隨順持戒力善能廣生大慈悲心是菩薩住離垢地得見數百佛數千萬億那由他諸佛見諸佛已以衣被飲食臥具醫藥資生之物供養諸佛於諸佛所生恭敬心復受十善道受已乃至得阿耨多羅三藐三菩提終不中失是菩薩若干多百多千乃至多百千萬億劫遠離慳貪破戒垢故淨修布施持戒諸佛子譬如成鍊眞金在礬石中諸一切垢則盡轉復明淨菩薩亦如是住是離垢菩薩地中多百多千乃至無量百千萬劫遠離慳貪破戒垢故淨修布施持戒菩薩爾時於四攝法中愛語偏多十波羅蜜中戒波羅蜜偏勝餘波羅蜜非不修集但隨地增長諸佛子是名菩薩摩訶薩第二離垢地菩薩住是地中多作轉輪聖王爲大法王廣得法力七寶成就有力自在能除一切衆生慳貪破戒之垢以善方便令衆生住於十善道中爲大布施而不窮盡所作善業若布施若愛語若利益若同事皆不離念佛不離念法不離念諸菩薩摩訶薩伴不離念諸菩薩所行道不離念諸波羅蜜不離念十地不離念諸

力無畏不共法乃至不離念具足一切種智常生是心我當於一切衆生之中爲首爲勝爲大爲妙爲上爲無上爲導爲將爲帥爲尊乃至於一切衆生中爲依止者諸佛子是菩薩摩訶薩若欲捨家勤行精進須臾之間於佛法中便能捨家妻子五欲得出家已勤行精進須臾之間得千三昧得見千佛知千佛神力能動千佛世界能飛過千佛世界能照千佛世界能教化千佛世界衆生能住壽千劫能知過去未來世各千劫事能善入千法門能變身爲千於一一身能示千菩薩以爲眷屬若以願力自在示現過於此數若千百千萬億那由他不可計知爾時金剛藏菩薩摩訶薩欲重明此義而說偈言

菩薩柔輭心　調和堪受心　善心寂滅心
眞心不雜心　無有貪悋心　快心與大心
得是十心已　入於第二地　菩薩住是地
成就諸功德　常離於殺生　不惱於一切
常離於劫盜　不生邪婬心　實語不兩舌
不惡口綺語　他人所有物　不生於貪心
不惱於衆生　直心行正見　無有憍慢心
亦無諂曲心　柔輭不放逸　護持諸佛教
所有劇苦惱　地獄與畜生　餓鬼熾然身
皆從惡心有　我今已永離　如是諸惡事
行於眞實理　寂滅之善法　從人至有頂
所有受樂處　禪樂三乘樂　皆從十善生
如是思惟已　心常不放逸　身自持淨戒
亦教人令持　徧觀諸衆生　種種受苦惱
如是愍念已　轉生深悲心　凡夫甚可愍
墮在諸邪見　心多懷瞋恨　常好起諍訟

常樂於五欲　貪求無有猒　起三毒因緣
我應度此等　深覆愚癡闇　墜生死險道
入大邪見網　隨於世籠檻　常爲諸魔賊
煩惱之所壞　此等甚可愍　我應度脱之
没深煩惱水　四流所漂漫　具受於三界
百種諸苦毒　住五陰深巢　生我我所心
我爲度此苦　當勤修行道　捨無上佛慧
生於下劣心　令住佛大智　發無量精進
菩薩住此地　集無量功德　得值遇諸佛
承事而供養　以是因緣故　善根轉明淨
猶如好眞金　鍊之以礬石　佛子住此地
常作轉輪王　令諸衆生等　住於十善道
從初發心來　所修習諸福　願以救世間
令得佛十力　若欲捨王位　出家行學道
勤心行精進　得入千三昧　得見數千佛
供養聽受法　菩薩住此地　能示如是事
若以其願力　示諸神通事　度脱於衆生
過此數無量　常爲諸世間　勤求好事者
具足解説此　第二地已竟

明地第三

諸菩薩聞是　不可思議行　心皆大歡喜
恭敬無有量　即時虚空中　雨衆名華香
如雲而垂下　供養金剛藏　咸讚言善哉
善哉金剛藏　善説諸大人　護持淨戒行
於諸衆生中　深有憐愍心　敷演解説是
第二地行處　菩薩微妙行　眞實無有異
是諸菩薩等　清淨之行足　爲一切衆生
常求諸好事　第二淨明地　今已解説竟
天人恭敬者　願説第三地　善示智所作
菩薩之所行　願説諸大人　云何行布施

持戒及忍辱　精進行禪定　智慧與方便
并及慈悲心　云何行是法　清淨於佛行
解脱月菩薩　語金剛藏言　菩薩至三地
當以何等心

金剛藏菩薩摩訶薩語解脱月菩薩言佛子諸菩薩摩訶薩深淨心行第二地已欲得第三地當以十心得入第三地何等爲十一淨心二猛利心三猒心四離心五不退心六堅心七明盛心八無足心九快心十大心諸佛子是菩薩摩訶薩以是十心得入第三地能觀一切有爲法如實相所謂無常苦空無我不淨不久敗壞不可信相念念生滅又不生不滅不從前際來不去至後際現在不住菩薩如是觀一切有爲法眞實相知此諸法無作無起無來無去而諸衆生憂悲苦惱憎愛所繫無有停積無定生處但爲貪恚癡火所然增長後世苦惱火聚無有實性猶如幻化見如是已於一切有爲法轉復猒離趣佛智慧是菩薩知如來智慧不可思議不可稱量有大勢力無能勝者無有雜相無有衰惱憂悲之苦能至無畏安隱大城不復轉還能救無量苦惱衆生如是見知佛智無量見有爲法無量苦惱於一切衆生轉生殊勝十心何等爲十衆生可愍孤獨無救貧窮無所依止三毒之火熾然不息閉在三有牢固之獄常住煩惱諸惡刺林無正觀力於善法中欲樂心薄失諸佛妙法而常隨順生死水行驚畏涅槃是菩薩見衆生如是多諸衰惱發大精進是諸衆生我應救我應解應令清淨應令得脱應著善處應令安住應令歡喜應知所

宜應令得度應使滅苦菩薩如是善遠離一切有爲法深念一切衆生見諸佛一切智有無量利益即時欲具佛智慧救度衆生故勤行菩薩道作是思惟以何因緣以何方便是諸衆生墮在大苦諸煩惱中當拔出之使得永住畢竟常樂即時知住無礙解脱智慧中者乃可得此是無礙智慧解脱不離通達諸法如實智無行行慧如是智慧之明從何而得當知不離多聞決定智慧復作是念無礙解脱等諸佛法以何爲本不離聞法爲本菩薩如是念已一切求法時轉加精勤日夜常樂聽法無有猒足心無休息喜法愛法依法隨法重法究竟法歸法救法隨順行法菩薩如是方便求法所有珍寶財物金銀等庫藏無所匱惜於此物中不生難想但於說法者

生難遭想爲求法故於内外物無不能捨世間所有可布施者所謂國土人民眷屬田業財物摩尼寶珠金銀庫藏象馬輦轝衆寶瓔珞諸嚴身之具妻子男女及支節手足耳目鼻舌舉身施與無所愛惜又爲求法故於說法者盡心恭敬供養給侍破除憍慢我慢大慢諸惡苦惱無理等事悉能忍受深求法故若得一句未曾聞法勝得滿三千大千世界珍寶得聞正法一偈勝得轉輪聖王釋提桓因梵天王處無量劫住是菩薩若有人來作是言我與汝佛所說法一句能淨菩薩所行道令汝得聞若能入大火坑受大苦者當以相與是菩薩作是念我受一句法故尚於三千大千世界火坑從梵天投下何況墮小火坑我等法應盡受一切諸地獄苦猶應求法

何況人中諸小苦惱爲求法故發如是心又如所聞法心常喜樂悉能正觀是菩薩聞諸法已降伏其心於空閑處心作是念如說行者乃得佛法不可但以口之所言菩薩如是能住明地即離諸欲惡不善法有覺有觀離生喜樂入初禪滅覺觀内清淨心一處無覺無觀定生喜樂入二禪離喜故行捨心念安慧身受樂諸賢聖能說能捨常念受樂入三禪斷苦斷樂故先滅憂喜故不苦不樂行捨念淨入四禪是菩薩過一切色想滅一切有對想不念一切別異想故知無邊虛空即入虛空無色定處過一切虛空想知無邊識即入識無色定處過一切識想知無所有即入無所有無色定處過一切無所有處知非有想非無想安隱即入無色非有想非無想處

但隨順諸法行故而不樂著是菩薩以慈心高廣無量無瞋恨無惱害以信解力徧滿一方二方三方四方四維上下亦復如是悲心喜心捨心高廣無量無瞋恨無惱害以信解力徧滿一方第二第三四方四維上下亦復如是是菩薩有種種神通力能動大地一身爲多身多身爲一身現滅還出石壁山障皆能徹過如行虛空於虛空中加趺而去猶如飛鳥入出於地如水無異履水如地身出煙燄如大火聚日月有大神德威力而能以手捫摸摩之身力自在乃至梵世是菩薩以清淨天耳過於人耳悉聞人天音聲遠近是菩薩以他心智如實知他心染心如實知染心離染心如實知離染心瞋心離瞋心癡心離癡心垢心離垢心小心大心散亂心如實知

散亂心定心不定心縛心解心有上心無上心如實知有上心無上心如是以自心知他心是菩薩念知宿命諸所生處所謂一世二世三四五世乃至十二十三十四十五十乃至百世千世萬世百千萬億那由他世一劫二劫乃至百千萬億那由他無量劫數其中諸劫無量成壞於諸劫中所經因緣悉能念知我生彼處如是種族如是姓名如是飲食如是苦樂如是久住我於彼死生於此間於此間死生於彼間如是種種相貌因緣悉能念知是菩薩天眼清淨過於人眼見衆生生死形色好醜善惡貧賤富貴趣善惡道隨業受報皆如實知所謂是諸衆生成就身惡業成就口惡業成就意惡業拒逆賢聖受邪見教起罪業因緣故身死墮惡道生在地獄是諸衆生成就善身業善口業善意業不逆賢聖信受正見行善業因緣故死後生善處天上是菩薩於諸禪定解脱三昧能入能出而不隨生但見何處有助菩提法處以願力故能生其中是菩薩住明地中見數百千萬億那由他諸佛恭敬供養尊重讚歎衣服飲食卧具醫藥親近諸佛聽受經法聽受法已隨力而行是菩薩爾時觀諸法不生不滅衆緣而有於百千萬億劫所集欲縛漸得微薄一切有縛一切無明縛皆悉微薄不復積集不積集故斷於邪貪邪瞋邪癡諸佛子譬如真金巧師鍊治轉更精好光明倍勝菩薩亦如是住在明地不集三縛故斷於邪貪邪瞋邪癡諸善根轉增明淨是菩薩忍辱心柔軟心美妙心不壞心不動心不濁心不高心不下

心一切所作不望報心他少有作當生報心不諂曲心不染亂心轉勝明淨爾時菩薩於四攝法中愛語利益偏多十波羅蜜中忍辱波羅蜜精進波羅蜜轉多餘助菩提法皆轉明淨諸佛子是名諸菩薩第三明地菩薩摩訶薩住是地中多作釋提桓因智慧猛利能以方便因緣轉諸衆生令離婬欲所作善業若布施若愛語若利益若同事皆不離念佛念法乃至不離念具足一切種智常生是心我當何時於衆生中爲首爲尊乃至於一切衆生中爲依止者是人若欲勤加精進於須臾間能得十萬三昧乃至能示十萬菩薩以爲眷屬隨其願力神通自在不可算數若干百千萬億那由他劫爾時金剛藏菩薩欲令此義轉明故而說偈言

菩薩以是心　能得第三地　淨心猛猒心
離心不退心　堅心堪受心　快心及大心
以如是等心　得入於三地　智者住明地
觀有爲作法　不淨無常苦　無我壞敗相
無有牢固性　不久念念滅　如是思惟知
無有來去相　見諸有爲法　如病如癰瘡
愛心所纏縛　生諸憂悲苦　但爲貪恚癡
猛火所焚燒　從無始世來　熾然常不息
即時於一切　三界生猒離　惡賊有爲法
心無所貪著　但求諸佛智　無量無邊限
甚深難思議　清淨無諸苦　如是見佛智
無諸苦惱已　哀愍諸衆生　貧窮無福慧
三毒火常然　無有救護者　墮在地獄中
百種苦所切　放逸凡夫人　沒諸煩惱聚
盲冥無所見　失諸佛法寶　常隨生死水

無怖空怖畏　我於是衆生　當勤度脫之
精進求智慧　爲作饒益者　思惟何方便
可以得救護　惟有諸如來　深妙無礙智
此智何爲因　惟從智慧生　思惟是智慧
但從多聞生　如是籌量已　勤求多聞法
日夜常精進　聽受無猒倦　讀誦愛樂法
惟法以爲貴　爲欲求法故　以諸珍寶等
所親愛妻子　隨意諸眷屬　國土及城邑
資生諸好物　歡喜而施與　心無所戀惜
頭目耳鼻舌　牙齒及手足　支節及血肉
心肝及髓腦　以此等施人　猶不以爲難
若得聞正法　是爲最甚難　假令有一人
語此菩薩言　汝今若能入　是大猛火聚
然後當與汝　諸佛所說法　聞已即歡喜
自投於火聚　設使大千界　火聚滿其中
須彌梵世下　不足以爲難　若爲求一句
諸佛所說法　救諸苦惱者　得之甚爲難
始從初發心　乃至成佛道　我於其中間
盡此諸劫數　爲欲求諸法　備受阿鼻苦
何況於人間　小小諸苦惱　以聽法因緣
能得正憶念　正憶念因緣　能生諸禪定
深妙等三昧　及五神通事　次第皆能起
自在不隨生　菩薩住是地　能以決定心
多供養諸佛　聽受所說法　斷邪愛恚等
餘煩惱微薄　猶如成鍊金　調和得其所
菩薩住是地　福德藏充滿　多作忉利王
自在化婬欲　愛佛功德故　化導無量衆
悉能令得住　無上佛道中　菩薩住是地
能以柔輭心　勤行於精進　得百千三昧
悉得見諸佛　相好莊嚴身　其心轉猛利

願力皆殊勝　常爲諸衆生　勤求好事者
分別解說此　第三明地已

十住經卷第二

音釋

獷古猛切麤惡也　洄澓洄户恢切澓房六切洄澓水漩流也　淤依據切濁泥也
劇奇逆切甚也　匱求位切乏也　捫莫奔切撫也　摸慕各切摩也
癰於容切癤也

十住經卷第三

姚秦三藏法師鳩摩羅什共佛陀耶舍譯

炎地第四

諸佛子聞說　如是地相義　深妙無有量
心皆大歡喜　散衆名華香　供養於如來
地及大海水　悉皆大震動　天諸婇女等
於上虛空中　同以微妙音　歌頌此上法
他化自在王　聞已大歡喜　雨摩尼珠寶
以散於佛上　踊躍稱讚言　善哉佛出世
功德藏流布　利益於我等　我今聞說此
菩薩地相義　是事百千劫　難聞而得聞
願更說後地　利益諸天人　僉皆喜欲聞
得地諸行相　解脫月菩薩　重請金剛藏
願爲諸菩薩　說至四地行

爾時金剛藏菩薩摩訶薩語解脫月菩薩言

佛子諸菩薩摩訶薩具足清淨行第三地已欲得第四地者當以十法明門得入第四地何等爲十一思量衆生性二思量法性三思量世界性四思量虛空性五思量識性六思量欲界性七思量色界性八思量無色界性九思量快信解性十思量大心性諸佛子諸菩薩以此十法明門能從三地入第四地諸佛子菩薩摩訶薩若得第四菩薩炎地即於如來家轉有勢力得內法故有十種智何等爲十一不退轉心二於三寶中得不壞信清淨畢竟智三修習觀生滅四修習諸法本來不生五常修習轉還世間行六修習知業因緣故有生七修習分別生死涅槃門差別八修習衆生業差別九修習前際後際差別十修習現在常滅不住行是十智心則生佛家

轉得勢力復次佛子菩薩摩訶薩住是菩薩第四地觀内身循身觀精勤一心除世間貪憂觀外身循身觀精勤一心除世間貪憂觀内外身循身觀精勤一心除世間貪憂觀内受外受内外受内心外心内外心内法外法内外法循法觀精勤一心除世間貪憂是菩薩未生惡不善法爲不生故欲生勤精進發心正斷已生諸惡不善法爲斷故欲生勤精進發心正斷未生諸善法爲生故欲生勤精進發心正行已生諸善法爲住不失修滿增廣故欲生勤精進發心正行是菩薩修行四如意分欲定斷行成就修如意分依止猒依止離依止滅迴向於捨精進定斷行成就修如意分心定斷行成就修如意分思惟定斷行成就修如意分依止猒離滅迴向於捨是菩薩修行信根依止猒離滅迴向於捨精進根念根定根修行慧根依止猒離滅迴向於捨是菩薩修行信力依止猒離滅迴向於捨精進力念力定力修行慧力依止猒離滅迴向於捨是菩薩修行念覺分依止猒離滅迴向於捨擇法覺分精進覺分喜覺分除覺分定覺分修行捨覺分依止猒離滅迴向於捨是菩薩修行正見依止猒離滅迴向於捨正思惟正語正業正命正精進正念修行正定依止猒離滅迴向於捨是菩薩以不捨衆生心故行以本願力故大悲爲首大慈合行爲攝一切智爲莊嚴佛國爲具佛諸力四無畏不共法三十二相八十種好具足音聲爲隨順佛深解脱爲思惟大智慧方便故行諸佛子諸菩薩摩訶薩住菩薩炎地所有身見爲

首等著我著衆生著人壽者知者見者著五陰十二入十八界所起屈伸卷舒出没推求心所行愛著寶重所見爲歸爲洲皆悉斷滅是菩薩轉倍精進慧方便所生助道法隨所修行心轉柔和堪任有用心無疲惓轉求上法增益智慧救一切世間隨順諸師恭敬受教如所説行是菩薩爾時知恩知報恩心轉和善同止安樂直心輭心無有邪曲行正定行無有憍慢則易與語隨順教誨得説者意如是具足善心輭心寂滅心忍辱心淨地諸法思惟修行是菩薩爾時成不轉精進者不捨精進不壞精進不猒精進不倦精進廣大精進無邊精進猛利精進無等等精進救一切衆生精進分別是道非道精進是菩薩心志清淨不失深心信解明利諸善根增長遠離世間垢濁不信疑悔等皆已滅盡無疑無悔現前具足於一切佛大信解事中不猒不捨自然習樂無量之心常現在前菩薩住是第四炎地能見諸佛數百數千數千萬億那由他佛供養恭敬尊重讚歎衣服飲食卧具醫藥親近諸佛一心聽法聽受法已能信奉持多於佛所出家修道是菩薩樂心深心清淨信解平等轉更明了住壽多劫若干百千萬億那由他劫善根轉勝明利諸佛子如上眞金以爲莊嚴餘金不及如是諸菩薩摩訶薩住此菩薩炎地諸善根轉增明利下地菩薩所不能及譬如摩尼珠光明清淨能照四方餘寶不及雨漬水澆光明不滅菩薩住炎地中下地菩薩所不能及一切諸魔及諸煩惱皆不能壞其智慧諸佛子是名略説諸菩

薩摩訶薩第四炎地菩薩摩訶薩住是地中多作須夜摩天王多教化衆生破於我心所作善業若布施若愛語若利益若同事皆不離念佛不離念法不離念諸菩薩摩訶薩爲伴乃至不離念具足一切種智常生是心我當何時於一切衆生中爲首爲尊乃至於一切衆生中爲依止者是菩薩摩訶薩若欲如是勤行精進須臾之間得百億三昧乃至示現百億菩薩以爲眷屬若以願力自在示現過於此數若干百千萬億那由他不可計劫

爾時金剛藏菩薩欲重明此義而說偈言

諸菩薩具足　修治明地已　觀諸衆生性
法性世間性　虛空性識性　三界性信解
深心清淨故　得入第四地　即於如來家
增長得勢力　不退於佛道　三寶不壞信
觀生滅無作　知世間轉行　從業而有生
生死涅槃異　知衆生諸業　觀法先後際
不住常滅相　佛家生勢力　諸大菩薩等
得如是法已　憐愍諸衆生　習身受心法
内外四念處　依止於猒離　亦依止寂滅
迴向於涅槃　除滅惡法故　善法得增長
習行四正法　修四如意分　習行於五根
及以修五力　修習七覺意　行於八聖道
修習如是法　皆爲衆生故　本願之所助
慈悲心爲首　求覓一切智　爲淨諸佛土
成十力功德　無畏不共法　諸音聲言說
甚深妙道法　及無礙解脫　大智慧方便
從身見爲首　六十二見等　衆生見人見
命者知者見　於諸陰界入　之所貪著處
得是第四地　皆悉已除斷　隨斷煩惱業

其心亦隨淨　諸所作善業　皆爲救世間
菩薩柔輭心　常不爲放逸　堪用心直心
求利衆生心　如此所求事　皆爲無上道
大智慧職位　利益世間故　深心敬養師
如說樂修行　知恩報恩者　易化無瞋恨
無有邪曲心　柔和同止樂　修習如是法
精進不退轉　菩薩住是地　深心及直心
淨心與信解　皆轉得明淨　增長諸善根
垢濁疑悔法　如是等諸事　皆悉得除滅
諸菩薩住是　第四炎地中　得值無量佛
諮受所說法　於是諸佛所　出家難沮壞
如眞金莊嚴　餘金所不及　菩薩住是地
諸功德深心　智慧及方便　所行清淨道
乃至千億魔　皆所不能壞　如眞妙明珠
不爲水雨敗　菩薩住是地　天人所供養
多作夜摩王　能轉諸邪見　所作諸善業
皆爲佛智慧　其心常堅固　不可得動轉
若勤行精進　得百億三昧　能見百億佛
願力則過是　如是第四地　清淨名爲炎
無量福慧者　今已解說竟

難勝地第五

諸菩薩聞是　第四地行法　心皆大歡喜
踊躍無有量　雨天衆寶華　雰雰如雨下
咸讚言善哉　金剛藏大士　他化自在王
與諸眷屬等　於上虛空中　心皆大歡喜
放衆妙光明　作天諸妓樂　歌歎佛功德
并及菩薩衆　天諸婇女等　各以清妙音
同聲讚歎佛　而說如是言　世尊久遠來
勤苦所求願　無上正眞道　於今始乃得
利益天人者　久乃今得見　釋迦牟尼佛

今至於天宮 從久遠已來 今始異相動
久遠世已來 今始放妙光 衆生從久來
今始得安樂 久遠方得聞 大慈悲德音
度諸功德岸 久遠今乃值 聖王能悉破
憍慢我心等 無比可供養 而今得供養
能開諸天道 使得一切智 世尊甚清淨
無量如虛空 不染於世法 如蓮華在水
處世最高大 猶如大海中 須彌金山王
是故歡喜禮 如是諸天女 各以衆妙音
敬心歌頌已 默然而觀佛 解脫月菩薩
請金剛藏言 菩薩得五地 相貌之因緣

金剛藏菩薩摩訶薩語解脫月菩薩言佛子諸菩薩摩訶薩已具足第四地欲得第五地以十平等心能入第五地何等爲十一過去佛法平等二未來佛法平等三現在佛法平等四戒淨平等五心淨平等六除見疑悔淨平等七知道非道淨平等八行知見淨平等九諸菩提分法轉勝淨平等十等化衆生淨平等諸佛子諸菩薩摩訶薩以是十平等淨心具足第四地得入於五地善修菩提法故深心清淨故求轉勝道故則能得佛道是菩薩得大願力以慈悲心不捨於一切以得念慧心道理之勢力修習於福慧不捨起方便欲得轉勝道上地明觀法受諸佛神力所護生定不退心如實知是苦聖諦是苦集諦是苦滅諦是至苦滅道諦是菩薩善知世諦善知第一義諦善知相諦善知差別諦善知示成諦善知事諦善知生起諦善知盡無生諦善知令入道諦次第成菩薩諸地故善知習如來智諦爾時菩薩常在一乘善知第一義

諦隨衆生意令歡喜故知世諦分別諸法自相故知相諦諸法各異故知差別諦分別諸陰界入故知示成諦以身心苦惱故知苦諦諸道生相續故知集諦畢竟滅一切惱熱故知滅諦起不二法故知道諦以一切種智知一切法次第成一切菩薩地故善知習如來智諦以信解力故知非得無盡諦智菩薩如是以此諸諦智如實知一切有爲法虛僞誑詐敗壞相假住須臾誑惑凡人菩薩爾時於衆生中大悲轉勝而現在前能生大慈光明得如是智慧力不捨一切衆生常求佛智慧如實觀一切有爲法先際後際知衆生從先際無明有愛故生流轉生死於五陰歸處不能動發增大苦惱聚是中無我無我所無衆生無人無知者無壽命者後際亦如是如是

無所有而愚癡貪著不斷不知無邊有出無出爾時作是念凡夫衆生甚爲可怪無明癡故有無量無邊阿僧祇身已滅今滅當滅如是常受生死不能於身生猒離想轉更增長機關苦身常爲生死水漂不能得返歸五陰舍不能捨離不畏四大毒蛇不能拔出憍慢見箭不能滅除貪恚癡炎不能破壞無明愚闇不能乾竭愛著大海不求十力大聖導師常隨魔意於生死城中多爲諸惡覺觀所轉如是苦惱孤窮衆生無有救者無有舍者無有究竟道者唯我一人獨無等侶修集福德智慧以是資粮令此一切衆生得住畢竟清淨乃至使得一切法中佛無礙智力如是思惟從正觀生於智力發願所作一切善根皆爲度諸衆生故爲一切衆生求好事故求安

樂故爲利益一切衆生故爲解脫一切衆生故爲一切衆生無苦惱故爲一切衆生無麤惡故爲一切衆生心清淨故爲調伏一切衆生故爲滅一切衆生諸憂惱苦滿其願故是菩薩爾時住此第五難勝地中不忘諸法故名爲念者決定智慧故名爲智者知經書意次第故名爲有道者自護護彼故名爲有慚愧者不捨持戒故名爲堅心者善思惟是處非處故名爲覺者不隨他故名爲隨智者善分別諸法章句義故名爲隨慧者善修禪定故名爲得神通者隨世間法行故名爲方便者善集福德資粮故名爲無猒足者常求智慧因緣故名爲不捨者集大慈大悲因緣故名爲無疲倦者常正憶念故名爲遠離破戒者深心求佛十力四無所畏十八不共法故

名爲常念佛法者常令衆生離惡修善故名爲莊嚴佛國者種諸福德莊嚴三十二相八十種好故名爲行種種善業者求莊嚴佛身口意故名爲常行精進者供養一切說法菩薩故名爲樂大恭敬者一切菩薩諸世間方便中心無瞋礙故名爲心無礙者常樂教化衆生故名爲晝夜遠離餘心者菩薩如是行時布施亦教化衆生愛語利益同事亦教化衆生又以色身示現亦教化衆生亦以說法教化衆生亦示菩薩行事教化衆生亦示諸佛大事教化衆生亦示生死過惡教化衆生亦示諸佛智慧利益教化衆生菩薩如是修習以大神力種種因緣方便道教化衆生是菩薩雖種種因緣方便心常在佛智而不退失善根又復常求轉勝利益衆生法是人利

益衆生故世間所有經書技藝文章算數石
性經書治病醫方所謂治乾痟病小兒病鬼
著病蠱毒病癩病等妓樂歌舞戲笑歡娛經
書國土城郭法聚落室宅園觀池泉華果藥
草林樹金銀摩尼珠瑠璃珊瑚琥珀硨磲碼
碯示諸寶聚日月五星二十八宿占相吉凶
地動夢書恠相身中諸相布施持戒攝伏其
心禪定神通四禪四無量心四無色定凡諸
不惱衆生事安樂衆生事憐愍衆生故出此
法令入諸佛無上之法菩薩住是難勝地值
數百數千數萬億佛供養尊重讚歎衣服飲
食卧具醫藥親近聽法聽法已出家出家已
於諸佛所聽受經法而爲法師說法利益得
轉勝多聞諸三昧乃至過百千萬億劫不忘
此事是菩薩爾時一切福德善根轉勝明淨

佛子譬如成鍊眞金以硨磲磨瑩其光轉勝
菩薩住是地中方便智慧力故功德善根轉
淨明勝下地所不及又如日月星宿諸天宮
殿風持令去不失法度如是佛子菩薩住難
勝地以方便思惟故福德善根轉倍明淨而
不取證亦不疾至佛道諸佛子是名諸菩薩
摩訶薩難勝地已略說菩薩摩訶薩住是地
中多作删兜率陀天王諸根猛利能摧伏一
切外道有所作業若布施愛語利益同事皆
不離念佛念法念諸菩薩爲伴乃至不離念
具足一切種智我當何時於衆生中爲首爲
尊乃至於一切衆生中爲依止者諸佛子是
菩薩若欲如是勤行精進須臾之間能得千
億三昧乃至示千億菩薩以爲眷屬若以願
力神力自在復過是數若干百千萬億不可

得知爾時金剛藏菩薩欲明此義故而重說
偈言
諸菩薩具足　四地行法已　思惟三世佛
戒等心亦等　除見疑悔等　道非道行等
觀諸平等已　得入第五地　四念處爲弓
諸根爲利箭　四正勤爲馬　四如意爲車
五力以爲鎧　破諸煩惱賊　勇健不退轉
直入第五地　慚愧無垢衣　淨戒以爲香
七覺爲華鬘　禪定爲塗香　智慧與方便
種種念莊嚴　如是得入諸　陀羅尼園林
四如意爲足　正念爲頭頂　慈悲明淨眼
利智慧爲牙　以空無我吼　破諸煩惱賊
如是人師子　能入第五地　是菩薩得至
住於第五地　轉修勝淨法　皆爲佛道故
常行慈悲心　未曾有猒倦　但爲修習此
第五地行法　深集二資粮　福德及智慧
種種方便力　欲得上明觀　常爲佛所護
得成於念慧　次第能善觀　如實知諸諦
第一諦世諦　差別諦成諦　事生滅道諦
至無障礙諦　如是觀諸諦　心微妙清淨
雖爲未能得　無障礙解脫　以能有智慧
及與信力故　得勝於一切　世間諸智慧
如是觀諸諦　悉知有爲法　虛妄爲詐誑
無有一堅實　能得於諸佛　慈悲光明分
爲諸衆生故　專心求佛慧　知有爲先後
衆生甚可愍　墮在無明闇　愛因緣所繫
是菩薩能拔　世間之苦惱　知法無壽者
猶如草木等　衆生常以二　煩惱因緣故
從於先世來　後世亦如是　相續不斷絶
不能盡苦邊　於此生愍傷　我當度脫之

不出五陰舍　不畏四大害　不拔諸邪箭
不滅三毒火　不破無明闇　墮在大愛海
無有智慧眼　離大導師故　知如是事已
轉加勤精進　有所作起業　皆爲度衆生
常令正念慧　修道有慚愧　堅心與智慧
轉更令增益　修福慧無猒　持戒不羸弱
求多聞無倦　正修淨佛土　種相好音聲
因緣無猒足　所作諸善業　皆爲利衆生
爲利世間故　造立經書等　石性鬼病方
歌舞戲笑等　堂閣園林法　衣服諸飲食
示種種寶聚　令衆得歡喜　占日月五星
二十八宿等　地動吉凶相　夢書諸怪事
布施持戒等　離欲修禪定　四無量神通
安樂世間故　大智慧菩薩　得此難勝地
供養數億佛　從佛而聽法　所修諸善根
皆悉得明淨　猶如硨磲寶　瑩磨於眞金
譬如寶宮殿　隨風不失法　世法利不染
如蓮華在水　菩薩住是地　多作兜率王
諸根轉猛利　破諸外道見　所作諸善業
皆爲佛智慧　得佛力無畏　能度諸衆生
是菩薩勤修　轉勝精進力　能得千萬億
諸深妙三昧　供養千億佛　能動千世界
隨其所願力　過是數無量　如是第五地
種種諸方便　上智慧大人　如法解說竟

現前地第六

諸菩薩聞說　上地之行相　在於虛空中
雨衆妙珍寶　放清淨光明　供養於世尊
咸讚言善哉　善哉金剛藏　時有無量億
諸天皆歡喜　於上虛空中　雨衆寶末香
光明相綺錯　微妙甚可樂　衆香華瓔珞

播蓋雨佛上　他化自在王　與諸眷屬等
雨衆妙寶物　雰雰如雪下　歌頌供養佛
稱歎金剛藏　咸讚言善哉　善哉快說此
千萬億天女　於上虛空中　作衆天音樂
歌歎佛功德　咸作如是言　如來之所說
微妙無有量　能滅諸煩惱　諸法本性空
無有毫末相　空無有分別　同若如虛空
無有去住相　亦無有戲論　本來常清淨
如如無分別　若人能通達　一切諸法性
於有於無中　其心不動搖　但以大悲心
爲度諸衆生　是名諸佛子　從佛口法生
常行於布施　利益諸衆生　本來雖善淨
持戒而堅心　雖知法無傷　而行於忍辱
雖知法性離　而行於精進　雖先滅煩惱
而入於諸禪　雖先解法空　而選擇諸法
寂滅智雖多　而求利世間　能滅諸惡者
名之爲大人　如是諸天女　百千種妙音
稱讚歌頌已　皆默然觀佛　解脫月菩薩
請金剛藏言　當以何相貌　得成第六地

金剛藏菩薩言諸佛子菩薩摩訶薩已能具足五地行欲入六地當以十平等法得入於六地何等爲十一以無相故一切法平等二以無想故一切法平等三以無生故一切法平等四以無滅故一切法平等五以本來清淨故一切法平等六以無戲論故一切法平等七以不取不捨故一切法平等八以離故一切法平等九以幻夢影響水中月鏡像炎化故一切法平等十以有無不二故一切法平等諸佛子諸菩薩摩訶薩具足五地行以是十平等法能入第六地諸佛子若菩薩摩

訶薩能如是觀一切法性能忍隨順得入六地無生法忍雖未現前心已明利成就順忍是菩薩觀一切法如是相大悲爲首增長具足更以勝觀世間生滅相故作是念世間所有受身生處皆以貪著我故若離著我則無世間生處諸凡夫人愚癡所盲貪著於我常樂求有恒隨邪念行邪妄道習起三行罪行福行不動行以是行故起熱心種子有漏有取心故起生死身所謂業爲地識爲種子無明覆蔽愛水爲潤我心溉灌種種諸見令得增長生名色芽因名色故生諸根諸根合故有觸生從觸生受樂受故生渴愛渴愛增長故有四取四取因緣故起業於有起五陰身名爲生五陰衰變名爲老衰變滅名爲死老死因緣有憂悲熱惱衆苦聚集是十二因緣無有集者自然而集無有散者自然而散因緣合則有因緣散則無菩薩摩訶薩如是於六地中隨順觀十二因緣又作是念不如實知諸諦第一義故有無明覆心無明業果是名諸行依諸行有初識與識共生有四取陰依止取陰有名色名色成就有六入諸根行塵故有識從是和合生有漏觸觸共生有受貪樂於受名爲愛愛增長名爲取從取起有漏業有業有果報五陰名爲生五陰熟名爲老五陰壞名爲死死別離時愚人貪著心熱名爲憂憂悲發聲啼哭五識名爲苦意識名憂憂苦轉多名爲惱如是但生大苦樹大苦聚如是十二因緣苦聚無我無我所無作者無使作者菩薩作是念若有作者則有作事若無作者則無作事第一義中無作者無作事

又作是念三界虛妄但是心作如來說所有十二因緣分是皆依心所以者何隨事生貪欲心是心即是識事是行行誑心故名無明識所依處名名色以入生貪心名六入三事和合有觸觸共生名受貪著所受名爲渴愛渴愛不捨名爲取是和合故名爲有此有更有有相續名爲生生變熟名爲老老壞名死此中無明有二種作一者緣中癡二者爲生諸行因行亦有二種作一者生未來世果報二者與識作因識亦有二種作一者能令有相續二者與名色作因名色亦有二種作一者互相助成二者與六入作因六入亦有二種作一者能緣六塵二者能與觸作因觸亦有二種作一者能觸所緣二者能與受作因受亦有二種作一者覺憎愛事二者與愛作因愛亦有二種作一者所可染中生貪心二者與取作因取亦有二種作一者能增長煩惱二者與有作因有亦有二種作一者能於餘道中生二者與生作因生亦有二種作一者能起五陰二者與老作因老亦有二種作一者令諸根熟二者與死作因死亦有二種作一者壞五陰身二者以不見智故而令相續不絕是中無明緣諸行者無明令行不斷助成行故行緣識者令識不斷助成識故識緣名色令名色不斷助成名色故乃至生緣老死憂悲苦惱生不斷相續以助成故無明滅故則諸行滅乃至老死憂悲苦惱亦如是是中無明若無諸行亦無因滅餘分亦如是是中無明愛取是三分不斷煩惱道諸行及有不斷業道餘因緣分不斷苦道先際後際

相續不斷故是三道不斷是三道離我我所而有生滅如二竹相對而住不堅似堅無明因緣諸行者即是過去世事識名色六入觸受是現在事愛取有生老死是未來世事於是有三世名出無明滅故諸行滅名爲斷相續說十二因緣說名三苦無明行識名色六入名爲行苦觸受名爲苦苦愛取有生老死憂悲苦惱名爲壞苦無明滅故諸行滅乃至老死滅名爲斷三苦相續說因無明諸行生餘亦如是無明滅諸行滅以諸行體性空故餘亦如是無明因緣諸行以生縛說餘亦如是無明滅故諸行滅以滅縛說餘亦如是無明因緣諸行是隨順無所有觀說無明滅諸行滅是隨順盡觀說餘亦如是如是逆順十種觀十二因緣法所謂因緣分次第身心所攝自助成法不相捨離隨三道行分別先後際故二苦差別故從因緣起生滅縛故無所有盡觀故爾時菩薩隨十二因緣無我無衆生無壽命者無人性空離作者使作者無主屬衆因緣無所有如是觀時空解脫門現在前滅此事餘不相續故名無相解脫門現在前知此二種更不樂生惟除大悲心教化衆生無願解脫門現在前菩薩修行是三解脫門離彼我相離作者受者相離有無相悲心轉增以重悲心故勤行精進未滿助菩提法欲令滿足菩薩作是念有爲和合故增離散則滅衆緣具故增不具故滅我今知有爲法多過故不應具和合因緣亦不畢竟滅有爲法爲教化衆生故諸佛子菩薩如是知有爲法多過無性離堅固相無生無滅與大慈悲

和合不捨衆生即時得無障礙般若波羅蜜光明現在前得如是智慧具足修集取阿耨多羅三藐三菩提因緣而不與有爲法共住觀有爲法性寂滅相亦不住其中欲具足無上菩提分故菩薩住現前地中得決定空三昧性空三昧第一義空三昧第一空三昧大空三昧合空三昧生空三昧如實不分別空三昧攝空三昧離不離空三昧如是等萬空三昧門現在前無相無願三昧亦如是是菩薩住現前地中志心決定心妙心深心不轉心不捨心廣心無邊心樂智心慧方便和合心如是等心轉勝增長故隨順阿耨多羅三藐三菩提一切外道論師不能傾動入於智地轉聲聞辟支佛決定向佛智一切衆魔及諸煩惱所不能制安住菩薩智慧明中善修應空無相無願解脫門專以慧方便行助菩提法是菩薩住現前地於般若波羅蜜中得轉勝行得第三上順忍以順是法無有違逆故菩薩住是現前地中得見數百數千佛乃至數百千萬億佛供養恭敬尊重讚歎衣服飲食卧具醫藥親近諸佛於諸佛所聽法聽法已如實隨智慧光明故如所說行令諸佛歡喜是人轉勝知諸佛法藏乃至無量百千萬億劫諸善根轉妙明淨諸佛子譬如眞金以瑠璃磨瑩光色轉勝菩薩住此現前地以慧方便故善根轉勝明淨寂滅餘地所不及諸佛子譬如月明能令衆生身得清涼四種風吹不能遏絶菩薩摩訶薩住是現前地善根轉勝能滅無量衆生煩惱之火四種惡魔所不能壞諸佛子是名諸菩薩摩訶薩現前

地菩薩住是地中多作善化自在天王智慧猛利能破一切增上慢者聲聞問難不能窮盡有所施作布施愛語利益同事皆不離念佛念法念諸菩薩伴乃至不離念一切種智常發願言我於一切衆生爲首爲尊乃至於一切衆生爲依止者是菩薩勤精進於須臾間得十萬億三昧乃至能示十萬億菩薩眷屬若以願力能過是數不可稱計若千百千萬億劫爾時金剛藏菩薩欲令此義明了故而說偈言

諸菩薩已得　具足行五地　知諸法無性
無相無生滅　本來常清淨　無有諸戲論
修習如是智　得入第六地　諸法常離相
不取亦不捨　性空猶如幻　離二無分别
若能順如是　微妙之理趣　心無有違逆
得入第六地　住於利順忍　智慧得力故
觀察於一切　世間生滅相　悉知諸世間
皆從癡闇出　癡闇若滅者　則無諸世間
觀擇因緣法　隨順第一義　而不壞緣報
所作及假名　如實無作者　亦無有受者
如是觀有爲　如雲無實事　不知眞諦義
名之爲無明　從是則生思　身口行得報
從行故有識　即生於名色　如是生世間
至生死苦聚　了知於三界　但從心而有
知十二因緣　在於一心中　如是則生死
但從心而出　心若得滅者　生死則亦滅
無明二種作　作癡作於業　乃至於老死
破散壞五陰　從於此事邊　具出於苦惱
是事若盡者　苦惱則亦盡　無明若具足
相續則不斷　因緣若不具　則斷於相續

無明及愛取 即是煩惱道 行有是業道
餘則是苦道 癡至於六入 是名爲行苦
觸受是苦苦 餘分是壞苦 滅三苦相續
則更無有我 無明及諸行 則是過去世
識乃至於愛 是則爲現在 從愛而生苦
則是未來世 無明若滅者 是則無有苦
癡從衆緣生 則生於諸縛 衆緣若滅者
則滅於諸縛 從因而生果 因滅則果滅
如是觀諸法 自性則皆空 隨順於無明
則有世間出 若逆於無明 是則斷於有
從是則有是 是無則無是 如是十種觀
甚深因緣法 觀因緣相續 去來及現在
不離一心中 分別有三道 從三種苦觀
及以生滅法 無所有而盡 能行逆順觀
菩薩如是入 十二因緣法 知空猶如幻

如夢亦如影 如炎亦如化 虛誑無作者
亦無有受者 但誑於愚人 如是觀因緣
智者所修空 無緣則無相 知此二虛假
其諸一切有 於中無所願 但以大悲心
愍度衆生故 如是諸大士 修習解脫門
悲心愛樂佛 無量諸功德 知諸有爲法
皆從和合有 即得萬空定 無相願亦爾
智慧轉增進 入於上順忍 得於諸菩薩
無爲智解脫 如是諸善根 轉勝明淨利
供養無量佛 諸佛所稱讚 常於諸佛所
出家學佛道 到諸佛法藏 善根轉增長
猶如瑠璃寶 瑩磨於眞金 光明轉清淨
其喻亦如是 如於虛空中 滿月光清淨
四種風所吹 不能令過絶 菩薩智慧光
滅諸煩惱熱 四魔不能制 其喻亦如是

菩薩住是地　多作善化王　諸根悉猛利
能破增上慢　所作諸善業　皆隨順智慧
聲聞諸問難　不能得窮盡　是佛子若欲
如是勤精進　能得於百千　億數諸三昧
得見於百千　億數十方佛　如春清了時
日光明淨好　如是第六地　深妙難知見
聲聞所不了　大士略說竟

十住經卷第三

音釋

漬疾智切浸也　澆古堯切灌也　雺撫文切雨貌　虵食遮切　痟相邀切渴病也　羸力追切弱也　遏烏割切止也

十住經卷第四

姚秦三藏法師鳩摩羅什共佛陀耶舍譯

遠行地第七

爾時諸天衆　在於虛空中　雨香華珍寶
如雲散佛上　踊躍發妙音　咸讚言善哉
善哉金剛藏　善知第一義　無量功德聚
人中之蓮華　說此上妙行　利益諸世間
他化自在王　雨光明華香　雰雰而供養
除憂煩惱者　諸天及天王　發妙音聲言
若聞此地義　則爲得大利　時作百千種
上妙諸妓樂　諸天女喜歌　承佛神力故
佛是最寂滅　能令惡爲善　一切諸世間
皆所共恭敬　雖出過世間　知是世間法
知身同實相　而示種種身　雖以諸言音
演說寂滅法　而知於語言　無有音聲相
能過百千土　上妙供諸佛　知身佛國土
捨相智自在　雖教化衆生　而無彼我想
廣集大功德　不於中起著　以見取相故
三毒火然世　不取一切相　慈悲起精進
諸天及天女　歡喜設供養　如是讚歎已
默然而觀佛　爾時解脫月　請金剛藏言
大衆皆清淨　願說七地相

金剛藏菩薩言諸佛子菩薩摩訶薩已具足第六地行若欲入第七菩薩地者從方便慧起十妙行何等爲十是菩薩善修空無相無願而以慈悲心處在衆生隨諸佛平等法而不捨供養諸佛常樂思惟空智門而廣修集福德資粮遠離三界而能莊嚴三界畢竟寂滅諸煩惱炎而能爲衆生起滅貪恚癡煩惱炎法隨順諸法如幻如夢如影如響如化如

水中月鏡中像不二相而起分别種種煩惱及不失業果報知一切佛國土空如虛空諸國土皆是離相而起淨佛國土行知一切佛法身無身而起色身三十二相八十種好以自莊嚴知諸佛音聲不可說相信解如來音聲本來寂滅相而隨一切衆生起種種莊嚴音聲知諸佛於一念頃通達三世事而知種種相種種時種種劫得阿耨多羅三藐三菩提隨衆生心信解故作如是說諸佛子是名從慧方便生十妙行菩薩摩訶薩具足六地行已修此十妙行得入第七地諸佛子如是方便慧現前故名爲入七地是菩薩住七地中入無量衆生性入無量諸佛教化衆生法入無量世間性入諸佛無量清淨國土入無量諸佛差别法入無量諸佛智得無上道入無量諸劫算數入無量諸佛通達三世入無量衆生信樂差别入無量諸佛色身别異入無量諸佛衆生志行諸根差别入無量諸佛音聲語言令衆生歡喜入諸佛無量衆生心心所行差别入無量諸佛隨智慧行入示無量聲聞乘信解入諸佛無量說道因緣令衆生信解入無量辟支佛智慧習成入諸佛無量甚深智慧所說入諸菩薩無量所行道入諸佛無量所說大乘集成事令衆生得入諸菩薩作是念如是諸佛世尊有無量無邊大勢力不可以若干百千萬億劫算數所知如是諸佛勢力我皆應集不以强分别此彼得成以不分别不取相故成此菩薩如是智慧善思惟常修習大方便慧令其安住入佛道智中以不動法故若欲常起種種度衆生道

無有障礙來時亦起去時亦起坐卧住立皆能起道度脱衆生離諸陰蓋住諸威儀常不離如是想念是菩薩於念念中具足菩薩十波羅蜜及菩薩十地何以故是菩薩摩訶薩於念念中以大悲心爲首修習一切佛法皆回向如來智慧故十波羅蜜者以菩薩求佛道所修善根與一切衆生故是檀波羅蜜能滅一切煩惱熱是尸羅波羅蜜慈悲爲首於一切衆生中無所傷是羼提波羅蜜求轉勝善根無猒足是毗梨耶波羅蜜修道心不馳散常向一切智是禪波羅蜜忍諸法先來不生門是般若波羅蜜能起無量智門是方便波羅蜜期轉勝智慧是願波羅蜜一切外道諸魔不能沮壞是力波羅蜜於一切法相如實成故是智波羅蜜如是念念中具足十波

羅蜜是菩薩具足十波羅蜜時念念中亦具足四攝法三十七助菩提分法三解脱門舉要言之一切助阿耨多羅三藐三菩提法於念念中皆悉具足爾時解脱月菩薩問金剛藏菩薩言佛子菩薩摩訶薩但於七地中具足助菩提法一切諸地中亦具足金剛藏菩薩言佛子菩薩摩訶薩但於十地中悉具足助菩提法但第七地勝故得名何以故諸菩薩摩訶薩於七地中功德具足入智慧神通道故佛子菩薩於初地中發願緣一切佛法故具足助菩提法第二地中除心惡垢故具足助菩提法第三地中願轉增長得法明故具足助菩提法第四地中得入道故具足助菩提法第五地中隨順行世間法故具足助菩提法第六地中入甚深法門故具足助菩

提法此第七地中起一切佛法故具足助菩提法何以故諸佛子菩薩摩訶薩於此地中得諸智慧所行道以是力故第八地自然得成佛子譬如二三千大千世界一定清淨一定垢穢是二中間難可得過但以大精進力大神通力大願力故乃能過耳諸佛子諸菩薩如是行於雜道難可得過但以大願力大智慧力大方便力故乃可得過解脫月菩薩言第七菩薩地爲是淨行爲是垢行金剛藏菩薩言從初歡喜地來菩薩所行皆離煩惱罪業何以故回向阿耨多羅三藐三菩提故隨地所行清淨不名爲過佛子譬如轉輪聖王乘大寶象遊四天下知有貧窮苦惱者而過不在王然王未免人身若捨王身生於梵世住梵天宮遊行大千世界示梵王威力爾時乃至離人身諸佛子菩薩亦如是從初地來在諸波羅蜜乘知一切衆生心所行事及煩惱垢而不爲煩惱垢之所汙以乘善道故而不名爲過若菩薩捨於一切所修功行道從第七地入於八地爾時名爲乘菩薩清淨乘悉知一切世間諸煩惱垢而不爲諸煩惱所汙亦名爲過諸佛子菩薩住是七地多過貪欲等諸煩惱衆生在此七地不名有煩惱者不名無煩惱者何以故一切煩惱不發起故不名有煩惱者貪求如來智慧未滿願故不名無煩惱者菩薩住是七地成就深淨身業深淨口業深淨意業是菩薩所有不善業道諸佛所訶隨煩惱垢者如是諸業悉已得過所有善業道諸佛所讚是則常行又世間經書技藝如五地中說自然而得於三千大

千世界中最爲希有得爲大師惟除如來入八地菩薩無有衆生深心妙行能與等者是菩薩所有禪定神通解脱三昧雖未得果報所生處而隨意自在菩薩住是遠行地於念念中具足修習方便慧力及一切助菩提法轉勝具足住是遠行地中能入善擇菩薩三昧善思議三昧益意三昧分別義藏三昧如實擇法三昧堅根安住三昧智神通門三昧法性本三昧如來利三昧種種義藏三昧不向生死涅槃三昧如是具足百萬菩薩三昧能淨治此地是菩薩得是三昧智慧方便善清淨故深得大悲力故名爲過聲聞辟支佛地趣佛智地是菩薩住是七地無量身業無相行無量口業無相行無量意業無相行是菩薩清淨行故顯照無生法忍解脱月菩薩言佛子菩薩若住初地有無量身業無量口業無量意業已能過一切聲聞辟支佛地金剛藏菩薩言縁大法故能過非是實行力此第七地自實行力故一切聲聞辟支佛所不能壞佛子譬如生在王家即勝一切羣臣百官何以故豪尊力故身既長大智慧成立眞實得勝諸佛子菩薩摩訶薩初發心時已勝一切聲聞辟支佛以發大願深心清淨故今住此地自以智力故勝諸佛子菩薩住在七地得甚深遠離無行身口意業轉求勝法而不捨離以是轉勝心故雖行實際而不證實際解脱月言佛子菩薩摩訶薩從何地來能入寂滅金剛藏言菩薩摩訶薩從第六地來能入寂滅今住此地於念念中能入寂滅而不證寂滅是名菩薩成就不可思議身口意

業行實際而不證實際佛子譬如有人乘船入於大海善爲行法善知水相不爲水患所害如是菩薩摩訶薩住此七地乘諸波羅蜜船能行實際而不證實際菩薩如是以大願力故得智慧力故從禪定智慧生大方便力故雖深愛涅槃而現身生死雖眷屬圍遶而心常遠離以願力受生三界而不爲世法所汙心常善寂以方便力故而還熾然雖熾不燒隨行佛智轉聲聞辟支佛地得至諸佛法藏而現於魔界雖過四魔道而現行魔行雖現諸外道行而深心不捨佛法雖現身一切世間而心常在出世間法所有莊嚴之事勝諸天龍夜叉乾闥婆阿脩羅迦樓羅緊那羅摩睺羅伽人非人等四天王釋提桓因梵天王而不捨樂法愛法菩薩成就如是智慧住是遠行地中值百千萬億那由他諸佛供養恭敬尊重讚歎衣服飲食卧具醫藥供養諸佛已護持諸佛法諸聲聞辟支佛智慧問難所不能壞是菩薩憐愍衆生故法忍轉得清淨是菩薩無量百千萬億那由他劫善根轉勝清淨佛子譬如成鍊眞金以諸好寶莊嚴間錯轉勝明好餘寶不及諸佛子菩薩亦如是住菩薩遠行地中諸善根從方便智慧生轉勝明淨無能壞者佛子譬如日光一切星宿月光所不能及閻浮提内所有泥水悉能乾竭菩薩亦如是住遠行地善根轉勝一切聲聞辟支佛所不能及又能乾竭衆生煩惱汙泥諸佛子是名菩薩摩訶薩第七遠行地菩薩摩訶薩住是地中多作他化自在天王諸根猛利能發衆生悟道因緣所作善業若

布施若愛語若利益若同事皆不離念佛不離念法不離念諸菩薩摩訶薩伴乃至不離念具足一切種智常生是心我何時當於一切衆生中爲首爲尊乃至於一切衆生中爲依止者是菩薩若欲如是勤行精進於須臾間得百千億那由他三昧乃至能示現百千萬億那由他菩薩眷屬若菩薩以願力自在示現過於此數百千萬億那由他劫數不可計知爾時金剛藏菩薩欲重明此義而說偈言

深智慧定心　具行六地已　一時生方便
智慧入七地　行空無相願　而修慈悲心
順佛平等法　而供養諸佛　雖以智觀空
而修福無猒　然後能得入　第七遠行地
雖能嚴三界　而心樂遠離　雖心常寂滅
而滅煩惱者　行空不二法　如幻如夢等
而行慈悲心　得入第七地　雖觀一切土
空若如虛空　而能善莊嚴　清淨諸佛土
雖知諸佛身　同法相無相　而種三十二
八十諸相好　雖知於諸法　不可言說相
而嚴佛音聲　令世歡喜故　雖知於諸佛
一念中成道　而示時劫處　引導諸衆生
如是知於法　則得法照明　菩薩如是者
即入第七地　住是地能觀　無量衆生行
亦知於諸佛　勢力亦無量　世間及劫數
法性皆無量　又知諸衆生　所欲之所樂
知說三乘法　皆悉是無量　我當應教化
成就是衆生　以如是思惟　方便慧和合
於四威儀中　常行如是道　於一一念中
能具助菩提　所謂是十種　波羅蜜等法

如是諸菩薩　所修之福德　皆與諸衆生
名檀波羅蜜　滅除心惡垢　名尸波羅蜜
不爲六塵傷　羼提波羅蜜　能起轉勝法
精進波羅蜜　於是道不動　名禪波羅蜜
無生忍是名　般若波羅蜜　回向佛道名
方便波羅蜜　求於轉勝法　名願波羅蜜
無有能壞者　名力波羅蜜　能解如實說
名智波羅蜜　是助菩提法　念念皆能攝
發於廣大願　緣於大事故　初地中功德
名之爲具足　第二地名爲　除諸心垢惡
第三願增明　第四地住道　第五隨世行
第六入深法　得無生相分　漸漸而增長
第七集一切　具菩提分法　能起諸功德
及以一切願　如是諸功德　令後八地中
一切諸所行　自然得清淨　遠行地難過
大智力所行　如二國中間　難可得過度
在於七地中　不汙如聖王　住於此道中
不名一切過　若到於第八　菩薩智慧地
爾時過意界　住於智業中　如梵王觀世
不得名爲人　菩薩罪不汙　如蓮華在水
菩薩住是地　過種種煩惱　不名有煩惱
不名盡煩惱　入是正道中　無有諸煩惱
願求佛道故　不名盡煩惱　於諸世間中
經書技藝事　文頌呪術等　自然能了知
修習諸禪定　及諸神通等　無量心利世
是事皆能起　爾時此菩薩　過於二乘行
安住第七地　菩薩諸行中　以初發心時
大願力故勝　今於此地中　智慧力故勝
猶如國王子　小時豪姓勝　後以功行成
於諸人中勝　住此得深智　轉發勝精進

念念入寂滅　而亦不取證　猶如人乘船
入於大海中　雖行深水難　不爲水所害
菩薩行轉勝　方便智慧故　功德悉備足
諸世所難知　供養無量佛　其心清淨故
如眞金雜寶　間錯而莊嚴　得佛智慧光
乾諸愛水潤　猶如日光明　消涸於泥潦
菩薩住是地　他化自在王　諸根悉猛利
通達諸道果　若欲勤精進　見十萬千億
那由他諸佛　願力過是數　十地智慧淨
一切世二乘　皆所共難知　今已略說竟

不動地第八

他化自在王　諸天及菩薩　聞說此上行
心皆大歡喜　供養佛弟子　雨上妙華香
瓔珞衆旛蓋　末香諸寶衣　眞妙摩尼珠
莊嚴身諸物　如雲空中下　散佛及大衆
天女於空中　作種種妓樂　供養於如來
并及諸菩薩　同以微妙音　歌頌諸功德
一切智慧者　衆生中最尊　憐愍世間故
佛現神通力　華香珍寶等　皆出如是音
所有毛塵沙　各示那由他　無量數諸佛
於中而說法　於一毛頭中　見無量佛國
須彌鐵圍海　世間不迫隘　於一毛頭中
見有三惡道　天人阿脩羅　各各受業報
見諸佛國中　一切佛妙音　轉無上法輪
隨起衆生念　諸佛世界中　衆生身種種
國有衆生身　衆生身有國　一切諸天人
皆悉雜共住　佛先觀察已　然後爲說法
微塵中國土　衆生心想細　以國土麤故
衆生心想麤　佛現如是等　種種神通力
若爲衆生說　是事不可盡　如是以妙音

稱歎於世尊　心皆大歡喜　默然而觀佛
解脫月菩薩　請金剛藏言　佛子今可說
入於八地相
金剛藏菩薩言佛子諸菩薩摩訶薩已習七地微妙行慧方便道淨善集助道法大願力故心住不滅諸佛神力所護善根得力常念隨順如來力無畏不共法樂心深心善淨成就福德智力大慈悲心故不捨一切衆生修行無量智道能入諸法本來無生無滅無相不出不失不去不還無所有性初中後平等不異如來無分別智一切心意識憶想分別無所貪著入一切法如虛空性是名菩薩得無生法忍入第八地即時得是第八不動地名爲深行菩薩難可得知無能分別離一切相離一切想離一切貪著無量無邊不可思議一切聲聞辟支佛所不能壞深大遠離而現在前諸佛子譬如比丘得於神通心得自在次第乃入滅盡定一切動心憶想分別心所行事皆悉盡滅菩薩亦如是住是遠行地即時一切忽務都滅得無身口意務住大遠離諸佛子如人夢中欲渡深水是人爾時發大精進施大方便欲渡此水未渡之間廓然便覺所渡方便乃忽遽事即皆放捨諸佛子菩薩摩訶薩亦如是從初已來發大精進廣修行道至不動地一切遽事悉皆放捨不行二心諸所憶想不復現前譬如生梵世者欲界煩惱不現在前如是諸佛子菩薩住是不動地一切心意識不現在前乃至佛心菩提心涅槃心尚不現前何況當生世間心諸佛子是菩薩摩訶薩隨順是地以本願力故又

諸佛爲現其身住在諸地法流水中如來智慧力爲作因緣諸佛皆作是言善哉善哉善男子汝得是第一忍順一切諸佛法善男子我有佛十力四無所畏十八不共法汝今未得當爲得是諸功德故加勤精進亦莫捨此忍門善男子汝雖得此第一甚深寂滅解脱凡夫衆生不善非寂滅常發種種煩惱爲種種覺觀所害汝當愍此衆生又善男子汝應念本所願欲大利益衆生欲得不可思議智慧門又善男子一切法性一切法相若有佛若無佛常住不異諸如來不以得此法故説名爲佛聲聞辟支佛亦能得此寂滅無分別法善男子汝觀我等無量清淨身相無量智慧無量清淨國土起無量智慧無量方便無量圓光無量淨音汝今應起如是等事又善男子汝今適得此一法明所謂一切法寂滅無有分別無生法明我等所得無量無邊若干億劫算數所不能知汝爲得此故應起此法又善男子汝觀十方無量國土無量衆生無量諸法差別汝應如實通達是事隨順如是智是菩薩諸佛與如是等無量無邊起智慧因緣門以此無量門故是菩薩能起無量智差別業皆悉成就諸佛子我今爲汝説若諸佛不令此菩薩住如是智慧門者是菩薩爾時畢竟則取涅槃捨利益一切衆生以諸佛與此菩薩如是無量無邊起智慧因緣故於一念中所生智慧比從初地已來乃至竟第七地百分不及一千萬億分百千萬億那由他乃至無量無邊阿僧祇分不及一乃至算數譬喻所不能及所以者何先以一身行

道修集功德今此地中得無量身修菩薩道以無量音聲以無量智慧無量生處無量清淨國土無量教化衆生供養給侍無量諸佛故隨順無量佛法故無量神通力故無量大會差別故無量身口意業集一切菩薩所行道以不動法故佛子譬如乘船欲入大海未得大海多用功力或以手力若至大海不復用力但以風力而去若本功力於大海中一日之行於百千歲不能得及諸佛子諸菩薩摩訶薩亦如是多集善根資粮乘大乘船到菩薩所行大智慧海於須臾間不施功力能近一切諸佛智慧本所施功若一劫若百千萬劫不能得及諸佛子菩薩摩訶薩得至第八地從大方便慧生無功用心在菩薩道思惟諸佛智慧勢力所謂知世界生世界滅世界壞世界成知以何業因緣滅故世界壞知以何業因緣集故世界成是菩薩知地性小相知地性大相知地性無量相知地性差別相知水火風性小相大相無量相差別相知微塵細相知微塵差別相於一世界中所有微塵差別皆悉能知此一世界所有地若干微塵皆悉能知若干大水火風微塵皆悉能知若干寶物斤兩微塵若干衆生身微塵世界中萬物微塵差別分別衆生麤身細身從若干微塵生地獄身從若干微塵生畜生身以若干微塵生餓鬼身以若干微塵生阿脩羅身以若干微塵生天身以若干微塵生人身皆悉了知是菩薩入如是分別微塵智中知欲界壞知欲界成知色界壞知色界成知無色界壞知無色界成知欲界色界無色界

成壞知欲界小相知欲界大相知欲界無量相知欲界差别相知色界無色界小相大相無量相差别相如是知三界是名菩薩教化衆生助智明分善知分别衆生身善觀所應生處隨衆生生處隨衆生身而爲受身是菩薩現身徧滿三千大千世界隨衆生身各各差别如日於一切水皆現其像若二三千大千世界三四五十二十三十四十五十百三千大千世界若千若萬若百萬若千萬若億若百千萬億那由他世界身徧其中乃至無量無邊不可思議不可説三千大千世界身徧滿其中隨衆生身差别而爲受身是菩薩成就如是智慧於一世界身不動揺乃至不可説諸佛世界隨衆生身隨所信樂於諸佛大會而現身像若於沙門會中示沙門形色婆羅門衆中示婆羅門形色刹利衆中示刹利形色居士衆中示居士形色四天王衆中帝釋衆中魔衆中梵天衆中示梵天形色乃至阿迦膩吒天衆中示阿迦膩吒天形色以聲聞乘度者示聲聞形色以辟支佛乘度者示辟支佛形色以菩薩乘度者示菩薩形色以佛身度者示佛身形色諸佛子所有不可説諸佛國土中隨衆生身信樂差别現爲受身而實遠離身相差别常住諸身平等是菩薩知衆生身知國土身知業報身知聲聞身知辟支佛身知菩薩身知如來身知智身知法身知虚空身是菩薩如是知衆生深心所樂若於衆生身作巳身若於衆生身作國土身業報身聲聞身辟支佛身菩薩身如來身智身法身虚空身若於國土身作巳身業報

身乃至虛空身若於業報身作巳身乃至虛空身若於巳身作衆生身國土身業報身聲聞身辟支佛身菩薩身如來身智身法身虛空身是菩薩知衆生集業身報身煩惱身色身無色身諸佛國土小相大相垢相淨相無量相廣相倒相平相曲相方相差别相知業報身假名差别聲聞身假名差别辟支佛身假名差别菩薩身假名差别如來身差别菩提身願身化身受神力身相好莊嚴身勢力身意生身福德身智身法身善分别如實成諸身相知諸法身平等不壞相知虛空身無量相周徧相無形相是菩薩善知起如是諸身則得命自在心自在財物自在業自在生自在願自在信解自在如意自在智自在法自在是菩薩得是菩薩十自在即時爲不可思議智者無量智者廣智者不可壞智者菩薩隨如是智慧畢竟常淨起無罪身業口業意業身業隨智行口業隨智行意業隨智行般若波羅蜜爲增上大悲爲首善修方便善起諸願善爲諸佛神通所護常不捨行利益衆生智悉知無邊世界中差别事諸佛子舉要言之菩薩住無動地身口意業所作皆能集一切佛法是菩薩到此地中離一切煩惱故善住淨心力中心常不離道故善住深心力中不捨衆生故善住大悲力中救一切世間故善住大慈力中不忘所聞法故善住陀羅尼力中分别選擇一切佛法故善住一切樂說力中行無邊差别世界故善住神通力中不捨一切菩薩所行故善住願力中修集一切佛法故安住波羅蜜力中善起一切種

智故安住如來力中是菩薩得如是智力示一切所作無有過咎諸佛子諸菩薩摩訶薩此地不可壞故名爲不動地智慧不轉故名爲不轉地一切世間難測知故名威德地無家過故名王子地隨意自在故名菩薩生地更不作故名爲成地善擇智故名爲究竟地善發大願故名爲變化地不壞諸法故名爲勝處地善修起先道故名爲無功力地諸佛子諸菩薩摩訶薩得如是智慧名爲得入佛境界名爲佛功德所照明名爲隨佛威儀行趣向佛法常爲諸佛神力善護常爲四天王釋提桓因梵天王等所奉迎常爲密迹金剛神之所侍衛善能生諸甚深禪定常能作無量諸身差别於諸身中皆有勢力得大果報神通力於無邊三昧中得自在能受無量記

隨衆生成就處示成阿耨多羅三藐三菩提是菩薩入如是大智慧善通達諸法常放大慧光明度無障礙法性道善知世間性道差别能示一切諸功德隨意自在善解先際後際能入迴轉魔道智中入如來所行境界中能於無邊世界行菩薩道以不轉相故是故此地名爲不動諸佛子諸菩薩摩訶薩在不動地善生禪定力故常不離見無量無邊諸佛而不捨麤現供具供給諸佛是菩薩於一一劫中一一世界中見數百千萬億那由他無量無邊阿僧祇佛供養恭敬尊重讚歎具一切供養事而用供養親近諸佛從諸佛受世間別異等諸法明是人轉深入如來法藏問世間性差别事中無能盡者乃至百千萬億劫說不可盡又諸善根轉勝明淨譬如成

鍊眞金巧匠雜寶作瓔珞已繫四天下主頸所佩閻浮提人無能奪者諸佛子菩薩摩訶薩亦如是住是無動地諸善根轉勝明淨一切聲聞辟支佛乃至七地菩薩所不能壞菩薩住是地以善分別智門故智慧光明滅衆生惱熱佛子譬如千世界主大梵天王能於一時流布慈心滿千世界亦能放光徧照其中諸佛子菩薩摩訶薩亦如是住無動地中能放身光照十方三千大千世界微塵數等世界衆生次能滅諸惱熱令得清涼諸佛子是名略說菩薩摩訶薩不動地若廣說者無量劫數所不能盡菩薩住是地中多作大梵天王主千世界諸根猛利與諸衆生聲聞辟支佛菩薩波羅蜜道因緣無有窮盡說世間性差別中無能壞者所作善業若布施若愛語若利益若同事皆不離念佛念法念諸菩薩伴乃至不離念一切種智常生是心我當何時於衆生中爲首爲尊乃至於一切衆生中爲依止者是菩薩若欲勤行精進於須臾間得百萬三千大千世界微塵數諸三昧乃至能示百萬三千大千世界微塵數菩薩眷屬若以願力神通自在能過是數若干百千萬億劫不可稱計爾時金剛藏菩薩欲重明此義而說偈言

菩薩住七地　慧方便已淨　善集助道法
大願之所繫　諸佛神力護　善根悉成就
求於勝智故　能入第八地　善集於福慧
而有深慈悲　離諸有量心　心同如虛空
如所說法中　心得決定力　如是得寂滅
微妙無生忍　諸法從本來　無生亦無滅

無相亦無出　不失亦不行　諸法初中後
與如無分別　無有心意行　同若如虛空
成就如是忍　無有諸戲論　得是不動地
甚深寂滅行　一切諸世間　不能得測量
一切諸心相　皆悉已壞盡　菩薩住是地
心識無分別　如入滅盡定　無念想分別
猶如人夢中　遽欲行渡水　覺則意廓然
自知無所作　得是深忍已　一切想念滅
亦如諸梵天　無欲界煩惱　先以願力護
諸佛今勸言　如是第一忍　是諸佛職位
我等深智力　無畏不共法　汝既無有此
當加勤精進　汝今雖得滅　一切煩惱火
當觀諸世間　煩惱常熾然　當念本所願
欲利諸衆生　悉徧知諸法　廣度於一切
諸法實性相　常住無變異　二乘亦得此
不以得名佛　但以得無礙　甚深微妙智
通達三世故　乃得名爲佛　是諸無等等
天人所恭敬　開是衆智門　令入諸佛法
成就無邊底　無量妙智慧　先所行諸法
不及今一念　如是諸菩薩　得妙智慧地
能在一念中　身徧於十方　入是智慧門
行道疾無障　如行於大海　風力令去疾
離諸功用心　但在於智業　觀十方世界
成壞及與住　能知四大一　亦知種種異
小大無量相　種種諸差別　能數知三千
大千界微塵　亦知衆生身　四大微塵數
諸天身衆寶　微塵數差別　皆悉徧照了
餘亦如是知　智慧因緣故　心轉得調柔
爲利諸衆生　徧諸世界身　能於衆生身
而自作已身　及諸佛世界　諸餘種種身

如日月隨風　影現一切水　菩薩亦如是
隨順智慧風　常住於法性　湛然不移動
於淨心衆生　各現其身像　隨諸心所樂
而現爲受生　於諸人天會　悉皆示其身
菩薩於因緣　和合中自在　乃至能隨意
而爲現佛身　衆生國土身　業報賢聖身
智身與法身　智皆同平等　以是因緣故
得如意神通　爲令世歡喜　而現種種身
能得於十種　妙大自在智　所作隨智行
順於慈悲心　諸佛所有法　皆能善修習
住三淨業中　不動如須彌　能得大菩薩
所有十種力　一切諸魔衆　皆所不能轉
常爲諸佛護　釋梵所敬禮　密迹金剛神
常隨而侍衛　菩薩得是地　功德無有量
百千萬億劫　說之不可盡　得近無數佛
增益諸善根　如眞金雜寶　莊嚴在王頸
菩薩在是地　多作大梵王　典領千國土
功德富無量　能以三乘教　而無有窮盡
慈心光普照　破諸煩惱熱　若欲於須臾
能得百三千　大千世界數　微塵諸三昧
能見十方佛　其數亦如是　若以其願力
過是無有量　今已略解說　第八地妙相
若廣演說者　千億劫不盡

十住經卷第四

音釋

羼提（梵語也此云忍辱羼初限切）技（渠綺切方術也）涸（下各切水竭也）遽（其據切急也）

十住經卷第五

姚秦三藏法師鳩摩羅什共佛陀耶舍譯

妙善地第九

佛子演說此　八地妙義時　以佛神力故
震動無量國　一切智身出　無量微妙光
徧照十方界　衆生得安樂　千萬數菩薩
住於虛空中　設衆妙供養　諸天所無有
大自在天王　并及他化王　歡喜衆妙供
大海功德佛　天女數千萬　恭敬咸歡喜
同以微妙音　歌歎佛功德　以佛神力故
出如是妙法　善行寂滅者　無有諸惡心
各在於其地　善修菩薩行　利益世間故
徧遊於十方　示衆以佛道　心同空無礙
諸菩薩神力　上妙供養具　勝十方人天
福德之所致　佛子樂智者　以此示佛力
於一國不動　而現一切處　利益於世間
如滿月明淨　滅一切音聲　語言諸想念
而以諸音聲　說法猶如響　隨衆生下劣
其心猒沒者　示說聲聞道　令出於衆苦
隨所有衆生　諸根少利者　樂於因緣法
爲說辟支佛　隨所有利根　利益衆生者
有大慈悲心　爲說菩薩道　若無上大心
決定樂大事　爲示於佛身　說無量佛法
譬如幻化師　示種種身色　如是諸身相
皆無有實事　如是諸佛子　善知智慧術
能示一切行　心離於有無　諸天女千萬
微妙音歌歎　如是歌歎已　默然而觀佛
又解脫月言　佛子大會淨　一心願樂聞
過八地正行

爾時金剛藏菩薩言佛子諸菩薩摩訶薩以

如是無量智慧善觀佛道欲更求轉勝深寂滅解脫欲轉勝思惟如來智慧欲入如來深密法中欲選擇取不可思議大智慧欲選擇諸陀羅尼三昧重令清淨欲令諸神通廣大欲隨順世間差別行修諸力無畏佛不共法無能壞者順行諸佛轉法輪力欲不捨所受大悲大願得入第九地諸菩薩住此地中如實知起善不善無記法行知有漏無漏法行世間出世間法行思議不可思議法行定不定法行聲聞法行辟支佛法行菩薩道法行如來地法行有爲無爲法行隨順如是智慧如實知菩提心所行難知諸煩惱難業難諸根難欲樂難性難志心難深心難生難殘氣難三聚差別難知衆生諸心差別相心雜相心輕轉相心壞不壞相心無形相心無邊徧自在相心清淨差別相心垢相心無垢相心縛相心解相心諂曲相心質直相心隨道相皆如實知是菩薩知煩惱深相知淺相知煩惱心伴相不離相知使纏差別相知是心相應不相應相知是生時得果報相知是三界中差別相知愛癡見深入如箭相知憍慢癡重罪相知是三業因緣不斷相略說乃至如實知入八萬四千煩惱行差別相是菩薩知諸業善不善無記相分別未分別相心伴相不離相自然盡相行道盡相種相集相不失果報相次第相有報相無報相黑黑報相白白報相黑白黑白報相非黑非白能盡業相知業起處相受業法別異相知無量因緣起業相知世間業出世間業差別相現報相生報相後報相隨諸乘定相不定相略說乃至

如實知八萬四千諸業差別相是菩薩知諸根軟中利差別相知先際後際別異不別異相知上中下相知煩惱伴相不相離相隨諸乘定相不定相淳熟相未淳熟相隨心行相易壞相深取相增上相不可壞相轉相不轉相三世差別相深隱共生差別相略說乃至如實知八萬四千諸根差別相是菩薩知衆生諸欲樂軟中利相略說乃至如實知八萬四千欲樂差別相是菩薩知諸性軟中利相略說乃至如實知八萬四千諸性差別相是菩薩知深心軟中利相略說乃至如實知八萬四千深心差別相是菩薩分別知諸結使有伴共心生不共心生心相應心不相應深心相無始來隨惱衆生相與一切禪定解脫神通相違堅繫縛三界繫無量心而不現前

開諸業門而無所知可治相無所有相無定事相不異聖道相滅動相是菩薩如實知諸衆生差別相所謂地獄畜生餓鬼阿脩羅人天差別色界無色界差別有想無想差別業是田愛是水無明是黑闇覆識是種子後身是生芽名色共生而不相離有癡愛相續相欲生欲作欲受不離樂衆生相分別三界差別相三有相續相皆如實知是菩薩如實知諸習氣若有餘若無餘隨所生處有習氣隨共衆生住有習氣隨業煩惱有習氣隨善不善無記有習氣離欲有習氣隨後身有習氣次第隨逐有習氣深入道斷相持煩惱相離則無法皆如實知是菩薩如實知衆生定不定相正定相邪定相不定相邪見中邪定相正見中正定相離此二是無定相一一五逆

是邪定相五根是正定相邪位是邪定正位是正定更不作故離此二位是不定相深入邪聚有難轉相令修無上道因緣相不定聚邪定聚衆生守護相皆如實知佛子諸菩薩摩訶薩隨如是智名爲安住妙善地菩薩住是地巳知衆生如是諸行差別相隨其解脫而與因緣是菩薩知化衆生法知度衆生法如實知而爲說法聲聞乘相辟支佛乘相菩薩乘相如來地相如實知隨衆生因緣而爲說法隨心隨根隨欲樂差別而爲說法又隨行處隨智慧處而爲說法知一切行處隨而說法隨衆生性深入難處而爲說法隨道隨生隨煩惱隨習氣轉故說法隨樂令解脫故說法是菩薩住此地中爲大法師守護諸佛法藏隨在大法師深妙義中用無量慧方便四無礙智起菩薩言辭說法是菩薩常隨四無礙智而不分別何等爲四一法無礙二義無礙三辭無礙四樂說無礙是菩薩用法無礙智知諸法自相以義無礙智知諸法差別以辭無礙智知無分別說諸法以樂說無礙智知諸法次第不斷復次以法無礙智知諸法無體性以義無礙智知諸法生滅相以辭無礙智知諸法假名而不斷假名說以樂說無礙智隨假名不壞無邊說復次以法無礙智知現在諸法差別相以義無礙智知過去未來諸法差別相以辭無礙智知過去未來現在諸法以無分別說以樂說無礙智知於一一世得無邊法明故說復次以法無礙智知諸法差別以義無礙智知諸法義差別以辭無礙智知隨諸言音而爲說法以樂說無

礙智知隨所樂解而爲説法復次以法無礙智以法智知諸法差別以方便知諸法無差別以義無礙智以比智如實知諸法差別以辭無礙智以世智知説諸法差別以樂説無礙智以如實智知善説第一義復次以法無礙智知諸法一相不壞以義無礙智知善入陰入界諦因緣法以辭無礙智知一切世間之所歸趣以微妙音故以樂説無礙智知所説轉勝能令衆生得無邊法明復次以法無礙智知諸法無有分別攝在一乘以義無礙智知入分別諸法差別門以辭無礙智能説諸乘無分別義以樂説無礙智以一法門説無邊法明復次以法無礙智能入一切菩薩行智行法行隨智行以義無礙智能分別説十地義差別以辭無礙智不分別説隨順諸地道以樂説無礙智能説一切行無邊相復次以法無礙智知一切佛於一念中得菩提以義無礙智知種種時處差別以辭無礙智知隨諸佛得道事差別説以樂説無礙智知於一句法無邊劫中説而不窮盡復次以法無礙智知一切佛語一切佛力無所畏不共法大慈大悲無礙智轉法輪等隨順一切智以義無礙智知隨如來音聲出八萬四千隨衆生心隨根隨欲樂差別以辭無礙智知以如來音聲不分別説一切諸行以樂説無礙智知以諸佛智慧力隨衆生所樂音聲説諸佛子菩薩摩訶薩如是善知無礙智安住第九地名爲得諸佛法藏能爲大法師得衆義陀羅尼衆法陀羅尼起智陀羅尼衆明陀羅尼善意陀羅尼衆財陀羅尼名聞陀羅尼威

德陀羅尼無礙陀羅尼無邊旋陀羅尼雜義藏陀羅尼得如是等百萬阿僧祇陀羅尼隨應方便說如是無量樂說差別門演法是菩薩得如是無量陀羅尼門能於無量諸佛所聽法聞已不忘如所聞法能以無量差別門爲人演說是菩薩於一佛所以百萬阿僧祇陀羅尼聽受法如從一佛聽法餘無量無邊諸佛亦如是是菩薩於禮敬佛時所聞法明門非多學聲聞得陀羅尼力於十萬劫所能受持是菩薩得如是陀羅尼力諸無礙智樂說力以說法故在於法座徧三千大千世界衆生隨意說法是菩薩在法座上惟除諸佛及受職菩薩於一切中最爲殊勝心中得無量法明是菩薩處於法座或以一音令一切大衆悉得解了即得解了或以種種音聲令一切大衆各得開解即得開解或以默然但放光明令一切大衆各得解法即得解法或以一切毛孔皆出法音或三千大千世界所有色無色物皆出法音或以一音周滿世界性悉令得解是菩薩三千大千世界所有衆生一時問難一一衆生以無量無邊音聲差別問難如一人所問餘者異問是菩薩於一念中悉受如是問難但以一音皆令開解如是二三千大千世界三四五十二十三十四十五十若百三千大千世界若千三千大千世界若萬十萬百萬若億三千大千世界若十億百千萬億那由他乃至不可說不可說三千大千世界滿中衆生廣爲說法時承佛神力能爲衆生廣作佛事倍復精勤攝取如是智明若於一毫末中有不可說不可說世

界微塵數大會佛在此中而爲說法佛隨若干衆生心說法令一一衆生心中得若干無量諸法如一佛一切佛在大會中說法皆亦如是如一毛頭一切十方世界皆亦如是於是中應生大憶念力於一念中從一切佛所受一切法明而不失一句如上大會滿中衆生聽法我於是中以決定清淨法明演說令得開解於一念中令爾所衆生皆得歡喜何況若干世界中衆生是菩薩住是地中善根轉勝晝夜更無餘念深入諸佛行處常與一切佛會深入菩薩解脫菩薩隨順如是智常見諸佛而於一一劫中無量無邊百千萬億以上妙供具供養諸佛於諸佛所種種問難通達諸陀羅尼是菩薩善根轉勝明淨如是佛子如成鍊金具足莊嚴轉輪聖王寶冠若在瓔珞一切小王四天下人無能奪者諸佛子菩薩摩訶薩亦如是住此妙善地中諸善根轉勝明淨無能壞者聲聞辟支佛及諸地菩薩所不能壞是菩薩善根轉明能照衆生煩惱難處照已還攝佛子譬如大梵王三千大千世界一切所有難處皆悉能照菩薩亦如是住是菩薩妙善地中善根明淨照衆生煩惱難處照已還攝諸佛子是名略說菩薩摩訶薩第九菩薩妙善地若廣說則無量無邊劫不可得盡菩薩摩訶薩住是地中多作大梵王典領三千大千世界無有能勝如實解義者於自在中而得自在善能宣說聲聞辟支佛菩薩波羅蜜衆生問難無能窮盡所作善業若布施若愛語若利益若同事皆不離念佛念法念菩薩伴乃至不離念一切種

智常生是心我當何時於衆生中爲首爲尊乃至於一切衆生中爲依止者是菩薩若欲如是勤行精進於一念中得百萬阿僧祇三千大千世界微塵數三昧乃至能示百萬阿僧祇三千大千世界微塵數菩薩眷屬若以願力神通自在復過是數百千萬億那由他劫不可稱說爾時金剛藏菩薩欲重明此義而說偈言

諸菩薩隨順　無量深智力　第一最微妙
一切世難知　利益衆生者　能至第九地
得入於諸佛　祕密之藏處　得微妙最上
三昧陀羅尼　廣大神通力　善入世間相
智慧力決定　能觀諸佛法　大願悲心淨
得入第九地　順行此上地　持諸佛藏者
即能通諸法　善不善無記　是有漏無漏
世間出世間　是即可思議　是不可思議
知法定非定　三乘具足相　思惟分別此
有爲無爲相　起知如是法　破諸無明闇
隨順是智心　則爲第一妙　悉知諸衆生
險難諸雜心　輕躁易轉心　無邊自在心
煩惱深淺相　心伴不離心　又知使纒相
隨順相續有　知業種種雜　各各差別相
因滅果不失　通達如是事　又知於衆生
諸根輭中利　廣大差別等　先際後際相
上中下差別　及諸欲樂等　乃至能悉知
八萬四千種　世間性亦爾　煩惱見難處
無始來不斷　諸心一切使　皆與心共行
縛心難可斷　知諸結使等　但妄想分別
無有方處所　亦無定事相　亦不離於身
又亦難得知　禪定力能遮　金剛道能斷

又能知衆生　入六道差別　愛水癡闇覆
業田識是種　生於後身芽　名色共增長
無始生死來　相續在三界　及知天龍等
煩惱諸業心　若離於心者　是則無所有
一切諸衆生　皆在三聚中　或沒諸邪見
或在於智道　菩薩住是地　悉知衆生心
諸根及欲樂　種種差別等　深心善思惟
隨宜而説法　通達無礙智　善以言辭説
菩薩爲法師　猶如師子王　牛王如山王
安住無所畏　普於諸世界　雨美甘露味
猶如大龍王　能雨滿大海　是菩薩善知
法義辭無礙　善能隨順行　具足樂説力
能得於百萬　阿僧祇總持　能受諸佛法
如海受龍雨　菩薩得如是　諸深妙清淨
無量陀羅尼　諸三昧力故　能於一念中

得見無量佛　聞已淨梵音　演説妙法寶
是菩薩或教　大千界衆生　隨心根所好
説法令歡喜　如是等無量　三千大千國
轉深勤精進　而作是思惟　或於一毛頭
無量佛説法　佛爲種種人　演説於妙法
是菩薩皆受　如地受諸種　復作如是願
十方諸所有　國土中衆生　皆合爲一會
應於一念中　皆悉知其心　以一音説法
悉令斷疑網　菩薩住是地　人天中法王
爲大説法師　隨順衆生心　常於日夜中
與諸佛共會　能住甚深妙　寂滅智解脱
供養無量佛　善根轉明淨　猶如轉輪王
眞金嚴寶冠　光明照衆生　煩惱險難處
如梵王光明　照於大千界　菩薩住是地
作三千大千　世界大梵王　諸根悉猛利

善以三乘法　示悟諸衆生　所作諸善業
皆順於正念　能在一念中　而得於無量
世界微塵數　諸深妙三昧　得見十方佛
微妙音說法　見佛大神力　更發無量願
如是第九地　大智所行處　深妙難知見
今已略說竟

法雲地第十上

說諸大菩薩　所行無上事　無數那由他
首陀會諸天　於上虛空中　心皆大歡喜
咸以恭敬心　衆妙供養佛　那由他菩薩
歡悅無有量　燒諸奇妙香　滅除諸煩惱
他化自在王　與諸天人衆　住在虛空中
心皆大歡喜　咸以恭敬心　種種設供養
各散衆寶衣　空中旋轉下　無量億天女
諸根欣悅豫　於上虛空中　敬心供養佛
同作無量億　那由他妓樂　於諸衆物中
皆出如是音　佛坐於此處　悉徧於一切
十方國土中　皆亦有佛現　無量億種種
相好莊嚴身　姝妙無有比　充滿於世界
於一毛孔中　出無量光明　滅除於一切
世間煩惱火　十方微塵數　不可得計量
一毛孔光明　亦復不可盡　各見有佛身
以三十二相　八十好莊嚴　轉於無上輪
或見佛種種　爲衆而說法　或見在兜率
教化於諸天　或見從兜率　來下處胞胎
或見初生時　或見夜出家　或見坐道場
而成無上道　或見轉法輪　或見入涅槃
於無量國土　種種而示現　欲度衆生故
皆有如是事　譬如巧幻師　善知於幻術
多示諸衆生　種種諸異身　如是佛慧中

善巧於示現　變化一切身　周徧諸世間
如諸法空寂　先來無性相　同若如虛空
大師亦如是　得入第一義　微妙之性相
隨於法性相　示佛大神力　諸佛所行性
一切諸衆生　皆在是性中　相可相同相
一切諸法等　入在於第一　寂滅義趣中
悉皆無有相　若欲得佛智　應離諸想念
有無俱通達　疾作天人師　諸天婇女衆
皆出如是等　千萬種妙音　寂然而觀佛
解脫月菩薩　見衆皆寂然　請金剛藏言
大名稱佛子　菩薩從九地　至於第十地
諸大神通力　願今爲略說

爾時金剛藏菩薩言佛子諸菩薩摩訶薩如是無量智慧善修行佛道乃至九地善集諸白法集無量助道法大功德智慧所護廣行大悲深知分別世間性差別深入衆生難處至諸如來行處念隨順如來寂滅行處趣向諸佛力無所畏不共法等堅持不捨得至一切智慧位諸佛子菩薩摩訶薩隨行如是智近佛位地則得菩薩離垢三昧而現在前又入法性差別三昧莊嚴道場三昧雨一切世間華光三昧海藏三昧海印三昧虛空廣三昧觀擇一切法性三昧隨一切衆生心行三昧如實擇一切法三昧得如來智信三昧如是等百萬阿僧祇三昧皆現在前是菩薩悉入此三昧善知其中功用差別最後三昧名益一切智位是三昧現在前時大寶蓮華王出周圓如百萬三千大千世界一切衆寶間錯莊嚴過一切世間所有出世間善根所生行諸法如幻性空慧所成光明能照一切世

界大寶瑠璃爲莖勝一切諸天所有不可量栴檀王爲臺大碼碯寶爲鬚閻浮檀金光爲葉中有無量光明一切妙寶皆在其內寶網覆上滿十三千大千世界微塵數蓮華爲眷屬爾時菩薩其身姝妙稱可華座是菩薩得益一切智位三昧力故身現在大蓮華座上即時諸眷屬蓮華上皆有菩薩圍遶之一一菩薩坐蓮華上即得百萬三昧皆一心恭敬瞻仰大菩薩是菩薩昇蓮華座時十方現在一切世界皆大震動一切惡道皆悉休息光明普照十方世界一切世界皆悉嚴淨皆得見聞一切諸佛大會何以故是菩薩坐大蓮華座上即時足下出百萬阿僧祇光明照十方阿鼻地獄等滅衆生苦惱兩膝上放若干光明悉照十方一切畜生滅除苦惱齋放若干光明照十方一切餓鬼滅除苦惱左右脅放若干光明照十方人身安隱快樂兩手放若干光明照十方諸天阿脩羅宮殿兩肩放若干光明照十方聲聞人項放若干光明照十方辟支佛口放若干光明照十方世界諸菩薩身乃至住九地者白毫放若干光明照十方得位菩薩身一切魔宮隱蔽不現頂上放百萬阿僧祇三千大千世界微塵數光明照十方諸佛大會圍遶世界十帀住於虛空成光明網高大明淨供養諸佛如是供養從初發心乃至九地菩薩所作供養百分不及一乃至百千萬億分不及一乃至算數譬喻所不能及是大光明網勝十方世界所有華香末香燒香塗香衣服旛蓋衆寶瓔珞摩尼寶珠供養之具以從出世善根生故一一佛

大會上皆雨衆寶狀如大雲若有衆生覺知如是供養者當知皆是必定無上大道如是諸光雨大供養已還遶諸佛大會十帀入諸佛足下爾時諸佛及大菩薩知其世界中某甲菩薩摩訶薩行如是道成就受職諸佛子即時十方無邊菩薩乃至住九地者皆來圍遶設大供養一心恭敬瞻視各得萬三昧諸得職菩薩摩訶薩於金剛莊嚴胷出一大光名破魔賊有無量百千萬光以爲眷屬照十方世界示無量神力亦來入是大菩薩胷此光明滅已是菩薩即時得大勢力神通智慧百千萬倍諸佛子爾時諸佛出眉間白毫相光名益一切智有無量無邊光明眷屬照一切十方世界無有遺餘十帀圍遶一切世界示於諸佛大神通力勸進無量無邊百千萬億諸菩薩一切十方世界六種震動滅除一切惡道苦惱一切魔宮皆蔽不現示一切諸佛得道之處示一切諸佛大會莊嚴事廣大如法性究竟如虛空照明一切世界已集在虛空右遶示大神通莊嚴之事入是菩薩頂上其諸眷屬光明入諸眷屬蓮華菩薩頂上即時諸菩薩各得先所未得十千三昧是光明入此菩薩頂如一佛光一切佛光皆亦如是一切十方佛光明入是菩薩頂時名爲得職名爲入諸佛界爲具佛十力當墮在佛數諸佛子譬如轉輪聖王長子大夫人所生成就轉輪王相轉輪聖王令子在白象寶閻浮檀金座上取四大海水上張羅幔種種莊嚴幢旛妓樂執金鍾香水灌子頂上即名爲灌頂大王具足轉十善道故得名轉輪聖王諸

佛子菩薩摩訶薩亦如是受職時諸佛以智水灌是菩薩頂名灌頂法王具足佛十力故墮在佛數諸佛子是名諸菩薩摩訶薩大智慧職地以是職故諸菩薩摩訶薩受無量百千億萬苦行難事是菩薩得是職已住菩薩法雲地無量功德智慧轉增諸佛子菩薩住是法雲地如實知集欲界集色界集無色界如實知集世間性集衆生性集識性集有爲性集無爲性集虚空性集法性集湼槃性集邪見諸煩惱性如實知諸世間行法還法知集聲聞道集辟支佛道集菩薩道集諸佛力無畏不共法集色身法身集一切智慧如是集得佛道集轉法輪集示滅度舉要言之如實知示集一切法差别是菩薩以如是智慧隨順菩提行如實轉深入知衆生化業化煩惱化諸見化世性化法性化聲聞化辟支佛化菩薩化如來化一切化分别化無分别化皆如實入是菩薩爾時如實知佛十力所持如實知法處持如實知業持煩惱持時持願持先世持行持劫壽持智持是菩薩住十地中諸佛所有微細行智所謂細微生死智細微世智細微出家智細微得道智細微神力自在智細微轉法輪智細微持壽命智細微示湼槃智細微法久住智如是等細微智皆如實知又諸佛密處所謂身密口密意密籌量時非時密與菩薩授記密攝伏衆生密諸乘差别密入萬四千諸根差别密業如實所作密行密得菩提密如是等密皆如實知是菩薩諸佛所有入劫智所謂一劫攝阿僧祇劫阿僧祇劫攝一劫有數攝無數無數攝有

數一念攝無量世無量世攝一念劫攝非劫非劫攝劫有佛劫攝無佛劫無佛劫攝有佛劫過去未來劫攝現在劫現在劫攝過去未來劫未來過去劫攝現在劫現在劫攝未來過去劫長劫攝短劫短劫攝長劫諸劫攝相皆如實知是菩薩諸佛所入毛道智若入微塵智若國土智身心智得道智若衆生身心得道智若衆生行智得道智徧行佛道智順行示智逆行示智不可思議智世間能知聲聞能知辟支佛能知菩薩能知有不能知但如來能知皆如實入諸佛子諸佛智廣大無量無邊菩薩住是地則能得入如是智慧諸佛子是菩薩摩訶薩隨是地行得菩薩不可思議解脱得菩薩無礙解脱淨行解脱普門明解脱如來藏解脱隨無礙論解脱入三世解脱法性藏解脱解脱明解脱離差別解脱諸佛子是菩薩十解脱爲首如是等無量無邊百千萬億阿僧祇解脱皆於此地得百千萬無量阿僧祇三昧百千萬無量阿僧祇陀羅尼百千萬無量阿僧祇神通亦復如是是菩薩成就如是智慧隨順於菩提成就無量念力能於一念頃至十方無量佛所受無量法明無量法雨皆能受持譬如娑伽羅龍王所澍大雨唯除大海餘地不能堪受諸佛子菩薩摩訶薩亦如是受大法雨故能入如來密處是大法雨一切衆生聲聞辟支佛皆不能受從初地乃至九地菩薩亦不能受持唯此菩薩摩訶薩住法雲地悉能受持諸佛子譬如大海一龍王起大雲雨皆能堪受若二龍王三四五十二十三十四十五十若百龍

王若千若萬若億若百億若千萬億那由他龍王乃至無量無邊大龍王起雲所雨一時澍下皆能受持所以者何大海是無量器故諸佛子菩薩摩訶薩亦如是住法雲地於一佛所能受大法明雨二佛三四五十百千萬億乃至無量無邊不可稱不可說無有限過諸算數於一念中皆能堪受如是諸佛大法雲雨是故此地名法雲地問言佛子是菩薩於一念中爲能堪受幾所佛法明大雨答言不可以算數所知但以譬喻可說諸佛子譬如十方所有不可說百千萬億那由他世界中微塵爾所微塵世界中衆生假使皆得聞持陀羅尼爲佛侍者爲大聲聞多聞第一譬如金剛蓮華上佛有大擇比丘多聞第一其一衆生成就如是多聞之力餘若干衆生皆亦如是其一人所受法第二人不重受如是一切各各不同諸佛子於意云何是一切衆生受持多聞力爲多不答言無量問言諸佛子我今當爲汝說是菩薩住此法雲地於一念一時於一佛所能堪受三世法性藏名曰大法明雨上一切衆生多聞之力比此百分不及一千分萬分千萬億那由他乃至算數譬喻所不能及如一佛所聞十方若干世界所有微塵諸佛皆能堪受大法明雨復能過此無量無邊於一念一時悉能堪受大法明雨是故名爲法雲地

十住經卷第五

音釋

姝（昌朱切美好也）膝（息七切脛節也）妓（奇寄切女樂也）澍（之戍切霖㳀也）

十住經卷第六

姚秦三藏法師鳩摩羅什共佛陀耶舍譯

法雲地第十下

復次佛子菩薩摩訶薩住是大法雲地自從願力生大慈悲放大法雷音諸通明無畏以爲電光發大智慧以爲疾風大福德善根以爲密雲現種種身色爲雜色雲說法降魔以爲雷音一念一時能於上所說微塵世界皆悉周普無有遺餘復過此數以雨善法甘露法雨故滅衆生隨心所樂無明所起煩惱塵炎是故名爲法雲地復次諸佛子菩薩摩訶薩住是法雲地於一世界中從兜率天上來下乃至示大涅槃一切佛事隨所度衆生皆現神力若二三千世界乃至如上微塵數世界又復過是百千萬億阿僧祇世界從兜率來下乃至示大涅槃一切佛事隨所度衆生皆現神力是菩薩住在此地於智慧中得上自在力善擇大智慧或以狹國爲廣廣國爲狹或以垢國爲淨淨國爲垢如是一切世間性皆有神力是菩薩或於一微塵中有一三千大千世界鐵圍山川而不迫隘或二三四五十二十三十四十五十若百若千萬億無量不可說不可說世界諸莊嚴事皆示入一微塵若以一世界莊嚴事示不可說不可說世界或以乃至不可說不可說世界衆生置一世界中亦不迫隘或以一世界衆生置不可說不可說世界中或以不可說不可說世界示著一毛頭而不惱衆生或於一毛中示一切佛神通力莊嚴之事或以十方所有不可說不可說世界微塵於一念中現如是等

身於一身中示若干無量手以此手勤心供養十方諸佛以一一手捉恒河沙等蓮華聚以散諸佛塗香雜香末香衣服旛蓋寶物亦復如是一切莊嚴之具皆以手執供養諸佛於一一身皆亦如是又一一身化有爾所塵數頭於一一頭有爾所塵數舌以是神力讚歎諸佛如是等事於念念中徧滿十方於念念中以神通力無量世界示得佛道轉於法輪乃至大般涅槃於三世中以神通力示現無量身於自身中現有無量無邊佛土莊嚴事於自身中示一切世界成壞事或令一切諸風皆於一毛孔出而不惱衆生或欲以無量無邊世界爲一海水此海水中作大蓮華形色光明徧無量無邊世界於中示得菩提莊嚴妙事乃至示得一切種智自身中所有一切光明摩尼寶珠雷光日月星宿諸光明乃至十方世界所有光明諸物皆於身中現以口嘘氣能令一切十方無量無邊世界震動而不令衆生有驚畏想示十方世界水劫盡風劫盡火劫盡而衆生身隨意莊嚴或欲於自身示作如來身如來身作自身如來身作已佛國已佛國作如來身諸佛子菩薩摩訶薩在此菩薩法雲地神變如是又餘無量神力自在奇異示現爾時會中有諸菩薩天龍夜叉乾闥婆阿脩羅迦樓羅緊那羅摩睺羅伽釋提桓因梵天王四天王自在天子淨居天等各作是念若菩薩神通自在智慧力如是無量無邊佛復云何爾時解脫月菩薩摩訶薩知大衆心所念問金剛藏菩薩言佛子今諸大衆皆有所疑聞是菩薩大神通智

慧力隋在疑網汝今當斷一切疑惑示菩薩神通莊嚴妙事即時金剛藏菩薩入一切佛國體性三昧時諸大衆天龍夜叉乾闥婆阿脩羅迦樓羅緊那羅摩睺羅伽釋提桓因梵天王護世天王自在天子淨居天等大衆皆自見知入金剛藏菩薩身中於其身內見有三千大千世界莊嚴衆事若滿一劫說不可盡於中見佛道場樹其莖周圍十萬三千大千世界高百萬三千大千世界覆蔭三千億三千大千世界稱樹高廣有師子座其座上有佛號一切智王如來一切大衆咸皆見佛坐在座上其中所有莊嚴上妙供養之具滿一劫說亦不可盡金剛藏菩薩示現如是大神力已還令大衆各在本處爾時一切衆會主希有想默然一心觀金剛藏菩薩爾時解

脫月菩薩問金剛藏菩薩言佛子甚爲希有是三昧有大勢力是三昧者名爲何等答言是三昧者名爲一切佛國體性三昧問言是三昧所有勢力爲齊幾所答言佛子若菩薩摩訶薩善修成是三昧力者能以如是無量恒河沙世界微塵數三千大千世界於身中現復過是數佛子菩薩摩訶薩在此法雲地得如是諸菩薩三昧無量無邊百千萬億以是故此菩薩住是地中身身業難可測知口業難可測知意意業難可測知神力自在難可測知觀三世法難可測知諸三昧行入難可測知智力難可測知遊戲諸解脱難可測知變化所作神力所作勢力所作難可測知略說乃至舉足下足乃至小王子菩薩住妙善地者不能測知諸佛子菩薩法雲地如

是無量今已略說若廣說者無量無邊阿僧祇劫不能得盡問言佛子若菩薩行處力神通力如是者佛行處力神通力復云何答言佛子譬如有人取四天下中二三塊土作是言無邊世界地性爲多此耶汝所問者我謂如是如來無量智慧云何以菩薩智慧而欲測量諸佛子如人取四天下中少地性餘在極多諸菩薩法雲地於無量劫但可說聞何況如來地諸佛子我今略說令汝知之佛現在爲證如一一方無量無邊世界微塵等諸佛世界十地菩薩皆滿其中譬如稻麻叢林是諸菩薩有無量無邊業修習菩薩功德智慧禪定於如來功德智慧力百分不及一百千萬億分不及一乃至算數譬喻所不能及諸佛子是菩薩隨如是智慧順如來身口意

亦不捨諸菩薩三昧而勤心供養諸佛於一一劫以一切麤現供養具供養無量無邊諸佛而能具受諸佛神力轉復明勝是菩薩於法性問難無能勝者乃至無量無邊百千萬億劫不可窮盡佛子譬如大金師善治此金爲莊嚴物以無上摩尼寶珠間錯其中安置自在天王頸上其餘諸天無能奪者又諸天人莊嚴之具無能及者諸佛子菩薩住十地中智慧功德善根從初地至九地諸菩薩摩訶薩所不能及菩薩住是地中得大智照明故能隨順一切智慧其餘智慧之明所不能壞佛子譬如大自在天王光明一切生處衆生光明所不能及能令衆生身心涼冷諸佛子菩薩摩訶薩亦如是住是法雲地中智慧光明一切聲聞辟支佛所不能及從初地乃

至九地菩薩摩訶薩亦不能及是菩薩住是地中能令無量衆生住一切智道諸佛子菩薩摩訶薩住是地中諸十方佛爲說智慧令通達三世正知法性相以智普覆一切世間性照一切世間性大悲大慈普覆一切衆生正徧見知一切諸法舉要言之具足爲說至一切智道佛子是名菩薩摩訶薩第十菩薩法雲地菩薩摩訶薩住是地中多作摩醯首羅天王智慧明達善說聲聞辟支佛菩薩波羅蜜於法性中有問難者無能令盡所作善業若布施若愛語若利益若同事皆不離念佛念法念菩薩伴念菩薩行念諸波羅蜜念諸地行不離念十力念無所畏念不共法乃至不離念具足一切種智常作是念我當何時於衆生中爲首爲勝爲大爲妙爲上爲無上爲導爲將爲帥爲尊乃至於一切衆生中爲依止者若欲如是勤行精進於一念中得無量百千萬億那由他不可說不可說世界微塵數三昧乃至亦爾所微塵數菩薩眷屬若以願力神通自在復過是數所謂諸行上妙供具信解起業若身若口若光明若諸根若如意若音聲若行處乃至若干百千萬億劫不可稱數諸佛子是名菩薩摩訶薩地次第順行趣向一切種智佛子譬如從阿耨達池四河流出滿足四天下轉增無有窮盡乃入大海諸佛子菩薩摩訶薩亦如是從菩薩出於善根大願之水以四攝法滿足衆生而不窮盡轉更增長乃至一切種智諸佛子是諸菩薩十地因佛智故而有差别譬如因大地故有十大山王何等爲十所謂雪山王香

山王軻梨羅山王仙聖山王由乾陀羅山王
馬耳山王尼民陀羅山王斫迦婆羅山王衆
相山王須彌山王佛子如雪山王一切藥草
集在其中取不可盡諸佛子菩薩摩訶薩亦
如是住在菩薩歡喜地一切世間經書技藝
文頌呪術集在其中無有窮盡諸佛子如香
山王一切諸香聚在其中而不可盡菩薩摩
訶薩亦如是住菩薩離垢地中持戒頭陀威
儀助法集在其中無有窮盡如軻梨羅伽山
王但以寶成集諸妙華取不可盡諸佛子菩
薩亦如是住於明地集一切世間禪定神通
解脫三昧問不可盡諸佛子如仙聖山王但
以寶成多有五神通聖人不可窮盡菩薩摩
訶薩亦如是住菩薩炎慧地中集令衆生入
道因緣種種問難不可窮盡諸佛子如由乾
陀羅山王但以寶成集夜叉大神夜叉羅剎
衆生不可窮盡諸佛子菩薩亦如是住菩薩
難勝地中集一切自在如意神通說不可盡
諸佛子如馬耳山王但以寶成集衆妙果取
不可盡諸佛子菩薩摩訶薩亦如是住現前
地中集深因緣法說聲聞果不可窮盡諸佛
子如尼民陀羅山王但以寶成集諸一切大
力龍神不可窮盡諸佛子菩薩摩訶薩亦如
是住菩薩遠行地中集種種方便智慧說辟
支佛道不可窮盡諸佛子如所迦婆羅山王
但以寶成集心自在者不可窮盡諸佛子菩
薩摩訶薩亦如是住無動地集一切菩薩自
在道說世間性不可窮盡諸佛子如衆相山
王但以寶成集大神力諸阿脩羅無有窮盡
諸佛子菩薩亦如是住菩薩妙善地中集轉

衆生行智說世間相不可窮盡諸佛子如須彌山王但以寶成集諸天神無有窮盡諸佛子菩薩亦如是住法雲地中集如來十力四無所畏說諸佛法不可窮盡諸佛子是十寶山同在大海因大海水有差別相諸菩薩摩訶薩十地亦如是同在佛智因一切智故有差別相諸佛子譬如大海以十相故數名大海無有能壞何等爲十一漸次深二不共死屍宿三餘水失本名四一味五多寶聚六極深難入七廣大無量八多有大身衆生依住九不過常限十能受一切大雨無有盈溢諸佛子諸菩薩行亦如是以十因緣故得名無有能壞何等爲十歡喜地中漸次生堅固願離垢地中不與破戒者共宿明地中捨諸世間假名炎慧地中於佛所得一心不壞信淨難勝地中生世間無量方便神通起世間事現前地中觀甚深因緣法遠行地中以大廣心善擇諸法無動地中能起大莊嚴事示現妙善地中能得深解脫通達世間行如實不過法雲地中能受一切諸佛大法明雨諸佛子譬如大摩尼寶珠有十事能與衆生一切寶物何等爲十一出大海二巧匠加治三轉精細四除其垢穢五以火錬治六衆寶莊嚴七貫以寶縷八置在瑠璃高柱九光明四照十隨王意雨衆寶物諸佛子菩薩摩訶薩發菩提心寶亦有十事何等爲十一初發心布施離慳二修持戒頭陀苦行三以諸禪定解脫三昧令轉精妙四以道行清淨五錬以方便神通六以深因緣法莊嚴七以種種深方便智慧貫穿八置以神通自在幢上九觀衆

生行放多聞智慧光明十諸佛授智職爾時於一切衆生能爲佛事隨在薩婆若數諸佛子是諸菩薩所行集一切智慧功德法門品若不深種善根者不能得聞問言若得聞者是人爲得幾許福答言隨諸佛所有智慧勢力如是發薩婆若心所緣攝福德是人得聞此法門所得福德亦復如是何以故若無菩薩心聞是法門不能信解受持何況以身修習能成是事諸佛子以是故當知是人隨順一切種智得聞信解受持修行說是經時以佛神力十方世界十億佛國微塵數世界六種十八相動又法應震動諸天雨華如雲而下雨諸香瓔珞天衣天寳物天旛蓋天寳物天莊嚴身具雨天妓樂歌頌而下更有大音讚歎十地殊勝之事此他化自在天王宫四天下

中如是十方一切世界周徧皆說十地經以佛神力故十方過十億佛國微塵數世界有十億佛國微塵數諸菩薩來徧滿十方虚空皆作是言善哉善哉金剛藏佛子善說諸菩薩摩訶薩住諸地相佛子我等皆亦名金剛藏從金剛德世界金剛幢佛所來所經歷處皆說是經衆會亦如是言辭亦如是義趣亦如是不增不減佛子我等以佛力故到此大衆來證是事諸佛子如我等來至此衆如是十方一切世界一一世間種性四天下上他化自在天王宫摩尼寳殿皆有十億佛國微塵數菩薩徃爲作證爾時金剛藏菩薩觀察十方觀一切大衆觀深法性讚歎助發薩婆若心示衆生菩薩大力欲淨諸菩薩行攝一切衆生隨順薩婆若除一切世間之垢與諸

衆生一切種智因緣示不可思議智慧莊嚴妙事說一切菩薩功德差別相欲令此義轉勝明顯示衆生故承佛神力而說偈言

諸菩薩所行　樂於善寂滅　其心無所着
猶若如虛空　除貪恚癡垢　安住道智中
如是無上行　願樂欲聽聞　如是諸菩薩
在於無量劫　勤心常修習　萬億種善根
供養無量佛　辟支阿羅漢　爲利衆生故
乃生菩提心　精進持戒行　頭陀除罪垢
修善忍轉妙　慚愧威德滿　福慧因緣故
高勝心明淨　深樂於佛智　同佛生菩提
供養於一切　十方三世佛　如虛空等國
悉皆令清淨　一切法平等　善悉通達故
爲度一切衆　生於菩提心　諸菩薩如是
生是無量心　至於歡喜地　息惡樂布施
得諸本願力　慈悲心偏多　深行十善道
能到離垢地　戒聞功德富　慈心愍世間
永離諸垢穢　深心常清淨　普觀諸世間
三毒火熾然　如是之大士　能入三明地
觀三界皆空　無常亦如病　如癰如瘡箭
百種苦常然　見諸有爲過　貪著佛功德
得佛智明炎　得入於炎地　成就於念慧
得至道智中　在此地供養　百千種諸佛
常能思惟念　念佛無量德　得入於一切
世間難勝地　能以慧方便　種種而示現
諸有所爲作　以利於世間　供養於諸佛
作益衆生事　無生法在前　得入現前地
菩薩諸所行　一切世難知　常無有我心
離有亦離無　諸法先空寂　十二緣故行
善了此微細　能入遠行地　行慧方便等

得法寂滅相　如是之大士　難知難可及
爲欲令世間　得善寂滅故　還起修諸行
種種福德事　普入於衆生　種種心行處
如是能得入　等空不動地　大智諸菩薩
悉善能具行　種種諸智業　得十自在力
能以無有量　無邊限諸身　普現十方界
而爲説妙法　善達世間性　及諸衆生性
如是大慈悲　能入妙善地　第一妙淨智
善觀諸世間　縷練煩惱業　深曲險難處
爲度是等故　得諸佛法藏　善説第一義
悉無所違錯　如是次第行　具足諸善法
乃至到九地　所修集福德　欲得諸佛力
第一深妙利　乃於一切佛　能得受智職
先得無數定　智行極廣大　末後得難壞
諸智職三昧　若能得如是　一切職三昧
一切寶莊嚴　大蓮華即出　菩薩稱蓮華
現身坐其上　餘華諸菩薩　咸共一心視
爾時大菩薩　從身放無量　百千億光明
滅諸世間苦　然後頂上出　百千億光明
普照十方界　諸佛大衆會　於上虛空中
化成光明網　供養諸佛已　入諸佛足下
時諸一切佛　及諸大菩薩　各知其菩薩
得受於智職　如是一切佛　報以眉間光
名曰一切職　入此菩薩頂　一切無量佛
與此菩薩職　猶如轉輪王　假授太子位
時諸十方界　普皆大震動　乃至阿鼻等
諸苦皆除滅　菩薩爲一切　智慧得是職
如是名爲到　無上法雲地　住於是地中
智慧無邊限　善知度一切　世間諸因緣
入色無色法　欲色無色界　能知衆生性

國土性法性　又能入可數　不可數法中
乃至能觀擇　虛空無量性　又此地悉具
菩薩變化事　諸佛威神力　微細智密事
又能悉通達　一切諸劫數　於一毛端中
觀見世間性　一切諸如來　於此無上地
初生及出家　得道轉法輪　示入於涅槃
皆隨順於智　寂滅妙解脫　悉於此地得
此地諸大士　憶念力大故　諸佛大法雨
皆悉能受持　譬如大海水　能持龍王雨
諸佛大法雨　菩薩受亦爾　若於一佛所
一時聽受法　十方無量土　微塵數衆生
皆得聞總持　成於聲聞乘　不如是菩薩
算數所不及　大智慧力故　及先大願力
能於一念中　徧滿無量國　雨甘露法水
滅諸煩惱火　是故諸佛名　此地爲法雲
大士住此地　供養諸佛具　過諸天所有
普示大神力　示衆轉勝力　過是數無量
若人欲思量　迷悶不能解　大智住此地
舉足下足事　及餘諸菩薩　乃至於九地
皆悉不能知　何況餘衆生　三世諸聲聞
及與辟支佛　住此諸佛示　一切智慧事
亦與令通達　三世無礙智　亦示法性寂
亦示種種變　一切諸世界　所有衆生類
所行一切法　深微隱妙事　一切佛功德
次第示令知　菩薩住此地　能以大供具
供養十方佛　徧滿一切方　一切諸世間
所有衆生類　其餘諸供具　皆所不能及
智者住此地　皆能破一切　無明諸闇冥
開示以佛道　如自在天王　光滅衆熱惱
佛子智光明　滅衆惱亦爾　住是地亦作

三界自在王　通達諸智慧　善以三乘化
能於一念中　得無量三昧　能見十方佛
其數亦如是　金剛藏菩薩　告諸大士言
我今略解說　十地妙行已　若廣演說者
千億劫不盡　是則名清淨　諸大菩薩地
爲得佛智故　住於此地中　安住不動移
猶如大山王　初地具一切　經書諸技術
猶如雪山中　積聚衆藥草　持戒及多聞
在於二地中　猶如香山王　集諸一切香
如軻梨羅山　多積諸寶華　明地集聞智
其喻亦如是　炎地多積集　道法寶不壞
如仙聖山中　善寂人不少　五地諸神通
無能得及者　如由乾陀中　夜叉神不少
六地善分別　諸果無窮盡　猶如馬耳山
諸果無有量　七地中大慧　無有能及者
如尼民陀山　諸龍王不少　住於八地中
自在智無量　如斫迦羅山　多心自在者
九地心清淨　說法無障礙　猶如衆相山
阿脩羅不少　十地中諸佛　功德無窮盡
如須彌山王　多諸天神衆　又復初地中
發於廣大願　二地持戒品　三地行功德
第四地專一　五地衆妙事　六地甚深相
七地廣大心　八地中種種　莊嚴諸神通
九地思妙智　能過一切世　十地能受持
諸佛大法雨　菩薩行大海　難動不可盡
發心出世間　得入於初地　二地淨持戒
三地修諸禪　四地道行淨　五練方便慧
六因緣莊嚴　七深方便慧　八到瑠璃幢
九地行衆生　一切險難處　智慧光普照
十地受智職　猶如國王計　如是次第淨

菩提心妙寶　十方諸世界　所有微塵數
可於一念中　計知其多少　可以一毛頭
數知於虛空　諸佛大功德　無量不可盡
說是十住經時自在天王及諸天衆解脫月
菩薩及諸菩薩一切世間皆大歡喜信受奉
行

十住經卷第六

佛說羅摩伽經

乞伏秦沙門釋聖堅譯

清刻龍藏佛說法變相圖

佛說羅摩伽經卷第一

乞伏秦沙門釋聖堅譯

如是我聞一時佛在舍衛國祇樹給孤獨園莊嚴重閣善勝講堂與菩薩摩訶薩普賢菩薩文殊師利菩薩等其名曰光明幢菩薩須彌山幢菩薩寶幢菩薩無礙幢菩薩華幢菩薩淨幢菩薩日光幢菩薩靜正幢菩薩離塵幢菩薩世靜幢菩薩地威德幢菩薩寶威德菩薩大威德菩薩金剛智威德菩薩淨威德菩薩法日威德菩薩功德山威德菩薩智焰威德菩薩普現勝威德菩薩持地藏菩薩虛空藏菩薩蓮華藏菩薩寶藏菩薩日藏菩薩功德淨藏菩薩法印藏菩薩世淨藏菩薩不憍慢菩薩蓮華勝藏菩薩善淨眼菩薩清淨眼菩薩淨眼藏菩薩無著眼菩薩普集眼菩

薩善觀眼菩薩優鉢羅華眼菩薩金剛眼菩薩寶眼菩薩虛空眼菩薩善眼菩薩普眼菩薩天冠菩薩法界焰智天冠菩薩道場天冠菩薩栴檀光天冠菩薩佛藏天冠菩薩山勇天冠菩薩世淨天冠菩薩威儀天冠菩薩無能勝菩薩諸佛師子座覆觀菩薩普法界虛空光觀菩薩梵勝髻菩薩龍勝髻菩薩佛變化焰髻菩薩一切願海摩尼髻菩薩如來圓珠髻菩薩虛空掌珠寶髻菩薩如來遊戲珠王網髻菩薩如來法輪香髻菩薩一切三世香髻菩薩大光菩薩離垢光菩薩寶光菩薩離塵光菩薩焰光菩薩法光菩薩寂光菩薩日光菩薩遊戲光菩薩天光菩薩功德相光菩薩智相焰菩薩法相焰菩薩神通焰相菩薩光焰相菩薩華相焰菩薩珠相焰菩薩菩提焰相菩薩梵相焰菩薩普光焰相菩薩梵音菩薩海音菩薩辯才音菩薩世王音菩薩山相擊音菩薩一切法界普音菩薩一切法海雷音菩薩調伏魔界音菩薩大悲雲雷音菩薩一切世間寂音菩薩法界慧菩薩智勇菩薩功德須彌勇菩薩功德牙勇菩薩稱勇菩薩普焰勇菩薩大慈勇菩薩智海勇菩薩如來種姓勇菩薩光勝菩薩妙勝菩薩勇勝菩薩世淨勝菩薩法勝菩薩月勝菩薩虛空勝菩薩寶勝菩薩星勝菩薩智勝菩薩樹王印勝菩薩法王印菩薩世王印菩薩梵王印菩薩山王印菩薩珠王印菩薩龍王印菩薩寂王印菩薩不動王印菩薩仙人賢力王印菩薩勝王印菩薩寂香菩薩無極香菩薩地香音菩薩海雷香音菩薩法豔香音菩薩虛

空香音菩薩衆生功德香音菩薩衆生善根香音菩薩魔界香音菩薩智山光菩薩虚空意菩薩淨意菩薩無著意菩薩覺悟意菩薩三世焰意菩薩光意菩薩普明意菩薩法界焰意菩薩如是等菩薩摩訶薩五百人俱行同普賢悉皆具足無著境界普現十方無量佛土身量無極徧諸佛前又修無礙淨眼境所心無休息普集一切諸佛功德決定明了於菩提道普集無量光明深入一切法智海常行無著無所受心得大慧身滿足無量無數劫四辯無窮盡智慧如虚空無依無所著隨衆生所樂如意現色身淨眼無垢障如日處空中於一切法界光明悉充滿復有五百聲聞久已通達四諦明了本際深入法性離生死海隨順如來聖弟子衆於諸有結心得解脱於佛法海無有疑惑復與無數諸天王俱又於先佛植衆德本普為衆生作不請之友久受心戒具諸功德普勝天人而無髙心不捨煩惱皆已盡心智解脱如虚空於佛法中無有疑深入諸佛智慧海隨順如來諸聖威儀承佛教誡成就衆生護佛法種使不斷絶縁此善根常生佛家深樂種智眞實法門爾時諸菩薩聲聞大衆諸天魔梵及諸神仙各與眷屬恭敬圍繞咸作是念念如來行念佛境界念佛自在神通變化念如來持念如來力念如來無畏念如來住念如來三昧念於如來勝妙功德念如來身念如來智無有涯底一切天人不能測量無能分别無能開現無能知見無能宣明亦無有能如實解説除佛持力佛自在力佛智慧力佛辯才力佛

威神力佛三昧力佛神通力佛本願力過去善根力親近善知識力清淨信心力住方便力樂求清淨勝妙善根力正直菩提深心力一切智願力是故世尊知識衆生種種欲種種信種種解而心無二以無著聲覺悟一切知道者說道者善說諸地種種行種種根種種人種種信種種解種種思及知一切智人境界各各思惟如來功德咸願宣說如來昔爲菩薩時行願善業先所修習一切智願勝波羅蜜示現菩薩諸地神通莊嚴方便衆妙音響莊嚴菩薩行出生滿足海莊嚴菩薩菩提門示現菩薩自在道出生菩薩莊嚴海莊嚴如來遊戲神通莊嚴如來自在法輪莊嚴如來如來刹海莊嚴如來普現十方調伏衆生而不現身心住諸如來正法之城超勝功德普廣示現一切諸道如來法王爲一切衆生示現諸趣明淨普照神通自在力如來爲一切衆生最上福田如來爲一切衆生說功德噠嚫三輪化度一切衆生惟願如來悲愍一切具足顯現爾時世尊知諸菩薩心之所念以大悲身大悲門大悲心大悲本願力隨順大悲廣大如法性究竟如虛空入師子王奮迅三昧爲令一切衆生樂清淨法入三昧已時祇陀林重閣講堂忽然光麗廣博嚴淨梵天金剛莊嚴其地珍奇間錯衆寶嚴飾雨如意珠及諸名華時彼林中表裏映徹有瑠璃樹枝條華果皆衆寶成雜色光明迴旋其間樂見珠玉以爲羅網閻浮檀金及衆校飾間無空缺彌覆其上又以名珍莊嚴樓閣普光摩尼爲明珠柱修直光色照徹園林金戶

珠簾寶填欄楯四出隥道衆寶所成摩尼寶王化珍妙華於其髻端放眞珠光列植階簷羅蔭軒陛幢旛繒蓋滿虚空界於窻牖前寶樹化生猶娑羅林自然行列果如寶鈴發衆妙音於樹根下出瑠璃水香淨柔輭流遍祇洹佛神力故本願力故十方世界微塵數不可思議阿僧祇清淨佛刹無量無數諸供養具皆悉普現於祇陀林復有功德香河迴沿淨國無量寶華隨流化生不可窮盡華水有聲皆説菩薩報應之行華樹敷榮出香雲蓋諸香蓋中有不可思議諸樓閣雲有阿僧祇不思議華鬘瓔珞皆悉垂下阿僧祇寶摩尼珠玉自然涌出柔輭衣服及諸寶幢香烟旛蓋皆悉充滿復有無數諸寶華雲旋轉空中一切幢旛及諸華蓋衆寶鈴幢出妙音聲演説一切諸佛名號顯現清淨法輪之相復有師子如意珠王以音聲海普演諸佛本願海門一切法界寶王摩尼法相光明以爲莊嚴時祇陀林上虚空之中有不可思議阿僧祇等諸香樹雲如是種種諸供養具及諸佛刹諸莊嚴事無量無邊不可具説爾時善財童子從東方界求善知識漸漸遊行至南方界轉至西方遥見善勝長者在屈頭摩城發意欲向漸涉道路思惟正受繫念在前無分散意住正定聚雖在道路愛樂正法無悔恨心不退境界勇猛精進不畏險路念善知識修正覺道爲得安隱道故身心無盡在於中道作如是念我當云何得勝境界我今云何當速詣善知識問菩薩道修菩薩行於善知識作佛道因緣得諸波羅蜜普攝一切離諸障

礙入無著法界普爲一切衆生斷衆惡道業爲除我人衆生壽命之心滅除一切煩惱諸麁破滅一切諸見羅網成就善箭以慈悲弓射護法處成就因果何以故若得見值善知識者必得成就諸善功德善知識者能爲一切智作大根本身心正受顔色不變求善知識威儀庠序無卒暴相漸漸往至屈頭摩城見善勝長者在於彼城重閣講堂即前詣已如人遊海水中不見邊際百千萬億諸大長者以爲圍繞皆悉歡喜在於善勝長者左右各欲樂聞種種諸法如海導師爲諸商人說海寶處善勝長者善能分別佛法海寶爲一切衆說無所著無所分別爾時善財童子頭面敬禮白言大聖我已久發阿耨多羅三藐三菩提心但不知云何行菩薩道修菩薩行善勝長者告善財言善哉善哉善男子汝已能發菩提之心善能問於大智慧寶爲得如是甚深法義爲斷一切疑惑苦惱種子汝今問我爲到一切智岸以不破壞心正向大乘令離一切聲聞辟支佛地怖畏正趣佛道修諸三昧寂靜法門善修一切諸菩薩行願遊戲神通轉不退輪淨諸業道速疾迴向一切智心於菩薩行如實修行爲菩薩道故來問我我行此行者普見十方無有障礙善知一切智海對治門莊嚴一切菩薩行故來問我善男子我在此海岸屈頭摩城重閣講堂晝夜常說大慈大悲菩薩淨行法門善男子我於此閻浮提見諸貧苦衆生必欲饒益然後爲說甚深空義隨彼所願令得滿足或以飲食而攝取之或以法財而攝取之或以功德業

而攝取之或以智慧而攝取之或以善根正直業而攝取之應以菩薩根而攝取者即以菩薩根而攝取之應以發菩薩心而攝取者即以菩薩心而攝取之若應以除去疑惑發菩提心者即以除疑惑法而攝取之若應以喜悅發菩薩心者即以喜悅法而攝取之若應以大悲發菩薩心者即以大悲而攝取之若有應以除生老病死憂悲苦惱無常定法發菩薩心者即以苦空無常法而攝取之若有衆生應以住生死海心無疲倦即同住生死海而攝取之若有應以四攝法發菩薩心者即以四攝法而攝取之若應以一切智慧功德海發菩薩心者即以功德智慧海隨順法而攝取之若有應以一切三世諸佛正法海對治門發菩薩心者即以三世諸佛正法海而攝取之善男子我以如是等諸攝取法爲饒益衆生故令一切衆生得法利樂故在海此岸善男子我住於此岸普知一切海中珍寶及所出處根原種性及價貴賤清明之相識寶光明善能分別善知一切工巧技術善知一切諸龍龍王龍子宮殿差別亦能善除諸龍鬪諍怖畏惡相又復善知一切諸羅刹王宮殿村落亦能善除羅刹鬪訟及與怖畏又復善知一切魑魅魍魎諸惡鬼神所住之處亦能除滅一切海水迴波諸難并知水色泉源衆流善能瞻知日月星辰一切災異變怪之事晝夜瞻相無一念頃失於常度了了分明無分毫差善知一切書跡算數射御隨時能用善知一切衆相於刹那頃變怪不停或合或離善知籌量世間衆事善男子汝

令當知我以知此一切衆生十明法門安止清淨住無畏岸令彼彼衆生皆得安隱恒以正法而撫慰之若閻浮提有諸賈估賈客欲往大海求珍寶者稱我名故大獲珍寶安隱吉還若有衆生得聞我名者身心諸垢及以衣垢永得消除何況煩惱若有衆生眼視我者常得清淨無上法喜聞法無猒身心悅樂以此法樂普爲一切閻浮提内諸苦衆生雨大法雨令得悅樂若有衆生聞我説法必得安隱度生死海免諸怖畏必得安立一切智海永離渴愛無復憂患恒住三世明解脫海善男子汝今當知我能常入一切衆生心心數行海中令彼衆生修淨土業普知一切十方淨國海隨意往生得無礙業復能莊嚴一切淨業根海普能清淨一切諸衆生行海令住安樂寂靜大安眠海善男子我以知此大慈悲喜捨對治滅相擊音聲菩薩喜幢法門諸大菩薩成就無量諸功德智慧海善能分別一切世界行海斷除一切煩惱業海成就一切諸法界海普攝一切諸衆生海及世界海普入一切勝智慧海終不捨一切衆生海其心如地善能隨順一切衆生海普能教化一切衆生海善隨一切衆生威儀海諸大菩薩深行如是我當云何能知能説彼功德行

爾時善財童子頭面作禮繞百千帀辭退西行善勝讚言善哉善哉善男子汝今應當正念思惟三昧正受汝從此去漸漸西行向名聞城去彼城已有園名難忍城名迦陵提去此不遠有功德林於其林中有比丘尼名師子奮迅身紫金色端嚴第一汝詣彼問菩薩

行問菩薩戒問諸法門爾時善財童子逡巡辤退漸漸遊行至功德林日光泉側見彼比丘尼端坐正受有五百童女形貌端正以爲侍者復有五百童子衞護衆女百千天女衞立左右爾時日光泉側有一園林名曰王園入彼園中見一大樹名日月光普放光明照百由旬莊嚴園林化成重閣七寶嚴飾上有光明復見大樹名普光明枝葉扶踈徧覆三千大千世界其形如蓋流出衆水有清淨光復見寶林名曰華藏高顯無極其華開敷如天樹王有妙光明如天宫殿其色鮮白猶如雪山復見大樹名曰美味金華金果柔輭香美甚適衆心復見一樹名世淨光其色光明無量無邊栴檀摩尼以爲樹果有阿僧祇諸雜珠網羅覆樹上像天宫殿復見一樹名曰天衣常出無量阿僧祇數衆寶色衣復見諸樹名曰音樂互相振觸聲踰梵音復見衆林名普香莊嚴其香普熏無有障礙於園林中復見泉池七寶光網彌覆其上其池四方有四渠流分爲八支更相灌注八功德水湛然盈滿牛頭栴檀末爲底泥衆寶莊嚴黄金爲沙激此香水聲如天樂悦可衆心又以衆寶而爲欄楯於池岸上布以金沙常放種種雜色光明優鉢羅華鉢曇摩華拘勿頭華分陁利華敷榮水上有衆寶樹行列嚴飾圍繞池側一一樹下各敷無量寶師子座無量天衣衆妙珍奇以爲嚴飾燒無價香熏師子座衆香繒帳白淨鮮明寶網覆上垂衆金鈴出和妙音復有無量衆寶牀帳圍繞高座一一樹下亦復如是於諸樹間復有無量蓮華寶藏

師子座又於樹間有衆香藏座又於樹間有種種香雲藏座又於樹間有師子寶聚藏座又於樹間有一切世間普光摩尼清淨藏座又於樹間有樂見師子寶藏之座無量妙香以爲敷具此諸寶座一一皆有無量百千諸小牀座以爲圍繞一一小座以無量寶而爲莊嚴一一座上有無量寶珠充滿一切如大寶洲一一座上有勝光明普照王園及日光林於光明中雨天寶衣及雜寶珠柔輭可愛以布其地譬如大海悉具衆寶此日光泉栴檀香水蹋則没踝隨足旋轉舉足還復本相如故於其池中有衆色鳥鳧鴈鴛鴦翡翠孔雀各自顧影雅音相和飛翔空中集栴檀林此王園林日光泉水出生無盡清淨雜華末無價香散衆華間超過帝釋喜見林池寶樹寶鈴枝葉華果不鼓自鳴出妙音聲有諸天女端正殊妙如自在天后此王園林倍更明顯勝諸天宫此諸天女鼓樂弦歌聲徧王園充悦一切天劫波毓衣被樹枝間於林四邊有四天王一切皆是大權菩薩領四種兵以爲備衛種種樓閣天繒華蓋及諸殿堂亦有兵衆而衛護之此園莊嚴猶如帝釋照明寶林歡喜之園普皆嚴淨視之無猒出過三界人天果報大梵善淨莊嚴講堂不得爲比無量梵王清淨報眼所不能見此功德林及日光泉假使和合百千梵宫所不能及珍妙莊嚴不可具説爾時善財童子見此園林種種光明微妙嚴飾悉是菩薩本業淨行如實功德善根願力之所成就超絶世間三界果報於不可思議阿僧祇劫諸如來所植衆德本

不著世間遠離揣食猶如幻師見衆色像廣修淨業無著勝行不可破壞所謂師子奮迅比丘尼曉了諸法性相如幻本修功德長養善根成就五力而無所著此王園林廣博嚴淨普容一切三千大千世界天龍夜叉乾闥婆阿修羅緊那羅迦樓羅摩睺羅伽人非人等一切悉集入此王園而不迫迮何以故皆是師子奮迅比丘尼威神力故不可思議神通變化皆從菩薩本願海生爾時善財童子普見一切諸寶樹下師子之座一一座上有比丘尼名師子奮迅端嚴勝妙威儀庠序其心善寂調伏諸根如大龍象如如意珠普適衆願心無所著猶如蓮華如師子王威伏衆獸安住不動得無相戒故其心清淨消除煩惱猶如香王滅除臭穢如大藥王諸藥莊嚴滅除衆病如良藥王善心見者能除衆病不善見者反成毒害菩薩摩訶薩亦復如是爲有縁無縁者説微妙法有縁者見我形聞我聲即得無礙陀羅尼無縁衆生更增惡行無記衆生即得善心如波樓那天莊嚴微妙普施世間一切清淨長養善根如良福田又見此座種種大衆或見淨居天眷屬圍繞又見摩醯首羅天眷屬圍繞是諸天衆一心諦觀彼比丘尼目不暫捨時比丘尼即爲淨居天衆及摩醯首羅天等説無盡法門無受法行又見此座欲樂天子眷屬圍繞一心瞻仰觀比丘尼目不暫捨時比丘尼爲欲天衆説普明音聲名聞清淨法門又見此座自在天王天子天女眷屬圍繞一心諦觀彼比丘尼目不暫捨時比丘尼爲自在天衆説菩薩名字

自在清淨法門又見此座化樂天王天子天女眷屬圍繞一心諦觀彼比丘尼目不暫捨時比丘尼為化樂天衆說一切法清淨莊嚴法門又見此座兜率天王天子天女眷屬圍繞一心諦觀彼比丘尼目不暫捨時比丘尼為兜率天衆說安樂心藏旋復自在無礙陀羅尼法門又見此座夜摩天王眷屬圍繞一心諦觀彼比丘尼目不暫捨時比丘尼為夜摩天衆說出生無量清淨勝妙莊嚴法門又見此座釋提桓因眷屬圍繞一心諦觀彼比丘尼目不暫捨時比丘尼為釋天衆說不淨忍猒離無常苦空無我法門又見此座解空娑伽羅龍王與十光明龍王等眷屬圍繞難陀龍王跋難陀龍王等眷屬圍繞摩那斯龍王伊那槃那龍王阿㝹婆達多龍王等各與龍子龍女眷屬圍繞一心諦觀彼比丘尼目不暫捨時比丘尼為諸龍王說一切救護善巧方便法門又見此座提頭賴吒天王領乾闥婆等男女大小眷屬圍繞一心諦觀彼比丘尼目不暫捨時比丘尼為說歡喜無盡法門又見此座摩睺羅伽阿脩羅王眷屬圍繞一心諦觀彼比丘尼目不暫捨時比丘尼為說法界莊嚴明慧速疾法門又見此座大天勢力迦樓羅王男女大小眷屬圍繞一心諦觀彼比丘尼目不暫捨時比丘尼為說度生死海無所畏法門又見此座善音緊那羅王男女大小眷屬圍繞一心諦觀彼比丘尼目不暫捨時比丘尼為說佛本行清淨無著法門又見此座金角雲結摩睺羅伽王男女大小眷屬圍繞一心諦觀彼比丘尼目不暫捨

時比丘尼爲說諸佛歡喜普集法門又見此座無量男女童男童女眷屬圍繞一心諦觀彼比丘尼目不暫捨時比丘尼爲說無勝法門又見此座常食衆生精氣羅刹王等眷屬圍繞一心諦觀彼比丘尼目不暫捨時比丘尼爲說普慈悲觀法門又見此座出家聲聞一切皆集俱來會坐時比丘尼爲說智慧光明勝法門又見此座出家緣覺者俱來會坐時比丘尼爲說淨明佛功德法門又見出家樂大乘者眷屬圍繞俱來會坐時比丘尼爲說普門智慧光明三昧法門又見此座初發心菩薩眷屬圍繞一心諦觀彼比丘尼目不暫捨時比丘尼爲說一切諸佛大願聚法門又見此座二地菩薩眷屬圍繞一心諦觀彼比丘尼目不暫捨時比丘尼爲說虛空明淨羅摩伽三昧法門又見此座三地菩薩眷屬圍繞一心諦觀彼比丘尼目不暫捨時比丘尼爲說莊嚴寂靜法門又見此座四地菩薩眷屬圍繞一心諦觀彼比丘尼目不暫捨時比丘尼爲說一切種智勢力境界法門又見此座五地菩薩眷屬圍繞一心諦觀彼比丘尼目不暫捨時比丘尼爲說普集淨華藏法門又見此座六地菩薩眷屬圍繞一心諦觀彼比丘尼目不暫捨時比丘尼爲說出世清淨藏法門又見此座七地菩薩眷屬圍繞一心諦觀彼比丘尼目不暫捨時比丘尼爲說普依止清淨地藏法門又見此座八地菩薩眷屬圍繞一心諦觀彼比丘尼目不暫捨時比丘尼爲說法界毗羅摩伽普徧法身化現一切虛空境界法門又見此座九地菩薩

眷屬圍繞一心諦觀彼比丘尼目不暫捨時比丘尼為說無礙無著清淨力莊嚴法門又見此座十地菩薩眷屬圍繞一心諦觀彼比丘尼目不暫捨時比丘尼為說圓滿無障礙淨名三昧法門又見此座金剛力士眷屬圍繞一心諦觀彼比丘尼目不暫捨時比丘尼為說智慧莊嚴那羅延金剛相三昧法門如是等一切大衆一切衆生一切諸趣所應受化者一切眷屬種善根者隨諸衆生種種欲種種行種種道樂聞多法者為長養善根故為增長善根故莊嚴善根故隨其所應開示顯說阿耨多羅三藐三菩提轉不退轉法輪令諸衆生得不退轉何以故此皆是師子奮迅比丘尼成就普眼智慧光明捨離法門成就一切諸佛法界無相清淨法界通達無礙法門此比丘尼成就無著無礙清淨祕藏法門成就圓滿不可思議淨藏法門成就清淨普喜見藏法門成就十萬億不可數般若波羅蜜成就普眼般若波羅蜜成就一切佛法法界不可壞般若波羅蜜此王園林日光泉側一切大衆菩薩摩訶薩等一切皆悉久植善根緣此比丘尼說法教化乃至阿耨多羅三藐三菩提其心善寂得不退轉爾時善財童子見師子奮迅比丘尼久已成就如是等普門法門普現色身而自莊嚴令王園林日光泉水及諸寶樹衆師子座皆現希有奇特之事所有園林經行禪窟及諸所須寶物牀帳見諸大衆一切眷屬悉坐其中功德神力皆悉具足八種音聲說衆妙法爾時善財童子見此不可思議諸奇特事及聞微妙八種

音聲復聞不可思議清淨妙音宣揚讚歎無量法雲法門以此法門潤澤身心皆令柔輭此名正法對治無比法門得此法門已身心歡喜豁然大悟成就一切諸大法門恭敬合掌繞百千帀即前作禮未舉頭頃見比丘尼偏處一切師子寶座放大光明金色赫奕照王園林及諸樹木猶如光雲此光明力令諸樹木皆悉右旋繞無數帀此諸樹木行行相次皆放光明照比丘尼爾時善財童子覩此相已合掌而立恭敬却行住於一面白言大聖我已先發阿耨多羅三藐三菩提心惟願大聖慈悲憐愍爲我宣說我今不知云何學菩薩行修菩薩道惟願大聖爲我解說時比丘尼答善財言善哉善哉善男子我今知此一切種智普能開現無底法門善財童子白

言大聖一切種智無底法門體性云何時比丘尼答善財言善男子此是三世大聖智慧光明莊嚴法門善財童子白言大聖三世諸佛智慧光明莊嚴法門境界云何答言善男子入此法門者得深入現前分別正受一切諸法不生不滅平等法林莊嚴三昧住此三昧者即得如意自在神通此閻浮提示現處兜率天十方無量微塵世界處兜率天亦復如是於彼彼處一一佛所示現無量無數之身從於自身出無量無數微塵等佛剎海摩㲉摩身恭敬禮拜修諸福業又賁無量無數不可說不可說微塵數雜色華雲不可說不可說雜色瓔珞雲不可說不可說雜色寶鬘雲不可說不可說雜色塗香末香雲不可說不可說雜色繒蓋幢旛雲不可說不可說雜

色寶網寶帳雲不可說不可說雜色寶座雲一一座前有不可說不可說燈光焰莊嚴雲一一燈光有衆寶珠而莊嚴之乃至不可說不可說一切雜色莊嚴具雲供養如來又賁不可說不可說雜色香水雲從香水雲中出不可說不可說雜寶蓮華雲從雜寶蓮華雲出不可說不可說天瓔珞莊嚴雲諸寶光明莊嚴具乃至阿迦膩吒一切諸天供養具雲又從香水出不可說不可說轉輪聖王及諸小王一切世間諸供養具雲又從香水出不可說不可說龍神八部乃至一切不可說不可說供養具雲供養如來遍一切處一切諸菩薩處兜率天化乘白象降神母胎初生王宫捨家學道詣菩提樹成等正覺轉淨法輪昇忉利天爲母說法天上人中變現自在乃至涅槃於諸佛所植衆德本以此本願因緣力故示現摩㝹摩色身徧一切處供養諸佛諸供養具亦復如是如是種種諸供養具亦緣久修大願莊嚴法界力生若有衆生知我所修如是供養者皆於阿耨多羅三藐三菩提得不退轉若有衆生來至我所我即爲說摩訶般若波羅蜜示教利喜善男子汝今當知我常不起衆生相不著衆生相衆生無相故知一切語言音聲而不著音聲音聲無性相故見一切佛光明相好而不著相好何以故深知法身無色相故受持一切諸佛法輪而亦不著法輪之相深心解了諸法眞如實際法性相故於念念中充滿普徧虛空法界而亦不著法界相善能了知一切諸法如幻化相故善男子我惟知此一切種智普能開

現無底菩薩法門善男子汝今當知諸大菩薩究竟法界一切菩薩境界無著能以一身結跏趺坐充滿十方一切世界於自身內悉能示現一切十方諸佛刹土妙莊嚴事於刹那刹那頃周遍十方禮事諸佛於自身內普能示現一切諸佛神通變化願力能以一毛徧縛十方諸須彌山舉置他方無量世界於一一毛孔普現十方一切世界劫成壞相於一刹那頃普於十方不可說不可說劫攝受衆生終不捨離諸大菩薩摩訶薩具足一切深智海行我當云何能知能說彼功德願善男子汝從此南行有國名險難城名寶莊嚴於彼城中有一女人名婆須蜜多汝詣彼問云何菩薩學菩薩行修菩薩道

佛說羅摩伽經卷第一

音釋

瑱 他見切玉也 隥 都鄧切登陟之道也 魑魅 魑抽知切魅靡寄切魑魅精怪也 魍魎 魍文紡切魎良蔣切魍魎山川之精物也 振 直庚切撞也 踝 胡瓦切腿兩骨曰內外踝 揣 徒官切摶聚也 奮迅 奮方問切迅息晉切 阿迦膩吒 梵語也此云質礙究竟即色究竟天也膩女利切吒竹嫁切

佛說羅摩伽經卷第二

乞伏秦 沙門 釋聖堅 譯

爾時善財童子頭面敬禮師子奮迅比丘尼足瞻仰諦觀辭退南行善財童子得大慧光以照其心具足長養一切善根欲以教化諸衆生故一心思惟諸法實相建立一切清淨法水語言陀羅尼藏廣修受持一切法輪陀羅尼成就思惟力爲衆生歸依大悲一切世間之力方便觀察一切種智充滿法界速疾思惟一切淨法願普觀察光明法門莊嚴十方諸通明力皆悉充滿一切法界究竟成滿諸菩薩行諸菩薩業滿足願力具諸神通漸漸遊行至險難國寶莊嚴城推問尊者婆須蜜多女今在何所其城中人作如是念我不聞此女有深智慧善攝諸根身心寂靜今此童子威儀庠序其心恬怕調伏諸根遠離放逸顛倒惑亂念慧現前視瞻詳審言音和雅不著形色正念思惟甚深法相遠離懈倦心如大海此非染欲顛倒之人無情欲想不沒欲泥不隨諸根超出魔界不爲一切諸魔所縛如此童子具諸功德何故爲色問此女爲今此城中多有諸人乃至不聞此女人名何況識者有一人言善哉善哉善男子汝於今者必獲大利乃能問此尊者婆須蜜多如汝問意必已先發阿耨多羅三藐三菩提心決定爲於一切衆生必能永離婬怒癡箭不懷淨想不著不淨普解一切諸縛著者善男子今此尊者婆須蜜多在此城北歡喜園中莊嚴樓閣止於其中爾時善財童子聞此語已歡喜踊躍往詣其所住於門側叉手合掌瞻

察園内見彼宮宅廣博嚴淨十種寶牆周帀圍繞列植十行寶多羅樹十重寶塹其水清淨具八功德盈滿其中優鉢羅華鉢頭摩華拘勿頭華分陀利華開敷鮮榮彌覆水上底布金沙寶岸嚴麗雜色光明充徧園林寶殿樓閣清淨莊嚴綺窻香風怡悦衆心連錢半月校飾羅網金剛力士瞋目奮杵衆寶師子振尾哮吼壯士獸王列侍門側宮城四角有明珠柱衆寶觀闕放種種光雨寶珠華積至于膝淨瑠璃地如懸虚空有如意珠王映於地下紫磨金渠流香色水黄金蓮華敷榮其上從蓮華臺涌妙聲水演散法音流聞十方金色芭蕉放大光明處處積寶猶如山崗沉水香雲迴旋宛轉塗香末香徧熏宮城異類衆鳥出和雅音張大寶帳垂衆金華摩尼寶鈴衆寶廁塡閻浮檀金以爲羅網彌覆宮牆燒百千萬億無價寶香香烟芬馥充滿虚空無量諸天列侍供養諸天妓樂不鼓自鳴衆吉祥瓶盛如意珠從地涌出又雨無量天寶華雲無量天寶香雲無量幢旛寶蓋雲無量天衣瓔珞雲無量妓樂天音聲雲如是種種供養具雲一一皆放無量色光彌覆虚空照十方界無量萬億金剛寶藏盈滿宮中一一寶園雕文刻鏤光光相照映徹無礙復有無量十種寶園以爲圍繞珍妙莊嚴清淨無極尊者婆須蜜多端正微妙色如華敷相好具足身眞金色不長不短不肥不瘦目睫紺色如青蓮華鬢髮柔潤其色紺豔威儀齊整進止庠序手足鮮澤千輻輪相六欲天后不得爲比聲踰梵音悉解衆語善知世間工巧技

藝深達一切諸論根本及論義相皆悉究盡善知字義善辯正智善巧方便如幻境界善知菩薩方便法門善知菩薩方便法界具諸相好瓔珞嚴身摩尼寶冠放大光明心王明珠以爲華鬘本願眷屬皆悉圍繞功德成滿不可沮壞具足無盡功德寶藏身出光明普照一切饒益光柔輭光快樂光開心光莊嚴菩薩心道之光以此光明嚴淨一切衆生之心遇斯光者得離五欲拔衆苦根爾時善財童子詣尊者婆須蜜多所叉手合掌白言大聖我已先發阿耨多羅三藐三菩提心而未知云何學菩薩行修菩薩道答言善男子我惟知此一億離欲無垢具足莊嚴菩薩法門善男子若天見我偏一切處天光瓔珞以自嚴飾爲天女形若人見我我以上妙色清淨慈心而自莊嚴爲童女形非人見我我現非人女形端正殊妙偏非人處若有衆生來至我所起婬怒癡無有是處唯得菩薩無受正法恒爲衆生說清淨解脱離苦法門聞我名者得猒離觀速得成就功德三昧身心寂靜無有障礙見我形者即得歡喜三昧聞我聲者即得無量聲藏三昧聞我名者即得歸依佛法僧寶即得諸佛刹普現色三昧若有衆生與我同止者即得解脱光三昧若有衆生諦觀我者即得寂靜莊嚴三昧若有見我顒呻火故者得壞散外道三昧若有衆生觀察我者得一切諸佛境界光明三昧若有衆生與我言者即得守護攝受一切衆生藏三昧若有衆生爲我搔癢者即得一切德集華藏三昧若有衆生親近我者即得一億無染離

欲莊嚴菩薩無著無極明淨一切智境界法門善財童子白言大聖昔於何所修何功德種何善根有何等業得此法門答言善男子過去有佛號無染著行如來應供正徧知明行足善逝世間解無上士調御丈夫天人師佛世尊爾時無染著行如來出興于世爲哀愍饒益一切衆生故向普賢城始至界上當舉足時國土城色六種震動下足之時丘墟坑坎皆自夷平空中清明自然嚴淨爾時世尊足蹈門閫即時大地復更震動瓦礫牆壁化成七寶散雜寶華列住空中羅覆宮城百千萬億諸天樂器衆寶校飾懸在虛空不鼓自鳴無量諸天各與宮殿列侍空中頂禮佛足雨諸天華以供養佛佛入城時放金色光猶如金山我於爾時生彼城中爲長者妻亦名婆須蜜多見佛色身相好光明神通具足即開發我宿世善根我於爾時與夫長者疾詣佛所即脱所著無價寶珠以散佛上所散寶珠悉住虛空接足作禮爾時文殊師利童子爲佛侍者時文殊師利即告我言善女人汝可速發無上道心我於爾時始發菩薩無上道心婆須蜜多告善財言我惟得此一億無染離欲莊嚴無著法門諸大菩薩智慧方便化度衆生大海深廣三昧法門大智慧力不可壞伏境界我當云何能知能説彼功德行善男子汝從此南行彼有大城名曰善寂城中長者名曰不憍高貴德王彼大長者晝夜六時恒常供養栴檀寶塔汝詣彼問云何菩薩學菩薩行修菩薩道時善財童子頭面敬禮彼女人足辭退南行漸漸遊步至彼大

城到長者所白言大聖我已先發阿耨多羅三藐三菩提心而未知云何學菩薩行修菩薩道長者答言我唯成就不滅度實際菩薩法門住此法門我今審知諸佛如來不般涅槃不入滅度三世如來永不涅槃無涅槃相除佛方便爲度虛僞衆生故示現涅槃欲令舍利廣流布故普令一切得入律行善男子若人能知如來畢竟不般涅槃者是人能開栴檀寶塔善男子汝今可往禮拜供養善財童子即至塔所頭面敬禮開栴檀塔開塔戶時念念相續得無盡佛性圓光明淨無盡三昧法門善男子我心於剎那剎那頃常入正受於正受中得無量無數圓光明淨三昧於念念頃入勝進地善財童子白言大聖此法門者境界云何答言善男子我入此三昧時普入一切三昧道門三昧力故得見十方無量諸佛迦葉如來應供正遍知十方無量各恒河沙微塵數世界海同名迦葉如來等拘那鋡牟尼佛及十方無量恒河沙微塵數世界海同名拘那鋡牟尼佛等尸棄如來及十方無量恒河沙微塵數世界海同名尸棄如來等毗婆尸如來及十方無量恒河沙微塵數世界海同名毗婆尸如來等提舍如來及十方無量恒河沙微塵數世界海同名提舍如來等弗沙如來及十方無量恒河沙微塵數世界海同名弗沙如來等無上勝佛及十方無量恒河沙微塵數世界海同名無上勝佛等無上蓮華佛及十方無量恒河沙微塵數世界海同名無上蓮華佛等如是無量諸佛行行相次不相障礙一如來面白毫相中

映現一切十方無量一切諸佛十方一切無量諸佛白毫相中映現一佛一切諸佛毛孔光明更相映現亦復如是坐栴檀塔我於刹那頃皆悉覩見諸佛世尊心心相續間無空缺亦於刹那頃得見閻浮提微塵數復見百千萬億閻浮提微塵數乃至十方恒河沙不可說不可說世界微塵數諸佛復過是數得見無量無邊微塵數諸佛乃至復見不可說微塵數世界海諸佛又見諸佛從初發心遊戲神通無礙自在亦見一切大願清淨妙行成就分別功德不二法門亦見滿願波羅蜜清淨波羅蜜成就次第一切菩薩諸地得普忍清淨遊戲神通長養善根降伏四魔成就衆生嚴淨佛土成菩提道轉妙法輪放大光明是諸大衆悉覩此相心心相續間無空缺時高貴德王菩薩告善財言善男子汝今見此栴檀塔中無量淨明圓光明淨神通莊嚴諸如來不悉皆同入毗羅摩伽三昧神通法輪不二法門不諸佛如來以此明淨不二法門神通力故徧一切處轉妙法輪以明淨鏡身充滿法界爾時善財童子白言大聖我今已見一切諸佛神通遊戲清淨境界亦聞諸佛說法音聲了了分明不壞耳根受持不忘正念思惟不失句義次第分別爲人演說示教利喜以智慧力分別諸佛法教教授衆生見彌勒等未來百佛千佛百千佛億萬佛阿閦婆頻婆羅阿僧祇佛於念念中刹那頃心念明淨亦見未來恒河沙不可說不可說世界微塵數等衆生發菩薩心修菩薩道行三十七品具六波羅蜜遊戲神通教化衆生淨

佛國土取吉祥草坐菩提樹降伏四魔成等正覺轉妙法輪放大光明示現涅槃乃至正法像法劫數成壞心心相續皆悉明了如見此境未來國土十方世界亦復如是亦見現在毗盧遮那多陀阿伽度阿羅訶三藐三佛陀等無量無數一切諸佛從初發心坐於道場轉妙法輪示現涅槃正法像法劫數成壞住世久近如此世界十方亦然十方三世一切佛刹火劫起時於栴檀塔倍更明顯亦聞十方三世諸佛已說今說當說以智慧力悉能受持一切世間聲聞緣覺及小菩薩所不能及善男子我惟知此不生不滅實際莊嚴平等菩薩法門諸大菩薩於一念頃悉知三世佛法本際平等於刹那頃莊嚴無量三昧境界海門住如實際無彼我相亦無二意住

佛所住於一切劫而無劫想住歡喜法界清淨莊嚴三乘賢聖如實智慧平等無二不著世間及世間果一切三世如來印綬及受決法悉充法界常住不滅一切如來音聲充滿法界不可思議無量無邊不可具說我當云何能知能說彼功德行善男子於此南方有孤絶山名金剛輪莊嚴高顯彼有菩薩名觀世音住其山頂汝詣彼問云何菩薩學菩薩行修菩薩道時善財童子頭面敬禮高貴德王菩薩足已繞百千帀眷仰瞻察辤退南行爾時善財童子正念思惟彼長者教隨順菩薩解說之藏正念菩薩諸憶念力承佛威神佛本願力以三昧正受於念念中間無空缺常念栴檀寶塔無量諸佛悲泣雨淚尋路而行次第分别一切諸佛及諸佛法於一心中

莊嚴諸佛神通念定慧力爲自長養菩提善根思惟正念一切諸佛不思議業漸漸遊行到彼孤山步步登陟念觀世音正念不捨遥見經行在巖西阿處處皆有流泉華樹林池清緑金華香草柔輭鮮潔皆從菩薩功德所生至其山頂見觀世音坐於金剛八楞之座座出光明嚴飾無比與無量菩薩眷屬圍繞而爲説法時觀世音身真金色手執大悲百寶蓮華説大慈悲經勸發攝取一切衆生入於普門示現法門爾時善財童子既得見已歡喜踊躍不自勝持生希有心合掌諦觀目不暫捨作如是念善知識者即是如來善知識者即是佛道正因善知識者是法寶雲善知識者是功德行藏善知識者十力妙寶善知識者難見難值最勝無比難可測量善知識者是十二頭陀正因之行善知識者是無盡智藏善知識者生功德芽善知識者能開發示導一切智門善知識者能令一切衆生得入薩婆若海究竟清淨無上佛性菩提境界如是讃歎善知識已漸漸親近時觀世音遥見善財讃言善哉善哉善來童子專求大乘攝取衆生救護一切衆生生柔輭心正直心深心樂求佛法心起大悲心向普賢行發一切大願清淨之行成就一切大願莊嚴常樂受持一切佛法寶雲心不虧減增長善根修諸功德無有猒足順善知識不違其教從文殊師利智慧大海成熟心行得佛勢力光明三昧身心嚴淨無有垢穢永離懈怠終不退轉常見諸佛心生歡喜遠絶衆惡修諸善行成就智慧心無障礙淨如虛空速得對治

離苦法門住諸如來境界光明守護法城廣宣法教爾時善財童子至觀世音菩薩所頭面禮足繞百千帀合掌恭敬却住一面白言大聖我已先發阿耨多羅三藐三菩提心而未能知云何菩薩學菩薩行修菩薩道答言善哉善哉善男子汝今已能發阿耨多羅三藐三菩提心善男子我已成就毗羅摩伽三昧大悲法門善男子此毗羅摩伽三昧大悲法門是菩薩行一切菩薩功德智慧悉入其中三昧力故不移此座普現一切清淨色身以普現法門清淨光明之行於十方世界教化成熟六趣衆生常於一切諸佛所隨所應化普現其前或以布施攝諸慳貪或以持戒攝諸毀禁或以忍辱攝諸恚惱或以精進攝諸懈怠或以禪定攝諸亂心或以智慧攝諸愚癡以六和敬善順衆生以四攝法攝取衆生放大光明網除滅衆生煩惱熱痛以方便波羅蜜行布施愛語利益同事攝取衆生以一切光明網微妙音聲普爲十方一切衆生演說一切聖解脱法成就一切諸波羅蜜隨諸衆生應以諸佛菩薩聲聞緣覺形色威儀而得度者皆爲現身坐金剛座手執白華爲說毗羅摩伽菩薩本行大悲法門聖解脱法若有衆生應以六趣形色威儀而得度者現六趣身坐金剛座手執白華爲說毗羅摩伽大悲法門聖解脱法令彼衆生皆得悦樂以妙色身變現自在示同類身普度一切隨其威儀乃至同心攝取衆生善男子我常行此大悲法門毗羅摩伽菩薩圓滿智慧光明三昧我於往昔發清淨誓滿足願故以此淨願

果力住此法門是故此三昧門名爲大悲具菩薩行毗羅摩伽三昧法門教化一切衆生爲諸衆生而作屋宅歸依覆護依止之處爲諸衆生作大橋梁作大洲渚爲諸衆生作大炬燭作大導師乃至究竟處爲化衆生故發弘誓願見聞我者皆得歡喜欲令一切五道衆生遠離險難惡道恐怖熱惱恐怖愚癡恐怖繫縛恐怖殺害恐怖貧窮恐怖不活恐怖諍訟恐怖大衆恐怖死恐怖墮四惡道恐怖諸趣恐怖不同意恐怖愛不愛恐怖一切惡恐怖逼迫身恐怖逼迫心恐怖愁憂恐怖懈怠恐怖邪婬貪色恐怖生老病死憂悲苦惱所求不得愛別離苦怨憎會苦爲脫一切衆生苦畏海故發大誓願住此淨慧光明法門復次善男子出生現在正念救護三世一切衆生怖畏正念法名字法輪法門爲脫輪轉三界衆生故入論義法門住此法門故示現一切衆生等身種種方便隨其所應以是方便除其恐怖皆令發阿耨多羅三藐三菩提心得不退轉供養諸佛受持正法善男子我唯知此大悲清淨毗羅摩伽菩薩光明法門諸大菩薩一切皆具普賢菩薩清淨大願成滿究竟普賢之行不斷一切諸善根流不滅一切諸三昧流常修阿毗跋致行未曾斷絶善知世界成壞之相滅諸衆生不善根芽出生一切諸善根流滅諸衆生生死心流出生衆生善根心流我當云何能知能説彼功德行爾時東方有一菩薩名無異行寶華承足步虛而來詣娑婆世界金剛輪山足蹈山時娑婆世界六種震動變成衆寶以爲莊嚴舉

身毛孔普放光明皆悉映蔽日月星辰梵釋四王及一切天龍神夜叉揵闥婆阿脩羅迦樓羅緊那羅摩睺羅伽人非人等火珠光明摩尼珠光皆如聚墨又此光明普照地獄餓鬼畜生閻羅王處及諸幽闇消滅衆苦斷除煩惱病苦怖畏皆得安隱普雨寶雨充滿佛刹及雨一切供養之具以是等種種供具供養如來隨諸衆生所應見身爲其示現遍六趣已到金剛輪山至觀世音所爾時觀世音菩薩告善財言善男子汝見此座無異行菩薩不答言大聖唯然已見時觀世音告善財言汝詣彼問云何菩薩學菩薩行修菩薩道時善財童子頭面敬禮觀世音足繞無數帀觀察無猒正念聖教深入智海却行辭退至無異行所頭面敬禮右繞七帀畢已合掌而立白言大聖我已先發阿耨多羅三藐三菩提心而未知菩薩云何學菩薩行修菩薩道答言善男子我已成就普現速行法門善財童子白言大聖於何佛所得此法門所從來刹去此幾何發來久如答言善男子此處難知一切天人及阿脩羅人非人等所不能測唯勤精進不退轉行親近善知識佛所護念乃能得知若非具足宿善根力清淨直心具菩薩根開智慧眼多聞多知尚不得聞不能深入賢聖智慧何況信解菩薩行處善財童子白言大聖惟願爲我説彼國土如來名號我當承佛神力及善知識力信五根力成就神通力而得信解爾時無異行菩薩答善財言我所來刹名首法藏佛號菩薩首於彼佛所得此普現速行法門從彼發來已經不可

説佛刹微塵等劫於一念中行不可説佛刹微塵等步一一步過不可説佛刹微塵等世界所經諸國佛皆現在以一切菩薩無盡供具供養諸佛摩党摩身所以者何以我得此無著清淨法性生身如實相印三昧法門以是功德能供養如來無著法身以一切諸菩薩所希見事供養諸佛隨諸衆生宿世善根爲現色身而爲説法放大光明普照十方應適衆心隨其所須如意皆得成就法藏出微妙聲演説正法饒益衆生以妙法身度脱衆生乃至十方亦復如是善男子我惟知此菩薩普門速行法門諸大菩薩普於十方無所不至境界無量無能壞者清淨法身充滿法界分別了知諸衆生道滿一切刹順一切法等觀三世説平等法隨順世間不著佛道普至無著無礙善説一切諸法實相本性空寂我當云何能知能説彼功德行善男子於此南方有城名婆羅波提彼有一天名大天汝詣彼問云何菩薩學菩薩行修菩薩道時善財童子頭面敬禮無異行菩薩足繞無數帀瞻仰觀察辭退南行爾時善財童子正念思惟菩薩毗羅摩伽無障礙行一向專求無異行菩薩智慧境界所出光明智慧神通色身境界一切功德莊嚴境界勇猛精進堅固歡喜出生無量不可思議持行法門遊戲神通得決定智深心悦樂徧體歡喜具諸功德諸三昧地陀羅尼地諸大願地諸辯才地具諸力地漸漸遊行至彼城門推問大天今在何所時有人言善男子今在城内重閣堂上成就微妙清淨色身大衆圍繞化現説法爾時

善財童子詣大天所頭面敬禮白言大聖我已先發阿耨多羅三藐三菩提心而未知菩薩云何學菩薩行修菩薩道是時大天即伸四臂取四海水安置四掌不令漏落自爲善財童子澡面漱口取金蓮華以散善財而作是言希有善男子甚奇甚特乃能遠來求善知識善男子諸菩薩行難聞難見甚深微妙不可思議勇猛精進形容微妙人中分陀利爲衆生歸依覆護一切饒益衆生攝取不捨安隱一切普照一切十方刹海顯現正道遠離愚癡爲大導師護持正法獎引衆生安隱無患到於彼岸必定當至一切智城甚爲希有菩薩三業具足成就難淨能淨永離衆惡於衆生類常以愛語隨其所應悉現其前未嘗失機善男子我惟成就菩薩雲網光明法門善財童子白言大聖此雲網光明法門境界云何爾時大天於善財前積天金聚猶如山王積白銀聚積瑠璃聚積玻瓈聚積硨磲聚積碼碯聚積夜光聚積水精聚積金精聚積開導衆生摩尼聚積紺髮摩尼聚積周羅摩尼聚積水光摩尼聚積玫瑰聚積紫玫瑰聚積日精珠聚積彌佉羅寶聚積雜色寶聚積毗富羅寶聚積赤真珠羅網聚積栴檀摩尼聚及積莊嚴支節一切身分諸瓔珞聚猶如須彌一切華一切香一切塗香一切末香一切華鬘一切天衣一切寶蓋一切幢旛一切樂器一切牀帳諸供養具五欲境界如是衆寶積如須彌又復顯現阿僧祇百千萬億諸童女衆語善財言善男子汝可取此一切衆寶供養如來惠施一切攝取衆生悉令衆

生修檀波羅蜜學檀波羅蜜一切捨故以此捨心教授一切普得修行令諸衆生能捨難捨善男子我以此物教汝布施普教一切亦復如是悉令衆生以無貪善根熏修身心普使衆生修佛菩薩行親近善知識供養恭敬尊重讃歎出生善根長養善根成就具足一切善根發阿耨多羅三藐三菩提心復次善男子若有衆生貪五欲者爲彼示現不淨境界貪國土者爲說無常爲瞋恚怖畏憍慢放逸諍訟結恨如羅刹鬼殺生無度飲血敢肉如是等種種衆生悉爲示現教彼衆生修大慈悲皆令永離瞋恚放逸若懈怠者爲現水火盜賊惡王怨敵等難化以無常起諸善根善男子如是種種惡類衆生以方便慧滅除諸惡一切障礙智慧怨敵成就一切無礙波羅蜜善男子我惟知此菩薩雲網光明法門諸大菩薩滅除煩惱如忉利天王滅阿脩羅難諸菩薩如水能滅衆生煩惱熾火諸菩薩如火能燒衆生煩惱積薪諸菩薩如風吹散衆生貪愛諸著壞滅一切染愛癡心諸菩薩如金剛摧滅一切彼我有愛諸大菩薩成就如是諸大功德我當云何能知能說彼菩薩行善男子此閻浮提南有國名摩伽陀寂滅道場菩提樹下有神名安住汝詣彼問云何菩薩學菩薩行修菩薩道時善財童子頭面敬禮彼大天足爾乃辭退趣摩伽國詣寂滅道場安住神所爾時十千地神各作是言此童子來能救護一切衆生即是如來藏能破衆生無明㲉膜常生勝妙法王之家離垢無障以無量天繒寶冠以冠其首有大智慧寶

藏摧伏外道異學諸論議師法輪王法教化衆生爾時安住地天一萬神等震動大地雨以香水掃以香風一萬地天異口同音出微妙聲徧滿三千大千世界放大光明普照三千大千世界復有衆寶宫殿以爲莊嚴一切華樹開敷鮮茂曲枝垂下一切果樹悉成果實亦皆垂下一切香水泉源河池迴淵旋流更相灌注演出種種娛樂音聲諸天衆寶莊嚴樓閣麒麟師子香象白鹿鳳凰孔雀異類禽獸各與眷屬賫持供具皆悉歡喜出哀和音無量寶藏自然涌出四方風起猶如金輪吹衆雜華散道場地天龍夜叉揵闥婆阿脩羅迦樓羅緊那羅摩睺羅伽人非人等充滿林間爾時安住地神告善財言善來善男子汝欲自見往昔曾於此處所種善根福報果不是時善財童子頭面敬禮安住天足繞無數帀却住一面白言大聖唯然欲見爾時安住地神即以足指按此大地無量阿僧祇那由他摩尼寶藏開發顯現衆吉祥瓶自然涌出善男子汝昔布施果報致此寶藏恣隨汝意以用布施善男子我已成就菩薩不可壞智慧藏法門我從然燈佛來獲大善根常住此地次第護諸菩薩令得深入智慧境界盡其源底大願成滿淨菩薩行出生一切三昧修一切神通具足一切菩薩大方廣功德力具足諸菩薩大威德力成就菩薩不可測智慧其心堅固不可破壞放光明網遊諸佛刹聞諸如來受記法輪一切如來所轉法輪一切修多羅雲以大法光明普化衆生受持諸佛自在神力守護諸佛大法明力示教利喜

我惟知此菩薩不可破壞智慧法門善男子乃往古世過須彌山微塵數劫有劫名光明淨世界名月幢如來號善根善男子我於光明淨劫善根佛所思惟得此法門修習長養淨此法門增進高廣普演法門於其中間常得見佛從光明劫乃至賢劫於其中間過不可說不可說佛刹微塵等劫劫中諸佛我悉親近具足供養如是諸佛往詣道場菩提樹下諸莊嚴具我悉得見於一一佛所聽受修習得此法門於諸佛所修習善根以此善根聞法因緣得不可壞藏智慧法門善男子我惟知此菩薩不可壞藏智慧法門諸大菩薩於一切佛所親近供養諸佛說法悉聞受持隨佛音聲爲他演說念念相續得入佛心住佛祕密得淨法身超出菩薩無明習㲉出生一切諸佛影藏善說句義憶持不忘普現諸色身於身不二相諸菩薩行無量無邊我當云何能知能說善男子此閻浮提有國名無惱城名勝忍於彼城中有一夜天名婆娑婆陀汝詣彼問云何菩薩學菩薩行修菩薩道時善財童子頭面敬禮安住神足繞無數帀眷仰辭退漸漸遊行詣夜天所

佛說羅摩伽經卷第二

音釋

廁塡 廁初吏切間廁也塡徒年切塡塞也 紺黤 紺古暗切深青含赤色也黤以贍切光彩也 嚬呻 嚬符眞切呻失人切 欠㰦 㰦音佉欠㰦氣擁滯欠㰦而解也 搔癢 搔蘇刀切癢余兩切 墟 去魚切故城也 閫 苦悶切門限也 蹈 徒到切踐也 礫 郎擊切小石也 鉿 胡男切 綬 時帚切組綬也

麒麟 麒渠羈切麟力珍切麒麟仁獸也牡曰麒牝曰麟

佛說羅摩伽經卷第三

乞伏秦沙門釋聖堅譯

爾時善財童子正念思惟彼地天教菩薩不可壞智慧法門修菩薩三昧明趣入隨意觀察菩薩律儀法式其心明了諸菩薩自在遊戲神通觀察一切清淨法性深入菩薩甚深智慧究竟境界深入菩薩智海法門隨順菩薩觀察無壞智海法門觀察菩薩深極無邊清淨不壞法門觀察菩薩法雲法海蔭覆法門漸漸遊行至彼大城繞無數帀從東門入中城而住爾時善財日沒未久思慕大師如渴欲飲隨順一切諸菩薩教一心合掌欲見大師婆娑婆陀夜天於善知識所起於如來應供正遍知想普眼境界顯現十方一切色身及智慧力遍至一切樂見善知識住淨境界普見一切諸善知識慈心境界妙藏法門得一切法正智慧眼觀察十方三昧智海普眼境界不出不入同一如性一切光明法界智海大智慧眼深廣無邊見彼夜天於其城上虛空中住處寶樓閣香蓮華藏莊嚴世界坐寶蓮華身真金色頂髻螺文妙金精色目睫紺青分齊分明色相端嚴殊妙第一衆寶嚴身希有無比見者歡喜視之無猒身服朱衣妙寶嚴飾頂上髻髮猶如梵王爾時夜天即為善財童子說螺髻梵王頂法身印陀羅尼即說呪曰

勒䟢　婆羅婆娑那　陀羅尼眠遮　梵摩闍咤　辰那　舍利囉　摩鳩咤　陀羅尼眠遮　斫迦羅陀羅尼哆莎呵蛇莎呵

善男子若有得此陀羅尼者於其身上諸毛

孔中普現一切日月五星二十八宿亦現一切辰曜光明以此光明普照無量世界一切衆生於刹那頃能見衆生在三惡道受八難苦於一毛孔皆悉覩見所化衆生或見衆生樂生天者或有樂得聲聞乘者或有樂得緣覺乘者或有樂得一切種智者於一孔孔皆悉顯現或有樂見種種方便形色威儀音聲說法及諸語言亦於一念皆悉覩見如是微妙法音清徹隨所樂聞經無數劫亦於毛孔皆悉見聞及諸菩薩一切行等或見菩薩勇猛精進修諸三昧神通力門菩薩自在神力境界菩薩所住菩薩光明菩薩神通奮迅法門如是種種隨所化衆生皆於毛孔悉得見聞皆是菩薩本行所得爾時善財童子見聞是已心大歡喜頭面敬禮彼夜天足繞無數帀恭敬合掌於一面立白言天神我已先發阿耨多羅三藐三菩提心心生信解因善知識得見諸佛聞法功德惟願天神今當為我開示顯現諸菩薩所行薩婆若道若有菩薩向此道者當得菩薩十地十力爾時夜天告善財言善哉善哉善男子汝能敬善知識隨順其教若有菩薩敬善知識隨順其教疾疾當得阿耨多羅三藐三菩提善男子惟我成就菩薩光明普照諸法壞散衆生愚癡破魔法門善男子我於邪見惡衆生中發大慈心於不善業逆衆生中發大悲心於修善衆生發歡喜心於善惡等衆生起無二心於染汙衆生發清淨心於邪見著我衆生起平等心於下賤不淨衆生發歡喜心於著樂衆生生清淨心於樂生死輪轉衆生發善隨順解生

死輪於樂聲聞緣覺衆生發起安立住一切智菩提道心善男子我常如是思惟教化一切衆生成就菩薩光明普照壞散衆生愚癡破魔法門於夜後分人靜無聲時一切鬼神交橫馳走時盜賊遊行時比丘離威儀時烟雲塵霧昏蔽日月不見色時我於彼處爲作明眼引導令過若有衆生在於城邑村營聚落山巖曠野八萬大海中乃至一切水陸叢林險路迷道怖畏雲雷霹靂難愚人恐怖禽獸難曠野盜賊難國土饑饉疾疫難鬬戰破壞難以陀羅尼力滅其恐怖若有衆生遭於海難黑風揚波大浪洄澓賈人迷惑不見邊涯如是種種水陸諸難我於彼處爲作歸依或作洲渚或作船形濟諸溺人或作薩傳或作鮫人或作象王形馬王形或作小象形黿鼉龜鼈形阿脩羅王形海神龍王形或作狗王蚊虻形現如是等種種類形爲作歸趣方便度脫一切苦難願諸衆生離五陰苦得解脫道一切人間於夜闇時瓦礫荆棘丘陵堆阜毒蛇師子虎狼虺蝮一切毒害寒熱風難我於爾時作日月形明星形流星形彗星形或作雷電霹靂之聲或作寶光明形或作熒惑太白諸災異星變怪之形或作諸天宮殿或作天王形或作諸天龍神八部之形或作轉輪王形諸小王形種種人形或作菩薩形或作如來形以陀羅尼力種種方便覆護衆生願諸衆生常得安隱大悲覆護住佛所住或作山巖石窟形或作溪澗泉池林木藥草華果樹形或作百種甘饍香美飲食或作冰雪或作影響陰涼之形或作平地道路巷陌

或作迦陵頻伽孔雀王等衆鳥之形或作藥樹王放光明形或作山神地神形或作炬燭電光之形若有衆生在山險平澤諸怖畏處以陀羅尼力爲作救護我以如是種種方便令諸衆生得免憂苦離生死海發如是念令諸衆生越我慢山又願衆生超生死流慧炬焰熾破無明暗燒五陰村度生死澤善男子我於生死險難愚癡衆生以陀羅尼力決生死網恐怖繫縛惡罵呪詛兩舌惡口誹謗讒遘我於爾時作迦陵頻伽鳥微妙之聲說陀羅尼令彼悅樂解脫憂苦若嬰兒童子壯年耆老聾盲瘖瘂癃殘拘躄疥癩癰疽乃至四百四病以陀羅尼力作大醫王現病人前爲說種種諸治病法各得除愈善男子我復作是念見諸衆生樂著五欲棘刺林者樂著邪見顛倒說者樂著國土生憍慢者如是種種愛著苦難逼切其身不覺不知隨彼衆生在在處處念何事思何事以陀羅尼力即爲現身示導正路令得安樂蒙我恩力離衆苦難得安隱處我爲彼人復發誓願令諸衆生遠離三塗永得解脫一切衆苦專求智慧向菩提道無衆憂患常得安隱離五陰縛若有邊方諸小國土國王王子善男子善女人憂國土諍訟事憂生業田宅事憂名稱榮位自在事如是種種危厄怖難我於彼處以陀羅尼方便之力令彼和同皆得安隱復發是願令諸衆生除五陰十二入十八界等一切諸著越生死河安住彼岸又願衆生住佛一切種智境界永離見著出生安樂一切佛行若有衆生著聚落業無明繫縛六十二見種種見

著受諸苦惱甚可愍傷我以陀羅尼方便爲其説法令得猒離以法攝之復作是念令諸衆生安住無上正法道地復作是念願諸衆生悉皆遠離六入空聚超出生死究竟境界安處薩婆若城寂滅樂處復次善男子如迷方人以東爲西以西爲東以南爲北以北爲南四維上下亦復如是一切世間迷法之人不知正道亦復如是善男子世有三人一狂二癡三者風病如此三人横興毒害手執利劒欲斫東方反斫西方欲斫西方反斫東方欲斫南方反斫北方欲斫北方反斫南方四維上下亦復如是謗法之人亦復如是心顛倒故於正法中而生邪想於邪法中生正法想於常法中生無常想於無常法中生於常想於樂法中生於苦想於苦法中生於樂想於不淨中生於淨想於無我法中横生我想於平地中生險阻想於險阻中生平地想豐樂之世生飢饉想飢饉之世生豐樂想人民熾盛生空荒想空荒之世生熾盛想如此愚癡失道衆生迷惑衆生失性衆生我以種種方便陀羅尼力放大光明於黒闇處欲出道者開其門户爲愚癡者放大光明開智慧明爲失道衆生開示正路而引導之若有衆生欲度流者爲作橋船津濟洲渚令到彼岸不知方域示以樂土丘墟坑坎化爲平地生柔輭草或復現作城邑聚落及諸妙色以施衆生令得快樂又復現作江河流泉園林浴池人民熾盛安隱豐樂令諸衆生慈心相向猶如父子兄弟姊妹復發此願我今已施一切衆生一切安樂智慧光明令彼衆生永離闇

冥無復癡愛長夜迷昏無明闇蔽無眼衆生得智慧眼普令明淨若有衆生著於我人衆生相者令離我人衆生等相若有衆生無常常想無我我想苦有樂想不淨淨想非陰陰想非命命想於非中陰作中陰想非陰界入作陰界入想草木非壽命作壽命想衆生非草木作草木想於非因果作因果想非善行道作善行道想殺生祠天求常樂想乃至十惡邪見等業普願衆生離此諸想不孝父母不敬沙門及婆羅門無有返復不識恩養遠離正道行不善業具足十六諸惡律儀誹謗正道毀壞正論深著邪見謗佛法僧斷正法輪壞菩薩衆憎惡大乘殺害菩薩不讚菩薩僧如是種種諸不善業雜類衆生衆苦逼身心懷愁惱失本智心不知法利狂惑愚癡不識正路於無量劫常被誹謗邪見迷惑不識諸方者爲如是等非法非律深生慈悲令得覆護爾時夜天婆娑婆陀即爲諸狂亂謗法衆生説淨調伏除無量阿僧祇劫罪業障陀羅尼即説呪曰

羝（音都雞切）釤（音踈鑒切）跛囉（音盧可切）蒱陀那夜（音余架切）三摩末祇　他波邪（音余伽切）寐毗摩隸輸檀柰　毗摩羅輸檀檷翅（音尸豉切）輸檀尼移莎呵　摩訶輸檀那摩羝移莎呵

若有衆生誹謗正法毀菩薩僧破和合僧斷絶大乘聖智慧教憎嫉修行菩薩行者無有返復如此人等不名丈夫具男子身不孝父母殺逆父母於善知識所諍訟欺詐殺害八人及阿羅漢不仁不義偷盜佛物塔物法物招提僧物現前僧物犯四重禁十三僧殘十

不善道五無間罪速疾正向趣惡道者無明暗蔽没在苦海我以大智慧光明願力爲除無明無間重罪闇障癡惑令彼速發阿耨多羅三藐三菩提心即以大乘而自莊嚴具普賢行爲說如來法王境界如來十力四無所畏十八不共法神通等事成就一切大智慧地我今示現如來十力四無畏等陀羅尼力安住一切諸佛正道以此陀羅尼力能令十方一切諸佛同一法身復次善男子我今爲於長夜病苦苦惱衆生多病痟瘦疾疫老朽慳貪貧窮危厄困悴亡國破家流離失土貧窮孤迸竛竮失勢無救護者皆由前世無慈悲心惡業果報繫屬於他八苦衰惱以爲衣服爲如是等無歸依者以大悲方便而救護之諸貧苦者以陀羅尼力令其庫藏自然盈溢若有慳貪至死不捨作守財鬼爲如是等種種貪著以諸方便而化導之令彼衆生皆得解脱復發是願我當爲彼諸衆生等作大救護施以法藥服此藥者能消一切諸煩惱病離生老死八苦之畏無明老死十二輪轉一切衆苦皆得永離離惡知識親近善友以普勝法攝取一切令得安止三清淨業敬信如來眞妙法身當得永離生老病死畢竟常住清淨境界復次善男子我見邪見諸衆生等及其眷屬作惡律儀見諸衆生遠離正道趣於邪徑著諸倒見虛妄迷惑身口意業具行不善種種放逸依止邪法於非正覺生正覺想於正覺所生非正覺想親近惡友受行苦法投淵赴火自墜高巖常翹一脚五熱炙身灰土塗汙卧棘刺上自餓而死盛冬潛淵

伏藏冰下受持雞狗牛鹿等戒如是種種邪見苦行欲求解脫我以種種方便除其邪見令得安住於正見中令諸人天得最上樂復發是願願諸衆生出離世間不著邪見安處無上正真之道得不退轉成一切智究竟滿足普賢菩薩大願之行向一切智不離菩薩一切諸地不壞一切衆生苦性而得解脫爾時夜天婆娑婆陀欲重宣菩薩光明普照諸法壞散衆生愚癡法門承佛威神觀察十方即爲善財童子以偈頌曰

我所成妙法　知時諸門地　照除愚癡闇
普觀一切法　我法門寂靜　久修慈心得
無量無數劫　大悲覆群生　成就大悲海
出生三世佛　除滅一切苦　善財速究竟
佛子心歡喜　永離世間惡　超出三界苦
受諸賢聖樂　遠離有爲惡　聲聞智解脫
滿足諸佛智　佛子應究竟　我以遍淨眼
普觀十方刹　於彼世界中　諸佛坐道場
相好莊嚴身　無量衆圍繞　放大光明海
普化諸群生　覩諸衆生類　死此而生彼
迴流六趣中　備受諸苦毒　我諸淨耳海
普聞十方音　一切語言海　皆悉能受持
我以淨鼻根　法海中無礙　能入諸法門
善財應究竟　我成大人相　清淨廣長舌
隨廣演說法　佛子應究竟　清淨妙法身
三世如如等　隨其所應化　一切無不現
我心無所著　澄清如虛空　普攝佛境界
而亦無二相　悉知無量刹　衆生諸心海
分別諸根意　遠離虛妄法　我以神通力
遍遊無量刹　普覆一切衆　調伏諸衆生

智慧淨如空　無比無盡藏　供養一切佛
饒益諸衆生　廣大淨智慧　了知諸法海
除滅衆疑惑　佛子應究竟　我入佛法海
通達三世法　明了一切智　無能測量者
一一微塵中　悉見佛刹海　或覩三世佛
眞實智慧力　見盧舍那佛　道場成正覺
十方微塵刹　悉轉正法輪

爾時善財童子白天神言發阿耨多羅三藐三菩提心爲已幾時得此法門其已久如乃勝彼世界中有五百億佛出興於世成等正覺十號具足彼佛國土或淨或穢我時次第供養彼佛彼佛世界有一四天下名離垢幢城名莊嚴我於爾時爲明勝長者女名勝慧光端正殊妙於彼世中値最初佛名須彌山善寂幢時有一天名淨覺月以本願力生彼城中復爲夜天名清淨眼於睡眠中入於王宮即至我所顯現妙身讚歎如來勸我發心令往佛所作如是言須彌山善寂幢佛始成正覺放大光明已經七日爾時夜天引導於我我即驚覺見大光明遍滿宮室父母驚喜即告我言此何光明金色顯赫明照吾室我於爾時即白父母我於夢中見一夜天讚歎如來勝妙功德有佛世尊名須彌山善寂幢出現於世已經七日惟願父母與諸眷屬往詣佛所供養恭敬聽佛說法父母歡喜即便許可是時夜天在前引導我與父母親戚眷屬俱詣佛所頭面禮足退坐一面見佛色身微妙光明即得菩薩清淨三世普智慧光明三昧得此三昧已憶念過去如須彌山微塵等劫所見諸佛所說經法受持不忘即得光

明普照諸法壞散衆生愚癡破魔法門得此法門已復憶過去十世界微塵數劫世界等事又見彼諸一切衆生及其業報好醜諸根利鈍性欲不同語言音聲久修善業親近善知識隨其所應示現色身為作利益見如此事如今現在我以此三昧力於念念中增長法門心心相續能以一身充滿十方微塵等世界乃至充滿一切世界微塵等海又復過彼一切世界微塵數不可說不可說世界如能如是饒益衆生答言佛子乃往古世過須彌山微塵數等劫復過是數無量無邊彼有世界名七寶功德集劫名光明寂靜國名寶月光明城名蓮華光處閻浮提中於此劫中有五百億佛出興于世時彼城中有轉輪聖王名善法度以聖王法正法治世七寶自至王四天下壽命一劫威力自在不加兵仗自然太平彼王所重第一夫人名曰月意其王夫人妓樂自娛至於中夜淳昏而臥夢此城中有一夜天名最正覺寂靜光明來至其前合掌而住而作是言咄善女人汝今知不於蓮華光大城之東有林名寂靜光微妙德於此林中有菩提樹名一切佛自在光有佛世尊號一切法雷音王坐此樹下成等正覺十號具足放大光明名摩尼王普照一切彼雷音王佛出興於世於菩提樹下始成正覺已經七日時彼夜天稱揚讚歎顯說如來無量功德自在神通令彼夫人發無上道心讚歎普賢菩薩一切願行時王夫人即於夢中敬禮彼佛發阿耨多羅三藐三菩提心供養佛時世尊放金色光觸夫人心遍照宮城皆同

金色時彼夫人即從眠覺爾時彼佛侍從聲聞菩薩一切大衆現夫人前是時夫人頭面敬禮佛及大衆供養恭敬尊重讃歎即發誓願願此功德於將來世天人之中最尊最勝善男子汝今當知時王夫人月意者豈異人乎我身是也我於彼佛所初發道心莊嚴功德種大善根超越須彌微塵等劫不墮地獄餓鬼畜生閻羅王處下賤之家具足諸根滅除衆苦常於人天中得最勝果報常得不離親近善友常生諸佛菩薩之家不生五濁劫善男子我獲善利於彼佛所深種善根長養善根於八十億須彌山微塵等劫常受快樂而未滿足菩薩善根亦未獲得三昧神通得過八十億須彌山微塵等劫過此劫已復過一萬劫有劫名清淨無憂世界名清淨威德是世界中悉見一切諸佛聞佛説法悉能憶念受持分別了知彼佛本淨願海又知諸佛發清淨願莊嚴佛土我今亦欲嚴淨一切世界海衆生令得淨土如今現前隨彼衆生所應見身即爲示現調伏其心而化度之我從昔來乃至今日刹那刹那相續長養增進修此法門如此法門究竟廣大如法界等善男子我惟知此菩薩光明普照一切諸法壞散衆生破魔法門諸大菩薩究竟無量無邊普賢菩薩所行願海深入一切諸法界海建立一切諸菩薩智慧幢三昧遊戲神通大願成滿守護受持諸佛如來大功德海於念念中莊嚴教化一切衆生成就滿足智慧性海除滅無明迷惑顛倒普施淨慧猶如秋月菩薩住世徧照三界不著衆相消除熱惱示現三

世自在神通運載衆生開示正道出生三世圓滿清淨一切音聲充滿十方一切法界從初發心乃至十地於其中間皆悉具足無量功德不可思議諸神通力智慧光明我當云何能知能說彼菩薩行善男子此閻浮提摩伽陀國有一夜天名微妙功德離垢光明彼夜天者是我大師先已勸我發阿耨多羅三藐三菩提心示教利喜汝詣彼問云何菩薩學菩薩行修菩薩道爾時善財童子即以偈讚婆娑婆陀而說頌曰

我見尊淨身　相好自莊嚴　超出於世間
猶如須彌山　法身湛然淨　三世悉平等
普攝諸衆生　其人無所著　開演淨光明
普照一切趣　於一毛孔中　悉見諸星宿
心淨無所依　如日在空中　攝取法王法
明淨深智慧　一一毛孔光　遍照十方刹
於一切佛所　彌布法雲雨　一切毛孔中
示現變化身　充滿十方刹　方便度衆生
初行菩薩時　淨業不思議　一一毛孔中
顯現十方刹　識知見聞者　悉得功德利
專求菩提道　必成佛無疑　不思議等劫
常求善知識　寧墮三惡道　不捨菩提心
百千微塵劫　讚歎一切德　衆劫猶可盡
功德無窮已

爾時善財童子頭面敬禮彼夜天足繞無數帀眷仰觀察心無猒足辭退南行向摩伽陀國爾時善財童子一心思惟彼夜天教初發道心圓滿清淨思惟是已即得深入諸菩薩藏出生菩薩大願法海淨諸菩薩波羅蜜道窮盡菩薩圓滿勝淨行業發起成就深入智

海以一切智救護十方一切衆生長養增廣大慈悲雲於諸佛刹出生普賢諸大願行漸漸遊行至普賢甚深微妙功德離垢光明夜天所頭面敬禮繞無數帀却住一面恭敬合掌白言天神我已先發阿耨多羅三藐三菩提心而未知云何修菩薩行具足諸地答言善哉善哉童子乃能發阿耨多羅三藐三菩提心問菩薩行具足諸地善男子菩薩成就十法則能具足菩薩所行何等爲十一者悉得諸佛現前三昧見一切佛色身了了分明二者得淨眼三昧見一切佛三十二相八十種好莊嚴其身三者得無量無邊功德淨眼見一切佛深妙功德智慧大海四者見無量無邊佛光明海悉能普照一切法界五者無量不可思議佛法光明於一毛孔放大光明普照一切衆生數等令種種衆生皆發阿耨多羅三藐三菩提心成光明海諸佛如來普慈等心於念念頃十方世界施作佛事於諸衆生隨其所應而度脱之令無量衆生皆得解脱六者於一一毛孔中悉見一切寶珠光明摩尼焰海七者於念念中出一切諸佛變化大海充滿法界究竟一切諸佛境界教化衆生而無障礙八者出一切佛無住微妙音聲大海轉三世佛清淨法輪演説一切修多羅海及法雲海其義深遠無能窮盡九者究竟諸佛音聲海深入一切如來海究竟一切如來海十者深入示現不思議佛自在神力化度衆生住無量無邊諸佛名稱海善男子此名菩薩十法若有菩薩具此十法則能滿足菩薩諸行亦能悉備普賢行願善男子我

已成就菩薩寂滅定樂精進法門以此定力悉見三世嚴淨佛刹一切諸佛及眷屬海悉見無量無邊諸佛如來神通力海分別了知諸佛名號諸佛如來轉法輪海知彼諸佛壽命短促及以無量知彼諸佛無量微妙淨音聲海彼諸如來清淨法身無量無邊充滿法界亦不著如來一切諸相而無相好想何以故諸佛如來無來去相已滅一切來去相故不住三世如如際故亦非過去不住現在不見未來滅於一切世間相故不取一切來去相故故名如來不來不去諸佛如來不生不起不退不没不滅不現故名法身諸佛如來不起語性不滅語性過一切語言語言斷故非實滅身示現滅度猶如幻法性不壞故諸佛如來非實非虛欲爲饒益諸衆生故一切如來以如來道無來無去憺怕寂靜出興於世諸佛如來不生不没不滅不住不至此不往彼法性清淨不可壞故諸佛如來無性無相離於一切語言道故諸佛如來以一如相同入法性恬然安樂無起滅想無邊際故究竟一切法界性相離故善男子我如是了知於一切如來所唯得此寂滅定樂精進法門照明增長廣大善根深入隨順如寂甚深慧能空空普現境界分別了知虛妄平等相演說甚深平等大法以大悲心普攝一切未曾捨離一心善寂無起滅想增長正受入寂滅定起於初禪除滅意業得寂智力攝取衆生歡喜悅樂入第二禪捨離生死寂滅涅槃觀衆生性修第三禪爲滅衆生諸煩惱苦而不見衆生相修第四禪增長一切智菩提心願

出生一切菩薩定海巧妙方便深入一切諸法門海成就菩薩遊戲神通出生菩薩自在神力明淨智慧深入普門法界復次善男子我惟知是修習菩薩寂滅定樂精進法門以種種方便度脱衆生夜半靜時爲諸在家貪著五欲者説不淨想爲計樂者説苦惱想逼迫繫縛想食不淨想心狂癡想羅刹鬼想爲計常者説無常想八苦集身想無我我想不自在想空想如是等常無常苦無苦想觀此想已教彼衆生令猒離五欲訶責身心想信家非家出家學道想於空閑處思惟坐禪除一切障礙諸惡亂道聲想於夜寂靜爲諸衆生心安隱故示現如是以鬼神力除其恐怖令發道心若有樂欲求出家者我當爲開正法心門光明照路除其闇冥令不怖畏即爲彼人讚佛法僧令發道意又復讚歎親近善知識修功德行善男子我今以此法門力故令諸衆生未生惡法方便令不生已生惡法方便令滅未生善法方便令生已生善法方便令增長廣行菩薩行修諸波羅蜜滿足大願出生一切智慧慈悲欲令衆生得人天樂除去妄想增長善法隨順助成無盡無邊無受法行善男子我唯知此菩薩寂滅定樂精進法門諸大菩薩滿普賢願具足普賢所行之行究竟得離除闇境界而得成就諸善根力如來功德智慧光明佛境界力一切佛心無所障礙出生死闇無所染汙悉具一切薩婆若願深入一切諸佛刹海攝取一切諸佛法海成就一切妙法雲海如來智慧普能饒益一切衆生没生死闇者以智慧光照生死

夜我當云何能知能說彼功德行善男子去此不遠向如來右面有一夜天名曰喜目觀察衆生汝詣彼問云何菩薩學菩薩行修菩薩道爾時普賢甚深微妙功德離垢光明夜天欲重宣此法門義以偈頌曰

深入現前定　普見三世佛　淨眼無垢稱
分別諸佛海　觀察淨妙身　深入佛相好
一念無量力　普知法界性　淨身坐道場
盧舍那正覺　十方法界中　轉淨妙法輪
佛覺智最勝　滅盡相無二　衆妙好莊嚴
顯示一切衆　佛身難思議　同一虛空身
普現十方剎　一時悉教化　放圓淨光明
攝諸佛剎等　不思議淨色　普照諸法界
於一一毛孔　現無量佛剎　無量微妙色
普照諸世界　不思議光明　從於毛孔現
普照衆生類　除滅衆煩惱　化佛出妙音
充滿十方界　普見諸佛剎　皆悉如雷電
如來妙音聲　充滿十方界　普雨甘露法
令發菩提心　無數劫修行　攝受諸衆生
普見盧舍那　一切諸佛剎　一切世音響
如來悉出離　普現羣萌類　令衆生境界
一切諸菩薩　所行不思議　於佛一毛孔
一念悉能知　不遠有夜天　名喜目觀察
汝可詣彼問　云何菩薩行

爾時善財童子頭面敬禮彼夜天足繞無數帀眷仰辭退向喜目觀察衆生夜天所爾時善財童子專求善知識正念善知識教因善知識生諸功德發菩提心善知識者難見難遇見善知識生歡喜心滅諸亂想善知識者滅除疑惑能壞障礙見善知識當知即得近

一切智見善知識即得深入諸佛法海見善知識起一切十方諸如來想聞善知識有所宣說當知即得正念法雲陀羅尼想受持一切清淨佛法見一切佛轉法輪想見善知識即具一切大慈悲海救護衆生見善知識當生歡喜智慧明淨悉能普照一切佛法界海爾時喜目觀察衆生夜天以威神力加善財童子讃善財言善哉善哉善男子乃能如是求善知識詣善知識親近供養善知識者即是菩提求善知識是大精進善男子善知識者難見難遇善知識力不可破壞善知識者普遊十方除滅生死悉斷煩惱能成辯才善知識者深入一切無量大事莊嚴正順道善知識者悉是普現法門能令一切得無障礙不離本處遍至十方一切佛所求善知識當起是想不來不去不動不揺無來去相爲一切智救護衆生應求善友爾時善財童子見善知識即得了知無量無邊諸大願海得一切智饒益衆生親近善友爲諸衆生無量無數恒沙微塵世界海盡此世界海盡此世界邊際復過是數無量無邊不可說不可說處大地獄爲彼衆生起於慈悲正向菩提除滅衆生無量劫苦以一音聲普遍十方一切世界講宣妙法若有聞者滅無量劫生死罪障以大慧願而自莊嚴修菩薩行於念念中得一切智相具神通力於一切處常見一切諸佛如來親近供養爲善知識以佛莊嚴而自莊嚴普淨三世諸佛法界不入生流不住死流具佛神通不住法界不離法界而能往詣十方世界充滿法界善知識所不著語言剎

那刹那頃修菩薩行滿足性境界成就薩婆若具一切佛神通遊戲莊嚴佛道以平等法身心不動普攝衆生善知識力顯現三世

佛說羅摩伽經第三

音釋

髻螺 髻古詣切髮髻也螺落戈切蚌蠃
睫 即葉切目旁毛也
眤 尼質切
溺 奴歷切没也
薄 傍各切
鮫 古交切
黿 愚袁切
鼉 徒河切
龜 居爲切
鼈 并列切
虺 呼鬼切蝮也
蝮 房六切毒蟲
彗 徐醉切妖星也
熒 余傾切熒惑星名也
誹謗 誹府尾切非議也謗補曠切訕也
讒 鋤咸切譖也
瘖瘂 瘖於金切瘂烏下切瘖瘂不能言也
癃躄 癃力中切殘病也躄必益切足不能行也
癱疽 癱於容切疽七余切
悴 秦醉切勞也
竛竮 竛郎丁切竮普丁切竛竮孤獨貌
咄 當没切

佛說羅摩伽經卷第四

乞伏秦沙門釋聖堅譯

爾時善財童子即詣喜目觀察衆生夜天所時彼夜天於大衆中處寶蓮華師子之座正受菩薩普現光幢喜淨法門一切毛孔出妙色雲其有見者喜悅無猒一一毛孔現衆寶雲所謂智慧行報饒益衆生離於諍訟以平等心不著諸法以上妙智攝諸衆生顯現三世修菩薩行心無慳悋能捨難捨普施一切身心平等不可思議以布施福普攝衆生於諸衆生不起染著不見衆相不捨衆生悉具三世菩薩苦行十方世界一切衆生無明繫縛住癡有結菩薩即以大悲神通解其繫縛受於一切毛孔出生一切衆生數等菩薩自在隨應變化身雲以此身雲充滿一切虛空法界於衆生前示現色身正受不動於衆生前三昧神通覺悟衆生不樂世間遠離三界滅除生死如避火坑而於一切示現生死現天人中種種快樂及成敗相爲諸衆生說不淨觀令諸衆生皆悉修行除顛倒想爲諸衆生說於變易苦惱之法一切受身有爲之法皆悉無常願諸衆生深入佛境界永離無常住不可思議尸波羅蜜恒受諸佛清淨禁戒終不毀犯心無疑惑示諸衆生具足禁戒以戒香熏一切衆生又於毛孔出生一切妙色身雲割截手足及諸肢體捶打逼切訶責惡罵妄語誹謗皆悉忍受於彼衆生不生瞋心不起害意讃歎惡人終不毀犯身心恭敬深生恩愛猶如父母慈念一子雖作此行不生憍慢貢高之心顯現諸法眞如法忍善能和

合一切世界諸惡衆生深知盡無盡性虛空智慧行菩薩忍以佛心智斷一切煩惱滅一切結習悉能荷負一切世間醜惡衆生如護眼目願一切衆生成就諸佛金剛忍德淨無瑕穢又於一一毛孔顯現如來清淨色身隨所應度衆生皆令得見又於一一毛孔出生一切諸趣種種色身示現勇猛精進令衆生修行如救頭然降伏諸魔怨得勝不退轉救護於一切拔出生死海永離諸憂患及無明怖畏趣度生死山永離諸欲海供養恭敬一切諸佛心無疲猒受持守護諸佛法輪勇猛精進滅除障礙普攝一切衆生皆令調伏入於律行心無懈怠普示一切淨佛國土教化衆生莊嚴阿耨多羅三藐三菩提心如是功德皆從精進波羅蜜本事果報生一一毛孔出現一切種種形色以諸方便除滅衆生諸憂惱苦皆令歡喜訶責猒患一切五欲深生慚愧調伏諸根修行無上最勝梵行淨身口意業顯現世間一切所欲皆不可樂示現如是種種形色皆令快樂常樂受持出生正法心不散亂安住深入九次第定除滅衆生一切煩惱令得安樂顯現菩薩諸三昧海通明自在神力境界令諸衆生身心歡喜滅煩惱熱得清涼樂增進善法身口意業常得善寂諸根悅豫得法喜樂又於一一毛孔示現一切五道生處令十方五道皆見其身詣諸佛所盡一切佛剎諸佛師長及善知識恭敬供養心不懈倦一切如來所轉法輪悉能受持終不疲猒不生退轉究竟一切諸佛剎海化度衆生示現一切法海護持正法不見法相

於一實相示現一切諸三昧門身心清淨能斷一切衆生疑惑以智慧力分別一切衆生心海以金剛慧破壞衆生諸邪見山心生圓滿明淨慧日於一念中能除衆生癡冥闇蔽令諸衆生遠離聲聞辟支佛地疑惑顛倒有無二邊皆悉歡喜得智慧樂悉教一切迴向佛道又於一切毛孔出生一切衆生塵數等身示現種種色身不思議身隨所應度悉現其前於一音中說無量音無量音中演說一音隨諸一切衆生類語說一切諸佛功德之藏示行世間有作無作有記無記悉了三世業行果報不樂三界讃歎出世離三界法一切顛倒邪見饑饉皆令出離向甘露道趣一切智超出諸地二乘怖畏於有爲無爲心無所著背捨生死正向涅槃不捨衆行不離諸趣往來五道無有疲猒發勝進心成於平等以正覺法教化衆生得一切智一一毛孔出生示現一切佛刹微塵數等變化身雲徧現一切諸衆生前修普賢行滿一切願不可窮盡勸進衆生向薩婆若於一念頃示現修習一切淨行供養恭敬一切如來心無猒足建法幢摧外道守護一切諸菩薩行心心相續具足一切諸波羅蜜一一微塵海出生一切諸法性海演說一切法音聲海徧滿十方微塵刹海以此音聲復盡微塵世界海劫長養一切衆生善根住壽一切無量無邊阿僧祇微塵數佛刹海阿僧祇等微塵數不可說不可說劫爲諸衆生令得增進復過是數住壽不滅於劫壞時承佛神力令得不滅三世一切微塵佛刹諸佛出世悉令往詣恭敬供養

守護受持佛正法輪遊戲神通淨佛國土教化衆生至彼彼處令諸衆生皆大歡喜熙怡快樂於一一毛孔出一切化身應一切衆生衆生業報現一毛孔又於一一毛孔雨一切供養具供養諸佛給施衆生法王心力故無壞境界不可窮盡堅住如相不退不没心行平等無住無著出生歡喜無極清淨之行以慈心力除滅一切衆生罪惡菩薩本誓善願之力摧壞四魔滅除一切煩惱業山盡諸世法修大慈悲菩薩行得不退轉普攝一切十方世界有緣衆生令得修行諸波羅蜜示現菩薩無盡功德速得菩薩轉法輪幢勝妙菩提諸陀羅尼以此勝慧降伏外道具菩薩行力波羅蜜爲諸衆生趣向薩婆若故一一毛孔示現一切衆生平等身相令衆樂見又於一一毛孔顯現一切衆生類海又復顯現無量無數微塵數等不可説十方世界海微塵數等諸妙色身皆悉顯現隨應衆生菩薩智慧行力顯現不可説不可説智慧大海善知一切衆生心海善知一切衆生根海知諸來生心心數海深入究竟智慧法界於念念頃善能充滿一切法界解脱於世間讚歎出世間莊嚴淨佛國土讚歎淨國衆生習學諸佛遊戲神通讚歎諸佛神通願力詣諸佛所供養恭敬守護受持正法輪雲顯現智慧十波羅蜜令諸衆生皆大歡喜滅除熱惱遠離憂感及世八法悉捨衆惡調伏諸根於一切智得不退轉如是諸波羅蜜歡悦安樂化度衆生諸大菩薩以此勝法震大法雷覺寤一切睡眠衆生以勝慧法智力光明普能正彼狂

亂惡行亦見諸佛本性淨行於一毛孔皆悉顯現而不障礙喜目觀察衆生夜天神所修功德求善知識詣諸佛所親近供養修習諸善行檀波羅蜜難捨能捨悉捨王位國土城邑宫殿臣妾人民眷屬出家學道是名行檀波羅蜜行尸波羅蜜修持淨戒如護一目雖受一切世間衆苦於所持戒而不毀犯一切衆生所不能爲菩薩行之是名行尸波羅蜜行羼提波羅蜜一切衆生瞋恚惡罵捶打毀謗逼切其身皆悉堪忍無瞋恚色一切衆生奪其利樂害及親愛受如是苦心大歡喜譬如比丘入第三禪身心悅樂深信諸法堪受諸法不生不滅是名行羼提波羅蜜行毗梨耶波羅蜜爲一切智故悉受衆苦節節火燒終不恐怖爲一切智故起大勇猛如救頭然專求菩提身心堅固不可毀壞無疲極念終不退轉是名行毗梨耶波羅蜜行禪波羅蜜身心不亂而徧諸方滿足清淨禪波羅蜜勇猛精進不捨三昧名禪波羅蜜而得清淨究竟一切諸清淨行入勝三昧神通遊戲度大智海念念相續皆悉次第入清淨定是名禪波羅蜜滿足諸方便身心常淨是名禪波羅蜜一切禪定海究竟諸三昧海次第相續未曾斷絶是名禪波羅蜜行般若波羅蜜不著彼不著此於空法中得大解脱是大菩薩清淨圓滿般若波羅蜜自然智慧出生清淨慧日身心不著入智慧藏究竟觀察大智慧海般若波羅蜜不著法相行勝清淨智境界吉祥般若波羅蜜出生妙義智慧海般若波羅蜜行方便者出生一切諸方便身普智一切

智明淨法界勝進力是名方便波羅蜜淨慧方便生法性生身出入息頃得淨方便無二本行是名方便波羅蜜諸菩薩等本弘誓願出清淨身現生具足攝受衆生於一切衆生及諸善行心淨無著是名行方便波羅蜜行願波羅蜜出生一切願海身深入一切智慧諸三昧海超過一切聲聞辟支佛地示現出生本淨願行波羅蜜不捨不得隨所願求智慧本行淨諸願身是名行淨願波羅蜜行力波羅蜜備諸功德如意自在修助道法是名力波羅蜜因助道法饒益衆生修諸功德不著功德不見功德相是名力波羅蜜因力果力皆悉具足猶如大海是名力波羅蜜顯示種種法序說諸智力是名力波羅蜜雜因果力演說智力知雜業力是名行力波羅蜜行

智波羅蜜身智波羅蜜名字清淨智波羅蜜智慧境界智波羅蜜正疾行智波羅蜜普現光明猶如妙香異物同熏如呼聲響一切皆應是名智波羅蜜智焰光明勝妙音聲演說義味無有窮盡普攝一切是名智波羅蜜智波羅蜜出生成滿本行果報性相清淨是名智波羅蜜智波羅蜜無著無護一切智集諸無著助菩提分智慧明了具勝進地深入甚深智行境界是名智波羅蜜智波羅蜜深入微妙知法性法智攝受諸法隨順智慧善知福田及非福田如實之相是名智波羅蜜諸如來智超出三界了達三世善知菩薩一切行業普集衆智無所罣礙亦知菩薩正智住處應修正行又復善知從初發心趣向上地以方便心善知迴向善知諸法如業如報如

善知法輪如知法輪如相是名智波羅蜜勝妙無著攝受正法攝受正法者總知一切法總知一切法者知法如來知法如去善知業智境界善知刹刹境界善知諸劫善知三世智出生諸佛智知佛智等正智知菩薩智知菩薩智智知菩薩住智知菩薩功德智慧智知菩薩淨心迴向智知諸天願智轉法輪智知分别法智入法海智知方便海智知法旋流陀羅尼智知諸法至趣智知如是等一切智波羅蜜深遠無底廣大無邊究竟無際如是勝智十波羅蜜於一毛孔皆悉顯現一切毛孔皆悉顯現諸變化身化度衆生又於一切毛孔出生無量身雲所謂阿迦膩吒天身雲淨居天身雲善現天身雲不熱天身雲果實天身雲徧淨天身雲無量淨天身雲少淨天身雲淨果天身雲廣果天身雲無量淨果天身雲少淨果天身雲光音天身雲無量光音天身雲少光音天身雲大梵天身雲梵輔天身雲梵富樓那天身雲梵富樓吉那天身雲梵印天身雲梵自在天身雲他化自在天王及其天子天女身雲化樂天王化樂天子天女身雲兜率陀天王兜率陀天子天女身雲焰摩天王及其天子天女身雲釋提桓因天王及三十二輔臣天子天女身雲提頭頼吒天王及天子天女眷屬一切乾闥婆男女身雲毗樓勒叉天王及其眷屬天子天女一切鳩槃茶男女身雲毗樓博叉天王及其眷屬天子天女一切龍男女身雲毗沙門天王及其眷屬天子天女一切夜叉男女身雲緊那羅王及一切緊那羅男女身雲摩睺羅伽

王及一切摩睺羅伽男女身雲迦樓羅王及一切迦樓羅男女身雲阿脩羅王及一切阿脩羅男女身雲閻羅王及一切閻羅王男女身雲并及地獄惡趣身雲人王身雲男女身雲童男童女身雲出如是等一切諸趣身雲聲聞辟支佛仙人身雲地神水神火神風神海神河神山林樹神穀神味神藥草神園觀神泉池神城郭神道場神夜神晝神虛空神方神道神影神日精神諸魑魅神身形神金剛力士神步行神如是等一切神身雲普徧十方一切世界爲法界等一切衆生現喜見身爾時喜目觀察衆生夜天從初發心所行功德積集無量諸波羅蜜次第受生死此生彼輪轉五道及其名號親近善知識值遇諸佛親近供養聞持正法行菩薩行心無罣礙得諸三昧次第觀見一切諸佛色身相好見諸佛刹及見諸劫次第成壞得淨智慧深入法界觀察衆生知衆生海死此生彼得淨天耳次第悉聞一切音聲以聞聲故得知他心智悉知衆生心心所念無礙神足次第自在不著世間不受後有盡虛空界淨法性身修得神通淨妙報果充滿十方得諸菩薩次第法門究竟菩薩諸法門海菩薩自在勇猛精進菩薩遊步獨無所畏至於正趣離生死相勝妙清淨集諸功德如意法門等一切法界等示彼一切功德身雲示一切智慧身雲演說法音開現教化令得歸依徧一切處示現大道於風輪中扇動出聲示現說法令彼受持示教利喜思惟不著地動水流海波火焰山相擊聲諸天宮城震動之聲摩尼寶殿震

吼之聲天王形色鼓舞之聲龍王起雲雷震之聲夜叉乾闥婆阿脩羅迦樓羅緊那羅摩睺羅伽等一切神王於十寶山種種音聲轉輪聖王及諸小王一切人衆男女音聲梵王音聲一切諸天歌頌音聲天樂音聲摩尼寶王神珠音聲夜天音聲聲聞緣覺菩薩音聲如來音聲如來化身所出音聲如是等種種音聲爲諸衆生分別演說喜目觀察衆生夜天從初發心功德境界難得能得一切苦行難行能行如是等行皆承佛力而得通達一切功德變化身雲於一一身雲說此清淨無著法雲間無斷絶於念念中遊十方世界修於淨土復令過是無量無邊世界應受惡道苦無量無邊諸衆生等成就天人樂無量無邊衆生度生死海無量無邊衆生安住聲聞辟支佛地無量無邊衆生離聲聞辟支佛地得諸菩薩不退轉行不可思議廣博喜幢自在法門於念念中令無量無邊衆生住如來地爾時善財童子皆得見聞善知解了諸奇特事正念思惟觀察分別深入禪定智慧安住平等何以故與彼夜天先身同行故佛所護念故成就不可思議如幻諸善根故具足菩薩不思議根故成就菩薩諸善根故得生如來種姓家故得善知識恩力故一切如來無著神力之所持故毗盧遮那佛本願力故成就善根堪受普賢菩薩諸願行故爾時善財童子得菩薩歡喜淨光明大海幢法得十方一切諸如來力得彼夜天毗羅摩伽菩薩幢法門得彼法門已深入觀察普照十方光明法海三昧爾時善財童子即起恭敬合掌

以偈讚歎彼夜天曰

無量無數劫　深入最勝法　顯現妙法身
隨衆所應見　了知羣生心　無明顛倒惑
以種種方便　度脫衆生類　常淨妙法身
久除諸熱惱　非二亦有二　度脫衆生故
陰入及與界　悉皆無所著　衆行及色身
解脫一切有　不著內外法　越度生死海
淨明智慧光　普照生死闇　喜目根無著
除滅諸疑惑　一切樂世樂　爲現佛十方
無礙三昧力　於一一毛孔　出諸化身雲
心念生三昧　心念三昧力　供養十方佛
攝取諸衆生　究竟一切法　觀察諸有海
業行自莊嚴　演說無礙道　令衆清淨故
相好備嚴飾　猶如普賢像　隨應受化身
顯現無礙身

爾時善財童子偈讚歎已白言天神發阿耨多羅三藐三菩提心爲已幾時得此法門其已久如爾時夜天以偈答言

我念過去世　無量刹塵劫　爾時有一劫
有城名香水　國土名智慧　十二億百千
那由四天下　名曰寂靜音　城有轉輪王
清淨妙色身　具三十二相　八十好莊嚴
妙身圓滿幢　閻浮檀金色　光明照一切
安詳遊虛空　轉輪王千子　勇猛身端正
大臣有一億　智慧悉賢明　有十億婇女
端嚴如天后　大慈悲柔輭　奉給侍大王
時彼轉輪王　常以正法治　總領諸山地
一切四天下　棄國捨世榮　出家求佛道
我爲聖王后　具足梵音聲　身出金色光
周照四萬里　日光既已沒　中夜闃寂然

我當於爾時　神瑞降善夢　聞佛出世間
號曰功德海　顯現自在力　充滿十方界
放光明網海　照一切刹土　無量自在身
充滿十方界　種種變化身　光明果報力
充滿恒河沙　遍照一切趣　天地六種動
自然出妙音　如來出興世　衆生皆歡喜
一切毛孔中　出佛化身海　充滿十方界
隨應演說法　我夢見如是　如來自在力
聞說微妙法　身心大歡喜　十千夜天神
充滿虛空中　讚歎彼如來　開發覺寤我
彼天告我言　賢慧汝今起　佛已與汝國
劫海難值遇　聞此音歡喜　即見明淨光
觀察從何來　道場樹王所　我見如來身
如須彌山王　一切毛孔中　放大光明海
見佛自在力　心生大歡喜　即發弘誓願
願我如世尊　夫人覺語王　眷屬及婇女
我夢見佛光　喜樂充滿身　即時與大王
無量那由他　眷屬四兵衆　往詣如來所
我於二萬歲　常供養如來　七寶四天下
一切悉奉施　彼佛爲我說　功德普雲經
大願海莊嚴　隨聞度衆生　我發大誓願
未來作夜天　諸有放逸者　悉令遠衆惡
爾時我初發　無上菩提心　生死有爲中
未曾有忘失　從是復供養　十億那由佛
生死海受樂　饒益諸衆生　初佛功德海
第二功德燈　第三寶焰佛　第四豐慧智
第五天華藏　六無礙月音　第七法月王
八圓滿智王　第九寶焰佛　無上天人尊
第十日音聲　我已悉供養　如是等諸佛
十億那由他　猶未得慧眼　究竟生死海

次第復有劫　名曰天妙勝　世界名寶光
五百佛興世　初佛圓滿月　第二明淨日
第三光幢佛　四須彌山王　第五華焰海
六智慧海幢　第七然燈佛　第八大德藏
第九光明幢　第十普智王　如是等諸佛
我已悉供養　未離五陰苦　非樂生樂想
於法不生疑　亦不疑正法　次第復有劫
名莊嚴梵音　爾時有世界　名蓮華燈雲
彼有無量佛　及諸佛眷屬　我已悉供養
聞受持正法　初佛名寶山　第二功德海
法界須彌幢　第四法須彌　第五法幢佛
第六地威神　第七法力佛　第八虛空慧
第九法焰山　第十照明山　如是等諸佛
我已悉供養　猶未了真實　究竟盡法海
次第復有劫　名曰歡喜德　爾時有世界
名曰光功德　彼劫有八十　那由他諸佛
我已悉供養　禮敬最勝尊　初乾闥婆王
二壽命樹王　三須彌功德　第四寶眼佛
五毗盧遮那　六賢聖莊嚴　第七法勝王
第八明淨德　第九世間王　十一切法王
如是等諸佛　我皆已供養　猶未得妙智
深入諸法門　次第復有劫　名曰淨不壞
爾時有世界　名普光莊嚴　十佛興世間
除無量煩惱　功德已莊嚴　嚴淨諸衆生
有千佛興世　無量德莊嚴　除滅煩惱垢
令衆悉清淨　初佛名無爭　第二無礙力
第三法界光　第四梵髻王　五波樓那天
第六衆生歸　七圓滿忍燈　八具足法燈
九光明嚴海　第十威神王　如是等諸佛
我皆已供養　猶未解真法　遊行一切刹

次第復有劫　名曰香燈刹　爾時有世界
名曰清淨起　一億佛興世　嚴淨一切劫
彼佛所說法　我聞悉受持　初名法稱王
二名法身海　三名勇猛頂　四功德法王
第五勝法雲　六名天首冠　第七智燄佛
八名虛空力　九名普勝起　十名妙德首
供養彼佛已　成就八正道　次第復有劫
名明淨金剛　爾時有世界　名曰寶幢王
五百佛興世　彼諸如來等　我皆已供養
求無礙法門　初名圓滿德　第二寂然音
第三功德海　四曰威神王　第五法最王
六名須彌相　第七名法王　第八功德王
第九功德山　第十光明王　如是等諸佛
我已悉供養　我皆悉嚴淨　一切最勝道
猶未得具足　究竟深法忍　次第復有劫
名曰勝稱音　爾時有世界　名曰寂靜音
八十那由他　諸佛興出世　我已悉供養
於彼修正道　初佛號華聚　第二海藏佛
第三功德起　第四天周羅　第五摩尼藏
六號金山王　第七寶聚佛　第八寂靜幢
第九法幢佛　第十號財首　如是等諸佛
我已悉供養　次第復有劫　名千首功德
爾時有世界　名曰善華燈　六億那由他
諸佛興出世　我已曾供養　彼一切諸佛
初佛寂靜幢　第二智印王　第三號百燈
四功德雲王　寂靜光明王　第六明淨日
第七法燈王　八功德首王　九天功德藏
十智慧雲雷　如是等諸佛　我皆已供養
未得無生忍　究竟諸法門　次第復有劫
名無著焰光　爾時有世界　名無量勝光

有三十六億　那由他佛出　如是等諸佛
我皆已供養　初號普山王　第二虛空心
第三號集智　第四莊嚴藏　第五法海音
第六持音聲　第七化音聲　第八化雲海
九功德音海　第十妙音幢　十一普威德
第十二法海　十三集音聲　十四功德海
十五燈明首　十六寶焰首　十七燈明佛
十八功德焰　十九月天佛　二十功德勝
彼諸如來等　我皆得值遇　彼兩足世尊
出興於世時　我爲功德天　供養彼最勝
時佛爲我說　莊嚴大海願　陀羅尼念力
皆悉能受持　我得明淨眼　三昧陀羅尼
於一一念中　悉見無數刹　出生大悲藏
深入方便雲　心淨如虛空　皆從夢中生
始發菩提心　廣大如虛空　究竟無邊際
爲度衆生故　盡未來際劫　願求諸佛力
觀察諸衆生　常樂我淨倒　愚癡闇所覆
煩惱起虛妄　邪見貪欲等　無量諸惡業
一切諸趣中　具受不善報　一切諸趣中
種種業受身　生老病死患　無量苦逼迫
我發無上心　安樂諸衆生　令至諸佛所
成滿如來力　滿足大願雲　常見一切佛
修習於正道　具足諸功德　一向廣專求
無量功德雲　羅摩伽三昧　充滿諸法界
廣大波羅蜜　聲聞十方刹　一切諸佛所
聞此羅摩伽　即具普賢行　入淨深法界
攝持一切法　成滿一切地　三世方便海
修習無礙行　一心具佛智　智慧悉通達

爾時夜天說此偈已頭面敬禮一切諸佛未舉頭頃見一切如來足下千輻相輪逆觀如

來一切相好於佛相好中身心明了不著相好以廣大心速疾聞佛五分法身香究竟一切諸波羅蜜住菩薩地盡佛法海遠離一切三世色聲香味觸法海住普賢菩薩廣行究竟地圓滿清淨大境界地於一念頃普現十方無量佛剎具十法門一一法門具足無量無邊不可思議阿僧祇等諸法界海盡一切苦際皆悉深信佛子如是等種種功德我已久修信解受持具普賢行善男子爾時智慧轉輪聖王劫劫相續常紹王位受佛種性生釋種家不斷如來善寂種性者豈異人乎今文殊師利童子是也爾時轉輪聖王夫人賢慧玉女者今我喜目觀察衆生夜天是時覺寤我夜天者今普賢菩薩所變化身是善男子我於爾時夜夢覺已見佛光明初發阿耨多羅三藐三菩提心發是心已於無量佛剎微塵數劫不墮惡道常生天上下在人中受諸快樂值見諸佛於其中間經無量劫乃至報應首功德幢如來應供正遍知所得此普光喜幢法門得此法門已示現種種身調伏衆生隨順開發皆令隨順近善知識若天若人及餘一切於未來世聞向佛名及聞普光喜幢法門毗羅摩伽三昧名號受持讀誦解說書寫亦得超越無量佛剎微塵劫海生死之罪不墮惡道常生天上人中受諸快樂常見諸佛聞法受持終不忘失善男子我於寶光功德焰佛所得此普光喜幢速疾法門得此法門已一向專求諸善知識身心諸根歡喜悅樂遊諸方面調伏衆生令入律行善男子我惟知此普光喜幢法門毗羅摩伽三昧

圓滿清淨勝光境界諸大菩薩於念念頃不離善知識深入方便智慧大海因善知識出生長養速疾法門發一切大願海於一切劫不離善根念念相續近善知識求妙功德救護衆生悉具一切普賢菩薩所行之道爾時喜目觀察衆生夜天爲善財童子顯現菩薩教化一切世間法門境界相好莊嚴身相眉間白毫相中放大光明名普慧焰燈清淨幢無量光明照一切世界已入善財頂充滿其身爾時善財童子即得毗羅摩伽圓滿三昧得此三昧已於一一身充滿法界於一切地水火風微塵衆寶微塵香微塵金剛微塵摩尼珠微塵碎末微塵一切莊嚴微塵如是等一一微塵海中悉見佛刹微塵等世界成壞四大成敗相風輪水輪金剛輪地輪種種莊嚴衆山圍繞無量大海諸天宮殿諸雜寶樹種種莊嚴諸龍宮殿夜叉乾闥婆阿脩羅迦樓羅緊那羅人非人等城郭宮殿地獄餓鬼閻羅王處死此生彼皆悉了知諸法因果一一身中普現一切法界等身悉見一切諸佛刹土隨所應化度脫衆生業報好醜以微妙音普爲說法令此法音從毛孔入令諸衆生皆得法行見一一刹及見一切世界微塵數刹見無量無邊一切諸佛如來海深入善根於諸佛所住一切法界於無量佛所得無量法門越度生死遊戲神通於一一佛所自念從初發心修菩薩本行普集善根一切境界果報於一一佛所得聞諸佛所轉法輪受持不忘守護正法以本願善根力悉見三世一切佛海越生死流善男子諸大菩薩成就如

是無量無邊諸大功德我當云何能知能說彼功德行爾時喜目觀察衆生夜天告善財童子言我以此普光喜幢法門力故常見諸佛間無空缺以此義故徧一切處守護佛法盡虛空界心不疲猒云何能爲守護一切諸佛正法以毗盧遮那佛本願力故及觀世音菩薩摩訶薩威神力故持百寶蓮華陀羅尼呪擁護受持讀誦行正法者爾時喜目觀察衆生夜天承佛神力即說百寶蓮華陀羅尼呪

多姪他　摸利翅　波闍羅摸利翅　睺摩他移　毗睺摩他移　波臘波檀尼翅　鬱他婆尼翅莎呵　禪頭翅　曼頭翅莎呵　睺俾多鉢頭摩　無至翅莎呵　因陀羅波尼翅莎呵　曼檀禰莎呵喻闍禰莎呵

若有受持此呪者不墮地獄餓鬼畜生於現身上終不横死不遭縣官牢獄繫縛常受一切清淨快樂若有得此陀羅尼者當知此人常得不離值見諸佛亦復不離聞佛說法轉正法輪又復常得無盡清淨法音聲海辯才印陀羅尼若有得聞此陀羅尼者具足一切菩薩淨行必度生死海當到彼岸爾時善財童子聞此陀羅尼已恭敬頂禮喜目觀察衆生夜天足繞無數帀專心思惟正念菩薩圓滿淨幢菩薩法門思惟分別觀察正受念善知識教深入隨順善知識教時彼夜天告善財言善男子此佛衆中有一夜天名普覆衆生威德汝詣彼問云何菩薩學菩薩行具菩薩行修菩薩道時善財童子頭面敬禮喜目觀察衆生夜天足辭退而行詣普覆衆生威

德夜天所求善知識心無猒足即得發起宿世善根一切境界此境界力普見十方諸佛菩薩諸善知識威儀庠序捨離憍慢深生恭敬所見菩薩及善知識念念相續無有異心皆悉歸依諸善知識彼諸菩薩從初發心堪爲法器乃至十地求善知識如我無異常爲善知識之所覆護聞善知識所説密語憶持在心終不忘失爲成菩提故修一切善根莊嚴功德具諸方便皆由先世親近善知識故爾時普覆衆生威德夜天普放光明此光明名調伏一切衆生律儀示現莊嚴法門得此法門故具足相好以莊嚴身以此相好身示一切衆生令得歡喜一一相好示現一切衆相光明現光明已於白毫相放一切光以此光明普照一切以一切光以爲眷屬此光名普智焰毗羅摩伽圓滿明淨三昧境界又此光明無量無邊無有涯際普照十方一切世間已入善財童子頂充徧其身於其身内悉見衆生死此生彼善惡業報皆悉現於善財身中爾時善財童子即得極妙清淨毗羅摩伽三昧得此三昧時無量無邊諸衆生等發阿耨多羅三藐三菩提心一切大衆皆大歡喜禮佛而退

佛説羅摩伽經卷第四

諸菩薩求佛本業經

與菩薩本業經同本異出

西晉清信士聶道真譯

清刻龍藏佛説法變相圖

三經同卷

諸菩薩求佛本業經

菩薩十住行道品經

佛説菩薩十住經

諸菩薩求佛本業經與菩薩本業經同本異出

西晉清信士聶道真譯

惒那師利菩薩問文殊師利菩薩菩薩何因身有所行不令他人得長短口所言不令他人得長短心所念不令他人得長短何緣身不行他人長短口不説他人長短心不念他人長短持是身所行口所言心所念衆阿羅漢辟支佛及諸天世間人民所不能及知身所行口所言心所念無有能逮者無有能動轉者身所行口所言心所念無有能周者身

所行口所言心所念皆成就遂意身所行淨潔口所言淨潔心所念淨潔身所行無瑕穢口所言無瑕穢心所念無瑕穢身所行智慧在上頭口所言智慧在上頭心所念智慧在上頭生時端正生時智慧生時布施生時種類中好生時於尊貴家生時面色好生時善相與衆異意所念皆强多所護持不忘無所愛惜高才猛健猛中尊猛中貴猛中勇猛中勇猛中有無有比所議爲無有能計量者所議無有央數所議爲不可計無有邊幅無有能勝者慈愛於佛經皆前世筋力行所致多所出入語者人皆信用之無有不敬附者身所行無有不淨潔者諸所視經無有不了知者一心降意思惟明曉佪念入禪出入五音中入於四事入於三事中入於十二事中過去當來今現在所出生福祐功德中入於七覺意中入於虚空無常無所罣礙中入於六波羅蜜經中悉具足念善慈愛愍傷等心悉無所憎愛入於十種力慧中爲諸天梵釋阿須輪鬼神龍所供養悉愛護十方人諸有驚怖者皆歸仰得解諸有恐懼急緣者無不得安隱者明於十方如燈火如炬火如大火如日月過度諸世間人如船栰如船中人有導師於諸天世間人民蜎飛蠕動之類極善極豪都於大衆中最獨尊雄中復重雄極上無有與等者如是法當何以致之文殊師利菩薩語惒那師利菩薩言善哉善哉佛子所問乃爾極大慈愛多所度脱乃作是發意問所問者皆有佛子菩薩身所行有口所言有心所念有意所念道諸所施行功德悉可得未

會增減佛經時過去當來今現在佛悉受得之皆從是起成皆使世間人民悉安隱諸所說經悉諦受諸所有宿命惡悉消盡諸經悉受得之諸所有皆快諸所有皆好無有與等者如是佛子行於大道者悉皆得之菩薩居家法心念言十方天下人皆使莫爲愛欲所拘繫悉入虛空法中菩薩孝順供養父毋時心念言十方天下人皆使早得佛道以當度脫十方天下人菩薩妻子共居時心念言十方天下人皆使諸有愛欲悉消去菩薩居家有所思時心念言十方天下人皆使脫於愛欲中得道極過度菩薩居家相娛樂作音樂時心念言十方天下人皆使聽受諸經悉聞得如是作音樂時欲聽聞菩薩著七寶時心念言十方天下人皆使脫於重擔去悉得止休息菩薩在婇女中相娛樂時心念言十方天下人皆使悉入佛經中拔棄於婬泆菩薩在樓上時心念言十方天下人皆使上佛經講堂上悉受諸經無有與等者菩薩布施時心念言十方天下人皆使諸所有但欲施與人無有貪愛者菩薩與妻子恩愛時心念言十方天下人皆使早脫去於婬泆惡露悉棄捐令覺知入虛空中菩薩患猒家中時心念言十方天下人皆使早得解脫無所復拘著菩薩棄家行學道時心念言十方天下人皆使得出去莫復還入愛欲中無所復貪慕菩薩到佛寺時心念言十方天下人皆使但念佛悉入諸經中無所復罣礙菩薩至師和尚所時心念言十方天下人皆使心所念善無有不得者悉入正經中菩薩索作沙門時心

念言十方天下人皆使所至到悉令得成就莫復中悔止菩薩去白衣時心念言十方天下人皆使極照明於功德中莫令有懈怠菩薩受袈裟時心念言十方天下人皆使無所玷汙持心如佛菩薩剃頭髮時心念言十方天下人皆使垢濁悉除去莫復與共會菩薩作大沙門時心念言十方天下人皆使逮漚惒拘舍羅波羅蜜悉得經菩薩作沙門時心念言十方天下人皆使作沙門時令如佛悉度十方天下人菩薩持戒時心念言十方天下人皆使護持禁戒莫令犯如法菩薩受和尚時心念言十方天下人皆使念所知禪極過度無所一罣礙菩薩受師時心念言十方天下人皆使所作悉爲狎習如所教法持不失菩薩自歸於佛時心念言十方天下人皆使無不歡樂於佛法悉生極好處菩薩自歸於經時心念言十方天下人皆使悉逮得深經藏所得智慧如大海菩薩自歸於僧時心念言十方天下人皆使無不得依度如比丘僧有所依度樂於佛道德菩薩開戶時心念言十方天下人皆使早開天門入佛經門莫復猒還者及自致佛泥洹道菩薩入室中時心念言十方天下人皆使得度脫所居止處早如佛所止處早逮得深經衆阿羅漢辟支佛所不能及菩薩閉戶時心念言十方天下人皆使早閉塞惡道門諸所有宿命惡悉燒盡菩薩敷床時心念言十方天下人皆使早入至深經中悉視十方人虛空菩薩坐時心念言十方天下人皆使坐安如佛坐於師子座上時莫令心有所著菩薩正坐時心念言

十方天下人皆使入正功德中無令有狐疑增減佛經中菩薩喘息時心念言十方天下人皆使喘息定成止足菩薩徊念觀時心念言十方天下人皆使當作是念見無常法菩薩起坐時心念言十方天下人皆使所見虛空法無有不了知者菩薩足蹈地時心念言十方天下人皆使住安隱不復動摇菩薩著泥洹僧時心念言十方天下人皆使檢持功德悉愧於世間諸所有早令得佛道菩薩繫帶時心念言十方天下人皆使結諸功德悉令堅菩薩被安惒時心念言十方天下人皆使重益得諸功德悉入諸經中極過度去菩薩被震越時心念言十方天下人皆使常樂喜於佛經未曾離時菩薩持楊枝時心念言十方天下人皆使學諸經悉淨潔得菩薩踈

齒灑口時心念言十方天下人皆使諸垢濁悉淨潔去清淨住菩薩左右時心念言十方天下人皆使棄衆惡斷絕婬泆瞋恚愚癡菩薩行至水時心念言十方天下人皆使上佛經悉淨潔菩薩持水行持心念言十方天下人皆使無不謹勑耎好心淨潔菩薩澡手時心念言十方天下人皆使耎好手取諸經道法菩薩洗面時心念言十方天下人皆使入佛經道面門莫令有瑕穢菩薩向出門時心念言十方天下人皆使逮所求索悉疾得無所復罣礙菩薩向道時心念言十方天下人皆使早得佛莫復令還菩薩行道時心念言十方天下人皆使入無底經中悉深入經淨潔身體無所罣礙菩薩行道上坂時心念言十方天下人皆使喜樂佛經無有猒極時菩

薩行道下坂時心念言十方天下人皆使入佛大道中悉貫諸智慧菩薩行曲道中時心念言十方天下人皆使莫有邪念無令有惡口菩薩行直道中時心念言十方天下人皆使心念正道無令有諛諂菩薩見揚塵滿道時心念言十方天下人皆使諸欲去常得明經菩薩見掩塵滿道時心念言十方天下人皆使常柔耎心悉得諸慈哀菩薩見陰涼樹時心念言十方天下人皆使諸所惡法悉除去通利入佛經中悉覺知菩薩見講堂精舍時心念言十方天下人皆使聽受諸經悉入中菩薩見林大樹時心念言十方天下人皆使無不歸仰供養者天上世間皆悉然菩薩見山時心念言十方天下人皆使心高才明諸功德法無有能勝者菩薩見棘樹時心念言十方天下人皆使疾遠離於婬泆瞋怒愚癡菩薩見葉樹時心念言十方天下人皆使道覆蓋得禪迴入三昧菩薩見華樹時心念言十方天下人皆使莊身得三十二相菩薩見實樹時心念言十方天下人皆使得華實悉具足於佛經中菩薩見流水時心念言十方天下人皆使入佛經流淵中悉得佛智菩薩見井時心念言十方天下人皆使早開經門一味無有異菩薩見波水時心念言十方天下人皆使所道智悉具足開入功德法中菩薩見泉水時心念言十方天下人皆使所問慧者多所解悉會於佛經道中菩薩見大水時心念言十方天下人皆使悉重持諸功德法無有盡賜時無有能過者菩薩見橋梁時心念言十方天下人皆使得諸經極過度

人如橋梁過人無有極止時菩薩見宅舍時心念言十方天下人皆使遠離於愛欲十方人心所念者皆悉知菩薩見園時心念言十方天下人皆使心無所拘著不樂於五音樂五所思菩薩見果園時心念言十方天下人皆使心無所愁憂悉得深智本根菩薩見戲園時心念言十方天下人皆使無不精進者莫令離於佛諸經菩薩見莊嚴大衆出時心念言十方天下人皆使莊嚴於三十二相悉逮得菩薩見人愁憂時心念言十方天下人皆使莫復愁憂菩薩見人喜樂時心念言十方天下人皆使樂喜深經菩薩見人不樂時心念言十方天下人皆使恩愛無所著菩薩見人安隱時心念言十方天下人皆使安隱逮得如佛安隱菩薩見人勤苦時心念言十方天下人皆使滅賜諸勤苦悉見正眞道菩薩見人强健時心念言十方天下人皆使强健如佛時身强健菩薩見人病時心念言十方天下人皆使念無常悉入虛空中盡究竟於佛經莫復還菩薩見端正人時心念言十方天下人皆使愛樂於佛經菩薩見醜人時心念言十方天下人皆使莫墮醜惡中菩薩見報恩時心念言十方天下人皆使報恩於諸菩薩菩薩見不報恩人時心念言十方天下人皆使無有慳貪悉示人於正道菩薩見沙門時心念言十方天下人皆使受諸經悉究竟得菩薩見異道人時心念言十方天下人皆使諸惡根本悉消盡賜究竟諸經菩薩見仙人時心念言十方天下人皆使所求願盡悉得所作爲皆成足菩薩見被鎧人時心

念言十方天下人皆使受鎧悉具足於佛經菩薩見愚鈍時心念言十方天下人皆使黠健所作爲莫墮衆惡中菩薩見講經時心念言十方天下人皆使所聞知無不解慧者菩薩見帝王時心念言十方天下人皆使自致爲經中王自然轉經説道無有休絶時菩薩見太子時心念言十方天下人皆使作佛子常化生於經中菩薩見公卿時心念言十方天下人皆使明於深經中所問慧莫不解遺承用者菩薩見旁臣長使時心念言十方天下人皆使念正莫有惡無令遠離於諸菩薩菩薩見城時心念言十方天下人皆使身體無有與等者悉令人善無有能過者菩薩見宮闕時心念言十方天下人皆使樂明於心常令與善功德相值菩薩見持錫杖時心念言十方天下人皆使常作善爲人所仰常欲施與人教人爲善法菩薩持鉢時心念言十方天下人皆使多所饋遺悉受所供養皆入於無底功德中菩薩行分越時心念言十方天下人皆使入佛法處無有謬誤時菩薩至人家門時心念言十方天下人皆使至佛經門菩薩入門内時心念言十方天下人皆使入佛智慧内菩薩未受飯食時心念言十方天下人皆使無有逆難悉入般若波羅蜜經中菩薩未得飯時心念言十方天下人皆使莫復墮泥犁禽獸薜荔藍樓惡道中菩薩見空鉢時心念言十方天下人皆使空於受欲中菩薩見滿鉢時心念言十方天下人皆使滿諸功德中菩薩見受飯鉢時心念言十方天下人皆使奉行佛道事菩薩見慚愧人時

心念言十方天下人皆使無不慚愧於愛欲者菩薩見不慚愧人時心念言十方天下人皆使心所念惡悉棄捐莫不慈哀者菩薩得美食時心念言十方天下人皆使所願無不悉得者心無玷汙菩薩得麤飯時心念言十方天下人皆使柔耎心無不愍傷者菩薩飯時心念言十方天下人皆使如禪食足常飽於經菩薩食味時心念言十方天下人皆使飽味如佛唉咽所化味時悉令逮得於甘露名經菩薩飯已時心念言十方天下人皆使所作爲悉成足入佛經極過去菩薩說經呪願時心念言十方天下人皆使所說道無有盡時悉入佛諸深經中菩薩說經呪願已出去時心念言十方天下人皆使出於三處色無常空中悉受得佛智菩薩入水時心念言十方天下人皆使入佛智慧中過去當來今現在悉平等菩薩浴時心念言十方天下人皆悉洗除心垢悉令去明極照至邊菩薩見熱時心念言十方天下人皆使遠離於熱極過度去菩薩見寒時心念言十方天下人皆使作人中將得極明涼好處菩薩見誦經時心念言十方天下人皆使解於諸經處盡求索智悉攬持諸慧菩薩見佛時心念言十方天下人皆使與諸佛共會心無所罣礙菩薩上向視佛時心念言十方天下人皆使眼所視無所罣礙見無極處菩薩爲佛拜頭腦著地時心念言十方天下人皆使無有能逮見佛頭上者天上天下菩薩拜起正視佛時心念言十方天下人皆使經行無有與等者菩薩繞佛一帀時心念言十方天下人皆使繞

極善所作爲皆究竟賜明經菩薩繞佛三帀時心念言十方天下人皆使所作爲心常勇未嘗遠離於佛道菩薩稱譽佛功德威神時心念言十方天下人皆使所作爲功德不可計威神不可計功中極過度菩薩洗足時心念言十方天下人皆使悉得佛神足念飛無所復罣礙悉入具足菩薩稱譽佛相時心念言十方天下人皆使身體悉具足如佛經身菩薩卧出時心念言十方天下人皆使不復繫於愛欲勤苦中悉淨潔菩薩覺起時心念言十方天下人皆使得佛智慧得佛十力是爲菩薩常所行道是釋迦文佛刹凡有百億釋提桓因坻皆忉利天上悉各思想欲請佛諸釋提桓因坻皆爲佛於紫紺正殿上施七寶師子座以天所有名好劫波育雜色若干種絶姝好皆敷著座上皆施絶好交露帳皆各於適已佛即悉知之佛便分身威神悉皆在百億忉利天上釋提桓因坻外門一一釋提桓因坻皆有一佛凡有百億佛皆與諸菩薩等俱諸釋提桓因坻皆大歡喜悉出迎爲佛作禮請佛入佛即與諸菩薩等俱入至紫紺正殿上帳中坐諸菩薩等悉各於二七寶蓮華師子座交露帳中坐佛續在是百億小國土與諸菩薩共坐威神不動十方諸菩薩復大來會曇昧摩提菩薩復有曇昧摩提菩薩師利摩提菩薩俱那摩提菩薩噴夜摩提菩薩沙頭摩提菩薩惒那摩提菩薩沙遮摩提菩薩阿迦摩提菩薩沙羅摩提菩薩薩和摩提菩薩

諸菩薩求佛本業經

菩薩十住行道品經

與華嚴十住品同本異出

西晉三藏法師竺法護譯

清刻龍藏佛說法變相圖

菩薩十住行道品經（與華嚴十住品同本異出）

西晉三藏法師竺法護譯

曇昧摩提菩薩持佛威神便於佛前入是阿難波俞迦三昧悉見十方諸佛十方諸佛者其數如千佛刹塵等一塵者爲一佛刹一佛刹如是十方賜面見十方諸佛皆悉言善哉善哉曇昧摩提菩薩十方諸佛皆賜與智慧悉語曇昧摩提菩薩言是釋迦文佛前世本願所結成功德威神使若益諸經益若佛威神益深入經處悉示諸十方虛空法心無所著悉入無所罣礙中悉入大道中疾近逮佛悉知諸經諸十方人所思想悉學知十方諸所說經皆悉知用是故悉爲諸菩薩等說菩薩十法住悉及得持佛威神悉能說爾時曇昧摩提菩薩所語說無所罣礙無所難也無

有盡賜時無有能昇量者無有極止時無有能還者無有能得長短者未曾有忘時無不得明者悉等無異無有懈慢時衆所不能及持是三昧力十方諸佛等皆各各伸右手著曇昧摩提菩薩頭上以曇昧摩提菩薩便於三昧中覺使諸菩薩言諸佛子皆聽菩薩舍甚大悉如虛空經處何因菩薩舍甚大過去諸佛悉那中生當來諸佛悉那中生今現在諸佛悉那中生何因菩薩入大道中從何因緣入是大道中何因正爾菩薩有十法住用分別知過去當來今現在佛等所說何等爲諸菩薩十住法第一者波藍耆兜波菩薩法住第二者名阿闍浮菩薩法住第三者名俞阿闍菩薩法住第四者名闍摩期菩薩法住第五者名波俞三般菩薩法住第六者名阿耆三般菩薩法住第七者名阿惟越致菩薩法住第八者名鳩摩羅浮童男菩薩法住第九者名俞羅闍菩薩法住第十者名阿惟顏菩薩法住一何等爲波藍耆兜波菩薩法住者上頭見佛端正無比視面色無有猒時無有及逮者尊貴無有能過者飛無有能過者所教授無有能過者是菩薩見佛威神儀法如是使稍入佛道中轉開導之皆隨其意教度脫見勤苦者皆愍傷稍稍近曉佛語信向之新發起意學佛道悉欲得了佛知十難處悉欲還得知之何等爲十難處十種力波藍耆兜波菩薩教有十事何等爲十事一者當供養佛諸菩薩二者隨其所樂當教語三者所生處皆尊貴四者天上天下無有能及者五者佛所有智悉當還得六者波羅蜜世所

生處常見無央數佛七者所有深三昧經悉當還得八者死生道無邊幅處以來九者今脱去不久十者若悉當度脱十方人所以者何益入於佛法中故二何等爲阿闍浮菩薩法住者有十意念十方人何等爲十意一者悉令世間人善二者淨潔心三者皆安隱心四者柔耎心五者悉愛等六者心念但欲施與人七者心悉當護八者心念人與我身無異九者心念十方人我視如師十者心念十方人視如佛阿闍浮菩薩法當多學經既多學經以當獨處止既獨處止當與善師從事既與善師從事當在善師邊既在善師邊當易使既易使當隨時既隨所作爲當勇所作爲既勇當學入慧中既學入慧中以所受法當悉持既當悉持法當不忘既不忘當安隱處止所以者何益於閔傷十方人故三何等爲俞阿闍菩薩法住者入於諸法中用十事何等爲十事一者諸所有皆無常二者諸所有皆勤苦三者諸所有皆虛空四者諸所有皆非我所五者諸所有皆無所住六者諸所有皆無利七者諸所有皆無所止八者諸所有皆無有處九者諸所有皆無所著十者諸所有皆無所有諸法悉入中不復還俞阿闍菩薩教法悉當念於十方人念於十方人已悉當念法處念法處已悉當念諸佛剎念諸佛剎已悉當念地法念地法已悉當念水法念水法已悉當念火法念火法已悉當念風法念風法已悉當念欲法念欲法已悉當念色法念色法已當念無有欲色法處念無所欲色法處已心無所貪所以者何用是故悉

得法明四何等爲闍摩期菩薩法住者常念於佛處生有十事何等爲十事一者不復還二者多深慈於佛三者深思惟法四者皆視十方人五者思惟十方了無所有六者十方佛刹皆虛空七者宿命所作了無所有八者諸所有皆虛空譬如作幻耳九者諸所有勤苦無所有十者泥洹虛空無所有用是故生於佛法中是爲闍摩期菩薩教法過去諸佛虛空無所有當來諸佛虛空無所有今現在諸佛虛空無所有過去諸佛法無所有當來諸佛法無所有今現在諸佛法無所有過去諸佛法念從何所出生索了無所有當來諸佛法念從何所出生索了無所有今現在諸佛法念從何所生索了無所有諸佛法等悉了無所有所以者何是三世法等皆了無所有五何等爲波俞三般菩薩法住者所作功德悉度十方人有十事何等爲十事一者悉護十方人二者悉念十方人善三者悉念十方人命安隱四者悉愛十方人五者悉哀十方人六者悉教十方人莫使作惡七者悉引十方人著菩薩道中八者悉清淨於十方人九者悉度十方人十者悉脫十方人令般泥洹不可復計十方人不可復數十方人不可復議十方人不可復稱十方人不可復量十方人了不可議說十方人何等爲十方人者都盧十方人皆虛空人皆非我所人皆無所有人皆所有皆無他奇所以者何心無所著故六何等爲阿耆三般菩薩法住者有十法深慈心哀何等爲十法一者用說佛善惡無有異二者說法善說法惡心無有異三者說

菩薩善說菩薩惡心無有異四者求菩薩道人共相道善惡心無有異五者中有人言十方人多十方人少心無有異六者都十方人轉相道善惡心無有異七者中有人說言十方人易脫難脫心無有異八者說法多說法少心無有異九者說法壞說法不壞心無有異十者有法處無法處心無有異是菩薩當學是諸法無有處復有十事何等為十事一者諸法無有處二者諸法不可得見處三者學諸法譬如化作四者諸法皆虛空五者諸法若干種虛空六者諸法無有罣礙底虛空處七者諸法譬若幻所化八者諸法譬夢中所有九者諸法不可計十者諸法無所有不可得視所以者何益深入佛法中無有能勝者七阿惟越致菩薩者何等法住菩薩聞十事堅住何等為十事一者有佛無佛不動還二者言有法無法不動還三者有菩薩無菩薩不動還四者有求菩薩道者無有求菩薩道者不動還五者持是法得持是法不得不動還六者有諸過去佛無諸過去佛不動還七者有諸當來佛無諸當來佛不動還八者有諸現在佛無諸現在佛不動還九者佛智慧盡佛智慧不盡不動還十者過去世事當來世事今現在世事呼若干種呼一種心終不復動還是菩薩當教令學此十事何等為十一者句一慧入若干慧二者持若干慧入一慧三者一慧入若干事四者從若干事入一慧五者持十方人入虛空六者持虛空皆入十方人七者持思想入不動搖八者持不動搖入思想中九者持虛空入想中十者持

想入虛空中所以者何諸功德法悉入中用
是故不復動入鳩摩羅浮童男菩薩者爲何
等法住菩薩於十事中住何等十一者身所
行口所言心所念悉淨潔二者無有能得長
短者三者心一返念在欲生何所四者十方
人知誰慈心者五者十方人所信用悉知六
者十方人若干種悉知七者十方人所作爲
悉知八者諸刹土成敗悉知九者神足念飛
在在所到十者諸法清淨學是菩薩當復學
十事何等爲十事一者當學知諸佛刹二者
當學感動諸佛刹三者當學自在所作威神
四者當學視諸佛刹五者當學從一佛刹復
至一佛刹六者當學往到無央數佛刹七者
當學知無央數法在所問八者當學變化譬
如幻自在所作九者當學佛音聲響十者當

學一返念供養無央數佛所即悉遍至到所
以者何入於一法中多所遣九俞阿羅闍菩
薩者何等法住菩薩用十事得何等爲十事
一者諸十方人所出生悉知二者十方人所
繫恩愛悉知三者十方人所念本末所從來
悉知四者十方人所作爲宿命善惡所趣向
悉知五者若干種諸法悉知六者十方人所
念若干種變化悉知七者諸佛刹壞敗善惡
悉知八者過去當來今現在無央數世事悉
知九者十方人等不等悉知十者教授十方
人說虛空法悉知是菩薩復有十處當學知
何等爲十處一者佛法宮二者造佛法宮當
學三者佛宮中所有當學四者佛宮中所教
勑當學五者佛所出入宮當學六者法宮當
學七者法王宮當學八者法所教勑當學九

者案行法王當學十者更造作法中王所教勑當承用學所以者何何心稍稍入佛大道中所聞法自用教十阿惟顔菩薩者爲何法住菩薩入於十智中悉分別知何等爲十智中一者當何因感動無央數佛刹二者當明無央數佛刹中三者我日日當置無央數佛刹中四者我日日當度無央數佛刹中五者我當安隱無央數佛中六者十方人無央數皆聞我聲七者悉度十方人民八者十方人所思想善惡我悉當知九者十方人我悉當内佛道中十者十方人我悉當度脱俞羅闍菩薩不能及知阿惟顔身所行口所言心所念所作爲了不能及知阿惟顔菩薩事不能及知神足念不能知飛亦不能還知阿惟顔菩薩過去當來今現在事亦不能還知所念佛刹亦不能還知心所念所行爲智慧用十事俞羅闍菩薩不能還知阿惟顔菩薩所行事是阿惟顔菩薩還入佛十智中何等爲十智中一者過去當來今現在無端底從佛學二者諸佛法悉具足從佛學三者諸法處無所罣礙從佛學四者諸法處無邊幅無涯底從佛學五者諸所有刹土我悉當護持是功德威神從佛學六者不可復計刹土處無邊幅悉當明知從佛學七者十方無央數佛刹悉當安隱從佛學八者十方人所行爲悉當從佛學九者諸法智慧悉入中從佛學十者佛所有智慧悉當知從佛學所以者何悉具足知皆曉了佛智慧都無所復從誰學是爲阿惟顔以十法菩薩行道如是佛言善哉善哉佛子所說菩薩事大衆貴乃如是佛放光

明徹照十方無央數佛剎無涯底處極過出
於虛空中去極大明十方諸佛無央數佛剎
皆各各六返震動是時諸菩薩皆大歡喜悉
散華於佛上

菩薩十住行道品經

佛說菩薩十住經

與華嚴十住品同本異出

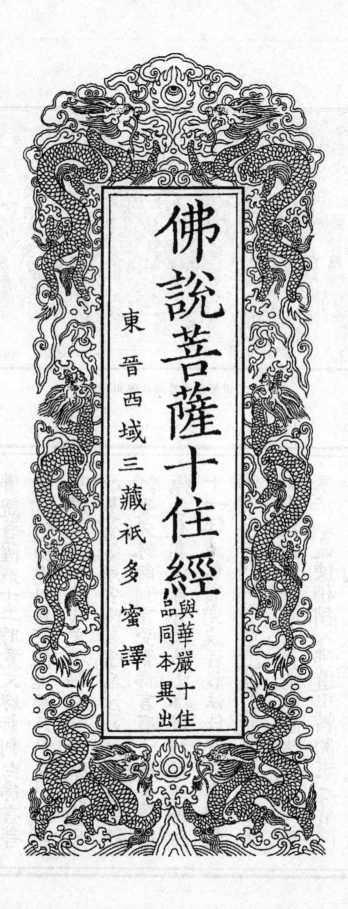

東晉西域三藏祇多蜜譯

清刻龍藏佛說法變相圖

佛說菩薩十住經與華嚴十住品同本異出

東晉西域三藏祇多蜜譯

佛說菩薩戒十二時竟文殊師利白佛言菩薩用何功德得是十住惟願天中天分別說之佛言善哉善哉文殊師利菩薩摩訶薩多所憂念多所安隱吾當爲汝具說其要諦聽諦受文殊師利言受教佛言有十住菩薩功德各有高下自有次第文殊師利言何等爲十一住波藍質兜波菩薩法住佛言上頭見佛端正無比視面色無有猒無有逮者尊貴無有能過者所教授無有能踰者見佛威神儀法如是便稍稍入佛道中轉開導之皆隨其意教度脫之見勤苦皆愍傷之稍稍解曉佛語信向之新發起意學佛道悉欲得了知佛智十難處悉欲逮得之何等爲十難處佛

十種力是也一者當供養佛二者當隨其所樂當教語之三者所生處皆尊貴四者天上天下無有能及者五者佛智慧悉逮得六者世世所生處得見無央數佛七者佛經悉逮得八者悉過度諸生死九者今脫去不久十者悉度脫十方人二住何等爲阿闍浮菩薩法住佛言有十意念十方人何等爲十意一者悉念世間善二者潔淨心三者皆安隱心四者柔輭心五者悉愛等六者心念但欲布施與人七者心悉當等護八者念人與我身無異九者心念十方人視如視師十者心念十方人視如視佛阿闍浮菩薩法當多學經多學經已當獨處止獨處止已常當與善師從事當在善師邊易使當隨時隨時所作爲勇所作爲既勇當學人中慧已所受法當悉持當不忘也既不忘者當安隱處止所以者何益於十方人故三住何等爲喻阿闍浮菩薩法住者佛言入於諸法中用十事何等爲十事一者謂所有皆無常二者謂所有皆勤苦三者謂所有皆虛空四者謂所有皆非我所五者謂所有皆無所住六者謂所有皆無利七者謂所有皆無所心八者謂所有皆無有皆無有處九者謂所有皆無所著十者一切無所有諸法悉入一法中一法悉入諸法中是爲喻阿闍浮菩薩教法四住何等爲闍摩期菩薩法作者佛言常願於佛處生有十事一者不復還二者多深思於佛三者深思於法四者念比丘僧視十方人慈心五者思惟萬物皆無所有六者十方佛剎皆虛空七者宿命所作了無所有八者諸所有如幻皆

虚空九者諸所勤苦無所有十者泥洹處空亦無所有用是故生於佛法中是爲闍摩期菩薩教法五住何等爲波俞三般菩薩法住者佛言所作功德悉度十方人有十事一者悉護十方人二者悉念十方人善三者悉念十方人令安隱四者悉愛十方人五者悉哀念十方人六者悉念十方人莫使作惡七者悉引十方人著菩薩道中八者悉清淨於十方人九者悉度脱十方人十者悉使十方人般泥洹是爲波俞三般菩薩教法六住何等爲阿耆三般菩薩法住者佛言有十法深哀慈心一者用人説佛善惡心無有異二者説法善惡心無有異三者説菩薩善惡心無有異四者求菩薩道人共相導善惡心無有異五者有人言十方人有多少心無有異六者覩十方人展轉相導善惡心無有異七者中有人説言十方人易脱難脱心無有異八者若有人説法多少心無有異九者有人説法壞不壞心無有異十者有法處無法處心無有異是爲阿耆三般菩薩教法七住何等爲阿惟越致菩薩法住者佛言菩薩有十事堅住不動一者言有佛無有佛心不動還二者有法無法不動還三者有菩薩無菩薩不動還四者有求索菩薩道無求索菩薩道者不動還五者持是法得持是法不得不動還六者有諸過去佛無過去佛不動還七者有諸當來佛無當來佛不動還八者有現在佛無現在佛不動還九者佛智慧盡不盡不動還十者當來過去現在世事呼若干種若一種不動還是爲阿惟越致菩薩教法八住何等

爲鳩摩羅浮童男菩薩法住者佛言菩薩於十事中住一者身所行口所言心所念悉淨潔二者無有能得長短者三者一返念在所欲生何所四者十方人知誰慈心者五者十方所信用悉知六者十方人若干種悉知七者十方人所作爲悉知八者十方諸佛刹土成敗悉知九者得神足念飛在所至到十者諸法悉淨潔是爲鳩摩羅浮童男菩薩教法九住何等爲兪羅闍菩薩法住者佛言用十事得一者十方人所出生悉知二者十方人所繫恩愛悉知三者十方人所念本末所從來悉知四者十方人所作宿命所趣向悉知五者十方人若干種諸法悉知六者十方人所念若干種變化悉知七者諸佛刹善惡壞敗悉知八者過去當來現在無央數世事悉知九者十方人等不等悉知十者教授十方人説虚空法悉知是爲兪羅闍菩薩教法十住何等爲阿惟顔菩薩法住者佛言菩薩入於十智中能分別知有十事一者何因當感動十方諸佛刹中二者當明無央數佛刹中三者我日日當著置無央數佛刹中菩薩四者我日日當度脱無央數佛刹中人民五者我當安隱無央數佛刹中衆生六者十方人莫不聞我聲歡喜得度脱者七者悉令十方人民使得佛道皆捨家作沙門八者十方人所思想善惡我悉知之九者十方人我悉當内著佛道中悉使發菩薩意十者十方人我悉當度脱之是阿兪羅闍菩薩了不能及知阿惟顔身所行口所言心所念所作爲了不能及知阿惟顔菩薩事亦不能知神足念不

能知飛行亦不能逮知阿惟顏菩薩當來過去今現在事是爲阿惟顏菩薩教法佛説是時和輪調菩薩等七萬二千人皆大踊躍歡喜各現光明展轉相照各各起正衣服前以頭腦著地爲佛作禮而去

佛説菩薩十住經

音釋

諸菩薩求佛本業經

惂爾者切 瑕胡加切過也又玷也 邊幅幅方六切邊幅謂若布帛之有邊幅也 佃户怄切轉也 栰房越切簿也大曰栰小曰桴 蛸烏玄切蟲行也 蝡而兖切蟲動貌 玷都念切缺也 喘昌兖切疾息也 耎而兖切柔

弱也 棘紀力切小棗叢生者曰棘 謬靡幼切戾也亦誤也 薜荔梵語具云薜荔哆此云餓鬼蒲計切荔即計切也 攬魯敢切撮持也 釋提桓因坻帝釋別號也坻音遲 喉咽喉胡溝切亦咽也咽因連切监

菩薩十住行道品

曇昧摩提此云法慧 阿難波俞迦阿於何切法慧菩薩入此定名無量方便 藍耆兜發心 阿闍浮治地 俞阿闍修行 闍摩期生貴 波俞三般具足方便 阿耆三般正心 阿惟越致此云不退 鳩摩羅浮童真 俞羅闍王子 阿惟顏灌頂

漸備一切智德經

西晉三藏法師竺法護譯

清刻龍藏佛說法變相圖

漸備一切智德經卷第一

西晉三藏法師竺法護譯

初發意悅豫住第一

聞如是一時佛遊第六他化自在天上天王宮如意藏珠妙寶殿上與大菩薩衆不可計俱各從他方諸佛國來普集會此金剛藏菩薩等爾時金剛藏菩薩承佛威神以大慧光三昧正受適定意已應時十方諸佛刹土一一諸方如十億佛刹滿中諸塵若干億國諸如來現邊有菩薩其號各名曰金剛藏十方亦然皆同一號時此諸佛俱讚曰善哉善哉汝乃以此大慧光菩薩三昧而以正受在十方佛土各如十億滿中諸塵諸如來等之所建立一切等號悉是照明如來至真本願所致而建立此亦是仁者慧淨所致復是一切

諸菩薩等不可思議法光聖旨住明智地多所度脱攝取一切衆德之本皆曉諸佛本所行成愍念十方解了善權敷演道化普弘法惠周流十方所講經義盡令堅住其智慧明無能毁者隨時建立僉使得安遊諸世間不著方俗度世清淨莊嚴善本入不可思議慧之境界通一切智高遠聖道乃能招致諸菩薩等十住行無如開士衆所當建立有所宣布往返周旋執無漏法光明咸照而善思惟撰於離心曉了隨時大慧光明其未善度至聖道門使得度脱而無所著住於内行專精奉修無上大業其辯才慧不可稱載威耀普照消除闇冥已超衆行頒宣無極住在佛地建菩薩意愍念衆生未曾忘捨遊入一切諸佛至眞善權方便決衆結網承佛聖旨自恣講説演此法門靡不解了如來在世故爲建立亦是卿本善願所致清淨行業而諦莊嚴一切法界又救衆生之所惑亂以致法身至聖慧體具足諸佛本所志願其身所行皆越世俗普過世間無益之業嚴飾清淨度世之法諸佛世尊爲金剛藏菩薩大士無所悋惜各現已身宣布無限辯才之義分别決解其清淨慧懷抱不忘建立顯示隨時便宜暢衆疑心普入一切諸佛所念諸等正覺十力所由如來所致四無所畏而不怯弱宣布至教一切智業諸分别辯超越得入體解道法入諸如來身口心行所以者何皆由此定成就所致亦由本願行通巍巍其心清淨而無黙汙内性明了常懷清淨威耀弘照入于慧場諸所行業靡不備爲斯所造立而悉具足其

道器意不可限量信志清淨巍巍普達逮總持門無所破壞常以法界慧門之印善印一切是諸世尊各自顯現各伸右臂皆共手摩金剛藏菩薩頭首時金剛藏爲諸世尊所見摩頭道德巍巍遂得成就威耀光光如佛無異爾時尋即從三昧起請諸菩薩而解言曰諸最勝子吾已明達諸菩薩願破壞疑網則無所壞世無所生亦無罪釁法界弘廣亦無遠近其所遊居譬如虛空以是救濟擁護十方一切衆生所以然者族姓子知過去菩薩往古諸佛由此慧地而得過度當來現在亦復如是諸佛子知我向者云菩薩之地爲何謂也諸菩薩學有十道地因得成就無上正覺去來今佛之所講說初菩薩住名曰悅豫第二菩薩住名曰離垢第三菩薩住名曰興光第四菩薩住名曰暉曜第五菩薩住名曰難勝第六菩薩住名曰目見第七菩薩住名曰玄妙第八菩薩住名曰不動第九菩薩住名曰善哉意第十菩薩住名曰法雨是諸菩薩十住道地也我觀十方去來今佛諸如來至眞無不講此十住之業所以者何諸佛子等是十住者令諸菩薩現在親近清淨道無爲諸法門名顯遠照于十方無數佛土三界衆生咸蒙得濟照天下如日明療衆病如醫王度衆人如船師曜十方如月盛活一切猶如地安衆生如時雨含道法如虛空正堅住如須彌宣布此教則得豎立在十道地又解此地不可思議諸菩薩住僉入聖慧時金剛藏菩薩粗舉其要歎此菩薩十住地業尋即默然不復重解於是大衆咸懷飢虛聞此菩

薩十住道名欲令分別重敷演義聞者僉解心懷入道離諸顛倒各心念言金剛藏菩薩今何以故粗舉其要宣於十住菩薩之業稱歎其號而便默然不復重散解了本末時彼會中有一菩薩名月解脫亦來俱會時月解脫菩薩大士知彼衆會開士所念以偈歎頌問金剛藏此義所歸

淨念以何故　懷慧稱功勳　明智宣十住
不重解所入　諸菩薩勇猛　心各抱猶豫
云何說義名　不聞道地處　咸欲悉共聞
最勝子無畏　決義入平等　所行住道地
衆會僉悅豫　清淨除諛諂　堅住鮮明地
功勳慧平均　一切立恭敬　展轉相承望
求微妙無瑕　志無上甘露　因聞金剛藏
無畏大智慧　當歡悅來衆　仁宜與佛談
未曾最難及　顯菩薩所行　分別如道地
所由最上勝　棄想微難見　常住遠離心
柔仁行成慧　而聞所歸趣　所止如金剛
第一解佛慧　立心捨吾我　乃聞此上智
如綵畫虛無　離欲亦如空　慧如地無漏
興別最難見　道無念如此　信者甚難值
佛慧不可議　故默不重說

月解脫菩薩謂金剛藏佛子當察諸來會者性行淳淑清淨離穢其志仁和悉諸菩薩斯行真正積功累德每生自剋六度無極以自莊嚴四等四恩習權方便功勳遠著名德無量大慈大哀欲興道化分流法教救濟三界諸危厄衆消衆冥如日明生道品如良田成正覺如虛空長弘教如流水除狐疑如日光療三毒如醫王度生死譬船師是故佛子仁

者善哉宜當頒宣現在學行令此道地緣修所歸使諸會者各得開解如冥覩明應病授藥使無餘疑時月解脫菩薩大士欲令此義重散本末顯示歸趣爲金剛藏說此頌曰

茂盛願講說　殊特最上法　人中上所行
諸菩薩之業　敷演說其教　所住之道地
聖慧甚清淨　巍巍仁和業　諸會者清淨
不可計第一　堅住在正路　志性懷篤信
善累功積德　奉無數億佛　各欲得決解
尋現逮十住

金剛藏菩薩報月解脫佛子察之令此衆會四面雲集云何見之所念應宜柔弱仁和清淨無瑕豈離狐疑無猶豫乎於斯法要寧有高行不依他人無戴仰耶不從他教進退不安懷抱久病不可療治堅住羅網未出深塹六十二疑四倒五蓋火林蛇室十二牽連十重之閣三坑三户三流之逸遊在曠野未向佛門設聞此法躊躇未進或復有人若聞於此不可思議如是道住各懷異心聞之狐疑不肯篤信由此惑亂長夜不安永失利義捨根取枝吾故向者默然不言慈愍此等無辭爲佳樂無所樂又說偈言

豈見於衆會　智慧淨無垢　善敷演聖達
諸根通深妙　而無所戴仰　無動等如山
志性無瞋恨　思平如水正　習修何所行
其慧無等倫　住在樂所識　爲求義慧信
適聞恐猶豫　便墮於惡趣　以故愍念此
不說慧住地

月解脫菩薩復謂金剛藏仁者顧意承佛威神宣如來旨感動十方反僞向眞消諸垢塵

盪滌結滯裂三界網通無極慧惟敷演之如是比像不可思議善當將養寬弘之士必當信樂無猶豫者所以者何佛子當知若講此教將致道法一切菩薩皆念諸佛識達經義擁護奉此行慧道地靡不蒙賴咸得安隱所以者何斯之所行必歸平等諸佛道法猶如佛子一切書疏惟說文字此悉由意心爲原首從志因緣而有所倚書本無文所演文字心之原空宣之虛無如是佛子一切佛法住爲原首因行而成依於道地至自然慧是故惟說顧愍一切如來至眞等正覺道力助卿建立分別如此文字令其亘然將護正法因得久存使無餘結又說偈言

善哉演清淨　解入一切智　普遊諸道要

至覺成聖慧　諸在十方佛　安住最道勝

慧室至境界　皆共愍念之　立此親近慧

行是究竟迹　諸佛無比法　悉由無量業

猶書意合集　因心事爲首　此住竟如是

解暢至佛道

於是一切菩薩各各發心咸共勸助欲令宣暢仁本興意誓爲一切勤勞積功累無量德猶如虛空欲濟危厄不難劫數周旋生死心常遽遽欲濟一切心無所著行如蓮華在泥塗中三界之苦不以爲拘惟懷愍傷拔惱根株三世之樹永令無餘時諸菩薩同時舉聲勸歎金剛藏菩薩而說頌曰

最勝殊特志覺遠　辯才無量心念眞

宣傳柔輭至佛教　第一至眞甚微妙

其意堅固行清淨　不捨功勳十種力

以分別辯故造行　惟願當演上道法

心之所念如明珠　意寂以見消塵欲
今此衆會離狐疑　咸皆願樂仁所説
虛渴言教如望泉　飢服仁者病待醫
甘美之飯在目前　如是欣樂甘露味
故善垂念廣其志　宣殊勝住除垢塵
調寂正安不捨無　講衆祐行無患難

於是世尊有諸菩薩至聖光明號曰力勢佛從眉間演此光曜與無數明普照十方一切佛土消滅一切諸所惡趣勤苦休息不復拷治皆得安隱照斯如來一切道場十方佛國建立法講靡不周悉不可思議諸佛境界其光則還遶佛三帀上住虛空合成大光光明煒煒立交露帳又有諸佛興出世間自然威曜從其眉間演如是輪諸菩薩等力勢光明現如此比神足變化照斯忍界曜是能仁衆會道場及金剛藏師子之座乃住虛空成光交露帳是能仁佛眉間毫時光明廣遠照諸闇冥十方佛界衆會道場莫不蒙明光咸顯現在諸菩薩大士屋宇一切晃現其於十方諸佛國土現諸如來所可演出眉間光曜皆復照曜此忍世界能仁衆會菩薩道場周照師子高廣之座在金剛藏菩薩身現於大光巍巍晃然珠交露帳各有坐佛自從口出如是輩聲而歎頌曰

喻之無等倫　譬之如虛空　十力境界尊
功勲不可量　殊勝最上特　普世爲無上
建立第一業　釋師子之法　講衆安住子
蒙導師恩慈　法王人中帝　演眉間光明
須宣佛道慧　入妙衆行元　賴十力垂顧
分別普化衆　安住已建立　斯聞能宣照

寶法爲上尊　是寂其志性　一切住無穢
具足滿本願　因十力最勝　志求上尊路
海水尚可盡　一切數知限　若人欲受此
不可卒得聞　其能離志念　永除衆狐疑
一切未有愍　照以此經典　是故辯才尊
緣住慧徑路　所處奉斯行　遊步依本業
至行入境界　普到佛聖智　愍一切衆生
布散此法目
於是金剛藏菩薩觀于十方欲令衆會重懷悅豫渴仰於法興發大哀無極之慈應時因是嗟歎此頌
大聖之道法　微妙甚深遠　無念已捨念
清澄永難了　聖明達玄微　智慧解所行
自然業寂安　柔仁無諍亂　自然空淨故
寂寞除苦患　遊居至解脫　建平等滅度
無限無極義　言辭近超度　以越于三世
行等猶虛空　諸衆祐所行　寂然甚憺怕
一切之行業　徑路難逮解　此等行如地
志性亦若斯　甚難可講說　何能分別了
以去棄心意　永無心向迹　諸衆祐所行
智慧消言念　亦復無所行　無陰衆哀入
聖達依慧業　其心無想念　猶如有飛鳥
遊行在虛空　不可以言辭　何況欲覩見
安住自然慧　如是行道住　其心所行念
不可分別知　何所有入處　殊勝慧土地
愍傷常慈哀　志願普備悉　漸以具衆行
心亦無想念　猶如心本性　智慧已明了
如斯行之業　微妙甚難解　自已志性無
不可卒達知　何況能宣布　安住之所念
一切共恭敬　明聽玄妙教　以入正眞慧

如行道之住　若於億千劫　不可盡究竟
等俱咸悅豫　普共且專聽　至誠妙眞義
無猒亦無異　不以爲憒亂　猶如成大海
今當具敷演　諸衆祐道行　又當須宣說
殊特之法音　牽引衆譬喻　正眞等文字
其所講分別　甚難可解散　安住行業事
如是不可量　今已得逮入　吾我之自然
咸樂如一滴　且聽所宣言

爾時金剛藏菩薩大士謂衆會者佛子且察諸集衆生積累德本一所行眞諦而無虛僞二所造行業甚善將護三諸佛興世常勤供養四極以合會諸清白法五恒以諮受善知識俱六以除憂戚志性寬弘篤信微妙定意平等七面覩現在愍念慈哀八心常志慕諸佛聖慧九化諸衆生悉發道心十皆令至眞好一切智一其十種力強而有勢二則得遊行大無所畏三其意亘然得佛正法四擁護救濟一切衆生五修大愍傷其哀清淨六十方無餘悉解一切七明智至門悉現目前一切佛土無爲清淨八一時覺了三世世事九轉大法輪療衆疾病十二菩薩大士須臾發意愍衆生行無極大哀以爲元首一智慧明了甚爲巍巍二常勤學受善權方便三意性和柔親近道法四如來十力不可限量五善思選擇計一切人力佛力最上六所宣法門無所罣礙七而以和順自在之慧八佛悉了知一切佛興因是自在九造立道法法界行最立虛空際十三所可發心顯了當來發菩薩意適發道意越凡夫地一以得超越菩薩之地二則得生在如來種姓三因號之曰無所從

生無有罪釁四輙以迴轉世俗所趣五適過世俗由度世行六因得住立菩薩道法七已得住立菩薩道法八便能順從三世佛教九勤心道義常深第一十四菩薩住如是道法悅豫道地佛子當知如斯得立住菩薩道所行不動入不迴還以住菩薩悅豫地者因是發意多所悅豫一其有見者莫不歡然二常有恭敬以致利養三其來見者咸共欣喜四開化衆生僉然受教五普來雲集共相娛樂六雖致遠近計無堅固七常抱仁和無所傷害八恒志悅豫心不懷恨九和顏悅色而無瞋恨十五是爲菩薩悅豫之地住于道教諸佛世尊皆共念之第一悅豫思於佛法一適發悅豫念於菩薩大士本業二適懷悅豫念菩薩行三適發悅豫念於六度清淨無極四適發

悅豫念於開士所住殊特五適發悅豫思道最微而無等侶六適發悅豫用衆生故利益道義七適發悅豫進心深法八適發悅豫念於如來至真之教念以勸化一切衆生九適發悅豫念諸菩薩入如來慧精進之業十六重復思惟將導不逮爲以得度悅諸衆生所慕境界懷來進入諸佛平等以得遠出愚癡之地親近道場斷除一切惡趣勤苦爲諸衆生勸導之首已得覩見如來至眞具足成就如來境界皆已逮覩諸菩薩定平等之業故悅豫耳永以消除一切恐懼衣毛不豎故悅豫耳所以者何是故佛子諸菩薩學以是悅豫便逮得立菩薩道地以得住立菩薩道地諸所恐畏永無復難在無命安無世俗畏無死之畏不畏惡趣所入衆會無所忌難皆已求

除一切諸懼所以者何無吾我想不貪已身況復貪愛一切榮冀所生業乎不畏無壽亦不思念希望僥倖惟愍群生一切所有無極之業救諸窮乏貧不識道是無俗畏成其道明不自見身不畏失已無吾我想不畏當死雖身壽終成菩薩行不離諸佛由是之故不畏惡趣普觀世間察於道心而無等倫志性仁和誰能踰者以是之故所入衆會不懷恐難離於恐懼衣毛不竪佛子當解菩薩大士以具大哀不抱傷害修本淨心益加精進合集一切衆德之本佛言以篤信至威神漸備多所歡悅淨諸不信篤信已與常行愍哀歸無極慈心不患猒生死之難志于慚愧而自莊嚴心所生處忍辱仁和若干種物供養奉上如來至眞最等正覺夙興夜寐精進勤修不猒講誦積功德本習於善友以法樂而自娛求博聞不懈倦若聞法順思惟已思惟無所著不希望衣食棄諸利養心不貪慕萬物恩愛心永已除惟慕義求三寶發意之頃不廢正行勤修慕樂一切智地如來十力四無所畏佛十八法專精奉行六度無極棄捐虛僞而無諛謟言行相應不違心口所至到處常順言行未曾毀亂如來種姓恒一心念菩薩禁戒一切智心不可動揺猶如泰山不可傾覆普於世間無所慕樂求度世業以化未聞學於道品不知猒足心常勤勤求殊特事是爲佛子如是像業清淨道事淨菩薩法輙得堅住悅豫之地世尊復言若能得立悅豫地者成菩薩住建立廣大無極之道如是景模無限大願弘誓之鎧又有十事法何謂爲

十頌宣無盡和雅音辭至於無喻無不周悉供養諸佛一切奇珍篤信微妙清淨之業法界坦然志歸空界究暢解達於當來際一切無想無所希望合佛道興無所思樂所奉事者供於無極志務大願念諸如來所開演教執持法目將護諸佛諸菩薩業不違一切平等覺訓已能具足如上法訓輙得出生在兜術天上從天來下入母腹中處在胎藏從母腹出隨行七步舉手自讃三界最尊釋梵稽首諸龍浴體學書手博遊觀所覩出家入山成佛降魔釋梵勸助轉大法輪現大滅度供養舍利宣布道化顯衆經義皆以一時至不退轉法界弘廣不可限量處虛空界究竟解暢當來之際於一切念而無想念從無數劫會成佛道篤信無倦俱住合同頌宣義音無

極弘誓乃至菩薩一切諸行弘普無窮無量無數攝取一切諸度無極住清淨道校計衆會品類音響有相無相合會別離有爲無爲爲諸菩薩一切師首道住眞妙所演章句諸度無極所當宣行勤修正行而無所生近成發心以能具足此諸法已具足解暢衆生境界色無色想無想有想無想水生陸地合會聚處一切所生三界受形六品所趣此皆受形而有處所受無像形一切無喻衆生之界悉分別之化入佛法斷除一切有爲所生則得建立成一切智是則名曰法界弘廣而得處在虛空之界心能解暢當來原際一切諸想有爲之業篤信無倦演弘音響乃至無極弘誓之業一切解此衆生境界道俗悉達無所不通普諸佛界廣狹麤微大小所現有量

無量眇眇難名曠遠原頂入于平等已入平等曉了諸根一切羅網解如門閫入諸十方以慧徧觀解暢法界虛空原際則得了入無極弘誓又一切國以為一國又以一國為一切國而平等御清淨無穢其光普照無量佛國莊嚴諸國永無塵埃分別清淨章句所歸聖慧道堂不可限量具衆生願顯示諸佛微妙境界隨其黎庶本行所與而為現化法界弘廣察虛空界永無邊幅究竟本際一切想念計校合會無有休息亦不信隨邪行之業修于清淨建弘誓鎧以化未聞使諸菩薩入寂和性當行至誠積功累德以一緣進勸化誘導一切菩薩未曾違捨菩薩之業恣其意解顯現佛興自發已心思如來教出沒往返逮致神通普遊諸國其大聖慧不可思議行菩薩業法界弘廣虛空之界而無邊際遊當來際達諸想數佛與衆數其行之數莫能損毀入於聖智顯發言行無極弘誓行菩薩道以得逮轉不退法輪其身口意未曾虛妄適得見佛聞經法教頒宣聖衆演明智業適發悅豫消除塵勞致真志性猶大醫王療衆生病皆修一切諸菩薩行以故名曰法界弘廣其虛空界而無涯際暢當來際皆知一切無央數劫衆生行迹善惡所趣在於十方諸佛國土逮成無上正真之道為最正覺入於一切體中毛孔盡徧衆毛在所生處坐佛樹下轉於法輪現大滅度修大境界宣佛慧業在衆生界從其本行與佛現形頻數開化滅衆穢行一成佛道普通法界謙下恭順靡不周悉十發音響皆悅一切衆生心性現大滅度

不毁十力以大願地顯示宣布一切法藏神足法慧六通之業周旋十方諸佛境界以故名曰法界弘廣其虚空界而無涯際暢當來際無央數劫當成佛道致大神通弘誓之鎧是爲佛子菩薩十願以得親近具足十願令無央數不可稱載諸菩薩衆心懷悦豫住菩薩地隨時開化佛言是菩薩學以成此願復有十事所可須宣不可究竟何謂爲十衆生境界不可究竟諸佛境界亦不可盡其虚空界亦不可量思法境界亦不可暢無爲境界亦不可限佛之境界不可得底如來境界亦無涯際其心因緣亦不可限慧行本末不可得涯諸佛境界所可進退法迴慧轉不可究竟是爲十事衆生境界不可究竟成大弘誓是十事業一切皆悉不可究竟諸界虚空法界無爲佛與如來其心慧行世界法轉慧進致成是大弘誓亦盡無盡衆生之界亦不可盡以不可盡此衆德本如是究竟成其道慧以是叵盡衆德之本成無損耗弘誓之鎧其心微妙而懷仁和常抱至誠篤信質朴以此信樂如來大化入平等覺本所誓願而復信樂諸度無極信入道地殊特之業信十種力開化十方信無所畏四事不護而具足是獨步三界信諸佛法十八不共超絶之義而無等侶信諸佛法不可思議信如來界不可得底宣傳聖教而不可盡信入如來無量道業信諸菩薩其行平等而無偏黨住於如來須宣道教彼念如是如來道法甚深微妙巍巍如斯寂寞無限憺怕無量空淨無際如此無想爲滅無著爲極寛弘如是無極所入無邊

如此難當況復佛法誰能限哉是諸凡夫所見顛倒邪不能正惟念愚冥求無益事心懷意幢遊於塵勞求恩愛網挾於諛諂心行虛僞慳嫉貪妬志慕生死周旋往來而抱三毒婬怒癡垢輪轉無際興于恚害心欻然熾在顛倒業造行罪患所有恩愛無明諸漏常思在心縛其意識展轉三界苦惱之厄慕逆之行往返無休與名色俱由是相生以是名色增長所生便有六入諸衰聚宅以生六入轉相合流成于更習則興痛癢倍復貪樂於痛癢業因即發成長養恩愛適成恩愛因從致生以致此生便老病死憂惱啼哭心抱惱熱合成大患計於衆生由是之故生苦陰身若離吾我心自計察又此我身由以愚冥譬若草木瓦石牆壁猶若形影曉了無名以是之故解脫名色五陰之身永消諸見六十二疑因斯得成無極大哀吾等當護救濟此行志在永平固安道地便致大慈弘坦聖慧菩薩以能如是慈愍是故佛子故成仁和真正順從初發意業心棄一切萬物利養汲汲悋惜修廣大業其意内懷所有珍寶帑藏金銀瑠璃水精諸明月珠硨磲碼碯珊瑚琥珀妙玉瓔珞步搖奇異象馬車乘奴客婢使眷屬徒使普能布施無所愛惜能惠郡國縣邑丘聚村落園觀池水果實妻子男女已所重愛頭目肌肉髓腦支體以能不悋一切所有則好布施供衆貧乏入佛聖明無極大道是爲名曰得立初發第一道地成廣大施志性如是行於愍哀施慈布仁救濟衆生加護見在度世之業慕求利義將順群萌未曾興發恚猒

之心心不懈倦勤學衆典微妙經籍普達諸經曉了一切諸所造業進退由已衆義法藏覩諸衆庶隨上中下而順其意各使得所從其本器應受大小故解世事以解世事便行時宜因護彼我被慚愧服戒德自熏忍辱心和精進無過一心智慧所行精進爲已爲衆慚愧行成以是修行便復出家心不迴動無能傾者其力堅强緣是堅强供養如來奉受其教由是之故修治道地令其嚴淨與顯正法乃至篤信慈愍施衆悉具此已乃住菩薩悅豫之地爲無數佛所見照念於無量億百千姟無限兆載諸佛所護使得進現所願有力彼以逮見如來至眞等正覺以仁和心而奉事之積累菩薩永安之業諸有群生所在危厄往將護之以是德本勸助使發無上正眞之道供養諸佛開化衆生使得成就欲化衆生布施飮食先救飢渴發於四恩悅樂有力奉上敬中愍順其下惠施仁愛利人等利一切罪除無有餘殃不復種禍所可供佛開化衆生以成究竟住此道地以是德本助一切智諸通敏慧轉更茂盛猶如佛子紫磨眞金絶工金師曉治鍊金以著火中其色益發菩薩如是供養諸佛勸化衆生功祚轉茂嚴淨此法住於道地以是德本興顯本無功至無本進退自由金剛藏曰惟聽佛子菩薩以住初發之地當作是求觀其行迹問其本末諸佛菩薩爲設善友正行無猒以成道品當所施住是故名曰第一地住已當次問第二住地所行之業云何致之諸佛菩薩明師賢友行法無猒以成道住取要言之如是第二

第三第四第五第六第七第八第九第十問其本末所當施行而得成就諸佛菩薩明師賢友行法無猒成就道地道地之品所觀道業奉行德本道地處所曉了方便一一分別道地清淨所入殊特聖慧日進各各逮致使不退轉彼以如是淨菩薩住解別如來無量聖慧以立若斯方便隨時是為菩薩第一道地而不迴轉未曾廢退如是遂進得成十住不還墮落聲聞緣覺慧住顯明稍近佛智無極光明猶若佛子明智導師將護大賈諸品群衆度厄難路得願到國入大城中所越徑路悉曉了之徑路好醜善惡難易某處殊安某處恐難重問餘路所當與立所乘車馬諸象大乘可得通度而不動傾第一住地亦復若斯猶若斯人至大城裏悉別安處無能動轉從第一住所立道地奉惠如是靡所不達以大財富無窮之業等化大衆至入大城不為穢濁之所見溺能自安已不危衆賈如是佛子菩薩猶如明智導師以能得住第一道地曉了諸地嚴淨修治一切道地至於十住解暢菩薩一切道地入如來慧攝取菩薩無極福慶積德之業累於聖慧所作已辦為衆大道應意開化使越生死往返大難無窮曠野飢渴苦患則以通達入一切智無極法城是故佛子菩薩大士以無倦心常修精進致於殊特嚴淨道地是為佛子名曰菩薩大士悅豫第一住地入于道門演普等教菩薩住此所遊天下國土處所得大威豪將護道法以大惠施濟于衆生以善功德消除貪嫉退其垢穢宣無窮施所興德本施救衆乏諸可

珍愛割情濟衆行四恩義惠施仁愛利人等利一切救濟合聚黎庶心不捨佛恩法聖衆惟菩薩業志菩薩行諸度無極十住之地念於十力四無所畏十八不共諸佛之法至悉具足一切智矣以是德致一切志尊無極尊豪爲最爲上爲無儔匹爲無等侶開道宣化顯示衆人成一切智將濟危厄發意之頃精進勤修一切順化不慕時俗財利之業道法之正出家學道奉佛法教斯須之間致無央數諸三昧定見諸佛尊不可稱載以是建立覩諸世界無央數千念得越度無數國土照諸境界開化衆生識念過去當來諸劫選擇法門顯示諸身現諸菩薩無央數載眷屬圍遶菩薩由是所建立力入殊特願在所變現諸可興善宣布惠施乃至普通無數億姟百千劫事於是金剛藏菩薩大士思惟察是菩薩住義之所歸矣即時頌曰

積累清白法　殖衆德之本　稽首歸諸佛
順行慈仁業　入于信解脱　清淨善之元
心御無限量　最勝之聖慧　佛爲一切智
淨力現其處　成就衆祐法　導利護群黎
以行大愍哀　轉殊勝法輪　如來由佳良
興發心甚尊　一時所曉了　思惟泥洹業
若干覺衆生　隨時顯其義　合集一切德
是爲衆導師　其心所周入　猶等如虚空
智慧最威神　本哀行善權　志性懷篤信
清淨力無量　面見無罣礙　救濟外衆生
植種平等業　思惟念安住　適生心之寶
衆祐自然慧　以通雅力行　究竟佛道法
生十大種性　永無諸罪殃　最勝曜正眞

至于尊上道　是為心和同　顯發致平地
無動猶如山　在國等性行　多所抱歡悅
志意修篤信　欣樂應廣普　善哉意尊妙
要離諸恐懼　無有瞋恚行　應時勝棄穢
謹慎善將養　樂救衆群生　聖慧無等侶
心懷至踊躍　捐除衆非處　以消五恐畏
緣是致道地　至死不保命　遠于諸惡趣
以捨衆會畏　終無恐懼心　何因至本無
則無有吾我　若能離恐懼　專精行慈愍
至信修恭敬　除慕富功勲　夙興而夜寐
修習衆德本　以立誠信法　不為欲所汙
心若聞雅典　修善無猒極　永除愛欲利
常好樂佛道　志慕淨慧力　修治佛經法
求諸度無極　棄捐諛諂業　言行常相應
終無虛妄言　最勝種無穢　疾學至佛道
以離方俗事　不樂世諸利　不違清白法
勤修最上行　精勤功勲義　惟好如此法
導御以自誓　所欲見最尊　為諸奉持法
所至無嫉妬　將順以弘誓　身行常殊妙
嚴淨諸佛土　開化衆群生　是徧諸佛土
與諸佛俱遊　佛以一名稱　彼此無虛妄
一切皆可得　覺了最上義　如是願無量
導利至永安　是廣普無限　逮致無可畏
衆生猶虛空　諸法所因生　最勝究竟俗
興顯于慧地　其心之境界　極入於聖慧
逮致三達智　以開于衆生　究竟至弘誓
令我獲此願　如是之暢達　其行亦若茲
如是善藏思　仁和心柔輭　篤信佛功勲
觀察衆生無　緣行入愍哀　興發於大慈
吾當護養育　欲安立黎庶　是以故布施

若干種可惠　國土城邑聚　衆寶及象馬
頭目及手足　并以己身肉　一切普能施
不可懐怯弱　志慕衆經典　不以爲患猒
曉了世經籍　隨俗而勸化　其智超三世
懐慚志堅强　供養無等雙　奉敬諸長者
衆聖行如是　夙夜勤不廢　熾盛諸功德
猶火中之金　彼勤精行此　菩薩十住地
慕于無爲業　而化諸有爲　猶如有導師
愍傷大衆賈　預問安隱路　故在前指示
菩薩亦如是　初發第一住　稍進至十住
成致無礙道　以能住此義　究暢執功勳
慈心不懐害　以法而教衆　在天下知時
開化咸將護　立衆令布施　使樂佛聖慧
至聖發意頌　棄國捐王舍　入于佛法教
出行修精進　尋逮得三昧　見佛無數千
感動諸佛國　覩光往聽經　淨化無數衆
使入道法門　遊於百千劫　隨時現其身
諸最勝本業　覺寤衆睡眠　如過去諸佛
覺寤衆瞢瞢　是爲第一住　最勝所宣布
普愍傷世間　無上諸菩薩

諸菩薩等咸有聞此無上道業慕樂遵行心抱悅豫欣然安隱自從座起迎逆稽首踊在虛空散衆天華口宣妙言歎曰善哉金剛藏聖猛無所畏曉了道住行菩薩法衆會悅豫問解脫元惟諮上道第二之住其行云何當所思奉大智惟宣聞者亘然進至無極開化衆生

漸備一切智德經卷第一

音釋

舋 許覲切舋隙也
諛諂 諛羊朱切面從曰諛諂丑琰切佞言曰諂
淳淑 淳殊倫切厚也淑殊六切善也
療 力照切治病也
躊躇 躊直由切躇直魚切躊躇住足也
盪滌 盪徒黨切亦滌也滌杜歷切洗也
煒 于鬼切光盛貌
晃 胡廣切照耀也
憺怕 憺徒覽切怕傍各切憺怕恬靜無為之貌
憒 古對切心亂也
豎 神羽切立也
眇 弭沼切微也細也
僥倖 僥古堯切倖胡耿切僥倖冀望非所當得也
誘 與久切引也進也
涯 五皆切邊際也
叵 普火切不可也
耗 呼到切虛耗也
質朴 朴匹各切質朴謂質實敦朴也
挾 胡頰切懷也
欻 許勿切猶忽也
帑藏 帑他朗切藏才浪切帑藏謂藏金幣之庫也
姟 古哀切正作垓十京曰垓

漸備一切智德經卷第二

西晉三藏法師竺法護譯

離垢住第二

金剛藏報諸佛子是菩薩大士已了初發第一住竟爾乃好樂第二住矣意性懷篤奉修十事何謂爲十一曰志性柔和而無麤獷二曰修正眞業無有邪思三曰其行質直永無諛諂四曰心懷調仁不爲瞋恨五曰其行寂然未曾憒亂六曰意抱至眞不爲虛僞七曰其行方幅無有雜碎八曰進止坦然無所貪慕九曰行在微妙不爲下劣十曰其意寬弘未嘗迫迮是爲十事菩薩意性懷篤具成初住至第二住金剛藏曰又諸佛子菩薩已住第二離垢之地離于殺生不執刀杖心懷慚愧愍哀群生常抱慈心欲濟衆生無有思想心不念殺不求人便不危他身捨身之安而解衆患無有二心況復犯乎又不盜竊心常好施不貪他財已財止足不數多求覩他所有萬物生業財寶之利不生嫉心衆人迎逆莫不戴敬草葉毛米未曾黙取念廣布施救濟諸乏割身所供惠衆窮困蜎飛蠕動蚑行喘息隨其水陸皆欲令安不遇衆患又捨愛欲邪婬之行不欲重習自於妻室而知止足未曾興心慕樂他妻心不思想不干他室奉清白行不爲穢濁如母如姊如妹如女無異清淨鮮明而無黙汙無有二心況犯色邪又不妄語不樂虛言所宣至誠言辭眞正所傳順理言不失時不竊妄語至於夢中不演非法況晝日乎不爲危教況心念邪常說正法佛之經典不出俗辭無益之業又離兩舌不

傳彼此鬪亂於人不誤兩盲未徹視者使諍不和不侵犯人彼聞惡言不傳至此此聞惡言不宣到彼和解諍訟使無怨望修德爲法令無罪殃講論經道各有篇章又不罵詈不演麤辭不宣惡言不傷人心世人所說口演不仁惱於他人不微中人無所恐畏常行仁和不興瞋恨害心向人不使衆人意懷湯火愁慼之患口所布言可一切心柔輭慈和聞者安隱心中愛樂喜欲見之多所悅豫遠近思覩乃傳此言久思其言無猒其辭又不綺語離于飾辭言無所犯未曾傳語常護身口終不戲言取誤教令況復由利有獲財寶貢上歸遺而宣虛乎雖身溺死不演非義身口相應言行相副不失神明不違佛教又不嫉妬不抱貪餮未曾興心慕求衆欲他人財業高德貴姓不發癡心貪利無義見人多有豪貴至尊不以爲嫉心存道義猶魚依水不捨正眞又無瞋恨心常壞慈愍哀之心調和之心安隱之心柔輭之心其心常念欲濟一切而將護之假使其心發瞋悲者若有患猒不能自制衆垢危害心中惱熱尋除其根令不熾盛抱以仁和慈心弘坦如畏蛇蚖毒獸之聚惡心便休成斯仁和又棄邪見奉于正見不隨外學捨于貪事虛僞之術吉良之日不擇時節不思國位若覩帝王不以爲貴不懷諛諂表裏相應心性仁和奉佛法衆不失三寶愍哀三界皆欲度脫是爲十善常當將護此十善德心行如是思惟奉行若見衆生犯諸惡業當歸惡趣以十善事而開化之又其學士已立正見奉行至眞亦勸衆人入于至

眞所以者何其自已身不能修德欲化他人立道德者未之有也彼選擇念奉行十善不歸三惡地獄餓鬼畜生之處其十善行得生人間及生天上三十三天又能奉行此十善者成大智慧思惟其義畏于三界興發大哀不爲毀損從他人聞所宣音聲得成聲聞自然中間修清淨志不欲仰人不從他受自欲意解求成正覺好立大哀不以損耗志入深要思十二因不了無根得緣覺業其心寬弘最極無上不可限量愍傷衆生執權方便竪立弘誓無極法鎧坦然無迹欲救一切衆生之類不捨三界得成佛慧無礙道元菩薩所行清淨道地成無窮業習轉最上衆宜究竟至逮十力乃致佛法十八不共吾等聞之故當志學一切學已勤修精進彼益深觀其此十惡不善章句甚爲招致地獄緣報中殃畜生微疊餓鬼是故我等若殺生者歸於地獄畜生餓鬼設生人間有二惡報何謂爲二所生之處其壽常短又多疾病而中夭逝家室憂慼莫不感哀若喜竊取亦歸三惡苦若生人間亦有二報何謂爲二乏少財業怨賊劫取亡無多少令人憂惱犯他人妻室亦歸三惡復有二報眷屬不貞數共鬬諍喜妄語者歸於三苦有二惡報何謂爲二人多誹謗言不見用其兩舌者亦歸三苦復有二報眷屬離散生下賤子共爲伴黨其惡口者亦歸三苦復有二報何謂爲二聞不可聲罵詈之音其綺語者亦歸三苦復有二報何謂爲二熱惱他人所在至湊不能自決其貪餮者亦歸三苦復有二報少於產業又多疾病其懷嫉

妬亦歸三苦復有二報何謂爲二若在人間墮於邪見不知止足起于瞋恚亦歸三苦復有二報何謂爲二自危已身而惱他人其邪見者亦歸三苦若生人間復有二報何謂爲二没在邪見六十二非喜行諛諂如是多患因致苦陰由以合成不善根本假使能棄此十惡者能以道法自樂伏意以棄十惡建立十善亦能勸他令住十善彼加大仁愍哀衆生心懷弘坦慈心愍心調和之心廣布恩心散擁護心是我之心奉師之心敬如世尊心自念曰一切衆生邪見所縛心意顛倒志念反逆發起虛行吾當盡立令住眞實修於正眞言行相應而安立之衆生一切破壞諍訟轉相誹謗常抱瞋毒轉相投禍吾等當設無上大哀無極之慈立堅固行令無彼此衆生不猒結縛之難嫉他人業造反邪行不順道本吾等令淨身亦淨口心衆生心迷建立罪福習婬怒癡爲三蓋礙墮在塵網常自投已不便之地當求堅固善權方便消寂一切衆勞之患令立無難衆生在于愚癡之厄無明所縛住在六冥遠於大智遊闇昧門行窈蔽業吾等當爲開化嚴治無所罣礙清淨慧眼使一切法輙如所言由得自在不戴仰人衆生墮在生死困患地獄畜生餓鬼苦門漂在邪見六十二疑羅網所縵愚癡所蔽邪徑所迷遊盲瘂路不親聖師無有救護有所歸趣無解脫業爲賊所劫魔鬼在心遠離佛心吾當將養度生死原曠野玄路立之無難前在無畏一切智城衆生墮在大林盛火欲處色處無色之處浮泅三淵爲生死流所見漂没

墮恩愛江大患所攝强在愚惷心念貪婬志愚危害欲行賊役而計有身猶海水岸婬鬼所迷隨放逸走慕人嗜欲住已自大各懷異心未度想度或諸衰人而為震動遠衆善德吾等當化修大德本道力拔救令在滅度使離恐懼衆危之厄因建立之於一切智衆生悉為貪樂所縛無數苦痛愁慼之惱多所志慕憎愛所結合會別離而相戀恱無明所蔽受在三界吾等當開示其正路至無罣礙脫三界難令立滅度無為之道衆生悉為猗見吾我五陰諸入不可轉移處四顛倒依六衰舍為諸怨賊所見攻擊遭無量苦吾等當化除諸患厄一切陰蓋使至無為衆生志存下劣之業之於尊慧一切智心無天人導志在恐畏生死之難樂聲聞緣覺吾等當化使立微妙廣大之心是為佛子菩薩所入如此戒力勸化貧匱常抱慈愍以權方便立於菩薩離垢道地因得覩見無央數億百千姟佛供養衣被飲食床卧坐具病瘦醫藥一切施安身命自歸如來至真平等正覺受是至清十善奉行雖受行之無所違失於無央數億百千姟兆載劫中所受身形亦若干劫不懷貪嫉犯戒垢濁無益之業好喜布施奉持淨戒猶如有人適生墮地端正殊好尋而洗之清淨無垢菩薩如是在此開士離垢之地於無央數億百千姟兆載劫中所受身形不懷貪嫉犯戒垢濁無益之業行於四恩惠施仁愛利人等利救濟合聚衆生拔衆危厄十度無極勤修精進戒度無極悉為具足不使乏少又族姓子菩薩已能奉此初第一住有第二

住名曰離垢菩薩住是爲轉輪王治以正法然有七寶假使衆生退在犯戒十惡之業以權方便而勸立之令行十善若與福施惠施於人仁愛之德有所饒益等利之義一切不捨常心念佛惟慕正法志在徒黨菩薩之業開士之行六度無極十住之原思念十力四無所畏十八不共諸佛之法衆行普備念一切智以何方便勸化衆生令逮至尊爲最爲上爲勝爲超至於無上爲衆導師勸化一切養育將護至一切智發意之頃捐棄家業愛欲黑冥順如來教出爲沙門普行精進須臾逮致百千三昧見無量佛適見諸佛逮立道誼動百千國願生其國越無限界嚴治清淨無數世界開化度脫無量衆生入不可限識本宿命所歷劫數選擇志求不可稱載道法諸門覩見十方衆生形像觀無限量諸菩薩會從學志願攝取菩薩殊特弘誓億百千姟兆載劫數莫能稱焉時金剛藏菩薩大士演此住已尋則頌曰

此等心質朴　修治已意性　其志已眞實
柔順而調和　已捨諸習貪　慕求最上道
其行極弘大　輙在第二業　報德住於斯
積累衆德本　遠離於殺生　心未曾懷害
離於慳嫉行　不犯他妻室　至誠不兩舌
不惡口綺語　已消恚貪行　常修大慈愍
入于正見業　無諂行質直　無憂捨自大
作性粗舉要　將護世尊教　常行無放逸
地獄之苦痛　畜生亦如是　佛教興光曜
常以消餓鬼　棄捨一切惡　不善之心意
滅除衆僞害　志大至誠法　自謹勑其意

所生轉善處　至三十三天　寂然永安隱
猶如縁覺乘　聲聞及正覺　皆由此十事
從清白句生　見此常當觀　恒修無放逸
意堅立禁戒　亦復勸化人　益加增愍哀
志性日弘慈　覩苦惱衆生　興致心傷念
皆墮諸邪見　斯由意不寤　瞋恚懷毒害
心喜抱鬬諍　常不猒眷屬　勤約慕境界
吾當度脫之　令濟此三厄　造立大闇冥
其性樂愚癡　墮在姦惡路　遊於諸見網
周旋在生死　當行方便度　濟脫諸六情
立正解五陰　消除衆塵勞　越于四駛瀆
滅盡三界苦　然熾之惱患　永離諸貪身
勢力吾我想　吾以此等故　若行欲度脫
遊心尊最勝　無上佛之慧　導御修至誠
棄捐劣弱心　立志於寛弘　諸如來道慧
勤精進無量　堅固得佛道　住此寂功勳
積累衆德本　見無數諸佛　咸悉供養之
斯等解清白　見億百千劫　其身無罣礙
心口亦如是　諸佛子住此　應時轉法輪
開化立衆生　使行十善業　一切所積累
清淨之行本　濟護於衆生　斯富十種力
因時發意頃　棄國捐財業　佛所作沙門
修入勇猛行　已通大精進　致尊三昧定
見無數諸佛　應時如佛界　以是若干變
及與不可計　輙觀其境界　各在斯道住
已能住此願　致最微妙慧　造若干變化
開化於衆生　是爲第二住　大聖之所宣
普愍世群黎　衆菩薩最上
已得聞是最始上法菩薩地境不可思議至
眞無異諸佛子喜而修恭敬住於虛空則雨

天華各宣善哉德如山王而分布說禁戒本源心念愍哀一切群黎惟演尊妙第三行本所說至誠永無有異衆菩薩行最爲無上普欲令世一切安隱以顯稱講第一雅妙益當恭順天人所敬第三離垢菩薩尊住除其愛欲精進造立建大法慧如之所爲行布施事惠施禁戒成爲大聖忍辱精進一心寂然善權智慧慈心殊勝愍哀行道衆祐宣布清淨之行譬如月明金剛藏誦演第三住心樂善說莫不欣然咸發道意

興光住第三

金剛藏曰佛子菩薩大士已得究暢第二種地便入第三尋當思惟唯行十事何謂爲十一曰志性清淨二曰性行明達通利三曰消滅憺怕其意四曰心懷無垢瑕穢五曰志念永不退轉六曰其心堅固而不怯劣七曰其念極上無窮八曰性行輕便而不遲鈍九曰其行微妙巍巍高玄十曰其心弘廣不狹局窄假使菩薩住第三地觀諸萬物一切無常苦空不淨不可保信悉歸壞敗不久存立適起尋滅本無所成當來未至現在無住察於一切萬物所有皆歸沒盡已得入此無所有地悉是憂惱危厄衆難患害合會結在憎愛之業多有愁慼咸以無常婬怒癡火甚爲熾盛因爲成立無所依怙察此一切猶如幻化一切萬物悉爲恐懼無有救護心數動移使以違失本明之慧見如來慧不可思議不可限量不可稱載極遠巍巍無有顚額亦無衆厄無爲常存無畏第一不復退轉多所濟護所見平等已見如來無量聖慧覩衆危厄益

加愍哀念于衆生心行十事何謂爲十一曰心念將濟孤獨危困二曰常化貧乏使入道法三曰消于婬怒癡火所然熾盛四曰其心周旋生死而不迷亂五曰其心常欲蠲除塵勞之穢覺未覺者六曰其心顯曜令習自在七曰勸導離善法者使樂大雅八曰其心忘失佛法令入正道九曰其心迷惑隨生死流使返其源十曰其心見在愚徑而懷恐懼令立無畏彼已觀察衆生無數危厄三界之患輙修精進吾當將濟一切群黎度之解脫令致清淨使得超越化之立之勸之悟之開之示之令至滅度已能如是達至無爲普入萬姓如斯將濟一切衆生所化若茲具一切智如來聖慧心念勤修擁護衆生又自思之以何因緣以何方便化此無數衆生之類墜在苦惱塵勞之厄所遭焚燒使立永安令無復異住在無礙三脫之門已立斯法開化他人以無罣礙三脫慧門無復異行解一切法知所無行了本眞諦導之爲行行無所行以此慧明不復觀聽倚他之義惟學佛道又心念言何所爲是一切佛法之根本也惟以博聞分別義理以觀此慧益加增修勤求正法專精奉行夙夜思法欲聽受之不以爲猒樂法不廢發生妙法求法遵法志法由法流法歸法救法護法行法善求道法不慕世間無限寶物無用諸藏盈滿之珍已得自在發意布施不念有難惟思法師於世難值甚爲希有以用法故無所愛惜內外所有咸以布施所可惠施若施眷屬田地財寶帑藏珍奇瓔珞妻子男女頭目手足耳鼻肌肉支體衣食及

已身命用經法故無所貪惜皆能惠施用法典故極重愛樂所用安已明珠如意貴價瓔琦布施之時謙下卑言所可施他不懷悔恨身心不惱其有受者因是令度所不聞法聞之欣然勝得三千大千國土滿中珍寶寧聞一偈不用梵釋轉輪王位修無央數百千劫行或有來謂卿今所興習是平等正覺之業菩薩淨行假欲得聞此大正法自投大火更無極苦苦惱之患越斯大火若使已身遭是困厄乃成佛道即念言今我身求經寧愛樂一句法不用此身正使此三千世界滿中火至梵天求法故自投中況小火也設今墮在一切地獄苦痛不安故當勤慕求于法典況復值遇人間之惱以此方便求于經典若使聞法如法觀察一切解達彼若聽經自伏已心令志上道識如是意在於經典而行要法慕樂佛道終不唐舉口言清淨照察如是住菩薩地寂除情欲消滅諸惡不善之法專惟善業歡悅安隱成第一禪又除想念其內寂然而心一矣無復思想隨時順行歡悅安隱成第二禪又好喜離欲造恬怕行其心寂默身意快然猶如衆聖所言觀察其心安隱行第三禪又除其樂棄捐衆苦消竭前本無樂無苦專精永然其心清淨行第四禪彼則越度一切色想已超色想逮有無想入無名號因時思念若干名想輙以修行無量虛空虛空之想彼已越度諸虛空想因修奉行無量識慧識慧之想彼則越度諸虛空想便無所有修無所有已度一切無所有業因修無想亦不離想則不樂餘所興發處惟奉道法因

修慈心廣大無際不可限量無怨不恨欲護衆生一志普周遵行悦豫慈念十方哀喜行護亦復如是其心廣大愍護無際無怨不恨欲濟衆生救護十方具四等心一切蒙安又彼修成若干變化神足示現震動天地以一身化爲無數身以無數身還合一身徹越虚空通過牆壁入出太山須彌鐵圍無所罣礙如遊虚空虚空中坐猶如飛鳥出没于地如入在水履水行上如行于地身出煙火如大炬然察視日月神足巍巍威神無極遊行四域消除闇冥以手捫摸日月宫殿其身遠超上至梵天耳之徹聽清淨洞達過於天人聞其言聲諸天人民又復了知衆生心念所念如是知有欲心無欲之心有恚心無恚心有癡心無癡心有塵勞心無塵勞心小心大心

多心少心要心無要心亂心正心定心不定心解脱心無脱心最上心無上心審見本末皆悉知之如是一切分别衆生諸心所念善惡禍福道俗眞僞靡所不達又識無限前宿所居一生十生百生千生不可稱載宿命時事悉識别之劫壞劫成悉知無數不可計會天地成敗吾曾更歷國土處所名姓如是所遊飲食壽命長短衣服好醜所遭苦樂彼没生此此没生彼彼没生彼此没生此彼此周旋適没來生尋復還返以是比類曉知無限前宿所更已復清淨清淨天眼過諸天眼見人生死善惡所歸尊卑貴賤如所作受又此衆生身行善口言善心念善不謗聖賢奉修正見壽盡身散得上天生又若衆生身行惡口言惡心念惡誹謗聖賢或於邪見壽盡身

散墮于地獄以淨天眼普見天人蜎飛蠉動蚑行之類所行禍福善惡所趣又以一心三昧正受若從定起不用此德有所向生惟觀具足菩薩道品願有所濟故示現生住于菩薩興光之地見於十方無數億千兆載諸佛奉事供養衣服飯食牀褥卧具病瘦醫藥歸命諸佛聽所演法已聞受法隨器授與未曾越法不毀佛教各各觀察益以愍哀普如已身親族無異欲解諸縛於無央數億百千劫兆載姟限斷邪見欲心不在言亦除邪瞋愚癡之態如金寶師工治寶矣以作臂釧釵環瓔珞步搖之屬無不成好菩薩如是住光曜地則以無言消諸所見諸婬怒癡以是德本增行巍巍清白日甚漸備仁和忍辱之原將順戒禁而無所犯心不懷恨不抱怒亂志性無諂心懷庠序而不卒暴一切所作不以究竟所作成辦不行諛諂無虛僞時性無所受行甚清淨彼以四恩而宣愛敬行益利義內志篤厚十度無極忍辱精進所度無極殷勤修此亦復勸化餘諸菩薩謹慎清淨是爲菩薩諸大士等第三住法名曰興光菩薩住此諸根通達若作天王執權方便有所造立若行布施作行敬愛設修利益其心常一念佛不捨致普具足念一切智業以何等行爲諸衆生致于最尊得普愍達爲衆導師乎發意之頃精進超絕一時悉逮百千三昧時金剛藏菩薩大士欲復重散此義所歸說此頌曰

期等性清淨　德室心通達　貪欲恚消除
成不退轉業　興發堅固志　強勇進微妙
其意甚廣大　因是入三住　已立於此地

宣布光曜住　說非常苦空　不淨毀散法
爲不得久存　須臾虛無聲　選擇悉有爲
無來無所往　由是致疾病　遭愁憂涕泣
與衆惱俱合　受結著恩愛　苦患不可念
常熾然三火　以見有爲業　發起無限難
若猒於三處　其心無所慕　欲求諸佛慧
其意不變異　無量不可思　所度無等倫
覩彼衆滅度　諸最勝聖慧　已見於諸佛
永無衆患厄　無救離依怙　拔濟使得出
常貧於道法　爲三火所灾　犯所有苦惱
百種縛其心　重敬衆塵勞　無明志下賤
已失威神力　違安住道寶　流墮生死淵
恐怖求解脫　我應擁護之　堅強等精進
志樂於道慧　不貪世人榮　觀察何等宜
逮致至解道　無他諸罣礙　成諸如來慧
其慧爲智明　是衆安住業　以聞智專惟
成菩薩聖慧　適聽所說法　尋精進奉行
夙夜欲啓受　無餘因緣業　以法而樂義
以法度救護　明月珠衆寶　所愛敬親里
國土廣無量　具足豐盛尊　妻子及男女
眷屬諸徒使　以經典之故　布施不悋此
頭目及手足　已身之肌肉　目見而口言
施血如流江　見害屠割形　所重髓布施
不以此爲苦　不聞法爲患　假使有來者
口宣如是辭　猶如火興起　自投炎赫盛
若聽安住說　微妙法要寶　聞之甚思惟
功勳義章句　一句法義故　頂戴須彌山
設使三千世　滿火至梵天　我聞法善利
其意達玄妙　若人聞致是　任如是苦惱
正使於中死　求得道慧明　雖遭此衆難

忍苦不以患　何況人身苦　若干之厄難
我之所戀慕　惟志求聞法　若得數聞法
蹪時而思惟　四禪四等心　悅豫三昧定
承於五神通　漸備具足行　以是由自在
不墮所向生　住立此軌德　順無數億佛
意常奉供養　聽受斯經典　曉了離邪住
啓順清淨行　猶若金無垢　號曰爲紫金
住是雅功勲　報處忉利宮　造立爲豪尊
迴轉處魔天　魔天若干會　功德諸章句
以住無異意　惟求佛功德　佛子已住此
殷勤慕精進　逮致三昧定　其數各百千
覩見諸佛最　相好若干種　加益極微妙
功勲尊無量　是爲第三住　安住身自說
普愍諸世間　諸菩薩無上
時諸天人聞大行　微妙巍巍所住地
衆祐諸子懐踊躍　則以天華散佛上
會在地樹持衣被　嗟歎稱揚此經典
魔后可敬柔輭好　鼓樂歌頌勝妙法
其自在天歡悅句　以月明寶貢安住
口宣我等故有佛　與發德辭度彼岸
其最法勝何故然　獨歎菩薩行第一
我今得聽妙道地　於百千劫難得聞
益加宣布愍諸天　諸佛之子行殊勝
得聞此輭聖衆會　當得服行寂無他
如月除患慼　已與安住談

第四所遊行
演行最爲上
暉曜住第四

金剛藏復曰佛子復聽菩薩大士已能清淨住第三地便進入在第四地住轉得超越入十明曜何等爲十一曰遊在衆生之界二曰

周行通諸法界三曰徧察三千世界四曰觀于無窮虛空之界五曰普省衆神識原六曰流布在於欲界之處七曰周旋往來於色界中八曰優游而化於無色界九曰志在上最微妙解脱十曰其性弘寬心和柔輭是爲十菩薩大士復有十法逮法光明從第三住入第四住且聽佛子其菩薩業第四行住名曰暉曜適逮此已則能將護如來種姓致于内法教化十慧何等爲十一曰其心法性得不迴轉二曰篤信三寶莫能壞者逮所遊處而悉究竟三曰勤修清淨玄妙之業四曰解自然與故行尊道五曰分别世間從因緣生成敗之事六曰曉了一切悉從罪福致所生處七曰敷演生死泥洹之原八曰覺知衆生國土之本九曰宣暢散意過去當來十曰能剖判説無所盡行因得成就如來種姓是爲十金剛藏曰又佛子聽若有菩薩住第四地自觀内身而行寂然自御其意不懷俗法亦觀外法而行寂然亦御其意不懷俗法重察内外亦無所起永無所壞觀内痛癢察其心法亦觀本法法之所行觀内外法而行寂然自御其意不懷俗法衆惡諸法不善未起將使不生精進攝心成就方便令永斷絶不善法起尋消除之諸善德法若不興者方便精進志樂與勸功勳之法令立不失進使廣大勤修道地從行具足自攝已心未曾懈廢永除衆穢定意離貪修行爲道念行神足成就閑静究竟無欲乃至滅盡勸助功福精進已定備悉衆行以斷心定便安衆行斷識定意輒行神足成就閑静究竟無欲之宜乃至滅盡

勸助功福念行信根精進勸力意根定根慧根成就閑靜而無衆欲滅盡衆塵勸德念行信力精進力意力定力慧力成就閑靜無欲滅盡勸德念行念定覺意修法覺意精進覺意歡悅覺意篤信覺意觀護覺意成就閑靜令其無欲滅盡衆塵勸德念行正見正念正言正業正命正方便正意正定成就閑靜令其無欲滅盡衆塵普察勸德目見一切衆生所在爲其宣暢本宿世願志無極哀興發大慈使疾逮得一切智矣令速究竟淨治佛國具足如來十力無畏諸佛之法諸相種好音聲言辭念遵最上殊特之業普使具足求學深妙聽佛脫門而行無極善權方便又佛子聽菩薩若住此暉曜地前本所習自見貪身倚於吾我而計有人依形壽命諸陰種大貪

住衆人浮没高下選擇狐疑疲極之態謂言我所恃怙財業實有處所一切永除如是倚著皆亦斷去一切思念誹謗之事親忍塵勞勤學立志善權智慧在在所遊以道爲寶遵興道教其心潤澤心懷柔輭抱仁和意心常愍哀心不猒倦求最上心志好戀慕殊特慧心將護化育諸衆生心尊敬師友順應器心如所聞之輙奉行心逮玄妙慧所作甚快仁慈柔輭所居安隱止頓賢和志性質直行無所受不以自大不以憍慢受其教令歸命無違彼行是已所更修行寂然若斯爲上道地清淨住法專精思惟習合會行奉行勤修修不退轉精進不休而不懈倦遵不迴還所奉廣遠所行無量最上精進求無等侣皆護衆生所勸不毁又其菩薩心性清淨志分和賢

無有可不與成信界意性長益諸功德本永已消除貪妬慢恣離於猶豫親近貢高已得具足無礙脫門因合會法無猒不懈已得速近建立如來將順其心令無限量其住在此暉曜菩薩地者值見無數億百千姟兆載諸佛普以供養衣被飲食床卧坐具病瘦醫藥奉所宣法啓受遵行又諸佛所出家爲道行作沙門益增勤修心性仁和信解習淨於無央數億百千姟不廢德本一切轉加巍巍遂高豐赫弘茂猶如寶師工作衆物成諸瓔珞所合無比釵環步搖靡不成好菩薩大士亦復如是住暉曜地其功德本轉以加增越諸下地諸菩薩住猶如佛子如意明珠光曜清淨其暉遠照明無等倫其餘諸寶雖在其邊光蔽不現菩薩如是逮暉曜住則無等侶諸下地菩薩功德不現衆魔塵勞悉爲消滅是爲佛子菩薩大士住於第四暉曜地者所在遊立弘坦和雅若處天位爲天王時開化衆生諸貪身者所造立業惠施仁愛利人等利一切救濟合聚群黎常念諸佛未曾忘捨也乃至普具一切智道何因得爲衆生最尊感致一切無極聖慧爲衆生護導之利之發意之頃殷勤精進須臾一時逮億百千諸三昧定覩衆菩薩億百千姟眷屬圍遶菩薩之力度於所願所願殊特變化自在億百千姟兆載計劫無能計限功德威神於時金剛藏菩薩重欲分別義之所歸便說頌曰

修治至光明　第三之住地　衆生處世間
各各周流行　其第三之住　等猶如虛空
其志性篤信　清淨行無犯　適獲致光曜

大威無極住　將養世尊種　至誠而迴轉
住佛無懷疑　法聖衆亦然　立清白之行
以覩見品類　在世遵吉祥　從縁報往生
因墮於生死　衆生之國土　以法爲無始
所興無盡際　奉行常勤勑　逮歸世尊種
積累法如是　愍哀于群黎　其身遵道行
心法消痛癢　内外行相應　思惟正其意
專精修言教　棄捐於所有　已除盡衆惡
長成諸善法　適消化諸非　便修第四業
奉行四神足　五根并五力　微妙覺意寶
遵八路如是　道念諸群萌　意寂然眷屬
近辦所誓願　因由本行慈　志願一切智
以成治佛土　其力上最勝　心思惟章句
又勇猛無畏　與法俱教化　殷勤志慕求
樂佛殊妙聲　深遠之道寶　肬門之處所

積德而惟念　大善權方便　已離于貪身
消六十二見　永除内所倚　及其計有命
無五陰四大　諸種處亦然　已得第四住
皆除是諸礙　咸離棄貢高　安住悉無慢
不復求貪樂　所生之罪勞　已消衆瑕垢
性行甚清淨　精進修道德　修善不求身
其心甚柔輭　所行無放逸　心仁和質直
賢雅而愍哀　求慕上利義　一切不恚猒
樂喜於聖慧　爲衆生行業　恭敬奉師長
遠離求愛敬　作人有返復　無諂順教命
無慢無所愛　心性常樂快　精進不迴還
奉尊等合集　其行已得立　第三微妙住
内性無不可　治心令清淨　覩見喜信樂
增長清白法　去衆垢穢濁　一切化癡結
菩薩已住此　殊勝無所著　供養諸衆祐

無央數億姟　出家作沙門　專精聞受法
成道無等倫　紫金成瓔珞　已能住是義
功勳志性和　善權智慧俱　修行清淨業
若億百千姟　魔衆不迴轉　奉行殊妙寶
猶如魔爲侣　已得住斯義　供養人中上
致成寂然道　極尊法行句　因能蠲衆生
六十二諸見　若能行殊特　爲最勝慧故
精進志求學　億百人中尊　見佛無他念
安和廣大業　又無數上妙　將養無量劫
願樂誓慧堂　導功勳之行　是爲第四住
精妙清淨行　名德應慧義　直安住所演

時諸會者皆咸得聞第四住地最勝之子知解諸法歡喜踊躍心中欣然住在虛空雨散天華善哉佛子宣揚無極其魔雖尊與諸天俱踊在虛空悉抱悅豫供養衆祐若干妙雲雨柔輭華貢上安住諸根亘然琴瑟箜篌暢悲哀音諸天集會欲奉世尊覩最勝像及所建立一切擧聲演如是音面目充滿性行巍巍行道甚久今乃獲願久來不見天人之尊諸天已到現能仁前久未得察動大海者演淨光來爲甚大久衆生久來今乃獲安甚久以來聞悲音響别來長過不詣大聖獲一切德勳所度無極棄捐貢高寂靜致上供養遵敬於大沙門此間供養徑還天上於此供養趣安無限能供養者盡一切苦能供養者逮佛聖慧衆祐清淨猶如虛空不著世俗如水蓮華超然高遠堅如須彌心中歡喜奉敬最勝演是音已心懷喜悅降諸魔子不可稱載喜笑瞻覩如是衆德當爾之時咸悉寂然宣布大財如月不毀復勇猛無畏發第四住最

勝願說

漸備一切智德經卷第二

音釋

麤獷 麤倉胡切踈也大也獷古猛切麤惡也　迫迮 迫博陌切隘也迮側革切狹迮也　割 居曷切切也又肆解肉也　餮 他結切亦貪也又貪食曰餮　泅 徐由切浮行水上也　嗜 常利切喜欲之也　戀㤘 㤘郎到切正作嫪戀嫪戀惜也　駛 踈士切疾也　劣 龍輟切亦弱也　狹 轄夾切隘也　局窄 局衢六切促也窄步格切窄狹也　璝琦 璝公回切璝瑋也琦渠羈切珍琦也

漸備一切智德經卷第三

西晉三藏法師竺法護譯

難勝住第五

金剛藏曰又有佛子菩薩大士已能修治第四之住四住已成轉得前進第五住地當行十意乃得通達何等爲十念於過去諸佛之法亦思將來諸佛之法復惟現在諸佛之法修戒清淨其心鮮明消滅諸見六十二疑曉了求道亦行清淨所行聖慧悉見清淨剖判一切三十七品上妙之法亦復清淨開化衆生所行清淨是爲十事金剛藏曰又有佛子菩薩大士得第五住然後乃成修善妙業有行三十七品心甚清淨道業益勝所誓寬弘因所願力親近如來慈愍群生未曾忘捨積功累德合集聖慧精進殷勤而不懈廢善權方便將導不逮而常好樂住妙暉曜密喜如來所逮立義已意已入佛之勢力所念專惟意不退轉如審解了是四聖諦是爲苦諦集諦盡諦道諦彼能究竟至誠名德分別聖諦達其原際曉了諸相眞正聖諦其無方便隨順宣布解了眞正分別是諦因行聖諦也剖判其事所受聖諦又復能行悉解知事正業聖諦次復宣布行道聖諦敷演其意盡無生諦體解得入諦智道業皆已普入諸菩薩住成就逮近乃至辯才如來大慧散去結惱班宣聖諦又復能化他人心念咸令可悅曉了隨曉究暢聖諦已能得入一因道義輙便曉了達斯原際眞正聖諦也覺解已相則能曉解諸相聖諦解知志性之所歸趣則達五陰諸種衆衰情蓋別處所生皆因聖諦度了與

身衆惱之患曉苦聖諦更歷周旋縛結拘閉然後乃解集盡諸諦原一切永滅諸熱焚燒然後乃解諸盡聖諦也初無二言所宣如義然後乃解道之聖慧皆已覺了至如來慧然後乃解眞集聖諦信明慧力曉諸不盡令苦無餘彼若分別諦計如是方便降伏生死之原解達一切所從生處因由斯法虛僞愚癡所爲不眞諦解本末益愍衆生親近大哀在世興發無極之慈已能致此慧力道財普護群生好樂佛慧觀本昔來生死所趣察其始原衆生所從致是無明三處恩愛漂生死流陰蓋所著爲之動轉增益苦陰若能解達無有衆生無我無人無壽無命已離吾我皆悉了是如過法事當來現在亦復如是慕樂虛無愚癡之業生死周旋而無斷息永無邊際無將護者復無所知彼無師友雖有師友不受道教乃爲無智癡冥凡夫眠蓋所縛不可稱計自滅諸我方盡當盡不復起身亦無所生不信佛道轉復長益勤苦惱患反爲生死所見漂流不捨陰蓋不猒四大不拔貢高諸見瘡病不別婬怒不消無明窈冥之室不竭愛欲淵池之難不求十力導師之業入在魔行墮于生死返覆之海無善之相去於自在如是苦患不可稱計求而無護無所歸無救濟無利義一已身無輩伴當以修行如是衆業積功累德每生自剋因能修慧已能逮解一切衆生究竟本淨乃成十力暢無爲慧巍巍明曜如是要慧意已覺了得道成就所可造行積功累德皆爲衆生而興立護愍傷群黎普安衆生垂哀一切欲度脫之無嬈害心

不誹謗之勸化衆生靡不歡悦爲之導師而令滅度彼勤修已住於第五難勝之地由得自在心無所忘曉達善行處處之業志意堅强善分别慧其意普至解經次叙章句之誼意懷羞慙彼我皆護其意勇猛將養禁戒隨無所犯意中明了宣布處處所當正行周入衆聖無所戴仰往返智慧以宣暢義隨時散布得神通行詰屈方便而顯道化修行善權隨俗而導積功累德常不猒足慕求道慧未曾懈廢奉無極慈合集愍哀意不怠倦求于道業不以閑退精進勤勤務佛十力無所畏慧諸佛之法十八不共常以善行思惟深入莊嚴佛土立若干行合集積累諸相種好常行精進志求如來莊嚴清淨身口意行修無極業敬尊奉戒順諸菩薩重衆法師無所危害以諸菩薩善權方便普遊世間夙夜一心捨他之念常以道法勸化衆生能修如斯以布施業勸導衆生愛敬利言大利濟彼等救群黎乃復示現色身之形爲班宣法因而遵行菩薩如來大業以開化衆乃復覩見生死瑕穢稱揚諸佛聖慧功勳能行如是以大神足變化感動以若干種善權之誼唱導衆生而教化之已能精進如是化者入於佛慧心性行道以不退轉修衆德本勤求殊特正眞法矣愍傷衆生其有遊行處於世間書疏經典印綬衆會計校守府諸身種大所應療治醫藥衆病寒熱羸瘦鬼神所嬈中毒狂病若有追逐所在療形合偶技術跳越謿説多所歡悦郡國縣邑江河泉池樹木華實所生藥草金銀明月珠玉水精瑠璃所現衆寶日月

聚邑村落居家田地地動眠寤所夢恠應所入一切衆身形像所在諸相所應所當修治謹愼遵行財業貨物神通無色以無放逸四等心行所造專精而無危害愍哀衆生因修永安彼以此行愍傷世間稍漸立之諸佛正法能化立之難勝菩薩道地供養奉事無央數億百千兆載諸佛衣被飲食床卧坐具病瘦醫藥在如來所棄捨家業出爲沙門於諸如來聽受經典成爲法師又復重聞逮得總持無數億姟百千劫中興顯德本究竟清淨又如佛子妙寶硨磲共合相近轉相照曜菩薩如是住於難勝開士之地以此德本修善權慧道義遂高加以大乘應造功勳所行無侶猶如佛子村落之中有夜光珠普照田地如雲風遍吹浮遊轉諸天宮殿菩薩如是得難勝住以是德本善權智慧心行普入常處在世無能亂者是諸菩薩大士之業第五地住菩薩住此多所悅可若爲天王降伏一切衆邪異學有興立者布施愛敬饒益等利見衆生念未曾心離諸佛行法乃復普憶思念諸聖一切智業以何方便蒙濟衆生乃至巍巍無極道堂發意之頃須臾精進一時之間逮不可計億千三昧見衆菩薩無數百千眷屬圍旋論經說誼於彼得度建立誓力咸成菩薩殊特變化無能稱計限量其德乃至如是億百千劫莫能咨嗟暢其功勳時金剛藏菩薩大士欲重散此經典之業便說頌曰

第四暉曜住　甚清淨如是　其意已平等
思惟三世事　斯心行禁戒　道德修清淨
發意頃離結　轉入第五住　而意念諸根

若聞不迴轉　以有四意止　導御樂章句
已超遊五力　一切無所壞　則勇猛周旋
因得第五住　慙愧爲衣服　清淨禁戒香
覺意成華鬘　禪思爲塗熏　導奉智慧業
道尊自嚴容　總持爲苑囿　定意平等行
四神足遊步　意淨爲牕戶　慈心愍哀眼
殊妙見聖慧　攝持無吾我　其意伏塵勞
便得入第五　人中師子住　適得入第五
特異之道地　道業以清淨　修行轉復上
若能淨志性　輙求最勝誼　憐傷愍衆患
思惟離意念　積累功德本　尊慧亦如是
興發無數衆　照顯行道地　爲佛所建立
念無慢聖意　曉了自然解　不廢四正諦
究暢眞諦誼　將養護衆根　若分別眞正
輙復度諸諦　如是消著意　并及行道諦
等志而導明　乃至無罣礙　以微眞雅心
修治若斯諦　智慧脫門尊　不惱無陰蓋
已修功勳本　行慧甚廣遠　超度衆因緣
濟一切群黎　其懷眞實意　成就如是諦
親自暢解之　達本淨無要　慈愍無所得
爾乃爲安住　思衆生勞患　求衆祐道慧
勤觀其造始　本原之所從　愚癡由闇冥
閉在恩愛種　衆生貪取陰　便成苦惱身
已逮無吾我　察之如草木　從勞塵致有
數數往諸趣　猶輪轉無際　衆苦患感惱
嗚呼忘失已　衆人可愍傷　愚戇之所焦
生死流不返　五陰情猶牛　諸種邪見瘡
火然燒其心　志貴於闇冥　墮於愛欲河
方慕求明顯　處在勤苦功　時求最導師
以見如是難　當修無放逸　諸所遵行業

皆用度衆生　志强性行安　遊步有氣勢
旣勇懷慙愧　曉了成智慧　積功德無猒
聖尊行如是　清白法無倦　力勢是其意
是最勝福田　宣音覺意相　所作無飽滿
精進哀衆生　欲化衆生故　因往入工匠
或畫師刻印　計數人療疾　像如鬼邪嬈
由以轉除病　立之於經要　解覺樂慈愍
合偶作賦頌　若干種戲笑　流河及園囿
浴池樹華實　建立無數業　以用安衆生
現無量像色　衆珍寶若干　取地令動揺
則覩日月光　衆生之有相　遊諸國處所
無色財爲勝　神通不可量　欲以修愍哀
普安于衆生　於斯謂難勝　殊妙智慧業
供養億載佛　因聽受經典　彼等修性仁
清白行遂顯　猶紫金硨磲　磨治平明好
其宅衆寶成　宮殿轉遊行　此風轉之前
無有違護者　如行世俗法　然悉爲衆生
遊是覺明侶　譬蓮華在水　於是處兜術
所建造豪尊　違捨異學術　覩修歡悅事
所行衆善德　皆由最勝慧　救護于群黎
因致十種力　等尊遠威勢　精進爲無上
見若干億千　安住天中天　得殊妙三昧
觀察億國土　所願差特故　復過是功勳
是第五住地　若干億品術　御化衆邪説
顯已曜衆生

時諸佛子聞班宣此諸菩薩行從地踊上住虛空中歡喜雨華明月珠寶瓔珞衣服光明清淨供散佛上口歎善哉一切神明處虛空中百千之衆莫不踊躍時諸天下殊妙雜寶貢奉衆祐香華塗香繒旛幢蓋諸魔眷屬自

在天子諸天俱來在於其上遊步虛無雨諸寶華其心悅豫供養最勝意抱無量口宣善哉諸佛之子衆神皆集無數億千亦住於上鼓衆妓樂其音清和又一切妓暢如斯音佛響仁和棄散惡塵本淨空寂消衆法想猶如虛無等無思念行步清淨住立成就不著於俗永無放逸無本平等而悉眞正法無想念若有曉了諸法悉無則成無本無所有業輒無所思愍傷衆生精修救度是爲佛子法王諸子修布施行皆捨想著其戒堅固心性恬怕爲衆生忍無盡法慧授精進力令諸法寂入禪定門淨除衆塵察諸萬物信解空無聖慧力成爲一切護是諸佛子高德除穢如是聲有百千自然宣柔和音最勝大聖尋默然時諸天玉女衆如食息還復天上金剛藏歎志勇猛化得行成第五住地遂致究竟莫能廢哉

目見住第六

金剛藏曰諸佛子聽菩薩大士已能修成第五住者輒超進入第六住地則行十法何謂爲十了一切法皆無有想而普平等諸相平坦永無形類悉無所生超絕無侶皆無所起故曰平等爲其清淨調定眞正皆無放逸不爲馳騁無應不應無雙無隻寂寞亘然而無倫匹猶幻夢影山中呼響水月現像等亦如化所行道業而無二意是爲十法從第五地逮第六住作是行已自然觀是一切諸法計校思惟反覆察之不令錯亂近第六住自然目見以逮成此則得通利柔順法忍不從迷惑尚未逮近無所從生法忍稍以近之能致

自然入於一切諸法處所轉能進前致於大哀爲學元首顯曜大哀具無極悲解世五趣有無合散以觀如是名第六住乃暢世習所可由生皆從倚已吾我所致以覺欲事世無所有懷愚意者倚著吾我因其無智而成癡冥慕樂生處習不順業志務犇逸反邪之行積累若干罪福興衰萬物無常田無益生解是所行心善自修消除諸漏至眞本無其發善德故當還返周旋生死報應之地所作是田神識是種無明之本則是闇冥愛是潤澤貢高自大是其志性長養諸見羅網衆結便因得是自生名色轉增名色則成諸根諸根已成起若干種所更習事習事已起便有痛癢從痛癢故便有喜樂則益所受已益所受輙成所有發念合成已成發念因成五陰五陰之形尋至五趣漸稍生著已生諸著衆倚悉備由是發趣惱熱燒炙一切憂感啼哭之苦諸不可意致習惱患諦計彼事亦無往習自然無業本空無形不了得習無亂別者皆復自然稍習無益故致得此有解斯義便無所慕菩薩如是樂于柔順觀十二緣則自思惟以是至誠是所生識究竟無慧無明之業本爲清淨成行報應所行已成神識在先神識之侶有受四陰則致名色迷惑之事諸衰六入諸根境界輙成神識因爲同伴與諸漏更更成痛癢恩愛適長益於所受以御所受則成漏業從所作生興生身陰斯生之內因致老羸身陰散壞致於死亡與愚冥俱甚可恐畏此從危害至住結網致口言辭其生五根苦起意根從其憂愁多所感思因成受有

以是緣故退生苦樹造立所作彼自思察由倚所作是知所作方當作者計彼有作則無所作本末無根也亦不可得又復思惟其三界者心之所爲其計於斯十二緣起五趣所歸如來至眞之所解暢又此一切一種一心同時俱成所以者何若諸根等心生貪欲悉由神識生死之癡因從無明其名色者心爲伴侶而立迷惑從其名色名色已成爲六衰入從致所更爲痛癢侶痛癢意愛所以有愛從不捨愛發起衆難由此緣合而致所有因倚致生其與羅網誓願老死從神識中因致此有別知名色緣對而其名色各各有趣六情衰入已覩已界能令寂寞更習緣故從其更習意念致之生痛癢緣從痛癢故便復作行善惡好醜從恩愛緣致樂塵勞貪婬之事從愛緣故致結縛獄從有緣故致於他生生現在處不可解從生緣因發生五陰本致老之緣已致老耄諸根便熟則致死亡已至死者有十二事發緣起處其身陰壞而不能斷未曾永絶從無明緣則致衆行名色六入習更痛愛受有生老病死愁憂啼哭無明緣故無有斷絶不可究暢如是有餘無明適消衆行便滅由是有耳如是有餘彼以無明恩愛所愛長益塵勞無斷絶時及行所作往返報應報應展轉根無枝時盡其餘殃者苦痛究轉亦無休息以無明矣爲去來今現縛流布宜當斷絶如是三轉三轉無我以離吾我無明滅去自然之業無有處所猶如葦屋若他清淨若苦衆惱無明之故則有行矣是爲本宿未曾諸痛因其識故乃致痛癢是爲現在

之痛癢行也從愛致有是為將來痛癢之原從此以上則無所生無明適消衆行便滅亦為斷絕有苦三患十二報應從因緣起彼從無明致于六入是能滅行衆行已滅因是別致衆行如是有餘二事自縛苦更痛癢尚有餘盡別離之苦無明適消諸行便滅三苦永斷從無明故致諸行矣從作緣故致衆行耳如是有餘無明適消衆行便滅是為所有一切諸行有是餘故有無明行以權方便開解大縛有是餘故而有輪轉彼當以故觀十二緣起滅所趣返覆察之由從因有勤勤倚著御身口意因自作緣供養所致無有生業其三迴轉使不復轉宿本無痛習更三苦修行報應諸緣起耳假如有人舉其負責而在解縛觀察無盡無所有盡彼觀此緣緣適起時識當來事悉當了之無我無人無壽無命自然為空寂然恬怕有所造作因遭得報達空脫門心性懷此如是滅盡以無有餘現在之處所也思惟專志無相脫門以故知之無所慕樂惟志大哀教授開化宿本衆生是為心抱無願脫門以能奉行是三脫門則以消除彼我之行及見作想去於有無諸想之著復加進抱大哀為無益使精進化諸凡夫未成道者使得究暢以能成就輙達法會轉通法會不復退還具備和同以進仁和成就不退若觀如是所生瞋結瑕穢之病由此合會適以合會致此衆患猶如江水流無休息心自念言不用餘行永修寂然開化衆生如是佛子若能行此處在無限殃毒惡世導御自然觀本淨者不起不滅遵奉大哀化順衆生行

智度無極號無礙慧門漸備熟悉學至照曜合會道明成慧如是正道大業導利應時服食道義不與邪業而俱合會因緣觀察自然寂滅亦不住彼道品具足親自覩解目見道地便入於空惟解定意其定意名入空自然空定究竟空定第一空定爲無極空定意爲合會空定意所奉行空定意眞無念空定意爲等察空定意離業無物空定意如是比像逮得一萬三昧門自然目前無相無願亦復如是轉復進備親近逮至諸菩薩住其心充滿性不可壞心性了了性行眞正其性深遠意不可轉意無休息其意弘廣心思無限意慕樂慧其意集會善權智慧爾乃備悉此菩薩性遂致淳和在如來道永不迴轉能化異學一切邪術等順慧地不墮弟子緣覺之地專一增進目見佛慧而無等倫捨魔勞行得堅固志住菩薩慧而熟修奉空無相願導承法教隨時應宜善權智慧不復毀散道品法行彼住菩薩目見道地智度無極益復超異今日成就通利應道疾逮第三忍名曰柔順是謂道法轉而順從彼以住此目見菩薩第六道地見不可計億百千姟兆載諸佛尋時供養下意奉事進其衣食床卧坐具病瘦醫藥在諸佛所出家捐業行作沙門受聽經典如所聞之奉行智慧勤修聖達所行求義即能逮致轉修學進如來法藏逮大法明在不可數億百千劫兆載無限成功德本遂顯巍巍猶如佛子上寶瑠璃洗治發明其光灼灼菩薩如斯住是目見菩薩道地其德日增行善權智益加顯發以此德本轉增寂然遊步

無侶猶如佛子其月大光照衆生心使各亘然其四大風所御宫殿獨而無侶菩薩如是以住目見菩薩道地德本日增照除無數衆生塵勞拔愛欲瑕緫四魔徑獨步無侶是爲佛子菩薩大士以近目見第六菩薩所逮道地遵修住此善能變化設爲天王其四大者覩之降息獨步三界而無儔匹聲聞緣覺不敢諮問所行德本布施愛敬利益等利化衆生心不捨佛道至皆具足念一切智何所衆生最第一願勢力堅强導御開化成其普智發意之頃如是比像無極精進須臾之頃逮致億百千諸三昧定開化無數億百千姟諸菩薩衆覩諸眷屬菩薩願力而有殊特有所感動莫能稱計行若干億百千姟劫不可爲喻時金剛藏菩薩大士欲廣解散此義所歸即説頌曰

已能具備悉　第五之道地　因法爲瑞應
無想無所生　不起甚清淨　以爲無放逸
奉行聖慧意　便入第六住　諸法爲寂寞
靜然無想念　自然猶幻化　解脱於生死
以致柔順忍　法目無所亂　其慧轉殊勝
則勤修六住　聰達住柔順　頻入明慧力
觀察一切世　從習而有報　由愚癡盲冥
而有已人物　欲度脱斯等　故興修勤行
從選擇因緣　本末悉爲空　所作緣報應
和會致諍亂　猶若有所作　便覩造所見
選擇親近衆　猶如蜂採華　假使慧察之
本末爲明冥　思想緣罪福　得報以癡果
從思想已故　名色爲伴侶　如是致有難
乃成五陰苦　因其心我所　墮入在三界

又是諸所趣　十二悉一心　從貪婬而生
心行亦如是　有盡亦如斯　復爲心所誤
由無明癡故　造立十二苦　愚冥之因緣
數施諸想念　如是之所致　老病俱散身
又一切諸患　由當盡冥壞　從癡無明緣
因是無斷絶　恩想若消滅　因緣則斷除
以起愚恩愛　而緣致塵勞　勤苦之惱患
想念有餘害　從諸入致癡　故有生死苦
更樂及痛癢　從苦復至苦　有復餘受身
展轉復長苦　斷除衆苦惱　則乃無吾我
本無有痛癢　亦無諸想念　其神識所更
現在而往返　用當來愛行　故成諸苦惱
有所消滅者　觀之所永盡　由愚癡因緣
自然成覺了　因其患猒故　滅除衆因緣
緣其因緣故　於是斷諸緣　觀諸卑賤士
自然爲永空　柔順及愚冥　承其行業意
逮之乃盡癡　蒙此皆斷緣　深妙之因緣
解之虚無想　察省十事分　了其不可別
有計諸所趣　罪福處未來　其財業三品
從本來展轉　剖判三苦行　起滅之處所
無所有除盡　柔順解因緣　因緣起如是
所入暢平等　譬如現幻化　愛欲業若斯
如夢之所覩　形影亦如是　冥騃愚癡類
自然猶野馬　其解如是行　彼智乃了空
諸緣爲恍忽　奉此無妄想　以能了如此
亦無有志願　惟欲願愍傷　一切衆生類
其大志寛弘　如是行脫門　心轉加慈愍
思樂佛功勳　勤修憂衆生　實思察其無
無諸情感患　逮無量功勳　承空三昧具
識本百千劫　勇猛士如是　無相亦無願

建立斯道業　柔順尊法忍　其慧應無爲
脫門爲善寶　如是性寬弘　供養於大聖
應寂然除憒　志順最勝命　逮成覺意定
益增加清淨　猶瑠璃紫金　雕治益光榮
以照衆生意　猶月之弘光　四品風遊行
獨步無等倫　因越魔徑路　最勝光美妙
消滅衆塵勞　焦炙諸苦痛　天師大錠燎
宣布此慧住　善化立道意　變消心壞風
所可奉聖慧　演章句所講　勇士已超越
聲聞所不逮　發意頃精進　已逮安住業
宿世已獲致　億百千三昧　須臾見無數
十方諸現佛　其德照曜世　猶日秋時月
微妙深難了　勝聲聞不及　衆雄自由講

第六之道地

於時諸天聞所說法心中亘然住虛空中雨若干種華香珍寶稱揚咨嗟柔輭妙音口宣清淨具足可敬功勳之聲善哉上最思惟利義累功積德慧得自在殊勝之行爲最巍巍猶如蓮華愍傷群生其行超絕不可稱量大神妙天在虛空中散雨殊妙衆雜華香消除麤細塵勞憂疑須宣奇異上好音響逮最清淨第一之利我等已聞所暢道地時諸妓樂出悲音聲諸天王女心懷踊躍於彼諸天承佛聖旨令諸門戶皆自爲開除衆闇冥心解如日奉最尊法於是彼世無數之衆俗間賢人皆超越世顯示方俗第一微妙遙見其身寂然恬怕而現其形無身之身自歸於法消滅調定使無想念有其音響眼目大明越無央數諸佛國土供養諸佛奉衆導師自察其身憶如最勝棄諸瑕穢慧得自在開化衆生

無彼我想奉精進行應所行業諸天玉女一切皆樂寂默之義觀人中尊衆會悅豫啓白衆祐爲供養佛身自在巳願說殊特正法言教功勳如海惟時宣之顯第七住

玄妙住第七

金剛藏曰惟佛子菩薩大士巳能淨治第六道地具足安住入第七地行善權智則有十事修玄妙道何謂爲十謂行空事無相無願所遵眞諦成就忍力愍傷慈哀念于衆生奉行佛法樂供如來篤信無違心抱慧門常順空義積功累德無窮之福解三界虛在於三世勸化群黎永巳消穢所由恬怕除一切塵熾然之餤欲消衆生一切貪婬瞋恚愚癡曉諸所有如幻如化如夢影響野馬水中之月而無有二罪福之事終不腐朽意念國土猶如虛空開導衆生莊嚴國土法身清淨懷來至義得入一切諸佛名號具悉色身諸相種好而自莊嚴行無所著離於音響信如來聲本寂清淨解群黎音道利莊嚴一時之間覺了三世入於諸佛世尊之業又能普入若干時劫分別諸數剖判衆生志性所行是爲十事修殊特道從六道地至於七住名曰玄妙是菩薩大士當勤修學善權方便智度無極因彼得入第七道地住第七地勸化無數衆生之類以用諸佛無限之法教授無量衆生之惱入不可計諸佛世界嚴淨無數諸佛國土入不可思議若干品藏經典之教入不可計諸佛正覺聖慧道業下入無量不可計劫入不可計諸佛所行去來今世勸不可計衆生之類令入篤信殊特之行入不可計諸佛

色身現若干形解不可計衆生根性入不可計諸佛所宣音聲言教可悅一切入不可計衆生所思若干心行入不可計諸佛大聖導利慧堂入不可計諸佛應時化利聲聞所歸篤信樂不可計諸佛所宣好入道教導習開化不可計數縁覺之衆使得成就入不可計諸佛至聖深要之慧所演道門入不可計諸菩薩衆開士之行頒宣諸佛不可稱計大乘之業所布道慧斯等自謂是不可計及逮佛名諸平等覺玄妙之地所行殊特不可稱限乃至若干無央數劫億百千姟乃能積累如是佛法自謂我等建立此道不貪財業無想不想具足衆行如斯諦觀縁神通慧常行精進入於道行善權智慧善住聖道所行無動一時閑靜奉行道教未曾懈廢自恣所欲其行如是巍巍之業坐起經行卧寤言談默然無益當立威儀不忘一切不離若斯念道之行彼發意頃心一念間備積菩薩十度無極普累功勳所以者何菩薩大士奉修如是所在發心興無極哀以爲元首合聚佛法勸如來慧以是德本施於衆生習於佛道是施度無極燒滅衆塵是戒度無極若能慇慈無盡之慧知衆生元是忍度無極若行勤行衆德之本習念救濟一切衆生行是方便是爲進度無極其不捨道向一切智是禪度無極若了本淨自然之行無所生門逮得法忍是智度無極若能導利無量聖慧益於十方是權方便所度無極若能修行極上妙智宣于道業是爲誓願而度無極降除一切諸外異學伏魔兵衆是爲勢力而度無極審如至誠越

一切法廢非義行是爲慧度無極以是具足斯十度無極輙能宣備四恩之業具悉三十七道品之法至三脱門常平等心一念之頃漸漸普備成立如是有一菩薩名月解脱自致究暢時問金剛藏菩薩大士菩薩之行以何等業一切具足第七道地欲悉能備成菩薩道必當學進至十住乎答曰佛子一切菩薩菩薩行道皆當具足十住道地因是濟脱何況於斯七住菩薩所以者何又是佛子菩薩道地行已具足入神通慧普能具足一切道品亦復成就一切十住具足十住勉力解脱從一發意備斯七住所以者何是爲佛子菩薩道住具足諸行備慧神通又有佛子從初發意始第一住一切誓願漸以親近具足道品心好第二次至第三弘要之業逮法光

曜第四道地順從之業第五光明隨俗之行入於第六深妙之法勸立一切諸佛之法所以者何若有菩薩成就七住入神通慧輙在八住具足究暢無家業地猶如佛子有二世界一者瑕疵二者清淨本際平坦一等清淨所度一等其兩界間不可越度以大神通至力願力乃可越矣如是佛子菩薩當以至勤清淨開士之行乃能究暢不以輕懈惟以弘誓善權智慧神通之力乃能普備又問云何在第七住寧復親慕塵勞行乎諸菩薩業當以何察答曰佛子從始發意住菩薩地乃至十住咸悉消除一切塵勞禍福之業勸助道元當作是觀猶如佛子別和同道義無所越度故名曰七猶如佛子轉輪聖王乘大寶象遊四天下曉了是非與諸貧窮苦惱之患塵

勞雜居解衆雜垢不爲瑕穢所見汙染亦無所犯成人威德捨人間性生于梵天昇梵天宮覩見千界住在梵天顯現光曜不入人間如是佛子從初發意在菩薩住乘度無極皆知一切衆生之行不爲塵穢之所汙染昇奉道堂亦無所犯乃名曰七假使能棄一切諸行因從第七至第八住亦承清淨菩薩之乘悉了一切衆生之行不著塵勞瑕穢不染永無所犯輒得超度入玄妙法是故佛子菩薩若逮此第七住若在婬種越一切欲住在彼欲行清淨法不當謂之有塵無塵雖習在欲則無塵勞願如來慧未具所願不當謂之離塵勞也住此地已志性清淨身行清白究竟鮮潔口所言辭心所念行本末清淨其心一切所可念事皆度衆生浴嗟誹謗如來至眞有形無形諸所善業諸平等覺所可言教皆悉順從未曾違之無復慕樂世俗所有工匠異術猶如第五住菩薩道不好世間普爲師友多所悅可一切所好至未曾有樂至眞法住于三千大千世界如來至眞等正覺及第八住菩薩道行無有等侶志性所行常懷仁和其意所乘以恒進定及與神通三脫之門皆修專精奉行道門無所希望尚未成就第八菩薩道地住斯地已一切發意導承權慧咸以具足遂修道品以得菩薩普具之業七住道地逮成開士善擇三昧正受次名善念義定意勝定分別義定審宣法定善住本定慧通門定修法界定若干義藏定生死無爲定菩薩逮此三昧正受如是備悉百萬定意道地清淨因其正受以斯定意逮淨權慧又

入大哀無窮之力過聲聞地越緣覺地近行慧門以住此定將順無量身行之業進誦瑞應口言心念亦不可限見諦清淨光明巍巍無所從生法忍又問其初發意得第一住其身口意不普越度聲聞緣覺乎答曰以故勤修弘廣之心行至七住乃能逮成自在已行而無等侶猶如有人生於王家乃爲王子有殊異德爲諸群臣所見奉敬不以自已而放恣行假使長大承已身力超諸臣下所論國位菩薩如是適初發意過諸聲聞緣覺之地心性柔和寬弘無極是爲菩薩七住之地已慧自在入七住菩薩甚爲深也亦寂然也至無行也身口心也逮得道業不復重進更求義也何所望捨不望不捨乃爲大道也又問佛子何謂菩薩所住道地也乃至菩薩寂滅成就正真之行答曰已逮六住能行斯法乃致菩薩七住道地一時發心心數數念輒致寂滅成就正行不當謂之證於滅盡以是之故身口心行不可思議從其所作此之謂也若有菩薩遊于本際而不取證猶如佛子時彼丈夫乘大舟船入於大海將船之師工有方便知水之宜既行大海不遭水難如是佛子菩薩立行逮第七住乘度無極道法之船遊行本際而不取證以逮如是聖慧勢力承三昧力成就諸行解覺道意以大善權智慧之力現生死門遊輒滅度心性自然已現其身與眷屬俱往來圍遶在憒閙中而常專精逮致寂定本願之故生在三界不爲世俗之所汙染出入進退寂寞憺怕善權光明靡所不曜無所焦然逮致佛慧退捨聲聞緣覺之

地獲佛藏界現在魔界已過四魔遊在其部行度魔事現在異學一切諸邪九十六種六十二見開化外異令捨邪學不違佛道現在一切世間俗業以等道利度世之法示在一切天龍鬼神揵沓惒阿須倫迦留羅眞陀羅摩睺勒人與非人釋梵四天王隨其習俗莊嚴居服清淨好妙其心不捨法樂之娛斯慧如是具足究暢菩薩道地住於深遠難逮巍巍玄迥之法如是供養供養無量不可計數百千億姟諸佛大聖貢上衣食床卧之具病瘦醫藥所用爲安歸命稽首斯等如來奉受諸佛之道化過衆聲聞緣覺之法獨步無侶所問以時又彼菩薩用攝衆生法忍清淨遂轉顯曜其善德本無央數億百千姟劫乃復益茂清淨赫盛猶如佛子而有奇珍於衆寶中光獨明曜巍巍無侶如是佛子菩薩住斯妙法難逮開士道業以是德本逮成善權智度無極遂更名顯成無上道聲聞緣覺所不能逮猶如佛子日之弘光月之臺宮光明所照普徧天下皆使豐熟亦能乾燥汙泥之地日月之光亦無蔽礙莫不通利如是佛子菩薩住斯玄妙難逮開士道業其功德本無能逮者德轉巍巍皆化一切聲聞緣覺令壞羞恥除衆塵勞使性清淨是爲佛子菩薩大士玄妙難逮第七道住菩薩大士若成七住益得自在若爲天王以隨時慧諸所興立行精進業若行布施愛敬仁慈有所勸利等惠利義心常念佛未曾忘捨乃至普慧一切敏智心初不念何時逮成佛最正覺處衆生中而最聖尊導利衆生示一切智發心之頃如是

比像精進超絶一時須臾逮致百千億兆載姟三昧正受覩諸菩薩億百千姟眷屬圍遶以斯誓力承於菩薩所顯殊特因顯神變莫能稱計以若干億百千姟劫所修德義不可限量時金剛藏說是法已重欲散義即說偈曰

玄妙之聖慧　順第一句義　心了第六住
謹慎已身行　勤修於道教　應善權智慧
輙便逮人尊　第七之道地　遵空無相願
志行慈愍哀　若奉行供養　諸佛之道法
曉知衆聖慧　於德力無猒　由是行之故
入第七道地　而在於三界　大亂中寂靜
消滅諸群黎　寂凝塵勞焰　如影照幻化
在夢固行法　以入第七住　顯示愍傷業
嚴淨佛土空　世性無有想　備悉最勝相
捨於動揺法　以致妙音響　除衆生瑕穢
思惟慧本空　最勝等導利　以修行此法
逮致斯顯明　通在殊勝地　爲衆生所樂
已住於是地　衆生行無量　選觀安住法
數察不可限　若干無數國　衆生想各異
志性懷篤信　心行若干品　宣布三乘教
導利等無量　吾等皆當進　誦讀化斯黨
如是等慧心　逮致殊妙道　威儀有四事
遵善權智慧　心念一切頃　逮獲道功勳
則能具足此　十度無極業　若以發意念
是施勸衆生　戒滅衆塵勞　忍無所思念
精進勤遵修　轉上增行業　道不可動揺
慧功勳立意　無所從生忍　離垢慧聖尊
願勸助善權　永無復狐疑　周旋有勢力
以聖明普濟　道功勳如是　一切隨時授

先行如是著　名顯以具足　拔去心之垢
斷絕鬪訟原　第四等奉道　造立第五業
無起不分別　乃長成第六　是逮第七住
彼成時功勳　能導若干行　誓願不可計
用何等之故　受此聖慧業　因逮第八住
一切悉清淨　玄微行難逮　慧無無央數
猶入第二國　超越於中間　修行七住法
無著如錠燎　若住於道義　勇猛越一切
得入第八住　前及聖慧地　以越心念境
住在慧之業　在梵天常觀　不倚世民間
賢聖行如是　無著猶蓮華　住是若干品
越度衆塵勞　此無塵勞行　亦無所盡滅
如是至道住　無塵勞穢行　最勝玄無本
以慧消滅瑕　於世若干品　工匠所修業
明達是一切　化住世尊教　一心爲神通
諮受奉行力　導御若干品　增進三昧定
超越諸聲聞　緣覺行如是　其住第七業
修菩薩之行　住本心性行　致此真慧明
成就諸聖子　猶長養道力　遂增精勤行
得入深微妙　心歸趣滅盡　亦不造取證
猶如入大海　而住舟船前　觀見一切水
不增亦不減　若能勤受行　殊勝權智慧
一切衆生類　不能隱德藏　供養億載佛
益更淨道業　猶若干瓔珞　無央數珍寶
賢明住此行　殊勝智慧光　消竭愛欲源
亦如日盛曜　已入住此地　自在爲聖王
造修最道義　宣布慧果實　而發意之頃
強治精進力　見佛諸佛千　億百之姟數
善修慎己身　普見諸十方　加增在至願
功勳尊無限　普世難可了　自由行道緣

是爲第七住　嚴淨善權慧
諸菩薩衆位尊神妙巍巍無量天龍無數人民聞其所說莫不歡喜供養安住華香幢幡雜成擣香珍寶衣服跱立衆蓋不可稱載雨諸瓔珞諸天在上宣暢妙聲柔輭之音自然演暢美柔和聲貢奉衆祐及諸佛子咨嗟能仁聖尊無量皆見至聖人中之上覩佛境界愍傷衆生其音若雨布大雨響妓樂蕭成演若干聲諸佛無限億百千姟帝王國土亦如恒沙供養諸佛刹土無侣最爲豪富威力能化入一毛孔諸佛頒宣離垢無窮之法如演一毛豈復難乎國土處所及四方域若干種品泉源大海億載鐵圍及須彌山皆自然現無所逼迮悉入毛孔在中自恣地獄餓鬼及與畜生諸天人民鬼神衆魅阿須倫罪福各異俱來會在諸佛境界遊一切國在諸郡縣自然成現尊妙法輪講說柔輭安住音響衆生心念如所修行群黎若干其身各異衆祐國土群黎有身所在成體生天人間各各別異一切如佛所宣法教消除微想衆垢之穢興懷道念廣大佛土諸佛神足如是變異一切世人稱不能暢諸佛如是道慧無窮聲暢柔和微妙之音時來衆會寂然歡喜咸共觀敬最殊特聖以知衆會寂寞靜思猶如月蝕其光還復惟復欲聞第八住地願時演之行者所入

漸備一切智德經卷第三

音釋

嬈而沼切擾同亂也嘲陟交切以言相調也誼魚記切與義同贛陟降切愚直也馳騁馳直離切直騁曰馳騁丑郢切直馳曰騁又馳騁走也犇博昆切走也冥騃騃五駭切冥騃謂昏冥癡騃也擣都皓切舂也跱直里切植也立也蝕乘力切稍小侵虧如蟲食草木之葉也

漸備一切智德經卷第四

西晋三藏法師竺法護譯

不動住第八

金剛藏曰惟聽佛子菩薩大士若能暢成第七住已慕諦志求清淨之衆善權智慧謹愼衆行樂在所施無極弘誓依承如來所建立旨蒙宿德本逮得勢力如來十力四無所畏思念正覺十八不共諸佛之法志性仁和念甚清淨功德聖慧威勢轉上與大悲哀愍衆生界不捨法藥通入無量一切諸法至無所起亦無所生而無有相不有合成不失慧明無所究暢亦無所滅然無所有等入無本轉上得度普除一切心念識想等攝志性本淨惶慌因是超越應時逮得無所從生法忍此之謂也菩薩以逮如是法忍適逮得是住菩薩地不可傾動獲致菩薩深要之行難知玄妙無能壞者消一切想皆攝衆念而究竟矣無量無侶一切聲聞緣覺之衆永不能逮其寂寞事以淳淑矣自然現哉猶如佛子神足比丘所念自在稍漸進前乃至寂滅三昧正受悉除一切所欲妄想菩薩如是適逮此住捨衆俗業致無業財至眞之法離身口意之所習樂住於寂寞猶如佛子假使在夢逮大功德即自知之因在於彼大精進力普以越度逮則解覺彼修方便夙夜思念以除好樂如是佛子菩薩大士無極精進適逮此已住菩薩地如是不動遠一切業稍習諸宜於行無二人等修行無所親近猶如佛子若生梵天住于梵宫不著欲行亦無塵勞菩薩如是住此道地其心普遊諸所習行雖在是行不

以是行有所染汙彼意曉了所在作行菩薩之行在泥洹行不以爲行何況俗行菩薩大士以入是地本願力故至如來覺無極大聖是法典門尊如來法造立聖慧如是辭曰善哉善哉族姓子是諸正士第一法忍歸於佛法又族姓子佛十種力四無所畏佛法尊位仁則未有以是勤行慕求精進愼莫違失是道忍門爲衆生故而尊修行又族姓子仁寧逮此若斯寂行而愚凡夫悉不寂靜習在無數塵勞之行爲若干想之所危害又族姓子衆生設億念本宿願哀念在冥故爲求道奉行靜寞不可思議聖慧道門終不懈廢又族姓子是諸法本從法發來與成如來以立如來住在法界如來至眞不別行是一切聲聞及與緣覺不能逮至斯無想法又族姓子且

觀我身不可稱限慧莫能論土不可量明不可量道場不可量音聲響清淨亦不可量以是之故仁慈所行因顯發業又族姓子所可定言光明之謂云一切法無所想念乃爲光明諸族姓子法明若斯如來所行行無邊際眷屬無底斯等所入從發行來巍巍如是又族姓子仁且觀此十方無量諸佛國土衆生無限分別經典而不可計普入一切言行相應如是佛子佛天中天菩薩行是如斯比類不可限量導利道門用開化衆若有菩薩分別解說無量聖慧具足成就導衆之業諸佛子等吾囑累汝假使諸佛化此菩薩入衆生中導利道門由是之故致於滅度衆生之事自然舒暢諸佛世尊勸化於斯諸菩薩法無量慧業乃令一時所導利衆因其聖業以爲

元首從初發意計七住竟合集方便由此功勳百倍千倍萬倍億倍巨億萬倍終不與等無以爲喻所以者何以是宿命一身導衆致導利業逮得此住誘進平等諸菩薩行分别身事行力成就宣暢布散無量音聲正法之教修慧無量導利無量所生之處嚴淨無量諸佛國土開化無量又衆生類供養遵奉無量諸佛發覺無量諸法道門神通之力不可限量剖判開化衆生厄難令度無量衆會道場所可遊居亦不可量持身口意積累菩薩一切要行亦不可量猶如佛子大舶舟船欲入大海安無放逸庠序進前致無量寶珍奇瓌異適到大海望風舉帆其風和順一日之中超越大海一切財寶所得利入無央數藏皆爲充滿用不可盡菩薩如是積成無極廣大德本合集大乘逮菩薩行道法慧海一時須臾致聖明財無極道寶入一切智前宿所積世俗財寶不可比之思惟計校百劫千劫萬劫無央數劫不以爲喻又佛子菩薩若立第八道地遵大善權智度無極宣布勸化無財業義若菩薩解奉一切智遍知十方諸成佛土亦復分别壞散佛土若以覩知世界散壞若世合成用何因故世界散壞以何緣故世界合成悉能見知地種少地種多地種有限地種無量悉别知之水種火種風種亦復如是皆曉了知多少大小有限無限諸塵微妙分别所在諸塵限數隨時悉解若干世界有若干種無限衆塵微微難了普悉知别若干品塵自然合成諸佛世界所有塵限悉能知之衆生之數國土形數其身長短大小悉

能知之地獄處所禽獸餓鬼性行何因墮此皆知所行多少諸塵合數阿須倫行諸天所居世人所處悉能知之合會教化欲界合散色界無色界合散皆悉知之少多大小有限無限而悉知之遊居三界取捨之義開化衆生彼能成就曉了衆生諸身方便諸身形像所在之處悉曉明之所行生處諸佛所遊如衆生類所生安居身所積行隨其身行而建立之已身國土隨立已身其意無盡已身建立無身之身已身國身罪福之身乃復建立罪福報身建立已身無盡身意無身之身已身無盡衆生類身國土身緣報應身聲聞身緣覺身菩薩身如來聖慧身有法身隨時建立顯此諸身悉解衆生罪福身報應身塵勞身色身無色身國土身多少大小穢濁清淨廣大無量減損平正尊利平等講說報應皆悉知之罪福身行所當獲報合散成別亦復了之聲聞乘緣覺乘菩薩乘所行業合散所歸而悉知之如來聖體成最正覺所誓願身及滅度身所建立身色像相好所莊嚴身其行者身可意身自大身慊恪身功德身聖慧身報應身謹慎行業聖慧之身所歸度脫皆悉知之法身平等無身之身不可限量一切普入有身無身靡不分別一一暢解其身已逮如是行業致壽自在心得由已用度所爲自恣無難所行無拘所生從已本願所致篤信之故神足之恩蒙聖慧行因法所將而逮致此以是菩薩十事自在適得自在成無量慧明不可思弘普之聖聖無有侶以入如是究竟永在無所生身轉所習行永無生故以

轉諸行慧爲元首習轉身行以慧爲首轉口習行取要言之智度無極爲大錠光大哀爲首分別曉了善權方便不棄至願爲諸如來威神所立不懈休息其慧以應一切衆生遊於無際諸佛世界宣義散結佛子又省菩薩常修平等所逮道住不可動搖積累一切諸佛法典身口意行轉增進業以獲此住其力志性則轉堅住皆以消除一切塵勞心懷仁和力勢堅强在於道元恣化群生大哀之力所可建立用衆生故無所忘捨益加建立大慈之力將護一切衆生之類總持要力而得堅住不捨衆生其誓願力而諦得住一切佛法選擇分別善諦建立神通之力住無限世於諸行本擁護一切衆生之類堅住願力遵習一切菩薩道業而無所捨度無極力其行堅住合集一切諸佛經典正住如來所建立力成就正覺一切敏智以入此行如是力勢普現一切神變無窮輙往生於一切所趣金剛藏曰是爲佛子諸菩薩業住於慧地而不可動是謂無侶亦復號曰不退轉地慧不迴還則謂難當一切衆生所不能逮則童眞地爲無所生爲所生地所願自在爲成具地無所造作究竟之地積累眞慧則無爲地善修志願爲建立地度無所作爲無財業宿世所行衆苦消去邪已降伏如是佛子菩薩大士以入佛種承佛功勳威神遠照由歸如來威儀至業佛境界門常爲如來之所建立得入釋梵四天王宮金剛力士常隨侍後逮致定力其身無限降伏危藏散無量結以皆永離諸身行力具成無極大神通力所行報應而

得自在無限定意受莂無量自恣由已而無所礙如其淳淑覺度衆生所示現義以入是行得入道場無極大慧以行大慧神通之業常演大聖智慧光明施與章句無罣礙界分別世界十方國土所宣章句現一切業功勲之德發心自在而諦思惟解去來今廻轉一切衆魔徑路下于聖慧遊入如來周居境界無際國土所處講堂奉菩薩行其所誘進無能退轉以故名曰入無動地金剛藏曰是故佛子菩薩逮得無動轉地常在無際見諸如來不可稱限未曾違遠彼行究竟成三昧定威力所入見佛供養奉事歸命終不忘捨於一一劫中一一世界所見講堂各現諸佛咸各供養無央數億百千姟佛一切施安稽首歸命以禮如來曉了世界以爲元首慕導道明啓受法教重復加增逮佛滅度行無等侶巍巍超絶與衆殊異諮受世界講問宣傳導無央數億百千姟所積德本轉進顯曜猶如佛子此閻浮利上明月珠又其價直一閻浮提以用著頸爲無等倫一切天下人民之衆所著瓔珞無能及者如是佛子菩薩住是不動轉地以此德本成其大明一切聲聞及緣覺衆所不能逮及於七住菩薩行業菩薩已入此道地者承無極慧消除衆生一切塵勞剖判聖慧微妙道門猶如佛子主千梵天所行慈心遍大千界其光普照菩薩大士亦復如是住此菩薩無動轉地照曜百千諸佛刹土滿中塵數光明悉周無量佛國照盡一切衆生塵勞稍漸滅除心之毒垢是爲佛子菩薩住是不動轉行所宣平正菩薩功德第八

道地弘普咨嗟諸劫無際不可究竟菩薩所住因爲梵天大梵天王主千世界聲聞緣覺菩薩所行眞正莫能逮者而度無極分別世界修無等倫聞所講說所興因緣方便之業布施敬愛利人等利一切救濟常思念佛未曾違捨衆行具足至一切智專惟大道以何修行爲衆生尊一切殊特將順普聖覆護十方發意之頃遵如是像勤奉精進一時須臾逮具足成就十千世界百千剎土滿中諸塵三昧正受及見十千百千三千世界滿中塵數諸菩薩等眷屬圍旋從是發願菩薩力勢所誓殊特靡不感動智慧明了不可稱計如是思之億百千姟不可限載行無量劫功勳無底無以爲喻時金剛藏菩薩大士復欲重散分別此義即說頌曰

漸備七住地　智淨行善權　諦將護道業
結立無極願　積功而累德　堅住人中上
志樂于聖慧　輙入第八住　殖德大聖慧
精進行慈愍　其心無限量　意念猶虛空
聞法能曉了　入大聖勢力　忍力無所生
寂寞順微妙　所受無所起　不生無有相
不滅無所壞　亦無所究暢　處所爲自然
無本藏捨念　已離心意性　其思等如空
斯忍以如是　所行無放逸　行深要感動
逮致憺怕行　衆生無能解　由閑居行業
執持心所想　曉了衆行念　其意立若斯
心無有思想　如比丘消滅　逮得無所著
心之所想念　猶夢所見覺　若梵天具足
欲界亦如是　安住本立願　數數而勸衆
是爲第一忍　得致阿惟顏　我等慧玄逈

勢力意解法　彼則無我所　精進勤修行
所可奉寂寞　消一切愛網　滅于大然熾
世俗塵勞火　自識本宿願　行愍哀衆生
以慧利造立　用度脱黎庶　常能導此法
住本無無想　佛解一切住　越聲聞緣覺
世間俗威勢　無及此十力　惟智無能限
三世無罣礙　無等倫如是　天人所奉敬
合集以導化　行無數慧門　成就最勝法
入無量彼岸　前世行佛道　假使順隨時
如是致賢明　逮入殊勝地　一時普周遍
至於十方界　以到慧所歸　逮得諸神通
猶如大海水　諸天華神器　心貪已永除
得立慧道業　選擇諸刹土　住在曉分別
四種之境界　離若干貪利　微細及麤獷
等入識解義　一切三千界　滿中衆塵數
分別衆生本　四大所生身　計數諸慕樂
六趣限如是　解散慧境界　不可稱限量
慧剖判心意　至于一切心　彼備己身行
故將導衆生　一切三千界　周普若干色
徹見衆品形　然在無限世　猶如日周行
在上虛空中　以斯殿舍進　光明普照曜
御以本無慧　在法界不動　黎庶性清淨
道明所遍照　如衆生本性　其身各所在
顯現一切衆　照化天世間　己身得自在
勝降無性行　示現安住身　莊嚴諸相好
衆生土如是　從罪福受身　若干種聖性
成法之慧體　虛無爲身界　受以平等業
現神足諸變　消黎庶瑕穢　十力廣自在
因慧度無極　造聖逮慧明　興發愍順哀
一切最勝教　以法生道業　謹慎護三事

無動如須彌　諸衆祐號力　柔十勢無恚
是士無迴轉　衆魔莫能當　佛之所建立
釋梵咸奉敬　其金剛力士　以力勢常侍
於是土地處　合德不可量　億百千劫中
不能盡其限　稽首歸諸佛　其億數那術
成就最上道　猶嚴王者服　極是道地處
菩薩斯集會　得爲大梵天　若干界功德
宣布三乘業　逮得無限侶　慈心爲清淨
光明急消塵　一時發心頃　至百千佛土
逮諸畢竟無　如滿刹土塵　勇猛覩處所
十方化衆生　所願亦如是　莊嚴尊無限
此説取要言　第八勝自在　具足億千劫
皆不能盡極

説此第八住時應時震動百億佛土佛之威神之所建立不可思議功德巍巍不可限量演妙光明普現一切諸身形類照諸國土安諸衆生無央數千諸菩薩衆住於虚空所供養具超天上物所貢上佛玄絶殊特大神妙天與其眷屬自在天人亦咸悦豫以若干品而供養尊奉事德海諸天玉女無數億千歡喜踊躍諸根和悦以妙妓樂諸天倡樂供養大聖斯諸妓樂樂大神聖出如是輩百千音聲其響柔和寂寞恬怕消諸患猒離衆穢垢捨于土地所行至真而有卓然用衆生故遊到十方大通所顯現最上行志若虚空心亦如之天中之尊人中爲上覺了最明玄妙境界無底功勳十方嚴淨奉事道力衆祐諸子以道顯示不可限量佛之功勳遵行聖慧不慕徑迹於一刹土而不動移皆周諸國無有塵垢遍趣愍傷衆生之類爲之元首滅一切

響無所想念所言暢音辭百千種若有聞教不肖衆生心在下劣其意自歸彼若聞聲至聖所現隨其本行而開化之若有衆生諸根明達心好因緣無所志樂爲現離垢慧明之義若有衆生心抱慇哀意懷慈仁佛在彼處勸示正行若有衆生志在上尊意樂斯法在彼顯示無量佛身因其化現猶如幻師所周旋處導化無央數億千姟身佛子如是樂于慧幻現一切行離諸所有如是音聲其數百千頌宣柔輭仁和之響天人玉女在世歸服默然樂寂衆會欣豫歌頌安住功勳德稱巍巍無量不可講論說此菩薩第八道地奉行正法通至大乘

善哉意住第九

金剛藏曰且聽佛子起菩薩大士諸佛慧行無量如是轉復增加遊于寂寞志在脫門諸如來慧長益至德又以仁意所可修行如來祕密因可遊入斯大道慧不可思議選擇至要總持清淨三昧正受放捨衆非清淨之業導利一切成大神通弘廣殊遠分別世界教令黎庶隻行獨步十力無畏諸佛之法十八不共而無等倫嚴治道本如來至眞轉于法輪歸趣境土建立大哀住於大道不捨十方入於菩薩第九道地住此地已有不決行善惡之心知如審諦供養經典奉事至眞及以有漏無漏之法各順俗法度世之法修行所思不可思議遵承究竟不決了法順從聲聞緣覺之法奉行菩薩敬重斯道要誓隨時如來道地以時歸至有爲之法親近志在無爲之法知如審諦如是慧明覺了所歸如審解

知衆生心行所可取捨塵勞之垢所受禍福攝取諸根所行篤信諸種歸趣心性衆結造行之處所受生處所居止處決了三聚業所至湊知如審諦察衆生心所行是非若干品心其心須臾而有進退若合若散其心無身心不可限一切普與心爲顯曜其心若塵若無塵勞若有縛心及與解心亦如幻化曉了其心所歸住止因緣進退又其塵勞玄絶遠遊療治當來等類無業諸結因緣所遊居處心之合會在一處所若有别離有所生處周旋現在進止行來分别三界恩愛無明諸見病痛自大愚癡無極罪殃斷截滅除三藏之珍曉了審知入至計常八萬四千衆塵勞行未決罪福善不善義教告無明使亂心黨令無異業思惟衆祐以致報應積聚衆利所親造行不失果實所報無報黒冥清明無闇結曰如是辭語所行緣報而有齊限罪福田地則無有量賢聖處世所行法事現在罪福當來所習方可更歷解乘所趣不了所趣曉解分别方便隨時常等識知八萬四千若干品罪知審所由所趣彼達諸根柔劣中間明了之本取要言之隨衆生本前世宿命毁壞之事不壞之業微妙中間下劣之行塵勞伴黨無有財業從本行心能以決了若不決了開化眞原諸根羅網分别退轉攝取衆想諸根豪劣周旋往來進退無迴解暢三世遠遊無窮獨步無侣於若干品常以平等八萬四千若干種根悉能知之取要言之其篤信樂柔劣中間諸根明達常隨諸根八萬四千所懐篤信而悉暢了若干種品諸衆生行其界柔

劣中間明達隨從諸根八萬四千諸種四大上中下心性行善惡解暢諸根之所歸趣彼心性行心意伴侶志造伴黨其心合會或有別離玄逈遠遊若有自大無有自大其意調順無有衆猒亦不懈廢皆承一心脫門三昧正受神通之宜而無合會縛著三界願至實心不習衆行習入道門無言教矣不倚伴黨無財業事無異無侶修治道門審諦知正衆生之行有若干品所生處行其行而住生地獄餓鬼畜生之中阿須倫諸天人民之所歸處色無色所生處想無想所生處悉了知之罪福報由恩愛情欲無明闇冥精神種類還復迴生名色爲侶用無道業生死愚騃親近恩好則致貪欲慕求情愛若不慕榮衆生所樂於三界趣意懷至實無所傷害悉審諦知志行所居所當行者如所歸趣繫習所在從衆生行各由罪福而習塵勞善惡未宣本末所作輪轉無際復轉迴旋歸本所作未有遠遊難斷欲拔婬塵貪嫉虛事不可卒消心明開達乃能超或於所作事至無所有悉審諦知於衆生行究決不決志在邪業馳趣反見愚惑之業在於正見定在正業除衆恐畏莫不究竟又有五逆中間之難悉已究暢五根達趣正眞之行已捨恐畏及無究竟曉了邪滅及正寂滅并所犯事令趣寂業逮無所歸而隨邪業迴行退轉導示賢聖無上正道若不決了隨時散結將護邪業當所宣布悉審知諦是爲佛子若歸此慧菩薩大士則得安立善哉意地菩薩之住已住此地皆能曉了一切衆生如是行業隨其積行應當解脫而

開化之能明衆生應時教導知以勸誘聲聞緣覺化諸菩薩說如來地從其衆生而爲說法導利度脫如其性行從本根原應當解脫而爲說法因其所行更歷本末而爲開化如所乘法修思脫門因其脫門頒宣道法住此道地覩大法師之所興隆擁護如來無極法藏彼若往詣於法師所恣入無量曉了聖慧奉行宣布四分別辯菩薩所行隨其說法彼常修行無所破壞菩薩大士四分別辯遊不退轉何謂爲四一曰分別法二曰曉了義三曰順次第四曰解辯才彼所謂言分別法者明宣諸法自然之相曉了義者能解暢法之所歸趣順次第者說無所壞剖判諸法深遠之慧解辯才者無所結縛知法無斷分別辯法曉了法者諸法自然自然之身曉了義者知以照曜咸歸經典順次第者暢一切法當可講宣無能斷絕分別辯者如其道教無所希望演布無際解暢法者達現在法所宣歸趣曉了義者知去來法報應之理順次第者說解一切去來今法無所破壞分別辯者一一所說而無二心無有邊際振法光明解暢法者能識諸法剖判衆事曉了義者分別諸義靡不蒙慈順次第者從衆生音言辭遠近而爲說法分別辯者觀察一切心性所行因爲演經解暢法者曉知方便明散法慧不壞衆善曉了義者明通本無住無二慧而爲黎元各各了之順次第者而講說業聖慧財富不可破壞分別辯者解暢衆理隨時之義曉了本末解暢法者知一切法其元爲一失其本源隨流生死輪轉無際曉了義者則能越

度五陰四大又十八種諸衰衆入方便解脱明十二因緣悉無端緒順次第者宣說一切衆生之元五趣周旋志性和雅音聲柔輭聞者普受分別辯者演要言教其明轉增而無邊際光明遠照去衆愚冥莫不蒙曜解暢法者導利一品無有若干菩薩大士與無極慈立無盡哀開發大乘曉了義者分別諸乘度衆齊限弘過之行亘然無侶獨步衆會順次第者頒宣一切所志諸乘上中下學無所破壞稍引誘進入于大道分別辯者而爲一乘無有邊際宣布正法焰照三界苦惱之厄除去陰蓋逮致三昧解暢法者奉諸菩薩聖慧之業遵修法行道明超越巍巍無量曉了義者敷演十住所處本末開解學者各得其所不失志行得度世俗靡所不通順次第者宣布法禁各從慕求究戀道教無所破壞分別辯者宣一切行而無邊際講說本業至誠正眞不在二乘聲聞緣覺解暢法者心自然達一切如來皆爲一佛諸力無量覺了此義由是之故因轉法輪至一切智而有所度曉了義者又能知識若干種類制住正眞須臾分別當所歸趣道俗是非靡不宣布順次第者如其正覺剖判言說觀其根本上中下行心之深淺而開化之分別辯者所頒宣法一一章句演若干義慧無邊際不可斷絶飽滿飢虛解暢法音普說如來所布言誨一切十力及無所畏諸佛之法十八不共修于大哀而轉法輪暢達無窮一切敏慧曉了義者識知衆生八萬四千若干品行從其志性察彼根原隨如信樂宣如來音而爲散結順次第者

於一切行無所破壞爲師子吼出如來音八部之聲聞于十方徹覩無表分別辯者暢如來慧威神光明消除衆冥闇昧盲塞自以已行道場之力隨其信樂而開化之各各得所金剛藏曰如是佛子第九菩薩立九住者其慧德本巍巍如是辯才若茲逮得如來無極道藏爲大法師造立義器爲義之君獲致義句玄妙總持攝救三界法主總持取要言之聖慧神通而用拔濟照明總持照于十方善意總持攝一切意如地總持行猶虛空威神難逮帝主總持之要無極法門所向總持所遊無量迴轉總持周旋往來也逮若干種方便總持如是等類具足備悉逮不可計百千總持音聲隨宜無所不達所分別門不可限量頒宣經典莫能稱載如是總持不可限載

正法道門闓不可計諸佛世尊現身演法聞之不忘所聽頒宣不可講論在於一一如來之所諮受諷誦十不可計百千總持如一如來所可開化無有邊限如來至眞無上之法亦復如是等無有異彼稽首頂轉復增加於無央數至眞等正覺受道法門聲聞緣覺不能稱載所修博聞受音總持逮此總持者逮立恩施以德總持於百千劫逮如是持獲致辯才而以建立如斯巍巍法與聖衆若合會時周滿一切三千大千世界隨衆生心所應當化而爲説法處于法座而於法座承如來旨逮得十住阿惟顏地於餘一切自在自在尊無有侶致于光明靡所不曜處于法座須史之間適發意頃則以一音演若干響普告衆會一時之間光從口出其諸毛孔宣一切

音演布道化無所不解照于三千大千世界及與有色無色之界咸演法音爾時於彼大千世界所在衆生一時皆來難問義理各各諮講質無數事不再重啓各得開解彼時菩薩一時須臾悉受衆響所宣諸音以一言教普告一切取要言之遍二三千大千世界三四五十二十五十乃至周百三千大千不可稱計大千世界光作法事建立如來威神聖旨常以應時爲諸衆生興作佛事發起得立轉復增進如是聖慧受振光明而行精進假使一一從諸毛孔如無邊際諸佛世界滿中衆塵覩若干數不可限量諸佛國土及其衆會集在道場頒宣經典一一如來與無央數衆生之類若干群黎而爲散結一一衆生心性所懷不可稱載心各各異勸導利法因開化之如一如來之所度脫一切如來亦復如是等無有異猶一毛孔一切亦然悉演法音吾等於學亦當如之曠然其志思方等宜將導不逮一切如來一時之間普現其身悉受法明斯皆一音恣其所樂順所稱歎諸衆生會充滿道場欲聽法者具足備悉吾等於後亦當復然智慧光明辯才通徹清淨之業一時須臾悅解衆生其身周旋若干世界所有衆生以逮此住菩薩道地夙夜轉進所念無異入佛道行逮得如來平等之教致于菩薩深妙脫門以入斯慧常見諸佛未曾違離一一劫中覩無央數億百千姟諸如來尊供養奉事問諸如來諮受所演執持經典而頒宣之其功德本遂更滋茂超無等侶猶如佛子工師絕技能成瓔珞治文飾好以用進上轉

輪聖王尊玉女寶繫在頸者巍巍無比晃然煒煒暮處一切高臺樓上普照天下諸四方域衆生瓔珞掩蔽不現以獨顯曜如是佛子菩薩大士逮得行此善哉意開士道住其功德本轉更茂盛超無等倫過諸聲聞緣覺之乘越初發意七八住表其德本明消滅衆生諸塵勞心咸能照之從是得恩迴惡就善捨俗入道猶如佛子大梵天光周於一切三千國土明無不至衆人蒙曜菩薩如是住此善哉開士道地一切德本光明之曜普照衆生聖明遠達以道法曜消衆冥塵咸令一切迴俗就道是爲佛子諸菩薩大士名曰善哉意第九道住平等之教玄曠之業宣講其德無央數劫不可究竟無能窮極菩薩大士以住此地若爲梵天若大梵王居三千世界而得自在造立聲聞緣覺之法菩薩之行講度無極明無有侶諮問衆生志性本末所爲道業布施惠人愛敬仁和利人饒益等勸財共以此四恩普濟一切以斯積德常感念佛心不違遠乃至備悉成一切智思念不忘云何逮致於諸衆生最尊無極至于普聖將導不逮發意之頃如是色像勤修精進須臾一時具足充備十無央數百千佛土滿中諸塵定意正受見諸菩薩亦如十不可計諸佛國土塵數大士眷屬集會以上妙願道力所致諸菩薩等所願殊特感動變化無能稱載至不可計億百千姟無限之劫皆不可議時金剛藏欲廣此義重散其意即說頌曰

斯力不可量　奉行佛道要　微妙慧第一
衆生難曉了　如是處祕藏　衆祐面執持

爲衆生之故　得入第九住　以是逮總持
三昧無極尊　廣普神通業　又周徧國土
決解聖慧力　最勝現處所　志願心愍哀
正住入第九　以通此道地　上勝攝持藏
眞妙之法要　不分別義德　其在有漏行
及世賢聖身　斯心不可議　尊覺了至義
分別暢諸法　所思惟究竟　成就三乘事
稱量計所作　有爲若無爲　體解所當行
二事俱造有　順世而隨入　以入如是慧
意微妙殊特　攝受衆生心　因其求本來
心若干猶畫　速移而迴轉　其神識無限
晃曜皆遍入　諸塵勞之河　伴侶難療治
衆結受處所　周旋親近惡　所作若干種
入於剖判業　等下無果報　因緣已消滅
有入明達根　輭劣及中間　壞除諸過去
下通當來義　篤信無央數　清淨不清淨
通周八萬行　又遍四千事　若入於諸種
成駃邪見塵　由是受馳騁　無邊不可斷
其心之結縛　黨侶而俱遊　斯心等思惟
縛束無窮竟　志性之徑路　衆結猶覆月
永無有處所　亦不止宿居　以故會難化
人界不反原　以金剛斷截　其道而無異
分部隨行入　生在六趣處　欲情爲愛潤
無明罪福田　神識爲下種　造行爲名色
在於三界中　所遊無邊際　至于天坐處
隨塵勞心行　一切遍周遊　故復還生死
衆生處三品　故使有往返　諸邪見之火
便種神識迹　以至如斯行　因住此道地
從衆生心性　諸根順應解　爲其說經法
頒宣分別事　剖判斯義理　善權眞辯才

若詣法師所　輒以到所居　言說無所著
猶如須彌山　爲雨柔軟澤　甘露普潤衆
覺意之根力　充滿猶如海　曉了義義慧
解法亦如是　一切皆滅盡　逮得至辯才
獲明無央數　一萬諸總持　以執衆法要
如雨於大海　如是有總持　逮清淨三昧
一時見無數　諸佛億百千　以聞於法寶
數數而頒宣　言辭暢清白　自然妙音聲
須臾發意頃　知三千世界　衆會一黎庶
若干種所念　可悅一切衆　如其心諸根
所入等亦如　四方域大海　其德復超此
總要致精進　思惟如恒沙　實爲不可限
安住惟說法　化凡夫衆生　聞之尋受持
猶下種於地　假使諸衆生　處在十方界
普令此衆生　悉會坐一處　斯等性行念
皆能周徧至　則能一音聲　普以充飽足
人中尊住斯　最上之法王　轉進悉國土
成爲世尊子　恒以夙夜寧　得勝合志願
住在深妙寂　勇猛慧脫門　奉事尊供養
禮諸佛億姟　成如道巍巍　莊嚴如轉輪
光曜消塵勞　所受演威明　猶如梵天光
照三千世界　功勳住於斯　持無極梵天
佛分別說解　造立於三乘　有所勤修行
愍哀於群黎　以入一切智　逮得聖慧德
國土不可計　乃至王舍城　威勢一時思
三昧徧十方　覩見十方佛　衆祐音柔軟
興造微妙願　其心無限際　是爲第九住
深微妙難解　安住已自演　大乘之行業
淨居諸天億載來會聞如是行無上正教住
於虛空心懷踊躍恭敬謙下承事安住諸菩

薩衆無量億姟處于虛無心中欣豫雨衆華香可悅無限炙然衆生塵勞之穢自在天王甚大歡然住於其上億千衆俱恭恪之心散諸妙衣梵天王等寂然奇珍一心自歸諸玉女衆無數悅顏鼓諸妓樂億百千姟亦復作禮一切普演如是像音衆祐眷屬坐徧佛國其光明曜皆照諸剎諸身億載若干柔輭周徧法界靡不悉達如來至眞一毛光曜其光晃然滅衆生塵尚可數盡剎土之塵此會人數不可稱計有時佛身微妙諸相而以咸覩諸轉輪王復遊他國所行最上甚好巍巍見天人聖諸大神尊處兜術天現下母胎復以出生雖在胎中現無數億國適生墮地現其佛土導師本願用衆生故而復出家得成佛道爲最正覺轉于法輪現諸佛土無數億載猶如幻師善學呪術將順壽命現無數術世尊如是修學智慧用衆生故而復出家空無寂寞本淨無相諸法平等猶如虛空佛之教戒最利本無示現殊勝佛之遊居諸安住行皆爲自然愍哀衆生逮成經典諸相之相見平等相一切諸法第一無相諸衆祐義聖慧所從悉棄衆相有想無想所行等解諸行速得成就衆人之上如是音響無數億千宣仁和聲在世降伏衆魔天女以知衆會至眞寂寞如月盛猛照於天下又金剛藏演若干品時諸佛子修于大乘十事之業當可施行諸室宅行功勳之業見瑞應來心懷悅豫上人聖慧咸悉歌詠

漸備一切智德經卷第四

音釋

慌呼晃切昬也慌惚也舶傍陌切大海船也瓌公回切瓌偉也慊恪慊謙琰切誠意自足也恪苦各切敬也

漸備一切智德經卷第五

西晉三藏法師竺法護譯

法雨住第十

金剛藏菩薩大士謂解脫月菩薩於是佛子菩薩大士其聖慧意巍巍無量如是行業乃至第九嚴淨道地具足清淨鮮明之法而無邊際積功累德每生自剋無益衆生以何方便救濟三界善諦攝受無極慧德其無蓋哀所入弘廣靡不周流分別世界明了無邊入衆生界寂寞迴旋終而復始開第一藏如來道業所思惟念力無所畏諸佛經典空無無量及一切敏慧慧具足成得阿惟顏此之謂也又諸佛子入如是聖菩薩之業近阿惟顏適住此已有三昧名其號無垢菩薩親是宣布法界菩薩道場名莊嚴淨名巨海藏又名海印名廣如虛空名積一切法自然名衆生心行如是等類得近百千阿僧祇定意正法適能逮得此諸定意而以正受親衆善德三昧定施衆方便以斯因緣如是定意乃爲究暢一切敏智而有殊特爾乃名近阿惟顏菩薩三昧適得近已以是三昧十三千土而自然生百千無極無窮琦寶清淨蓮華一切之宅自然道寶以得超越一切俗界奉行道義至眞正法具足度世衆德之本究竟成就達玄自然又其法界善修清淨演聖光明其莖甚大瑠璃明月珠合以越諸天無量栴檀珍寶相校無極碼碯紫磨眞金生爲華葉其明光光不可計限蓮華照曜皆以衆寶而合成之其上虛空琦珍之縵化交露帳具足充滿十三千大千之土滿中塵衆不可稱計百千

蓮華羅列周徧十方虚空其香甘美熏諸菩薩大士身形備一切智若逮致此阿惟顔住三昧定者尋則現坐斯大蓮華適坐已竟乃復周徧所化一切自然羅列諸大蓮華不可稱載諸菩薩等眷屬圍遶坐諸蓮華周帀巍巍一一菩薩逮萬百千三昧而已正受觀諸菩薩適正受已十方一切無有邊際諸佛刹土自然清淨諸如來等在會道場以成教照所以者何又彼菩薩適坐斯諸大蓮華上其下足底出十不可計阿僧祇光照於十方至無擇獄大泥犁中滅於衆生苦惱之患左右之膝亦如所演光明適等無異皆悉照曜餓鬼畜生勤苦痛息左右之脅各出無限若干光明照十方人皆爲蒙曜二手掌中各演光明照於諸天阿須倫宫其二肩肘出二品光照衆聲聞背脳肩頸各演光明照於十方諸緣覺心其口面門演妙光明照於十方諸第九住菩薩之衆眉間白毫演大威曜照於十方一切魔宫皆令蔽冥以阿惟顔菩薩之身遂上虚空照於十方不可計百千三千佛土滿中塵數十方如來衆會道場遶佛十帀在虚空中成大光明珠交露帳名曰大光暉曜灼灼以用進奉供養如來遂增功勲緣是供養從初發意至第九住奉順如來寂然隨時百千億倍不可爲喻其大光明珠交露帳巍巍光明乃至十方一切境土普布衆華香華雜香擣香衣服幢蓋旛綵布以寶瑛明月珠珍周徧十方一切世界成爲普世其善本德無上正眞雨大衆華一一悉雨若干種物供散衆會一切道場供養奉進十方如來衆生

之類敢有見知咸發無上正眞道意斯雨衆華微妙如是光遶諸佛衆會道場十帀已竟入佛足下華光忽然照諸如來衆菩薩見其佛世界立行如斯諸菩薩號其逮阿惟顏十方無際諸菩薩衆九住菩薩俱來會者斯諸菩薩及與眷屬修大供養覩見此已三昧正受至於十方覩阿惟顏衆菩薩等莊嚴元首名曰首幻竪立金剛降伏魔怨其一光曜演百千明各出無數晃昱營從照於十方無邊佛土顯大變化其光奄忽入於首幻莊嚴菩薩元首適没未久即時菩薩蒙其暉曜威神力勢遂更茂盛彼時佛子復有大光名一切慧神通聖君出諸如來至眞等正覺眉間毫相各演無限光明眷屬照於十方無邊世界遶諸佛土十帀竟已顯諸如來無極神足感動變化告諸無數億百千兆姟諸菩薩衆諸佛國土六反震動皆悉消滅一切惡趣蔽魔宮殿十方諸佛皆自然現普現一切至眞正覺衆會道場威神嚴淨法界等一周遍虚空咸照一切十方世界光尋迴還上虚空中右遶一切諸菩薩衆現大嚴淨此衆光明忽然在上尋入聖會諸菩薩頂光明適没此諸菩薩前來所更所不蒙定承佛威光輙即逮得百萬三昧此諸光明稱量時節墮菩薩上一切如來等無有異光明適没諸菩薩成阿惟顏名曰如來至眞境界也具十種力平等正覺平若虚空猶如佛子轉輪聖王第一太子從尊眞后懐胎而生其相具足應爲聖王時轉輪王坐天寶象紫金牀上取四大海致海水來執大蓋覆幢旛妓樂而莊嚴之取金澡

雨轉輪聖王以四海水洗太子首體適洗浴已應時名曰聖頂蓋王轉輪王者具十善本故謂神帝爲轉輪聖是爲佛子菩薩大士成就大慧所以菩薩行無央數百千勤苦如是備悉其功勳慧轉復增進所立道地名曰法雨菩薩所住菩薩若住法雨道地解達欲界審從如有所習色界習無色界衆生之界無識之界有爲無爲界虚空之界習于法界解了泥洹知審如有曉知諸見邪網遮羅五趣塵勞習諸生滅衆聲聞行緣覺之行諸菩薩行如來十力四無所畏色身法身及一切智成最正覺而轉法輪示現滅度常以平等入一切法分别越度解達諸習審如從興以入此慧其意轉上使衆生類無自大業又如審諦超越得度塵勞之元不爲憍慢在於俗法不懷恐畏若在道法不以自大不捨大慈若聲聞緣覺之法諸菩薩法諸如來法不以自大於衆瞋恚歡悦之中不以增減至眞得度亦復審知佛所建立經典事業若在塵勞順時誓願供養衆行思惟劫數建立聖慧審如有知無所不達其諸如來至眞等正覺所入玄妙謂慧微遠生死周旋曉了微妙現出生時棄國捐王成最正覺變化開度解微妙慧轉于法輪壽限長短心所建立至于滅度法立多少悉微妙慧又悉曉了諸平等正覺佛道藏處身口心藏有時無時所行秘密菩薩受決恩流衆生而救攝之若干種品衆生蔽匿群黎所行諸根分部執持造業正覺所行威神聖藏亦復曉知所在劫數出入多少一劫百劫千劫無央數劫悉識知之無央數劫

能入一劫又計數無數計念識之不可計數閑靜劫限悉識念之閑靜之劫有劫無劫無念有劫有念有無之念悉識念之成正覺無正覺最正覺悉識念之去來現在去來當來過去今現在事悉識念之現在去來未來當來長劫短劫現平等事咸亦悉知一切諸劫近遠年歲天地成敗不可稱載悉亦解達諸如來等在所感動執如毫毛又如微塵刹土諸身最正覺慧衆生身心所覺成慧一切普入最正覺慧顯示究竟現柔順慧知可思議不可思議諸佛世界聲聞所知緣覺所解菩薩所達及所不達如來道明所解聖慧而悉了之是爲佛子諸等正覺慧不可量寬弘無際菩薩住此無限道地入無窮慧又彼佛子菩薩以入如是道地入於菩薩不可思議所立脫門有名無蓋門淨境界門有名普照脫門又號如來藏號莫能當藏號入三世號法界藏號解脫道場光明照遠號遍入至無餘菩薩脫門是爲菩薩造十脫門不可稱計至阿僧祇百千脫門若有菩薩住十道地尋即逮得如是三昧至億百千百千總持神通無限彼以是慧意了所入遊遍無量所思方便衆德備悉彼以一時受於十方無量諸佛所宣道宜演不可限聖法光明法典暉曜而雨法澤尋即受持猶如佛子海中諸龍欲雨之時餘不能入惟大海受如是佛子若入如來諸佛秘藏爾時輒能雨大法澤其餘衆生不能任受有報應緣執持衆行至第九住菩薩之業無能執任十住菩薩住此道地雨法潤澤執持一切衆生心意猶如佛子大海之中

有大雨雲名勝諦無極懷抱三乘一時須臾咸放甘雨周徧國土悉潤天下無際普地及諸大城州域大國所以者何其大海者不可限量如是佛子菩薩大士住是法雨如來一身懷抱法雨勸化二乘乃至無限諸如來慧而無央數不可思議不可稱不可量無邊無際超出無表不可引喻諸如來身一時之間振大光明聖法之雨遍潤十方誰能計知彼法雨數又問寧有能計此菩薩行在幾佛所論其法雨多少數乎須臾了耶報曰不能稱限合集引喻節限猶如佛子十方佛國不可稱計百千億姟諸佛世界滿中衆塵衆生之類其數如是如此塵限令不減少一一衆生皆使博聞逮得總持悉爲如來元首侍者爲大弟子極尊博聞猶金剛上蓮華如來至眞

有一比丘名曰大明逮如是像博聞方便勢力堅强一一之人智各如斯普十方界衆生之類盡使如此功勳智慧巍巍無量各各咸受一切法澤於佛子意所趣云何此諸衆生博聞寧增多乎答曰無限金剛藏曰吾囑累仁殷勤告勑菩薩得此大法雨住開士道地一時須臾一如來身法界所雨演三世藏無極道法是法光明斯之前喻博聞方便百倍千倍萬倍千億萬倍不可爲喻如一如來十方國土諸佛世界滿中衆塵亦復如是諸佛之數若此塵限乃復過是從不可計諸如來尊一時之間振大法雨光明之曜不可比喻彼之法澤又復佛子菩薩住此法雨道地在兜術天至大滅度皆是如來已身誓願威神勢力與大慈哀無極法澤放大法光發聖經

雷承六神通三達之智四無所畏普有所照以無極曜消衆垢冥以大功德聖慧之明斷衆疑網在若干衆示現諸身稱舉大法不捨衆會除諸陰蓋消滅十方一切然熾如本前説諸佛世界所有塵數億百千姟諸佛之土從是以往雨大甘露隨衆生心性行所在消塵勞垢滅然熾火承彼法澤靡不永安又復佛子菩薩得立此大道地演以法雨從一世界至兜術天大滅度地建立一切如來之業隨衆生心如應開化一一世界所有衆塵如是比數億百千姟諸佛世界下兜術天至大滅度一切普立如來之業隨衆生心應當開化慧得自在以變神通聖明至達發意之頃近小國土建立廣大其廣世界能現令小發意之頃穢濁世界變令清淨清淨世界現使穢濁一切世界亦復如是建立所部發意之頃以用一塵現一佛土普建一切鐵圍大鐵圍衆壍谿澗一一二三至十五十一百乃至無數諸佛世界而建立之入在一塵雖在一塵亦不廣大不增不減以是所造而所示現發意之頃一一佛世界嚴淨顯示一一佛國土乃致無限一切世界而現其身亦一念頃徧於十方一切衆生不嬈一國一佛世界衆生之類亦復如是至不可計諸佛世界周入十方無際佛土現入一毛無所嬈害一發意頃一切佛界現入一毛顯示嚴淨一發意頃一時化已其數多少如無央數諸佛世界滿中衆塵一一所化變現已身如是無量現在手掌以是手掌精進供養十方諸佛一一手掌示江河沙華在諸衣裓以用供養諸佛世

尊衆香華飾雜香擣香衣被幢蓋繒綵如是一切嚴淨之業而建立之一一諸身亦化若干頭一一諸頭化若干舌咨嗟諸佛十方世尊發意之頃周徧十方一心念頃令不可計成最正覺乃至建立清淨之業大滅度矣在於三世建立無數無量諸身則以已身現無央數諸佛世尊無限佛土建立清淨又現已身變於一切諸佛國土散壞合成已身建立一切普具諸佛之土著一毛孔不嬈衆生發意之頃變現無際諸佛國土成爲大海在於其中建衆蓮華又彼蓮華光明清淨照不可計周徧佛土又於其中化諸佛土乃至巍巍一切斂慧其身普至十方佛土日月周照一切建立光明道門所向一一諸有方面建立得見無量世界不畏衆生乃至十方散壞之時現是散壞風災變火災變水災變發意之頃示諸衆生如其所願建化色身嚴莊志性能以已身現如來身以如來身現爲已身以如來身建立已身在佛土中以已佛土建在佛身佛子且聽若有菩薩住法雨道地之業現此變化及餘無數百千神變爾時彼場諸會菩薩諸天龍神犍沓和阿須倫迦留羅眞陀羅摩睺勒釋梵四天王大神妙天王淨居天王各心念言假使菩薩神足道化無量巍巍之德乃如是者遊步亘然如來至眞所建威化何所比乎於是解脫月菩薩知衆會者心之所念問金剛藏菩薩大士惟願佛子衆會疑網以時斷結善哉決之菩薩清淨之所顯變化而無等倫時金剛藏菩薩取一切佛土自然身威三昧而已正受適定意已應時

一切諸菩薩衆諸天龍神揵沓和阿須倫迦留羅眞陀羅摩睺勒釋梵四天王大神妙天王淨居天王自現已身在金剛藏菩薩體中又復覩察三千大千世界亦在其體在彼所作清淨之業不能周體億劫之中修精進行在彼佛樹其佛樹廣長三十萬里若百若千廣普無邊具足亦如三千億刹懸逈極遠斯佛樹下道場師子座巍巍如是彼有菩薩名諸神通當成如來號曰意王詣樹道場於是會者悉遥見之所見莊嚴具足億劫嗟歎其德不能究竟以現此變尋還衆會復在故處時普衆會恠未曾有默然無言察衆菩薩寂然而住時解脫月菩薩問金剛藏至未曾有佛子此三昧定威曜乃爾境界英妙是菩薩定所號云何答曰號一切佛土自然身威又問斯三昧定以何遊行境界嚴淨答曰能備悉行假使族姓子若有菩薩善修斯定如是像類江河沙等三千大千世界徧中衆塵諸菩薩等周滿諸三千世界自現其身若復得是法雨道地若有菩薩住此道地獲不可計百千定意無能限知諸菩薩等所現身數及諸菩薩之所奉行其善哉意菩薩之住不知身行口言心念其神足力亦不能知察其三世三時所入聖慧境界變化之法所建立法不可限知常可所行舉足下足無能知者至精進行菩薩行業住善哉意菩薩道地如是佛子其此法雨菩薩道地說平等時其義廣大不可限量所演正眞不可思議頒宣正辭百千無際不可爲喻又問佛子諸如來行境界玄妙爲如何乎令諸菩薩建立所行境界

神化無邊若斯答曰猶如佛子而有丈夫示其身形如四方域取之大杖如四方域若二若三手持大杖手執至石以投此石口說比言我以投石如十方塵諸佛世界乃至無限滿中衆塵寧可計知此塵數得此無極悉了所有無所不達是乃名曰平等之謂成就法雨菩薩道地乃爲無量過是衆喻諸如來慧至不可計喻爾乃成至眞正覺則等修諸菩薩法又復佛子猶如有人取如四方域少所有土其餘無限如是佛子今吾宣說是法雨菩薩道地歌頌少所無數劫中咨歎功德欲盡其福不可暢竟何況如來之道地也吾今囑累殷勤告勑於今住在如來之前取要言之設使佛子一一方域不可稱計諸佛世界滿中衆塵若干佛土皆令逮得如是道住菩

薩滿中猶若甘蔗竹葦稻麻叢林是無數劫成菩薩行合集此德以爲菩薩一聖明慧比如來智百倍千倍萬億倍巨億萬倍不可爲喻是爲佛子菩薩以入如是聖慧如來至眞身口心行無有二也菩薩不捨諸三昧力也親見諸佛供養奉事於一一劫中供奉諸佛不可稱載一切供養無所乏少入受道化稽歸諸佛所建立教於彼行增而無等倫諮問法界不可計限乃至巨億百千姟劫猶如佛子金師絶工作天寶冠造大瓔珞治大寶珠自在天王著在其頸而無等倫及餘天人璝異寶瓔終不能逮莊嚴妙好如是如是佛子若有菩薩逮得十住以是菩薩淨修慧行超絶無侶乃過逮成第九道地住此道地菩薩道光巍巍乃成一切敏慧其行無比如是聖

器莫不蒙濟猶大神妙天王光明超越一切所生諸天之位照於衆生心性所行菩薩如是以逮得立第十道地法雲地住聖慧光明一切聲聞緣覺菩薩所不能逮至第九住亦不能及建立乃到一切敏慧道利衆生立于道義又是菩薩以能得入如是聖慧諸佛世尊通達三世無窮之慧法界聖慧普徧一切諸佛世界皆照一切諸佛國土而建立之悉知諸法一切衆生之刹土也常以平等至一切智逮所普解衆生悉聞是爲佛子菩薩大士名曰法雲開士十住菩薩住斯假使得作大神妙天若爲天王說諸聲聞緣覺菩薩所度無極所問法界則無有侶所修諸業布施愛敬利益之理等利之義一切不離諸佛之念乃至備足一切智念當以何致一切衆生之最上尊導御普智發意之頃如是色像勤修精進一時須臾至不可計億百千姟諸佛國土滿中衆塵三昧正受十不可計億百千姟諸佛國土見諸菩薩國土滿中塵數亦等無異眷屬圍遶從其中顧菩薩勢力殊特弘誓變化神足咨嗟功德不可稱載所行嚴淨篤信喜樂若有所行身所現行其眼神足音聲種性乃至若干億百千姟劫悉見曉了又有佛子菩薩十住入一切智漸成道門猶如阿耨達大池流水四河之頂乘經水門充潤四域增長遂盛而不可盡乃入巨海若如大海無有邊際菩薩如是所願善本申敘經志以四恩義充滿衆生而開化之功不可盡轉上增進至一切智行無邊際又此佛子菩薩十住緣致佛慧猶如十大山王因於大地而

得自立何謂爲十一曰雪山二曰香熏三曰柯陀利四曰嫉妒山五曰執持眴六曰馬耳山七曰眴持八曰鐵圍九曰英意十曰大鐵圍須彌山王其雪山者因一切藥以爲屋宅療衆生藥草不可限計菩薩如是住悅豫地造立行業皆了一切世間之行傳頌經典神呪之語所立俗術化無邊際其香熏山生一切香流衆香室則無有量菩薩如是住離垢地戒爲舍宅戒聞之香守護禁法而不可限將養戒義其柯陀利山清淨淳寶以爲屋室生一切華其華無限普受衆華菩薩如是住興光地爲衆屋室處在於世禪定脫門三昧正受則而無限能問一切定意之宜其嫉妒山清淨寶如是爲五神通之屋宅也無限仙人所殿居耳若干品山菩薩如是住暉曜地

爲之屋宅講説道度名無限路諮問諸慧其執持眴山王眞淨之寶鬼神神足之所屋室諸鬼無限若干品種菩薩如是住難勝地一切神足在所變化布施無限無限神通馬耳山王純以寶成因爲屋室生一切果受無數寶菩薩如是住近因見菩薩道地則爲屋宅宣布度故諸聲聞等無際果實隨時之宜其眴持山王是大龍神所居之宅諸龍無際有若干品菩薩如是住玄妙地是其屋宅宣布菩薩如是住於無動開士道地爲諸菩薩自在屋室所行獨步諮問無量十方世界也咸共啓受英意山王純以淨寶爲阿須倫衆大神居宅不可計數諸阿須倫菩薩如是住善哉意地成就衆生以爲屋宅所現佛身無有邊際十方來受究竟慧行諮問無始衆生本

末輪轉無際無邊之業其須彌山王純用衆
寶諸神足天所居之宅諸阿須倫不可稱計
菩薩如是住在法雨開士道地如來十力四
無所畏現不可限諸佛之身是故佛子十寶
諸山周圍大海菩薩如是住是十地平等普
智奉一切敏猶如大海以十事成而無有侶
何謂爲十一曰漸備具足二曰不與死屍而
俱雜錯也三曰異門降衆四曰一味之業五
曰無數衆寶六曰受深遠色七曰廣無邊際
八曰受諸大身九曰隨於住時不越故岸十
曰受一切雨而無猒足菩薩如是行十事業
則無雙比何等爲十乃修悅豫道行之地漸
備誓願導化群黎離垢地業不與犯戒而俱
同居興光之地降伏世間殺生之事暉曜之
地篤信佛道莫能壞者常修等行難勝之地
善權神通不可限量誘化世俗隨其所樂目
見之地深妙因縁觀察衆生玄妙之地解如
審諦衆行無違無動之地則能勸導無極如
來嚴淨之行善哉意地獲深解脱能受諸佛
大法明雨爲法雨地深妙脱門猶如佛子大
明月珠越十種寶所著之處靡不明曜絶工
之師善權合之摩治晃昱合貫清淨光之鮮
明永使究竟奇珍爲繩以諦了達貫之通之
爲作直瑠璃衡著高幢頭演其光明照於遠
近帝王所有爲諸衆生攝護此寶使得蒙光
出前奉現菩薩如是發一切智心便得通入
十賢聖種一知止足樂在閑居諦曉合德一
心脱門三昧正受諦曉合集此三清淨修治
道業正法之事善修純淨善權神通剖判逮
了十二縁起若干品行善權智慧執持聖幢

而得自在因演光明以慧之宜觀衆生行至阿惟顔成就得辯最正覺道建立衆生使住十地爾乃名曰一切智耳是爲積累菩薩之行合集功勲一切敏慧法門之品若有衆生無有德本終不得聞此大道業月解脱又問若有聞聲得值此誼爲曾積累何所功德答曰其功德福宿本往時曾以奉行順一切智聖慧以斯不能順照照不能遠不行大慈愍於一切周流如斯恩施普護縁致積德逮法門品其明若玆觀現功勲通入積功所以者何乃得解此又有佛子自非菩薩不能得聞是法門品亦不篤信受持諷誦況復奉行精進勤修降伏成就是故佛子入一切智功勲之德等類之人乃受持斯若得聞此法門之品聞之則信思惟奉行勤修精進時佛威神應時十方十億佛國如滿中塵諸佛世界六反震動與大雷音承佛聖旨法典恩養尋雨天華薫陸名香天之莊飾天衣天寶天之瓔珞幢旛諸天妓樂不鼓自鳴簫笛琴瑟自然出聲過諸天物一切智聖以得親近無爲之地雨微妙供如此世界四方之域乃至他化自在天宮自在天王其天宮殿如是一切天下世界周徧十方是法之説靡不流普承佛威神其於十方十億佛國滿中衆塵世界若干十億佛土滿中衆塵諸菩薩等其數如是各來聚會周徧十方各自讃言善哉善哉佛子仁乃與講是菩薩道地法典之要吾等亦復皆同一號爲金剛藏從金剛首世界而來至此國土其佛名號金剛幢從彼佛來一切諸佛皆亦轉是經典之要佛之聖旨其諸衆

會亦復如是若斯章句義理微妙形像如是其義亦然利養之行無異不別亦無倚他吾等證明承佛威神至此衆會如吾到此佛之國土十方無量一切世界亦復如斯一一佛土四方之域上至他化自在天宮自在天王天王之宮明月之珠寶藏宮殿如十億佛土滿中衆塵諸菩薩數如是來會時金剛藏寶於十方諸菩薩等觀衆部會顧眄法界咨嗟發起一切智心覩衆菩薩行力清淨受一切智頌宣道行消除世垢導利普智示現變通不可思議諸菩薩業功勳之德宣布此道承佛聖旨則說頌曰

寂寞無所樂　靜定心轉精　等猶如虛空
平正若惶慌　以離患猒垢　而住於道慧
聞行有殊特　諸菩薩至尊　千部衆善德
其心行億劫　供養至大聖　諸佛有百千
最勝由自在　奉敬不可量　愍傷衆群生
興菩薩之心　精進念外路　忍辱長仁和
慙愧盛元首　功勳慧爲最　其意無垢穢
佛聖性慧明　勝力永平等　勸發菩薩心
諸衆祐三世　供儀第一養　限猶如虛空
一切國清淨　平等順佛義　乃至一切法
度脫利衆生　降伏至道場　得爲尊道地
發心無等倫　歡悅以離垢　消除一切惡
行微妙勢力　因成清白法　奉行慈哀心
轉進入上道　戒禁聞德富　慈心愍衆生
捨垢無所壞　則成清淨志　觀一切世間
三火爲熾然　第三其志廣　超越諸衆生
苦惱無吾我　及疾病瘡疣　寂滅三處苦
常消諸熾然　慕樂佛功勳　造修見瑕穢

慧弘廣照曜　以過逾衆明　心意行平淨
以逮道聖智　善供於是住　諸佛億百千
等奉人中上　心寂諸功勳　降伏一切衆
以越難得勝　聖明爲善權　所修智慧意
所造不可量　降伏利衆生　供養於十方
以道化群黎　親近無所生　得入第六地
衆生皆難了　進普迴世間　用身故無患
受解知有無　諸法本淨空　從十二品生
下劣念微妙　便得入第七　智慧及善權
逮得清明心　遠遊難可勝　大志難得喻
寂然本清淨　心利志變改　諸苦悉平等
超越不可動　作罪福若干　慧聖無數品
人中上爲勝　建立於寂然　遭治十自然
遊行衆生界　用群萌之故　入善哉道意
於是第一微　進步一切世　救攝衆生等

行解垢塵勞　此等奉律教　則入功勳富
所行猶妙華　宣布上我慧　受如是行已
本宿行清白　至逮第九住　獲致功德慧
諸勝勸施力　慕樂上正宜　以近慧功勳
一切逮佛道　有諸十百千　三昧之無爲
以得弘廣明　遊居慧甚大　然後乃逮成
普慧阿惟顏　其境界寬博　三昧致無盡
猶如成究竟　親近一切慧　大蓮華無限
衆寶若干種　其身長無極　而坐在中間
最勝子眷屬　住立而察之　其德無數千
光明無量億　消滅於十方　衆惱諸苦患
然後元首勝　光曜億百千　人中尊衆會
越度入十方　在於上虛空　化光交露帳
即受佛衆行　隨順供養佛　於彼覩諸佛
一切解道最　佛子阿惟顏　逮得上法宜

佛子靡不普　周旋用供養　阿惟顔如是
放演尊光明　人中上眉間　以成一切智
受光踰諸曜　逮入於斯頂　說寂然無量
震動一切世　無擇獄衆苦　爾時尋消滅
猶如吾所歸　一切諸佛道　亦若最帝王
尊上之太子　吾成就亦然　一切慧究竟
如是最逮致　法雨豪道地　至仁住在斯
慧行不可量　衆生共嗟歎　立此覺成佛
色界無色界　欲界所歌頌　群黎之國土
法界之所讚　有爲及無爲　并無身之界
一切以選擇　咨嗟皆以法　於是加無極
一切無慢業　建立如是行　諸佛微妙慧
人中尊秘密　解達無數劫　猶如毛沙數
普入諸世界　人中人所生　覺了聖捨家
圍遶鐵圍山　成就而示現　一切歸所趣

至寂然脫門　其志所獲致　一切皆入道
志弘以住此　諸勝演法雨　一切普周旋
攝持其心意　雨一切衆生　猶如風持水
諸佛之法雨　所攬亦如是　安住以一法
弘音令得聞　於十方佛土　無數衆生種
聞衆祐奉持　一切爲聲聞　無數衆時行
是菩薩博聞　行慧至勢力　蒙惟宿本行
一時須臾間　周徧億佛土　雨放甘露滴
樂滅衆塵勞　所造性仁和　諸佛之法雨
六通以住此　造越至天宮　人中上境界
示現諸十方　展轉變改異　無數億千劫
梵天通衆生　其心行佛道　聖明以立斯
舉足一步中　輒至第九住　所住不可移
總持慧功勳　況復畏衆生　一切三界衆
成聲聞緣覺　最勝立在是　亦復普示現

三世無所得　曉了法界慧　皆徧一切國
衆生法無餘　諸佛悉功勳　亦復依世尊
聖達住於此　導習奉事佛　一切十方土
周旋諸法界　現目前供養　奉敬衆徒類
一切成功勳　如天服莊嚴　賢聖以住此
照衆之慧光　消滅衆愚冥　爲示法之目
自在明最勝　消除衆世亂　諸佛子如是
光明消塵勞　住此在三世　普世之上尊
解道爲極雄　宣布三乘業　一時須臾間
逮無數三昧　所在十方土　見不可限佛
諸佛子如是　粗舉說道地　若干百千劫
廣歎德無盡　離垢德如是　其地平等覺
所依猶如華　若大山因地　諸佛子第一
覩怨無瞋恨　譬山頂積雪　而中衆生藥
明解戒禁聞　如名香流熏　猶如池蓮華
因是生由然　道寶無能亂　輒逮聖光明
若仙處山中　樂居由自娛　鬼神之妙音
逮得五神通　講論六報果　若如馬耳珍
其七殊勝覺　如龍執瑞應　以致八自在
猶如大鐵圍　以入第九住　微妙最上英
諸佛十功勳　如須彌照曜　具足第一願
宿布戒禁香　行第三功勳　如是行第四
第五之清淨　第六行玄妙　七意無所著
說八無央數　以受第九聖　其心求微慧
遊行在衆生　爾乃入聖慧　諸佛十事身
因總持諸法　如是行大海　菩薩心無瞋
以得通十行　由因本發心　修十二至行
一心定第三　清淨第四地　則便照第五
第六壞下苦　因輒至七住　自在執正幢
第八爲太和　第九受衆行　慧光明遠照

第十阿惟顏　曉了最殊勝　功勳寶清和
本會行如是　能壞十方國　一切悉計數
能以一心觀　普解衆生心　尚可以一毛
量盡於虛空　歎億百千劫　不能盡佛德

金剛藏曰所以名曰大光定意道慧以具成阿惟顏便備佛道一切蒙安猶如日明天下戴仰十方諸佛皆由中生因其得成佛謂諸菩薩善哉善哉金剛藏嗟歎講說此十住事衆開士等所當施行從初發意至阿惟顏猶月初生十五日滿衆星獨明菩薩如是漸備衆行五戒十善四等四恩六度無極大慈大哀善權方便自致成佛潤澤衆生猶如種樹生根莖節枝葉華實衆人服食除其飢虛菩薩如是從初發意自致成佛莫不蒙濟普得至道猶如百穀草木果實衆藥皆因地生菩薩如是行此十住自致成佛度脫十方猶如大海出衆妙寶無量之珍益於天人此經如是成就菩薩十住道地乃使得佛德過虛空猶如日月忽照四域天下戴仰菩薩行此自致佛道衆生蒙恩除生老病死無量之難悉升道堂猶如醫王療衆人病無不除愈此經如是消衆生類婬怒癡病使至正眞如轉輪王教化四方莫不順命菩薩如是四等四恩化授吾我倚四大者至無所畏四事不護心病永除猶須彌山四方之下此經如是經典之英道德弘明志平等正解達無身乃至無上正眞之道度脫一切生死老病終始之患去來今佛之所由生諸經之淵海道德之宮藏諸菩薩行所會道堂三界衆人所求福粮其婬怒癡忽自消亡猶如虛空含受一切諸

有形類生之長之靡不因之此經如是諸菩薩等去來今佛之所由生善權智慧開化聲聞諸緣覺衆皆令得度三界黎庶悉得蒙濟三苦脱難咸得解縛普發道意入深法藏無窮法身開化十方十方恒沙諸佛國土滿中七寶供十方佛不如受是以諷誦説宣示同學報去來今諸佛之恩諸佛之地一切十方聖道德元虚空尚可度十方海可知滴數學此經典德無能限金剛藏菩薩説法如是如來悦可一切菩薩諸天龍神揵沓和阿須倫釋梵四天王大神妙天淨居天他化自在第六天宫所住遊行明月寶堂從初發心而修悦豫從一至二三至四上五六至七八九至十成最正覺一切會者聞金剛藏菩薩所説莫不歡喜

漸備一切智德經卷第五

元康七年十一月二十一日沙門法護在於長安於市西寺中已執梵本手自演出爲晋言普使十方一切蒙光得至無形度脱衆生咸共欣濟今解十住釋梵爲晋名第一住天竺語彼牟提陀晋曰悦豫第二住名維摩羅晋曰離垢第三住名彼披迦羅晋曰興光第四住名阿至摸晋曰暉曜第五住名頭闍邪晋曰難勝第六住名阿比牟佉晋曰目見第七住名頭羅迦摩晋曰玄妙第八住名阿遮羅晋曰無動第九住名杪頭摩提晋曰善哉意第十住名曇摩彌迦晋曰法雨

音釋

莖户庚切枝柱也枝生於莖故云枝柱 縵莫官切車縵也以五采畫繢爲之

灼之若切昭灼也 昱余六切光明也 谿若奚切水注川曰谿 韡于鬼切正作韡蘆韡也珥沼切

朐相倫輸閏二切 瘡疣瘡初莊切痍也疣羽求切贅也 杪

等目菩薩所問三昧經

一名普賢菩薩定意經

西晉三藏法師竺法護譯

清刻龍藏佛說法變相圖

等目菩薩所問三昧經卷上（一名普賢菩薩定意經）

西晉三藏法師竺法護譯

大感動品第一

聞如是一時世尊遊於摩竭境界法靜道場初始得佛光煒明曜宣真諦藏演如來慧暢三世要布無罣礙道寶之定佛時以此普智無極燿然正受其定恬怕忽無形像亦無中外靜無見聞所居正受乃大曠蕩汪洋無極難遇難聞億世之過時逮此定佛定無量無不昺徹以悉通慧得普智力無限清淨頒讃如來以無巢窟陶現佛身得大空寂微妙之句乃弘無極佛諸感動等無所住而轉慧行名稱普世光揚如來應時之興爲現佛土以其一相了達無相無相無行亦復無相威炎亘然照于十方無上佛定震曜如斯盡極諸

土同時現變都世一切莫不雅奇爾時會中有一菩薩名曰普賢承佛聖旨而自念曰今日如來所現感變從往古來所未聞覩如是瑞應必有殊特無盡之要當使他方諸大菩薩咸共受持即如其像而爲正受放大金光照十方土於光明中散天華香而作天樂其樂柔和同一洪音普賢菩薩告諸族姓子釋迦文佛今日當演未曾有法族姓子等所欲者成尋頃之時菩薩大士如塵之數普悉來會是時世尊以大正受靡不實焉覩於諸衆無不明盡生者終者及其成滅以所正受悉無不達曠定普至無窮不徹察衆來會純悉菩薩皆大童眞爲摩訶薩如十方刹土塵埃之數志悉高妙獨步殊特悉在最署封拜無上法身無量而皆具足名流顯稱普至十方

名住要行所住如佛勢力無敵猛喻師子得金剛志慧無罣礙智德純厚重過須彌心喻虛空而不可量攬總持慧而自娛樂曉了諸法本無之界畫得諸佛相好莊嚴皆能分身十方現化悉於極世如佛感動遊步無侶威神獨尊能於十方大師子吼以金剛志陷碎魔怨伏之以慈降順唯德却衆外道進退自由道德正想祐濟一切皆雷法鼓已舉法旛震鳴法珂列豎法幢其所遊居莫不信解爾時於是來會菩薩各隨行立字其名曰剛意菩薩過意菩薩說意菩薩上意菩薩施意菩薩龍意菩薩果意菩薩調意菩薩力意菩薩曠意菩薩無限意菩薩解意菩薩最意菩薩天意菩薩祠意菩薩處意菩薩事意菩薩尊意菩薩法意菩薩寂意菩薩德意菩薩一意

菩薩一相菩薩善意菩薩却意菩薩大意菩薩勢意菩薩人意菩薩佛意菩薩達意菩薩長意菩薩無思菩薩無邊菩薩嚴志菩薩無際菩薩嚴本菩薩深界菩薩普便菩薩龍明菩薩持曜菩薩佛土菩薩心王菩薩一行菩薩督通菩薩達慧菩薩福行菩薩法熾菩薩明世菩薩持世菩薩興安菩薩最上菩薩無上菩薩無比菩薩無等菩薩明光菩薩光耀菩薩美光菩薩一王菩薩勢業菩薩法雨菩薩持妙菩薩普嚴菩薩慧明菩薩法首菩薩慧雲菩薩持地菩薩法王菩薩善達菩薩最願菩薩行妙菩薩慧藏菩薩意王菩薩修內意菩薩普智菩薩持過地力菩薩出力勢菩薩善月菩薩大山頂首菩薩寶山頂菩薩放光菩薩上場王菩薩無當勢場菩薩無勝威菩薩大龍首菩薩道首菩薩普調菩薩無退進菩薩持佛英輪菩薩無惑菩薩威行菩薩無思意菩薩無量意菩薩佛變菩薩無盡藏菩薩慧首菩薩法耀菩薩慧茂藏菩薩雨覺雨菩薩邊現菩薩無愚現菩薩剛通菩薩慧剛菩薩金剛耀菩薩慧剛意菩薩普目首菩薩廣目菩薩吉首菩薩如佛威菩薩持佛金剛菩薩嚴普智菩薩慧莊菩薩普賢慧藏菩薩如是等十方佛土如虛空等塵菩薩摩訶薩一切悉與墮樓延菩薩宿共等行修菩薩德行皆具足爾時等目菩薩承佛威神忽從座起偏袒右肩右膝著地向佛乂手白世尊曰欲問如來平等正覺若當聽許乃敢自陳佛告等目隨若所問恣問如來佛從汝意當爲發遣令汝歡喜於時等目尋白佛言云何

世尊菩薩爲以幾無思議之定得應普賢菩薩之行而致與等勇世誓願及其所修莊嚴定行於定自在而以娱樂以其定力感動諸定惟願如來解説議歸於是世尊告等目曰善哉善哉等目菩薩乃爲去來現在諸佛菩薩廣其道場宣暢要議而質是問耳若是等目普賢菩薩今在此會得無思議菩薩感動爲修無量菩薩之行得無思議菩薩變化已淨菩薩難值之願致無退還菩薩生行修諸無量廣德淨行等越無量辯才無礙以大悲於諸無猒以諸願於際無擾咸當共請此彼當説諸定正受卓變之行於時衆會聞彼正士所入名稱皆興恭敬並有瞻望欲見普賢菩薩而不覩之不聞言音及坐處所所以者何如來威神普賢菩薩力之所致爾時等目

菩薩前白佛言普賢菩薩今所遊在佛告之曰普賢菩薩在斯會場吾滕左右遊居不動時等目菩薩及與大衆以其神力悉觀察之不知所在重白佛言吾等不覩普賢菩薩及其坐處世尊告曰如是族姓子汝等不見普賢菩薩身及坐處所以者何其普賢菩薩處深行故不可得以其慧行住無礙得如師子强猛之故得佛無上感變寂無礙際住佛十力法界首藏致佛威神嚴無毁慧於三世等諸佛法身普賢菩薩淨一心界時等目菩薩於如來所聞普賢菩薩德行修菩薩十定皆願見普賢菩薩思僥推求等目菩薩及一切衆都不見普賢菩薩時等目菩薩從定寤起而白佛言吾以十無數千三昧而正受亦不見普賢菩薩身口意行及其處所亦復不覩

所住遊行之地佛告等目如是如是汝等不見普賢菩薩所以者何已學菩薩行無盡地又是等目其於明慧幻化字說寧可分別慧幻色不曰不可世尊其幻化不可處別況其普賢菩薩身口意行見可入處所以者何以其深邃無思議德備之故亦以無量數演無盡故解達金剛之慧取要言之曉了無量諸法性界於諸剎土而無所著於一切身解無體行無所入無所有法等吾我神足境界而無毀壞諸住際者而無著現以神通解本無諸族姓子欲見普賢菩薩者彼無蔽礙聞亦無礙禮敬無礙心敬無礙意念無礙趣向無礙觀見無礙修入無礙求索無礙普賢菩薩志願彼無縛礙時等目菩薩及諸菩薩衆咸悕樂欲見普賢菩薩並共义手向頂作是言曰自歸諸佛自歸普賢三稱如是於是世尊告等目曰當察此菩薩大會吾告勑汝汝當請普賢菩薩都向諸方以其明目正在身中以求索普賢以諸法本而定正受解法無欲當以一心向普賢菩薩當解本無之際身之吾我使立諸土分別諸根普使所至求致普賢行是行者乃見普賢時等目菩薩及會大衆從世尊聞即以頭面爲禮咸請普賢其請之頃普賢菩薩與爲感動使其大衆咸見普賢於世尊足左右坐大蓮華上其此衆會一切菩薩出現其身中於諸國土莫不見者其去來普土諸佛展轉相見諸佛之音暢三世慧爾時等目及菩薩衆見是變化咸悅歡喜率禮普賢爾時以佛威神亦普賢菩薩宿德所致天雨衆華紛紛而降諸天瓔珞箜篌樂

器相和而鳴天雨澤香徧諸佛界於虛空中有天鸞音諸三惡趣一時休息無量未脫菩薩之衆登時悉解普賢菩薩諸德之行爾時等目而白佛言此普賢菩薩之德爲無有量不可限行爲無稱限之行爲無斷行爲無轉行普流之行爲無所不周至爲無迴還之行分別諸法行明無分別隨一切方便之行等過口行世尊告曰如是等目如爾之言普賢菩薩以淨無數衆生無極清淨無量功德與無數福修無數相德備無限行無等倫名流無外無得之行普益三世有佛名譽普而流著普賢菩薩行績若斯

說行定品第二

爾時佛告普賢菩薩當爲發遣等目菩薩所欲并諸菩薩暢諸菩薩場當說菩薩摩訶薩十定方便普賢菩薩本行功德咸修當行何等十一曰得初始大德之明菩薩摩訶薩方便之善二名悅向大定之行得菩薩摩訶薩方便之行三名明度諸剎之清淨四名修內性之清淨五名過去藏之清淨六名照明慧藏七名諸佛慧音清淨之聲徹諸佛土八名分別一切衆生身行法界而得自在九名得無著曠蕩之行十名得致菩薩摩訶薩大行方便此爲菩薩摩訶薩十大定此爲去來現在諸佛所說已說今說當說其諸菩薩能行十定心入是者此名爲覺此名爲正覺此謂如來爲持十力此名爲導師名爲大御名爲普智名爲顯現名無盡行名無限行名最法導其得是三昧爲普現諸佛國於諸國土遊樂自在彼則督住衆生之界爲達衆生所入

爲致無疑之藏爲入法界要行爲覺明無量法界爲達去來現在諸如來行爲見諸如來法爲述解達諸言説利偶爲得音聲字句之行爲具足菩薩清淨之行爲得住菩薩諸願之行彼於三世明一時行了一切無二之行能説諸佛法以方便行轉諸法輪而不迴還悉覺去來現在諸佛之要行以一佛之覺竊説諸佛之要此則諸菩薩法要彼覺此慧明了普智無勝踰者爲具足普賢之行爲明利菩薩諸定慧行得諸總持分別三世得覩去來現在諸佛成立一切於普智之慧此則菩薩諸土清淨此則得覩諸佛行處菩薩得是法要者於菩薩法界而有强力以此十定暢無邊功德如虚空爲無限之邊際明照無量爲世法王普於衆生得無量慧廣分十力明暢閑居修靜之心普入於寂靜之行以大慈如師子爲慧丈夫爲顯法炬諸德之名而無斷盡普世聲聞緣覺而無思議通達法界已住法積曉種種説權方便行明達一切諸音聲説得持無像解像方便得淨所生則淨佛種分別法等則與慧等曉解法施入常方便暢有順實普化慧道明淨内性能普受衆行興諸道場慧悟覺道於菩薩處而無限盡普能示現諸大變化明普智行覺悟方便此謂普賢之説是爲菩薩十定廣普之行分別之説此謂菩薩之要行於是等目菩薩從佛聞知當應請其彼菩薩咸樂等目菩薩所與告諸菩薩衆是族姓子等有十正受爲應菩薩無餘之法何謂十與於佛法以順慧行化度衆生順入慧行明諸國土了聲慧行惟法界

慧受菩薩方便慧行入不退轉菩薩之慧爲諸衆生觀法慧便制持心力方便之慧廣入菩薩心行之慧諸佛普智法興願之慧是族姓子此謂菩薩摩訶薩十無餘蕩盡之法又族姓子復有菩薩摩訶薩十法興無量心慧何謂十謂爲明解衆生境界度諸興起自了心起謂遇諸佛興無數心奉諸佛德興心衆養謂覩諸佛而有無量目所見者興無量心謂遇諸佛所入音聲而受度之顯無數心謂諸佛之限分別過其方便之慧是謂賢聖與無數心謂如來道入無著之力爲興無數心謂普智力當行微妙興致佛法以善分布興無量心曠蕩之行謂佛境界而無有量普入之行爲興無數明心之行謂佛辯才内性所願皆獲而致求諸佛法興無數心謂如來會場普而入現諸身處興無數心是族姓子菩薩大士興十無數心又族姓子菩薩大士復有十德入定意慧何謂爲十一者在東正受忽南起悟二者處南正受在東覺悟三者東北正受西南而悟四者西南正定東北爲悟五者在南慧定忽北現悟六者於北現定出南而覺七者西北入定東南現悟八者東南而定西北覺悟九者居下正受忽上方悟十者上方正受下方亘悟是族姓子菩薩大士入十定意分別之慧又族姓子菩薩大士有十大定方便之慧何謂爲十是族姓子菩薩大士現三千大千之土在一蓮華之上自見已身在其華上結跏趺坐於三千大千而現其身於三千大千而現其明於一一方而立其身以一一之身入三千大千之土於諸刹

土一一四天下現億百千菩薩於一一菩薩行現億億順度之化於一一所化復現億億分別具滿諸根於一一分別諸根而得具滿億千菩薩皆是不退轉法者不爲一身亦不多身亦不入正受亦不覺悟譬如族姓子阿須倫王其本身長七百由延神力現身六十八百千由延立于大海出現半身頭與須彌山爲齊所現化身六十八百千由延於其本體不有毀滅如本王體四大之身亦無疑惑又於大體想若他身於本身者不想終沒以所王身憒然一常以化爲樂化爲曠力以尊能化所現不疑亦復無惑彼阿須倫懷有貪婬瞋恚愚癡垢毒諸穢與邪貢高處于大海止有宮殿由能興立化身如是況其菩薩大士之等曉了幻化諸法要者明解覩世皆如

夢耳知諸佛興明達普世悉了了之亦如化矣解諸音聲皆如響耳觀於諸法而順度之又如法身本之清淨曉入諸法亦復如是明了身心曠無所有解無數身所入之處皆發爲佛行道清淨其得住于斯大定者豈應有疑況當惑哉何得闇耶其行如是致大定場覩世現身身入普世如彼水神立于本身因所受體變化大身譬如族姓子比丘觀身內外不淨亦觀色識悉皆如之則勤修行菩薩大士亦復如是以觀法身而建顯行其所入者彼悉覩世亦現世法於其世法淨無所著此則菩薩感動境界由斯大士得正定故是族姓子菩薩大士入于普世世所不動也

神變品第三

又族姓子菩薩大士現三千大千土其數如

塵一一塵土入而現身于一一身現明普照於一一明現衆色像復一一相現有宣暢一一宣暢現化衆生而於彼此菩薩悉知諸土所有解土欲著明土清淨曉入諸土知土所處了土住止明曉諸土知諸土行如其菩薩入土如之如其土菩薩入如之不以相土而現所生不以法本有所毀土譬如族姓子日欲出時日光先照於七寶山其七寶山遶須彌山者明復次徹七山之間日炎轉爠山之金精其明展轉相晃昱昱夫日行照從次悉明日之宮殿普徧明曷又日宮殿弗有其限亦無所礙不念所照亦無所照又其日光不著于山亦不離山其日明者不在虛空不離虛空如是族姓子菩薩大士以此之明人普等住於大定者斯須一時一日一夜半月一月一歲百歲及劫興衰有著無著廣狹麤細喜有佛世及菩薩衆有遇佛時一切所止佛土清淨諸所住處種種類行普無數衆生死無量不可思議有去來見無去來見及種種寶至無量寶種罪種罪復報應清淨人彼國土處普念諸土諸所有土極于衆剎人是菩薩盡悉現之都入了現遊之教之如是族姓子菩薩大士以住此定於諸土不想所止於諸法離法本亦不入土亦無所想人彼菩薩不想剎外不想有土不想無土不壞土想亦無所毀又彼菩薩於諸法不一想不非想亦不求法亦不毀法法界本無皆悉了之

幻事品第四

譬如族姓子幻名帝網帝界所行其有善學行此幻者明曉術已於四幻道現此帝網大

幻之事普衆咸住共觀視之諸天都聚在于一處現一日七日半月一月一歲百歲復現城郭縣邑聚落復現江湖淵海河流諸水現雲興雨作此大變現嚴諸土不以所現與歲月諍毀所現幻化與天歡樂而於幻體亦無所損諸天見之亦無疑怪是菩薩大士之等以此大定而爲正受於一刹土現無所土有其諸大地水火風如海寶山及須彌山鐵圍山大鐵圍山盡人境界城郭縣邑及諸聚落像天宮殿諸龍宮室衆神所處香神所居水神所遊瀴神所之妓神所樂恬神所安又像極世諸所宮殿及欲色界至無色界又小千土中千土三千大千土有罪無福一切衆類轉身生死明達盡之於彼等念入以明慧審見無見於諸刹土不有疲勞棄此刹勞不有斯疲棄諸土行無土無行所以者何伏入法故又彼菩薩於諸法入無著法於諸法界不想有念空無所行於諸刹土不想空行於諸受身亦無壽行因緣諸法如審諦見亦無命行於諸起滅化轉以法於化無化菩薩以法具願入故菩薩行寂諸法靜故菩薩行化不想化故普度衆生等如來法之清淨故菩薩法界行無思議法無取故菩薩行悲普悉善權化衆生故菩薩如是處于一刹明無數刹所住行處了無數類衆生身行現于無數菩薩修立念于無數佛之興顯受諸如來平等正覺法要之說於彼自修菩薩行於此寂没而彼等現於彼寂没忽此等現行不毀吾入于法界明入寂靜憶念于慧以益於冥如彼幻師住于此地而現幻化不以現幻有損於

地所現幻事依因於地幻不念晝夜不壞時節菩薩如是以無刹界而入于土以無國土明了於國又以國土而曉無國以無色處現住於色不以一而毁於二亦不以二而毁於一譬如幻名解普土法入于法幻明入慧幻已入慧幻曉入行幻已入行幻而興慧幻而以慧幻了别諸行如彼幻士不於地外而現其幻亦不在衆觀人之外菩薩如是不以虚空入諸國土不以土外而入虚空所以者何土入虚空而無毁故能入國土則入虚空是彼菩薩普嚴莊校以土境界入交諸行等見無見致以無壞修明解了行而觀之一彈指頃遍無數土悉了諸所生於劫過劫所可行者以一時間於無量劫復過是數過所興積不有惟想此之過劫一彈指頃廣所現作不以意念樂慧幻故是菩薩學明度無極以過慧幻達入世幻明越法幻與世幻無諍普徧慧行幻極三世而過無數幻過通慧入于心幻過億無限過諸佛幻普度無極菩薩如是解入諸土都土都悉曉了永無所著都亦無念如彼幻士因帝網幻普現諸幻不處于幻亦無所惑菩薩如是得入諸法度無極者不念入法入法不惑是菩薩名廣普大定

菩薩樂定品第五

又復諸族姓子等菩薩摩訶薩東方去此過無數佛刹於彼有土名最上度無極於彼有定正受號無上度無極如其所過本土乃得最上之土其土或有土而正受或早時或中時或復晡時或西時或晚時或念之頃或斯須之頃或時節之頃或五夜間或十五日間

或一月間或復一歲間或百歲間或千歲時或千萬歲時或億萬歲時億百千萬歲時或億那術百千萬歲時或一劫時或百劫時或千劫時或百千劫時或億千那術劫時或無數劫時或無量劫時或無邊幅劫或復無限劫或無盡劫時或無思議劫時或無限如虛空劫時或有無限念劫時或有無限量而過量劫時而彼菩薩不以法之時故有住而有欲想亦不以時節之住而有欲想又彼菩薩不以種種之時而起疲勞想亦不於中而起想亦無二行亦無吾作亦不有念亦不無念亦無想念亦不念坐定亦有起想以一切諸法無限量故譬如日天子與諸天而有所照導日者行之諸天亦無行止日亦不夜出亦不念晝日日已沒乃知耳亦非彼天所知也亦不壞敗於夜菩薩摩訶薩亦如是以通此定於無數國土而定正受亦無時節之念亦無其念想是謂族姓子菩薩摩訶薩所名土最上度無極之定爲無上無比權慧之行也

等目菩薩所問三昧經卷上

音釋

爟 虛郭切正作霩開朗也　昺 兵永切明也　窈 烏皎切深遠也　珂 苦何切螺屬　竪 神愈切立也　擾 而沼切亂也　僥 古堯切煩求也　鸞 落官切神鳥也鳳凰之屬　藏 徂浪切與臟同　憒 烏外切惡貌　癭 於郢切頸瘤也

等目菩薩所問三昧經卷中

西晉三藏法師竺法護譯

大權慧定品第六

又族姓子菩薩摩訶薩於一切衆生之身佛身而等解之彼以此多觀如來於無數國土如微塵數於諸如來一切而供養一切衆華一切極世衆寶以供養一切衆寶供養散其上一切衆飾供養種種經行之處供養以無央數一切摩尼寶起塔精舍而供養所可供養過天之所作所爲供養皆佛之威神一切佛土清淨種種供養皆佛所念佐接而以此供養佛亦以供養諸佛禮足彼諸如來以盡身之化而復以其恭肅而問諸佛法願說諸佛平等法敷演諸佛大法入諸佛要行行於大悲入於無限順行等力思諸佛入諸衆生要明入本積亦不知佛之興亦不覺諸如來滅譬心之興念亦不知所由起亦不知其所歸菩薩亦不覺如來起亦不覺如來滅譬如於晝日時野馬之河亦不由蔭有亦不出於彼泉亦不處於地亦不從東隅來亦不有亦不無亦不善亦不不善亦不清亦不濁亦不可飲亦不可汙亦不有亦不無亦不味亦不可味有形如水之像緣此而興念如野馬之河便有河之想念此去想念而遠於近而無所毀野馬之河亦不可處菩薩亦如是於諸如來之與亦不識如來興亦不識如來滅以相想諸佛有耳以無相而無想是諸族姓子諸菩薩大士名曰清淨之定以此定正受而覺寤而不失其定譬如明了人寢寐於夢中所行知皆無因緣悟已皆識知之菩薩大士

亦如是見諸佛而忘其識持諸佛法知諸如來衆座之場勝致諸佛土清淨解了義理明了分別諸法之要廣顯諸法之因緣顯益佛種行淨諸佛威神廣演諸佛辯才是族姓子諸菩薩大士大定之權慧也

無量如品第七

又族姓子菩薩大士行念過去諸佛如來與度無極至劫過劫過諸土盡無極明知諸土盡劫過劫當明知諸佛之興盡劫過劫明了諸佛興敷說經度無極法從劫過劫說法度無極明知意行度無極明諸情度無極於情度無極知行種種乃明了種種如來壽命彼此皆知於諸壽命過歲億那術彼此皆知彼以此慧而行知無量如來賢行本無無量賢明知過去諸土本無無量明知過去諸劫本無無量如過去明知如法本無無量如知過去心本無無量如知過去脫本無無量如知過去衆生行本無無量如知過去所說本無無量如知過去起本無無量如以其定正受名曰過莊嚴藏以發一心能過百千劫本無無量以其心過億百千那術劫復過無數劫復無思議劫復過無稱限劫復無邊劫復無量劫復過阿僧祇劫復過不可思議劫復過無望劫無望復過無望劫其因緣而無有滅過去無所因定正受而立其十法爲彼定復有悟亦立其十法於諸如來得入不思議亦清淨而起亦無住修立得之督致之受滿奉持求平等入三場何謂十一者解了本癡之行二者辯解無盡法三者分別無毀無諍四者分別無住五者辯才無動六者已所說而

至誠七者爲一切依住八者恍向三界九者爲諸德本之上十者於諸法而無輕慢此族姓子是爲十無限定之行其是十定而悟譬如族姓子身在胞胎當應生者神識已入其此時間菩薩亦如是從定悟以此十而流注於法其時得是族姓子菩薩大士得過去清淨也

權慧清淨品第八

又復族姓子菩薩大士以一一國淨故便入一一土乃已修一一土而現於一一土順持一一土則住一一佛國土便明一一佛國土已曉了一一土便遊轉一一土則了知一一土清淨於彼諸土於諸當來爲人之上於諸土而諸劫數而有所說於諸劫明了諸像於諸劫而悉分别之於諸劫而順導之於諸劫而念平等於諸劫莫不興發於諸劫而行無量於諸劫杳有普美於諸劫而有傷愍於諸劫無有過去諸佛世尊當來所說或無所說有所授決無所授決衆異名號無數名號無量名號無限名號無邊名號阿僧祇名號無思議名號無際名號無望名號其當興起愍度衆生現爲法王修行爲導故而當普說三十七品廣歎諸功德行當廣演説明顯之行又當清淨其意性行修立當成衆德之行當廣宣布要上之行又當建立普智之議亦當過度諸如來行亦當修成具足諸願又亦行過具足之慧曉了明盡成德之善又過於最上莊嚴明曉之行立上眷屬亦復曉了具足於法又復修曉罪福之應又復修觀成相具足曉了解知具足之善曉了解達平等之德

亦曉了諸佛世尊意亦知其種姓解其權行亦知方便知其變化及所趣向亦知成佛知度人物知度無數衆生知諸如來般泥洹知諸佛時節而其發心頃明了劫事復過百劫千劫百千劫億劫又過閻浮提如塵數劫復過四天下如塵數劫過千天下如塵數過大千如塵數劫過三千大千刹土如塵數劫過如諸佛國塵數之劫復過如千佛國如塵數劫復過如百千佛國塵數之劫復過億那術佛國如塵數之劫復過無數佛國如塵數之劫復過不可計劫復過無量如塵數之劫復過無邊際如塵數之劫復過無稱限塵數之劫復過阿僧祇塵數之劫復過無思議塵數之劫復過無我限塵數之劫復過無限樂塵數之劫復過樂無樂塵數之劫菩薩以住慧明藏三昧受持一一國土之說如是亦入一一國土種姓如一一國土於無限樂塵數之國亦爾明知當來無限國土菩薩以慧定而普入意所向念有十依住處何謂十一者謂思樂佛土如塵數如來所建立其菩薩爲佛威神所立二者菩薩爲法所住立於世明達十總持已得十總持究竟無盡辯才三者菩薩依行爲行所立究竟取願而行具足四者菩薩依德力得立而無能過勝者五者菩薩依慧而立於佛法行無礙故六者菩薩依大悲立轉於法輪以無迴還故七者依彼衆行而立於衆文字諸法之行善修立故八者菩薩依諸所生最上法立開甘露門閉諸惡之門故九者菩薩依慧力立行菩薩行而無斷故十者其菩薩依等力立具足於施力度無

數衆使行清淨菩薩所依無數力故明了無限數劫菩薩得依法力以諸法本清淨故諸所生無數故此謂菩薩摩訶薩第六最大慧定之行其菩薩住是得致曉了無限數劫行明了分別無限數劫權便之行曉了無限數衆生所行權行之相於無限數罪福之行分別已達而得權行復於無限數所行精進現入衆生於行無行之權便於行無行於善惡有無限數之權行於行無行諸法解達權行於行無行於諸時佛與如其像如其說如其起盡諸佛行解了諸佛種性權行於行無行解說無量慧門迴轉權行於行無行普智感動無數變化如時示現之權行譬如族姓子日天出時有目之人展轉見諸郡國縣邑聚落亦知高下山川險谷知諸樹木種稷知諸好醜亦知淨不淨世之所有亦知之明目解達有了意當觀族姓子日光之無異而其明照現有目者因其光故普見衆色如是族姓子菩薩已達無異之定明曉一切有行無行億百千那術知其種稷明之識之以其明了以十無惑充滿十方一切衆生何謂十一者現於衆生不惑得本二者無惑化度於衆生三者無惑處度衆生四者無惑於衆生所與行如應如言究竟諸議五者所行無惑於諸國土而清淨六者諸所入無惑於諸佛土所行無行於行無行決衆生狐疑七者無惑所誓願如所請衆生濟度於行而具足諸願八者無惑權行之法無限礙清淨慧門九者無惑法說能普法雨罔制諸情於行無行於普智行使立佛道十者無惑慧之重任無限清

淨慧門之行無惑出現無冥而明照普世菩薩已住十無惑行法已住是定其菩薩尋從定起爲諸天帝所禮爲諸龍帝所敬而雨美香爲諸神帝所見禮奉爲諸諒帝所見宗敬爲諸鳳凰帝神所見歸向爲諸梵帝稽請爲諸樂神帝所見歎美爲恬神帝所見讚歎爲諸香神帝所見追尋爲諸人帝所見供養是族姓子諸菩薩以慧明藏定名爲第六興顯大慧方便行也

興顯品第九

又復族姓子菩薩大士有定名諸佛明顯國土清淨云何族姓子諸菩薩諸佛明顯國土清淨定而正受乎於是菩薩入於東方世界從一國土至一國土於西南北方及四隅上下方亦從一國土至一國土於彼諸土普現興佛事於諸如來前現佛感動現佛娛樂現佛顯尊現佛境界現佛自在現佛師子吼現佛諸行現佛莊嚴現佛神足現諸佛衆會現衆會清淨現衆平等現衆如一現衆廣大現衆所依現衆止處現衆教化現衆如應現衆雄大現閻浮提衆等會四城亦如是千國土亦如是於二千國亦如是於三千大千國土亦如是具於億那術百千國土具現衆會之場於無央數國土現具衆會之場如百千佛土塵數之國現衆會場舉要言之乃至無數無量佛土塵數諸國普現衆會之場於彼衆會之場現諸佛種種所見現諸佛種種身相現諸佛種種之時現諸佛種種之處現諸佛種種變化現諸佛種種之感動現諸佛種種莊嚴現諸佛種種威儀現諸佛種種色像現

諸佛種種事菩薩於彼在在衆會自見而普周現亦自見於彼而普說經亦自見普持諸法亦自知有諸法之權亦自知解諸義理亦自知解達虛空亦自知明了法身亦自知而無恐怯亦自知不處於有常亦自知不處有想念亦自知而無勞想亦自知曉了諸慧亦自知曉諸義亦自知念諸行地亦自知等念偶義亦自知復無所念亦自知等念諸佛亦自知等念諸力亦自知等念諸情亦自知等念空行亦自知等了閑靜以知如是不念于土不念有人亦不念佛義亦不造法亦不壞身亦不壞身行亦不意念亦不入心行亦不念壽命亦不念我人處所譬如以法知法亦不與有無菩薩行亦無念亦不念遊諸土彼能現佛無數色像具滿諸行能等行清淨得致其處能具暢現佛之色相亦現佛所有光明所現平等而過清淨以昇致之而暢現之能具現如佛像色具現如佛光明亦現如佛意像亦現佛身無極相好亦現佛最威神之明亦現佛最身相之好亦現佛身金剛之色亦現佛身清淨色像亦現佛身無量色像亦現佛身大清淨摩尼寶色像亦現如來身如七仞亦現如來身如八仞亦現如來身如九仞亦現如來身如十仞亦現如來身如二十仞亦現如來身如三十仞亦現如來身如四十仞亦現如來身如五十仞亦現如來身如六十仞亦現如來身如七十仞亦現如來身如八十仞亦現如來身如九十仞亦現如來身如百仞亦現如來身如十里亦現如來身如半由旬亦現如來身如一由旬亦現如來

身如十由旬亦現如來身如百由旬亦現如來身如千由旬亦現如來身如一閻浮利亦現如來身如四天下亦現如來身如千天下亦現如來身如三千大千天下或復現如來身如百佛刹或復現如來身如千佛刹或復現如來身如百千佛刹或復現如來身如億那術佛刹或復現如來身如無量佛刹或復現如來身如無限佛刹或復現如來身如阿僧祇佛刹或復現如來身如無邊佛刹或復現如來身如無際佛刹或復現如來身如無思議佛刹或復現如來身如無稱佛刹或復現如來身如過億思佛刹或復現如來身如無處所佛刹或復現如來身如無可思議佛刹或復現如來身如無望過望佛刹如是菩薩現彼如來身如此無數色無數相現美無數現無數光無數網明現無數法本無現無數法本無吾我現諸法本慧所從起現無盡之身現無行之清淨如是菩薩現彼諸如來於諸如來身亦無增亦無減譬如虛空而無疲猒亦無大小於無數土諸土窈冥處不以寬大其如來身亦如是以其弘大亦無小大譬如月像照於閻浮提亦無大小其月像住明無往來其菩薩亦如是得致現如佛住是定亦不忘懷如是色像所現諸佛亦如夢耳於此無所見而有見而現諸佛如來音聲所現諸佛如來音聲於法空無所有耳而皆受法宣傳此悉在無惑之法譬如衆生死所歸向而心由是菩薩亦如是於是三昧而住莊嚴諸土以佛慧度脫而清淨菩薩以十速疾而應普等何謂十疾滿具足諸願行故疾明

諸土照以佛法疾度衆生法輪權慧故疾淨諸土隨一切行應故疾成於慧十力等故疾成平等以諸如來故疾欲降魔以大慈力故疾欲悦衆生當斷狐疑故疾現感動隨應所度故疾向法門種種音聲淨諸土故菩薩有十印以諸法而印彼菩薩何謂十彼菩薩與過去當來今現在諸佛而行一德本彼菩薩合爲一身以法身無踰者彼菩薩以一行如來無二故彼菩薩爲無數場從無二生故彼菩薩爲無限行與法身等故彼菩薩爲無罣礙於世得十力故彼菩薩行空淨法無二行故彼菩薩無滿爲世極度故彼菩薩意無内普智權慧故彼菩薩爲有護以諸佛故是族姓子菩薩大士有大慧定名曰諸佛音聲普照國土彼菩薩行此定正受無能爲師者入

諸佛法爲無疑惑故爲極世慧丈夫爲清淨故心本淨明爲最尊大故爲極世唱導以自敬重故與最猛健立當來諸佛普智本種故修慧成信言無二故過去慧無罣礙成法藏故以諸佛法爲與法雨如應衆生行故譬如族姓子釋提桓因摩尼釋天王所處最尊其摩尼威明天帝釋以此爲威神其有得此摩尼寶威尊最大釋天王以十事於忉利而致尊何謂十以天最色而踰於諸天子以天最像以天相現天最眷屬以天極欲以天最樂以天服信以天最自在以天上意以天大智慧其摩尼寶德適得之者而致天之上尊菩薩亦如是適得定正受便得廣大無極十慧何謂十謂於佛剎得無罣礙慧謂於諸衆生本得起慧行謂依三世得如應慧謂於諸佛

身得所依慧謂諸佛法而得慧行謂一切法而得一法慧行謂一切極世得入法身慧謂一切法本得平等慧行謂一切自在得所依慧謂一切法得致悅慧方得此定以諸佛音聲於世界而清淨菩薩復有十事而得身威清淨何謂十謂以無得之得無限之行不處於土謂以無望之望以種色像於諸國土而生清淨謂以無悕之悕而放光場爲住度衆生謂以無想之想而住其身以行與諸佛謂以無求之求而雨無數華香以供養諸佛謂以無念之念而設種種音樂之供養諸佛以度衆生謂以無著之著清淨衆事衆飾無數以供養諸佛應如所度而度衆生謂以無行之行而現種種色相得身清淨現以無感使衆生知之謂以無所有之有而放種種清妙

音聲使衆明知種種異語菩薩亦如是得是十分清淨彼菩薩亦具滿處何謂十處衆生導見佛事謂住衆生得信向諸佛謂安衆生以佛法音聲謂度衆生得生於有佛土謂安濟衆生使信諸佛謂導利衆生聞諸佛法音謂度濟衆生現佛感動謂寧衆生念如其行應而具滿一心謂安順衆生莊嚴諸佛謂利安衆生以發菩薩心故謂永安衆生具滿佛慧故以此族姓子彼菩薩以此十事具安利衆生其菩薩如是以滿十度安衆生已普爲衆生行佛十事何謂十一者謂彼菩薩以音聲爲衆而作佛事以度諸會故二者謂見彼菩薩而與佛事以順導衆生故三者謂彼菩薩方動之頃行佛事用心清淨故四者謂彼菩薩震動諸土而行佛事濟轉三惡道故五

者謂彼菩薩方所現生而行佛事正悅衆生意故六者謂彼菩薩諸所行宜而作佛事導利衆生使意無惑故七者謂彼菩薩放勝光明而行佛事秉持度無數衆生故八者謂彼菩薩現修衆德而行佛事勸立衆生無數諸德故九者謂彼菩薩至成平等覺而行佛事使諸衆生解一切法如幻故十者謂彼菩薩轉其法輪而行佛事爲普世說法興賢寶久住故是族姓子彼菩薩大士行佛十事以度無數人濟無數衆生成滿無量願安立一切衆意行永立佛事也

外身現化品第十

又復族姓子菩薩大士有定正受名身無毀使其菩薩得住此意而身無毀得滿十無望何謂十一者謂於諸土而無望二者普於諸方而無望三者於諸想念而無望四者於諸衆生而無望五者於諸法而無望六者於諸菩薩行亦無望七者於諸菩薩所願亦無望八者於諸定而無望九者於諸像而無望十者於諸行地而亦無望是爲十菩薩得致十無望便得住一切身無毀行之定云何菩薩得致衆生身無毀定是族姓子菩薩於内身正受於外身而覺悟於外身而正受於内身而覺悟以一身而正受以多身而覺悟以多身而正受以一身而覺悟以人身而正受以鬼神身而覺悟以鬼神身而正受以龍身而覺悟以龍身而正受以質諒神身而覺悟以質諒神身而正受以天身而覺悟或以天身而正受以梵身而覺悟或以梵身而正受於欲界而覺悟或於欲界而正受於色界而覺

悟或於色界而正受於無色界而覺悟或於無色界而正受現於地獄而覺悟或於地獄而正受現於餓鬼而覺悟或於餓鬼而正受現畜生而覺悟或於靜而正受於衆普而覺悟或於千身而正受於無身而覺悟或於有身而正受於無數身而覺悟或於無數億那術身而正受現於空身而覺悟或於閻浮利而正受於瞿耶匿而覺悟或於瞿耶匿而正受於鬱單越而覺悟或於鬱單越而正受於弗于逮而覺悟或於弗于逮而正受於三天下而覺悟或於三天下而正受普於四天下而覺悟或於四天下而正受普於三處衆生而覺悟普於海之境界而正受亦盡於海之境界與衆生而覺悟或於須彌山上而正受亦復於山下而覺悟或於須彌山下而正受亦復於山上而覺悟或於七寶山間而正受亦復於山上而覺悟或於種種類而正受亦復於種種雜類而覺悟或於清淨種種華香衆寶莊嚴之間而正受亦復現於清淨種種香華衆寶之間而覺悟盡於四天下之境界與諸衆生隨其心意而正受復現於四天下之境界與諸衆生隨其心意而覺悟於千國土盡其境界而正受亦復現於千國土而覺悟於三千大千國土盡其境界而正受亦復現於三千大千國土而覺悟於億那術百千剎土中而正受亦復現於億那術百千剎土而覺悟於無數剎土而正受亦復現於無數剎土而覺悟於阿僧祇剎土而正受亦復現於阿僧祇剎土而覺悟於無量之量無限之限佛剎土而正受取要言之如是等剎土普

於其中而現覺悟從一天下如塵數至四天下復千天下復至三千大千天下復至億那術刹土復至阿僧祇刹土乃至無限無數復過無限無數之刹土如是之數普於其中而正受亦於其中而覺悟於一塵中而正受復現於如此上刹土塵中而覺悟從如此上刹土塵而正受復現一塵而覺悟於一聲聞中而正受復現無數聲聞而覺悟於一辟支佛中而正受復現無數辟支佛而覺悟於已身中而正受復現於無數佛身中而覺悟於無數佛身中而正受復現於已身中而覺悟於一心念之頃而正受現於億劫而覺悟於億劫之中而正受現如心起念頃而覺悟或時覺悟或時正受或同時正受而覺悟或於本跡而正受現於末跡而覺悟或於末跡而正受現於本跡而覺悟或於現跡而正受復於現跡而覺悟於本跡而正受於三世而覺悟於時跡而覺悟於時跡而正受於三世而正受於本無而覺悟或於本無見正受復於本無而忽覺譬如族姓子有人爲鬼神所見嬈時已爲鬼神所得自在取絫動亦不得自在唯從其鬼神耳便爲隨之於他身也已身不復得自在菩薩亦如是以得是定或内正受外而覺悟於外正受内而覺悟譬如死人其屍爲他神所役而其事爲他所追逐其所迴轉皆化耳其役之者是他神力如是族姓子以得此定而是菩薩而興正受以分別而正受復以分別而悟以平等分別而正受以平等分別而悟譬如心自在魔變化自由或化爲一或復爲多或化爲多或復爲一不以一

身而終亡而現其多亦不以多身而終亡而化現一身於時其一身亦不有一身不以知一而現多不以現多而知一若一若多從一而興耳菩薩亦如是於一身而正受多身而覺悟或多身而正受以一身而覺悟譬如一類之地地而一味於其一地而諸聚落縣邑所種各異味味不同地亦不想是味亦無種種識菩薩亦如是得此定意以一而正受而多覺悟於多正受而一覺悟是族姓子菩薩大士名曰分別一切諸身第八菩薩之定其菩薩得所住宅處致十名譽法名譽常流何謂十一者爲如來所稱歎二者得如來平等威三者謂爲佛明曉諸法而無罣礙四者謂爲最尊用諸極世所供養故五者謂爲普知用明曉一切諸法故六者謂爲導師用一切極世所依憑故七者謂爲唱導用曉了明入諸法故八者謂無上師衆生法本普智無故九者謂爲興明用順慧一切極世施大明故十者謂爲十力得致最吉諸所作行故分別諸法以其慧達念具足無著之行謂爲普現於正法輪得自在以此十名譽之法菩薩以此有最名聞菩薩復有十明顯而甚威曜何謂十一者謂諸佛而等其明二者謂於其極世以法本明說興造慧曜顯振諸法三者於諸衆生以明照曜種種明說四者以無數明進道以法場之明五者以法界之明興顯振說六者以感動諸法而不壞其明七者諸法無欲等以其無所作而不壞明故八者衆生無欲等念世一切感動無罣礙故九者諸佛所立而無斷絶善明照故十者諸佛之境界

而度無極諸法本無明極世一切無所壞故菩薩以此十明而得光曜也菩薩復有十事於無所著句說覺而明了何謂十一者善修調柔於身行二者無麤口行三者柔輭心性四者處無所住五者諸情無作六者諸行無所作七者於法無所毀八者慧無所起九者於法無覺十者順彼以慧是謂菩薩大士降魔之定以衆行伏之以一爲多正受而悟無行行而於行而行於已尊大與佛等大以小而廣泰以曠蕩而狹小所趣亦無所至所至亦無所趣以無身爲身於有身而身以覺悟而正受以正受而覺悟於見無見於無見而有見是謂十也復有十事而爲變化何謂十一者謂一切變化境界是皆定意譬如大神呪言行之通告現種種諸色明達無過者所現喻絶於呪之言而隨足於呪而猛健慧了時節於幻名顯行學知術慧而通達菩薩亦如是以平等正受現以無等而覺悟以無等而正受以平等而覺悟譬如天與阿須倫共鬭天而得勝阿須倫而不如質諒帝以七百由旬之身與四種之兵而自圍遶阿須倫乃更自化身爲百千由旬忉利諸天皆共見之其衆嚴整又阿須倫學幻明了菩薩大士亦如是悉明於慧幻行而慧無盡彼菩薩者乃爲菩薩耳彼慧幻菩薩以無毀斷而正受於毀而悟譬如有大呪名曰妖惑以此呪言取諸種物散種於地便隨得莖枝葉華果實而食之菩薩亦如是得致專一之定能現種種而覺悟譬如男女之會同久久畢致懷妊以成就胞胎而滿十月便生完具菩薩亦如是

長養普智之胞胎具足成滿諸願以廣大内性得致慧明而處無毀定普悟於諸趣在諸趣而正受於無毀定而覺悟譬如龍宫殿依因於地亦現於虛空亦不動虛空亦不驚諸龍虛空亦有乾陀羅亦有諸龍其虛空而無增減或欲晴蔭於虛空而無動而其宫殿續依於地或依虛空菩薩亦如是以得是如幻定於有相而正受於無相而覺悟於無相而正受於有相而覺悟譬如梵天之宫號持世清淨藏最上梵所處之宫或現千天下或現十千天下或現百千天下或現三千大千天下或現於天龍神乾陀羅阿須倫迦留羅真陀羅摩休勒諸人鬼神宫及世人間或現須彌及七寶山間鐵圍山寶山黒山雪山及四天下郡國縣邑聚落君王人間梵所之至無所不徧譬如明鏡見其面像菩薩如是處於此定於諸一切慧無不明徹也靡所不入而悉平等一切普徃慧照明徹彼菩薩亦如是以此分別一切身定國土自在之明悉見佛種而化一切諸種而過法種具滿解脱行種亦以定種而感動起悟之種而普現以得慧種以住智種菩薩於十感動而致度無極何謂十一者謂成佛感動若如虛空二者盡於法際三者以菩薩感動至於無毀於毀自在而度無極四者菩薩之行大願感動五者行入如來行佛事度無極六者於諸土感動現一切種種閑居之行七者動揺一切諸土依於明顯八者感動一切衆生以無思議行悉了幻事感動以慧九者感動分别諸定十者以金剛定以幻化正受覺悟以慧菩薩以此

十定之行具滿諸種也又復族姓子菩薩能化爲佛能住如佛能化法輪建立應化普現如來之光明度志大乘於彼而降化於心尊大神足感動而度無極於菩薩中而尊大明了菩薩無著慧定以無得之得億百千以諸法門感動而轉法輪菩薩無罣礙明知一切行皆曉習智無想念以其明慧一時悉能曉了現感動三世亦無罣礙以此十事而大感動諸佛菩薩所行而致度無極是族姓子菩薩大士分別身行所可依住而致大德權定之慧達也

等目菩薩所問三昧經卷中

音釋

督冬毒切催趣也　胞胎胞匹交切胎衣也胎土來切凡孕而未生皆曰胎

稷子力切百穀總名也　仞而振切八尺曰仞

等目菩薩所問三昧經卷下

西晉三藏法師竺法護譯

分別身行大慧空品第十一

又復族姓子菩薩大士於已身盡其身等如幻眼之所見隨於法界菩薩之定興亦等於身諸毛孔一一之毛現諸法界而菩薩居之正受彼亦住於幻法耳及所知諸國土亦知彼法俗以知諸法便知億那術無數國土復知無得之得佛刹塵數之國土於彼諸國土等現有佛菩薩圍遶而皆具足淨復清淨皆悉勇猛賢行辯才而大莊嚴無量覺飾如日明曜衆寶嚴好於彼若十劫若百若千若百千若億若億千那術若無數無限無邊無際極盡無盡之數至如佛刹塵劫之數行菩薩諸行所依住者而不可盡極菩薩於彼作是定正受而復覺悟於此而正受於彼定而覺悟彼普入諸國土於彼而化衆化衆生界皆使悉入法界而曉了過去諸慧而復現處說於經法明曉無具無罣礙眼所分別於法而自在卓然而過耳所分別致度無極鼻所分別亦復以權口所分別悉之明了身所分別亦具曉解心所分別慧念滿具彼以此慧作是明了便得十億千總持何謂十以法普順諸土得成十億千清淨之行解了十億千神諸情入普智行得具滿十億千神通得入十億千定意行得十億千神足而致具滿得致增益十億千力得具滿十億千誠性得顯現十億千所依住處得致十億感動是爲十菩薩復有十體以致成就億千菩薩有十行處具滿億千菩薩有十藏以過平等億千菩薩

有十行於億千而顯光曜菩薩有十住以億千之教說菩薩有十願而過億德善之行菩薩有十悔過誠立億千修德之行菩薩有十明顯得致億千清淨之行菩薩有十向勝致億千以自明顯菩薩有十說以得億千照明之德菩薩有十清淨果達億千而致清淨是謂菩薩大士行具無數身成就無數德滿無吾我德成致無數行修無思議德行無稱限德滿無我我行致無德之獲無盡念無我德行菩薩以此行而具足諸德得致平等行而自莊嚴得致顯豫調和柔弱得致奉持得致供養而爲殊增得無踰者得爲勇悍菩薩於是法得自在菩薩依是定於東方乃十佛剎無數千塵數如來所建立以一一名字一一名字彼十佛剎如塵之等無能念限者從彼一塵分爲佛剎無數千如塵數以徧其中亦無覺知而無增減如一之不覺而無增減普於諸剎如塵數亦如是如東之所爲南西北隅上下亦如是其一塵分破之所可著處其數亦如上其菩薩能建立之普能現其身是彼菩薩於諸佛剎普能清淨所建置也以如來身無限故又於光明而得自在復以無思議故得有感動使普現耳如來耳之所宣亦復無量如來鼻之分別亦無限礙如來口所分別而現平等如來身於細滑而順行之如來心所現而不可限如來正覺所知念亦無限量宣如來音聲清淨普顯現如來法輪而無迴還使一切普知如來聖衆而無限數如來法覺而亦無限而普順導普現與顯如來功德之本現入如來之定如來之德於三世

修行而無數如來現興顯諸法如來所建立宣音聲說是爲十現建立如來之土以佛音聲而普雨諸法使其音聲普聞諸土廣宣傳佛之正受亦復普宣諸佛世尊賢聖之衆建立諸佛無思議法所宣諸法悉如幻化宣演諸法而無所著悉明顯一切法場普悉暢現如來衆德之行是爲十一切諸定順導如幻建立心如幻解無罣礙菩薩於此法界而悉自在乃爲建立菩薩耳彼諸佛世尊於諸種種心意以一一名字而現無數佛土無數千如塵數諸如來以一一名字如塵之數以一一之塵立置如十佛剎至九數如塵數佛剎亦無增減無能知所取著之者是菩薩所建立也修應無遍數行亦心所建立以無著行意所建立於諸法而無惑故念所建立於諸法慧分別故行所建立諸法所受處故行所建立順奉諸法故亦覺道所建立修行普宣傳法故亦建立無數諸情以達神通分別於法用權慧故爲無起行所建立明了法界無所著故亦住修入慧行無限慧清淨故亦住於等正覺普於諸國土而現感動故菩薩以此而住諸定故得充十海之門何謂爲十一者謂現充佛海順導諸海故二者以過法海行了慧海故三者住諸明曜於情無所著故四者以慧感動用敷音聲故五者念諸情之海順以權慧故六者曉了心海一切無種種之觀而知無數心故七者滿於行海具足願故八者具滿一切行願海故（諸藏比對皆欠一事）十者成致一切於覺道故是爲十菩薩成滿一切道德之海也菩薩有十事得致上尊何謂十

一者以上尊順導一切二者求於最上化導衆生三者求向上尊則達諸梵行四者致最上力求具得之五者求無倫侶於一切極世六者求無過踰勝魔故七者求以明暢度一切惡道故八者求無所依於諸所生九者爲尊於諸佛法十者求爲自在於諸衆生將有勇健是爲菩薩最上十尊法也菩薩復有十事興起於衆生之界何謂爲十一者常志出家欲度衆生故二者無其廻轉進最猛力故三者求依諸佛受行行故四者有無限力進諸法故五者寂定之力於諸法自在故六者心無廻還順導力故七者於義自在本無法力故八者爲大智慧宣法無罣礙力故九者勇猛力法所建立故十者分別力宣布無量慧故是謂十種之力而復致十大勇力何謂十一者最健之力二者無過踰之力三者無量之力四者善修之力五者無動之力六者無起之力七者無怒之力八者慧常之力九者勤建之力十者弘慈之力是爲十力復有十力何謂十一者修調行力二者慧清淨力三者過清淨法力四者法身之力五者諸法土力六者法　明曜力七者法情之力八者無所壞力九者善修行力十者修勤入力是爲十大力復有十力何謂十一者大丈夫力二者正雄勇力三者等正覺所建力四者前世所修德本之力五者無量德本如應之力六者如來之力七者普應入力八者於三世等力九者得菩薩如地行力十者德菩薩信向清淨行力是爲十力復有十力何謂十力一者菩薩離轉力二者菩薩順緣之力三者菩

薩於性得自在力四者菩薩修於内性清淨力五者菩薩修諸德本從諸行力六者菩薩行法最力七者身無著力八者菩薩以是致成之力九者菩薩入權慧力十者菩薩諸法本清淨信向之力是爲十復有十事何謂十一者住於普世清閑無處力故二者於諸衆無雙力故三者普於一切無等力故四者以諸德行化衆生力故五者在於生死無傾動力故六者度諸生死清淨如蓮華力故七者普現諸導降諸魔力故八者將順魔黨成大乘力故九者化於三界無所處力故十者普勸進十方無罣礙力故是爲十菩薩以此無數之法成其德化也又菩薩興起滿衆願行明曜之顯照之而普應現皆成就之以致弘大增進慧益之而廣清淨是爲十順清明之彼衆德而無邊際其慧亦無罣礙其菩薩行亦無限量彼菩薩德乘過量難稱又其菩薩行處難可斷量其菩薩所入而不可測度彼菩薩所興化亦無邊際是菩薩之清淨亦無思議其菩薩所修亦難可盡又其菩薩賢聖法亦無能極以無可得亦無念限其菩薩所可得者其菩薩所可因起其諸菩薩所應現行其諸菩薩所當得又其菩薩明徹所至處又其菩薩所可徹見又彼菩薩慧明所過又是菩薩法行所可知見又其菩薩行應所當得又其菩薩一切法行慧處皆達之是爲十其住於此大定者無數無限無量無邊際無盡無稱限無思議無我得之得是爲十菩薩以此定正受入於一一諸行或定或悟而悉曉知諸定行明達無數諸定亦了具滿諸定

亦曉定之增損又了定諸幻化曉了定所見行亦知定之由行亦知定之際處亦明曉定之閑靜亦知定寂寞亦知定念行譬如無熱龍王池之宫殿有四大河而流出盈溢清澄無垢無濁無穢清淨無瑕甘美香潔周廻四出有四目口所從流出一目名和二目名拔乂三目名蛇味四目名恒其和比流拔乂南流其蛇東流恒水西流一一而廻旋四周亦如是而充大海而以滿之又彼大河遶之七币此河之間有青蓮華紅蓮華白蓮華黄蓮華以天衆寶之光色精明妙淨展轉而照曜現而鮮潔永無汙穢其間了了曜而明徹葉葉分異現而明顯畫者所不圖像輙動之色旣照曜音聲徹妙慧善之色圖之難極色力無數天句文普行樂諸葉交錯色發殊妙香

美異隷色照曜以無數種種諸寶所校飾衆色無數如日天出於宫殿光而徹照彼諸華之鬱曜相照焜煌能奪日之精光彼諸雜華在河之流而諸水應在河廻轉浮沒乃遊於種種諸華間而此諸華上下低昂妙色煒煒煦曜寶色灼灼日光曲照玄黄乃過日光精如彼衆華之動流河滴聲乃踰天妓樂菩薩大士亦如是有四辯才而流出以充滿普智之海如香大河有銀妙色從馬口而出其底皆有銀沙菩薩亦如是清淨之智順隨衆行而從口出依順之義一切諸如來行一切諸義行善施之法諸法慧明分别了竟無罣礙慧而歸智海如和之大河金剛之色從師子口而流出底沙亦金剛色菩薩亦如是出法之光曜有佛金剛之色而自娱樂用照曜於

普世以金剛之慧而自娯樂而充無盡之海如彼二大河紫磨金色明而光曜亦紫磨金色之沙菩薩亦如是以發遣之辯而從口出一切衆生攀慕慧身而悦一切普世以金剛之慧而有所照曜普度一切常慕順導因緣使歸於智海又若拔乂之大河青而瑠璃色從牛口而出精明流之潔色菩薩亦如是以無盡明曜辯才而流出以無得之法億那術百千威猛從念而雨流進至於法河轉充於普智之海成致諸佛法藏之海如彼河之目而四面迴旋圍遶歸充大海菩薩亦如是順迴身行順迴意行身口意迴皆以備具亦如彼四川之流而歸於海菩薩亦如是以四莊嚴歸普智海何謂四一者見諸佛而爲莊嚴二者見佛分别慧三者以諸佛法之光曜而爲莊嚴四者攬諸總持而無疑惑是爲四復有四一者以諸度無極而爲莊嚴二者以諸菩薩而爲莊嚴行三者以大悲行而爲莊嚴四者於諸衆生滿以法輪之行而爲莊嚴是爲四如彼大河迴旋七帀以其四華青紅白黄而爲莊嚴菩薩亦如是以大乘心於其間諸未度者而爲説法以興起之其諸定正受億那術百千而分布之普見佛德以於三世於諸佛刹清淨行無垢穢如彼無起而靜定以衆寶樹而圍遶菩薩亦如是以諸刹莊嚴而爲圍遶得致正覺而現悦樂如彼水潭定而無動靜然清澄清徹其菩薩亦如是彼菩薩以道德御心靜然清澄清徹具滿無數諸德之本如彼無熱池以衆寶爲岸内外而照徹清淨無垢菩薩亦如是其菩薩心以十寶

慧至億那術百千行致最願慧而普得之曉了清淨諸德之本如彼之無迴內外清徹底有紫磨金沙以衆寶而校飾菩薩亦如是得致徹慧以意無念明菩薩境界以諸菩薩德行而自莊嚴於諸法而無罣礙一切諸佛行無處所知一切行明了時節如彼居有諸龍菩薩亦如是順導一切恐怖之世亦悉顯明普悉諸等救護極世如彼流水從四目出而進流歸諸佛德漸舟津流歸至於海菩薩亦如是以四大慧河流爲諸天梵魔界盡世沙門梵志極世人類而普津潤之漸舟歸至佛無上慧海以四種力而自莊嚴何謂爲四一者謂本願之慧普悉救濟一切極世二者向無斷慧化度一切極世三者具滿諸度無極之慧使依菩薩之行而順清淨四者明持一切衆生之本明達諸念使歸無斷之流得至三世海慧是爲四踰除止處謂以菩薩定慧之行也以無央數諸定爲衆寶之莊嚴校飾覲覩諸佛以無見之慧流歸諸佛之海以大悲之慧行其行亦有大慈順導一切而無迴還興起極也以無數權慧而歸十力之海如彼四河從無熱之淵出而歸無極之大海菩薩亦如是行上頭之大願具菩薩諸行成得一切無盡大慧衆行亦無盡常見諸佛以爲娛樂如彼四大河而無迴還歸至於大海而無毀斷菩薩亦如是菩薩之願而無罣礙得修具足普賢菩薩行願之光曜得入普智之行諸法覺道行以無念以無著修如來行如彼四大河無懈無止處之劫數流歸於海菩薩亦如是修入普賢菩薩之行於無數劫修

菩薩行而無懈倦以成歸諸如來海歸於無想行如彼無迴還之大河以衆寳爲明以紫金沙爲照以銀沙爲晃昱以金沙爲曜灼以瑠璃沙爲灼灼過日光住照而悉奪日之明曜明曜至時焰徹過日諸所造作無所煩嬈彼之光曜度之無喻合會衆寳用所成爲其菩薩亦如是於法身得自由建立於定於其身一一毛孔以無限量普出諸佛光明而見諸國土曉入衆會之場而聞法能悉奉持曉了如來無數身行明達彼諸佛國土見如來會場聞其法說以無得之得消除億那術劫有長想又無短念於其身毛數亦無減及諸土如來衆會場於種種人界不處分別所以者何以入法界故用解無我微妙故亦不入於毀行無數定修無數行普現於諸佛所爲無數諸佛所建爲無數諸佛感動普遠行歸普賢菩薩所行願以清淨菩薩所行如來十力而無罣礙修普賢菩薩之行建立具滿曉達諸感動而無限礙菩薩知是以一時心正受而覺悟現已極長不墮所入行不著一切諸行以離於有無之間爲一切故現佛土所興亙於法界不見有土處所亦不住限齊亦不住於兩際之間而修入普智之慧樂慕於慧住無自大曉入諸衆生類於諸土而清淨皆以具滿諸土之行種種所想皆悉達知不止生諸想之處而皆悉過於種種色像悉了而無染汙菩薩權慧所具滿至永清淨悉無想念普達諸行地譬如至虛空以離諸趣於諸趣永無所趣菩薩於國土行亦如是了達諸國土修行度衆生永離一切衆生想曉了

一切法界以除一切法想見諸佛而無猒依仰欲觀諸佛解達諸定分別權行一切諸法本清淨而無所著無盡法句慧無量辯才曉了無句無字得諸音聲行了音聲之清淨逮無得法際現種種色彼順導境界一切法本清淨而究竟以大慈矜濟度一切衆生之界無因無所因一切界本清淨了所住法界而無所起了諸趣而無所住三場而清淨曉達如來行於種種法而無念種種辯說清淨宣法得致法行是族姓子菩薩大士於法界得在而尊大

大權慧品第十二

何謂族姓子諸菩薩大士第十最德大定權慧行是族姓子諸菩薩有大定名無盡場其以此定正受者得住身口意行無盡等住諸佛刹亦無盡致度衆生行亦無盡住導衆生之慧而亦無盡放於光明而亦無盡放於明網亦無盡現出諸化亦無盡得道轉法輪而亦無盡其身能現菩薩現佛於諸國土而亦無盡其身悉達諸佛之力其身志願諸佛之慧顯如佛之與行於諸刹以佛感動佛聲以普徹以行佛聖以過佛行其身以過佛之限量修治佛事佛行自在是爲十最德之定也又其菩薩住是定者觀於普智明了普智曉解普智以達普智分別普智現於普智以辯普智觀於普智以入普智廣顯普智是爲十又其菩薩亦不願普賢菩薩之行及其大菩薩心及大菩薩行及其所現行及所入所現大世及其所趣并所建立其大菩薩所潤澤其大菩薩亦無斷是爲十復有十行一曰無

迴還亦無長養亦無還反亦無疲勞亦不念不念我亦不放捨亦無動揺亦不斷絶不以音聲爲菩薩是爲十何則然者如彼菩薩於諸法致大願而具足於諸行所與大道悉善修學佛法大海最大等願菩薩之行顯學權慧方便之明以善學菩薩幻化善明達一切音聲而得建立以善建立去來現在及諸佛一切之世以得大悲之行以諸行而成佛法之業與發佛法而無罣礙是爲十何則然者譬如有人得如意寶所念無不建立如其像而光明其摩尼寶與本無異也菩薩亦如是得建立如意寶於慧無猒及復明曉普智之慧於普賢菩薩之行而無懈如其摩尼盡自現其色像不毀摩尼本體菩薩亦如是致成普智之像然不毀本行之體所以者何以其

菩薩發義爲一切故欲度一切故而發願修諸佛行而無迴還欲淨諸佛無懈倦語住一切故而無懈退於一切無數法無我想念無却無懈普現一切感動於衆生得清淨而無猒倦利養普世亦無懈退普照明於世巳無勞退入無數諸法幻間而無迴還心永無却退是謂十譬如紅黄在所虚空無所住止處而所持者不起勞疲亦無損弱亦不得一切意亦無所處亦無繫縛亦無所見亦不處中亦不外觀内無所處不壞本淨所以者何其虚空法本清淨故菩薩亦如是修行廣大無極之願故不起勞疲爲以興發普度衆生故譬如有滅度者此爲何人而當滅度於三世而無盡限亦無疲勞亦不恐懼亦無迴還所以者何諸法無二故而歸滅度者何則而勞

耶也菩薩亦如是爲普世衆生而興於世耳當何以而迴還用度衆生故譬如爲普智故也菩薩行亦如是道無有疲亦無勞故過去無住其現在者住佛種種當起所以者何彼無二法故何緣而有勞於諸法如幻而無所入故其無殆菩薩如是故有其身修入普智彼何由而有懈其彼菩薩以是其光明普遍至於諸方明曜至諸國土而無罣礙諸色無數種種之藏難得之業無極之寶無得之香無量清淨震動莊嚴大音雷震而普徧以交露而嚴飾其色甚姝好以琦妙衆寶以爲校藏以衆寶現嚴淨又各處立綺欄楯其間而有衆色如來清淨而爲光飾以諸德本外致光曜如來吉祥所接逮諸如來所現建立是爲十等住一蓮華無得無限極於十方十德無猒十之清淨菩薩所行所由生普智之明所可由生持諸佛法之明除滅普世之火爲世所禮敬明達普現幻法於極世行有喻無喻是謂十又菩薩所坐處足其結加趺滿其中蓮華而無空缺悉徧菩薩所坐之處是其威神所致爲諸佛而建於十無得佛剎億那術百千如塵之數於一一之毛放諸光明如一一之毛孔而亦普然於一一之光明之目現十無得佛剎億那術百千如塵之數有摩尼寶名曰明顯藏無數異色種種莊飾無數德所合寶網所覆衆華交莊而爲光顯以住最尊之地但以是定而爲其行無餘之行無猒足心無放散以一心念作是而行作是無懈退作是無恚作是修立作是之行作是究竟行所以者何菩薩終無異行菩薩亦無

他行菩薩言行相應所以者何譬如金剛歎其無能壞其金剛體無壞終不失本性菩薩亦如是以此諸法而為光顯不越斷是法之所住譬如紫磨金歎其焰光而不毁其體之精明菩薩亦如是以精明之法而自明顯不毁修善之行譬如日天子顯以明場不毁光曜菩薩亦如是普明極世不毁菩薩曜德譬如須彌山王以四寶之積美其最高從海而現出菩薩亦如是美其普顯於世其菩薩德本以顯於世而不還離譬如大地美能普持於世不毁所持之本菩薩亦如是顯以度衆生不離大悲譬如大海美有衆寶不毁海水菩薩亦如是美其諸德之本不離為衆之重任而度一切譬如便習兵師知刀高下舉刀之輕重便習悉了如其形習所入戰而無難於所習亦無誤失用曉了戰慧故菩薩亦如是於諸如此像修諸定門之處而興顯之以普智慧而為光曜譬如遮迦越王至於盡壽命其諸人類而致究竟菩薩亦如是至於修菩薩之行以是像大定正受至致衆生之界而得究竟之清潔譬如五通自見宿命并他人菩薩亦如是至於興修普賢菩薩之行而致衆生之界亦清淨以其德本譬大雲降雨慧澤而以時節普益於衆生菩薩亦如是至於興法雲普潤以菩薩之德行以此像大定正受至於一切衆生究竟清淨然致衆敬而永安快而永度無極永然度於普世永然悅於普世永然能斷一切狐疑永然施行福田常求來受明顯受聖永然與菩薩普和同等分數而建立不退之輪永然致慧言莫不受

普爲三世衆生而作依憑永然爲法而致固義普智興興衆生無諍所以者何菩薩修具此諸法爲佛所建開法門界無思無量菩薩諸所言行修慧之善爲普智故爲衆生修善度一切故修土之善以誓願故修法之善建立之故修其無畏無恐怯故修其辯才宣布之故以修於法廣演説故修其總持於法自在故修諸佛座順諸佛故菩薩如是住於此大定於此諸德及餘衆多無得復無得衆德億那術百千而得清淨以此大定之場而顯威曜承諸威神已之德本興顯以力其慧之地順入以力於諸善友興顯以力一切魔事轉之以力於諸等行諸德之本以其一力於諸誓願固以被鎧力如其種德本興起之力過無盡世以衆福以無降身之力彼以此定

正受而行有十等像去來現在一切諸佛而等像也何謂十一者謂色相衆好以莊嚴身彼菩薩而得等像二者又彼菩薩光明幔網清淨而得等像三者其彼菩薩神足感動諸所化應隨順衆生所應度而示現等像四者是菩薩無稱限身無量色像一切音聲行應清淨皆而等像五者是彼菩薩建立諸佛土之清淨德隨彼衆生罪福之行順之普現等像六者此彼菩薩隨一切衆生諸所作行以德力攝持以無惑意被服德鎧而現等像七者又彼菩薩以無盡辯才隨諸衆生語言音聲所知色行順轉法輪而現等像八者又彼菩薩無斷無畏極師子吼爲一切衆生説法以梵音聲普悉等像九者又彼菩薩所入句説於三世之積明了神通而亦等像十者又

彼菩薩以佛清淨力如來之境界爲衆生而示現等像諸如來是謂十也爾時等目菩薩而謂普賢菩薩若此族姓子其菩薩以此像法而得與俱者而致等像於諸如來豈非爲佛豈非爲十力豈非爲普智豈非於諸法覺而等覺豈非普眼豈非於諸法本際而過慧豈爲不信普賢菩薩誓願之行豈非法界盡其所處菩薩所與而審諦時普賢菩薩謂等目曰善哉善哉是族姓子若此如卿所言其菩薩而現等像諸如來豈非佛之謂也如其族姓子一切菩薩之場去來現在而爲誓願爲有異發起耶其慧處所而不可得於彼而有起佛耶菩薩所修行而無斷於諸如來彼菩薩而有起耶其力爲入諸如來不其十力爲彼此耶又其力爲念想諸如來不亦無止

住普賢菩薩之行彼此而與菩薩如彼諸法界所演說爲入邊際而云普智如彼諸法之說種種所入爲從外權行耳亦無迴還又彼菩薩之謂如其菩薩諸法之印而知等行若諸法爲有覺之覺如彼菩薩於二無二行了諸法之權慧入諸法度無極權慧而無迴還是乃謂菩薩如彼菩薩爲普眼之境界曉普門之慧爲從色生耶而謂普眼之言耶如彼菩薩慧眼境界而曉慧門爲從色生耶而謂普眼如彼菩薩爲普眼境界之行意無所行如心起起而增益而無遠離是乃謂菩薩如彼菩薩謂法以光曜而明顯若以等地爲現以無礙慧而念念諸佛而謂菩薩如彼菩薩得致諸如來慧眼可謂諸法致於正覺如其菩薩致如來正覺慧眼而思觀之而不限量

是謂菩薩如其菩薩行如來行用一切如來爲無二故爲過去當來現在諸佛亦無二之謂如其菩薩修如來神通已自所建行而無所行是乃謂菩薩如其菩薩待住極世至於有積乃謂慧之積如其菩薩住於本積除而分別亦不求其本積亦不忘有妄想於諸法分別而行此謂菩薩如其菩薩無動不動無念不念此乃謂興致德本如彼菩薩而具滿足與造廣大而致清淨亦無迴還於是而無斷絶是乃普賢菩薩誓願之謂如彼菩薩於彼法界解了無量以法本無用一相行以謂法無相又彼菩薩於法界住止之謂其妄想菩薩在於流轉如彼菩薩於法界明了無量曉達入於法界諸法各各異相明曉以無相不起疲猒至於數億劫亦不懈退以大悲心悉濟普世順化衆生又是菩薩大士爲普賢菩薩之謂也

悅樂龍王品第十三

譬如族姓子悅樂龍王處於金山之面七寶之藏以七寶而造作周帀亦以七寶以雪而覆之其悅樂龍王悉白而皎潔如雪之色金色明曜金色畫色莊飾妙帛以覆之垂以交絡覆以衆寶清淨受而覆之垂衆寶爲旒蘇以七體而止立是謂柔之所乘是無穢之色像覩者無猒清淨無瑕調柔性之謂也彼則天帝釋於忉利自在者方適有念金色面出衆寶之藏於彼忽不現而住忉利帝天王之前爾時天帝即乘悅樂龍王天帝釋尋隨上此龍王爾時悅樂龍王於其時爲若干變而種種行現有三十三頭於一一頭各各有七

牙於一一之牙而有七浴池於一一浴池而現七百蓮華於一一蓮華現有七百玉女如其一玉女而悉歎歌如天禮義雅同一商而作音樂帝釋天王於其天堂乘此一象而至妙樹園悅樂盡歡在意馳遊爾時帝釋天王於一象上在園觀而戲從悅樂龍而下至衆寶莊校藏之堂與諸玉女和歌作樂極意歡喜快相娛樂爾時悅樂龍王現其威神在忉利天盡彼園觀爲一象身耳與諸玉女而相圍遶娛樂歡喜爾時悅樂龍王娛樂已極即化天身與諸天人皆共交錯而與悅樂龍威神故被服無異及衆身相色像神煒亦無有異及其校飾所著衣服諸所一切屈伸坐起悅樂龍王衆諸所有亦同無異彼諸天人與悅樂龍王衆諸所有亦同無異如悅樂龍王所有諸天人亦悉如之如諸天所有悅樂龍王亦悉如之如忉利天人所食器悅樂龍王復悉如之悅樂龍王亦不現化而有紫金之像色在於七寶之藏天所化致此衆所有至忉利天而來爲帝釋天王供養之故悅像而供養之天樂而自有以忉利衆所有悉有之以衆化德而無異如是族姓子菩薩大士以普賢菩薩之行修立誓願菩薩之定衆寶校莊以菩薩七體之藏而以趾立從身放諸焰網明擊法鈴以顯法旛普悉化現那羅延身致最無上誓願爲師子步以轉諸慧整以法絲而住諸藏於諸菩薩爲最上行具滿諸行而致誓願以趣佛樹修行誓願而無斷絕爲欲致普智之慧故致普賢菩薩行願修增廣大以覺覺之故於菩薩願行而無迴還亦無

懈止又無斷息亦無退轉增益無量之大悲以大乘願行於一切無身以上普賢之乘行不捨精進爲度當來一切衆生故不斷普賢菩薩之德行亦不見致道之時道爲無得不得之門無得之得轉法之門無得之得種種行性之門無得之得種種衆生至諸土處所感動之門又彼以無得之得普入於諸土現其生亦悉現普賢之行以無得之得於如來道樹而致正覺以無得之得爲諸菩薩衆圍遶而行以無得之得至諸種種處所於諸十方佛土現種種身像尋時致正覺斯須致正覺時間致正覺以日致正覺旬月致正覺歲數無限至於一劫於其時無得之得於此諸數而致正覺覲詣諸如來足下如是比諸土如來而皆稽首敬而禮之供養承事問諸佛事於諸幻場而有增益以清淨心修諸菩薩無量清淨行以無得之得修菩薩慧行以菩薩種種感動種種菩薩處所菩薩種種慧方等菩薩種種之微妙菩薩種種神足無量之意菩薩種種至諸處所菩薩種種遊樂感動菩薩種種法修其明顯菩薩種種順導之化彼普而示現菩薩之願行亦不毀其本際其普賢菩薩化一切衆生諸情所有以無得之得修行清淨以斷生死之輪以聲聽聞語而清淨以如來之耳聞諸佛與佛法之音受而行之而皆過於三世而無二諸佛之種皆而念之普智之音聲佛法而以分別於諸處而無處彼以法身而以念之一切菩薩諸行以音聲受之具滿其行普賢之音聲以等覺普智慧處是族姓子當觀普賢之行以無懈斷

菩薩之行而無斷以智之慧而見諸佛普賢菩薩之行而無休息而致普智之境界如彼悅樂龍王莫能動者昇於忉利於彼興起行至頁乘而甚娛樂食天之快樂不失衆諸極快之養與諸婇女而娛樂悉現衆變與忉利諸天悉等一類如是族姓子菩薩以普賢之行無毀大乘之場不捨誓願受諸佛境界以普智而自樂明了諸佛之行曉解於無數無數無得而悉清淨於諸土而無住於佛法而無我亦無想念等諸佛法不起與二明諸佛土菩薩如是現與諸佛等其去來現在菩薩之行音聲無斷其悅樂龍爲若此處龍境界復現天上受彼極樂如是族姓子是像大德之法立志以普賢大士行菩薩無上誓願當奉勤修淨其內性是謂族姓子第十大定場廣愽明顯無量菩薩之行得其淨性廣其大乘此族姓子普賢菩薩十定之場也佛說是普賢菩薩十德大道之定十無上要慧普於十方諸佛國土皆悉曠明自然感動諸土都悉率自莊嚴諸土菩薩及諸天人悉作天上無量倡樂咸悉歌歎普賢菩薩無量之德明照諸土衆冥莫不開闢十方諸地獄諸苦痛當爾之時莫不解息十方諸土如塵之數諸衆生之類咸悉各各所在皆發無上正眞道意那術百千之衆皆得無所從生法樂之忍佛說是已普賢大士等目菩薩一切菩薩及一切衆會天龍鬼神阿須倫人與非人聞佛所說莫不歡喜爲佛作禮而退

等目菩薩所問三昧經卷下

音釋

勇悍（悍胡幹切勇悍謂果敢有力也）欄楯（欄盧干切勾闌也楯食尹切闌檻也）焜煌（焜胡本切火光也煌胡光切火狀也）

文殊師利問菩薩署經

後漢月支國沙門支婁迦讖譯

清刻龍藏佛說法變相圖

文殊師利問菩薩署經

後漢月支國沙門支婁迦讖譯

舍利弗前長跪白佛願欲有所問惟佛肯者乃敢問佛言善哉善哉舍利弗當問如若從文殊尸利但問怛薩阿竭署因緣法名未悉得其事今為汝說之諦聽諦聽舍利弗言受教及摩訶目揵連摩訶迦葉摩訶迦旃延摩訶拘絺邠耨文陀弗須菩提阿難律朱利敢摩訶敢柰吒和羅阿難一一尊羅漢悉在會中皆起為佛作禮白佛願樂欲聞令菩薩悉當因緣摩訶僧那僧涅若男子若女人聞者皆當求之諸聲聞者皆當因其法所以求僧那僧涅者欲令一切其當脫者悉得羅漢諸一一尊比丘以華散佛上供養怛薩阿竭署諸欲天子悉以天華飛行供養以天妓樂以

樂之所以者何從本所不聞其字何況今當具足聞之釋提桓因以天上拘耆華樹而化滿其祇洹佛語舍利弗怛薩阿竭署者有四事何謂四事一者發意二者阿惟越致三者菩薩坐於樹下四者具足佛法是爲四舍利弗問何因緣發意菩薩有一署所謂發意所作爲一切十方作功德所以者何欲令皆得僧那僧涅故名曰一署阿惟越致署者一切有所作爲無所希望求是地安隱地無所想地堅固地是爲佛法基界故曰爲二署坐於樹下者由不空起起者當成道故不離力無所畏是爲三署怛薩阿竭署者如所署審如所署署不可數特尊之署已住怛薩阿竭阿羅訶三耶三佛陀已法教是爲四署佛語舍利弗菩薩復有二署何謂二爲聲聞轉法輪爲阿惟越致轉法輪是爲二署怛薩阿竭署名署已在中者已法有教色法佛法痛癢思想生死識法佛法其法者舍利弗不可議譬如愚人所作言是法可得是法不可得佛語舍利弗不可得者不教捨本空者諸法教名曰怛薩阿竭署舍利弗言何所是怛薩阿竭署佛言不可勝數是爲署佛問舍利弗何所慧是署舍利弗言怛薩阿竭不以法取法法者不可得故是曰爲慧署是菩薩所當學學者當學怛薩阿竭署不念以過去世俗法以應道法不說俗事之惡不言道事可好如是學者爲學怛薩阿竭署不以識學是非是不作是學爲怛薩阿竭署不分別大大者謂眼色識不分別眼分別一切有念是爲不學怛薩阿竭署是人可度是人不可度作是學爲

不學怛薩阿竭署怛薩阿竭署者則一切人之署作是學者爲學怛薩阿竭署學怛薩阿竭署無央數署一切法無所斷絶是爲學怛薩阿竭署佛語舍利弗不念諸法當有所生於怛薩阿竭署無所想是爲學怛薩阿竭署不念是所有無所有佛語舍利弗其欲學怛薩阿竭署者不想怛薩阿竭爲學怛薩阿竭署諸法無所求是爲署是則怛薩阿竭署佛語舍利弗色法佛法痛癢思想生死識法怛薩阿竭法諸法無所著隨署教一切諸法不著已不念有無是則隨教已不著有無則隨無根之教如是學爲學怛薩阿竭署用者亦無過去當來今現在如是署者見一切亦不見一切舍利弗白佛言何謂爲見無所覆無所覆蔽悉見是爲怛薩阿竭署何謂爲不見一切所謂不見其門無所入是故不見是爲怛薩阿竭署亦不於署與空合并亦不思想亦不願亦不可見亦不可得如寂者則其署清淨署無能得長短署亦無有助署者不可得助署者亦無有異是爲署無所從生署是謂怛薩阿竭署不亦不足計亦不踝計亦不膝計亦不膭計亦不腹計亦不臂計亦不手計亦不順計亦不頭計亦不内計亦不外計亦無中間計亦無不極計亦不無極計亦不上下四維東西南北計亦不人計亦不須陀洹計亦不羅漢計亦不辟支佛計亦不怛薩阿竭計亦不有餘無餘計亦不脫有脫計亦不計法所在不可計署無有字署是則怛薩阿竭署佛語舍利弗今會者比丘多有不聞是者未聞計言有是無有是如我身諸法悉

爾作是語者便隨其語作行不可計而爲作計爲法處者因是有取與便有命持思想壽欲壽壽欲得壽欲壽壽已欲壽壽壽壽佛語舍利弗署亦不從法亦不從非法亦不從有亦不從無當作是從不可説怛薩阿竭從亦不從怛薩阿竭者亦不壞敗亦不想覺是爲怛薩阿竭覺不可聞是故審聞如是説則怛薩阿竭説諸所説審説如空説審佛語舍利弗無所從來是爲怛薩阿竭來無有處是爲怛薩阿竭處無所依是爲怛薩阿竭依無所屈無所申如怛薩阿竭不可得諸法亦不可得心無所生無所安住諸所作功德無所求如所教無所行是爲行是種無所生是功德亦無根亦無實僧那者無所縛無有脱無所作是爲精進無所觀亦不作是視所見者不作二心智無所得其智無所爲亦無所起不以證而作求作是求作是念無有名其語政者謂不可得其哀若道其得等者無人不念人其護者不作是乍念乍不念佛語舍利弗無慧是則慧十二因緣無所生其合者無有合不可得道可得無所念是比丘念無所持而持鉢被服無所剃是爲剃頭無所受戒而持戒而無如是比丘好道所好是比丘所好用意定者無有異意其已定者無有身心念不念慧者是比丘數其説已足者以不足若比丘足者謂爲少少不可計法而言可知已無有知已不從是法者如所教無有界是故佛界無有法是故怛薩阿竭法無作法法無所作故曰無有法諸法所入悉當盡是爲怛薩阿竭署無所入已應怛薩阿竭署佛語舍

利弗若有欲學怛薩阿竭署者其有勇猛如師子者若男子若女人當作清淨戒無有異意心清淨清淨慧之所作無所念之所作其飲食取足而已若乞匄諸所思想已清淨無有異心不於一切人而有想不於諸法有所希望亦不念下中上之事所作常等比丘作是學者已爲學佛語舍利弗其無所求學者爲學怛薩阿竭署摩訶迦葉白佛比丘以一事學僧那僧涅已爲學怛薩阿竭署何謂一事諸法無所著是爲學怛薩阿竭署須菩提白佛比丘以二事學何謂二事於諸法無所希望爲以等心一切人不念以等一切是爲二比丘學怛薩阿竭署摩訶目揵連白佛比丘以三事學何謂三事但學要法不學飾亦不念我以近亦不念我以遠是爲三事文陀弗白佛言比丘以四事學何謂四事不念有所從得亦不念何所當得一切如等淨所持若空是爲四事如是學爲學怛薩阿竭署摩訶迦旃延白佛比丘以五事學何謂五事無所貪惜欲以法祠祀爲一切有慈不念一切有慈不念一切於諸法無作無所求是爲五事爲學怛薩阿竭署柰吒和羅白佛比丘以六事學何謂六不發一意亦不求空亦不學本際所以者何不因緣二事已向佛所說不起念思惟何所是佛證是爲六事比丘學怛薩阿竭署佛言一切法一切人悉以怛薩阿竭署見亦不異見亦復不見自然亦不見法作是學爲學怛薩阿竭署柰吒和羅復聽比丘所學無極署是乃應怛薩阿竭署如所樂不見其樂如是行者比丘爲學怛薩阿竭署

學怛薩阿竭署者以爲學佛法不可議法用一切故柰吒和羅白佛若比丘學怛薩阿竭署者云何而自持佛言比丘意不念有一切人不念有一切法亦不安亦不危是爲比丘而自持柰吒和羅白佛言今怛薩阿竭爲誰說怛薩阿竭署佛言其欲學如署者爲是說何所是學者佛言用摩訶僧那僧涅故說亦不念是彼中間一切無有求是爲怛薩阿竭署其有想行者是故非署如是者爲自貢高而賤他人其慳貪嫉妬不應是署其有諛諂不慙愧者妄語者皆不應是署其有不愛樂衆者其欲獨有者若樂惡者不喜人安隱者其有所念呼爲有其有二心者謂好惡無有異作思想者離深法者念不中事者求利害者若求乞瓦鉢震越床卧具病瘦醫藥若欲求飲食離於迦羅蜜親附於惡師於本佛所無功德者常有怖懼於本際欲於世事轉相剋識所作但求名字而無至者愛樂於五所欲有所作希望得者所以如是者不能在山間空閑寂靜有慈心之意離於哀心常在魔事離信佛戒者所作悉不隨其法教常喜亂心不安隱心其心狂亂其心多端用是故離於好心離於微妙之心離於盡心但念佛色身但念欲見法但欲見比丘僧離五陰功德離四大功德離六衰功德離十二因緣功德離念一切人之功德其有是心者悉不應怛薩阿竭署其有不諛諂常質朴念諸深法佛語柰吒和羅其有心如是者已應怛薩阿竭署其有歎歌佛者已有念一切佛故欲學怛薩阿竭事故其有學者不學者怛薩阿竭悉

知觀視佛意者若在城郭丘聚縣邑有所見怛薩阿竭署悉見之佛語柰吒和羅若能知怛薩阿竭署不柰吒和羅言當從佛聞當從佛聽何能身自知之惟佛說之願樂欲聞以比丘當持佛言善哉善哉如柰吒和羅所說佛言其餘凡意者不能知怛薩阿竭署而不作怛薩阿竭道地者而不能知怛薩阿竭署不可盡極數是故名曰署不可觀視不可觀視是故名怛薩阿竭署其欲知怛薩阿竭署者以不愛惜身壽命一切等心於一切人一切諸虛飾之事不在其中其有二心者不與共同其欲學怛薩阿竭署者當作是學柰吒和羅白佛於是會中乃有學怛薩阿竭署者不曰有文殊師利菩薩耶佛復語柰吒和羅譬如人到大海名珍寶摩尼處其價不可計數其人於珍寶中住而不知摩尼珠價若有一人謂其住寶中者今在是中寧知摩尼處不其人反言不曉所以者何其人不知摩尼珠故今柰吒和羅在名寶中而不知寶處所以者何在衆摩訶衍中而不知復有比丘名闍焰闍焰白佛若無學僧那者我欲等心以光明眼於一切復有比丘名三陂提師利白佛我欲學怛薩阿竭署所以者何一切諸法我無所求復有比丘名三摩師利我欲學怛薩阿竭署我不欲於諸法有二心所以者何了無所見故作是學乃可爲學怛薩阿竭署佛言而所學署當作是學復有比丘名曰染師利白佛我不以一切人爲他人亦不於人有所思想欲度人亦不見當所度者亦不見法當以何法教欲作是學怛薩阿竭署佛言

如所學署當學復有比丘名曰勃白佛我以忍於一切亦無有貢高所以者何他人自貢高我不以身自貢高我不以所有想有若有以內自貢高我不以內自貢高所以者何用念一切人故念一切欲令安隱我亦不以惡住以法明故住念一切悉欲令明不欲令有冥我作是學怛薩阿竭署佛言當學而所學復有耆夷種名曰多和光白佛言我欲教一切人過於生死亦不得生死而可度者欲作是學怛薩阿竭署佛言當學署如所學復有比丘名曰惟閣耆橋沙白佛我欲如佛在佛樹下亦不見佛樹亦不得欲作是學怛薩阿竭署如所學復有比丘名坻羅末白佛我不學諸法我亦不學欲所法是所有法悉不學諸法法而不學佛言如所言怛薩阿竭署用

一切故欲學應時於座中有萬比丘尼三千人皆起白佛吾等欲學怛薩阿竭署用一切故欲具足學復有七千優婆塞優婆夷五千人皆從座起言吾等當具學爾時復有八萬天子悉言當具足學教告一切復有比丘名私呵難白佛諸法無所得諸法不可得當云何學怛薩阿竭署佛言如若所學署當學復有比丘名利三匐白佛我不轉於一切法當云何學怛薩阿竭署佛言如所學署當學復有比丘名摩呵陂那陀惟嚩王者種白佛亦不無我亦不有我亦不智亦不無智亦無所破壞亦無有證是意無有異諸所因緣無所因作是為學怛薩阿竭署佛言如所學署當學復有比丘耆夷種名曰非陀徧白佛一切諸法不見際無有際者謂若有若無有亦無

際亦無無有亦無字其如是者乃可忽佛言不可若無際無際已無願無願者是故菩薩佛言善哉善哉如仁之所説無願不可議不可知不可思想不可住無所畏無有字平等無所學無所持無所壞無所造無所作具知一切無所得無有色菩薩亦無名色亦自是非是學非有亦不可得無所罣礙佛言如所學署當學爾時有五百婆羅門出舍衛國因道徑到佛所前爲佛作禮而却住白佛言如所説願樂欲聞令常安隱佛問諸婆羅門用誰故欲聽聞諸婆羅門言無有人是故人用是故佛言有怛薩阿竭署從本諸佛所説今我所語是有婆羅門名羞桓師利白佛在於毋腹中已聞怛薩阿竭署復有婆羅門名三摩震提白佛言適向毋胞胎已聞怛薩阿竭署復有婆羅門名雪眞提白佛言適生便聞怛薩阿竭署四面而明見怛薩阿竭飛在上住以手著我頭便言若當號爲不可見頂佛復有婆羅門名頞眞提白佛生以來不久便聞怛薩阿竭署於空中見佛來而言若當聞學怛薩阿竭署復有婆羅門名曰那羅沙目竭白佛今夜半見四面四佛來到我所便以頭面作禮諸佛言有不可議怛薩阿竭署於祇洹釋迦文佛所聽受是我本之瑞應復有婆羅門名阿眞提羅蕪耶白佛今夜半見佛長高二十里三十二相諸種好謂我當學怛薩阿竭署聞之忽然而不復見我本之瑞應復有婆羅門名三波奢白佛我生墮地時有人而來舉舍而明謂我毋勿以乳子令是子當以怛薩阿竭署而爲飲食毋聞之大歡喜

是我本之瑞應復有婆羅門名倪三飈白佛言我本學婆羅門事時於空中見佛有三十二相諸種好便舉言若當學若當事聞之則以頭面著地問何所是學何所是事其佛言有怛薩阿竭署是若學是若事如學是者諸法悉可知是則爲度是則怛薩阿竭事是故浴浴者謂去垢不可議浴是菩薩浴所謂諸法悉在前脱不脱者欲於衆婆羅門中而尊當學是署我聞其言踊躍歡喜以頭腦受其教問佛何以故前有是瑞佛言是怛薩阿竭署之瑞應復有婆羅門名摩訶迦葉那白佛我行洗浴還作大火欲祠之於上見佛身有三十二相諸種好其佛言如若祠火之法不當爾所以者何起而復滅故我即時復問不作是滅當何以滅之其佛言不念人不念我

不念壽命不念有無有亦不念合亦不念中分亦不念思想是火而無滅者亦自滅其火可令自然而不用薪我諦聞之即叉手問佛當云何作火而不用薪其佛言有不可議怛薩阿竭署若當學學已便能作火而不用薪作是學者亦不念婬怒癡以故火即爲滅聞之即以頭腦受其教所見者是我本之瑞應佛言如若所説是怛薩阿竭之瑞應復有婆羅門名牟梨師利白佛我適提酪欲著火中欲令之熾盛便見怛薩阿竭身有三十二相諸種好即時其佛言用是火爲事有怛薩阿竭署何以不學應時問其佛當何所學往到祇桓釋迦文佛所是我本之瑞應復有婆羅門名曰分眕者橋泉白佛我到盧上取華欲持歸見怛薩阿竭身三十二相諸種好其佛

言取華不如若如取華取華有所壞敗我應時復問取華云何其佛言莫以手取莫動揺其枝而可得取當學怛薩阿竭署自如有慧手爲若取其華慧手者可得不可議華一切人皆是華可以教化得泥洹是之瑞應佛言當學怛薩阿竭署如若所學復有婆羅門名曰邠陀施白佛我到市於道中央失墮錢散在地以聚欲取訖以仰頭上視怛薩阿竭身有三十二相諸種好問我作何等我言拾已所失錢其佛言是不爲難若當捨五道生死一切人亦不那中作數亦不想是乃爲難即問是學當所從聞當所從學其佛言有怛薩阿竭署當學當那所聞即時言有佛名釋迦文在祇洹當從是聞前世所作今世逮得是本瑞應復有婆羅門名曰分耨舟白佛到市向歸欲買雜香買以還歸位到舍見怛薩阿竭其心即時踊躍佛問手中持何等即謂持雜香佛言是香不足言有香名爲不可議香其香聞上下四維東西南北方當求是香應時復問是香者是根是本是莖是枝是葉是華是實實之所香佛言是香者亦無根亦無本無莖無枝無葉無華無實實而香當求是香即問當於何所求即言於祇洹釋迦文佛所當聞怛薩阿竭署是我所聞之瑞應佛言如所聞復有婆羅門名曰阿耨迦惟延白佛我所至城外坐於樹下其心安定譬若如禪視四面如普大明見無央數佛悉言不當坐禪如是應時即問其佛其佛言亦無所生無所滅是爲應禪所以持所視故無所視者是爲視無心心何以繫者何以故其心無有想

故當作是禪有法名怛薩阿竭署當往釋迦文佛所問當從是學其法是故本瑞應佛言當學如所學復有婆羅門名羅那懿多白佛適到市買金欲以稱之便見怛薩阿竭其光明甚明其佛言用是爲稱有法名不可稱當如求之則時復問何所是不可稱者其佛言諸法不可以稱稱之譬如空不可稱一切諸法如是我言願樂欲聞何所是法而可學者其佛言有名曰怛薩阿竭署當學當聞是我本之瑞應之所問佛言當學如所聞是皆前世功德之所致故逮是應復有婆羅門名曰阿披阿遮乂手白佛我夜已半出觀星宿有大明而見怛薩阿竭便以頭面作禮其佛言不當視星宿如若所觀應時即問其佛報言亦不可仰向佛復還問今若所視星宿名何等我即應言不知其佛言是名悉盡如若所學當學諸法所入悉知所見汝事即復問何所處可聞是法其佛言當於祇洹釋迦文佛所聞是語忽而不知處是故所聞怛薩阿竭署本之瑞應佛言當學如所聞復有婆羅門名曰術闍師利白佛適以種農種便見怛薩阿竭在前住不可數千比丘僧俱其佛言不當如若已種農種應時則問當云何種其佛言亦不取亦不收當作種亦不生亦不枯則時復問佛當何所處而學是法其佛言有怛薩阿竭署當學當聞聞已是若之種亦不取一切之法亦無所收亦無所造亦不思想知是者其法無所生無所造故無所生已無所生故無所枯滅無有種而不生亦不滅即問佛是何等瑞應佛言是怛薩阿竭署之瑞應

其當於佛樹下坐者是之瑞應復有婆羅門
名曰阿禾真阿禾真白佛出舍於里門見死
人便念死人乃如是應時獨語便見佛佛言
不當如若所念所以者何見惡色便有思想
諸法不可得而無所得當作是念其得道者
所作不以想亦不用得故便有餘念亦無二
心之所念無所想是故無有想是道所作念
無可所得是乃爲得以知二心者是故無所
求是道之所作無所見是道所見後法欲盡
時以思想教人若於塚間見枯白骨坐念便
得脫若念五色從是中校計而求脫校計出
息入息欲求脫知欲法盡便有作是應時復
問佛當云何學便離是事其佛言當學道如
是法當學怛薩阿竭署如怛薩阿竭事有法
名怛薩阿竭署當聞當學當從釋迦文佛聞
是忽然不見所以見是佛言是怛薩阿竭署
之瑞當在道地故復有婆羅門名阿惟示真
白佛我到曠野見衆多死人中有爲畜獸所
食噉者中有臭者中有壞敗者有青色者有
赤色者有黤黮者便自念欲於坐校計收念
是便見東方佛來有三十二相便遥向而爲
作禮其佛言雖觀是物以爲想即時問其佛
我當學何法而教一切令脫生死其佛言有
法名怛薩阿竭署當聞當學學是者爲一切
諸道作功德從釋迦文佛具足問之是何本
瑞應佛言是怛薩阿竭署之瑞應作是學者
爲學在佛樹下坐復有婆羅門名曰波梨漫
多白佛我夜出實無所可見便然五舍以爲
燭火所以者何避溝坑深井便自念當學何
法而爲一切作明令其無冥適有是念便見

佛在虛空中住言善哉善哉是上人之所作非凡人之所爲諸怒恨貪饕諛諂虛飾已無是者能念是事非餘所及以等心念一切亦不念數數所念如佛在樹下不念聖文其佛言有法名怛薩阿竭署當聞學具足若意復問佛當從所聞其佛言當從釋迦文佛所聞其所當聞者悉在彼聞若丘聚縣邑城郭郡國悉於是法中而見聞是言已恍惚不知其處是何瑞應佛言用若當聞怛薩阿竭署故當學故是之瑞應其菩薩所當學悉在是法復問佛有幾署所當可學佛言如佛境界其署如是其署者如佛境界等無異諸法皆從是署如勑心瑞應時復問我是法微妙深乃如是是不可見不可知復有婆羅門名曰悉達膝白佛我與數百千婆羅門俱如行祠祀熟自念當何祠祀令一切皆得解脫令無勤苦適作是念便見怛薩阿竭光明及相諸種好便言善哉善哉乃作是念當作念如若所爲其佛言往到舍衛國祇洹阿難邠祇阿藍釋迦文佛所當爲若廣說其祠祀意有法名怛薩阿竭署當聞當學是皆以過去諸佛之所說復問當何以祠祀佛言菩薩以飲食所有施與人作是祠祀而脫於三界有戒祠不自念有求故有忍辱祠不以心惡向一切有精進祠欲拔脫五道有三昧祠不作因緣有所希望有多所聞祠一切名身諸數身具足波羅蜜知有法施祠若行人欲以法化一切若有畜生欲聞法者不中捨而爲說經亦不以色說以法慈心教詔一切佛言有上人不惜其身趣欲令一切各得安隱不以憂心而

教人所以者何用更得好軀譬若摩尼珠洗之倍好其王者子莫不愛喜所以愛喜者何無瑕穢故其法師譬如是雖有生死所更倍好所以者何身亦無惡亦無謗者所以者何常歌歎佛故雖佛遠常欲親近所以者何已無所求即祠是為祀其有三跂致者亦有祠而無有異所以者何無有恨心故於一切無惡意菩薩有祠無有勝者若有念是者是故勝不念之者無所勝以功德長養身及他人是故菩薩意所以者何不以法有所諍以故無鬭無有繫無有縛無有閉其有作是祠者莫有能瞋者亦不念何法可計可校是上人之所作已處觀其處處亦不於功德中有所想亦不破壞所作罪所以者何不失其本故亦無有過菩薩上之尊法能來教化者亦歡喜亦無懈怠亦不與人如有怒心所以者何摩訶衍不從是得故曰摩訶衍亦不想其行佛語悉達膝捨若本祠祀當作是祠祀即菩薩祠祀之瑞應如若所見怛薩阿竭是皆先世習衍之所致所以者何若覺眠見佛者是皆本之瑞應復有婆羅門名難頭多羅白佛我見流水有一人而持一木作橋我念子之所作甚何小矣等作可以廣大所以者何欲令一切悉可得度過適有是念東方便有百佛而來現悉言善哉善哉是上人之所念令一切人而得度亦無央數人之路令釋迦文佛在於祇洹子往可悉從受法得致阿耨多羅三藐三菩提是我本之瑞應得見怛薩阿竭聞其教誡佛言善哉善哉如子所言復有婆羅門名曰旃欝多師利白佛我出城門外

有迦羅越謂我如過舍施若二百萬便隨其歸入舍有大高座令我而坐燒香供養具作飲食已二百萬爲達嚫我應時自念當何以自作方便而過達嚫如阿耨多羅三耶三菩清淨之達嚫可得而異適作念便見東方千佛悉飛如來悉在前住皆言善哉善哉如上人之所作爲一切人欲作便往到祇洹釋迦文佛所當爲若廣說其法如若得清淨其達嚫而可以受受之者令一切皆可得安隱所以者何若三千大千刹土悉奉行十善受施不如菩薩發意爲阿耨多羅三耶三菩心而受施悉過是上作是語已恍惚不知其處佛言即怛薩阿竭署之瑞應所以者何以先供養十方佛故逮得是法復有婆羅門名曰闍符師利白佛我在山中安心而坐譬如得禪於上見五百佛四面皆香如天香皆呼我名言善哉善哉如若所求當作阿耨多羅三耶三菩法勿作異禪何謂爲阿耨多羅三耶三菩悉念一切人以慈心故勿以想人作不可思惟禪作是禪勿想心念一切皆令安隱勿念人想勿念身想其諸佛言往到祇洹釋迦文所當爲若具說其法怛薩阿竭署當作是學學是者在所作爲說是已而不知諸佛處是我本之瑞應佛言審如若所見無有異所以者何其有當坐於佛樹下者即有是瑞應若已先世供養七千佛故復有婆羅門名曰訶沙漫白佛我見諸婆羅門不多不少於恒水浴已語我汝復行浴身所惡露衆惡悉當隨水而去便自思惟何如而浴身諸衆惡當隨水去便自見佛在於虛空中其佛言汝何

思惟我應時對曰諸婆羅門令我浴身所衆惡悉當隨水去故坐思惟是事其佛言若到祇洹釋迦文所當爲若說現法諸所衆惡悉當除去其佛言有名諸法甚深無有底其水甚美於是浴者悉得淨潔若欲浴者當於中浴衆邪惡可以消除浴已諸天人及一切皆得安隱便以法教化無所不徧所以者何諸過去佛悉那中浴是故現瑞應佛言當聞怛薩阿竭署者是本瑞應有婆羅門名曰惟耆先白佛我齋華持到婆羅門神祠入門見怛薩阿竭飛在虛空中而住其佛問我持是華給何所即應言欲以上神其佛言有怛薩阿竭號曰天中天可以華供養上之所以者何因是可有功德而致阿耨多羅三耶三菩便可逮得阿耨多羅禪即欲以華供養其華悉

化作佛悉紫磨金色其光七尺三十二相諸種好悉具諸佛皆言其心已堅於功德者能致是應即時復問當作何方便令功德不可勝數其佛言若有菩薩見佛者因是作功德中有見化佛者因是作功德中有見寺者因是作功德中若見佛坐起處因是作功德中有見佛經行處因是作功德中有聞佛者因是作功德中有聞上下四維四方有佛教誡一切因是作功德中有佛舍利者因是作功德中有老病死而自計校因是作功德若見郡國縣邑破壞者若穀貴人民飢餓而用是自計因是作功德所以者何念前事故因是有不可數功德所謂阿耨多羅三耶三菩功德復有婆羅門名曰沙竭末白佛我入海浴適有是念便見萬佛皆言不當如子之意欲

度海便自念其餘有浴者亦在是間當有此異其意欲度海浴適有是念便見萬佛皆言不當如子之意欲度而浴我即時復問當何浴其佛言有道度諸法可於其中作是浴者已爲度也應時復問何所而可度於世間者報言佛者已爲度即復問何所法而可從學有佛名釋迦文在祇洹中當從學問如若所願悉當具聞悉爲若説之令若得解聞是已忽然不見其處便問佛言何所法而可度者度一切諸法者波羅蜜是佛言汝欲度諸法者當等心於一切人所以者何當念度一切人之生死譬若度海當學是事使得度一切諸法亦不想法亦不想無法作是若後當爲一切説法佛語沙竭末菩薩用一事具足諸慧何謂一事世惡法欲盡爾時其欲制其法教導一切令法而不斷絶是爲一事具足得諸慧復有二事菩薩學是疾逮得佛何謂二不念諸法是我所非我所亦不念見一切諸法自然處是爲二事復有三事若善男子善女人奉行是者疾成至佛何謂三以諸法視之如光明明於諸法亦無多亦無少不作是念二已應而一無有異心所以者何諸法不可得故三是因名佛是爲三事復有四事何謂四事一者總持諸法二常於怛薩阿竭而作功德三持心如空不想一切人四者若有供養不供養者其心無異若男子女人奉行是法疾得至佛是爲四事復有五事何謂五事一不於諸界有所念何謂諸界眼色耳聲鼻香舌味身細滑意欲所得不作是念二常於佛法而作功德三若見同菩薩其心有悦

所以者何用實大故四於一切無虛飾之心所以者何我當度故五亦於是中無所想是爲五事沙竭末白佛其有奉行是五事者疾得佛佛言當作是學疾得阿耨多羅三耶三菩自致成佛是爲度生死之海以法教於一切令如怛薩阿竭無所不度其有至心堅住於菩薩功德者便逮是瑞應若有念恐中道取證佛言如是法者勿得憂念具足怛薩阿竭十種力一切聞者莫不歡喜

文殊師利問菩薩署經

音釋

踝戶瓦切足骨也又腿兩旁曰內外踝　臏婢忍切膝端也　匄居太切乞請也　噞居儼魚檢二切　諟承矢切　眕之忍切　訶呼多切又音哥　黤黮黤烏感切黮他感切黤黮不明淨青黑色也　達嚫梵語也此云財施嚫初覲切